배꾸기. 날다

고광률 장편소설

뻐꾸기, 날다

차례

데스노트_ 13

탁란_ 191

뻐꾸기_ 351

발문 먹이사슬, 우리 시대의 벽화 고원정_ 546

작가의 말_ 552

참고 자료_ 555

우리 시대에는 '정치와 거리 두는' 일 같은 건 있을 수 없다.
모든 문제가 정치 문제이며, 정치란 본래 거짓과 얼버무리기,
어리석음, 반목, 정신분열증의 집합체인 것이다.
—조지 오웰, 「정치와 영어」, 『나는 왜 쓰는가』

주요 등장인물

허동우 보험사기전담 특별수사팀(SIU) 실장.

　　　서이연 허동우의 아내.

　　　허소영 허동우의 딸.

허남두 마실저축은행회장. 허동우의 아버지.

　　　문용자 허남두의 아내.

양동춘 본명 량치신(梁七星). 가명 양종남.

　　　리쉬퉁 양동춘의 목숨을 구해준 은인.

황(黃) 불인(不仁)

백대길 전 도지사. 우리행복당 선진민복당 등 당대표 또는 공동대표
　　　역임.

봉이순 백대길 아내.

　　　이종걸 시의원. '백사모' 사무국장.

　　　장시걸 백대길의 양아들.

　　　오이재 백대길의 정치적 동지이자 라이벌. 별명 '불사조'.

　　　이세갑 백대길의 정치적 동지이자 라이벌.

　　　　　형주미 이세갑의 처제이자 당 대변인.

　　　　　오생문 여당 소속 국회의원이나 백대길이 스카우트함.
　　　　　　　선대위원장.

청(靑) 불의(不意)

안우용 전 부지사. 백대길의 동지이자 수족.

　　　장안나 안우용의 아내.

　　　안인애 안우용의 양녀.

　　　장 부장검사 안우용의 사위.

적(赤) 비례(非禮)

나삼추 우리행복당 OPLS(오픈 폴리티컬 리더스 센터) 센터장. 무기
　　　판매상.

　　　성매리 나삼추의 아내. 전직 로비스트.

성영수 성매리의 남동생.

백일춘 대한은행 서북부지점장. 나삼추 비자금 관리자.

흑(黑) 간지(奸智)

강형중 대학교수. 백대길 정책자문위원장.

신몽구 강형중의 제자.

백(白) 불신(不信)

조왕구 우리행복당 청년조직위원장. 조폭 두목이자 ㈜상신 대표.

방미조 우리행복당 여성조직부장이자 조왕구의 동업자.

잇뽕 조왕구의 부하.

회(灰) 불통(不通)

선우강규 백대길의 전 비서.『금강만필』대표.

기타 등장인물

구만복 허남두와 백대길의 운전기사.

함상억 카센터 사장. 구만복 고교 동창.

아우디 반 본명 반신. 중동부 경찰서 지능범죄수사팀장.

서동오 중앙경찰서 강력범죄수사팀장.

엄석중 재개발조합장.

서종대 6선 국회의원.

육양순 국회의원(국방위).

양요환 국회의원(국토해양위).

공쌍수 국회의원 변성술의 4급 보좌관.

노시우 국정원 국장. 허동우의 조력자.

조풍술 국정원 국장. 나삼추가 관리하는 자.

지달중 국정원 과장, 조풍술의 직속 부하.

조승건 부장검사.

정호 대학교수.

방 영감 백대길의 중호재 집사.

양애주 도의원 표설오의 아내.

2011년 1월 6일, 목요일

　신호를 무시한 앞차가 쏜살같이 오거리를 벗어나 오르막 방향으로 치달렸다. 앞차 꽁무니에 이끌려 달리던 허동우는 뒤늦게 빨간불을 보고 급브레이크를 밟았다. 조수석의 유골함이 앞으로 쏠려 글로브박스를 때리고 바닥으로 굴러떨어졌다.

　"아, 아버지……"

　동우가 신음처럼 내뱉었다. 신호가 바뀌자마자 옆 도로에서 뛰쳐나와 좌회전을 하려던 노란 봉고차에 옆구리를 들이받힐 뻔한 것이다. 그는 놀란 가슴을 쓸어내리며 운전대 쪽으로 처박힌 상체를 되잡았다. 그때, 오거리 한복판에서 꼼지락거리는 주먹만 한 물체가 보였다. 비둘기였다. 비둘기 한 마리가 차량이 바삐 오가는 오거리 한복판에서 무언가를 응시하며 주춤거리고 있었다. 그는 상체를 일으키다 말고 비둘기가 응시하는 방향으로 시선을 옮겼다.

아! 그곳에 또 다른 비둘기가 있었다. 터진 내장과 함께 아스팔트 위에 들러붙은 회색 비둘기 사체였다. 그 사체가 된 비둘기를 산비둘기가 어쩌지 못해 종종거리며 바라보고 있었다.

다시 신호가 바뀌었다. 차량들이 거칠게 교행할 때, 산비둘기는 달려드는 차바퀴를 멍하니 바라보고 있었다.

동우는 바닥에 떨어져 처박힌 유골함을 조수석에 올리고 액셀러레이터를 밟았다.

1부

데스노트

0

7년 전이었다. 62퍼센트의 떠들썩한 지지율 속에서 권력이 태동했다. 지방 권력이지만, 대한민국 정당사에서 전대미문의 지지율이었다. 지역 유권자들이 탄생조차 안 한 정당을 열렬히, 전폭적으로 지지했다. 일부 언론이 망국병인 지역주의 탓이라고 했지만, 아버지도 열광했다.

그는 열광한 아버지의 강권과 장인어른의 필요에 따라 창당을 준비하는 태스크포스 팀에 참가했다. 장차 아들을 정치인으로 키워 써먹는 것이 아버지의 꿈이었다.

그는 본업에 종사하면서 짬짬이 태스크포스 팀에 참여했다. 아버지의 뜻에 따라 '댓빵' 백대길의 눈에 들어 지분을 확보하는 일에 매진해야만 했다.

예상 지지율에 고무된 태스크포스 팀은 예상 지지율로 생긴 버블 속에서 '가상 권력'을 맘껏 행사하며, 각자의 기득권을 만들고 지키기 위해 매일같이 서로가 서로를 조사하고 감시하고 검증하고 비방하고 공박하는 권력 다툼에 열을 올렸다. 대길의 비서인 선우강규가 여기에 앞장섰다.

그래서였을까, 62퍼센트의 예상 지지율은 창당한 지 열흘 만에 1.7퍼센트로 급락했다. 불과 5개월 사이에 벌어진 반전이었다. 하지만 당은 1.7퍼센트라는 실제 지지율을 인정하려고 하지 않았다. 그래서 여전히 62퍼센트라는 예전의 예상 지지율을 근거로 배짱을 부리며 콧대를 세웠다.

"허형. 숫자 3의 발견의 의의를 아시오?"

"……?"

'갈보리농원'에서 태스크포스 팀 첫 워크숍을 마치고 뒷정리를 할 때 선우강규가 물었다.

뜬금없는 질문에 당황한 동우는 초면인 상대를 쳐다봤다. 잘 여문 도토리처럼 야무진 상이었다.

"1은 나, 2는 너, 3은 우리요. 스리(three)의 어원이 트랜스(trans)와 스루(through) 아닙니까. 푸훗!"

동우는 뭔가 모르게 무시를 당한 기분이었다.

"그냥 허형도 이제 '우리'가 되었으니, 우리의 소중함을 서로가 생각하자는 뜻으로 던진 농담이오."

강규가 덧붙였다.

그는 초등학교 시절 곱셈 문제를 풀지 못해 걸상 다리에서 뜯어낸 각목으로 맞았던 기억이 떠올랐다. 부잣집이나 권력가의 집안 자식들은 못 푸는 문제가 있어도, 아니 어떤 잘못을 해도 건드리지 못했다.

그러나 당시 미군부대에 빌붙어 먹고 사는 암달러상 손주에 불과했던 그는 많이 맞았다. 아버지는 외아들이었는데, 젊은 시절에는 할머니에게 빌붙어 사는 날건달이었다.

허동우는 강규가 뒷조사를 통해 세세한 과거사까지 다 꿰고 있었다는 사실을 뒤늦게 알았다. 그는 여유 시간이 생기면 정신 체조가 필요하다면서 수학 문제 풀이로 상대를 기죽이거나, 스도쿠(數獨) 게임과 스포츠신문에 있는 낱말 맞추기를 즐겼다. 취미라고 했는데, 프로 수준이었다. 동우가 어떤 목적으로 태스크포스 팀에 들어왔는지를 간파한 그는, 동우를 견제하며 따돌리려고 무진 애를 썼다.

동우는 아이폰을 연결하고 미니 오디오를 틀었다. 베르디의 「레퀴엠」 중 '진노의 날'이 흘러나왔다.

진노와 심판의 날이 임하면
다윗과 시빌의 예언에 따라
하늘과 땅이 모두 재가 되리라
모든 선과 악을 가리시려
천상에서 심판관이 내려오실 때
인간들의 가슴은 공포로 찢어지리!

그는 '진노의 날'을 들으며, 책상 모서리 쪽에 쌓아둔 두보 시집 더미를 뒤져 그 속에서 사람의 다섯 가지 일상 도리를 뜻하는 오상도(五常道)와 오방색을 응용해 나눈 다섯 권의 노트를 찾아냈다.

백대길: 不仁(불인), 안우용: 不義(불의), 나삼추: 非禮(비례), 강형중: 奸智(간지), 조왕구: 不信(불신)

지난 1년 동안 다섯 명의 과거를 조사하고 각각의 행적을 추적해 기록한 데스노트였다. 다섯 명의 일과를 도표로 만들고 오방색으로 각각의 동선을 체크한 지도는 벽에 건 다섯 개의 코르크보드에 붙였다.

다섯 권의 데스노트를 한동안 들척거리던 그는 음악을 바꿨다. 서이연이 보내준 하이든과 터니지와 슈트라우스의 곡이 담긴 보스턴 심포니의 연습곡이었다. 녹음 위치 영향인지 바이올린 연주음이 유독 크게 들렸다.

그는 금고를 열었다. '05-11 유다의 證(증)'이라고 쓴 시집 사이즈의 낡은 메모장을 꺼냈다. 두터운 빗금무늬 레자크지로 만든, 표지와 귀가 닳아 너덜너덜 해어지고 손때가 묻은 메모장이었다. 다섯 권을 철끈으로 꿰매 한 권으로 묶었는데, 두께가 6센티미터쯤 됐다. 아버지가 지난 2005년 2월부터 2011년 4월까지 6년 2개월 동안의 업무상 기밀—아버지가 생각하는—을 육필로 기록한, 일종의 비밀 장부였다.

그는 아버지가 자신이 희생양이 될 수 있다고 눈치챈 시점이 2005년이 아닐까 하는 생각이 들었다.

"유다는 자살을 한 것이 아니라, 구약의 예언을 이루기 위해 누군가에 의해 살해당했을 것이다."

아버지가 도망치는 날 남긴 말이었다. 동우는 선지식같이 난해한 그 말이 황당했다. 그런데 '05-11 유다의 증'이 아버지의 말이 선지식이 아니라 실체적 진실임을 입증해 줬다. 아버지의 말이 유언이자 암시였던 것이다.

동우는 서랍에서 새 노트를 한 권 꺼내 표지에 '선우강규: 通(통)'이라고 썼다. 그러고는 회색 스티커를 붙여 다섯 권의 데스노트 위에 올렸다.

그는 컴퓨터를 켰다. 아이폰과 연결한 미니 오디오의 볼륨을 한껏 높였다. 슈트라우스의 폴카가 흘러나왔다. 이번 곡도 바이올린 소리가 중심이었다.

도서관 전산 시스템 관리 담당자는 마흔한 살의 이혼녀였다. 일주일 전, 다이어트 정보로 위장한 스팸메일을 보내고 그녀의 신상과 컴퓨터 이용 내역을 받아서 체크했다. 컴퓨터에 잠입한 악성 코드는 일주일 동안 자정마다 그녀의 컴퓨터에서 이용 내역을 찾아내 보고한 뒤, 자동 소멸하도록 만들었다. 이틀 전, 안우용이 거주하고 있는 아파트 경비실의 보안 시스템을 해킹할 때와 같은 방식을 썼다.

동우는 모니터 우측 하단에 표시된 '오후 11:37'을 본 뒤, '쿠키'를 심었다. 관음증을 다룬 최신 야동 프로그램을 찾아 보냈다. 보낼 때, 트로이 목마 소스를 변형해 개발한 '히든 뷰' 프로그램을 얹어서 보냈다. 도서관 CCTV 모니터를 관리 담당자와 동시에 실시간으로 볼 수 있도록 설계한 프로그램이었다.

이명박 정권이 들어서면서 보안 강화를 이유로 관공서

내 PC의 포털사이트 접속을 원천 봉쇄했다. 하지만 도서관은 예외였다. 기관의 속성상 포털사이트와의 접속을 막을 수 없기 때문이었다.

그는 스팸메일을 보낸 뒤, 두보 시집을 펼쳐놓고 숫자표를 구상했다. 선우강규가 평소 자신의 지적 우월성을 과시하는 수단으로 곧잘 이용했던 스도쿠 게임을 이용해 메시지를 작성할 생각이었다.

그때 아이폰 액정 화면에 하얀 문자메시지가 떴다가 사라졌다.

—아빠 머해 언제와

물음표 없는 질문이었다.

—일하지
—엄마는
—엄마도 일하지
—언제와

그는 다다음주 토요일이라고 답했다. 어린이날이었다.

1

저녁노을이 뭉그러진 홍시 같았다. 벽걸이 시계에서 뻐꾸기가 튀어 나와 다섯 번을 울고 들어갔다. 20년이 다 된 골동품이지만, 행운을 가져다주는 시계라는 믿음 때문에 백대길이 애지중지했다.

흰색 운동복 차림의 백대길은 축구장 넓이의 앞마당 너머로 벌겋게 물든 저녁노을을 바라보다가 송수화기를 들고 단축 버튼을 눌렀다.

"서, 선우…… 시, 실…… 사장……"

그는 실장이라고 부르려다가 사장이라는 직함을 선택했다. 선우강규는 9년을 동고동락한 부하였다. 그림자처럼 붙어 다니며 비서실장과 보좌관과 비대위 부단장을 지냈다. 그는 일주일 전, 고향으로 낙향하여 『금강만필(錦江漫筆)』을 발행하는 지역 잡지사를 만들어 편집국장을 겸하며 정계 입문의 기회를 노리고 있었다. 『금강만필』은 지방 행정 소식과 지방의회 의원들의 활동을 다루는 격월간 잡지였다.

그가 건설 중인 내포 신도시 예산으로 서둘러 귀향한 것은 4·11 총선에서 패배한 일주일 뒤였다. 새로운 도청 소재지로 가서 새로운 각오와 자세로 재기와 도전을 위한 발판을 스스로 구축하겠다고 했다.

"바쁘지 않으면 날 좀 보세."

호흡을 조절하여 차분한 어조로 말했다.

대전—당진 고속도로를 타면 한 시간 거리였다.

"예, 대표님!"

선우강규는 변함없이 이유를 묻지 않았다. 오라면 오고, 가라면 갔다.

대길은 송수화기를 내려놓고 다탁 위에 놓인 우편물을 집어 들었다. 발신지가 중국 지린성(吉林省)이었다.

그는 A4 용지에 담긴 사진과 시구(詩句)를 뚫어지게 들여다봤다. 눈을 찡그리자 눈썹자리와 광대뼈가 밤톨만 한 크기로 불거졌다. 붓털을 통째로 뽑아 붙인 것같이 길고 수북한 눈썹이 바르르 떨렸다. 『마의상법』을 공부했다는 무운선인에 의하면, 짱구머리에 하악골의 뒤쪽이 불거져 나와 어떤 풍상을 맞을지라도 꿋꿋이 견뎌낼 수 있는 완상(頑相)이고 또 노복궁이 매우 좋아 많은 아랫것들로부터 무한 충성을 받을 상이라고 했다. 그러면서 타고난 상이 노력에 앞선다고 했다.

1시간 15분 만에 달려온 강규에게 뻐꾸기 사진을 건넸다. 불룩한 뻐꾸기 배 밑에 '微軀此外更何求(미구차외경하구)'라는 글귀가 한 줄 깔려 있었다. 글자는 워드 작업을 해서 프린트한 것을 오려서 붙인 것이었다.

대길은 사진과 글귀가 뜻하는 바를 짐작조차 할 수 없었다. 선우강규가 달려왔지만, 한문과 한시에 어두운 까막눈끼리 마주 앉아 눈을 부라려가며 고민한다고 해서 해결 날 문제가 아니었다. 강규는 강형중 교수의 추천을 받아서 외부인의 도움을 받아보자고 했다. 그가 학구파 동료 교수를 소개해줬다.

"미구차외경하구라…… 에…… 하찮은 몸이 이 밖에 또 무엇을 구하리, 라는 뜻이올습니다. 두보가 마흔아홉이 되던 해에 병든 몸을 가누며 청두(成都)에 들어앉아 지은 「강촌(江村)」이라는 시에 나오는 구절이올시다. 답이 되셨나요? 그럼, 이만……"

"청두요?"

우편물 발신지는 지린이었다.

학구파 교수는 답이 끝나자마자 학과 회식에 늦었다며 서둘러 전화를 끊으려 했다.

"자, 잠깐만요. 전문을 알려주실 수 있나요?"

아무런 힌트를 못 얻은 강규가 매달리듯 말했다.

"인터넷 검색창에 대고 '두보 강촌'을 치면 다 나오는데……"

학구파 교수가 투덜대며 말했다.

"이게 두보 시라고?"

백 대표가 A4 용지를 손가락질하며 푸념하듯이 물었다.

"뭐 짚이시는 거라도 있으신지요?"

강규는 목조 계단을 통해 서재로 올라가 컴퓨터를 켜고 검색창에 '두보 강촌'을 쳤다.

清江一曲抱村流(청강일곡포촌류) 맑은 강물 한 굽이 마을을 안고 흐르고

長夏江村事事幽(장하강촌사사유) 긴 여름 강마을 일마다 한가로워라

自去自來梁上燕(자거자래양상연) 들보 위 제비는 마음대로 오가고

相親相近水中鷗(상친상근수중구) 강물 위 갈매기는 짝지어 노니네

老妻畵紙爲碁局(노처화지위기국) 늙은 처는 종이에 줄 그어 바둑판을 만들고

稚子敲針作釣鉤(치자고침작조구) 어린 자식은 바늘 두들겨 낚싯바늘을 만드네

多病所須唯藥物(다병소수유약물) 많은 병고에 시달리는 내게 필요한 것은 오직 약물뿐

微軀此外更何求(미구차외경하구) 보잘것없는 몸이 이 밖에 또 무엇을 구하리

시가 징징거리는 홀아비의 하소연 같아 서글퍼 보였다. 어쩌면 누군가 백 대표의 처지에 빗대어 약을 올리기 위해 보낸 것일 수도 있다는 생각이 들었다.

백대길은 총선을 준비하던 중에 대표직에서 물러났고, 4월 11일 총선에서 낙선했다. 대표직은 총선 전에 자진 사퇴했으나 쫓겨난 것과 다름없었다.

대길은 총선을 앞둔 2개월 전 '불사조' 오이재와의 다툼에서 통한의 되치기를 당했다. 그가 간 쓸개 없는 것처럼 갈팡질팡하는 인간이라 얕잡아 봤다가 역습을 당한 것이다.

강규는 다시 A4 용지를 들여다보다가 검색창에 '뻐꾸기'를 쳤다.

유형: 동식물
성격: 동물, 새
학명: Cuculus canorus telephonus HEINE
생물학적 분류: 두견이과
외형(크기|길이|높이): 전장 35㎝
출산/개화 시기: 5월 하순~8월 상순
정의: 두견이과에 속하는 전장 35㎝의 중형 조류
내용: (……) 탁란성의 조류로 주로 멧새·개개비·검은딱새·알락할미새·때까치 등 소형 조류에 탁란한다. 산란기는 5월 하순에서 8월 상순까지이고 암컷은 가짜 어미 새의 알을 한 개만 부리로 밀어 떨어뜨리고 둥우리 가장자리에 앉아 자기 알을 둥우리 속에 산란한다. 한 개

의 둥우리에 한 개의 알을 위탁시키는 것이 보통이다. (……) 늦은 봄날 야산에서 흔히 그 울음소리를 들을 수 있었기 때문에 봄날의 정서를 표현하는 시나 소설에 자주 등장한다. 그러나 농약의 살포로 거의 자취를 감추어버려 지금은 보기 힘들게 되었다.

막연했었는데, 무언가 설핏 짚이는 구석이 있었다.

"백대가리 갸는 뻐꾸기 같은 정치인이야. 주어진 파이를 나누는 기술은 억수로 빼어날지 몰라도, 새로운 파이를 맨들어서 키우는 기술은 젬병이라."

오이재가 라디오 대담 프로그램 '지금, 여기 이슈'에 출연해 내지른 백대길의 인물평이었다. 오이재는 백대길의 동지로 잠시 위장한 정적이었다.

"선우 사장…… 자네 생각은 뭔가? 짚이는 게 있나?"

백 대표가 오만상을 찌푸리며 물었다. 그의 탱탱한 아랫배가 거칠게 들락날락했다.

"송구합니다만, 뻐꾸기의 특징이 탁란(托卵) 아닙니까, 왠지…… 그리고 '약물'을 가리키는 '이 밖'이라는 단어도 예사롭지 않습니다요. 뭔가 모르게 계획적이고 의도적인 냄새가 나는디유."

표현은 신중해도 예상은 과장하지 않을 수 없었다. 침소봉대하지 않았다가는 뒷날 크게 책임질 일이 생길 수도 있기 때문이었다.

"뭐여, 탁란?"

순간, 강규는 탁란과 이번 일이 무슨 상관인가, 라고 캐물으면 어쩌나 싶어 오금이 저렸다. 그러나 백 대표가 코웃음으로 자신의 질문에 스스로 답했다. 어처구니없지만, 이미 알고 있다는 뜻이었다.

"신고하게."

백 대표가 강규의 어깨를 치며 지시했다. 그러고는 거실로 내려갔다. 목조 계단이 삐걱거리며 비명을 내질렀다.

"예?"

강규가 맞은 어깨를 주무르며 물었다.

"뻐꾹!"

벽시계가 다시 울었다.

"경찰에 신고하라고!"

"뻐꾹, 뻐꾹……"

"예!"

강규가 뻐꾸기의 울음을 비집고 잽싸게 대답했다.

공개해서 정식으로 대응을 하겠다는 뜻이었다.

"뻐꾹, 뻐꾹, 뻐꾹……"

뻐꾸기가 부지런히 일곱 번을 울고는 제집으로 들어갔다.

2

선우강규는 사모님이 손수 차린 늦은 저녁상을 받았다. 찬으로 한우와 함께 더덕구이가 나왔다. 조촐하지만 값나

가는 웰빙 식단이었다. 집에서 먹는 식재료는 '갈보리농원'에서 공급 받았다. 갈보리농원은 백 대표의 여동생이 외국인 노동자들을 고용해 운영하는 대규모 무기농 재배 농장이었다.

백대길은 수저질을 하는 둥 마는 둥 하다가 베란다 너머로 어둠이 깔린 잔디밭을 바라봤다. 대지는 1,100평이었으나, 그린벨트로 묶인 밤나무 임지 중 1,000평까지 무단 수용하여 정원처럼 사용하고 있었기 때문에 마당이 축구장 넓이였다. 건평 140평을 뺀 나머지는 잔디밭이었다. 100미터에 달하는 진입로가 정문에서 현관문까지 뻗어 있었다. 폭 5미터 넓이의 진입로에는 박석이 깔려 있었다.

백 대표는 창밖을 바라보다가 아예 수저를 놓았다. 강규도 지체 없이 백 대표를 따랐다.

사모님이 곧바로 상을 치웠다. 왜 그만 먹느냐고 묻지도, 더 먹으라고 권하지도 않았다. 게다가 강규와는 좀처럼 눈길을 마주치려 하지 않았다. 아무래도 지난번 보고 건으로 심기가 많이 틀어진 것 같았다.

선거 출마를 공식 발표하기 한 달 전이었다. 긴급 호출을 받아 꼭두새벽에 불려온 강규가 사전 유세차 조기축구 회원들을 만나러 나간 백 대표를 기다리고 있었다. 사모님이 대문가에서 서성이는 강규를 집사를 통해 거실로 불러들였다. 그러고는 보고 건을 문제 삼아 조곤조곤 따졌다. 강규는 정당한 사실 보고를 고자질로 몰아붙이며 따지고 드는 사모님이 야속하고 어처구니없었다.

사모님은 어설픈 자선사업가를 흉내 내며 쏘다녔다. 그러느라 돈이 필요했는지 고가의 다이아 반지를 내다 팔았다. 그것도 총선을 코앞에 둔 예민한 시기에 직접 금은방에 들고 나가서…… 그러자 금방 소문이 퍼졌다. 정치자금이 궁해 마누라의 반지까지 내다 팔 지경에 이르렀다는 억측이나, 마누라가 총선에 나간 남편의 정치자금을 마련해주고자 팔았다는 억측 따위가 나돌았으나 문제 되는 것은 아니었다.

문제는 내다 판 3캐럿짜리 다이아 반지의 출처였다. 백 대표가 사줬다고 해도 문제였고, 누구에게 받았다고 하면 뇌물이라 더 큰 문제였다. 결코 그럴 리는 없겠지만, 백 대표가 시가 1억 5,000만 원짜리 반지를 무슨 돈이 있어서 사줬겠으며—물론 절대 사줄 사람이 아니었다. 선물로 받은 것이라면 누가 왜 선물했는지가 뇌물공여로 둔갑될 수 있었다.

사모님이 반지를 내다 판 이유는 빤했다. 봉사활동에 쓸 밑천 마련 때문이었을 것이다. 그러나 아무리 그렇다고 하더라도 왜 하필이면 선거를 앞둔 그 미묘한 시기에 내다 팔았는가는 아직도 미스터리이다. 아무튼 이 때문에 백 대표는 유세 기간 내내 다이아 반지 스캔들을 치러야 했다.

강규의 보고를 일방적으로 폄훼한 사모님이 자신의 행동을 일방적으로 해명했다. 차제에 자신의 생각과 행동을 이해시키고 납득시키려는 변명이자, 또다시 이런 고자질을 할 경우에 간과하지 않겠다는 경고 같았다.

"하낫, 둘, 헛, 뚤……"

이때 운동복 차림의 배불뚝이 백 대표가 구령을 붙이며 추종자들을 줄줄이 이끌고 달려왔다.

"일흔셋에 헤딩숫이라, 하!"

"이 동네 조기축구회 역사상 최고령자의 골이라잖아."

"역시 대표님이야. 빼액, 대, 길!"

"나는 머리카락이 걱정돼서 헤딩은 엄두가 안 나던 디……"

강 교수가 백 대표의 대머리 쪽으로 자신의 대머리를 디밀며 말했다.

조기축구회 경기에 끼어든 백 대표가 불과 10분가량 뛰었는데, 그 짧은 시간에 골까지 넣었다며 추종자들이 야단이었다.

"다음에 다시 얘기해요."

백 대표가 나타나자 사모님이 말을 끊었다. 그러고는 개장국이 끓어 넘치고 있는 솥단지 곁으로 가 자원봉사자들 속에 섞였다.

3

안우용은 송수화기를 떨어뜨렸다. 뒷골이 터질 듯하고 순식간에 온몸의 피가 굳는 것 같았다. 베란다와 맞닿아 있는 보문산 자락이 보이질 않았다.

"이 양반아. 자꾸 대그빡을 굴리시려고 애쓰덜 마시라니까. 그러면 대사를 조질 수 있으요."

송수화기를 다시 집어 들었을 때, 사내—어쩌면 여자일 수도 있을 것이다—가 음성변조기를 사용해 말했다. 에코가 섞인, 물에 불어터진 풀빵 같은 기계음이었다.

놈은, 딸을 청춘에 비명횡사시키든지, '어르신'을 배신하든지 오직 둘 중 하나만을 선택할 수 있다고 했다. 그러면서 딸의 안전은 열흘 동안만 보장할 수 있다고 했다.

"5월 7일, 20시까지요."

그러나 열흘 안에 지시한 사항을 이행하지 않거나 실패하면, 살아 있는 딸을 보지 못해서 이번 어버이날이 지옥처럼 기억될 것이라고 했다.

인애는 놈의 말을 입증하듯이 귀가하지 않았다. 집과 직장을 시계추처럼 오가는 아이였다. 문자를 보내도 답장이 오지 않았다.

안우용은 숨이 멎을 것만 같았다. 섣부르게 신고를 할수도, 누구와 대놓고 상의를 할 수도 없는 노릇이었다. 문득 사위가 떠올랐으나 도움을 청하고 싶지 않았다. 그는 백 대표에게도 이 사실을 알려야 한다고 생각했다. 하지만 자칫 문제만 더 꼬일 수 있다는 생각이 들었다.

우용은 안방으로 들어가 아내에게 사실대로 말했다. 갈보리농원을 다녀와서 봄볕에 얼굴이 탔다며 오이 마사지를 하던 아내가 벌떡 일어났다. 자초지종을 모두 들은 아내가 혼절해 쓰러졌다. 119를 부를까 하다가 일을 키우는 것 같아 그만뒀다. 그는 혼절한 아내의 볼과 이마에서 남은 오이 쪼가리를 떼어내고 손발을 주물러 깨웠다. 10분여 만에 깨어난 아내는 아무 말 없이 성경책이 든 손가방을 챙겨들고 집을 나섰다. 우용은 119를 부르려 집어 들었던 휴대전화로 아내가 교회까지 타고 갈 콜택시를 불렀다.

우용은 한평생을 어르신 백대길의 그늘 밑에서 살았다. 그의 하나님은 백대길이었다. 둘은 똑같이 그 시절의 최말단이었던 5급 공무원으로 시작했으나, 인물은 하늘이 낸다고 출세 수준에서 격차가 컸다.

우용은 리더십과 추진력이 빼어나고 타고난 배경과 운까지 좋은 백대길이 이렇게 하라면 이렇게 했고, 저렇게 하라면 저렇게 했다. 육체적 나이는 대길이 그보다 다섯 살 아래였지만, 권력과 돈과 지식의 나이로 따지면 열 배가량 위였다.

사람들은 이구동성으로 동사무소 서기 출신인 우용의 부귀영화가 백대길 권력의 찌꺼기에서 나왔다고 말했다. 반은 맞고, 반은 틀린 말이었다.

우용은 대길의 권력 확장 및 유지를 위해 '가방모찌'와 희생양을 자처하며 온갖 허드렛일을 도맡아 처리했다. 백대길 대신 누명도 많이 쓰고 오해도 많이 받고 잡도리질도 많이 당했다. 심지어는 지금의 아내에게까지.

어르신 대길은, 우용을 때로는 비서처럼, 때로는 집사처럼, 또 때로는 '꼬붕'처럼 부렸다. 공직을 은퇴한 지 햇수로 20년. 당을 만든다고 할 때, 그것이 사탕수수로 만드는 당(糖)이 아닌 줄 알고는 눈앞이 캄캄했다. 우용은 돈을 만드는 재주가 없었다. 돈이 정치를 움직이는 동력인데, 돈 없이 어찌 정치를 한단 말인가.

임명직과 선출직 지사를 12년간 역임한 백대길도 행정의 달인답게 돈을 쪼개 쓰는 재주는 탁월했으나, 돈을 만들어 자기가 챙기는 재주는 그에 못 미쳤다. 정치자금 모금은, 숫자놀음으로 사업 예산안을 올려 심의를 거친 뒤 국고를 따오는 것과는 차원이 다른 문제였다. 정치자금은 무에서 유를 창출하는, 때에 따라서는 을러서 뜯어내야만 하는, 그야말로 맨땅의 헤딩이었다.

결국 안우용은 은퇴 이후에 번 돈, 다시 말해 고문과 자문 일을 통해서 번 돈을 깡그리 어르신의 '노욕'과 당의 명맥 유지를 위해 헌납키로 결심했다. 어르신이 만들어준 이런저런 감투로 매달 2,500만 원에 상당하는 목돈이 들어왔다. 기부금 형식으로 매달 2,000만 원씩 낸 돈이 정당 사무실 운영비로 쓰였다. 500만 원은 남겨서 용돈으로 썼다. 사무실 임대보증금과 월세는 어르신으로부터 가장 많은 신임과 특혜를 받아온 마실저축은행 허 회장이 맡아 해결했다.

당시 도지사로서 임기를 1년가량 남겨둔 어르신은 공식적으로 이런 자금의 은밀한 흐름과 무관했다. 다 알지만, 전혀 모르는 것으로 했다. 백대길의 별명이 뻐꾸기가 된 이유였다.

우용은 양손으로 베란다 난간을 움켜쥐고 서서 여명을

맞았다. '서대전 광장'의 철제 시계탑이 5시 10분을 가리키고 있었다. 우용은 찬바람에 재채기를 할 때 오줌을 찔끔 지린 것 같았다. 팬티가 손바닥만큼 누렇게 젖어 있었다.

　우용은 휴대전화 폴더를 열었다. 오늘 태극권 동아리 지도는 어려울 것 같았다. 번거롭게 내려가서 말하는 것보다 전화를 택했다. 총무 역에게 모인 사람들끼리 알아서 복습하라고 일러줬다.

2012년 4월 29일, 일요일

1

6시 5분이었다. 안우용은 주섬주섬 옷을 챙겨 입었다. 아내가 옷을 어디 뒀는지 몰라 팬티는 갈아입지 못했다. 발이 편한 신발을 찾아 꿰며 지갑을 꺼내 신분증을 다시 한 번 확인했다. 놈이 신분증과 휴대전화는 꼭 챙기고 필기구를 비롯한 소지품은 일절 휴대하지 말라고 했다. 그러고는 '가오도서관'으로 가라고 했다. 가서, 8시 30분까지 3층 일반열람실 좌석 'K-8'에 가서 앉으라고 했다.

우용이 신발장 안에 있는 지팡이를 챙겨 들었다. 작년 점역사(點譯士) 시험을 합격한 기념으로 독일 여행을 다녀온 인애가 선물로 사다준 비싼 지팡이였다. 크롬 링으로 장식을 한 검정색 인조 크리스털 손잡이와 미끈하게 뻗은 바디가 멋진 지팡이였다. 고광택 래커 칠을 한 바디에 스트라이프 문양까지 넣어 멋을 더했다.

지팡이를 힘껏 움켜쥐고 현관을 나섰다. 힘들지만, 가오도서관까지 걸을 작정이었다. 5킬로미터 남짓한 거리였다. 쉬엄쉬엄 걸어 8시 30분까지 도착할 생각이었다.

그는 아파트 출입구를 나서기 전에 공동 우편함을 살펴봤다. 놈이 말한 대로 각대봉투가 보였다. 발신처와 발신인이 없고 우표나 소인도 없었다. '안우용 옹 친전'이라고만 표기되어 있었다. 영화에서처럼 신문의 인쇄자를 한 자한 자 오려 집자를 해 붙였다.

갈색 각대봉투를 뜯자 다섯 장의 컬러 프린트물이 나왔다. 우용은 자신의 지문이 묻지 않도록 조심하며 프린트지를 한 장 한 장 살폈다. 모두 인애의 모습을 찍은 사진이었는데, 각 프린트물마다 시간이 표기되어 있었다.

'01:03, 01:30, 02:01, 02:30, 03:14'

화질 상태로 볼 때, 비디오 화면을 캡처해 칼라 전용 프린터지로 뽑은 것 같았다.

그는 빛이 누리끼리한 공용 현관 등 밑으로 가서 프린트물을 다시 비춰보았다. 혹 지문이라도, 아니 어떤 단서라도 찾을 수 있을까 싶어서였다. 하지만 소용없는 짓이었다.

몸값을 노린 영리 유괴는 아닌 것 같았다. 신변 안전보장을 입증키 위해 인애를 돌려줄 때, 일거수일투족을 24시간 내내 녹화한 비디오테이프 열흘 치도 같이 넘겨주겠다고 했다. 범인이 보낸 프린트물은 그의 약속이 빈말이아님을 보여주기 위한 증표이자 경고 같았다.

마지막 캡처에 찍힌 시간이 03:14였다. 인애가 곤히 잠들어 있었다. 약물에 취했거나 혼절한 것일지도 모른다는 생각이 들자 울컥했다. 01:03과 01:30에 뜬 캡처에는 놀라 긴장한 모습이, 02:01과 02:30의 캡처에는 체념한 듯 멍한 표정이 찍혀 있었다. 모두 배경 없이 얼굴만 클로즈업하여 찍은 사진이었다.

그는 자우어 지팡이 쥔 손을 틀어 시계를 봤다. 6시 15분이었다. 놈이 3시 14분부터 6시 15분 사이에 우편함을 다녀갔다는 얘기였다. 우용은 서둘러 출입구를 빠져나와 사방을 두리번거렸다.

"이보게."

장애인 전용 주차칸에 무단 주차한 차량에 주차질서 위반 딱지를 붙이고 돌아서는 경비원을 불러 세웠다. 경비업체 'WALL MARK' 유니폼을 차려 입은 다부진 체격의 젊은 경비원이었다. 우용은 까불까불 걷는 월 마크 경비원과 함께 경비실로 향했다.

301동 현관 입구의 CCTV 녹화 화면을 확인하기 전에 아파트 단지 내에서 특이 사항이나 수상쩍은 사람이 체크된 것은 없었는지 물었다. 자신을 당직 조장이라고 소개한 중년의 경비원이 느린 말투로 없었다고 답했다. 우용이 있을는지도 모르니 301동 출입구의 CCTV 녹화 화면을 점검하라고 했다.

명령조의 말에 잠시 뜨악해하던 당직 조장은 뒤늦게 우용을 알아보고 화들짝 놀라 CCTV 조종반으로 다가가 앉았다. 3시 14분 이후부터 6시 15분 사이에 출입구를 드나든 열 명을 차례차례 살폈다.

가방을 멘 고등학생 한 명, 골프 가방을 메고 담배를 입에 문 중년 남자 한 명, 옆구리에 성경책을 낀 앞집 노인한 명, 우유 배달원 두 명, 신문 배달원 세 명, 빨간 패딩점퍼를 커플로 맞춰 입은 노부부 한 쌍이었다. 현관 복도쪽 엘리베이터 앞을 찍은 CCTV를 확인했다. 엘리베이터를 탔거나 내린 사람이 아홉 명이었다.

현관 입구의 CCTV 화면과 현관 복도의 CCTV 녹화 화면을 비교하며 다시 살폈다. 신문 배달원 세 명 가운데 검은 오토바이 헬멧을 쓴 한 명이 현관 복도 쪽 CCTV에 없었다. 검은 헬멧이 찍힌 5시 32분을 전후해 아파트 단지정문과 후문에 설치된 열 대의 CCTV를 확인했다. 초콜릿색 오토바이 한 대가 5시 31분 정문으로 들어와 5시 33분후문으로 나갔다.

우용은 머릿속으로 시간을 가늠했다. 오토바이로 2시간18분 안에 닿을 수 있는 거리 안에 인애가 있다는 추정이가능했다. 3시 14분에 찍은 화면이 있으니 두 시간 거리로보는 것이 옳을 것 같았다. 반경 200킬로미터 안에 인애가있을 것이다.

화면 속의 헬멧을 손가락 끝으로 두드리며 번호판 확인을 재촉했다. 장비 조작이 서툰지 당직 조장이 한참을 헤매다가 화면을 클로즈업했다. 하지만 클로즈업을 한 만큼화면이 뭉그러지고 깨져 번호 식별이 불가했다. 302동 뒤편 놀이터 쪽 CCTV에 잡힌 화면도 마찬가지였다. 41만 화소로 낮은 해상도가 문제라고 했다. 화소가 얼마여야 제대로 보이는 것이냐고 물었다.

"130만 화소는 돼야……"

젊은 경비원이 41만 화소는 야간에는 5미터, 주간에는 15미터 거리 안에서 잡혀야만 겨우 얼굴 식별이 가능하다고 했다. 우용은 CCTV를 지팡이로 때려 부수고 싶었다. IT 첨단 강국에서 89만이나 차이가 나는 이런 싸구려 저질 구닥다리 무용지물을 대체 어떤 놈이, 무얼 받아 처먹고 설치한 것인지 당장 조사해서 보고하라며 소리소리 질렀다.

우용이 어떤 사람인지를 잘 아는 두 명의 경비원이 두 손을 모으고 머리를 한껏 조아린 채 절절맸다. 한동안 화를 쏟아내던 우용은 흠칫했다. 이렇게 야단법석을 떨 일이 아니었다. 우용은 조장에게 말했다.

"이따 다시 들를 테니 오토바이가 찍힌 화면을 복사해주시오. 그러고 내가 여기 들른 건 우리끼리만 아는 것으로 해주시오."

그는 녹화 화면 복사를 부탁하고 나서 회식비로 쓰라며 10만 원짜리 자기앞수표 다섯 장을 빼 건넸다. 프린트물이 든 각대봉투는 찾아갈 테니 보관해달라고 했다. 조장이 머리를 조아리며 두 손으로 수표와 각대봉투를 받았다. 조아린 정수리에서 밤새 찌든 니코틴 냄새가 났다.

2

백대길은 7년 전, 선우강규가 대필해준 출사표를 통해
쓰레기 청소부 역할을 자임했다.

'쓰레기가 된 한국 정치를 청소하겠다며 나섰는데, 되레
쓰레기 취급을 받게 되다니……' 그는 한숨이 절로 나왔
다. 낡은 정치, 구태 정치, 공작 정치, 패권 정치, 중앙집권
식 정치는 재활용이 불가한, 나라를 좀먹는 쓰레기라고 정
의했다.

그는 오직 깨끗하고 참신한 분권형·참여형 정치를 꿈꾸
며, 이를 주장했다. 그리하여 수도권 9, 지방 1로 짜인 기
형적 나라 구조를 최소한 7 대 3까지 바꿔야 한다고 역설
했다.

수다스러운 강형중 교수는 공자의 문자를 빌려 불환과
환불균(不患寡 患不均), 즉 부족한 것을 걱정할 것이 아니
라 고르지 못한 것을 걱정해야 한다, 라고 했다.

그러나 수도권 대 지방이라는 대립 구도를 만드는 순간,
백대길은 정치적으로 고립무원의 처지가 되고 만 것이다.
아이러니한 현상이었다.

지역의 맹주들은 당을 사유화하여 장구한 세월 동안 대
권욕과 사익을 위해 썼다. 심지어 자기 당을 통째로 다른
당에 넘겨 합치기도 했다. 1인 보스가 '권리금' 몇 푼에 당
을 팔아먹은 것이다. 이게 싫거나 아니꼬운 당원은 떠나라

고 했다. 참기 힘든 모욕이었다. 대길은 OECD 선진 국가에서 어찌 이런 일이 발생할 수 있냐며 따졌다. 결국 탈당한 대길은 새로운 당을 만들었다.

마지막까지 석양을 아름답게 물들이고 사라지겠다는 노정객의 지나친 열정과 과욕이 대길의 자존심에 상처를 냈다.

'군바리 출신도 해온 정치를 행정가가 못하리라는 법은 없다.'

대길이 홀로 고민 끝에 마침내 내린 결론이었다. 이런 와중에 호기가 생겼다. 신행정수도 건설 문제가 제기됐다. 노무현 대통령이 공약으로 내세웠던 국책사업이었는데, 시행이 지지부진하고 만만치 않았다. 처음 취지는 국토 균형 발전이었다. 그런데 시비에 휘말리면서 주장의 준거가 바뀌었다.

수도권에 기반을 둔 메이저 권력가와 자본가들이 앞장서서 반대했다. 이들의 반대 논리는 균형이 정치와 경제 발전에 아무런 득이 되지 않는다는 것이었다. 정치와 경제의 편중과 불균형을 막자는 것이 정치와 경제의 발전에 득이 되느냐 안 되느냐, 라는 논리로 뒤바뀐 것이다. 논거의 전복이 결국 중부 지역민의 자존심을 건드리고 말았다.

이러한 이유로 대길의 인지도와 지지도가 가파르게 상승했다. 포털사이트 실시간 인기 검색어에까지 이름이 올랐다. 대길에게 '폭풍 지지'를 보낸 때문이었다. 하루아침에 인기 스타가 된 대길은 한껏 고무되었다.

그는 내친김에 지사 임기를 마치고 나면, 지지자들의 열망을 등에 업고 지방 중심의 분권화된 나라를 만들어보기로 작심했다. 이미 얻은 인지도와 지지도가 있었기 때문에 무주공산이 된 지역에서 패권을 잡는 일은 문제될 것이 없었다. 총칼을 앞세운 '5·16'으로 데뷔해 지역을 호령하던 노정객은 미처 노을이 못 된 채 사라졌고, 오이재와 이세갑은 일찍이 지역을 떠나 중앙 무대에서만 놀며 잔뼈가 굵은 탓에 지역에서 전폭적인 민심을 얻기 힘들었다. 때문에 대길은 정식으로 정계 데뷔를 하지 않았음에도 불구하고 지역 사회에서 지지도와 인지도가 타의 추종을 불허하는 부동의 1위였다.

당시 대길의 당면 문제는 새로운 정치 프레임을 짜는 일이었다. 기존 정당의 기득권을 깨부술 만한 프레임이 필요했다.

지금 와서 생각해보니, 그 프레임이 강형중 교수가 짜준 수도권 대 지방이라는 대결 구도였다. 결국은 같은 말이지만, 수도권과 지방의 상생 구도로 짰어야 했다.

창당 전에 기자들이 백대길을 졸졸 쫓아다니며 물었다. 어떤 정당을 만들어서 어떤 정치를 할 생각이냐는 질문이었다. 강규의 충고에 따라 목하 구상 중이라고 얼버무렸다. 미리 알려주면, 미리 씹히기 때문에 전략상 미리 알려주지 말라고 했다. 그러자 신당의 정체가 진보냐 보수냐 중도냐만 말해달라며 보챘다. 언론의 관심사는 오직 정당이 표방할 이념 성향이었다. 이념이 수단이 아닌 목적이

된 때문이었다.

재촉이 윽박지르는 수준이었다. 그래서 중도라고 답을 했다. 딱, 중도는 없다며 어느 쪽 중도냐고 다시 물었다. 대길은 화를 내며 중도면 중도이지, 중도에 좌와 우가 어떻게 따로 있을 수 있겠냐고 되물었다. 버르장머리 없는 기자가 노트북 자판을 두드리다 말고 눈깔을 치뜨고, "있어요"라며 대거리를 했다.

언론은 이념 간의 갈등과 대립을 필요로 했다. 갈등과 대립 없이 대화와 타협만으로 정치가 이루어진다면 언론이 심심할 수밖에 없을 것이다. 언론은 정치권이 보수와 진보, 좌와 우로 나뉘어 이전투구하는 가운데 이윤을 챙겼다.

대길은 벽에 걸린 게르하르트 리히터의「접이식 빨래 건조대」앞에서 뻐꾸기 사진 복사본을 들여다보며 불편한 심기를 추스르려 애썼다.「접이식 빨래 건조대」는 허남두 회장이 창당 기념 선물로 기증한 그림이었다.

3

안우용은 가오도서관에 도착해서 화장실부터 들렀다. 필요할 경우를 대비해 옷소매에 감춰온 필기도구를 변기 뒤에 숨겼다. 화장실을 나와 노약자용 엘리베이터를 타고 3층 일반열람실로 올라갔다. 놈이 가리킨 'K-8'에 앉았다. 책 두 권이 놓여 있었다. 놈이 자리를 잡아두려고 한 짓 같았다.

8시 30분이었다.

우용은 불안한 시선으로 빈 열람실을 두리번거렸다. 그가 아는 사람도 많지만, 그를 아는 사람이 더 많은 지역사회가 아닌가. 행여 아는 사람이라도 만나 자칫 일이 엉뚱하게 꼬이거나 일을 그르치면 어쩌나 싶어 불안했다.

그는 아침햇살이 미세먼지를 비추는 텅 빈 열람실을 휘둘러보고는, 손깍지를 껴 턱을 고였다. 그러고는 책상 위에 놓인 두 권을 책을 내려다보다 깜짝 놀랐다. 『대길의 大路行(대로행)』과 『내려오며 본 것들』이었다. K-8에 앉아 기다리고 있으라고 한 놈의 지시가 생각났다. 우용은 평정심을 찾으려 손깍지에 턱을 괸 채 눈을 감았다. 그는 두 손을 모아 딸의 무사 귀가를 기도했다.

기도 중인 우용의 어깨를 누군가 툭 쳤다. 불쾌감을 느낄 만한 세기였다. 그러고는 골프용 반장갑 낀 손을 불쑥 내밀었다. 벽시계가 8시 40분을 가리키고 있었다. 우용은 지갑에서 신분증을 꺼내 보여줬다. 신분증을 받아 쥔 놈이 다른 손으로 다짜고짜 우용의 턱을 잡아 돌렸다. 신분증과 얼굴을 대조해보려는 행동이었다.

번들거리는 검정색 풀페이스 헬멧에 못생긴 가지처럼 우용의 찌부러진 얼굴이 비쳤다. 다음 순간, 우용은 놀랐다. 아파트 경비실 CCTV 화면에서 본 놈이 틀림없었다. 검정색 풀페이스 헬멧과 체격이 같았다. 놈이 입은, '씽씽 Quick'이라고 찍힌 빨간 조끼만 다를 뿐이었다. 신분 확인

을 끝낸 놈이 순식간에 위압적인 태도로 우용의 몸수색을
한 뒤, 마닐라지 각대봉투를 건네줬다. 그러고는 우용의
뺨을 아이 어르듯이 톡톡 두드리고는 안짱걸음으로 열람
실을 빠져나갔다. 걸음걸이도 CCTV와 닮았다. 놈은 1분
도 채 안 되게 볼일을 다 보고 거짓말처럼 사라졌다.

우용은 멍한 표정으로 배달원이 사라진 출입구 쪽을 바
라보다가 밀봉된 각대봉투를 뜯었다. 내용물을 꺼내려 할
때, 오토바이의 거친 시동음이 열린 창을 넘어 들어왔다.
창가로 달려가 오토바이의 번호판을 확인하고 싶었으나,
몸이 굳어 생각을 따라주지 않았다. 잠깐 머뭇거린 사이에
오토바이 엔진음이 사라졌다.

각대봉투 안에는 두 개의 파일철이 있었다. 각각의 파일
철에는 대학노트 한 권과 낱장으로 된 인쇄물과 복사물들
이 제각각 뒤섞여 있었다. 노란색 스티커를 붙인 대학노트
의 겉장에는 '인(仁)', 파란색 스티커를 붙인 대학노트에는
'의(義)'라고 씌어 있었다. 파란 스티커가 붙은 노트의 표
지를 넘기자, 반으로 접힌 프린트지가 보였다.

　　우용 옹께—
　『대길의 대로행』과 『내려오며 본 것들』을 노트와 함께
병독하세요.
　　반드시 읽으셔야 부분에는 파란색 견출지를 붙여놨습
니다.
　　이 쪽지를 포함한 노트는 18시 05분 회수합니다. 다

읽으셨어도 18시 05분 회수자가 올 때까지는 자리를 지키셔야 합니다.

　PS: 점심은 평소 좋아하시는 메뉴로 배달해드리겠습니다.

　놈의 지시문이었다. 의외로 친절한 지시문 같았다. 우용은 먼저 '인'이라고 쓴 노란색 표지의 대학노트를 펼쳐 재빠르게 일별했다. 페이지를 적은 숫자 밑에 메모 형식으로 적은 글이 보였다. 손글씨였다. 군데군데 기사를 오려 붙인 것도 보였다. '의'도 같은 형식이었다. 각각의 해당 책자 페이지를 적고 거기에 대한 반론을 펼친 뒤, 반증 또는 방증 자료를 덧붙인 것으로 보였다.

　우용은 놈이 쪽지에 적어 건넨 지시대로 움직였다. 놈이 읽으라고 요구한 책은 백 대표의 자전적 에세이집과 우용의 회고록이었다. 알고 있는 내용이어서 굳이 처음부터 전체를 다시 읽을 필요는 없을 것 같았다.

　『대길의 대로행』 초고는 3년 전, '나의 생각, 나의 도전'이라는 가제로 어르신이 지사로 재직할 당시 공보실 스피치 담당이었던 직원에 의해 업무일지와 도정 구상 메모와 인터뷰 기사와 대필한 칼럼 등을 바탕으로 얼개와 초안이 작성됐다. 그러고는 백 대표의 손을 거쳐 우용에게 넘어왔다. 우용은 선별된 소재와 에피소드의 공개 여부와 적절성 등을 재검하고, 백 대표가 빠뜨린 시장 재직 시의 공적과 청와대 근무 시의 주요 실적을 추려서 덧보탰다.

우용은 전직 공보실 직원과 시인인 전직 연구원과 지방지 정치부 기자로 집필 팀을 짜서 에세이집 작업을 했다. 백 대표 보좌로 바쁜 선우강규는 제외시켰다. 이렇듯 우용이 기획·집필·편집 제작은 물론, 법률 자문까지 시시콜콜 관여한 책인지라 모르는 내용이 없었다. 모두 외울 지경이었다.

돋보기를 끼고 『대길의 대로행』을 살폈다. 손 탄 흔적 없이 깨끗했다. 면지와 표제지 사이에 끝을 접어 올린 검정 가름끈이 제본 상태 그대로 놓여 있었다. 하지만 출판 기념회 때는 천여 명의 인파가 몰려 인근 교통을 마비시킨 바 있다. '이 책을 나를 이 자리에까지 올 수 있도록 이끌어주시며 채찍질해주신 고마운 분들께 삼가 엎드려 바친다'라는, 낯간지럽고 가식적인 헌정 문구가 보였다.

검지에 침을 발라 목차를 펼쳤다. 목차에 연필 표지가 보였다. 다섯 개의 타이틀에 체크 표지와 밑줄이 그어져 있었다.

그래, 우리는 핫바지야!
불알 두 쪽만 차고 사는 나라
신세러티(sincerity)
해양 국가 건설이 살길이다
'건설적 파괴'를 하자

해당되는 다섯 챕터를 찾아서 읽으라는 뜻으로 쳐둔 밑

줄 같았다. 밑줄이 부비트랩 선처럼 보였다.

우용은 개가식 서가로 가서 도서관에 비치된 같은 제목의 다른 책 네 권을 뽑아 살폈다. 다른 책에는 아무런 표지가 없었다. 자리로 돌아와 이번에는 『내려오며 본 것들』의 목차 쪽을 펼쳤다. 『대길의 대로행』과 달리 목차에 별도 표지가 없었다. 전체를 읽으라는 건 아닐 텐데…… 하며 책장을 뒤적이다가 윗부분에 뻐드렁니처럼 삐져나온 파란색 견출지를 발견했다.

긴장한 때문인지, 머리가 멍하고 눈이 침침해서 미처 보지 못한 것이다. 93쪽과 217쪽에 견출지를 붙여놨는데, '태극기 높이 들고'와 '어린이가 미래다'라는 타이틀로 쓴 글이었다.

우용은 파일철에서 노란색 스티커가 붙은 대학노트를 꺼냈다. 표지에 큼지막하게 네임펜으로 쓴 '仁' 자가 이쑤시개 네 개를 함부로 던져놓은 것 같았다.

책에 체크한 것과 같은 타이틀들이 씌어 있었다. 모두 손글씨였다. 깨알 같은 크기로 썼는데, 키릴문자 같은 서체에 글자의 오와 열이 자로 잰 듯 반듯했다. 첫 장의 첫 자와 마지막 장의 끝 자가 흐트러짐 없이 한결같았다. 모두 58쪽이었다. 스마트폰이 없어 찍어둘 수도 없었고, 필기도구가 없어 따로 적어둘 수도 없었다. 놈이 왜 신분증만 챙겨 오라고 했는지 알 것 같았다.

그는 손에 밴 땀을 바지에 문질러 닦고 '그래, 우리는 핫바지야!'를 펼쳤다.

1988년 대통령이 된 노태우가 여소야대 정국을 뒤집기 위해 3당 합당을 공모했다. 김영삼의 통일민주당과 김종필의 신민주공화당이 합쳐 노태우 소속의 민주정의당에 들러붙었다. 김영삼은 통합 대가로 40억의 뒷돈까지 덤으로 챙겼다. 정당 정치의 근간을 말살한 일이었다. 이들이 3당 야합을 통해 일단 차기 대통령으로는 김영삼을 밀고, 이후 의원내각제로 개헌하여 김종필을 총리로 밀어보자고 밀약했다. 그러나 차기 대통령이 된 김영삼은, 대통령이 되자마자 생각을 바꿔버렸다. 김종필은 닭 쫓던 개 꼴이 되었다. 그래서 상처받은 그가 고향에 돌아와서 만신창이가 되었다며 크게 울부짖었다. "우리가 핫바지란 말이냐!"

이 한 맺힌 절규에 공분한 지역민들이 1996년 15대 총선에서 대거 50명의 국회의원을 뽑아서 그에게 붙여줬다. 지역구로 41명, 정당 득표율로 9명이었다. 충청 지역에서는 단 3석만을 여당인 신한국당에 내주고 24석을 획득했다. 김종필의 분노가 사분(私憤)이 아닌 지역민들의 공분(公憤)이라는 것을 몰표로 입증시켜준 '선거 반란'이었다. 하지만 이를 계기로 충청인은 정말로 그의 핫바지가 되었다.

이인자로서 소속 지역을 위해 평생 이렇다 할 공을 세운 바도 없고, 지역 발전에 크게 기여한 바도 없는 그가, 영남의 김영삼에게 이용만 당하고 버림받았다는 이유만으로 몰빵 지지를 받은 것이다. 아무튼 "우리가 핫바지냐!"라는 이 말을 놓고 정치권에서 지역감정 논란이 거칠게 일었다.

'그래, 우리는 핫바지야!' 꼭지는 이 논란을 백대길의 입장과 시각에서 해석하여 정리한 글이었다.

그 지역 주민들이 뽑아준 그 지역 출신 정치인이 그 지역의 이익을 대변하는 것은 당연하다. 일본 정치인이 일본을 대변하고, 중국 정치인이 중국을 대변하듯이 지역 정치인이 해당 지역을 대변하는 것은 지당하다. 또한 수권 정당이 되기 위해 5도의 정치인들이 수도권을 챙기는 것 역시 당연하다. 따라서 지역주의를 무조건 지역이기주의로 몰아 망국병이라 하는 것은 승자 독식을 노리는 강자들의 진부한 음모일 따름이다. 약자가 강자의 논리에 따라 양보와 강탈을 당해야 옳은가. 강자가 주장하는 '天下'라는 전체주의 이데올로기에 속아 넘어가서는 안 된다. 천하는, 약자의 것을 빼앗아 강자에게 몰아주려는 패권주의자들의 후안무치한 슬로건이다.

이제 우리는 진정한 캐스팅보트를 갖게 되었다. 누구도 핫바지라며 깔볼 수 없는 힘을 만천하에 보여줄 때가 된 것이다.

놈이 앞뒤로 홑꺾쇠를 치고 연필로 밑줄을 그어놓은 대목이었다.

'깔볼 수 없는 힘을 만천하에 보여줄 때가 된 것이다'는 본래 '깔볼 수 없는 꽃놀이패를 가진 충청인의 막강한 힘을 반드시 보여주고야 말 것이다!'였다. 마지막 교정에서 우용이 '꽃놀이패'라는 단어를 빼내고 문장을 순하게 다시 썼다.

놈은 승자독식을 비판하며 균형의 미덕을 주장하는 듯한 백대길의 논리가 얼마나 허무맹랑하고 음험한 것인가를 지적하며, 이를 입증하는 반론들을 여섯 쪽에 걸쳐 주절주절 늘어놓았다.

별 싱거운 놈이 다 있다 싶었다. 그러나 반론이 전부가 아니었다. 백 대표가 각종 모임을 돌며 어떤 교언영색과 중상모략으로 지역감정을 조장했는지, 그 기록이 날짜와 시간과 장소별로 조목조목 씌어 있었다. 좌파 코드를 이용하여 보수주의자들의 부도덕함을 그럴싸하게 은폐하거나 왜곡시키는 할리우드 영화의 수법과 대길의 대중 선동 수법이 같다는 주장도 보였으나, 우용은 그게 무슨 뜻인지 알 수가 없었다. 그러나 정치 사회 경제 과학 문화 예술 부문의 소외 사례 수집과 왕구파 똘마니들을 통한 댓글 알바생 동원 그리고 '중경향우회'와 급조한 사조직 '백사모'를 앞세워 밀어붙인 궐기대회를 비롯하여 기타 사주(使嗾) 및 행사 지원 사례 등등 빼곡하게 열거된 예는 그 뜻을 분명히 알 수 있었다. 우용도 관여한 일이었다. 신생 정당이 합법적인 방법으로는 기존 정당의 거대한 기득권과 맞서 싸울 길이 없었다.

조사 보고서 같기도 하고, 사회과학 논문을 쓰기 위한 자료조사 모음 같기도 했다. 입증할 비자금 관리 장부도 확보하고 있다면서 복사한 금전출납부 세 쪽과 모임 관련 사진 다섯 장을 첨부해놓았다. 허풍은 아닌 것 같았다.

백 대표는 시간이 지날수록 창당을 하면서 내걸었던 기치와 행동이 점점 바뀌었다. 창당 전과 직후에는 오직 국민이 중심이라는 가치와 비전과 명분을 강조했다. 그러나 이를 구현하기 위해서 이에 적합한 당원을 모집하여 쓰려고 하지 않고, 단지 당원 선발의 기준으로만 삼았다. 사람을 만들어 쓰려 하지 않고, 다른 당에서 만들어 쓰고 있는 사람을, 그것도 돈 학벌 인기를 두루 갖춘 엘리트를 골라 빼내오려 했다.

백 대표는 살아남기 위하여, 명맥을 유지하기 위하여 가치·비전·명분을 수단화했다. 창당 1년도 안 돼 권력투쟁을 벌이면서 사람이 급변했다. 자신이 살아남아야 당이 살아남고, 당이 살아남아야 가치·비전·명분을 추구할 수 있다고 했다. 국민은 사라지고, '당=백대길'만 남았다. 그는 목적과 수단을 전도(顚倒)해서라도 살아남으려고 안간힘을 썼다. 그래야 다시 목적과 수단을 전도시킬 수 있다고 했다. 행정가였던 그가 정치인이 되어가는 과정은 매우 독창적이어서 오리무중이었다.

백 대표는 에세이에 쓴 자신의 주장과 반대로 움직였다. 지역 언론은 '원행 정치(遠行 政治)'라는 신조어까지 만들어 바치며 파격 행보라고 치켜세웠다. 시민단체는 지사가 임기 말을 틈타 도민의 세금으로 '외유 정치(外遊 政治)'를 한다며 맹비난을 쏟아냈다. 아무튼 백대길은 전국을 기반으로 한 정당을 만들겠다며 동가숙서가식했다. 자신은

밖을 돌 테니, 안은 안우용과 나삼추가 알아서 책임지라는
식이었다. 우용이 왕구파의 도움을 받은 이유였다.

우용은 어쩔 수 없이 급락한 지역 지지도 사수를 위한
프로젝트를 수립하여 가동해야만 했다. 정치를 하겠다면
서 백 대표가 싸질러놓은 첫번째 알이었다. 이때부터 탁란
정치가 본격적으로 시작됐다. 알은 돈으로 품어야 부화했
다. 돈은 전적으로 마실저축은행의 허남두 회장이 맡았다.
백 대표는 한 푼도 내놓으려 하지 않았다.

무주공산에 깃발 하나만 달랑 꽂은 백 대표는 62퍼센트
라는, 과거 지지율만 믿고 사람 감별과 선별에만 열중했
다. 그가 '우리행복당'을 사유화한 것이다. 일차적인 사람
감별은 선우강규의 몫이었다.

강규는 세 대의 대포폰을 만들었다. 그는 저글링 하듯이
세 대의 휴대전화로 번갈아 통화를 하며 사람들을 검증하
고 관리했다. 그는 핸들링을 검증을 위한 소통이라고 주장
했다.

4

08시 32분, '交付完整(교부완정)'이라고 쓴 문자메시지
가 도착했다. 배달을 마쳤다는 보고였다. 허동우는 계속
곁눈질로 조수석 쪽 사이드미러를 살폈다. 줄곧 뒤따라오
던 검정색 소나타가 대로와 골목 입구에서 멈칫거리고 있

었다. 미행 차량이 틀림없었다. 동우는 상점가 이면도로의 빈 공간에 검정색 BMW M6 컨버터블을 주차했다. 공간이 부족해 후진하면서 뒤범퍼로 쓰레기 더미를 밀어야 했다.

노란색 봉고에서 꼬마들이 함성을 지르며 우르르 내렸다. 어린이집을 향해 종종걸음을 치던 꼬마들이 BMW를 손가락질하며 까르르 웃었다. 보닛에 '내 돈 내놔!', 운전석 문짝에 '날강도 쌍!'이라고 쓰여 있었다. 보닛은 파란색 래커 스프레이로, 문짝은 못으로 긁어 쓴 낙서였다. 보름 전에는 누군가가 동우의 아파트 현관문에 빨간색 래커 스프레이로 '死(사)'와 'KILL'을 휘갈겨놓았다.

1년이 지났으나, 마실저축은행 예금주들이 죽은 아버지 대신 동우를 쫓아다니며 떼인 예금의 원금 반환을 요구했다. 지난 1년 동안 다섯 차례나 야반도주하듯이 이사를 했으나 소용없었다. 언론 보도를 통해 예금주들이 그를 쫓는 모임까지 만들었다는 사실을 알았다. 모임 참석자들이 단체 카톡방을 만들고는 자금을 조성해 채권 추심원을 고용했다고 했다. 이런 식으로 만들어진 모임이 네댓 개는 되는 것 같았다.

그는 가방을 챙겨 커피숍으로 들어갔다. 도서관 이용자들 때문에 이른 아침부터 영업을 하는 핸드메이드 커피숍이었다. 머릿수건과 앞치마를 두른 중년의 주인 여자가 청소가 덜 끝났으니 9시까지 기다리든지 다시 오든지 하라고 했다.

그는 2층으로 올라가 가오도서관 진입로가 내려다보이는 테라스에 자리를 잡고 앉았다. 그러고는 밖을 살폈다. 검정색 소나타에서 내린 정장 차림 청년 둘이 꺼들거리며 커피숍으로 들어오는 모습이 보였다. 개줄처럼 큼지막한 체인목걸이가 셔츠 밖으로 드러나 번쩍거렸다. 목걸이 한 놈은 넙데데한 얼굴에 상고머리였고, 다른 한 놈은 눈가에 흉터가 있는 빨강 파마머리였다. 처음 보는 놈들이었다.

동우는 가방에서 휴대용 컴퓨터를 꺼내 플러그를 꽂았다. 시그널 음과 함께 바탕화면이 떴다. 아이패드도 꺼내 켰다.

백대길이 안우용을 만들었지만, 안우용도 백대길을 만들었다고 할 수 있었다. 대길이 악어라면 우용은 악어새다. 둘은 그렇게 서로 의지해가며 한평생을 동고동락하고 호의호식했다.

아버지도 우용처럼 대길과 한통속이 되기를 소망했다. 그러나 한통속이 되려면 주종 관계를 맺어야 하는데, 건달 기질이 있는 아버지는 꼬붕이 되지 않아도 대길을 얼마든지 이용해먹을 수 있다고 생각했다. 돈의 힘이 권력의 힘보다 세다고 본 것이다.

마실저축은행이 퇴출되기 1년 전, 금융감독원의 정기검사 및 경영 진단 평가를 받았다. 곳곳의 부실이 드러났으나 비공식적인 지적만 받고 별다른 제재 없이 지나갔다. 백대길과 장인의 주선으로 청와대 부속실 간부의 용돈을 정기적으로 챙겨주고, 정기검사 직전에는 선임행정관을 찾아가 1킬로그램짜리 금괴 다섯 개를 따로 찔러준 결과였다. 금괴를 받은 선임행정관은 한 메이저 금융 자회사인 캐피탈에 선을 넣어 145억 원을 마실저축은행에 긴급 투자토록 종용했다.

동우가 아버지에게 말했다. 살려달라고 해서 살려준 것이 아니다. 살려둘 필요가 있기 때문에 잠시 살려둔 것이다. 자신들이 빠져나갈 시간을 벌기 위해 잠시 살려둘 수밖에 없는 상황이다. 그러니까 더 이상 헛된 희망을 갖거나 헛돈을 쓰시지 말라고 했다.

"걱정 마라. 내 돈 쓰는 거 아니다." 아버지의 답이었다.

아이패드의 비밀번호를 쳤다. 스프링보드에서 CCTV 프로그램과 연결한 아이콘을 터치했다. 닷새 전, 야동에 얹어 보낸 '히든 뷰' 프로그램이 작동했다. 세균 같은 '히든 뷰'가 담당자가 인지하지 못하는 사이에 보안 프로그램을 뚫고 방범 시스템에 제대로 침투한 것이다.

스프링보드에 대고 엄지와 검지를 벌려 특정 부분의 화면을 키우자, 안우용의 뒤통수가 보였다. 정수리가 뚫린 알머리였다. 동우는 한동안 시선을 화면에 붙박았다.

양동춘을 통해 안우용의 주머니에 몰래 찔러 넣은 전자태그(RFID)는 아이폰과 연결했다. 대포폰이었다. 파일을 전해줄 때, 전자태그를 우용에게 붙이라고 했다. 검지 손톱 크기의 전자태그였다. 공구상가에서 2만 원을 주고 구입했다. CCTV 화각에서 벗어났을 때, 동선을 체크하기 위해서였다. 굳이 그럴 필요까지는 없었으나, 심적 압박을 주기 위해 그러고 싶었다.

아래층이 시끄러웠다. 커피숍으로 따라 들어온 사내들이 주인 여자에게 당장 샌드위치를 만들어내라며 땡깡을 부리고 있었다. 동우에게 보내는 메시지 같았다. 양아치를 닮은 놈들이었다.

동우의 일차 계획은, 안우용이 양심선언을 통해 대길을 배신하고, 대길의 치부와 죄상 그리고 간교한 이중성을 만천하에 까발리도록 하는 것이었다. 대길이 자신의 그림자와 같은 충복의 배신으로 치를 떨고, 세상 사람들로부터는 비난과 조롱을 받는다. 동우는 이중인격자 대길의 그런 모습을 1년쯤 지켜보다가 적절한 시기에 '처분'할 생각이었다. 동우는 백대길을 응징할 때, 그가 응징당해야만 하는 까닭과 명분이 그의 종범 넷과 다수의 공범들에 의해 낱낱이 밝혀지도록 할 계획이었다. 지금 그 일 단계 작업을 겨우 시작한 것이다.

일반열람실 천장에 달린 머리통만 한 돔 카메라가 안우용의 축 처진 뒷모습을 비추고 있었다.

그는 아이폰 화면에 뜬 안우용의 허연 알머리를 보며 휴대용 컴퓨터의 자판을 두드려 'http://www.law.go.kr/main.html'을 쳤다. 그러고는 건축물의 구조 기준 등에 관한 규정을 검색했다.

보험 가입자가 5미터 높이의 석축 윗면에 크랙이 생기면서 침하가 발생했다며 보상을 신청했다. 기존 석축을 헐고 다시 쌓을 테니 복구비 전액을 보상해달라는 요구였다. 보상팀 담당자가 잔디 손실과 담장 손실 정도를 보상해주는 선에서 처리하려고 하자, 피보험자가 강력히 반발하며 이의를 제기했다. 회사 측 손해사정인은 하자라고 주장했으나, 피보험자는 침하와 붕괴로 봐야한다고 맞섰다.

이 건을 맡은 손해사정인이 말발 센 피보험자의 억지 주장과 피보험자 내연남의 공갈 협박에 당하고 있으니 SIU(보험특별조사단)에게 '합리적 처리'를 당부한다고 했다. 합리적 처리라 함은 회사에 득이 되는 처리를 말한다. 사고 경위서와 첨부된 사진을 검토한 결과, 복구 비용은 보상해줘야 할 것 같았다.

그는 합리적인 보상 가격의 근거를 찾기 위해 관련 건축법과 옹벽 공법을 공부해야 했다. 검색 사이트를 뒤지며 보상가에 대한 기준 설정을 고민하고 있을 때, 빨강 파마머리가 올라와 사방을 휘둘러봤다. 샌드위치를 우적우적 씹고 있었다. 혹여 달아난 것은 아닌지, 달아날 곳은 없는지 살펴보는 것 같았다.

"세상을 정의롭게 살아라, 이 씨불넘아!"

파마머리가 다가와 욕설과 함께 동우의 머리를 주먹으로 쥐어박고 돌아섰다.

동우는 반쯤 일어섰다가 얼른 주저앉았다. 대거리를 안하는 것이 좋을 듯싶었다. 이런 놈들을 일일이 상대하다가는 끝이 없을 것 같았다. 더구나 지금은 안우용에게 집중해야 했다.

파마머리가 일어섰다가 주저앉는 동우를 봤다.

"이 새끼가 반항해!"

놈이 몸을 돌려 동우의 뺨을 갈겼다. 동우는 의자에서 떨어져 리놀륨 바닥에 나뒹굴었다. 놈이 쓰러진 동우를 내려다보며 명함을 던졌다. 그러고는 만삭의 뱃살을 출렁이며 아래층으로 내려갔다.

—떼인 돈 확실히 받아줍니다!!!!!
보람공조
협력실장 마상종

동우는 명함을 찢어 바닥에 던졌다가 다시 챙겼다. 아래층에서 담배 냄새가 계단을 타고 올라왔다. 동우는 출근 시간이 지나 한적해진 주택가 이면도로를 멍하니 바라보며 분을 삭였다.

안우용은 아이폰 화면 속에서 노란색 스티커가 붙은 대학노트를 열심히 들여다보고 있었다.

5

키가 188센티미터인 '아우디 반'이 벗겨진 이마 가득 실지렁이를 그리며 인상을 구겼다. 「더티 하리(Dirty Harry)」 시리즈에 나온 클린트 이스트우드의 고릿적 폼을 나름대로 흉내 내는 것이라고 들었는데, 전혀 닮지 않았다.

그는 근속연수가 긴 것도 아니고 남다른 공적이 있는 것도 아닌데 고속 승진을 한 경찰이었다. 경위에서 경감이 되는 데 7년, 경감에서 경정으로 5년 만에 승진했다. 12년이 넘어도 승진하지 못하는 경찰이 있다. 그러니까 그는 두 배 정도의, 아니 능력을 고려할 때 초고속 승진을 한 셈이다.

선우강규가 두보의 시구가 적힌 뻐꾸기 사진을 건네자, 아우디 반이 대뜸 입술을 한 일 자로 물고 이마와 미간에 잔주름을 잡았다. 무언가를 생각하려 애쓰는 폼이었다. 그러나 강규에게는 '이 건은 대체 얼마짜리 청탁일까' 하며 가늠하는 폼으로 보였다.

강규가 다탁 밑으로 봉투를 건넸다. 그러고는 덧붙였다.

"기름 값이나 하셔."

사건을 조용히 접수해서 조속히 처리해달라는 말도 덧붙였다.

아우디 반이 봉투를 받아 입바람을 불어 넣었다. 침이 튀어 봉투 안으로 들어갔다. 액수 확인이 끝난 그가 무스로 떡칠을 한 머리카락을 매만지며 말했다.

"돈 워리!"

돈 워리에 술 냄새가 배어 있었다.

강규는 그의 생뚱맞은 겉멋이 뻔뻔스럽고 터무니없어서 볼 때마다 웃음이 나왔다. 폼만 그럴싸한 그가 수사과 지능범죄수사팀에 근무한다는 사실도 생뚱맞았다. 그것도 팀장으로. 지난 7년 동안 겪은 바에 의하면, 그는 과한 아첨과 허세에 비해 지능이 부족한, 무식하고 무능한 경찰이었다.

아우디 반은 7년 전, 창당 준비로 바쁜 당사를 하루가 멀다 하고 찾아와 어슬렁거리며 돌아다녔다. 그는, 때로는 창당 관계자처럼 때로는 경비처럼 이 방 저 방을 기웃거리고 이 사람 저 사람 만나 농을 건네며 통성명까지 하고 다녔다. 강규는 그가 비선을 통해 당의 동향을 어딘가로 보고하고 있다는 사실을 알았다. 백 대표에게 이런 사실과 그를 '관리'해야 할 필요성에 대해 직보했다.

"뻔하구만."

아우디 반이 괴우편물에 대한 설명을 듣다 말고 말했다.

"⋯⋯?"

설명이 끝나기도 전에 답을 찾은 그의 직관력이 놀라웠다.

"안티파 장난질이여."

안티파라 함은 오이재와 이세갑 측을 말하는 것이냐고 물었다. 고개를 끄덕였다.

"점쟁이요?"

"그럼? 이런 걸 수사까지 해야 아나?"

"그래도 복채를 받으셨으니, 예의상 점괘는 보고 말씀을 해주셔야지⋯⋯"

강규가 떨떠름한 표정을 짓고 있는 아우디 반에게 철저한 수사를 당부했다.

강규는 아우디 반을 믿지 않았다. 백 대표가 괴우편물을 경찰에 신고하라고 해서 어쩔 수 없이 그를 불러낸 것이다.

그는 보는 눈이 많은 경찰서까지 굳이 찾아가서 사건 접수를 하고 싶지는 않았다. 자칫 출입기자들의 눈에 뜨여 삼류 소설의 조연이 될 우려가 있었다.

백 대표는 뻐꾸기 사진과 두보 시를 문제 삼아서 뭔가 돌파구를 찾아보려는 것 같았다. 그러나 강규는 지는 해가 된 백 대표의 모사나 스캔들에 말려 괜스레 휘둘리고 싶지 않았고, 뜨는 해가 아닌 지는 노을의 때깔을 위해 헛심을 쓰고 싶지도 않았다.

"돈 워리!"

아우디 반이 뒤늦게 혀를 빼 입가의 생크림 거품을 핥으며 눈알을 굴렸다.

"봉 여사님이 돌아다니며 쓰는 돈은 대체 어디서 나오는 거유?"

핫초코 잔을 말끔히 비운 반 팀장이 일어서며 물었다. 그가 사모님의 뒤를 밟고 있다는 말로 들렸다.

"몸으로 하시는 봉사 아닙니까?"

강규가 대수롭지 않게 받았다.

"그런가?"

아우디 반이 뜻 모를 웃음과 질문을 남기고는 길가에 무단 주차한 보라색 아우디로 갔다. 걸을 때 보니 백구두였다. 볼 때마다 번호판이 바뀌는 차였다. 범죄 수사를 위해 가짜 번호판을 합법적으로 바꿔가며 달고 다닐 수밖에 없다고 했다.

강규는 손을 흔들어 아우디 반을 배웅하고 큰길로 나갔

다. 빈 택시를 기다리며 스마트폰을 확인했다. 다섯 통의 부재중 전화가 찍혀 있었다. 음성사서함에도 메시지 한 통이 와 있었다. 여전히 강규를 백대길과의 연결고리로 인정하고 있다는 증거였다. 오이재 쪽에서는 강규를 매수해 백대길의 생각을 얻고 싶어 했다.

강규는 백대길이 백두(白頭)가 되어 뒷방 늙은이로 전락했다고 해서 함부로 조롱하거나 배신할 수 없었다. 그는 여전히 중부권 정치가 가운데 태두였고 상징이자 희망이었다.

그가 지난 7년 반 동안 댓빵을 모셔오면서 배운 것 중 하나가 정치판에서는 사람을 함부로 예단하거나, 부도덕함을 빌미 삼아 트집 잡는 따위의 어리석은 짓을 하지 말라는 것이었다. 댓빵은 악인도 악한 날에 적당하게 하셨다는 잠언의 말씀을 깊이 새기라고 일렀다.

선우강규는 세 차례의 사업 실패로 물려받은 재산을 죄 말아먹고 새로운 활로를 찾던 중에 정치판을 기웃거리게 되었다. 마침 3당이 합당을 해서 정계가 요동을 칠 때였다. 물과 기름같이 서로 다른 여당과 야당이 합친 문제인지라, 야합이 분명하다며 나라가 온통 떠들썩했다.

야합의 당사자였던 중원의 한 맹주가 그로부터 14년 뒤 치러진 17대 총선에서 무참히 패배했다. 비례대표 1번으로 출마한 자신마저 낙선하는 개망신까지 당했다. 그는 장고 끝에 은퇴를 선언했다. 은퇴 직전까지 후계자를 지명하지도, 새 인물을 내세워 '선양(禪讓)'하지도 않았다. 죽은 자식의 불알을 어루만져 벌떡 일으켜 세우듯 '핫바지론' 하나로 선거 기적을 만든 불세출의 정객인 그가 후계자 지명 없이, 후계 구도에 대한 아무런 의사 표명 없이 표표히 떠난 것이다.

이후 그의 은퇴 지역에서 세 개의 정당이 만들어져 아웅다웅하며 부침을 거듭했으나, 어느 정당에도 눈길을 주지 않았다. 그러던 그가 2007년 대선에서 불쑥 여당 후보를 지지하고 나섰다. 지역과는 무관한 후보였다. 정치 9단만이 생각할 수 있는 엽기적 수(手)라고들 했다.

그 당시 대선에 나가 당당히 겨뤄보겠다며 출사표를 던졌다가 슬그머니 후보를 사퇴한 백대길은 그 뒤부터 갑자기 자신이 부정했던 전 맹주를 열심히 봉양했다. 전 맹주의 한계를 극복하기 위해 정계 입문을 했다는 그로서는 자기부정을 하는 꼴이었다.

그가 출사표를 낸 것은 정말 겨뤄보기 위해서가 아니라는 소문이 돌았다. 대선 후보조차 못 내는 불임정당이라는 비난을 회피하기 위한, 내부자 단속용 또는 눈속임용 꼼수였다는 것이다.

선우강규도 이런 혼란 속에서 기회를 잡기로 했다. 그는 백대길을 위한, 백대길을 중심에 세운 큰 밑그림을 그렸다. 정치학과 인문학적 상상력과 경영 이론을 고루 버무려서 새로운 정치 구도와 새로운 정치 프레임을 디자인했다. 독일식 정치 프레임을 차용해 바탕에 깔았다.

분권과 생활 정치를 키워드로 놓고 지역 참여형 정치 프레임을 짰다. 보름 동안 A4 용지 100쪽 분량의 밑그림을 그렸다. 바쁜 백대길이 이 그림을 모두 들여다볼 것 같지 않았다. 그는 100쪽을 10쪽으로 압축 요약했다. 이를 또다시 주물럭거려서 공식화·도표화해 엑기스만 추려냈다. 다시 한 달이 걸렸다. 그리고 새로 제시한 프레임에 맞춰 300쪽 분량의 스펙터클한 시나리오를 따로 짜서 첨부했다.

10쪽짜리 제안서를 백대길 지사에게 이메일로 보냈다. 열흘이 지나 답이 왔다.

백 지사의 곁에 앉아 있던, 백발 수염을 솜사탕처럼 매단 개량한복 차림의 산할아버지가 몇 차례 헛기침을 하며 강규를 한동안 뜯어다보다가 고개를 서너 차례 주억거린 뒤 슬그머니 방을 빠져나갔다.

객실 밖까지 따라 나가 산할아버지를 배웅하고 돌아온 백 지사가 맥주병을 들었다.

"자네도 내가 정치를 할 수 있다고⋯⋯ 아니 해야만 한다고 보는가?"

안주로 회 대신 생마늘을 씹던 백 지사가 물었다.

"⋯⋯"

질문이 황당해서 뭐라고 대꾸를 할 수가 없었다. 놀림을 당하는 기분이었다.

"성공할 수 있을까?"

강규는 난감하고 불쾌했다. 백 대표는 이런 식으로 퇴짜를 놓는가.

그러나 백 지사는 상체를 앞으로 내민 채 사뭇 진지한 표정으로 답을 재촉했다.

"정치가 천명인데, 개인이 하고 싶다는 욕심만으로 할 수 있겠습니까? 저는 시대와 유권자의 요구가 있어야 가능하다고 봅니다. 창당 전 지지도가 62퍼센트라는 것은……"

강규가 즉답을 피해 적당히 얼버무렸다.

"요구……? 그렇지, 요구. 62퍼센트…… 우리끼리 우리 사람을 지지하느냐고 물은 건데, 그 정도 지지도는 나와줘야겠지. 안 그런가?"

강규가 얼버무린 말을 받아 곱씹은 백 지사가 깊은 생각에 빠진 듯 고개를 숙였다.

"자네에게도 내가 필요한 거야. 그렇지? 허허."

"예?"

강규가 정색을 하며 되물었다. 너도 나를 이용해서 성공을 하고 싶단 말이냐, 로 들려 무참한 기분이 들었다.

"아닐세. 농담이네. 이번 주말에 갈보리농원에서 모임이 있네. 연락처와 약도를 보낼 테니 시간 되면 와주게."

시간 되면 와달라는 말이 받아주겠다는 뜻 같았으나, 확실히 결정한 것은 아니라는 뜻으로도 들렸다. 소문으로만 듣던 그의 '책임 면피용 화법' 같았다.

큰길로 나와 빈 택시에 오른 강규는 음성메시지의 발신자 번호를 확인했다. 다섯은 알고, 둘은 모르는 번호였다.

두 통의 발신자 알 수 없음도 있었다. 사금융기관에서 돈을 빌려 쓰라는 스팸문자였다. 매스컴에서는 가계부채가 곧 1,000조에 이를 것이라며 큰일 났다고 떠들어댔으나, 금융기관에서는 저마다 싼 이자를 줄 테니 얼마든지 빌려다 쓰라며 떠들어댔다.

음성메시지를 열었다. 광고업자가 외상값을 독촉하는 메시지였다. 물품 대금을 당장 갚으라는 변제 요구였는데, 메시지의 반이 욕설이었다. 강규는 택시기사의 눈치를 살피며 얼른 볼륨을 줄였다.

6년 전, 18대 총선을 앞두고 도심 한복판의 으능정이 거리에서 오생문 의원 스카우트 문제—당시 오 의원은 재선 의원으로서 집권 여당 소속이었다—로 당직자들과 당원들이 떼거리로 몰려나가 삭발 시위를 했다. 그때 피켓, 머리띠, 어깨띠, 플래카드 등을 외상으로 만들어 썼다. 그 비용을 빨리 달라는 것이었다.

"영세업자 등쳐먹으면서 정당질을 하니까 니들이 망한 거야. 이 좆같은 새끼들아!"

갚을 주체가 없으니 강규가 욕을 먹는 수밖에 없었다. 공천이 한창이던 6년 전과 백 대표가 당에 있던 두 달 전까지만 하더라도 돈을 줄 테니 받아달라며 매달리던 사람들이 모두 연기처럼 사라졌다.

6

자원 없는 나라를 '불알 두 쪽만 차고 사는 나라'라는 비유로 표현했다. 안우용은 마초로 오해받을 수 있는 위험한 표현이니 바꾸자고 했다. 그러나 백 대표가 때로는 임팩트를 주기 위해 선정적일 필요도 있다며 고수했다. 대통령이 자원 외교 정책을 들고 나오기 전이었다.

우리나라는 미국처럼 자원 전쟁을 할 능력이 없으니, 자원 외교가 중요하다고 했다. 우즈베키스탄에는 원유와 천연가스뿐만 아니라 광물자원 매장량이 어마어마하다고 했다. 구리, 금, 철, 석탄, 우라늄이 무진장하다고 했다. 그런데 겨우 우라늄만 수입하고 있어 안타깝다는 것이다.

백 대표는 투자가치가 오르고 있는 금을 우즈베키스탄에서 수입할 필요가 있다면서 싼값으로 수입할 방법을 찾아서 MOU 체결까지 마쳤다고 했다. 2001년에 온스당 255달러 하던 금값이 2010년 11월을 기준으로 1,400달러가 되었다. 일부 애널리스트들은 장기적으로 5,000달러까지 전망했다. 백 대표는 제2의 IMF 구제금융 사태를 막고, 국부 증진을 위해서 금 사재기가 꼭 필요하다는 주장을 폈다.

MOU 체결을 한 나보이 주(州) 무룬타이에 '나보이광업금속공사'가 있는데, 세계 최대 규모의 노천 금광을 운영한다고 했다. 우즈베키스탄에서 생산되는 금의 60퍼센트를 담당하고 있으며, 이 광업금속공사가 사마르칸트 주지역에서 새로운 금 매장지를 찾아내 조만간 네댓 곳의 생산기지를 새로 건설할 계획이라고 했다. 관련 채광 기술과 장비들을 대부분 수입에 의존하기 때문에 MOU 체결 때, 이와 관련해서 사전에 얻어놓은 지분을 가지고 '츄라이'하면 문제될 것이 없다고 했다. 이런 대길의 주장에 6선 중진 의원인 서종대 의원이 힘을 실어주었다. 그러자 혹한 투자자들이 일확천금을 꿈꾸며 개떼처럼 몰려들었다.

안우용도 이 사업에 투자하기를 희망했다. 강규도 끼겠다며 펀드 조성에 나섰다. 하지만 이 사업 계획은 1년 만에 동행한 코디네이터의 오역이 빚은 해프닝으로 끝났다. 어처구니없었다. 정말 코디네이터가 오역을 한 것인지, 아니면 백 대표의 고의적 의도에 따라 생긴 일인지는 끝내 밝혀지지 않았다.

백 대표는 의사소통을 할 때, 자신의 소망을 담아 듣는 장애가 있었다. 그는 이를 긍정적 성격 때문이라고 자위하고 미화했다. 어찌 된 노릇인지 이 오역 사건의 진상을 규명해야 한다고 나서는 사람도 없었다. 로비자금 40만 달러를 날렸다는 소문만 돌았는데, 우용조차 그 돈을 어디에 썼는지, 쓰지 않았다면 대체 어디로 갔는지 알 수가 없었다.

그런데 노란색 대학노트에 40만 달러의 출처와 사용 내역이 낱낱이 명기되어 있었다. 또 백대길이 뻥튀긴 MOU 영역본이 붙어 있었고, 오역을 한 바 없다는 코디네이터의 증언 내용 또한 상세히 요약 정리되어 있었다. 오역의 누명을 씌워 공무집행방해죄와 사기죄로 벌금형을 받은 코디네이터에게 사과하고 보상해야 한다고 했다.

또 놈은 '인'이라는 제목을 단 노란색 대학노트 여기저기에 증빙서들을 복사하여 조각조각 모자이크하듯이 붙여 놓았다.

> 2009년 2월 11일 수요일
> 매월 2회 현금 제공(6년 10개월: 총 82개월)
> 지청장 82개월×2회×1회 100만 원＝1억6천4백만 원
> 검사(1, 2, 3, 5, 6: 원래 4호 검사실은 없었고 후, 7호실이 추가됨. 그러나 5명만 계산)
> 82개월×2회×30만 원×5명＝2억4천6백만 원
> 사무과장 82개월×2회×30만 원(당시 사무과장 박대식 등)＝4920만 원
> 체육대회 150만 원×6회＝900만 원
> 등반대회 100만 원×7회＝700만 원

놈이 자신의 주장을 뒷받침하려는 증표들로 보였다. 우용은 이 덕지덕지 붙여놓은 증표들을 뜯어 모아 거꾸로 잘 꿰어 맞추면 놈의 정체를 파악할 때 유용할 수도 있을 것이라는 생각이 들었다.

어쨌든 대학노트의 내용은 백 대표에게 치명적인 것이었다. 그런데 대학노트와 증거물들을 검찰에 보내거나 언론에 공개하면 될 텐데, 그러지 않고 굳이 자신을 끌어들

여 공개하라고 윽박질러대는 놈의 처사가 의아했다.

우용은 너덜너덜 첨부해 붙인 복사물을 한 장 한 장 살펴보고 파일을 덮었다. 세 시간쯤 지났다. 삭신이 쑤시고 눈이 아파서 더 이상 글을 읽는 것은 물론, 앉아 있기조차 힘들었다. 그는 돋보기를 벗고 자리에서 일어나 열람실 안을 둘러봤다. 빈자리가 없었다. 20대 후반 내지는 30대 초반으로 보이는 젊은이들이 자리를 메우고 있었다. 취업 공부를 하는 젊은이들로 인해 열람실이 만원이라는 사실이 새삼 놀라웠다. 빈자리가 없어 서너 바퀴씩 빙빙 돌다가 돌아가는 젊은이들도 많았다.

우용은 고개를 돌려 천정에 달아 붙인 반구형 감시 카메라를 올려다봤다. 놈이 지켜보고 있을 것이라는 생각이 들자, 손발에 힘이 쭉 빠졌다. 그는 터진 풍선처럼 까라지려는 몸을 겨우 추슬러 버텼다.

생각 같아서는 지팡이로 감시 카메라를 박살내고 싶었다. 그럴 수 없는 우용은 풍차를 노려보는 돈키호테처럼 수박 반통만한 크기의 새카만 돔 카메라를 한동안 노려본 뒤, 어기적거리며 화장실로 갔다.

소변기 앞에 선 우용은 몇 차례 헛손질 끝에 허리띠를 풀고 바지 지퍼를 더듬어 내렸다. 오줌 방울이 멋대로 삐질삐질 흘러나와 팬티와 허벅지를 적셨다. 손을 씻고 대변기 칸으로 들어갔다.

변기 뒤에 숨겨둔 필기도구를 챙겨 화장실을 나올 때 빗소리가 들렸다. 빗발을 보니 국지성호우였다.

자리로 돌아온 우용은 시커먼 돔 카메라를 마주 보고 앉았다. 파일 속에 끼워둔 대학노트를 다시 꺼내 펼쳤다. '해양 국가 건설이 살길이다'는 백 대표가 허남두 회장을 만나고 난 뒤에 쓴 칼럼이었다. 그는 눈을 치떠 돔 카메라를 노려본 뒤, 밑줄 친 부분을 읽었다. 그때 번개가 쳤다.

한반도는 대륙에서 해양으로, 해양에서 대륙으로 드나드는 나들목이다. 고대 로마제국과 같다. 그런데 우리는 대륙국인 중국에 짓밟히고 해양국인 일본에 짓밟혔다. 우리가 대륙과 해양을 통제하지 못하면, 대륙과 해양이 우리를 지배한다. 이것이 지정학적으로 타고난 운명이다.

(……)

대백제는 해양 제국이었다. 바다를 지배한 것이다. 통일신라의 장보고는 뱃길을 지배했다. 우리 중부권 후손들은 바다를 지배할 수 있는 DNA를 가지고 태어났다. 이를 썩히면 스스로 쇄국이 된다.

백 대표는 이 주장을 근거로 마실저축은행 허남두 회장을 꼬드겨 신규 사업을 장려했다. 아니, 마실저축은행을 끌어들이기 위해서 먼저 의도적으로 이 주장을 펼쳤다고 봐야 했다.

백 대표가 서해안 개발을 위해 허 회장에게 선박 및 해양운수업에 진출할 것을 권했다. 지자체 차원에서 도울 수 있다며 투자를 권했다. 당시 마실은 투자할 여력이 없었다. 2008년 미국의 서브프라임모기지 사태로 리먼 브라더스와 AIG가 무너지고 나자 부동산 경기가 곤두박질쳤다. 그 피해가 한국의 부동산 가격에 고스란히 영향을 미쳤다. 세계화가 만든 역기능이었다.

그래서 부동산 파이낸싱에 묶어둔 1조 원에 탈이 생겼다. 이 가운데 6,500억은 캠코(한국자산관리공사)가 떠안아서 큰 문제가 되지는 않았으나, 나머지 3,500억은 회수가 막막했다. 이미 투자한 돈은 묶이고 지출해야 할 이자가 불어나 자금 사정에 빨간불이 들어온 상태에서 덧생긴 문제였다. 그로기 상태에서 얻어맞은 마무리 펀치였다.

허 회장이 살려면 자금 부실 위기를 한 방에 해결할 수 있는 한탕을 찾아야만 했다. 마침 그 한 방 가운데 하나로 선박 펀드 투자를 눈여겨보고 있었다. 이때 백 대표가 허 회장에게 손짓을 보낸 것이다. 한국에서 돈 버는 수로 세 가지를 꼽는다. 그 세 가지 수가 장사, 도박, 정치다. 장사는 원금의 십 배를, 도박은 백배를, 정치는 천배를 번다고 했다. 당시 허 회장은 천배의 이윤이 있어야 겨우 살아날 수 있었다.

선박 펀드는 배를 사서 운용해가며 용선료를 챙기다가 배 값이 크게 뛸 때 되팔면 단박에 큰 전매 차익을 올릴 수 있었다. 돈 되는 원리가 부동산 투자와 같았다. 마침 해운 경기 지수를 보여주는 박틱운임지수(BDI)가 바닥을 치고 막 올라오는 시점이었다. 7124.8이었던 지수가 911.1로 폭락했다가 3168.4로 반등한 것이다. 잘하면 배 값만 두 배로 오를 가능성이 컸다.

허 회장은 백 대표의 전폭적인 지원을 뒷배 삼아 서둘러 고객과 해외 투자자들의 돈을 끌어모았다. 그러고도 돈이 모자랐다. 차명 회사를 급조해 마실에서 4,500억 원을 대출 받아 그 돈으로 배를 샀다.

그러나 1년이 채 안 돼 선박운임지수가 절반 수준 이하인 1416.9를 기록했다가 다시 1년 만에 696.0으로 폭락했다. 배를 살 때 지수의 4분의 1 수준이었다. 경기가 나빠져 배를 사서 빌려주는 사업도 실패했다. 배 값에 비교했을 때, 연 수익률이 10퍼센트에도 못 미쳤다. 배의 관리 비용과 감가상각을 고려할 때, 투자금을 은행에 넣어두고 이자를 받느니만도 못하게 된 것이다. 당장 되팔아치워야 했으나 배 값이 떨어져 팔 수도 없었고, 팔겠다고 내놔도 거들떠보는 매수자가 없었다.

허 회장이 대박을 좇다 쪽박을 차는 사이에 우용은 작은 잇속을 챙겼다. 허 회장이 원활한 해운 사업을 위해서 케이만 군도에 세운 페이퍼컴퍼니를 이용해 자신의 110억짜리 상가 건물을 큰아들에게 상속하는 작업을 마쳤다. 이 페이퍼컴퍼니에 투자했다가 투자금 일체를 날린 것으로 처리했다. 날린 금액이 상속액이었다. 우용이 매수한 부동산 개발업자와 공인회계사가 110억짜리 건물을 담보로 대출 받아 그 돈을 허 회장의 페이퍼컴퍼니를 통해 세탁하고, 안전을 도모코자 또 다른 페이퍼컴퍼니를 설립하여 아버지 건물을 아들 건물로 명의 변경했다.

마술 같은 상속이었다. 정상적으로 내야 할 상속증여세의 20분의 1 가격에 상속을 마쳤다. 20분의 1은 부동산 개발업자와 공인회계사 몫으로 줬다. 왠지 허 회장의 불운을 이용해 행운을 챙긴 것 같아 미안스럽기는 했다.

누군가가 어깨를 두드렸다. 우용이 고개를 들기도 전에 어깨를 두드린 남자가 책보 크기의 비닐봉지를 툭 던져놓고는 책상 위의 필기도구를 챙겨 돌아섰다. 시커먼 풀페이스 헬멧을 쓴, 아침에 왔던 그놈이었다. 빗물이 떨어지는 비옷을 입고 있었다. 통통하고 땅딸막한 키에 안짱걸음.

그는 헬멧이 열람실을 나간 뒤, 잠시 어쩔 줄 몰라 멈칫멈칫하다가 옆 좌석에 앉은 젊은이의 손목을 잡아끌어 창문으로 달려갔다. 그러고는 끌고 온 젊은이에게 창밖의 오토바이를 가리켰다.

"저, 저 오토바이…… 번호 좀 봐주게."

창밖으로 상체를 뺀 우용이 오토바이를 손가락질하며 소리쳤다. 우용의 상체로 비가 쏟아졌다. 그사이에 검은 헬멧이 오토바이에 올라 시동을 걸었다.

"대전, 중동, 나, 6…… 찰칵."

젊은이가 번호판을 소리 내 읽다 말고 스마트폰을 꺼내 오토바이를 찍었다.

"중동, 나, 6, 1, 8, 3이네요."

우용이 젊은이의 스마트폰에 찍힌 번호를 복창하며 자리로 돌아왔다.

"할아버지 휴대폰으로 사진을 전송해드릴게요."

젊은이에게 전화번호를 일러줬다.

흰 비닐봉지에 '하루키(春樹)'라는 상호가 찍혀 있었다. 점심 도시락이었다. 하루키는 우용의 집 근처에 있는, 그의 단골 일식집이었다. 사장이 일본 긴자의 초밥 명장인 오노 지로에게 기술을 전수 받았다고 주장하는 일식집이었다. 김을 숯불 화로에 굽는 것으로 보아 견학은 한 것 같았다.

벽시계가 12시 15분을 가리켰다. 매점이 달린 휴게실로 나와 도시락을 열었다. 참치 초밥 세 점, 광어 지느러미 초밥 두 점, 장새우 초밥 한 점, 달걀 초밥 한 점, 매실장아찌와 생강초절임 대여섯 쪽, 두 모금가량의 사케. 미소된장국을 담아주는 플라스틱 통에 사케가 들어 있었다. 단골인 그가 점심 메뉴로 즐겨 먹어 이른바 '우용 초밥'으로 불리는 도시락 갖춤이었다.

'이, 놈, 이……'

우용은 입술을 깨물며 휴게실 천장에 매단 감시 카메라를 노려봤다. 번개가 치고 천둥이 울었다. 피 비린내와 비 비린내가 콧속에서 엉켰다.

7

안우용이 화장실에서 10분 넘게 꾸물대다가 나왔다. 조금 후에는 도시락을 펼친 우용이 사색이 되어 감시 카메라를 노려보고 있었다. 허동우는 빙그레 웃었다.

동우는 아이패드로 검색한 건축법과 옹벽 공법을 공부했다. 석축 윗면에 생긴 크랙 때문에 복구 비용을 요구한 건은 보상을 해줘야 할 것 같았다. 보상 청구 과정에서 고객의 항의가 거칠었다는 이유만으로 '보험사기전담 특별조사팀(SIU)'에 일을 떠넘긴 대양화재 보상팀 직원이 밉살스러웠다.

서류 검토와 현장 조사만이 아닌 공부가 필요한 문제였다. 게다가 흥분한 고객에게 쌍욕 좀 들었다고 해서 공갈 협박을 당했다고 주장하며 의구심을 자가발전한 그 직원이야말로 공갈 협박범보다 나을 게 없는 사람이지 싶었다.

지난번 보험 사기범에게 억대의 보상금을 지급한 과실이 드러나면서 대양화재 보상팀이 동우의 특별조사팀을 껄끄러워하며 못마땅하게 대했다. 보상팀의 해당 직원과 팀장이 잘못 지급된 보상금을 변제하고 감봉 처분을 받았다고 했다. 대양화재는 사기범에게 형사법적 책임을 묻고, 사기당한 금전적 책임은 관련 직원들에게 물어 전액 변상을 받았다고 했다. 그래서 책임 회피와 골탕을 먹이려는 의도로 정보를 감추거나 왜곡하는 방법으로 동우를 괴롭혔다.

동우는 노트북의 메일을 열어 옹벽 붕괴 관련 보상 의견을 보내고 아래층으로 내려가서 양파와 마늘이 들어간

어니언 베이글과 아메리카노를 주문했다. 즐겨 마시던 핫
초코라테를 끊은 건 스트레스성 비만 때문이었다. 그 탓인
지 컨디션 조절이 어려웠던 것이다.

죽치고 있을 것이라고 예상한 사내들은 보이지 않았다.
주인 여자 말로는 휴대전화를 받고 급히 뛰어나갔다고 했
다. 검정색 소나타도 보이지 않았다. 놈들이 뿜어낸 담배
연기만 남아 있었다.

"그쪽 분에게 받으라는데요."

주인 여자가 동우의 눈치를 살피며 놈들이 먹고 마신 계
산서를 내밀었다. 못 주겠다면 안 받을 수도 있다는 표정
이었다. 동우가 값을 치렀다.

주인 여자가 주문한 베이글과 아메리카노가 담긴 쟁반
을 건넬 때, 따로 찬 물수건을 챙겨주었다. 동우는 쟁반과
물수건을 받아 들고 위층으로 올라왔다. 맞아서 벌겋게 부
어오른 뺨에 찬 물수건을 대며 중얼거렸다. '보람공조 협
력실장 마상종.'

동우는 물수건으로 냉찜질을 하며 베이글을 뜯어 먹었
다. 그러고는 보스턴 가방에서 노트를 꺼냈다. '通(통)'이
라고 써 붙인 선우강규의 회색 데스노트였다.

Jesus (s) you
key: K, 8, 泥

13	18	6	5	7	7	7
	5	7	3	11	9	9
	15	3	9	5	13	2
5	9	11	6	8	8	11
11	6	6	6	10	2	10
6	3	3	11	11	14	14
9	6			8	19	23
8	11	8	11	9	6	5
7	5	10	10	8	6	7
12	6			3	0	0
15	6		8	4	0	0

P. S: 기도할 수 있는데 무엇을 걱정하십니까?

그는 완성한 숫자판을 들여다봤다. 한자의 획수를 맞게 계산했는지 다시 한 번 확인했다. 얼추 선우강규의 수준에 맞춘 것 같았다. 'key:' 옆에 'K, 8'이라고 쓰고 노트를 덮었다.

동우는 어젯밤 시와 구립, 대학 도서관의 전산망에 들어가 두보 서적과 관련된 대출 기록을 모두 샅샅이 찾아내어 삭제했다. 놈들의 관심을 두보 시에 묶어두고, 놈들을 골려먹으려는 계산이었다. 어떤 멍청이가 추적의 실마리가 될 게 빤한 도서를 도서관에서 몽땅 빌려본단 말인가. 하지만 그렇게 보이도록 할 요량이었다.

이어폰이 프란츠 리스트의 「순례의 해 제1년」 중 '제5곡 폭풍우'를 전했다. 날씨와 맞는 곡이었다. 피아노 연주자의 강렬한 왼손 타건이 막혀 답답한 가슴을 뚫어주는 것 같았다. '폭풍우'는 아내가 즐겨 듣던 곡이었다. 밖에도 장대같은 비가 쏟아지고 있었다. 국지성호우였다.

동우는 아내가 보고 싶었다. 아내는 스스로 떠난 것이 아니었다. 비서와 운전수를 대동하고 들이닥친 그녀의 아버지에 의해 납치당하듯이 끌려갔다. 그녀의 아버지에게 딸은, 자기가 죽으면 같이 묻어달라고 할 부장품이었다. 다시 말해 동우의 아내는 친정아버지에게 자산이자 보험이었다. 은행의 파산을 예상한 예금주가 예치금을 빼가듯, 주주가 시세를 좇아 투자한 주식을 미리 처분하듯, 가세가 기울자 딸을 빼갔다.

소영에게는 엄마가 해외 장기 연주 여행을 떠났다고 했다.

아버지는 회사가 망하기 3개월 전쯤 고액 자산가인 예금주들을 따로 추려냈다. 고위 공직자와 정치인들에게는 맡긴 돈을 찾아가라고 은밀히 종용했다. 그리고 고액 예금주들을 대상으로 그들의 2세를 위한 종합적 서비스 패키지를 구축, 특별 관리 프로그램을 운영할 것이라고 광고했다. 2세들을 위한 인턴십, 기업 방문, 대학입시 상담, 커플매칭 등 다양한 마케팅 서비스가 제공될 것이라고 했다.

아버지는 이사회에서 시중은행과 동종업계의 경쟁에서 살아남을 수 있는 길이 선진 경영 기법의 선제적 도입에 있다며 떠들었다. 이 모든 것이 페인트모션이었다.

당시 아버지의 속마음을 몰랐던 동우는 마케팅 서비스나 선진 경영 기법의 도입보다 투명하고 정직한 경영 대책 실행이 급하다고 말했다. 아버지는 투명하고 정직해서 회사가 어려움에 빠진 것이라며 들으려 하지 않았다.

2세만 잡을 수 있으면 예금주들이 돈을 빼가지 않을 것이라고 주장했다. 그러면서 동우에게 맡아 할 것을 지시했다. 그는 아버지의 지시를 거부했다. 그동안 해온 담보대출평가 지원 업무만 돕겠다고 했다. 그러자 아버지는 마실이 장차 통째로 네 것이다, 라고 고래고래 소리를 지르며 야단을 쳤다.

동우는 아버지의 생트집에 동요하지 않았다. 또한 마실 저축은행의 경영 방식이 점점 횡포에 가까워지고 있어 끼고 싶지 않았다. 장애가 있다는 이유로 대출 상환 기간 연장을 거부하고, 소득이 있음에도 불구하고 나이 많은 직장인이라는 이유로 대출을 거부하고, 중국 동포 출신인 직장 여성은 국제결혼을 한 지 2년밖에 안 됐다는 이유로 대출을 거부했다. 파산면책자라는 이유로 청약저축 담보대출을 거부하기도 했다. 그러나 정치인과 고위 공직자들에게는 예금에 고금리를 적용해주고, 신청하지도 않은 돈을 대출해주고 원금은 물론 이자조차 받지 않는 방식으로 뇌물을 썼다.

뿐만 아니라 아버지는 은행 내부 전산 프로그램의 '테스트 모드'를 이용해 고객 예금 가운데 180억 원을 빼돌렸다. 테스트 모드를 이용할 경우, 예금주의 통장에만 돈이 입금된 것으로 표기될 뿐, 전산에는 어떤 기록도 남지 않았다.

아버지는 또 시중은행 지점장과 무역업자도 매수했다. 매수한 지점장에게 자기앞수표 22억 원을 맡겼다. 5억 원은 차명 예치하고 나머지는 거치식 펀드에 가입하라고 했다. 그러고는 1년 뒤 펀드를 환매하고 예금도 해지했다. 무역업자에게는 계좌를 개설하고 도장과 신분증을 달라고 했다. 무역업자는 그의 회사 명의로 된 10억 원 상당의 양도성예금증서를 개설 계좌에 예치했다가 빼내 아버지에게 돌려줬다.

아버지는 이런 식으로 돈을 세탁해서 회사를 지탱하며 망해도 살 대책을 강구했다. 세탁한 돈을 적당히 나눠서 권력의 정점에 있는 실세들에게 갖다 바치고, 남은 돈은 나삼추에게 건넸다. 무기상 나삼추는 해외에 만들어놓은 여러 페이퍼컴퍼니로 아버지가 준 돈을 분산해 빼돌렸다.

아내는 마실의 경영 확장을 노린 아버지가 짝지어준 여자였다. 호주 국적의 애인이 있었던 그녀 역시 아버지의 판단과 강권에 따라 동우와 결혼했다. 이른바 정략결혼이었다. 동우는 정략결혼으로 얻은 아내 이연에게 자기 주도적인 삶을 살아야 한다고 부추겼다. 자신도 아버지의 지배로부터 벗어나려고 애쓰고 있으니, 아내도 아버지로부터 벗어나기 위해 애쓸 것을 당부했다. 아내는 그러고 싶지만, 할 수 없다고 했다. 아내는 길들여진 노예였다.

재작년 11월, 마실의 부실을 감지한 그녀의 아버지는 자신의 투자금과 예치금을 모두 빼낸 뒤, 한 달쯤 지나 딸까지 빼갔다. 크리스마스이브였다. 저축은행이 청산 절차에 들어가자 부장판사 출신 변호사를 선임해 딸의 이혼소송을 제기했다. 주걱에 묻은 밥알까지 떼어먹듯 위자료를 챙겨갔다. 이혼을 시킨 이유는 귀한 딸을 경제사범의 집안에 둘 수 없다는 것이었다. 틀린 말이 아니었다.

하지만 동우는 아내를 사랑했다. 그것이 문제였다. 선을 본 그날, 처음 본 그녀가 익숙했다. 헤어졌던 단짝을 만난 것 같았다. 그녀의 말과 행동거지가 너무 익숙해서 선보는 내내 편했고, 헤어지는 것이 되레 낯설었다. 그래서 꼭 함께 살아야 할 사람으로 받아들였다.

그녀는 아버지의 뜻을 이길 수 없어 결혼하고 또 이혼도 했지만, 헤어질 의사는 없다고 했다. 그녀는 출국 전날, 전화를 걸어 왔다. 반드시 소영과 동우 곁으로 돌아갈 테니 기다려달라고 했다.

동우는 이어폰을 뺐다. 빗소리가 들렸다. 그는 잠시 빗줄기를 바라보다가 메일을 살폈다.

'〔급〕보험금 지급 청구 건 조사 요청'

해동화재보험 보상팀 직원이 보낸 메일이었다. '〔급〕'을 달아 붙이는 것이 그의 습관이었다. 지난해 12월 중순께 발생한 가벼운 교통사고였는데 후유증을 이유로 다섯 달이 지난 오늘 아침 보험금 지급 청구를 요구했다는 내용이었다. 직원이 '보험빵'이 의심된다는 소견을 주절주절 덧붙였다. 내용을 일별한 동우도 감이 같았다. 혐의자의 계약 관계, 사고 정보, 주변 관계를 새로 추출해 처음부터 다시 조사를 해봐야 할 것 같았다.

동우는 남은 베이글을 뜯어 씹으며 금융감독원이 만들어 보급한 보험사기인지시스템(Insurance Fraud Analysis System)에 들어갔다.

금감원은 보험사기 혐의자 자동추출 정보처리 시스템이 2010년 한 해 동안 3,747억 원에 상당하는 보험사기를 적발하는 데 기여했다고 자랑했다. 보험사기로 추정되는 3조 4,000억 원의 10.9퍼센트였다. 이런 성과 분석을 바탕으로 시스템 기능을 대폭 개선하여 보험사기인지 시스템을 새로 만들어 제공했다. 피보험자와 피해자의 동향 분석 및 이상 징후 판별 기능을 강화해서 보험사기 혐의자 색출률을 높인 시스템이었다.

이번에 개선한 시스템은 사용자 편의를 높이기 위해 동향 분석→조기 경보→혐의자 추출→혐의자 연계를 시각화 단계로 구성됐고, 보험사·지역·질병 등 9종의 분석 대상에 대한 보험금 지급 내역 등을 이차원적으로 매칭해 분석 관점별로 이상 징후 발생 여부 파악을 손쉽게 했다고 자화자찬했다. 날로 조직화·지능화되고 있는 보험사기에 신속하고 효과적으로 대처하기 위한 획기적인 조치라며 언론을 통해 대대적으로 홍보했다.

그러나 보험사기는 이런 노력에 비해 두 배 이상 빠르게 지능화되고, 악랄해졌다. 도박 빚에 시달리던 가입자는 철판 절단기에 자신의 손목을 자르고 보험금을 청구했다. 카드 빚에 시달리던 모텔 사장은 어려운 형편에 처한 여자를 꼬드겨 보험사기를 공모했다.

어떤 사장은 처와 위장 이혼하고, 꼬드긴 여자와 서류상 혼인신고를 했다. 그러고는 여자 명의로 9개월 동안 13건의 생명보험에 가입하고 여자를 빼돌려서 감금한 뒤에 실종신고를 했다. 여자를 7년 동안이나 감금했다. 이렇게 해서 실종시킨 여자를 법률상 사망자로 처리했다. 보험금 청구 요건을 갖추기 위해서였다.

또 죽은 친지를 살아 있는 양 꾸며 14년 동안 연금보험금을 받아온 사람도 있었다. 노숙자의 목숨도 보험사기의 단골 타깃이었다. 양동춘이 이 일을 했다.

그는 다시 받은편지함을 클릭해 새로 온 메일을 훑었다.

아내가 자신의 소식과 함께 대용량첨부파일로 음악을 보내왔다. 1.49기가바이트짜리였다. 연습곡을 담은 압축 파일이었다. 압축을 풀고 음악을 재생했다. 벨라 바르톡의 「더 우든 프린스」였다. 발레 음악인데, 곡의 전반부가 짜증스러울 만큼 신경질적이면서 어두웠다. 하지만 곡에 익숙해진 동우는 이어폰을 꽂고 메일을 읽었다.

육아일기가 일주일째 안 오네. 육아 포기?

갑자기 금산으로는 왜 들어간 거야? 무슨 일이 생겼어?

댓옴이 볼륨파마는 했어? 귀여워?

아빠가 자길 할머니 댁에 두고 간 뒤로는 통 볼 수 없다고 하던데…… 여자가 생긴 건 아니지……? ^^

난 잘 지내. 부지휘자가 한국인 여자야. 나보단 다섯 살 아래지만, 몇 차례 차를 같이 마신 뒤부터 편안한 사이가 됐어. 동정이 아니었으면 좋겠는데……

음악 듣는 귀가 틔었다고 하니 기뻐. 다 내 덕이지?

밥 잘 챙겨 먹고…… 살에 묻혀 죽은 식스팩도 얼른 살려내고…… 사랑해^^

물음표가 잔뜩 붙은 메일이었는데, 내용이 수다스러웠다. 아내가 우울하다는 증거였다. 하지만 동우는 아내의 수다가 관심으로 받아들여졌다. '댓옴'은 사랑의 순우리말로 아내가 지은 소영의 태명이었다.

아내가 보스턴으로 간 뒤, 소영의 그날그날 소식을 짤막하게 정리해서 사진과 함께 매일 보냈다. 소영의 이런저런 모습을 동영상으로 찍어뒀다가 일주일에 한 번꼴로 보내기도 했다. 아내는 지난 일주일 동안 메일이 들쑥날쑥 오자 소영과 직접 통화를 한 것 같았다.

　닷옴 맘에게
　여잔 무슨? 지능적인 보험사기꾼들이 많아져서 요 며
칠 겁나 바빴지.
　할머니가 소영일 데려갔어. 나를 믿을 수 없대.
　소영인 파마했고, 할머니가 금산 읍내에서 최고라는
유치원으로 전학시켰어.
　소영이가 당신 연주회 팸플릿을 보고 꿈을 또 바꿨어.
경찰 안 하고 바이올리니스트가 되겠대.
　금산 최고의 바이올리니스트를 찾아야겠지?
　지난겨울 당신이 다녀간 뒤부터 당신을 부쩍 더 찾
네……
　부탁한 책은 잘 알아보고 있지?
　사랑해^^
　볼륨파마 한 사진 보내. 즐감!

　'부탁한 책'이란, 보스턴에서 소영이 다닐 만한 유치원
을 알아보는 문제를 뜻했다. 보안상 책이라 부르기로 한
것이다. 소영을 내년 신학기 시작 전까지 미국으로 보낼
계획이었다.
　쓰고 싶은 말이 많았으나 보안 문제로 참아야 했다. 그
는 답신을 대충 쓰고 소영의 뽀글이 파마 사진을 찾아 첨부
했다. 여전히 우울증 약을 먹느냐고 물으려다가 그만뒀다.

아내는 작년 2월, 130년 역사를 가진 보스턴 심포니 오케스트라에 다시 입단했다. 아내가 전 세계 클래식 공연장 중에 가장 이상적인 음향 조건을 갖춘 곳이라고 자랑하던 보스턴 심포니 홀 앞에서 재입단 기념사진을 찍어 이메일로 보내왔다.

아내는 바이올린 연주자들이 가장 싫어한다는 두번째 풀트 안쪽에서 연주했다. 바로 앞자리에 악장과 수석이 있고, 그 뒤로는 평단원들이 앉기 때문에 스트레스를 많이 받는 자리라고 했다.

악장의 험상궂은 인상과 잔소리를 직방으로 받는 자리인 반면에 관객들에게는 잘 보이지도 않는 구석진 자리라는 것을 동우도 익히 들어서 잘 알고 있었다. 아내는 제1바이올린 자리인 세번째 풀트로 옮기는 것이 일차 소망이라고 했다.

동우는 남은 커피를 마저 마시고 아이폰 앨범을 열었다. 아내의 사진을 찾았다. 수평의 들보를 지른 줄기둥과 이오니아식 회랑을 배경으로 바이올린을 껴안은 아내가 허허롭게 웃고 있었다. 바이올린은 시아버지 허남두 회장이 결혼 선물로 준 중고 스트라디바리우스였다. 중고라지만 가격이 수십억을 호가했다.

모니터 하단의 표지가 '12:20'이었다. 동우는 고개를 들어 가오도서관을 바라봤다. 묵직한 먹구름이 면발 같은 빗물을 뽑아내고 있었다. 도서관 정문을 빠져나온 동춘의 오토바이가 굉음을 내지르며 막 큰길을 가로질러 골목으로 사라졌다.

'送饭(송반)'

대포폰에 동춘이 보낸 문자가 떴다. 점심 배달을 마쳤다는 보고였다.

다탁 위에 널어놓은 노트북과 소지품들을 챙길 때, 주머니 속에 든 피처폰이 부르르 떨었다. 주로 걸 때만 쓰는 대포폰이었다. 발신자 이름이 액정 화면에 떴다. 'Marie' 성매리였다.

"그거 찾았어!"

카지노에서 잭팟이 터진 노름꾼의 탄성 같았다.

동우가 귓바퀴에 바싹 붙였던 피처폰을 급히 뗐다.

"내가 드디어 찾았다고요!"

낼모래가 환갑인데 목소리에서 사십대 못지않은 힘이 느껴졌다.

"대단하십니다. 어디서 볼까요?"

동우가 한껏 치켜세우며 서둘러 물었다.

여자가 일시와 장소를 말했다. 늦은 시간, 서울이었다. 그는 시간과 장소 모두가 찜찜했으나, 이의를 달지 않았다.

8

안우용은 덮어둔 도시락을 다시 열었다. 사케를 한 모금 마시고 생강초절임을 씹었다.

휴게실 벽에 걸린 텔레비전이 일본 정부가 동중국해에서 중국과 영토 분쟁을 빚고 있는 베트남 등 3개국에 경비정을 제공할 것이라는 뉴스를 전했다.

우용은 텔레비전을 등진 채 참치 초밥과 달걀 초밥을 한 점씩 썹어 삼키고 미소된장국을 마셨다. 그러고는 휴대용 약통에서 혈압과 고지혈과 혈당 약을 꺼냈다. 한 움큼이었다. 우용은 남긴 도시락을 비닐봉지에 넣어 휴지통에 버렸다. 일회용품 자판기에서 칫솔을 뽑아 양치질을 했다.

그는 노란색 대학노트의 접어둔 쪽을 찾아 이어서 읽었다. 열댓 줄가량 읽었을 때 졸음이 찾아왔다. 밤을 샌 때문인지, 빈속에 초밥 두 점 집어 먹은 때문인지 들러붙은 졸음을 떨칠 수가 없었다.

비는 여전히 내렸다. 흐려져서 뭉개진 글자들이 흩어져 달아났다. 꾸벅꾸벅 졸다 까무룩 잠이 들었다.

희뿌연 안개 속에 아버지가 보였다. 아버지가 손짓으로 불렀다. 아버지를 쫓아 몇 걸음 걷다가 어디로 가느냐고 물었다. 아버지의 답은 없고 흐느끼는 소리가 들렸다. 인애였다. 어린 인애가 버벅거리며 흐느껴 울고 있었다. 인애의 손을 더듬어 잡았다.

아버지는 1947년 미군정 포고령 위반으로 검거되어 고문을 받다가 돌아가셨다. 우용은 초등학교 6학년 때 도립병원 마당에서 담가에 담긴 아버지의 시신을 넘겨받았다. 미군정의 사주를 받아 아버지를 잡아간 사찰계 경찰이 절차상 필요하니 우용에게 시신을 두 눈으로 확인하라고 강요했다. 경찰은 일제 치하에서 아버지가 불령선인이라는 이유로 붙어 다니며 감시했던 순사였다.

가족 친지들 모두가 아버지의 주검 앞에 엎드려 하나같이 이를 갈며 복수를 다짐했으나, 그는 빨리 잊으려고 이를 갈았다. 복수 이전까지의 삶을 감당할 수 없을 것 같았다. 카빈 소총을 들고 스리쿼터를 탄 경찰들의 삼엄한 감시 속에 아버지의 장례식이 치러졌다.

그는 남은 가족의 미래를 걱정했다. 아버지를 대신한 장남으로서 어떻게 해서든지 남은 가족을 잘 챙기며 살아야 할 의무가 있었다. 그 의무를 수행하는 것이 복수라고 생각했다. 다행히 아버지가 남긴 약간의 유산이 있어서 당장의 생계를 꾸리는 데 큰 어려움이 없었다.

중학교에 입학하면서부터 영어를 죽어라 하고 배웠다. 조선총독부가 발행한 『보통학교 국어독본』에 영어 단어를 베껴 쓰며 익혔다. 일제 치하에서 일본어가 국어였고 일본어가 곧 조선어였다면, 이제 영어가 국어이자 곧 대한민국의 필수 언어였다.

이렇게 배운 영어로 한국전쟁 이후 OEC(주한미경제조종관실)가 USOM(미국대외원조기관)으로 바뀔 때 통역원으로 고용되어 전후 복구 지원 및 재건 사업을 도왔다. 그러다가 5·16 군사 쿠데타로 USOM이 축소되면서 감원 대상에 올랐다. 외무부 공무원 신분을 얻었으나, 재외공관 파견 명령을 받고 사직원을 냈다. 병든 노모를 모시고 갈 수도, 버리고 갈 수도 없었기 때문이었다. 그러고는 고향으로 내려와 면사무소 공무원으로 근무했다.

국가보훈처 공훈심사과는 매번 '적극적인 독립운동 참여 여부 불분명'이라는 같은 사유를 달아 신청서를 반송했다. 증거로 제시한 채록물만을 가지고는 독립운동을 했다고 보기 어렵고, 독립운동을 한 것으로 해주려고 해도 제시한 구두 증언만으로는 입증이 불충분하고 불분명하다며 양해 바란다고 했다. 그러면 어떻게 해야 하느냐고 하소연하자, 고문당했다는 기록을 찾아오라고 했다.

그는 인터넷 사이트를 뒤지고, 국가 기록물을 찾아 다녔다. 인터넷을 통해 '社勞黨部署正式決定(사노당부서정식결정)' 등 33건의 조작 기사를 찾아냈고, 국가 기록물로는 1921년 경성지방법원판결문 등 3건의 기록을 찾았다. 그러나 그들이 요구한 고문 기록도 아버지의 독립운동을 입증해주는 자료로 인정받지 못했다. 좌익 활동에 대한 조사 기록만 있고, 독립운동에 대한 기록이 없었기 때문이었다.

아버지의 독립운동 여부는 아이로니컬하게도 일제가 남긴 기록에 의해 입증되었다. 일본 외무성이 소장한 『本邦人在留禁止雜件(본방인재류금지잡건)』에 아버지의 독립운동 사실이 기록되어 있었다. 이를 통해 독립운동가로 서훈되었다. 이렇게 해서 아버지의 신원은 50년의 기다림과 13년의 노력 끝에 가까스로 이루어졌다. 우용은 63년 전에 억울하게 돌아가신 아버지를 대전 국립현충원 독립유공자 묘역에 모셨다.

그 아버지가 인애의 울음 속에서 말했다. 지금 애비를

따라 같이 가자고······

"아, 안 돼!"

우용이 팔을 힘껏 내두르며 소리쳤다. 그때 천둥이 울고
전기가 나갔다.

9

선우강규는 10분가량 일찍 도착했다. 역 앞 상가 건물
추녀 밑에 있는 크레인 게임기를 보자 손이 근질거렸다.
내포에는 아직 거리에 게임기가 없었다. 뽀로로, 마시마
로, 보노보노, 코코몽을 뽑았다. 모두 중국산 짝퉁 인형이
었다.

분명히 북향인데, 상호가 '남향다방'인 약속 장소로 들
어가 자리를 잡았다. 스포츠신문을 펼쳐 낱말 맞추기를 하
려 했으나 이미 답이 적혀 있었다. 스마트폰에서 스도쿠
퍼즐을 찾았다. 가로세로가 각각 아홉 칸인 정사각형 모양
이 나타났다. 빈칸의 숫자를 찾아 채워야 방진을 완성할
수 있었다.

공쌍수는 약속 시간에서 30분쯤 늦게 나타났다. 마담이
다가와 그에게 물수건을 건넸다. 단골 다방인 것 같았다.
그는 수건으로 이마와 뺨을 문지르며 가쁜 숨을 몰아쉬
었다.

숫자 조합에 집중하던 강규는 뛰어온 시늉을 하며 너스

레를 떠는 그의 과한 행동이 가증스러웠다.

"다방 이름이 정치적이지?"

쌍수가 농처럼 물었다.

"공 보좌관님이 지어준 이름 아닙니까?"

강규도 농을 농으로 받았다.

20일 만에 보는 쌍수는 몰라보게 변해 있었다. 그의 트레이드마크였던 밤 가시 수염이 안 보였다. 안경도 굵은 원형 쇠테가 아닌 타원형 뿔테로 바뀌었다. 수염을 깎아 수두 자국이 도드라진 것이 흠이었지만, 전체적으로 변성술 국회의원의 4급 보좌관 신분이 고려된 코디였다.

닷새 전, 내포 잡지사로 전화가 걸려왔다. 쌍수는 들려줄 얘기가 많으니 조만간 보자고 했다. 정보통인 그를 만나면 중앙과 지역 정가의 최신 동향을 얻어 들을 수 있었다.

강규는 당장 만나고 싶었으나, 백 대표의 잔심부름과 신축 중인 원·투룸 공사가 이런저런 문제로 꼬여 차일피일 미룰 수밖에 없었다. 그가 들려줄 얘기가 있다는 것은, 듣고 싶은 얘기도 있다는 뜻이었다. 치밀한 손익 계산을 하며 정치판을 주유하는 모사꾼이었다.

사람이 싫어서인지, 그의 생김새도 못마땅했다. 이마는 훌러덩 벗겨졌는데, 숱 많은 양 눈썹이 다투듯이 엉겨 붙어 미간이 없었다. 또 코와 입이 바짝 붙어 인중은 짧은데, 아래턱이 유인원처럼 길었다. 좁은 어깨를 구부정하게 수그리고, 만삭의 배통을 내민 채 좌우로 눈알을 살살 굴리며 오토바이를 모는 폼은 원숭이를 빼닮았는데, 곰보와 함께 공쌍수의 트레이드마크였다. 그는 가와사키 오프로드 스타일 250TR 모델을 자랑스럽게 몰고 다녔다.

하지만 그는 이런 외양이나 행동거지와 달리 지역에서 알아 모시는 정보통에 모사였다. 그는 '쌍심(雙心)' 또는 '쌍칼'로 불렸다.

그는 자기가 게거품을 물어가면서까지 부정하고 비판해 오던 일도 돈이 된다 싶으면 입장을 바꿔 긍정하고, 동의 하고 긍정했던 일이나 돈이 되지 않는 방향을 흘러간다 싶 으면 급히 부정하는 쪽으로 돌아섰다. 이런 재주 때문인 지, 정당 일을 여·야 구분 없이 넘나들며 맡았다.

"난 쌍화차. 노른자 동동 띄워서…… 선우 형씨는?"

쌍수가 엽차를 가져온 레지의 허벅지를 더듬으며 물었 다. 둘이 쌍이 되어 노는 양이 익히 겪어본 사이 같았다.

"도라지 위스키 한 잔."

레지에게 마시마로 인형을 건네준 강규가 장난스럽게 말했다.

"고마워요. 난 인삼차. 괜찮죠?"

"도라지 위스키가 진짜 있어?"

강규가 놀라 묻자, 레지가 치마 속으로 깊숙이 들어온 쌍수의 손을 걷어내며 턱짓을 했다. 기둥에 매직으로 쓴 메뉴판이 붙어 있었다. '궂은비 내리는 날, 도라지위스키 1 잔 5천 원'

레지가 주문 품목을 마담에게 일러준 뒤, 주방으로 들어 갔다. 쌍수가 매니퀸 시가 케이스에서 시가를 빼 물었다.

레지의 꽁무니를 좇느라 라이터 불을 켜지 못하고 헤맸다. 어딘가 모자라고 덜떨어진 것 같아 보였지만, 그가 부러 즐겨하는 페인트모션이었다. 물론 이런 그의 거짓에 속는 사람들이 꽤 많았다. 강규가 지포 라이터를 빼앗아 불을 붙여주며 말했다.

"그렇게 좋아요?"

"내가 좋아하는 게 아니라, 쟤가 좋아하는 거야."

그가 사타구니를 추스르며 자랑스럽게 말했다.

"잘 어울립니다."

강규가 쌍수를 닮은 코코몽을 건네며 말했다.

쌍수는 도덕과 상식 너머에 사는 인간이었다. 그러나 정치인들은 이런 그를 필요로 했다. 그들은 권력이 필요할 때면 도덕이나 상식을 허상인 양 지배할 수 있는 쌍수를 그리워하며 찾았다. 백 대표도 평소에는 그의 도덕과 행실에 대해 이러쿵저러쿵하며 비난하고 경계하다가도 고비가 찾아오면 어김없이 그를 불러 조언을 받았다.

쌍수는 정계뿐 아니라 재계·학계·언론계는 물론, 문화예술계까지 빨대를 꽂고 있는 '무불통지'였다. 사계가 무시할 수 없는 명실상부한 브로커였다. 특히 정계의 생리와 동향을 궁금해하는 초짜 폴리페서와 폴리테이너와 폴리널리스트들은 그와 술자리를 갖고자 안간힘을 썼다. 그가 가진 정보와 영향력 때문이었다.

그는 5년 전, 정치적 소신을 달리한다면서 정무부지사직을 차버리고 백 대표와 결별한 변성술에게 들러붙어 그를 기사회생시켰다. 중부권 실력자로 부상한 백 대표를 배신한 사람을 보란 듯이 국회의원으로 만든 것이다. 그러고는 백 대표와 변 의원을 극적으로 화해시켰다. 백 대표는 한 번 틀어진 사람과 절대 타협하지 않는 사람으로 알려져 있었다. 그러나 쌍수는 네댓 차례 양쪽을 오가며 두 사람 마음을 조물딱거리더니 한 덩어리로 뭉쳐놓았다.

쉰이 넘은 쌍수는 강규와 12년 차 띠동갑이었다. 하지만 강규는 그를 인생 선배로도, 동종업계 선배로도 대접하지 않았다. 다만 그의 정보가 정계 입문과 잡지사 운영을 위해 필요하기 때문에 그때그때 비위를 맞추고 예를 갖춰가며 만났다.

"존 내 나유."

찻잔을 든 쌍수가 쿵쿵거리며 말했다. 그러고는 헤벌쭉 웃었다.

풋! 강규가 목구멍으로 막 넘기려던 도라지 위스키를 뿜었다. 정말 행동거지가 상스러운 놈이었다.

"뭐요?"

"존, 내, 난다구유우."

쌍수가 강규를 보며 또박또박 끊어 말했다. 레지에게 한 말이 아니었다.

"향수를 바꿔봤는디, 꼴리남유?"

강규가 헤벌쭉 웃으며 맞받았다.

"오빠. 난 '좆 내놔유'로 알아들었어. 대낮부터 하자는 줄 알고 깜짝 놀랐잖아."

레지가 방석집 아가씨처럼 깔깔거렸다. 점입가경이었다.

"페로몬 향인디…… 뜨건 밤을 보내셨나 봐유."

"남자 만날 일이 많아서 여자 향수를 써유. 근디……"

개 눈에는 똥만 보이나 봐유, 라고 덧붙이려다 삼켰다.

"아닌디. 페로몬은 남자가 여자 꼬실 때 쓰는 향순디. 어찌됐든 존 내도 나고 신수도 좋아 보이니께, 보는 사람도 좋네유. 물론 건물도 착착 잘 올라가고 있지유?"

본론으로 들어가기 전에 이죽거리며 간을 보는 것이 그의 버릇이었다. 마치 길놀이를 하듯이. 그러면서 슬쩍 상대의 약점을 들춰 야코를 죽였다. 향수와 건물 얘기는 그래서 꺼낸 것이다.

강규는 내포 신도시 대학 예정 부지 인근에 원·투룸 건물을 짓고 있었다. 당초 덕산 방면에 무인 모텔이나 펜션을 지을 계획이었다. 그래야 떼돈을 벌 수 있었다. 그런데 마실저축은행이 망하고, 백 대표의 낙선으로 세도가 무너지는 통에 추가 자금을 동원할 길이 막혔다.

사동리의 땅을 처분하면 정상적으로 문제를 풀 수 있었으나, 아직은 두 눈을 시퍼렇게 뜨고 살아 계신 아버지 명의의 땅인지라 그림의 떡이었다. 강규는 지난 7년 동안 백 대표의 가랑이 밑을 눈치껏 기어 다녔다. 그 밑에서 떨어진 떡고물을 허투루 하지 않고 금싸라기 다루듯이 살살 긁어모았다. 그래서 5층짜리 건물을 올리는 중이었다. 이 건물은 장차 정계 입문에 쓸 종잣돈이었다.

"나도 정보 수집 대상이유?"

강규도 게으른 종놈 비질하듯이 말끝을 질질 끌었다.

"아무렴. 잠룡이시잖여유?"

쌍수가 거침없이 말했다. 그가 사람을 다루는 방식이었다. 적당히 띄워줬다가 적당히 죽이는 그만의 도(度)가 있었다.

"본래 남의 떡이 엄청 커 보이고, 남의 마누라가 겁나 맛있잖유?"

"……."

강규의 말에 레지의 허벅지를 더듬어대던 쌍수의 얼굴색이 변했다. 그는 흠칫하며 상체를 뒤로 젖히고 입맛을 쩝쩝 다셨다.

"댓빵께서 위원회 인기 일순위인 국토해양위원회를 꿰차셨는디, 그깟 원투룸 따위를 가지고 웬 시기 질투냔 뜻이쥬. 별 뜻은 없슈."

강규가 말머리를 돌렸다.

'남의 마누라'라는 말에 화들짝 놀라 상체를 젖혔던 그가 슬며시 자세를 바로잡으며 시가를 힘껏 빨았다. 아우디 반과 나눠 피운다는 쿠바산 시가였다.

"여기 금연이야. 그만 피워! 미쓰 고야, 얼른 담배 뺏아라!"

한복 차림의 마담이 손톱을 다듬다 말고 카운터에서 소리쳤다. 미스 고가 잽싸게 시가를 빼앗아 껐다. 멋쩍어서 빨아대던 시가까지 빼앗긴 쌍수가 실랑이를 하는 척하며 미스 고의 가슴골에 코를 처박았다. 여자가 꺄악, 하고 비

명을 내지르며 그를 껴안았다. 강규는 7080을 배경으로
한 영화 세트장에 들어와 있는 기분이었다.

"전, 이만 일어납니다."

강규가 뽀로로와 보노보노 인형을 챙기며 말했다.

"샘나는구나."

미스 고가 말했다. 쌍수에 버금가는 넉살이었다. 강규가
어처구니가 없어 벌떡 일어섰다. 그때 쌍수가 고개를 들
었다.

"스트레스 때문에 그런 거유. 발끈하시기는."

여자와 떨어진 쌍수가 멋쩍게 웃었다. 그러고는 자세를
고쳐 앉아 당의 분위기를 전했다.

당이 빈 둥지마저 부수고 있다고 했다. 속은 이미 백대
길이 다 파먹었고, 남은 둥지를 오이재가 붉으락푸르락하
며 씹어 먹으려 입맛을 다시는 중이라고 했다.

백 대표의 소신과 이해관계에 따른 당헌 당규가 만들어
졌다. 그렇게 만든 당헌 당규지만, 미처 예측하지 못한 탓
에 실행 중에 백 대표의 이해와 어긋나는 경우가 종종 발
생했다. 그때마다 따르지 않거나 뜯어고쳤다. 불복하거나
개정할 때마다 변명하며 당위성을 제시했는데, 그 사유가
가당치 않았다. 부정부패한 대통령을 견제하려면 부정부
패한 야당이 될 수밖에 없다는 궤변같이 들렸다.

쌍수가 이런 상황을 모를 리 없었다. 자신의 당비조차
대납시키는 당 대표와 당의 회계를 부인에게 일임하는 당
대표와 당의 운영자금을 개인 판공비로 생각하는 당 대표

가 번갈아가며 꾸려온 정당이 잘되어가고 있다면, 그것이 되레 문제가 아니겠느냐고 반문했다. 비아냥이었지만 틀린 말이 아니었다. 그래도 강규는 듣기 싫었다.

"'미구차외경하구'라는 말을 들어본 적 있어유?"

"아흐응."

미스 고가 몸을 꼬며 신음을 토했다. 다시 시작한 쌍수의 손장난 때문이었다.

"두보의 신데, 모르세요?"

"알지. 「강촌」이라는 시 아녀. 미천한 이 몸이 이 밖에 그 무엇을 바라리오."

쌍수가 답했다. 강규는 그가 공유하고 있는 천박함과 박학다식함에 새삼 놀랐다.

"오이재 대표도 알까유?"

탁란 발언을 한 오이재를 의심 선상에서 빼놓을 수 없었다.

"윤동주도 모르는데, 어찌 두보를 알것슈?"

쌍수가 헤벌쭉 웃으며 되물었다.

"오 대푤 의심하시나 봐유?"

"예? 제가 뭘 의심합니까?"

강규가 깜짝 놀라 자신도 모르게 반문했다. 쌍수는 괴우편물 사건을, 아니 '미구차외경하구'에 얽힌 사연을 이미 알고 온 것 같았다. 아우디 반과 쌍수는 시가만 나눠 피우는 사이가 아니라 그 이상의 사이인 것 같았다.

"의심하고 있는 게 맞고만. 하긴 당을 뺏기셨는데, 그럴

만도 하쥬."

강규의 속을 읽은 쌍수가 대놓고 빈정댔다. 강규는 어쩌면 쌍수가 오이재의 심부름을 하려고 온 것은 아닌가 하는 의심이 들었다.

쌍수가 한참을 주물러대어 눈이 풀린 레지를 밀쳐내고 구석 자리로 옮겨 앉았다. 강규도 뽀로로와 보노보노 인형을 들고 그를 따라 옮겼다.

마담이 윤수일 곡에서 채은옥 곡으로 CD를 바꿨다. 다방 안이 채은옥의 「빗물」로 흠뻑 젖었다.

10

집을 나온 봉이순 여사는 5분 거리에 있는 버스 정류장으로 갔다. 몸살기가 느껴져 택시를 탈까 했으나 시간이 넉넉히 남았고, 돈이 아깝다는 생각도 들었다.

불과 20일 전까지만 해도 비좁은 진입로 어귀에서 대로변까지 중형 승용차를 줄줄이 대놓고는 서로들 모시겠다며 실랑이를 벌였던 여편네들이 한 명도 보이지 않았다. 그녀는 15분을 기다려 버스에 올랐다.

그녀는 숄더백에서 수첩을 꺼냈다. 대출과 상환 현황을 수기로 기록한 손바닥만 한 회계 수첩이었다. 색색의 볼펜을 이용해 기록한 대출 요청자명 및 연락처, 대출 요청 사유 및 금액, 대출 가부, 대출일, 상환 조건 및 방식, 특이 사항 등을 살폈다. 대출 금액은 1인 최대 50만 원까지였다. 상환 기간 1년에 이율은 1퍼센트였다.

그녀가 지난 한 해 동안 대출해준 사람은 31명이었다. 대출금 총액이 930만 원이었다. 그녀는 무이자 무담보로 1,500만 원가량의 돈을 독거노인과 소년소녀가장과 극빈자들에게 빌려줬다. 보증인 없이 주민등록등본과 연락처만 받았다. 3년째 하고 있는 일인데, 원금 상환율이 90퍼센트 안팎이었다.

봉 여사는 2010년 지자체 선거 기간에 남편을 따라 선거운동을 위한 봉사활동을 다녔다. 1995년부터 시작해 지자체 세 번, 총선 두 번, 대선 한 번, 모두 여섯번째 치르는 선거운동용 봉사활동이었다.

남편 백대길은 득표용 봉사활동을 하면서 진실된 마음과 바른 자세가 아닌 가식적인 말과 표정으로 했다. 취재 온 기자들 앞에서 유권자들에게 이행 못할 약속과 감언이설을 마구 쏟아냈다. 기자들은 타당성이나 가능성을 따져보지 않고, 헛된 말은 받아쓰고 거짓 표정은 찍어서 기사로 만들었다.

봉 여사는 이런 봉사활동을 따라다니다가 죄책감을 느꼈고, 그러다가 몸과 시간이 아닌 돈으로 해야만 할 봉사가 따로 있다는 사실을 깨닫게 되었다. 그래서 봉사를 넘어 자립을 돕는 방식에 대해 고민했다.

소액이지만, 급한 이유로 고통 받는 사람들을 위해 나눠 쓸 종잣돈을 만들면 좋겠다 생각했다. 그녀는 종잣돈

1,000만 원을 만들어 대출 사유에 따라 1인당 5만 원에서 50만 원까지 빌려줬다. 남편의 신분과 위치 때문에 갈보리농원주의 명의를 빌려 시작했다.

봉 여사는 자본금을 늘려 보다 많은 취약계층 사람들에게 긴박한 생활자금을 대출해주는 희망의 마중물로 키워나갈 꿈을 가지고 있었다. 하지만 이 꿈은 남편의 낙선과 함께 물거품이 되었다.

십시일반하여 운영 기금을 키우기로 앞다퉈 약속했던 여편네들이 모두 발을 뺀 때문이었다. 봉사가 아닌 권력을 보고 들러붙었던 여편네들인지라 어떻게 설득할 도리조차 없었다.

"없는 것들을 그렇게 공짜로 도와주면 버릇만 나빠져요."

"1퍼센트 이자면 공짜나 다름없는 거지."

"금융거래법 위반 아니에요? 대부업법인가……?"

"왠지 좀 께름칙해요."

"사회주의 국가에서나 가능한 일 같아요."

"성경 말씀에 '내 너에게 1달란트를 빼앗아 10달란트를 가진 자에게 주리라. 누구든지 있는 사람은 더 받아 넉넉해지고, 없는 사람은 있는 것마저 빼앗길 것이다'라고 했어요."

"……?"

"하나님도 그러셨는데……"

버릇이 나빠진다느니 불법이 아니냐라는 둥, 말도 안 되는 트집을 잡고 야지를 놓았다. 심지어는 성경 말씀을 비틀어 왜곡하고 하나님까지 동원해 충고까지 한 뒤, 거부 의사를 밝히는 여편네들도 있었다.

이런 여편네들이 액화가스를 주입해 피하지방을 제거하는 카복시테라피 시술법, 지방 분해를 촉진하는 약물을 피하지방층에 주사해 지방을 녹여 몸 밖으로 배출시키는 지방용해술(HPL)을 찾아 서울 강남의 성형외과를 드나들고, 허벅지 살을 빼기 위해 고액의 포스파티딜콜린(PPC) 주사를 맞았다. 가복시테라피는 1회 주사하는 데 3만 원, 지방용해술은 15만 원가량 든다고 했다.

새로운 지방 제거술이 나왔는데, 이번 선거가 끝나면 곧바로 시술 받으러 간다고도 했다. 삼투압지방용해술, 냉동지방분해술, 심부열고주파지방파괴술이라고 했다. 1회 시술을 받는 데 각각 20, 70, 50만 원이라고 했다.

그녀는 돋보기안경을 꺼내 쓰고 지난해 4월 이전의 대출자 명단을 살폈다. 미상환자를 체크해 시간이 되는 대로 만나볼 생각이었다. 연락조차 없이 대출금을 갚지 못하고 있다면 상황이 더욱 악화되었다는 뜻이었다. 아니면 사고를 당했거나, 고령의 독거노인이라면 죽었을 수도 있었다.

오늘은 대출자 중 최고령자인 마술사를 만나볼 생각이었다. 외아들 사업 자금을 위해 보증을 섰다가 마지막 남은 연금까지 날린 은퇴 공무원이었다. 이자를 재능 기부로 대신하겠다며 봉 여사에게 일주일에 한 번씩 마술을 가르쳐주던 분이었다.

남편은 이 대출 지원 사업을 불편하게 생각했다. 돈을 날릴 위험성이 클 뿐만 아니라, 무언가 불온한 냄새가 풍긴다고 했다. 근자에 재개발을 반대하는 철거 대상 주민들을 만나고 다니는 일과 맞물려 불온한 행동으로 오인 받을 수도 있다며 정리하라고 요구했다. 말로는 함께 잘사는 정의 사회 구현을 외치면서도 '아름다운 가게'의 일일 자원봉사 활동을 좌파 활동 지원이라며 마뜩찮아 하는 남편이었다.

그녀는 괴우편물을 받았다면서 길길이 날뛰며 일을 키우고 있는 남편이 측은했다. 그 밑에서 비위를 맞추며 부추기는 선우강규는 얍삽하고 무서운 놈이라는 것도 다시금 확인했다. 남편은 놈을 부려먹고 있다고 생각하는 것 같았으나, 놈이 남편을 이용해먹고 있는 게 분명했다. 카투사 영어 실력과 낱말 맞추기 단어력으로 잘난 척을 하지만, 분골쇄신을 분골세신이라고 쓰는 무식한 놈이었다. 그냥 웃어넘겨도 될 괴우편물 배달 사건을 두고 놈과 마주앉아 폭탄 테러라도 당한 양 침소봉대하고 있는 남편의 행위가 코미디를 방불케 했다.

봉 여사는 버스에서 내려 길을 찾았다. 한 달에 한 번꼴로 1년 가까이 다닌 길이었으나, 올 때마다 입구를 헤맸다. 그때마다 그녀는 버스로 장소 이동을 한 것이 아니라 타임머신을 타고 시간 이동을 한 것이 아닐까, 하는 착각에 빠졌다. 길치인데다가 1960년대인 양 추레해 보이는 고만고

만한 골목들이 그게 그것처럼 보였다.

복지관은 도심을 발아래 굽어보는 산동네 꼭대기에 있었다. 높이 있어 큰길에서 고개를 들어 찾으면 보였다. 듬성듬성 불에 타서 검게 그은 폐가와 폐가를 철거한다는 구실로 마을을 휘젓고 다니는 포클레인도 보였다. 불은 재개발업자가 주민들을 겁줘서 내쫓으려고 불량배들을 동원해서 지른 것이라고 했다.

보기에는 가까웠지만, 막상 골목으로 들어가 걸으니 길이 꽤 멀었다. 들쑥날쑥한 골목이 매듭처럼 꼬여 있기 때문이었는데, 자칫하다가는 헷갈려서 길을 잃을 것 같았다.

혼자인 봉 여사는 몇 차례 헛걸음 끝에 낯익은 노인의 뒷모습을 발견했다. 그녀는 폐지를 잔뜩 실은 유모차를 뒤따랐다. 몸살기 탓인지, 유모차를 밀며 힘겹게 비탈을 오르는 노인의 걸음조차 따라잡지 못해 낑낑댔다.

"왜 시방 오는겨."

복지관 마당으로 들어서자, 낯익은 치매 노인이 달려들며 반겼다.

"얼능 줘. 배고파!"

"겨우 국시 몇 가닥 줘서…… 오늘은 깍두기 줘?"

봉 여사를 본 노인들이 평상에서 주뼛주뼛 일어서며 구시렁거렸다. 독거노인들은 반가움과 고마움을 이런 식의 툴툴거림으로 표현했다. 응석 같았다. 12시가 되려면 한 시간 남짓이나 남아 있었다.

국수를 가마솥 가득 세 차례 삶았다. 30인분씩 90인분이었다. 노인들이 주먹만 한 분량의 국수 한 그릇을 비우는 데는 채 10분이 걸리지 않았다. 건강에 이상이 생겼거나 기력이 쇠해 숨조차 쉬기 버거운 노인들은 10분 이상 걸렸다. 그릇이 모자라 앞사람이 먹은 그릇을 씻어 뒷사람이 먹었는데, 웬일인지 그릇과 삶은 국수가 모두 남았다.

지역구 의원인 육양순 의원이 공약 실천의 일환으로 춘계 효도잔치를 연 때문이라고 했다. 마스크를 쓴 봉 여사는 국수가 담긴 채반을 들고 다니며 노인들에게 한 젓가락씩 더 얹어주었다.

각자의 빈 국수 그릇은 물에 헹궈주고 갔던 노인들이 그릇을 먹은 자리에 그대로 두고는 막 내리기 시작한 빗속으로 달아났다. 뒤늦게 소식을 들은 노인들이 빨리 효도잔치에 가기 위해서인 것 같았다. 국수를 남기거나 아예 먹지 않고 가는 노인들도 있었다.

안 그래도 부족한 일손인데 설거지를 돕던 노인들까지 달아난 탓에 30분이면 끝낼 설거지와 뒷정리가 한 시간 넘게 걸렸다. 복지사 아가씨는 예정된 간담회를 못하게 될까 봐 안절부절못했다.

뒷정리를 마치자 뼈마디 곳곳이 쑤셨다. 감기 기운 탓도 있었으나 예순여덟이라는 나이도 무시할 수 없었다. 복지사 아가씨가 주방을 뒤져 노인들이 숨겨둔 쌍화차를 찾아내 끓여주고 어깨를 주물러줬다.

일요일임에도 불구하고 오전 7시 주민센터로 출근해서 현장 업무에 쫓겨 처리하지 못한 서류들을 전산 입력하고 부랴부랴 달려왔다는 그녀는, 배식과 설거지 중에도 이어폰을 낀 채 짬짬이 민원 상담을 하느라 분주했다. 무릎 인공관절 이식수술을 하셨다면 간병인 신청은 수술 3개월 뒤부터 가능하다, 한부모가족지원을 신청할 경우에는 교육비와 중복 신청이 안 된다, 교육비 지원에서 탈락하면 주민센터로 나와 신청서를 작성해 제출해야 한다, 어떻게 하는지는 오면 가르쳐주겠다, 라는 등의 민원 상담 전화였다.

복지사가 간담회를 준비했다. 복지 지원비를 신청하기 위해서는 간담회 실적 보고가 반드시 필요하다고 했다. 노인과 장애인, 아동 및 영·유아, 청소년 등 기초생활수급자 및 한부모가정, 차상위계층 등 거의 모든 세대를 돌보느라 과로에 시달리는 복지사가 지난주 전화를 통해 한 부탁이었다. 어떻게 거절할 수 있겠는가. 한동안 유세 일정에 쫓겨 국수 삶고 국수 말고 설거지하다가 돌아가기 바빠 노인들과 대화를 나눌 짬이 없었다. 봉 여사는 잘됐다 싶었다.

오판술(68): 이 마을은 육이오사변 통에 생겼소. 재개발을 한다는 게 꿈같소. 내가 터줏대감이오. 기관지 약을 묵어야 삽니다. 약값이 무료라 살아 있어요. '주안에교회' 중등부 학생들이 이 주일에 한 번씩 방 청소를 해줘요. 언제 죽을지 몰라 낮에도 방문을 안 잠그요.

이삼득(81): 자유당 시절에 남편을 잃었어. 데모질허다가 잡혀갔는데 안즉도 안 왔어. 예순아홉까지 아파트 청소 일을 했어. 지금은 매달 32만 원 받는 걸로 살아.

천장에 비가 줄줄 샜는데, 집주인이 올봄에 '포막'을 쳐 줬어. 그래도 집 안이 곰팡이 천지여.

이삼순(80): 병아리 장사하면서 두 아들을 키웠어. 밥 도 제대로 못 먹이고 공부도 못 시켰어. 죄를 진 거지. 왼 쪽 다리가 부었어. 걷질 못혀. 1년 넘게 침을 맞았는데, 도통 안 나아. 한의사가 갈 때마다 나아졌느냐고 묻는 데, 나아진 게 없다고 답하기가 미안혀서 안 가고 있어.

김시복(80): 인민군 부대를 탈영해서 반공유격대 활 동을 했소. 61년 결혼하고 '대한석탄공사'에 취직해 일 하다 70년대 후반에 퇴직하고 자동차용품 제조공장을 차려 운영했소. 외환위기 때 망해 알거지가 됐소. 그때 딸과 장애인 아들과 헤어졌는데, 아들은 부랑자가 됐을 것이오.

"아주머님은요?"

메모를 멈춘 봉 여사가 물었다. 머리와 몸이 물 먹은 솜 같이 점점 묵직해지고 있었다. 창밖에서 번개가 번쩍이고 천둥이 울었다.

"그 쌍년은 집 나갔소!"

분노에 가득 찬 목소리가 천둥소리에 뒤섞였다.

봉 여사는 노인들의 사연을 듣는 동안 어머니가 생각 났다.

어머니는 이순을 데리고 전후 복구 현장을 다니며 날품 팔이를 했다. 미군 구호품인 밀가루를 날삯으로 받아 오면 수제비를 끓여 끼니를 때웠다. 겨울에는 일거리가 없었다. 그래도 어머니는 용케 끼니를 구해 왔다.

'시부대청(청주시 수동 소재)'에 있는 23육군병원에서 미군들의 빨래를 해주고 품삯을 받아 끼니를 해결하는 것이라고 큰오빠가 일러줬다. 시부대청은 일본군 수비대 주둔처였던 '수비대청'이 와전된 명칭이었다. 해방이 되면서 수비대청이 미군 캠프가 되었고, 한국전쟁이 터지자 그 자리에 23육군병원까지 들어섰다.

날이 추워지면 새벽마다 마을 아주머니들과 함께 '양은다라'와 호미를 들고 역내로 잠입했는데, 이순도 따라갔다. 그곳에 석탄 야적장이 있었다. 야적장에 쌓아놓은 석탄을 훔치는 것이 아니라, 하차 작업을 하면서 흘린 석탄 가루를 호미로 긁어 담아오는 것이다. 주로 그믐밤 새벽녘에 철길을 타고 역으로 기어 들어갔다.

석탄 가루를 물에 개어 주먹만 한 크기로 빚은 뒤, 부뚜막에 설치한 화덕에 넣고 쇠꼬챙이로 쑤셔 숨구멍을 뚫어주면 난방과 취사용 불로 쓸 수 있었다.

역무원들의 감시를 피해야 했는데, 걸리면 구타를 당했다. 옷을 찢고 뺨을 때리고 발길질을 해 초주검을 만든 뒤, 현행 절도범이라며 역전파출소에 넘겼다. 한번은 도 경찰국 경비과의 기마경찰대와 합동으로 잠복 단속을 했는데, 그때 어머니는 두 명의 마을 아주머니와 함께 말발굽에 밟혀 갈비뼈와 손목뼈가 부러졌다.

역무원들은 이들을 떼도둑년들라고 했다. 또 그들은 집

수색을 한다며 마을로 들이닥쳐 무조건 석탄 때는 아궁이들을 찾아내 부수고 돌아갔다.

어머니는 자식들을 위해 '떼도둑년들' 속에서 도둑년이 되어 살았다. 그녀는 미군 캠프 장교 숙소에서 어린이용 영어 교재를 훔쳐내 이순과 오빠에게 줬다. 자식들은 공부를 열심히 해서 도둑놈 도둑년으로 살지 말라고, 자신은 기꺼이 도둑년이 됐다.

봉 여사는 문자메시지 알림음에 정신을 차렸다. 액정 화면에 뜬 사진을 터치했다. 모르는 아기 사진이었다. 발신자 번호도 뜨지 않았다. 그녀는 잘못 보낸 사진이라 생각하며 스마트폰을 숄더백에 집어넣었다.

"요렇게 간당간당 목숨만 붙여놓지 말고, 콱 죽여줬으면 좋겠어유."

어머니와 동향이라는 팔십 노인의 건의 사항이었다.

간담회가 점점 신세타령과 한탄으로 이어졌다. 마음이 불편해 듣고 앉아 있기가 힘들었다. 머리가 점점 무거워지면서 기운도 빠졌다. 빗소리가 스산하게 들렸다. 노인들도 삭신이 쑤시는지 앉은 자세를 바꿔가며 팔다리와 어깨를 주물러댔다.

봉 여사는 메모장을 덮었다. 그러고는 복지사 아가씨의 옆구리를 찔렀다. 봇물 터지듯 쏟아진 노인들의 신세타령을 듣고 적느라 쩔쩔매던 복지사 아가씨가 봉 여사의 다음 일정이 급하다는 핑계로 마무리를 지었다.

11

"백 대표님은 정치인이시지, 종교인이 아니지요."

창을 등지고 앉은 강규가 말했다.

"……?"

"종교인은 선과 악을 분명히 가려야겠지만, 정치인은 선악의 경계를 허물어 대화와 타협의 길을 찾는 사람들이잖아요. 그러니까 우리 백 대표님께서 오이재 대표님을 적대시할 필요가 없지요. 오 대표님이 백 대표님을 라이벌로 생각해 적대시하는지는 모르겠지만, 대화와 타협의 달인이신 우리 백 대표님은 오 대표님을 동지로 생각하십니다. 흐흐."

"그새 워딩 실력이 느셨네유. 질투와 보복의 달인이 아니구유?"

쌍수가 비아냥댔다.

"오 대표 심부름을 오셨구먼."

강규가 맞받았다. '질투와 보복의 달인'은 '탁란 정치인'과 함께 오이재가 만들어 돌린 백 대표의 트레이드마크였다.

"백 대표님은 행정가 출신이지유. 행정은 선악을 심하게 따지지유."

쌍수가 물러서지 않았다.

"몇 년 전까진 그랬지유. 하지만 지금은 변했시유. 손해

112

볼 만한 해코지는 절대 안 하셔유."

쌍수가 강규의 대거리가 흥미롭다는 듯이 바라봤다.

"정치인은 감정과 이해(利害)의 동물이유. 그래서 눈치
와 계산이 빠른 거유."

쌍수가 콧구멍을 후비며 응수했다.

"대표 자리를 달라는 것도 아니고, 복당할 명분을 좀 달
라는 건데…… 너무들 하시네, 씨발!"

강규가 만지작거리던 마시마로 인형을 다탁 위에 내던
지며 짐짓 울분을 토했다. 쌍수가 다탁에서 튕겨 바닥에
떨어진 인형을 냉큼 주웠다. 콧구멍 쑤신 손가락을 인형에
닦으며 말했다.

"갑자기 욕을 들으니까, 방구가 나오네요. 똥 좀 싸고 올
게유."

쌍수가 휴대전화를 들고 일어섰다. 따로 생각할 시간이
필요한 것 같았다. 강규는 그의 뒷모습을 바라보다가 물
잔을 들었다. 빈 잔이었다.

백 대표는 복당이 급했다. 탈당한 지 보름쯤 지나자 이
상한 분위기가 감지됐다. 이번 4·11 선거 참패가 백 대표
의 변덕과 고집에서 비롯됐다는 소문이 퍼졌다. 뒤늦게 그
책임을 통감해 스스로 탈당했다는 것이다. 오이재와 이세
갑이 백 대표의 정치적 제스처를 팩트로 둔갑시킨 것이다.

공천을 할 때, 백 대표가 당선 가능성이 아니라 자기 인
맥과 입맛을 기준으로 삼았다고 했다. 변덕의 예로는 자기
가 고집을 부려서 데모까지 해가며 여당에서 빼내온 오생

문의 공천 탈락을 꼽았고, 고집으로는 여론조사 결과 낙선 예상 후보 영순위로 꼽힌 이종걸의 막무가내식 공천을 들었다.

오생문은 자기주장을 하며 말을 안 들어서, 구의원 출신인 이종걸은 뭐든 시키는 대로 하며 말을 잘 들어서였다는 것이다. 결국 선거 참패의 원인이 오롯이 백 대표에게 있다는 것이었다.

오이재와 이세갑이 총선에서 참패한 당을 추스르려고 그렇게 몰아가고 있었다. 그 둘은 백 대표를 희생양으로 삼아서 당의 살길을 모색하는 것 같았다.

어쨌든 오이재와 이세갑은 스스로 탈당한 백 대표의 복당을 승인할 수는 없고 묵인은 해줄 수 있다고 했다. 그 조건으로 빼돌린 당의 문건의 즉시 반납과 3개월 뒤인 8월 복당을 제시했다.

둘은 백 대표를 이참에 아예 쫓아내버리고 싶지만, 아직은 득보다 실이 크다고 판단한 것 같았다. 쫓아낼 상황도 못 되었다. 무엇보다 먼저 빼앗긴 당무 관련 문서와 컴퓨터 본체를 돌려받아야 했다. 안 그러면 정상적인 당 운영이 불가했다.

법적 대응을 하자니, 당이 입게 될 데미지가 너무 컸다. 당의 살림살이를 통째로 사법기관에 까발리는 결과를 가져올 수도 있기 때문이었다. 또한 셋은 현재 공통적으로 루저 신세이기 때문에 뭉쳐야 살고 흩어지면 죽는다는 것을 잘 알고 있을 터였다.

백 대표와 오이재는 악연이었다. 4년 전인 2008년, 백 대표가 오이재와 맞지 않아 '자유국민연합'을 탈당했을 때, 오이재는 재가한 엄마가 친자식들을 의붓아버지에게 맡긴 채 혼자만 잘살아보겠다고 가출한 패륜적 엄마가 곧 백 대표라고 하면서 갔다.

오이재는 말과 행동이 다른 사람이었다. 말은 이렇게 하고, 행동은 저렇게 했다. 그 처신이 아주 천연덕스러웠는데, 따지면 말을 바꾸거나, 행동이 말과 다른 게 뭐냐며 되레 억지를 부렸다. 또 기억나지 않는다, 내가 한 그 말은 그런 뜻이 아니었다, 언제 그런 말을 했다고 누명을 씌우느냐, 상황이 바뀌지 않았느냐, 라며 늘 뒤통수를 치며 생떼를 썼다.

결국 백 대표가 자유국민연합을 오이재에게 통째 넘겨주고, 자신은 '행복동행당'을 급조해서 나갔다. 그러자 오이재가 한 골목에, 그것도 자기 가게 옆에 동종 가게를 차린 파렴치한 인간이라며 백 대표를 또 공격했다. 말도 안 되는 주장에 화가 난 백 대표가 자유국민연합을 나올 때 두고 온 창당 멤버들을 모두 빼내 행복동행당에 입당시켰다.

7년 전, 우리행복당을 창당한 이후 백 대표는 당직자와 당원의 수가 좀처럼 늘지 않아 전전긍긍했다. 택호까지 '중호재(衆互齋)'라 명명하고 갖은 노력을 다 기울였으나 역부족이었다. 지지율도 높고 지지자는 많은데, 정작 당원과 당직자가 적어 쩔쩔매는 기이한 현상을 겪었다.

2005년 참신하고 특화된 정치 프레임이라며 국민 행복과 지방 분권을 들고 나와 우리행복당을 창당한 백 대표는 첫 지방선거에서 대패했다. 그는 패배 후, 배 13척으로 나라를 구한 이순신 제독의 정신으로 다시 일어설 것이라고 했다. 충격에 빠져 다급해진 백 대표는 오래전에 철새—오이재는 스스로 불사조라고 했다—가 되어 떠도는 오이재를 영입해 분위기를 쇄신해보려고 했다. 2006년 지자체 선거의 실패를 거울삼아 2008년 총선을 성공적으로 치르기 위해서라고 했다.

그러나 백 대표와 오이재는 물과 기름처럼 달랐다. 백 대표가 백면서생 경영학 학자라면, 오이재는 산전수전 다 겪은 장돌뱅이였다. 그래서 둘은 각자의 뜬구름 위에서 서로 간만 보다가 2년을 허송세월했다.

오이재는 정치적 견해와 당무 운영 스타일이 백 대표와 달랐다. 기존 정당들로부터 일찍이 따돌림을 받아온 오이재는 무소속으로 좌충우돌하는 동안 많은 경험과 지식을 얻었다. 또한 막가파식의 정치 활동을 펼치며 버텨왔으나, 지역구에서 그를 따르는 맹신자들이 적지 않아 나름대로 파워 있는 세를 관리하며 살았다.

오이재는 간에 붙었을 때 쓸개를 욕했고, 쓸개에 붙었을 때 간을 욕했다. 이를 아는 지지자들도 이런 행태를 중요하게 생각하지 않았다. 지지자들은 오이재가 간이 필요하다고 말하면 간의 편에 섰고, 쓸개가 필요하다고 말하면 쓸개의 편에 섰다. 대신 이득을 챙겼다.

백 대표는, 당은 독단적으로 운영하면서도 의견이나 진

언을 하는 당원에 대해서는 개인적 억측 내지는 해당 행위를 한다며 일축하거나 윽박지르기 일쑤였다. '원칙'과 '융통성'을 자유자재로 썼다. 여기에 반발하면 강규를 통해 뒷조사와 검증 과정을 거친 뒤에 징계를 하거나 도태시켰다.

당원들은, 독단적인 것은 서로 같지만 백 대표와 달리 적어도 꽁한 마음이 없고 뒤끝이 없는 오이재를 선호했다. 사람이 말이라도 맘껏 하고 살아야 한다는 것이 대다수 당원들의 생각이었다.

이런 상황이 되자 당원들에게 배신감을 느꼈다는 백 대표가 당무를 거부하고 오이재와 전면전을 치렀다. 당원들은, 밖으로 나가 싸워서 부지런히 당의 영역을 확장해도 모자랄 판에 장수들끼리 집 안에서 권력 다툼이나 하고 있는 꼴을 한심하고 역겹게 바라봤다. 그래서 2008년 총선도 실패했다.

백 대표 곁에는 아주 가깝거나 너무 멀어서 아무 상관이 없는 지지층만 약간 명 남았다. 그가 두번째로 창당했던 행복동행당 역시 세가 없어 지방선거를 치를 수 없었다.

같은 지역에 기반을 둔 '국민생활당'을 만들어 근근이 이끌어나가고 있는 이세갑의 영입을 타진했다. 이세갑도 오이재와 다르지 않았다. 그는 한 줌도 안 되는 세력을 빌미로 당 대 당 통합을 주장했다. 또 2인 공동지도 체제를 합당 조건으로 내걸었다. 합당 방식과 서로의 지분을 놓고 석 달가량 밀고 당기는 진통을 겪은 뒤, '선진민복당'이 창당됐다. 이로써 백대길은 정당 제조기라는 별명을 얻었다. 5년 동안 네 개의 정당을 만든 것이다. 둘은 독자 창당, 둘은 공동 창당이었다.

이세갑은 오이재보다 더 가관이었다. 한때 중앙 무대를 뛰던 스타급 메이저 정치인이었다는 이유로 백 대표를 지방 무대에서 깔짝대는 마이너 급으로 취급했다. 이세갑이 당 대변인으로 앉힌 처제 형주미를 내세워 대응케 하는 등, 백 대표를 대놓고 무시했다.

이세갑이 곱슬머리에 옥니박이인 백 대표의 역린, 즉 자존심을 건드린 것이다. 백 대표는 무시당하고 있다 싶으면 반드시 사생결단을 지어야 하는 사람이었다. 하지만 맷집이 생긴 백 대표는 과거와 달리 즉각적으로 반응하지 않았다. 같은 실수를 두 번 저지를 생각이 없었다. 학습 효과도 있었다.

그는 유리할 때 붙어 싸우고, 불리할 때 떨어져 기다리는 전법을 구사했다. 그동안 정의감과 신념으로 세(勢)와 시(時)의 유·불리를 계산하지 않고 싸우다가 참혹한 결과를 낳은 것이 어디 한두 번인가. 그래서 그는 시와 세를 따라 진퇴를 결정키로 했다.

정치인이 정치를 바꾸는 것이 아니라, 정치가 정치인을 바꿨다. 정치는 자기를 바꾸려고 대드는 정치인을 몹시 싫어했다. 이런 아이러니하고 부조리한 현상을 바꾸려 정치에 입문한 백대길이 되레 5년 만에 이런 현상을 인정하고 받아들여 적응하는 쪽으로 전향한 것이다.

그러나 이세갑과의 연대도 결국 실패로 끝났다. 18대 총선에서 229석 중 고작 18석을 건졌다. 총선에서 또 패하자, 2년 뒤 치러야 할 지방선거를 위해서는 셋이 반드시 합쳐야 이길 수 있다는 주장이 제기됐다.

강형중 교수가 이런 주장을 제기했고 오이재와 이세갑이 동조했다. 그래서 오이재가 자유국민연합을 파하고 선진민복당으로 들어왔다. 오이재가 당명을 바꾸자고 했으나 양쪽 당원들이 결사반대했다. 안 그래도 당명이 헷갈려서 지역민들이 찍어주고 싶어도 찍지 못한다고 했다. 그러나 2010년 지자체 선거도 패배했다. 당은, 오뚜기가 되어야 한다며 다시 2년 뒤에 치를 총선에서 설욕할 것을 다짐했다.

백 대표는 오이재의 지록위마와 이세갑의 조삼모사에 신물이 났다. 막장 드라마가 따로 없었다. 당무도 막장이었다. 그래도 백 대표는 막장 속에서 나름대로 최선을 다해 참고 또 참는 수밖에 없었다. 이제는 연대를 하고 싶어도, 하자는 놈도 할 놈도 없었다.

그러나 백 대표의 인고는 헛되지 않았다. 정치판에는 선악과 호오가 따로 있는 것이 아니기 때문에 꾹 참고 죽은 듯이 기다리면 언젠가는 기회가 온다는 말에 일리가 있었다. BH에서 사람이 내려왔다. 와서 슬그머니 총리직을 제의했다. 총선을 두 달쯤 남겨둔 시점이었다. 정상적인 사람이라면 마땅히 정치적 의도를 의심해봐야 하는 제의였으나, 백 대표는 그걸 따질 정신도 여유도 없었다.

여당이 총선을 앞두고 백·오·이 셋의 고리를 끊어서 중부권 지역민들의 정당 지지 성향을 흩뜨려놓을 수도 있을 것이라는 합리적 의구심이 들만도 했으나, 어쩌면 이것이 마지막 호기라고 생각한 백 대표는 이것저것 생각하며 따져보고 싶지 않았던 것 같았다.

"정치란 소보다는 대를 우선해야 하고, 지역보다는 천하를 우선해야 올바른 것이다." 그는 좀 더 시간을 가지고 생각해보시라고 권하는 강규에게 이렇게 내질렀다. 마이너의 한계를 뼈저리게 겪은 백 대표는, 먼저 '우리'가 커야 지역을 키울 수 있다며 강규를 설득했다. 강규는 더 이상 이의를 달 수 없었다.

대길은 자신이 수락만 하면 곧 총리가 될 줄 알았는데, 그게 또 그렇지가 않았다. 대길은 즉답을 줬는데 BH가 함흥차사였다. 언론에서 총리 후보군을 발표할 때, 백대길을 5순위로 끼워서 다뤘다. 그러는 사이에 BH가 이세갑과 오이재에게도 사람을 보내 같은 제의를 했다는 소문이 돌았다. 백 대표는 BH에서 사용하는 암수(暗數)가 많다는 사실을 뒤늦게 깨달았다.

이세갑은 기다렸다는 듯이 백 대표의 경솔하고 은밀한 총리직 수락이 당을 버린 해당 행위라며 공격했다. 사돈 남 말하는 격이요, 악의적인 주장이었으나, 반박할 논리도, 근거도 없었다.

당을 어려움에 빠뜨리고 오직 자신만 살겠다며 개구멍으로 달아난 파렴치한이 백 대표라고 몰아붙였다. 이세갑의 공격을 홀로 방어할 만한 카드가 없었다. 그래서 결별했던 오이재와 다시 손을 잡았다. 이로 인해 삼두 정치체제가 균형을 잃고 쓰러졌다. 당은 공작정치인 줄 알면서도 당했다.

손을 잡았던 오이재는 4월 11일 총선이 또 패배로 끝나자, 이세갑과 한통속이 되어 대길의 과오를 공격했다. 백 대표의 편견과 아집이 총선 패배의 결정적 원인이라고 떠들고 다닌 것이다.

"제3의 정치는 확실히 접으셨대유?"

정말 똥을 쌌는지 화장실에서 한참 있다가 자리로 돌아온 쌍수가 코딱지 묻힌 마시마로 인형을 껴안으며 물었다. 제3의 정치를 접었다면 그가 도와줄 수도 있다는 말로 들렸다. 어느 틈에 미스 고가 따라붙었다.

강규는 '우리'가 정말 위급한 상황에 빠져있다는 것을 실감했다. 제3의 정치란 백 대표가 제창한 국민 행복을 중심 가치로 삼는 분권 정치를 말하는 것이었다.

"제삼, 그런 건 없지유. 우리는 이분법적 사고로 길들여진 민족이유. 남/북, 보꼴/좌빨. 살아남으려면 피아가 분명해야 하는 거유. 이런 가치관이 지배하는 나라에서 제삼을 해유? 누가? 백대길 씨가."

쌍수가 묻고 쌍수가 답했다.

백 대표가 제3의 정치를 추구했기 때문에 실패한 것이라는 뜻이었다. 하지만 제3의 정치를 도모할 것이 아니라면 그 당시 굳이 창당을 할 이유가 없었을 것이다.

"그러니까, 여당의 이중대가 되든지, 아예 복속하라?"

강규가 혼잣말하듯 물었다.

"누구나 꿈을 꿀 수는 있으나 꿈속에서 살 수는 없잖유? 지옥이어도 결국 현실 속에 사는 거지유. 곧 장(將)이 들어올 텐디…… 장을 받으시려면 둘 중 하난 하셔야지유?"

쌍수의 말에 따르면 백 대표가 이것저것 따지지 말고 모양새 생각하지 말고 당장 당으로 돌아와서 오이재, 이세갑과 힘을 합쳐 장군을 받든지, 아니면 여당으로 들어가든지 둘 중 하나를 선택해야 살길이 있다는 말이었다.

"근디 장이 뭔 뜻이래유?"

강규가 눈을 껌벅이며 바보인 양 물었다.

"생각을 크게 크게 하시라는 뜻이지유. 우리나라 정치가 어디 정치판에서만 이루어졌나유?"

쌍수가 강규처럼 눈을 껌벅이며 되물었다.

강규는 불에 덴 듯 깜짝 놀랐다. 정신이 번쩍 들었다. 국정원이 확보해 쥐고 있다던 정보를 검찰로 넘겼다는 언질이었다. 강규는 쌍수가 자신을 보자고 한 이유를 비로소 알 것 같았다. 쌍수가 사타구니에 끼고 있던 마시마로 인형을 건넸다. 인형을 받는 강규의 손끝이 떨렸다.

"백사모 회원이 오천이라고 했나유? 뭔 걱정이래유. 그 사람들이 모여서 데모 한 번만 빡시게 해주면 되는디."

백사모는 '백대길을 사랑하는 모임'이었다. 쌍수가 일러주는 계책이 어처구니없었으나, 현실성 있는 대책이었다.

"오이재 씨 생각이유?"

강규가 마시마로 인형을 옆자리에 처박으며 물었다.

필요할 때 자파 지지자들을 동원하는 친위 데모는 오이재의 주특기이자 주무기였다.

"자기도 이제 백 대폴 닮나 봐유? 샘은 목마른 사람이 파는 거유."

강규는 대꾸할 말이 따로 없었다. 지지자들을 동원해서 쇼를 하라는 말이었다. 다시 말해 너희들이 직접 나서서 스스로 명분을 만들어보라는 것이다.

"그게 가장 빠르고 쉬운 방법이유."

셀프 데모를 하면, 오이재가 못 이기는 척하며 들어줄 것이라고 덧붙였다. 오이재가 이세갑도 설득할 것이라고 했다. 셀프 데모는 오이재의 생각일 수도 있고, 쌍수의 생각일 수도 있었다. 아니 어쩌면 둘의 머리가 합쳐져서 만들어낸 꼼수일 수도 있었다.

"그리고 보도자료 잘 만들어 언론 플레이를 하면 되잖유. 우리 선우 비서님의 특기가 또 언론 플레이잖여유."

비아냥이었으나, 강규는 팁으로 받아들였다.

쌍수는 이게 현재로서 가장 현실적인 백 대표의 복당 수순이라고 덧붙이며, 말끝에 웃음을 물었다. 비웃음이었다.

"순진하면 정치 못해유."

고수가 하수를 대하는, 프로가 아마추어를 대하는 말투였다. 쌍수는 손가락 끝으로 스마트폰의 액정 화면을 찍고 문질러가며 문자메시지를 확인했다. 자기 볼일은 끝났다는 뜻이었다.

최백호가 「낭만에 대하여」를 부르고 있었다. 강규는 수치심과 분노에 인형 쥔 손을 바르르 떨었다.

"웃겨? 씨발! 웃음이 나와?"

벌떡 일어선 강규가 보노보노 인형을 내팽개치며 뒤늦게 쌍수의 비웃음을 트집 잡았다. 다탁 위의 찻잔이 튕겨진 인형에 맞아 엎어졌다.

"그럼, 울면서 얘기할까유?"

쌍수가 엎어진 찻잔을 바로 세우고는 꼬질꼬질해진 물수건으로 다탁을 닦으며 말했다.

강규는 마시마로 인형을 챙겨 일어섰다. 오이재 쪽에 기대할 수 있는 것이 없음을 알았다. 이제 이세갑의 처제이자 비서인 형주미를 만나 방법을 찾아봐야 할 것 같았다.

강규는 찻값을 치르고 마담에게 마시마로 인형을 선물로 건넸다. 그 틈에 쌍수는 배웅하러 쫓아온 미스 고의 엉덩이를 꼬집었다. 미스 고가 보노보노 인형을 흔들며 쌍수를 배웅했다.

쌍수와 헤어진 강규는 빗속을 걸으며 자신이 골탕을 먹고 있다는 생각을 했다. 울화가 치밀어 택시 승강장 표지판 기둥을 발로 걷어찼다.

장 받을 준비를 해야 했다. 장을 받으려면 백 대표가 오이재와 이세갑의 손을 반드시 잡아야 했다. 강규로서는 무슨 수를 써서라도 셋을 합쳐놓아야 했다.

백 대표는 오이재를 철새로 이세갑을 오만한 샌님으로
봤고, 오이재는 백 대표를 순진한 고집불통으로 이세갑을
세상물정 모르는 쪼다로 봤고, 이세갑은 백 대표를 군자연
하는 속물로 오이재를 천방지축 양아치 새끼로 봤다. 물론
이런 관계 속에서도 서로의 이해가 맞물리면 서로가 포옹
하고 두둔하며 단합을 과시했다.

강규는 그 어느 때보다 서로의 이해관계가 강하게 맞물
려 있는 작금의 상황을 백 대표에게 설명하여 납득시켜야
만 했다. 강규는 셋이 흩어져 있다가 각개격파를 당한다
면, 자신도 그 가운데 끼어 파쇄될 수 있다는 사실을 잘 알
고 있었다.

12

안우용은 잠꼬대를 하다가 천둥소리에 놀라 의자에서
떨어졌다. 떨어지면서 책상 모서리에 부딪혀 눈두덩이
찢어졌다. 졸지 않으려고 안간힘을 썼으나, 간밤을 꼬박
뜬눈으로 샌데다 식곤증과 약 기운까지 겹쳐 감당하지 못
했다.

오토바이 등록번호를 알려줬던 알바생이 부관장과 사서
를 데려왔다. 우용을 알아본 부관장은 119 구급차를 부르
겠다며 호들갑을 떨었다. 우용이 제지하며 얼른 몸으로 펼
친 책을 가렸다.

결국 그의 고집을 꺾지 못한 부관장이 사서에게 응급조치를 지시했다. 우용은 복도 장의자에서 사서의 응급조치를 받았다. 제자리로 돌아올 때는 부관장의 부축을 물리치지 않았다.

"부지사 어르신. 뭐든 필요하시면 주저하지 마시고 저를 부르세요. 대기하고 있겠습니다요."

귀엣말을 한 부관장이 자신의 명함을 건넨 뒤, 허리를 숙인 채 뒷걸음질로 물러났다.

부관장이 돌아간 뒤, 우용은 다시 『대길의 대로행』에서 다섯번째 견출지가 붙은 페이지를 펼쳤다. 돋보기안경을 끼고 '건설적 파괴'를 찾아 읽었다. 창을 때리는 빗소리가 거칠어졌다.

안주한다는 것, 그래서 매너리즘에 빠진다는 것은 발전과 희망이 없다는 것을 뜻한다. 언제든, 어디서든 가지고 있는 것을 모두 버리고 새 길을 떠날 준비가 되어 있을 때, 진정한 변화와 발전을 도모할 수 있는 것이다. 작고 사소한 이익에 머물렀을 때 대의를 잃는다.

아주 사소한 머뭇거림이 삶을 망치는 것이다. 늘 좌우를 살펴보고 뒤를 돌아보되, 앞을 향해 쉼 없이 전진할 때 밝은 미래가 있다.

밑줄 친 부분을 세 차례 반복해서 읽고 난 뒤, 대학노트를 뒤적여 '건설적 파괴'를 찾았다.

놈이 주장하는 백대길의 '반인간적 파괴' 사례가 다섯 쪽에 걸쳐 나열되어 있었다. 놈은 '인(仁)'이 사람을 가엾게 여길 줄 아는 마음 자세로부터 비롯된다고 주장했다. 백대길은 측은지심도 긍휼함도 모르는 기본이 안 된 인간이라고 했다. 놈은 다섯 꼭지의 에세이에 대한 반론과 비판 그리고 이를 입증하는 실례와 증거 제시를 통해 백 대표가 인을 빌미로 인을 저버린 진짜 양아치라고 주장했다.

노트에 적힌 다섯 가지 거짓 주장에 대한 양심선언서를 작성할 것.

작성한 양심선언서를 5월 7일 12:00까지 아래 언론사에 송부할 것.

5월 8일 열리는 중경향우회에 참석하여 작성한 양심선언서를 공표하고, 그 자리에서 백대길과의 절교를 선언할 것.

놈이 대학노트 마지막 페이지에 적어놓은 지시 사항이었다. 우용은 이놈이 대체 제정신인가 싶었다. 어쩌면 머리가 모자라는 놈이거나 정신병자일 수도 있다는 생각이 들었다.

우용이 복잡해진 머리를 싸쥐었다. 이 다섯 가지와 연관되어 큰 피해를 당했을 만한, 아니 당했다고 볼 수 있을 만한 사람, 원한이 맺혔을 만한 사람들을 떠올리려 애를 썼다.

OPLS(오픈 폴리티컬 리더스 센터) 센터장 나삼추, 시당위원장 주인우, 실질적 후원회장이었던 허남두, 전 선대위원장 오생문, 백사모 사무국장 이종걸, 정책자문위원장 강형중 교수, 청년조직위원장 조왕구, 운전기사 구만복, 코디네이터 아가씨 또는 그 가족, 혹 조전자…… 이들도 아니라면 불특정 다수인 선의의 피해자들 중에……

백대길로부터 미필적 고의에 의한 피해를 당한 사람도 적지 않을 것이다. 그러나 그 가운데 대체 누가 이러한 보복을 해야 할 만큼의 원한을 가졌는지는 알 수 없었다.

보복을 하려면 당사자에게 해야지, 왜 자신과 죄 없는 인애까지 끌어들인단 말인가.

놈이 복사해서 첨부한 육필 기록에는 상납 및 접대 일지도 있었다. 허남두의 필체를 알지 못해 확신할 수는 없었으나, 허남두가 의심됐다. 백대길을 가까이하고 나서 철저히 망한 사람이 있다면 허남두를 꼽을 수 있다. 그러나 그는 1년 전에 사고로 죽은 망자였다.

그에게는 외아들인 허동우가 있었다. 허동우는 의심해볼 만했다. 그는 마실저축은행의 예금주들에게 쫓겨 다니며 사는데, SIU 일을 한다고 했다. 순간, 우용은 허동우가 미심쩍었다. 예금주들이 고용한 채권 추심원들에게 테러까지 당해가며 굳이 한국에서 살고 있는 이유가 궁금했다. 허동우의 짓이거나, 아니면 누군가 계획적으로 허남두의 기록을 확보해 장난을 치는 것일 수 있었다.

놈은 대학노트에 적힌 사실에 거짓이 없다고 생각한다

면, 또 인애를 살릴 생각이라면 오늘 공부한 모든 내용을 잘 요약 정리해서 '중경향우회' 모임에 나가 폭로하라고 했다.

세상살이에서 사실 따위가 무슨 의미를 갖는단 말인가. 중요한 것은 입장에 따른 해석이다. 강자의 입장이나 관점, 강자의 해석이 곧 사실이고 정의가 되는 것이다.

13

조수석에 탄 '잇뽕'을 승용차 밖으로 내보냈다. 비가 내리고 있었다.

"우리가 짜바리 따까립니까?"

잇뽕이 나가자, 조왕구가 핏발선 눈을 부라리며 을러댔다.

"자학이 넘 심한 거 아녀? 그리고 나는 이 어깨 위에 무궁화 꽃을 세 송이나 피운 경정이다. 짜바리가 뭐냐, 경찰이라고 해라."

아우디 반이 시가를 꺼내 물며 이죽거렸다.

"돈을 드릴 테니까, 사람을 사서 하세요."

왕구가 차창을 내리고 손을 까불자, 잇뽕이 뱃살을 출렁이며 잽싸게 달려왔다. 저렇게 포동포동한 비곗덩어리가 사람을 한주먹에 때려눕힌다는 사실이 믿기지 않았다. 손도 예쁘장하고 주먹도 작았다. 한주먹이 일본어로 잇뽕이었다.

"재떨이 가져와라."

잇뽕이 버려진 우유갑을 주워 손수건으로 물기를 닦아서 가져왔다. 차문을 여닫는 짧은 순간에 들이친 비가 양복을 적셨다.

"시방 돈 땜시 널, 아니 조 사장을 붙잡고 부탁하는 줄 알어?"

"그럼, 뭡니까?"

"믿음! 우리 사이에 있는 뽄드 같은 믿음 땜시 맡기려는 거 아니여. 다 나라 잘되라고 하는 나랏일이다, 나랏일!"

"나랏일은…… 씨발! 지금 하는 일만 할게요. 더는 곤란……"

"말귀가 좆나게 어둡네."

아우디 반이 인상을 구기며 왕구의 말을 잘랐다.

"……?"

왕구가 아우디 반을 빤히 쳐다봤다. 키 큰 아우디 반의 머리끝이 천정에 닿아있었다.

"쩨리지 말어, 불편해. 돈 좀 만지더니 감이 많이 떨어진 것 같다. 선택은 내가 하는 거야."

시가 연기가 차 안에 가득 찼다. 왕구는 차 유리문을 내려 연기를 빼낸 뒤 투덜댔다. 뽑은 지 일주일도 안 된 볼보가 독한 시가 냄새에 찌들고 있었다.

"우리 둘 다 좆 되는 수가 있어요. 이용당하고 있다는 생각이 안 드세요?"

왕구가 우유갑을 내밀어 시가 재를 받으며 말했다.

"이미 늦었다. 좆 되는 건 문제가 안 돼. 좆이 되더라도 사는 게 좋은 거 아니냐?"

아우디 반이 주머니에서 각대봉투를 꺼냈다. 그러고는 왕구에게 내밀며 말했다.

"뭡니까?"

"어렵게 씨앗 좀 구했다. 낸들 하고 싶어 이러는 줄 아냐? 파종비도 넣었다. 알바생들 사서 써라."

아우디 반이 차문을 열고 우산을 내밀어 폈다.

"아이, 씨발! 안 한다니까! 나는 싫다고요!"

"안 하면 나보다 네가 먼저 뒈진다. 우리행복당 정리 작업 들어갔다. 청년조직위원장은 건드리지 말라고 했다."

그가 차 밖으로 한 발을 내디딘 채 말했다.

"뭐욧?"

"국가의 안위를 위해서 아이티 사업을 확장한다고 생각해라."

"댓글 조작이 아이티 사업입니까?"

"에스엔에스를 이용해서 건전하고 올바른 생각을 널리 공유하자는 거잖아. 탈북한 괴뢰군 새끼들에게 돈 주고 도박 프로그램 제작하는 것만이 아이티 사업이냐?"

"뭐, 뭐욧?"

왕구는 불에 덴 듯 화들짝 놀랐다.

"지랄을 한다. 놀란 척하기는. 선거 때마다 백대길이 빨아주느라 댓글 알바 했잖아. 그때 터득한 노하우가 있을 거 아냐. 우리는 내부적으로 그걸 '우리행복당 지역감정 조작 사건'이라고 부른다."

"……"

짜바리가 양아치만도 못하다는 생각이 들었다.

"우리행복당 지역감정 조작 사건은 내사 종결하면 되니까 걱정하지 마라. 아차, 이거."

아우디 반이 쥐고 있던 스마트폰을 의자에 던져놓고 문을 닫았다. 행여나 대화를 녹취당하면 어쩌나 싶어 아우디 반이 빼앗아 가지고 있던 왕구의 스마트폰이었다.

"어디로 모실까요, 사장님."

운전석으로 돌아온 잇뽕이 물었다.

"너는…… 이 새끼야, 살 안 빼!"

졸음쉼터를 빠져나가 2차선으로 진입하는 아우디 반의 보라색 아우디를 바라보던 왕구가 잇뽕의 뒤통수를 때리며 소리쳤다.

"죄송합니다요."

"저 짜바리 새끼 뒷조사는 잘하고 있지?"

"당근이죠, 사장님."

"가자."

"예? 어디로……?"

"가자면 그냥 가, 이 새끼야!"

"예?"

"그냥 쭉 달리라고!"

차가 갓길을 빠져나와 대전-통영 중부고속도로 하행선

을 내달렸다.

왕구는 반신과의 관계를 청산해야 할 때가 됐다고 생각했다. 뒷배를 찾다가 잘못 엮여서 너무 깊이 엮였다. 댓글 작업이라니……

왕구는 각대봉투를 내려다보며 머리를 절레절레 내둘렀다. 아우디 반은 대체 수백 개에 달하는 아이디를 어디서 얻었으며 누구의 사주를 받고 움직이는 것인가.

'빅 도그'로 불리며 별 볼 일 없는 달건이 생활을 하던 왕구는 틈새 사업을 개척해 자수성가했다. 동네 시장 상인들을 상대로 '삥'을 뜯던 그는 칠십 먹은 구의원을 등에 업고 재래시장 활성화 지원 사업에 뛰어들었다.

시설 현대화 사업비를 받아 재래시장 운영 사이트를 개설하고 배달서비스 시스템을 구축하여 신지식인상을 받았다. 대통령이 주는 상이었다.

왕구는 시장 내 153개 점포와 시장 주변 54개 점포를 묶어 '상신(相信)서비스솔루션'이라는 사업체를 만들었다. 그는 틈새 사업을 하면서 중동구 텍사스촌과 인근 나이트클럽에 손을 뻗었다. 구의원이 왕구의 뒤를 봐주고, 왕구가 구의원이 운영하는 나이트클럽의 뒤를 봐주며 '백사모' 일을 도왔다. 구의원 이종걸은 열혈 반공주의자이자 백대길의 열혈 지지자였다.

다른 한편으로는 인터넷 주문 사이트를 관리하면서 가출청소년들을 모아 배달대행 업무를 하고, 상인회의 협조를 받아 상품교환권을 만들어 판매했다. 상품교환권은 직영하는 오락실과 PC방에서 처분했다. 시장 방범과 경비도 그의 사업이었다. 상인들은 자신들의 매출 이익을 올려주는 조왕구를 상전인 양 떠받들었다.

왕구는 이런 상인들을 꼬드겨 힘만 실어주신다면 시장 반경 3킬로미터 이내에 더 이상 대형마트와 기업형 슈퍼마켓이 들어서지 못하도록 목숨 걸고 막을 것이라고 말해 왔다.

14

봉이순 여사는 사회복지사와 우산을 같이 쓰고 거미줄처럼 얽히고설킨 좁고 긴 골목을 어려움 없이 빠져나왔다. 듬성듬성 보이는, 불에 타 검게 그을리고 반파된 집들이 충치 같아서 흉했다.

큰길로 나온 봉 여사는 복지사를 데리고 빵가게에 들렀다. 장애인 부부가 운영하는 동네 빵가게였다. 빵가게 건너편 '국민주유소' 주차장에 지방 방송국 차량이 서 있었다. 육양순 의원의 자선 경로잔치를 취재하러 온 차량이라고 했다.

봉 여사는 식사를 못한 복지사에게 빵을 사주고 가게 앞에서 헤어졌다. 그러고는 편의점으로 가서 우산을 샀다. 버스 정류장으로 향하는 봉 여사 눈에 물먹은 폐지를 가득 실은 유모차가 보였다. 불어터진 폐지가 종이찰흙처럼 뭉

쳐 유모차에 불어터진 풀빵인 양 들러붙어 있었다. 노파가
유모차를 밀며 빨간불로 바뀐 횡단보도를 건너고 있었다.
봉 여사가 아까 복지관을 찾느라 골목을 헤맬 때 마주친
노파였다.

그때 자동차 한 대가 끼익, 하고 급브레이크를 밟았다.
젊은 운전자가 차창을 열고 노파를 향해 손가락질하며 쌍
욕을 퍼부었다.

남편은 여느 정치인들과 똑같이 사고했다. 정치를 통하
지 않아야 고칠 수 있는 것들도 정치를 통해야만 고칠 수
있다며 생떼를 썼다. 봉 여사는 대의 정치가 깊이 병들어
나라를 다스릴 힘이 없다고 생각했다.

봉 여사는 국가가 국민의 혈세를 빼돌리지 않고 잘 쪼개
쓰기만 해도 골고루 행복한 나라가 될 수 있다고 생각했
다. 위에서는 돈이 남아돌아 서로 퍼먹고 퍼 먹이느라 난
리들인데, 아래에서는 국수 한 그릇 먹을 돈이 없어 주린
삶을 사는 것이라고 생각했다.

한 사람의 최저생계비가 53만 2,583원이라고 했다. 그
런데 개주인과 개에 따라 다르겠지만, 애완견 한 마리의
한 달 평균 사육비가 50만 원이고, 1박 2일짜리 애견 캠프
참가비가 80만원이라고 했다.

봉 여사는 17년 동안 남편을 좇아 선거판을 쏘다녔다.
공약(空約)이 난무하는 선거판을 헤매 다니고 정치판을
기웃거리다가 공약(公約)이 돈이 없어 공약(空約)이 되는
것이 아니라, 각종 비리와 부정부패 때문에 공약(空約)이

된다는 사실을 알았다.

기다리다가 지친 그녀는 깊은 자괴감과 우울증에 빠졌다. 백대길을 반려자로 선택한 이유 가운데 99퍼센트가 사라져버렸다. 그래서 그녀는 3년 전부터 스스로의 힘으로 할 수 있는 일을 찾아 나섰다.

정치판에는 눈먼 돈이 많았다. 그녀에게도 눈먼 돈이 찾아와 기웃거렸다. 남편은 정치헌금이 됐건 뒷돈이 됐건 직접 받기를 꺼렸다. 이를 간파한 추종자들은 안우용을 찾아갔다. 우용은 남편의 아바타이자 자금 관리인이었다.

그녀는 그동안 사회복지기관을 무작위로 선정해 드나들었다. 풀 방구리에 쥐 드나들듯 하자 여편네들이 들러붙었다. 눈치가 빠른 여편네들이 봉 여사의 뜻을 감지했다. 그녀에게 주려다가 주지 못한 눈먼 돈은 기부금이 되어 사회복지기관으로 갔다. 그녀는 이런 상황을 직접 챙기며 기부자들에게 감사의 뜻을 전했다. 가능한 많은 기관을 방문하여 기부금이 편중되는 일이 없도록 조정하고 조종했다.

그러나 총리 제안 미수 사건 이후, 남편의 공천권이 약해졌고, 덩달아 눈먼 돈도 끊겼다. 권력과 돈의 역학 관계를 새삼스레 깨닫게 되었다.

이런 와중에 다급한 소식을 접했다. 전 재산을 자식에게 털리고 버림받은 노(老) 마술사가 급한 수술을 받아야 하는데, 보증금이 없어 죽을 처지에 놓였다고 했다. 봉 여사는 장롱 속 깊이 넣어두었던 다이아 반지를 꺼내 처분했다. 그녀의 66회 생일을 축하한다며 허남두 회장이 남편을 통해 전해준 선물이었다.

연마 과정에서 버려지는 부분이 많다는, 그래서 큰 원석이 필요해 가격이 가장 비싸다는 라운드 브릴리언트 방식으로 커트하여 프롱 세팅을 한 다이아 반지라고 했다. 색상은 무색에 가까웠다. 다이아몬드의 가치는 5C(캐럿·컬러·커트·투명도·신뢰도)에 따라 평가한다고 했다. 본래 신뢰도는 평가 기준에 없었으나, 거짓과 가짜가 판치는 세상인지라 끼워 넣게 되었다고 했다. 시가로 1억 5,000만 원이었다.

남편에게 돌려주라고 했으나, 알겠다고 답을 한 남편이 차일피일 미루던 중에 허 회장이 죽었다. 돌려줄 수 없게 된 반지를 팔아 마술사의 수술 및 치료비로 썼는데, 처분 시기가 선거 시기와 맞물려 곤욕을 치러야 했다.

지나간 일들을 되짚고 있을 때, 기다리던 버스가 정류장으로 진입했다. 버스에 오른 봉 여사는 복지관에서 노인들의 이야기를 들으며 채록한 메모장을 뒤적였다.

보청기 수리, 리모컨 파손, 라디오 수리, 홑이불, 설탕, 군것질거리, 개수대 막힘, 하이타이, 안티푸라민, 파스, 염색약…… 일자리를 주선해달라거나 피처폰을 사달라는 극빈 계층 노인도 있었다. 그녀는 메모 내용을 훑어보며 도와줄 수 있는 것들을 찾아 밑줄을 그어나갔다. 버스 기사의 난폭운전 때문에 밑줄 긋는 일이 쉽지 않았다.

그때, 스마트폰에서 알림음이 울었다. 숄더백에서 스마트폰을 꺼냈다. 두 건의 메시지가 와 있었다.

열어보니, 사진이었다. 각각 누군가의 유치원과 고등학교 졸업식을 찍은 빛바랜 사진이었는데, 자세히 들여다보니 어딘가 낯이 익었다. 좀 전에 복지관에 있을 때 받은 아기 사진을 되찾아 보았다. 돌 사진이었다. 자세히 들여다보니 세 장의 사진 속 인물이 동일인 같았다. 이목구비와 분위기가 서로 닮은 듯했다.

불길한 느낌이 들었다. 그녀가 차창에 부딪치는 빗방울을 바라보며 지난 기억들과 이런저런 생각 속을 헤집고 있을 때, 손에 쥔 스마트폰이 또다시 울었다. 이번에도 사진이었다. 잠든 모습을 찍은 사진 같았다.

봉 여사는 넉 장의 사진 속 인물을 들여다보다가 소스라치게 놀랐다. 안우용의 딸 안인애였다. 그녀는 장안나 여사의 휴대전화번호를 찾아서 눌렀다. 신호음이 계속 반복됐으나 전화를 받지 않았다. 재차 눌렀다. 신호음이 예닐곱 차례 울렸을까, 전화가 가까스로 연결됐다. 그러나 잠시뿐이었다.

봉 여사가 안인애의 안부를 물었으나, 통화 상태가 불량해 답을 들을 수 없었다. 그러다가 전화도 끊겼다. 다시 전화를 걸었으나, 이번에는 아예 연결이 되지 않았다. 심장이 두근거리고 스마트폰을 쥔 손이 부들부들 떨렸다. 뭔가 자꾸 불길한 예감이 들었다. 인애에게 무슨 일이 생긴 게 틀림없었다.

봉 여사는 일단 시내버스에서 내렸다. 횡단보도를 건너 반대편 정류장으로 달려갔다. 마술사 방문은 취소하기로 했다. 대수술 후 몸을 추스른 마술사가 미스디렉션, 즉 관객의 시선을 딴 곳에 묶는 속임수를 가르쳐주겠다고 했으나 미뤄야 할 것 같았다.

15

중호재 솟을대문 앞을 은회색 BMW가 가로막은 채 서 있었다. BMW 주변에 'WALL MARK' 유니폼을 입은 건장한 사내들이 어슬렁대고 있었다. 다섯 명이었다. 둘은 우산을 썼고, 셋은 판초우의를 입고 있었다.

선우강규가 사내들 틈을 지날 때, 차 안에 있던 기사가 나와 알은체를 했다. 전 백사모 회장 이종걸의 운전기사였다. 대문을 들어서자, 이종걸 의원의 걸걸한 목소리가 들렸다.

"특전사 후배들과 해병대 애들만 추려서 뽑아온 겁니다. 형님은 이제 안심하셔도 됩니다."

이종걸도 안용용처럼 자기보다 다섯 살 아래인 백 대표를 형님이라고 불렀다.

"내가 언제 자네에게 경호해달라고 했나? 기자들이 보기 전에 쟤들 좀 데리고 어서 가게."

백 대표와 이 의원이 마당에 선 채 승강이를 벌이고 있었다. 집사가 골프용 우산으로 백 대표를 씌워주고 있었다. 집사는 비에 함빡 젖어 오들오들 떨고 있었다.

"어서 좀 와보게."

선우강규를 본 이 의원이 마치 원군을 만난 듯 반갑게 불렀다.

"우리 백 대표님이 협박을 받고 있는 게 맞지?"

"……"

"대표님께 무슨 일이라도 생기면 우린 모두 죽는 거야, 맞지?"

"……"

"맞잖아? 그런데 경호도 경비도 다 필요 없으시다는 거야. 자넨 어떻게 생각하나?"

답을 할 수 없는 강규가 난처한 표정으로 백 대표와 이 의원을 번갈아 바라봤다.

"이 의원이 날 끔찍이 생각해주는 건 고맙지만, 이건 아닐세. 내가 마피아 두목은 아니잖나? 사람들이 내 집을 지키고 선 저 친구들을 보면 날 어떻게 생각하겠나?"

백 대표가 손짓으로 대문 밖을 가리키며 말했다.

"대체 어떤 놈이, 뭘 어떻게 생각한다고 그러십니까? 그 어떤 놈이 대표님의 목숨을 지켜줍니까? 또 어떤 놈들이 무얼 어떻게 생각하건 말건 그게 목숨보다 귀합니까?"

이 의원이 게거품을 물었다.

"……"

백 대표가 어처구니없다는 표정으로 이 의원을 바라봤다.

"어떤 새끼들이 뭘 어떻게 생각한다고 우리 대표님이 시방 이렇게 위축이 되신 거야?"

백 대표의 표정을 본 이 의원이 강규를 바라보며 다그쳤다.

"칩거 중이라고 보도된 대표님께서 보초를 다섯 명 씩이나 세웠다는 걸 기자들이 알게 되면……"

강규가 대꾸했다.

"그건 중호재가 넓고 크니까…… 알겠어. 두 명만 세울게. 됐지?"

"그 뜻이 아니잖나!"

백 대표가 언성을 높이며 끼어들었다. 곁을 지키던 도베르만핀셔가 이 의원을 향해 짖었다.

그때 번개가 번쩍했다. 번개에 놀란 집사가 우산을 놓쳤다. 강규가 자신의 우산을 얼른 백 대표에게 씌웠다. 집사가 비바람에 날아가고 있는 우산을 잡으려 이리 뛰고 저리 뛰며 안간힘을 썼다.

"뭐가 그 뜻이 아닙니까, 형님? 빨갱이 새끼들이 호시탐탐 형님을 노리고 있는데……"

"그건 또 무슨 소린가? 빨갱이들이 나를 왜 노려?"

"이렇게 순진하시니까 형님이 매번 당하시면서 사시는 겁니다."

"……?"

"빨갱이 새끼들이 형님을 공격한 게 아니라면, 형님이 왜 이렇게 되신 겁니까?"

"……"

백 대표가 황당하다는 듯이 고개를 절레절레 흔들었다.

강규도 이 의원의 논리가 황당했다. 그러나 논리 따위가 어찌 백 대표의 안전보다 중요할 수 있겠는가. 강규는 입을 닫은 채 백 대표의 눈치만 살폈다.

"정히 그러시다면, 쟤들은 싹 다 돌려보내고, 제가 형님과 함께 있겠습니다."

이 의원이 고집을 꺾지 않았다.

"정히 그렇다면 저 친구들에게 쓸 돈으로 감시 카메라나 몇 대 달아주게."

백 대표가 감시 카메라로 타협을 시도했다.

이 의원이 감시 카메라를 설치해달라는 말에 잠시 머쓱한 표정을 지었다. 월 마크 경비들을 돈 주고 데려오지는 않았을 것이다. 그는 월 마크의 고문이었다. 그러나 감시 카메라 설치는 돈이 든다.

"형님 고집도 참 대단하십니다."

이 의원이 마지못해하며 동의했다.

백 대표가 서둘러서 이 의원의 등을 떠밀며 배웅했다.

강규는 백 대표가 이 의원을 부른, 어쩌면 알리기만 했을는지도 모르겠지만, 아무튼 그 저의가 궁금했다. 이 의원이 경비원들까지 데리고 와서 빨갱이 타령을 하며 흥분하는 것을 보면 상당한 동기를 제공해준 것이 분명했다.

백 대표와 함께 거실에 앉은 강규는 공쌍수로부터 들은 얘기와 이세갑의 대변인인 형주미를 만나서 나눴던 이야기를 간추려 보고했다. 백 대표는 텔레비전을 켜고, 다탁에 쌓아둔 두보 시선을 들척이며 보고를 들었다.

강규의 보고는 군더더기가 없고, 핵심이 명확했다. 그는 아무리 복잡한 내용도 서면 보고일 경우에는 A4용지 한 장에, 구두 보고일 경우에는 5분 안에 핵심을 간추려 보고했다. 물론 백 대표의 심기 상태에 따라 첨삭 내지는 수위가 조절됐다.

그런 강규의 보고가 늘어졌다. 형주미의 말은 앞뒤 부연 설명을 붙여야 했기 때문이다. 50대 중반인 그녀는 시카고대학교 경제학과를 나와 한때 재벌 회장을 모시던 비서였다.

그녀는 용건을 말할 때, '대표의 뜻'이라거나 '당의 입장'이라는 용어를 사용하지 않았다. 처음에는 형부를 등에 업고 자기주장을 펴는, 버르장머리 없고 위험천만한 여자가 아닌가 싶어 황당했다. 그러나 말을 끝까지 들어보니 이세갑의 뜻을 이치와 도리에 맞춰 표현한 말들이었다. 그녀가 선진민복당을 휘젓는 실세라는 소문이 사실이라는 생각이 들었다.

형주미가 한 말을 그대로 전하면 백 대표가 알아듣지 못할 것 같았다. 그녀의 경영 언어를 정치 언어로 바꿔 전해야 했다. 백 대표는 예전부터 권위와 질서를 무시한 채 논리와 합리만 따지는 경영 언어를 알아듣지 못했다. 나삼추와 반목이 생긴 원인이기도 했다.

보고가 끝나자, 어색하고 긴 침묵이 흘렀다. 그때 집사가 신문 뭉치를 들고 뛰어 들어왔다. 집사의 옷에서 빗물이 뚝뚝 떨어졌다.

백 대표가 신문 뭉치를 받아 들척였다. 어제 날짜 지방 일간지들이었다. 신문을 뒤적이는 손길이 점점 신경질적으로 변해갔다. 백 대표가 신문을 던지고 송수화기를 집어 들었다.

"조 국장. 나 백대길이오."

백 대표는 조 국장을 시작으로 박 국장, 강 주간, 오 사장, 선 의원, 이 피디 등등을 찾아가며 열댓 명과 잇따라 통화했다. 통화하면서 엄포를 놓기도 하고, 엄살을 부리기도 하고, 사정을 하기도 하고, 뜬금없이 언론의 사명과 정론 직필에 대해 충고를 하기도 했다. 공통적으로 '후배님이 잘 봐주셔야지'라는 말이 따라붙었다.

"이세갑 쪽에서는 대표님의 믿음을 먼저 보고 싶답니다."

강규가 조심스럽게 입을 열었다.

"믿음? 어따 대고 믿음이야."

혼잣말을 한 백 대표가 피식 하고 웃으며 강규를 바라봤다. 너도 그렇게 생각하지, 라고 묻는 눈빛이었다. 강규도 피식, 따라 웃었다.

"오이재는?"

백대길이 빠진 선진민복당은 이와 오의 공동 대표제로 운영되고 있었다. 선진민복당은 '502당'으로도 불렸다. 같은 당에서 오, 백, 이 세 개의 계파가 다르게 움직이기 때문이었다.

"명분을 드릴 수는 없고, 명분을 만들어주시면 무조건

인정해주겠답니다."

"한 당에서 두 말을 하는구만."

"그래서 오가 이를 설득하겠답니다요."

백 대표가 탈당하기 전까지 선진민복당의 당 대표는 백대길이었으나, 실질적으로는 삼두체제로 운영됐다. 삼두체제에서는 아무런 주장 없이 가만히 있으면서 눈치만 살피는 사람이 캐스팅보트를 쥘 수 있었다. 이른바 중재와 결정권이었다. 3 대 0 또는 2 대 1이 되어야만 의사 결정이 가능한 때문이었다.

"미친놈. 믿음이라고…… 무슨 믿음?"

백 대표가 이세갑 측의 입장을 곱씹으며 비아냥거렸다.

"……"

답을 원하는 물음이 아니어서 강규는 침묵했다.

"사건은 확실히 접수시켰나?"

리모컨을 들고 텔레비전 채널을 돌리던 백 대표가 '확실히'를 강조하며 물었다. 사건을 접수시켰는데, 왜 보도를 한 건도 찾아볼 수가 없느냐는 힐책 같았다. 강규는 언론 플레이를 하라는 말로 들었다.

"예. 반신 정보관을 통해서 확실히 접수시켰습니다."

"아우디 반 말인가?"

"예."

TJB, KBS, MBC, YTN 순으로 채널 검색을 하던 그가 지역 케이블방송인 CMC에 채널을 고정시켰다. 그러고는 화면 아래쪽에 흐르는 한 줄 자막을 골똘히 들여다봤다.

"알을 내놓으시랍니다."

강규가 하던 말을 다시 이었다. 상황과 배경 설명이 끝났으니, 더 이상 말을 돌릴 이유가 없었다.

백 대표는 하루가 다르게 타이밍 선택에 대한 감각을 잃어가고 있었다. 타고난 의심과 엘리트 의식이 낳은 고질병인지라 어쩔 도리가 없었다. 그래도 재촉하는 것이 강규의 역할이었다.

"알?"

백 대표가 눈알을 부라리며 따지듯 물었다.

"예, 알…… 선 알 반납, 후 복당이랍니다요, 대표님."

강규가 형주미의 표현을 빌려서 답했다. 알이란, 백 대표가 탈당을 하면서 싸들고 나온 당원명부, 당무보고서, 재정현황표, 정당기부금약정서철 등이다.

형주미 대변인은 이 '도둑질'해 간 알을 먼저 내놓고 명분을 만들어 와야 복당 논의를 할 수 있다고 말했다.

"미친 새끼…… 그놈이 그렇게 말했단 말이지?"

강규는 말문이 닫혔다. 놈이 아니라 년이라고 말할 수도 없었고, 또 누가 봐도 당의 문건을 훔쳐낸 백 대표가 미친 새끼 아닌가.

백 대표는 오, 백, 이, 세 명이 힘을 합쳐 만든 선진민복당을 사적 소유물로 여겼다. 자신이 속한 모든 당은 그 정통성과 뿌리가 애당초 무에서 유를 창출한 우리행복당에 있다는 것이 그의 지론이었다. 때문에 당명만 바뀌었을 뿐, 당의 실체는 자신의 뼈요, 살이요, 피라고 주장했다.

백 대표는 7년 전 우리행복당을 창당할 때, 창당 기금으로 2,000만 원을 내놨다. 그러나 당이 창당되고 국고보조금이 나오자마자 가장 먼저 자신이 낸 2,000만 원을 홀랑 회수해 갔다. 이런 자세를 가진 백 대표이기 때문에 알을 운운하며 되돌려놓으라고 주장하는 이세갑과 형주미는 미친 새끼들일 수밖에 없었다.

"아, 예. 형주미의 말에 의하면…… 그, 그런 것 같습니다."

강규가 어정쩡한 태도로 답했다.

"대체 뭔 개소리를 지껄이는 거얏!"

급기야 악에 받친 백 대표가 비속어까지 섞어가며 화를 냈다. 그가 억지를 부리고 있었다. 그러나 그 알이 무엇이고, 그 알을 왜 되돌려놓아야 하는지는 백 대표 자신이 누구보다 잘 알고 있을 터였다. 물론 알 빼내기 작업에 동참한 강규도 잘 알고 있었다.

그러나 백대길은 이세갑의 적반하장이 어처구니없다고 했다. 오이재와 짝짜꿍이 되어서 자신의 인격마저 매도했던 놈이 이제는 자신을 파렴치한 절도범으로 몰고 있다며 억장이 무너질 일이라고 분개했다.

강규는 백 대표의 줄기찬 어깃장에 피곤함을 느꼈다.

백대길의 탈당으로 둥지를 통째로 차지하게 됐다는 승리감에 도취한 세갑과 이재는 마무리 수순으로 선거 패배에 대한 책임을 대길에게 몽땅 덮어씌워 맹공격을 퍼부었다. 그러다가 어느 날 정신을 차리고 보니, 당이 허섭한 껍

데기뿐이라는 사실을 알게 되었다.

잠시 한통속이 되었던 이재와 세갑은 뒤늦게 '502'가 '52'가 됐다는, 총알 없는 빈총만 넘겨받았다는 쓰라린 사실을 알고 비분강개하며 노발대발했다. 대길에게 선거에 진 책임을 지어서 몰아내는 일에만 몰두했기 때문에 생긴 불상사였다.

그들은 언론을 통해서 대길이 당의 문서를 빼돌린 조악한 절도범이라며 집중포화를 쏟아부을 생각이었다. 이른바 여론 재판에 부칠 생각이었다. 하지만 다시 생각해보니 비방과 모욕은 누워 침 뱉기에, 사태만 악화시킬 뿐이었다. 그렇다고 수사를 의뢰할 수도 없었다. 이재와 세갑은 딜레마에 빠져 허우적거렸다.

"이세갑 대표가 귀국하는 대로 한번 뵙자고 하십니다."

이 대표는 비공개라면 한번 만나줄 수도 있다고 했다. 강규가 이 말을 갈고 닦고 잘 다듬어서 전했다. 그러면서 덧붙였다.

"오이재보다 셈이 바른 이세갑이 먼저 쇼당을 걸어오는 것 같습니다요."

"난 그놈을 만날 일이 없네."

백 대표가 일언지하에 거절했다. 그는 오이재보다 거들먹거리는 대학 선배 이세갑을 극도로 못마땅해했다. 손을 내젓고는 다시 텔레비전 화면을 주시하던 그가 갑자기 벌떡 일어서며 "저, 저게 다얏!" 하고 고함을 질렀다. 텔레비전 화면 하단에 한 줄로 달리는 자막을 손가락질로 가리켰다.

경찰, 백대길 전 의원 집으로 배달된 괴문서 확보

백 대표가 살점 없는 뼈다귀만 받아 문 강아지처럼 굳은
표정을 지었다. 그러고는 길길이 날뛰었다.

"괴문서? 확보? 이 자식들이 갑자기 표현력을 잃었나?
아니면 쥐약이라도 처먹었나?"

백 대표의 말이 몹시 거칠었다. 거실 창유리가 흔들렸다.

정체와 의도가 분명한 협박 문서를 괴문서로 표현하고
신고 접수를 수사 확보인 양 표현한 것에 대하여, 게다가
이 사건을 한 줄 자막 뉴스로 처리한 것에 대하여 노발대
발했다.

강규는 텔레비전 화면을 노려보며 깊은 생각에 빠져 있
는 백 대표의 뒤통수를 바라봤다. 백 대표가 이렇듯 뻗대
는 것이 계산된 쇼라는 것을 잘 알고 있는 강규는 더 이상
보채지 않았다.

만약 오이재와 이세갑이 데미지를 감수하고 당의 문건
절도 사건에 대하여 공개적으로 문제 삼고 나서면 백 대표
의 정치 생명은 끝이었다. 급할수록 돌아가라고 하지 않았
는가.

강규는 백 대표를 설득하기보다 형주미를 다시 만나야
겠다는 생각을 했다. 이세갑이 백 대표에게 유감 표명만
해주면, 그래서 자존심만 되살려주면 뒤는 자신이 알아서

처리할 수 있었다.

"그놈한테 가서 패륜녀를 몰래 만나는 놈도 패륜남이라고 전해!"

백 대표가 리모컨을 집어 텔레비전을 끄며 말했다.

강규는 피식 하고 웃으며 얼른 고개를 돌렸다. 정치를 자존심과 폼 때문에 하느냐고 묻고 싶었다.

이세갑은 오월동주나, 공생을 바라지 않으면 배를 엎어 공멸할 수도 있다고 했다. 강규는 이 메시지를 전하지 않았다.

누가 왔는지, 도베르만핀셔가 짖는 소리가 들렸다.

16

봄비가 장맛비처럼 모질게 쏟아졌다. 안우용은『대길의 대로행』을 덮고,『내려오며 본 것들』을 펼쳤다. 손이 바들바들 떨리고 시야가 흐려졌다.

『내려오며 본 것들』은 8년 전, 칠순을 무의미하게 보내면 안 좋다는 불알친구들의 권유와 백담사 방문을 계기로 하여 70회 생일에 맞춰 펴낸 자전적 에세이집이었다.

책장을 더듬어 모서리에 붙여놓은 파란색 견출지를 찾았다. 93쪽을 펼쳤다. '태극기 높이 들고' 꼭지였다. 1972년 당시 스크랩해두었던 신문 기사와 방북 인사의 후일담을 듣고 쓴 글이었다.

1972년 평양에서 남북적십자회담이 열렸다. 회담장에서 북측 대표가 북남을 통틀어 제일 높은 산이라고 자랑하며 '백두산' 담배를 권했다. 이에 남측 대표는 백두산보다 더 높은 '태양(SUN)'을 턱하니 내놓아 기선을 제압했다고 한다.

또 북측이 방북 길의 도로 포장 상태를 자랑하자, "당신네들은 순전히 인력으로 도로를 닦았지만, 우리 남측은 장비의 힘으로 416킬로미터에 이르는 서울부산간고속도로(고속국도1)까지 만들었다"며, 우리의 앞선 산업 기술력과 경제력을 내세워 북의 어쭙잖은 '언어 도발'을 단숨에 제압했다는 것이다.

그날 밤, 주량을 넘어 25도짜리 금복주를 다섯 병이나 마셨으나 술이 취하지 않았다.

한반도의 국운은 대한민국에 있다. 1980년 미국 대선이 끝난 뒤, 우용은 공무원 연수 특강에서 말했다.

"은근히 북한을 편들며 우리를 괴롭혔던 카터(Carter)를 보시오, 카트(cut) 되지 않았소이까. 그리고 리건이 됐지요. 리(re), 다시 돌아왔다, 그것도 자유 수호를 위한 건(gun)을 차고 돌아왔다."

나중에 레이건으로 바꿔 부르게 되는 리건의 철자는 'Reagan'이다. 하지만 무슨 상관인가.

'태극기 높이 들고'가 끝난 쪽에 두 번 접은 A4 용지 한

장이 끼워져 있었다. 종이를 빼 펼쳤다. 사진을 복사한 종이였다.

우용은 A4 용지를 펴보는 순간, 숨이 멎는 것 같았다. 흐릿하여 윤곽만 겨우 분간되는 사진이었다. 그러나 인민군 대좌 모자를 삐딱하게 쓰고 어색한 웃음을 짓고 있는 소년이 누구인지는 대뜸 알아볼 수 있었다.

잠시 멈췄던 숨이 터지면서 심장이 뛰쳐나올 듯이 벌렁거렸다. 그는 가슴을 쥐고 숨을 가누려 안간힘을 썼다. 60여 년이 지난 옛일이다. 진달래 화관을 두른 대좌모를 삐딱하게 쓴 누빈 솜옷 차림의 17세 소년. 안우용이었다.

코끝에 걸쳤던 돋보기가 떨어졌다. A4 용지를 든 손이 바르르 떨렸다. 사진 밑에 '曺田子(조전자)'라는 이름이 쓰여 있었다. 이 사진을 대체 어디서 구했단 말인가. 놈이 조전자를 알고 있다는 말인가? 대체 어떤 놈이기에……

우용은 6·25 당시 인민군이 발행하여 배포한 선전용 지라시를 구하고, 조전자까지 아는 놈의 정체가 궁금했다.

두번째 견출지가 붙은 217쪽은 '어린이가 미래다'였다. 밑줄이 없었고, 대신 3×5 사이즈로 인화한 컬러사진이 끼어져 있었다. '청운고아원' 현판을 배경으로 단발머리 여아와 함께 찍은 사진이었다. 우용은 사진 속의 여아를 본 순간, 정신이 까무룩 흐려졌다.

우용은 놈이 어리숙하지도 유치하지도 않다는 사실을 알았다. 두 장의 사진은 경고 협박용이었다. 그는 백대길보다 자신의 문제가 더 급하고 심각하다는 사실을 비로소 깨달았다. 이 정도의 협박거리를 가지고 있으면서도 인애까지 납치한 놈의 주의력과 잔혹함에 온몸이 떨렸다.

우용은 자신이 꿈꿔왔던 삶의 아름다운 마무리가 무리라는 생각이 들었다. 외통수에 걸렸다고 봐야 했다. 놈의 지시를 무시하고는 살아남을 길이 없어 보였다.

우용은 조만간에 검찰이 자신을 소환할 것이라 확신하고 있었다. 공안 검사였던 맏사위가 공작 정치가 부활했으니 단단히 준비해두라고 귀띔해주었다. 불려 가면, 그 자리에서 긴급 체포될 것이라고 했다.

국정원으로부터 이미 자료를 넘겨받은 검찰이 뜸을 들이는 이유는 정치권과 검찰의 이해가 충돌할 때 팻감으로 쓰기 위해서라고 했다. 패를 누가, 어떤 목적으로, 어떤 용도로, 언제, 어떻게 쓰느냐에 따라 최소 패가망신 내지는 최대 멸문지화를 당할 수도 있다고 했다.

맏사위는 우용의 보험이었다. 그래서 거액의 계약금을 걸고 얻어 다달이 보험료를 부어가며 붙들고 있는 사위였다. 우용은 그런 사위의 조언에 따라 백 대표가 선진민복당을 탈당할 때, 서로 공모하여 우리행복당의 창당과 운영 관련 자료 일체를 빼돌렸다. 우용은 그 문건들 가운데 백 대표가 세 확장을 이유로 밖으로 나돌며 안살림을 그에게 맡겼을 당시의 당무 기록 일체를 따로 빼내 소각했다.

그러나 놈이 보낸 두 장의 사진은 검찰 수사보다 더 위협적인 문제였다. 검찰 수사는 결과에 따라 집행유예 정도로 끝날 수 있었다. 설령 실형을 때린다 해도 고령에 건강이 엉망인지라 형집행정지쯤으로 풀려날 가능성이 있었다.

그러나 놈의 협박과 폭로가 가져올 결과는 치명적일 수 있었다. 놈이 단지 사진 두 장에 관한 비밀만 알고 있을 리 없었다. 우용은 자신의 과거 개인사를 스스로 신뢰할 수 없었다.

놈이 안우용을 통해 백 대표에게서 얻고자 하는 결과가 얼마든지 우용에게서 먼저 발생할 수 있었다.

우용은 백대길의 아바타이자 '수단'으로서 50여 년을 살아오면서 갖은 오명을 다 뒤집어쓰기도 했지만, 그렇게 생을 마감하고 싶지는 않았다. 이제는 스스로 목적이 되어 자유롭고 싶었다.

17

삐익, 삐이익…… 텔레비전 소리에 초인종 소리가 뒤섞였다. 찾아오기로 한 방문객이 없었다. 백대길은 사전 약속 없이는 아무도 만나지 않았다. 그의 공식 일정은 '자택 칩거'였다.

그는 잡스러운 생각 속에서 시간을 죽이느라 숙식만 하면서 도베르만핀셔와 함께 17일째 집 안을 어슬렁거리며 소일하고 있었다.

삑, 삐이이이익…… 초인종이 또다시 울렸다. 청력 장애가 있는 방 집사가 초인종 소리를 듣지 못했거나, 몸놀림이

굼떠 문 따는 일이 지체되고 있는 것 같았다. 대길보다 다섯 살 아래인 집사의 몸놀림이 무척 더뎠다.

참다못한 대길은 현관 쪽으로 후닥닥 달려가 도어 오픈 버튼을 눌렀다. 그러고는 텔레비전 앞으로 되돌아오다가 아악, 하고 비명을 내질렀다. 정강이뼈가 다탁 모서리에 걸렸다.

경찰은 추가 협박이나 추후 테러를 대비하여 백 전 대표의 자택 주변에 순찰을 강화하였으며……
한편, 테러의 원인 규명을 위하여……

대길은 뉴스가 황당했다. 전화로 사정한 효과가 나타나는 것 같아 고무되었다가 제정신을 찾았다.

주변 순찰 강화라고……? 보도 내용이 석연치 않았다. 대길이 정강이를 어루만지다 말고 눈알을 굴렸다.

'테러의 원인 규명'이라는 말도 신경에 거슬렸다. 지나치게 오버한 예단과 대처가 아닌가. 마치 테러 타깃이 될 만큼 반인륜적인 범죄라도 저지른 인물인 양 자신을 매도하는 것 같아 기분이 상했다.

"지난번에 운전기사 면접을 보고 갔던 사람이 찾아왔습니다요. 들여보낼까요?"

현관문을 빼꼼히 연 집사가 물었다. 대길이 답하기 전에 양복 차림의 땅딸막한 사내가 집사를 뒤따라 들어왔다.

"웬일이오?"

대길이 물었다. 그의 근무는 월요일인 내일부터였다.

"제가 사정이 생겨서요. 출근을 이 주 뒤로 미뤄주실 수는 없으실는지……?"

기사가 읍을 하고 말했다.

"어떤 사정인데 그러시나?"

"오마이가 편찮으셔서리. 고향집엘 좀 급히 댕겨오려구……"

"이 주? 이 주씩이나 걸리나?"

대길은 짜증이 났다. 다음 주에 타지 특강이 있어서 운행이 필요했다.

"다, 당겨서 올 수도 있습니다요."

고개를 떨군 기사가 양손을 부비며 쩔쩔맸다.

"어쩌겠나, 잘 알겠네."

그의 고향집은 중국 칭다오라고 했다. 며칠 전 기사로 채용한 양종남은 F4(재외동포) 비자를 소지한 중국 동포였다. 일제 치하 할아버지가 안동에서 비밀결사조직을 하다가 투옥되는 바람에 가족이 중국 상하이로 이주하게 되었다고 했다.

미국과 일본 동포들은 본인, 부모, 조부모 가운데 한 명이 한국 국적을 취득했다면 F4 비자를 받을 수 있다. 그러나 중국 동포의 경우에는 전문학사 이상의 학위 소지자, 법인기업체 대표 및 임원, 매출액 10만 달러 이상의 개인사업가 등과 같이 신원과 배경이 확실한 자들에게만 발급해주었다.

그는 채용만 해주면 한국인 절반의 임금을 받겠다며 머리를 조아렸다. 대길은 기사의 국적을 따질 계제가 아니었다.

구만복 기사가 나가고, 월 보수 200만 원을 제시하며 기사를 구했으나 한 달이 지나도록 문의 전화 한 통 없었다. 그런데 그 절반 가격으로 일을 하겠다는 버스 운전 경력자가 나타난 것이다.

서산 외곽에 있는 서해도립대학까지 강의를 다니려면 당장 기사가 필요했다. 운전을 못하지는 않았으나, 안 한 지가 오래됐고, 무엇보다 자가운전은 격이 떨어져 보였다. 서해도립대학교 이사인 안우용이 어딘가에 적(籍)을 두고 있지 않으면 면이 서지 않는다며 대길을 위해서 만들어준 자리였다. 우용을 이사로 앉힌 사람이 대길이었다.

무엇보다 양종남은 전 기사 구만복처럼 4대 보험과 퇴직금 문제로 골치 썩일 일이 없을 것 같았다. 신원조회 결과도 깔끔했다. 그러나 내키지는 않았다. 한 달 전 선거유세에서 중국 동포와 동남아 출신 이주노동자들의 유해성에 동조하며 강제 추방을 지지했기 때문이었다. 날품팔이 유권자들과 3D 업종 종사자들의 표를 얻기 위해서였다.

외국인범죄타도연합, 외국인노동자대책모임, 다문화반대범국민행동연대, 불법체류자추방추진본부 등의 대표를 각각 만나 당선되면 그들의 주장에 상응하는 조처를 하겠다고 약속했다. 막판 반전을 위해서 사용한 극약처방이었다.

정부가 저소득층 내국인 대상의 지원 예산을 빼돌려 다문화정책 예산으로 전용하고 있다. 국내 3D 업종의 노동력이 불법체류자들 때문에 과잉 공급되어 임금이 하향 평준화됐다. 그러니 취약계층의 임금 및 근로 조건 개선을 위해 이주노동자들과 불법체류자들을 반드시 쫓아내야만 한다. 결핵 등 후진국 질병의 급증도 무차별적인 외국인 유입 때문이다. 또 이 추세대로 간다면 머지않아 양적으로 팽창한 외국인 이민자들의 소요 사태와 데모가 발생할 것이다. 현재의 외국인 체류자 범죄는 새 발의 피다. 대길은 이런 주장들을 수용하고 공식 지지했다.

5년 전, 여수출입국관리사무소 화재 사건 때는 방화범으로 중국 동포를 지목해 망신을 당하기도 했다. 이종걸이 전해준 정보였는데, 알고 보니 불법체류자추방추진본부가 조작한 가짜 정보였다.

양종남은 방문취업 비자가 아닌 재외동포 비자를 발급 받아 한국에 온 노동자이자, 독립운동가의 후손이라고 했다.

양 기사가 나갈 때, 아내가 들어왔다. 양 기사와 마주친 아내가 고개를 갸웃하고는 집사에게 과자 봉지를 건넸다. 그러고는 다시 그의 뒷모습을 유심히 바라보다가 또 고개를 갸웃했다.

"핀셔가 물고 있었어요."

아내가 비에 젖은 각대봉투를 건넸다. 그런 다음 빗물이 흐르는 바짓단을 추어올리고 욕실로 들어갔다.

핀셔의 이빨자국이 찍힌 각대봉투는 중국 칭다오에서 온

우편물이었다. 대길이 떨리는 손놀림으로 각대봉투를 뜯어 내용물을 확인하려 할 때 아내가 욕실에서 나왔다. 발만 닦고 나온 것 같았다.

"누구예요? 여기, 이 사진에 있는⋯⋯?"

숄더백에서 스마트폰을 꺼내 내민 아내가 다그치듯이 물었다.

"뭔 사진?"

아내의 거친 말투에 대길이 버럭 화를 냈다.

뻐꾸기시계가 다섯 번을 울었다.

"아니에요."

아내가 노기를 보이며 대꾸했다.

대길은 돌아서며 무시했다. 7시는 돼야 귀가할 것이라던 아내가 두 시간이나 일찍 돌아왔다. 감기 기운이 심해진 때문이라고 생각했다.

아내는 입술을 깨물고 잠시 허공을 바라봤다. 그러더니 화제를 바꿔 물었다.

"방금 전에 나간 사람은 누구예요?"

"새로 뽑은 운전기사요. 왜 그러시오?"

시비조로 되물었다.

"낯이 익어서요."

아내가 코를 훌쩍이며 말했다.

"당신이 만나고 다니는 사람이 어디 한둘이오?"

핀잔이었다.

"⋯⋯"

"저 사람은 중국 교포요."

아내는 중국 교포라는 말에 또다시 고개를 갸웃했다.

"오늘은 웬일로 일찍 왔소?"

대길이 비아냥거리듯 말했다.

"……"

아내는 스마트폰을 들이대며 묻다가 그만둔 말은 끝내 되묻지 않았다.

백대길은 아내가 잔소리나 허튼소리다 싶은 말이라도 꺼낼 것 같으면 가만있지 않을 생각이었다. 남편이 정치적 위기에 처하고 협박을 당하고 있어도, 언론에서는 테러라 며 야단인데도 오불관언하며 밖으로 나도는 여자다. 대길 은 아내에게까지 무시를 당하고 있다는 생각에 부아가 치 밀었다.

아내가 별말 없이 방으로 들어가자 대길은 각대봉투에 서 꺼낸 내용물을 들여다봤다.

一片花飞减却春(일편화비감각춘)

风飘万点正愁人(풍표만점정수인)

且看欲尽花经眼(차간욕진화경안)

莫厌伤多酒入唇(막염상다주입순)

江上小堂巢翡翠(강상소당소비취)

苑边高冢卧麒麟(원변고총와기린)

细推物理须行乐(세추물리수행낙)

何用浮荣绊此身(하용부명반차신)

A4 용지의 한쪽 면에는 뻐꾸기 사진이, 다른 쪽 면에는 한시가 각각 프린트되어 있었다. 동일범의 소행이었다.

그는 현관문을 열고 손나팔을 만들어 집사를 불렀다.

"방 집사!"

대길의 고함이 수목과 잔돌 위에 떨어지는 빗소리에 묻혔다. 우산을 쓰고 마당으로 뛰어나가며 다시 외쳤다.

"방 영감! 어딨어?"

"예, 어르신. 찾으셨나유?"

차고 쪽에서 비칠비칠 달려 나온 집사가 빗속에서 몸을 조아렸다.

"대체 뭐하고 자빠져 있느라고 불러도 못 듣는 거얏?"

아내에 대한 불만을 방 집사에게 쏟았다.

"죄송합니다요, 세차를 하느라⋯⋯"

"뭐욧?"

대길은 아차, 싶었다. 비 오는 날은 할 일이 없다고 빈둥거리지 말고 빗물로 세차라도 하라고 시켰다.

"못 들어서 송구합니다유, 어르신."

고무장갑을 낀 집사가 허리를 숙여 거듭 사과를 했다.

"보청긴 아직도 안 고쳤소?"

머쓱해진 대길이 물었다.

"거듭 송구합니다요, 어르신. 그, 그게 시간이 없어서⋯⋯"

보청기가 고장 났다고 말한 것이 두 달 전이었다. 하, 이 영감탱이가⋯⋯ 보청기 고치러 갈 시간조차 안 줬다는 말을 하고 싶은 것인가. 아니면 일부러 고치지 않고 버티고 있는 것인가.

지레짐작에 심기가 틀어진 대길이 집사를 노려봤다. 곤조를 부리는 것이 아닌가 싶어서였다.

"누가 왔다 갔소?"

"왔다 간 사람은 없는뎁쇼."

"그럼, 이건 뭐요?"

대길이 들고 나온 우편물을 힘껏 흔들며 말했다. 심하게 흔든 탓에 물 젖은 각대봉투가 찢어졌다.

집사의 말로는 이종걸과 양종남 기사가 다녀간 뒤로 개가 짖거나 초인종이 울린 적이 없었다고 했다.

"그래서 펀셔가 물고 있었다는 이걸 누가 주고 갔는지 모른단 말이오?"

"예? 저, 저는 못 봤습니다요."

몸을 움츠린 집사가 눈치를 살피며 답했다. 여전히 벌을 서듯 빗속에 서 있었다.

"하늘에서 떨어졌구먼."

대길이 어깃장을 놓았다. 그는 바짝 긴장해야 할 비상 상황에 평상시처럼 행동하는 집사나 아내나 한심하고 밉살스러웠다.

"제가 가서 CCTV를 확인해보겠습니다유."

집사가 CCTV 모니터를 설치한 문간방으로 달려갔다. 전에 경호원들이 쓰던 방이었다.

대길은 그길로 서재로 올라가 컴퓨터를 켜고 검색창에

'일편화비감각춘'을 쳤다.

> 꽃잎 한 조각 날려도 봄빛이 줄어들건만
> 바람결에 나부끼는 수많은 꽃송이, 나는 수심에 휩싸
> 이네
> 잠시 저 꽃이 내 눈앞을 스러져가는 것 바라보며
> 지나친 줄 알면서도 술을 입에 넣는다
> 강가의 초가집엔 비취새가 둥지 틀고
> 부용원 옆 무덤가엔 기린 석상이 뒹굴고 있네
> 사물의 이치 잘 살펴 즐겨야 마땅하리니
> 헛된 명성으로 이 몸을 속박할 필요 있으랴?

두보의 「곡강 이수(曲江 二首)」 가운데 일수(一首)였다. 달아 붙인 해설을 찾아 읽었다. 두보가, 간신 이보국이 장악한 조정을 눈뜨고 보면서도 이를 바로잡을 힘이 없어 술로써 근심을 달랜다는 내용의 시라고 했다. 무능한 숙종에 대한 두보의 실망이 담긴 시라고 했다.

대길은 놈이 전달하고자 하는 메시지가 뭔지, 좀처럼 알 수가 없었다. 한시를 그냥 보내지는 않았을 것이다.

"어르신…… 차, 찾았습니다요. 여기……"

이보국과 숙종의 프로필을 검색하고 있을 때, 방문을 열고 선 방 집사가 숨을 헐떡이며 대길을 불렀다. 물에 빠진 생쥐 꼴의 늙은 집사가 한 손에 방망이 같은 것을 들고 있었다.

"담장 밑에서 이것도 찾았습니다요."

두 뼘 길이의 뼈다귀였다. 개집 앞 담장 밑에서 찾았는데, 도베르만핀셔가 쓰러져 구토와 경련 증상을 보인다고 했다.

대길은 문간방으로 먼저 달려갔다. 개집 쪽으로 가다가 뒤따라온 집사가 녹화 장면을 재생했다. 방망이 모양의 허연 물체가 담장 안으로 날아드는 모습이 감시 카메라에 찍혔다. 뼈다귀였다. 모니터로 확인한 전부였다. 대길은 맥이 빠졌다.

'이런 개뼉다구 같은 놈……'

대길은 정지 화면을 쏘아보며 이를 갈았다.

대길이 쓰러진 도베르만핀셔를 일으켜 세워 허연 물체가 떨어진 지점이 어디냐고 물었지만, 개는 잠시 서 있다가 나자빠졌다. 뒤늦게 나와 지켜보던 아내가 허둥지둥 차를 끌고 나왔다. 집사가 도베르만핀셔를 차에 싣자, 아내가 대길이 쥐고 있는 뼈다귀를 낚아채 차에 올랐다.

대길은 아내의 차가 나간 뒤, 집사와 함께 담장 안팎을 샅샅이 뒤졌다. 일제 치하에서 군수를 지낸 선친으로부터 물려받은 가옥이었다. 대지가 1,100평이라고 하지만, 그린벨트로 묶인 밤나무 임지 중 1,000평까지 정원처럼 사용하고 있기 때문에 축구장 넓이였다. 건평 140평 가옥을 둘러싸고 5미터 폭으로 공깃돌만 한 몽돌을 깔았다. 밟으면 잘그락거리는 소리가 났다. 방범과 신변 안전을 고려한 것이라고 했다.

담장 안팎을 각각 세 바퀴씩 돌았으나, 아무런 특이점을 발견할 수 없었다. 비가 흔적을 씻어낸 것 같았다.

　안절부절못하던 대길은 이종걸에게 전화를 걸었다. 일부 감시 카메라의 위치와 화각을 골목 입구 쪽으로 재조정하고, 사각지대에는 동작을 감지하는 지능형 감시 카메라를 추가로 설치해줄 것을 요구했다. 무슨 일을 당했느냐면서 당장 달려오겠다는 것은 사절했다.

　통화를 마친 대길이 집사를 불러 각대봉투와 메모 쪽지를 건넸다.

　'대사-03-14-방범'

　중호재 골목 입구 쪽에 설치된 관용 CCTV 관리 번호였다.

　대길은 방 집사를 경찰서로 보낸 뒤 선우강규에게 전화를 걸었다. 그에게 중동부경찰서로 가서 방 집사를 만나라고 했다.

　백대길은 자신이 벼랑 끝에 서 있다는 생각이 들었다. 돌이키고 싶지만 돌이킬 수 없고, 빠져나오고 싶지만 빠져나올 구멍조차 보이지 않는 상황이었다.

　그가 진정으로 원하는 것은 복당이 아니라 정치로부터의 탈출이었다. 하지만 복당을 해야만 탈출이 가능했다. 만신창이가 된 지금의 상태로는 탈출이 불가능했다. 후원자와 충성파들에게 진 빚을 갚아야 했다. 그들이 놓아주지 않는 한, 탈출은 곧 도망을 의미했다. 그들을 적으로 만들 수는 없었다.

그는 자신이 피해자라고 생각했다. 그러나 후원자나 충성파들은 그를 피해자라고 생각하지 않았다. 결국 그들이 대길의 족쇄였다.

'결국 이용당한 거야. 그리고 지금은 빚쟁이가 된 것이지.'

자기 연민이었다. 그는 물기가 말라서 쪼글쪼글 뒤틀린 두보 시를 들여다보며 중얼거렸다.

이제 남은 문제는 지난 7년 동안 자신에게 충성을 바친 시·도 의원들과 지지자들을 어떻게 정리할 것인가에 있었다. 그러나 이들이 원하는 것은 은퇴가 아니라 복귀였다. 그것도 단순 복귀가 아니라 실권자로서의 화려한 복귀였다.

"여봇!"

딴생각에 빠져 있던 대길은 새된 소리에 깜짝 놀라 고개를 들었다. 딴생각에 빠져 아내가 부르는 소리를 못 들은 것이다.

"핀셔는?"

"에틸렌글라이콜을 먹었대요."

아내가 기침을 하며 답했다.

"그게 뭔데……?"

"부동액 성분이라는데, 뼈다귀에 발라났었나 봐요. 곧바로 데려오지 않았다면 큰일 치를 뻔했대요."

"멍청한 놈."

대길이 개집 쪽을 바라보며 중얼댔다.

"강한 단맛 때문에 개들이 먹을 수밖에 없대요."

코를 푼 아내가 개를 두둔했다.

"그 뼈다귀는 가져왔소?"

대길은 뼈다귀도 협박 증거물로 경찰에 보내야겠다고 생각했다.

"동물병원에 놓고 왔어요."

"아니, 당신 제정신이얏! 그런 중요한 범죄용 물증을 놓고 오다니……"

대길이 고함을 버럭 질렀다.

"그러는 당신은 대체 밖에서 무슨 짓을 저지르며 다닌 거예요?"

갑자기 맞고함을 지른 아내가 자신의 백에서 스마트폰을 꺼냈다. 그러고는 스마트폰에서 무언가를 찾아 대길의 발치에 내던졌다. 지난번에 보여주려다가 만 사진인 것 같았다.

"……"

대길이 말없이 액정 화면을 들여다봤다.

"그게 누구죠?"

"……"

놀란 대길이 아내를 올려다봤다.

"왜 날 봐요? 그게 누구냐니까?"

액정 화면에 얼굴 사진이 떠 있었다.

"……"

대길은 답을 할 수 없었다. 어떤 놈인지는 모르겠지만,

전방위로 압박을 해오고 있다는 생각이 들었다.

"누구냐고요, 얘가?"

아내가 죄를 묻듯 다그쳤다.

"모, 몰라서 물어? 아, 안우용 이사…… 따, 딸이잖아. 인애……"

대길이 아내의 눈치를 살피며 떠듬떠듬 답했다.

그때 휴대전화 벨이 울렸다. 중동부경찰서로 보낸 강규였다.

"15시 15분. 검은 헬멧을 쓰고 오토바이를 탄 땅딸막한 사람이 종이에 싼 무언가를 담장 안으로 던지고 달아나는 모습이 찍혔습니다. 번호판을 확인했는데 없는 번호랍니다."

15시 15분이라면 솟을대문 밖에 다섯 명의 경비들을 세워두고 이종걸과 승강이를 벌일 때였다.

"복사를 떠오게."

"안 그래도 부탁을 했는데, 안 된답니다요."

"왜 안 돼? 반 팀장 바꿔!"

대길은 부러 거실창이 울리도록 고함질을 했다.

아내가 팽 하고 코를 풀었다.

"녹화 장면을 확인한 것도 자동 저장 장치에 남는답니다. 정식 계통을 밟지 않고 녹화 장면을 외부인에게 보여준 것이 밝혀지면 자신은 중징계 감이래요."

"뭔 소리얏?"

통화를 지켜보던 아내가 자신의 스마트폰을 집어 들고

는 자기 방으로 들어갔다.

18

오후 6시 정각이었다. 안우용은 놈의 지시대로 『대길의 대로행』과 『내려오며 본 것들』을 개가식 서가에 꽂고, 대학노트는 각대봉투에 다시 넣어 앉았던 자리에 두고 나왔다.

허동우는 오후 5시쯤 심부름센터에 안우용의 미행을 의뢰했다. 단지 심적 압박을 주려는 미행이었다. 상대방이 미행당하고 있는 것을 눈치챌 수 있도록 2.5킬로미터가량 뒤따라가주는 대가로 20만 원을 제시했다. 가격을 재우쳐 묻더니 소장이 직접 하겠다고 했다.

가오도서관을 나온 우용은 자우어 지팡이를 짚고 시내쪽인 효동 네거리 방향으로 걸었다. 심부름센터 소장이 그의 뒤에 따라붙었다. 빗줄기가 잦아든 6시 19분이었다.

날이 궂어 일찍 불을 밝힌 허름한 상점들이 드문드문 보였다. 변두리인지라 보행자가 드물어 인도가 한적했다. 우용은 댓 발작 뒤에서 더딘 걸음으로 자신을 따라오는 낯선 사내가 신경 쓰였다.

우용은 비치적비치적 걸으면서 두 권의 책과 두 권의 대학노트에 적힌 내용들을 다시 되짚었다. 그러면서 놈을 추적할 만한 단서를 찾으려고 안간힘을 썼다. 오토바이를 타는 땅딸보의 신원 파악이 필요했다. 우즈베키스탄어를 통역했던 코디네이터와 조전자의 소재 파악도 필요했다. 그런데 조전자를 어떻게 알고 찾아냈을까?

도서관 내부에 공모자가 있는 것이 아니라면, 도서관 CCTV를 해킹했을 것이다. 그렇다면 IT 지식이 해박한 놈일 것이다. 우용은 대체 놈이 누구인지 감조차 잡을 수가 없었다.

두 권의 책과 노트를 읽으면서 들었던 생각들은 상이하고 이질적이어서 뀈 수가 없었다. 단서가 될 만한 키워드로 짜깁기를 해봐도 사건이나 내용 들이 일맥상통하지 않았다. 사실인 양 드러난 것들도 놈이 던진 미끼일 수 있었다.

아무튼 인애가 인질로 잡혀 있는 상황에서는 드러내놓고 놈을 찾아낼 방법이 없었다.

힘 빠진 다리와 지팡이가 계속 겉놀다가 엉켰다. 기억과 추리도 덩달아 뒤엉켰다. 머릿속에 바람구멍이라도 난 느낌이었다. 우용은 신호를 받느라 네거리에 멈춰 섰다. 우회전하는 택시가 도로가 포트홀에 고인 빗물을 우용에게 덮씌우고 달아났다. 코트와 중절모가 흠뻑 젖었다.

순식간에 한기가 들었다. 그는 지하철역으로 향했다. 7시 5분이었다. 뒤를 따라붙던 사내는 보이지 않았다.

집에 도착한 안우용은 식탁 위에 두고 간 스마트폰을 집어 들고 메시지를 열었다. '중동 나 6183' 번호판이 찍힌 오토바이 사진을 확인했다. 젖은 옷을 벗어 주머니 속의 소지품을 꺼냈다.

동전이 한 움큼 나왔다. 공중전화 사용을 대비해서 준비해간 백 원짜리 동전이었다. 동전들 틈에 색다른 물건이 보였다. 크기와 모양은 동전과 비슷했으나, 동전은 아니었다. 위치추적기였다. 신분증과 얼굴을 대조하던 땅딸보가 볼따구니를 잡아당길 때 넣은 것 같았다.

그는 벗은 옷가지를 빨래 바구니에 넣고 위치추적기를 다시 살펴보다가 불현듯 허동우를 떠올렸다. 허동우가 하는 일이 보험사기를 조사하는 SIU라고 했다. 그렇다면 직업상 위치추적기를 다룰 수도 있지 않을까.

우용은 위치추적기를 찍어 사위에게 전송하고 문자로 위치추적기가 맞는지 물었다. 그런 뒤 서재로 들어가 책장을 뒤져 사진 앨범을 찾았다.

2년 전, 카리브해로 여행을 갔을 때, 우용이 일행에게 케이만 군도에 들르자고 했다. 그는 자신의 돈을 세탁할 페이퍼컴퍼니 'H-PLUS'를 직접 보고 싶었다. 나삼추를 온전히 믿을 수 없었다. 보여주고 싶으나, 페이퍼컴퍼니는 실체가 없기 때문에 보여줄 수 없다고 하는 바람에 페이퍼컴퍼니 주소지 건물 앞에서 사진만 찍었다.

그때 허남두 회장과 같이 찍은 사진을 찾았다. 가이드 역을 했던 나삼추가 스마트폰으로 찍어 허 회장에게 보냈고, 귀국한 후 허 회장이 선물이라며 이를 5×7 사이즈로 인화해준 사진이었다. 뒷면에 허 회장의 친필 설명이 적혀 있었다.

'K 군도에서…… 2010. 1. 8.'

허 회장은 이응자를 쓸 때 동그라미를 시계 방향으로 돌려 숫자 6과 비슷하게 쓰고, 8을 쓸 때는 큰 동그라미 위에 작은 동그라미를 얹어 눈사람 모양으로 쓰는 버릇이 있었다. 또 허 회장은 'Cayman'을 'Kayman'으로 알고, 'K 군도'라고 썼다.

허 회장의 글씨체가 노란색 스티커를 붙인, '인'이라고 제목을 단 데스노트 63쪽의 복사본 글씨체와 일치했다. 허 남두의 뇌물 상납 내역 원본을 복사해 붙인 것이 틀림없었다. 원본이 있다면 보통 문제가 아니었다.

우용은 콘솔 테이블 위 수납 바구니에 넣어둔 자동차 스마트키를 꺼내 일어섰다. 신을 꿸 때 메시지 착신음이 들렸다. '예. 위치추적기가 맞습니다.' 사위가 보낸 문자였다.

아내가 보낸 문자메시지도 있었다. '나 하늘산기도원에 있어요.' 부재중에 온 두 통의 전화번호도 찍혀 있었다. 아내의 번호였다. 전화가 안 돼 문자를 보낸 것 같았다.

그러고 보니 태극권동우회 총무가 보낸 문자메시지도 보였다. '어디가 얼마나 편찮으시기에 운동을 못 나오셨는지 걱정이 태산입니다. 건강이 최곱니다. 몸조리 잘하세요.' 구만복이 보낸 문자메시지도 있었다. '어머니가 수술을 하셔야 합니다 제발 도와주세요.' 백 대표로부터 자신의 못 받은 퇴직금을 받을 수 있도록 도와달라는 내용이었다.

그는 아침 일찍 들렀던 아파트 관리사무소로 다시 갔다. 301동과 단지 외곽을 찍은 CCTV 녹화 영상을 한 번 더 확인하고 싶었다. 맡긴 각대봉투도 찾아야 했다. 우용을 알아본 경비원이 자리에서 일어나 반갑게 맞았다. 새벽녘에 촌지를 받은 경비원이었다.

우용은 26일 목요일 치부터 CCTV 영상 재생을 부탁했다. 주행 중인 오토바이가 화면에 나올 때마다 스마트폰으로 받은 오토바이 사진과 비교했다. 다섯 대의 CCTV에 같은 모델의 오토바이가, 두 대의 CCTV에 풀페이스 헬멧을 쓴 안짱다리가 찍혀 있었다. 그 가운데 번호판이 찍힌 화면을 정지시켰다. 그러나 해상도가 낮아 번호 식별이 불가했다. 시커먼 풀페이스 헬멧을 쓴 안짱다리는 도서관에서 본 놈과 키와 행동거지가 같았다.

흥분한 우용의 손끝이 바르르 떨렸다. 몇 번의 헛손질 끝에 스마트폰을 다시 열었다. 가오도서관 열람실에서 본 그 왼손잡이 땅딸보 안짱다리가 틀림없었다. 경비원에게 최근 녹화한 화면을 뒤져 동일 인물이 있는지 찾아봐달라고 했다. 27일 금요일 11시 26분, 상가 쪽에 설치한 CCTV에서도 안짱다리를 찾았다.

"어르신. 번호판이 보입니다. 유성 그 128…… 아니요, 3이네요. 37."

경비원이 보물이라도 찾은 양 호들갑을 떨며 소리쳤다.

우용은 자신도 모르게 동공이 커지고 입이 벌어졌다. 도서관에서 학생이 찍어 문자로 전송해준 번호는 '중동 나 6183'이었다. 오토바이는 같은데 번호가 달랐다.

우용은 지갑을 뒤져 가오도서관 부관장에게 받은 명함을 꺼냈다. 벽걸이시계는 8시 35분을 가리키고 있었다. 늦은 시간인 줄 알면서도 휴대전화번호를 찍었다. 부관장이 깍듯하게 전화를 받았다. 우용은 오늘 오전 11시 30분부터 오후 6시 10분 사이에 도서관을 드나든 오토바이의 번호판을 모두 확인해달라고 부탁했다.

"당장 알아보고 전화 올리겠습니다요, 부지사님."

50분쯤 지난 뒤에 답이 왔다. CCTV 상으로 세 대의 오토바이가 출입했는데, '북구 도 1337', '중동 나 6183', '중동 모 1756'이라고 했다. 부관장이 직접 CCTV 모니터를 확인하고, 지금 그 앞에서 보고하고 있는 것이라고 했다.

안짱다리가 수시로 번호판을 바꾸어 다는 것 같았다. '유성 그 1237'과 '중동 나 6183'은 모양과 색깔이 같은 모델이었다. 우용이 통화를 하는 사이에 인터넷을 검색한 경비원이 오토바이 기종을 메모지에 적어 건넸다. 'SYM 노스탤지어 울프'였다.

우용은 경비실을 나오면서 경비원에게 20만 원을 쥐여주었다. 검은 헬멧이 다시 나타나면 즉각 연락을 달라고 했다.

"걱정하지 마십시오. 제가 모니터 앞에서 잠시도 눈을 떼지 않고 전담하면서 감시에 신경을 쓰고 있습니다요, 어르신."

잠시도 눈을 떼지 않고 감시한다는 경비원이 문 밖까지 쫓아 나와 배웅하며 말했다.

우용은 지하주차장으로 내려갔다. 차를 세운 위치가 기억나지 않아 한참을 헤맨 끝에 슬로프 뒤쪽에 세워둔 검정색 그랜드 체로키를 찾았다. 그는 뒷자리에 지팡이를 실었다. 그러고는 글로브박스에서 손전등을 꺼내 차 밑을 살폈다. 놈이 차에 위치추적기를 붙여놨을 것 같았다.

흙받이 안쪽에 담뱃갑 크기의 특이 물체가 보였다. 차 밑에서 머리를 빼내다가 열어둔 조수석 문짝 밑에 눈두덩을 부딪쳤다. 도서관에서 의자에서 떨어질 때 이미 찢어진 자리였다. 우용은 눈두덩을 감싸 쥔 채 쪼그려 앉았다. 자지러질 듯한 통증에 눈물이 찔끔 솟았다.

그는 다시 차에 올라 글로브박스에서 메모지를 꺼냈다. 협박 전화를 받은 28일 오후 6시부터 29일 현재까지의 상황을 시간대별로 정리했다. 집에서 도서관까지 오고간 이동 경로와 시간은 약도를 그려서 정리했다.

검은 헬멧 오토바이: USB 녹화 화면 제공.
가오도서관, 효동 네거리, 지하철 대전역, 서대전역 CCTV 확인.
대흥초등학교 정문 앞(중부교육청), 가오도서관, 하루키 인근 CCTV 확인.
집 - 가오도서관 오가는 길: 방범용 CCTV 확인(약도 체크 첨부), 대흥 근린공원 화장실 입구.
미행자 정체 파악.

떠오르는 대로 두서없이 메모를 한 우용은 다시 이동 시간과 장소에 따라 일목요연하게 재정리했다. 그러고는 생각했다.

놈은 나와 백대길의 50여 년 관계를 손금 보듯 알고 있다. 나에 대해서는 식성과 단골 일식집도 알고, 심지어 안우용표 점심 메뉴가 따로 있다는 것까지 안다. 건강 상태도 알고 있다. 오랜 기간 알아왔다는 뜻이다.

지하주차장에서 차를 뺀 우용은 다시 경비실에 들러 메모한 내용들을 복사했다. 밖으로 나와 정문 옆에 있는 공중전화부스로 갔다. 돋보기를 꺼내 끼고서 먼저 맏사위에게 전화를 걸었다. 꼴도 보기 싫고 말도 섞기 싫은 놈이지만, 도움이 필요했다. 휴대전화로 걸까 하다가 받지 않을 것 같아 5012호 검사실로 걸었다.

사위는 여당 현역 의원인 오생문을 빼내오기 위해 당 차원에서 개최한 으능정이 집회 이후, 노골적으로 전화를 피했다. 딸까지도 우용의 전화를 피하는 눈치였다.

"장 부장 바꾸시오."

우용은 일부러 고압적인 말투로 말했다. 이런 말투가 잘 통했다.

"누구시라고 할까요?"

9시가 넘었지만, 사무실에 있는 모양이었다.

"장 부장검사 장인이오."

우용이 장 검사를 사위로 불렀지만, 장 검사는 우용을 장인어른이라고 부르지 않았다. 이런 놈이 한때 「아침이슬」과 「임을 위한 행진곡」을 부르며 민주화 투쟁을 했다는 사실이 믿기지 않았다. 사위는 엄마 머리를 닮아 공부를 못한다는 이유로 고3 딸을 골프채로 패 입원시키는 모진 놈이었다. 딸이 이혼을 하겠다며 5년째 나대고 있지만, 우용은 허락하지 않았다. 17년 전에 5억을 주고 데려왔는데, 그 뒤 5억이 더 들어간 놈이었다.

"접니다."

"잘 지냈는가?"

장인이 먼저 사위에게 인사했다.

"아, 예…… 그저 그럭저럭……"

불편한 기색을 드러내며 버벅거리는 사위에게 우용이 용건을 말했다. 용건을 듣는 내내 아무런 반응이 없어 "듣고 있는가?"라는 말을 열댓 차례나 반복했다.

"그건 특수부 소관입니다."

"소관을 알자고 전화한 게 아닐세."

우용이 절박한 목소리로 다시 부탁했다. 그러나 사위는 접근이 불가하다며 거절 의사를 밝혔다.

"나 혼자 살자고 이러는 게 아니야."

우용은 부아가 솟았다.

"……"

대꾸가 없는 것으로 보아 말귀를 알아듣는 것 같았다.

"잘 생각해보는 것이 좋을 게야."

"지금은 바쁩니다."

"나도 죽을 만큼 바빠! 바쁘고, 급해!"

통화를 마친 우용은 화를 참느라 공중전화기를 손바닥으로 내리친 뒤, 부스 벽에 기대 수차례 심호흡을 했다.

숨을 고른 우용은 동전을 물리고 '하루키'에 전화를 걸었다. 우용과 서로 잘 아는 사장이 기억을 더듬어가며 묻는 말에 정성껏 답을 해주었다.

"안 부지사님께서 자주 드시는 점심 메뉴로 준비해달라고 했습니다."

11시쯤 전화로 도시락 주문을 받았으며, 황색 비닐 조끼를 입고 검정 풀페이스 헬멧을 쓴 땅딸막한 사람이 11시 45분쯤 와서 현금을 내고 도시락을 가져갔다고 했다. 안짱걸음이었냐고 물었으나, 점심 손님 준비에 바빠서 자세한 인상착의를 살펴보지 못해 죄송하다고 했다.

공중전화부스 밖에서는 여중생이 동전을 짤그락거리며 째려보고 있었다. 우용은 못 본 체하고 백대길 대표의 집 전화번호를 눌렀다. 백대길이 전화를 받았다.

우용은 짧게 안부를 묻고, 책과 노트에 관한 일을 보고했다. 평소의 보고와 달리 사실을 시시콜콜 말하지 않고 괴한으로부터 협박 전화를 받았다고만 했다. 사위처럼 백 대표가 침묵했다. 듣고 있냐고 물을 수는 없었다.

심각하게 반응하고 이것저것 캐물으며 난리를 칠 줄 알았는데 백대길은 통화 내내 덤덤했다. 우용은 그가 아직도 화가 풀리지 않아 거리를 두려 한다고 생각했다. 뒤끝이 아주 긴 사람이었다. 그렇다고는 해도 우용은 백 대표가 지나치게 덤덤한 반응을 보이며 침묵으로 일관하는 것이 무척 신경 쓰였다.

침묵은 백 대표가 판단을 유보할 때마다 자주 이용하는

메시지였는데, 자신은 모르는 일이니, 혹은 할 말이 없으니 알아서 하고 책임도 지라는 뜻으로 받아들여야 했다.

인애의 납치는 보고하지 않았다. 백 대표는 지금까지 단한 차례도 인애의 안부를 묻지 않았다. 우용도 인애에 대한 말은 삼갔다.

"그래서 드리는 말씀인데⋯⋯"

우용이 용건을 말했다.

"만에 하나를 생각해 물건들을 옮기는 것이 좋을 것 같습니다."

"내주자는 게 아니고, 옮기자는 말이오?"

"내주다니요? 복당하십니까?"

"당의 물건이잖소?"

자신이 곧 당이라고 주장하던 백 대표가 동문서답을 했다. 빼낼 때는 당의 물건이 아니었단 말인가. 무슨 꿍꿍이속이 있는 것 같았다.

"그렇게 말씀하시면 그렇기는 합니다만⋯⋯"

"더 태워버릴 게 남았소?"

백 대표가 허를 찌르듯 물었다.

"그, 그게⋯⋯ 무슨 말씀이신지?"

말이 꼬였다. 우용은 자신의 비위와 직간접적으로 관련이 있는 문건은 솎아서 모두 소각했으나, 백 대표와 관련이 있는 문건들은 건드리지 않았다. 백 대표와 관련된 것까지 소각하면 남는 문건이 없었다.

"웬만한 건 다 소각하지 않았소?"

"그건 오이재와 이세갑이 당비 사용 내역을 감사한다고 해서……"

백 대표는 오와 이가 짜고 자신을 몰아내기 위해 자체 감사를 획책하고 있다며 조처를 당부했다. 이 때문에 문건을 빼돌리게 된 것이다. 그런데 백 대표가 엉뚱한 트집을 잡고 있었다.

"그걸 핑계로 당신이 달아난 것 아니오?"

"제, 제가 다, 달아나다니요."

백 대표는 으능정이 집회 사건 이후로 단단히 틀어져 있었다. 당이 조사를 받고 자신이 선관위와 검찰청으로 불려 다닐 때, 검사 사위가 아무런 도움을 주지 않았다는 것이 틀어진 이유였다. 생떼였다.

우용은 억장이 무너졌다.

"어르신. 제가 어르신을 어떻게 모셨는지는 하늘이 알고 따, 땅이 압니다요. 흐흑……"

설움이 북받쳤다.

"그만합시다. 어디 이게 운다고 해결날 일이오. 그만 그치시오."

"예. 흐흑…… 윽."

"그만 뚝 그치래도."

"아, 흑, 예."

"곧 내줘야 할 텐데, 그래도 옮겨야 한다는 거요?"

"예."

"알았으니까, 알아서 하시오."

우용이 9시까지 창고로 사람을 보내달라고 다시 말했다.

"그럽시다. 그리고 말이오……"

백 대표가 말끝을 끌며 뜸을 들였다.

"예. 뭡니까요, 지사님."

"인애는 잘 있소?"

"예?"

백 대표의 질문에 우용은 감추려 했던 잘못을 들킨 듯 정신이 아뜩했다. 그가 인애의 안부를 묻는 것은 처음이었다. 우용은 잠시 뜸을 들인 뒤, "그, 그럼요. 잘 있습니다요" 하고 말았다.

"무슨 일이 있는 건 아니오?"

"아, 아닙니다요."

"그럼 됐소."

백 대표가 더 묻지 않고 전화를 끊었다.

우용은 자신의 거짓말이 잘한 짓인지 알 수 없었다. 하지만 사실대로 말할 경우 백 대표의 행동을 예측할 수 없었다. 그는 일을 키우거나 이용하려 할 수도 있었다. 그렇게 되면 인애의 안전이 뒤로 밀릴 수 있었다.

정문을 빠져나와 큰길을 달리던 우용은 차를 갓길에 세웠다. 그러고는 공중전화부스로 달려갔다. 놈의 미행을 따돌릴 방법이 생각난 때문이었다.

19

밤 9시가 가까운 시간인데 휴게소가 붐볐다. 귀갓길에 들른 막바지 상춘객들 때문이었다. 행상 차량에서 사이키 조명이 번쩍이고, 히트 가수 이민숙의 뽕짝 메들리가 울려 퍼졌다. 술에 취한 한 할머니가 메들리에 맞춰 막춤을 췄다.

그랜드 체로키에서 내린 안우용이 대형 버스에서 막 쏟아져 나온 관광객들 틈에 끼어 화장실 쪽으로 걸어갔다.

허동우는 차 안에서 안우용의 움직임을 주시했다. 그때 술 취한 승객들과 관광버스 기사가 드잡이하는 소리가 들렸다. 기사가 버스 안에서의 음주가무가 지나치다고 하자 승객들이 분개한 것 같았다.

화장실에 들어간 안우용이 10분이 지나도록 감감무소식이었다. 동우는 아이패드 액정 디스플레이를 들여다봤다. 위치를 알려주는 빨간 점이 한자리에 박힌 못대가리인 양 15분 전의 위치에 고정되어 있었다.

차에서 나와 화장실 입구를 살피며 5분가량을 더 기다린 동우는 화장실로 뛰어 들어갔다. 대변기 이용자들이 모두 바뀔 때까지 기다렸으나 우용은 없었다. 우용이 타고 온 검정색 그랜드 체로키는 주차한 그대로 있었다. 그는 차로 다가가 흙받이에 붙여둔 위치추적기를 확인했다. 그대로였다.

동우는 다시 화장실로 달려갔다. 대인용 위치추적기를

변기통 옆 쓰레기통 속에서 찾았다.

20

미리 봐둔 화장실 뒤편 개구멍을 통해 인삼랜드휴게소를 빠져나간 안우용은 '물건들'을 찾아서 무사히 옮겼다.

약속한 대로 구만복이 고속도로 휴게소 뒷길 비탈 아래에 있는 쓰레기 집하장 앞에서 대기하고 있었다. 우용을 보자 만복은 양손을 모아 90도 각도로 인사를 하고 낡은 스타렉스 조수석 문을 열었다.

스타렉스가 덜덜거리며 질척거리는 자드락길을 바삐 벗어났다. 젖은 국도로 들어서자 우용의 재촉에 따라 만복이 시속 120킬로미터로 내달렸다. 놈이 휴게소까지 뒤를 쫓아왔는지는 알 수 없으나, 17번 국도를 벗어나 외지고 한갓진 대전과 금산을 잇는 옛 도로를 달릴 때, 앞뒤 10여 미터 내에 앞서거나 뒤따르는 차량이 한 대도 없었다.

9시 16분이었다. 예상보다 10분가량 일찍 '48로지스'에 도착했다. 우용은 사무실로 급히 들어가 출고 요청서를 작성하고 대여료를 정산했다. 물류보관회사 48로지스는 24시간 입출고가 가능했다.

만복이 금고형 다큐텔에서 꺼낸 종이상자 다섯 개를 지게차에 실었다. 그러고는 컨테이너박스 뒤편에 있는 트렁크 룸 쪽으로 지게차를 몰았다. 그때, 흰색 그랜저가 서치

라이트를 깜박이며 다가왔다. 렌터카였다. 렌터카에서 내린 선우강규가 우용을 창고 뒤편 외진 곳으로 이끌었다. 우용은 강규에게 이끌려가며 만복에게 ITEM 코드 번호가 적힌 출고증을 건넸다. 트렁크 룸에 보관 중인 컴퓨터 본체를 찾으려면 코드 번호를 알려줘야 했다.

강규가 백 대표에게 긴급 호출을 당한 이유와 호출당한 뒤에 있었던 일들을 간추려서 일러주었다. 우용은 벌어진 입이 다물어지지 않았다. 자신을 협박하는 놈과 백 대표를 협박하는 놈이 동일인 같다는 의구심이 들었다. 그렇다면 놈이 노리는 최종 표적은 백 대표일 수 있었다.

우용은 백 대표에게 직접 들었어야 할 말들을 강규를 통해 듣게 되어 기분이 좋지 않았다.

만복이 지게차를 끌고 와 상자와 컴퓨터를 그랜저에 옮겨 실었다.

"대표님께서 갑자기 상자를 왜 옮기라고 하시는 겁니까?"

강규가 물었다.

"내가 옮기자고 했네."

"예? 상자를 왜……?"

"여기가 안전하지 않은 것 같아서……"

우용은 답을 얼버무리며 출발할 것을 재촉했다.

우용은 강규가 몰고 온 그랜저가 정문을 앞서 빠져나가자 만복에게 일렀다.

"저 차를 따라가게."

스타렉스가 그랜저와 일정한 간격을 유지한 채 뒤를 따랐다. 그랜저를 쫓는 미행 차량이 없는지 확인하기 위해서였다. 2킬로미터 남짓 쫓아갔으나, 별다른 징후가 보이지 않았다.

우용은 만복에게 차를 돌려 휴게소로 돌아가자고 했다.

"잘 지내고 있는가?"

유턴한 차가 신호에 걸렸을 때, 우용이 물었다. 만복에게는 뜬금없는 질문이었으나, 우용은 계산된 질문이었다.

"아시잖아요. 죽을 지경입니다요."

만복이 한숨을 쉬며 답했다.

"퇴직금은 당에 요구하는 게 맞네. 백 대표 개인의 자가용을 운전한 게 아니라, 당 대표의 공용 차량을 운전한 게 아닌가?"

"그러니까 당 대표이셨던 백 대표님께서 퇴직금을 처리해주셔야지요."

"그건 억지 주장일세."

"제 주장이 아닌데요. 당에서는 공식적으로 채용한 바 없어서 퇴직금을 줄 근거가 없으니까, 차를 타고 다니신 백 대표님에게 직접 얘기하랍니다요."

"어떤 놈이 함부로 그따위 말을 해! 감히 백 대표님께 직접 돈을 받으라니……"

습관대로 우용이 백 대표를 감쌌다.

허남두 회장은 죽기 전까지, 그러니까 2010년 12월까지 백 대표의 기사 월급을 대신 지급해줬다. 허 회장이 죽은

뒤 3개월에 해당하는 월급은 안우용이 대지급했다. 그러고
는 백 대표가 대표직에서 물러나는 바람에 만복이 자동 해
고됐다.

"그렇게 힘들면 택시라도 끌지 그러나?"

"택신 아무나 끕니까?"

우용의 말에 만복이 발끈했다.

창당 준비를 한다면서 백 대표가 전국 각지를 마구 휘젓
고 다닐 때, 사고가 있었다. 정체 중인 톨게이트를 급하게
빠져나가려다 앞차를 추돌한 것이다. 상대 운전자가 경추
부염좌로 3주짜리 진단서를 끊어 경찰에 제출했다. 이 기
록 때문에 개인택시를 못 끌게 된 것이다.

"잠깐 저 앞에 차를 세워보게."

우용이 불 켜진 현금자동입출금부스를 가리키며 말했다.

그는 ATM 기기에서 300만 원을 인출해 코트 양쪽 주머
니에 나눠 넣었다. 만 원권 300장을 넣자 코트 앞섶이 불
룩했다.

"받게. 오늘 수고비일세."

우용은 만복에게 따로 챙긴 10만 원을 건넸다.

만복이 돈을 받아 챙길 때 휴대전화에서 「쨍하고 해 뜰
날」이 들렸다. 만복의 전화였다.

"1시 이후에나……"

"그게…… 어머니가 편찮으셔서."

"그럼요. 그 시간부터는 호출 대기 모드로 있겠습니다."

"죄송함다."

만복이 등을 돌린 채 쩔쩔매며 통화를 했다. 그러고는 우용을 바라보며 묻지 않은 말을 했다.

"대리운전 사무실입니다요."

"내 부탁 하나 들어주겠나?"

우용이 사이드브레이크를 푸는 만복의 손을 지그시 잡으며 말했다.

"……?"

"내 부탁을 들어주면, 나도 자네 부탁을 들어줌세."

우용이 애처로운 눈빛으로 만복을 바라봤다. 잠시 낯선 침묵이 흘렀다.

"무슨 부탁이신데……?"

구 기사가 풀었던 사이드브레이크를 다시 잠그며 물었다.

"들어주겠나?"

"이사님께서도 제 부탁을 들어주시겠다면서요?"

우용이 고개를 끄덕였다. 그러고는 말했다.

"내 부탁이 먼저일세."

"알겠습니다요, 말씀해보세요."

"먼저 이거 받게."

현금인출기에서 뽑은 300만 원과 지갑에서 꺼낸 자기앞 수표 200만 원을 합쳐 건넸다.

"웬 돈을 이렇게나 많이……"

만복의 눈이 휘둥그레졌다.

"우리 인애 알지? 그 아이가 납치됐다네."

우용이 울먹였다.

"예? 그, 그게 무슨 말씀이신지……?"

빠앙! 덤프트럭이 지나가며 경적과 함께 전조등을 번쩍였다. 금강 지천(支川)에서 4대강유역 종합개발을 서두르는 야간작업 차량이었다.

우용이 자초지종을 말하고 딸을 찾을 수 있도록 도와달라고 했다. 찾아주면 2,000만 원, 어디에 있는지 알려만 줘도 1,000만 원을 더 주겠다고 했다. 이 일을 비밀로 해주는 대가가 포함되어 있다고 했다. 설령 못 찾아도 500만 원을 더 주겠다고 했다.

만복이 쩍 벌어진 입을 다물지 못했다. 만복이 달라고 보채는 퇴직금이 350만 원이었다.

우용은 주머니에서 메모지 복사본을 꺼냈다.

"CCTV를 확인하면 꼬리를 잡을 수 있을 걸세. 교육청, 경찰서, 구청 별로 해당 식별 번호와 도움 받을 사람들을 적어놓았네. 이 사람들을 찾아가게."

우용이 자신의 명함 석 장에 사인을 한 뒤 만복에게 줬다. 중동부경찰서 반신 지능범죄수사팀장, 중동부교육청 조을수 교육장, 중동구청 이기대 도시개발팀장을 찾아가 사인한 명함을 주고 도움을 청하면 된다고 했다. 또 메모 쪽지를 건넸다. 약도가 그려진 쪽지에 동선을 확인할 수 있는 전신주와 CCTV의 고유 식별 번호가 적혀 있었다.

그러고 나서 우용은 스마트폰을 켜 오토바이를 탄 안짱다리를 보여줬다. 그의 행방을 좇으면 인애를 찾을 수 있을 것이라고 했다.

인삼랜드휴게소 개구멍 앞에서 구만복과 헤어진 우용은 공중전화부스로 갔다. 만복에게 찾아가라고 한 세 사람과 통화했다. 아우디 반과 통화하면서는 대전–금산 구간을 담당하는 고속도로순찰대에 아는 경찰관을 찾아달라고 했다. 휴게소 CCTV를 확인해봐야 했다.

집으로 돌아온 안우용은 꺼두었던 스마트폰을 켰다. 문자가 들어와 있었다.

'전화 주십시오'

사위였다. 우용은 급한 사정이 생겨 자정까지 갈 테니, 그때까지 기다릴 수 있겠냐는 문자를 보냈다.

'예'

답을 받은 우용은 콜택시를 불렀다.

기사에게 돈은 '따블'로 줄 테이니 최대한 빨리 '인삼랜드휴게소'로 가달라고 했다.

2부

탁란

1

양동춘은 SYM 노스탤지어 울프의 번호판을 바꿔 달
았다.

방파제 너머로 먹빛 바다와 먹빛 하늘이 굳게 앙다문
입술처럼 맞물려 있었다. 그 굳게 다문 입술 안쪽에 있을
고향을 생각했다. 그의 고향은 기아와 현대자동차 조립공
장이 들어섰다는 장쑤성 옌청이었다.

동춘은 검붉은 밤바다를 바라보며 담배를 빼 물고는
'씽씽 Quick' 조끼를 벗어서 소각했다.

작년 1월이었다. 분골실 창구에서 유골함을 받아 주차
장으로 향하던 허동우 실장이 물었다. 많이 울어 쉰 목소
리였다.

"몇 년 됐지?"

"예?"

동춘은 질문의 뜻을 몰라 걸음을 멈칫했다가, "하매 햇수로 6년 됐습네다"라고 답했다. 한국에서 지낸 6년이 주마등처럼 스쳤다.

'코리안 드림'을 좇아온 지 6년. 큰아들은 소원대로 칭화대학교 학생이 되었다. 큰아들이 공부 잘하는 중학생이었을 때, 치신(七星: 동춘의 중국명)은 아들을 성공시켜야겠다는 결심을 했다. 그러기 위해서는 돈을 벌어야 했다. 중국의 건설 붐에 끼어들어 돈을 벌어볼 요량이었다. 가업인 생선 장사를 걷어치우고, 버스 운전수와 공사장 크레인 기사로 나섰다. 그러나 뜻하지 않은 안전사고로 도망자 신세가 되었다.

크레인으로 옮기던 H빔이 공중에서 떨어졌다. 한 명이 즉사하고, 한 명이 부상을 입었다. 공교롭게도 발등 뼈가 부러진 부상자가 공사 현장을 둘러보던 당 간부였다. 인부가 한꺼번에 많은 양을 묶어 생긴 사고인데, 공사 책임자는 "팅 슈어 꿔 청 위 시승샤오워 증췐다워(희생소아 성전대아에 대해 들어봤지?)"라고 말했다. 희생소아 성전대아(牺牲小我 成全大我)는 사적 이익을 희생해 공적 이익을 극대화한다는 뜻이었다.

결론은 크레인 조작 미숙으로 사고가 났다, 였다. '티 쮀이양(替罪羊)'이 된 것이다. 그는 사고 직후에 친척들에게서 3만 위안을, 은행에서 5만 위안을 빌렸다. 이렇게 빌린

8만 위안 전액을 밀항 알선 브로커에게 줬다. 그 8만 위안으로 사고를 수습할 수 있었으나, 중국에서는 그 돈을 벌어서 갚을 방도가 없었다.

브로커는 대기자가 밀렸다는 핑계로 뭉그적거리며 그의 한국 밀항을 차일피일 미뤘다. 뭉그적대다가 뒤를 쫓는 공안에 잡힐 수도 있었고, 허송세월도 돈인지라 다시 1만 위안을 만들어 급행료로 건넸다. 조바심치는 것을 눈치 챈 브로커가 보디 패킹을 요구했다. 치신의 뒤를 캔 것 같았다. 보디 패킹이 뭐냐고 물었다. 캡슐 몇 개를 잠시 삼켰다가 배출하는 것이라고 했다. 그 몇 개가 50개였다. 난원형 포장품이었는데, 538그램이라고 했다.

결국 그들의 요구에 응했다. 그러자 놈들은 그의 배꼽 아래에다 '538'이라고 문신을 새겼다. 그러고는 '홍슈앙시(红双喜)' 담뱃갑에 한국 도착 후 연락처를 적어줬다. 인천항에 입국 즉시 연락처로 전화를 하고, 지정해주는 화장실에 찾아가서 똥을 싸라고 했다. 설사약을 먹으면 538그램에 해당하는 50개의 포장품이 똥에 섞여 나올 것이라고 했다.

치신이 부들부들 떨었다. 방사선 사진에도 찍히지 않는 포장재를 썼으니 안심하라고 했다. 그가 떤 이유는 뱃속에서 포장품이 터지지 않을까 하는 걱정 때문이었다.

치신은 인천항에 도착했다. 그러고 놈들이 시키는 대로 했다. 배꼽 아래의 문신을 보여주고, 똥 속에서 찾은 포장품도 전해줬다.

대형버스 운전과 건설장비 조작 기술이 있고 자격증도 있었으나, 신분을 세탁했기 때문에 그가 한국에서 당장 할 수 있는 일은 막노동뿐이었다. 한 달에 50만 원을 벌었다. 노임이 한국인 노동자의 5분의 1 수준이었다. 한국 돈으로 치면 1,000만 원이 넘는 목돈을 쓰고 왔는데, 겨우 50만 원씩을 벌었다. 방값과 식비로 20만 원이 나가면, 30만 원이 남았다.

작업장에서 그는 량치신도, 양동춘도 아닌, '어이, 춘장' 또는 '야, 짱꼴라'로 불리며 겨우 이자만 벌었다. 1년이 지났을 즈음, 충북 옥천의 농공단지에 있는 한 플라스틱 사출 공장에 취직했다. 주로 모판 상자를 만드는 공장이었다.

열 달쯤 지났을까, 한국의 외환보유고가 거덜 나서 IMF 구제금융을 받게 됐다는 것과 사장이 시설 투자에 쓴 은행 빚을 당장 갚지 못해 수익을 내면서도 망했다는 기막힌 사실을 나중에야 알았다. 동춘은 은행에 공장을 빼앗기고 술로 지내는 사장의 집을 찾아가 못 받은 한 달 치 임금을 요구했다. 사장이 의리가 없는, 개 좆보다도 못한 새끼라고 욕설을 퍼부은 뒤에 그를 신고했다.

살아갈 일이 걱정되어 여인숙 방에서 뒤척이던 그는 불법체류자 단속반에게 붙잡혔다. 4단 제압봉에 맞아 온몸에 피멍이 든 채 여수에 있는 출입국관리소로 이송되었다. 수용된 지 엿새째 되던 날 새벽에 큰불이 났다. 스물일곱 명이 죽어나갔는데, 소화기 분무액만 뿌려대고 잠근 문을 제때 열어주지 않아 개죽음이 많았다. 따롄(大連)이 고향인

'은옌(恩人)' 리쉬통도 그때 화마에 죽었다. 채 스물이 안 된 나이였다.

유독가스에 질식해 쓰러진 동춘이 병원에서 깨어났을 때, 손목에 두 개의 수갑이 채워져 있었다. 그는 수갑만 믿고 감시가 소홀한 틈을 타 병원을 탈출했다. 3층 화장실 창의 방충망을 뜯어내고 외벽의 홈통을 탔다. 단속반에게 쫓겨 다니면서 터득한 기술이었다.

도망친 그는 강원도 산간 오지로 깊이 파고들었다. 고랭지 채소밭에서 캐낸 배추와 무를 트럭에 적재하는 일을 하며 일당 15,000원을 받았다. 싣는 일만 계속할 수 없어 내리는 일도 같이 하게 되어 가락동 농수산물 시장을 드나들게 되었다. 그러다가 큰아들이 베체트병으로 죽어간다는 소식을 접했다. 숨어 다니며 막노동을 해서 버는 푼돈으로는 난치병에 걸린 아들을 살릴 수가 없었다.

그는 산간 오지에서 나와 무작정 외국인 노동자가 많다는 경기도 안산으로 갔다. 거기서 인력시장을 다니다가 탈북자들과 어울렸다. 탈북자들의 삶은 불법이주노동자들의 삶보다 팍팍했다.

동춘은 그들과 어울려 다니다가 보험사기에 가담했다. 보험사기가 그를 변화시켰다. 점점 낯가죽이 두꺼워지고 간이 커져 배 밖으로 나왔다. 일한 만큼 대가를 받으려면 사나워져야 했다. 주는 사람이 일한 만큼 챙겨주지 않기 때문이었다.

한국 사회에 적응하지 못한 채 차별 받는 탈북자들은 먹고 살 벌이가 마땅히 없었다. 그는 탈북자들이 꾸민 보험 사기단에 끼어 심부름꾼 역할을 하면서 수수료를 받았다. 또 탈북자들의 송금액을 환치기하는 일, 중국에 거주하는 송금 브로커들을 관리하는 일, 송금한 돈이 이상 없이 전달됐는지를 확인하여 알려주는 일에도 관여했다.

사기단 가운데 일부는 벌금형을 받은 뒤, 이름과 주민등록번호를 바꿔 다시 보험에 가입했다. 신분증과 증명서를 위조하는 것은 식은 죽 먹기였다. 한국에서는 브로커들을 통해 건당 20만 원에서 200만 원까지 거래됐는데, 직거래를 하면 건당 100위안, 한화로는 16,000원 안팎이었다.

그는 이 일을 하면서 자해공갈단에도 끼었다. 분실이나 도난당한 스마트폰을 모아서 중국으로 밀반출하는 일도 했다. 짧은 시간에 많은 돈을 벌어야 했기에, 돈이 되고 할 수 있는 일이라면 가리지 않고 다 했다. 그뿐 아니었다. 보디 패킹을 시킨 옌친의 브로커와 공모해 장기 매매를 알선하는 일에도 끼어들었다. 그러다가 마지막 한탕이라고 생각해 끼어든 보험사기에서 문제가 터졌다. 유괴 살인 사건에 휘말렸던 것이다.

정범인 브로커가 도망치면서 동춘과 탈북자의 신상을 흘렸다. 흘린 신상을 얻은 보험사가 경찰보다 먼저 동춘의 꼬리를 밟았다. 보험사기전담 특별수사팀(SIU)에서 일하는 허동우 실장이 동춘을 잡았다. 조사를 마치는 대로 경찰에 신병을 인계할 것이라고 했다. 절체절명의 상황이었다. 전에 자해공갈단 일을 하다가 허동우에게 잡힌 전력이 있던 터였다. 동춘은 허동우에게 사정하다시피 억울함을 호소했다. 허동우가 그의 말을 믿어줬다. 그렇게 해서 엮인 관계였다.

동춘이 허동우 실장의 BMW로 다가가 조수석 문을 열었다. 실장이 모항항으로 갈 아버지의 유골함을 조수석에 실었다. 차 옆에 장승처럼 서 있던 노 국장이라는 사람이 실장을 거들었다. 국정원 간부라고 했다.

"타시오."

운전석에 탄 허 실장이 쉰 목소리로 동춘에게 말했다. 동춘은 실장이 자신을 차에 타라고 하는 이유를 알 수 없었다.

시동을 켠 실장이 오디오를 틀었다. 그가 평소 즐겨 듣던 클래식 「더 우든 프린스」가 아닌 찬송가가 흘러나왔다.

'하늘 가는 밝은 길이 내 앞에 있으니……'

"다 찍었소?"

차가 산굽이 길을 벗어나 도심으로 접어들 때, 실장이 물었다.

"예. 회장님과 붙어 지냈던 정치인과 공무원은 한 명도 안 온 것 같습네다."

동춘이 스마트폰을 만지작거리며 답했다.

"인심은 본래 그런 거요. 내게 전송해주시오."

'예수 보배로운 피 모든 것을 이기니……'

"부탁이 있소."

실장이 버스 정류장 앞에 차를 세우고 말했다.

나삼추에 대한 뒷조사와 대포폰과 대포통장 열 개를 구해달라고 했다. 뒷조사는 한 달, 대포통장은 닷새 안에 해결해달라고 했다. 또 나삼추에 대한 뒷조사는 1억까지 줄 수 있으니, 최고 실력의 중국 해커와 탈북 해커들을 수소문해 맡기라고 했다. 동춘이 대포통장 공급책이라는 것까지 알고 있는 것 같았다.

여자가 몸을 뒤치는 기척이 들렸다. 여자의 수면을 위해 암막 커튼을 쳤으나, 20초 주기로 번쩍이는 등명기 불빛이 커튼과 창문 틈서리를 파고들었다. 반사경으로 빛을 모아 쏘는 등대 불빛이 면도날처럼 날카로웠다.

아침 6시였다. 동춘은 다탁 위에 놓아둔 야구 모자와 마스크와 뿔테 선글라스를 착용했다. 그러고는 냉장고에서 주사기를 꺼냈다. 허동우 실장이 미다졸람과 나로핀이라고 각각 표시해둔 주사기였다.

그는 주사기 안의 공기를 빼내고 방문을 열었다. 실장은 베카론과 GHB(Gamma-Hydroxybutyrate)도 따로 챙겨줬다. 그러면서 용도와 용법을 상세히 일러줬는데, 동춘도 익히 알고 있는 내용이었다.

수면유도제인 미다졸람은 생리식염수와 섞어 5밀리리터를 주사하고, 마취제인 나로핀은 7.5밀리그램을 주사하라고 했다. 그리고 근육이완제인 베카론과 나로핀은 서로 섞이면 위험하니까 절대로 함께 주사하지 말라고 했다. GHB

는 물뽕으로 불리는 환각제라며 발작을 일으켜 다루기 힘든 상황이 발생했을 때만 주사하라고 했다.

그는 비디오 녹화기를 등지고 마루타처럼 누운 여자에게 다가가 미다졸람과 나로핀을 차례로 주사했다. 그러고는 포도당 주사액을 새것으로 교체했다.

다시 잠에 빠진 여자의 몸에서 향이 났다. 콧속을 통해 몸 안으로 빨려들어 오는 스파이시 향이 짜릿했다. 그는 서둘러 방을 나왔다.

주방으로 가 가스레인지에 물주전자를 올렸다. 물이 끓기 전에 밥공기를 꺼내 커피 한 큰술에 설탕과 프리마를 세 큰술씩 넣고 끓인 물을 부었다. 커피 죽을 떠먹으며 담배를 빼 물었을 때, 스마트폰 액정 화면에 문자메시지가 설핏 떴다가 사라졌다. 액정 화면을 슬라이드 했다.

'3000/05010830'

숫자를 확인한 동춘이 숫자로 답했다.

'10135'

그러고는 손가방을 열어 대포통장과 도장을 확인했다.

2

새벽에 한시가 적힌 세번째 괴문서를 받았다. 방 집사가 새벽 4시 30분에 대문간에서 조간신문과 함께 각대봉투를 집어 왔다.

백대길은 황당하고 불안하고 분통이 터졌다. 지역 조간 신문에 괴우편물과 관련된 기사가 달랑 한 건 실려 있었다.

지난 28일, 백대길 전 의원의 부사동 집에 중국 성도에서 보낸 괴우편물과 인편에 의한 괴문서가 배달되어 경찰이 수사에 나섰다. 그의 전 비서관인 선우 씨를 통해 사건을 신고 받은 중동부경찰서는 정치적 이해관계나 원한 관계로 발생한 협박이거나 단순한 장난일 수 있다는 두 가지 가능성을 놓고 인터폴에 협조를 구하는 한편, 오토바이를 타고 우편물을 전달한 뒤 달아난 것으로 추정되는 괴한의 정체를 추적 중이라고 밝혔다.

경찰은 백 의원의 자택 인근 CCTV 영상을 수거하여 분석하는 한편, 오토바이를 타고 달아난 괴한을 본 목격자를……

어제 보도한 지역 케이블 방송인 CMC 보도 내용과 비슷한 수준의 기사였다. 대길에게 언론은 계륵이요 청개구리가 되었다. 안 실었으면 하는 것은 대문짝만 하게 싣고, 꼭 실어줬으면 하는 것은 코딱지만 하게 싣거나, 아예 싣지 않았다.

대길은 자신의 실추된 위상과 처지가 서럽고 씁쓸했다. 지방 경찰청장은 고사하고, 접수된 사건을 모를 리 없을 중동부경찰서장조차 전화 한 통이 없었다.

姦臣竟葅醢(간신경저해)
同惡隨蕩析(동악수탕석)

각대봉투 안에서 나온 시구였다. '간신은 마침내 처형되었고, 그 무리 또한 제거되었다'는 뜻이었다. 찾아보니, 두보의 시「북정(北征)」에 나오는 구절이었다.

백대길은 어젯밤 안우용과 통화를 한 뒤, 모든 것이 분명해지는 느낌이 들었다. 놈이 한시를 통해 자신을 농락하고 있는 것이 분명했다.

대길은 전의가 일었다. 자신이 일으킨 정당이 지리멸렬되어 이대로 끝을 보게 할 수는 없었다.

선거법은 기존 정당에게만 유리하게 되어 있고 신생 정당에게는 불리하게 되어 있었다. 기존 정당들의 기득권 때문에 신생 정당이 법을 지키면서 할 수 있는 것이 전무한 형편이었다. '이따위 불공정한 법을 지키다가는 정치를 못한다. 법을 만드는 게 정치다. 감방 갈 생각 없이 어찌 큰 정치를 하겠다는 건가', 라며 이종걸을 앞세운 참모들이 '법 위의 정치'를 요구했다. 이종걸은 백사모를 만든 시의원이었다.

그러나 법치국가에서 법을 어기는 구태 정치를 할 수 없다는 것이 대길의 소신이었다. 이 문제, 즉 정도(定度)의 정치를 사수하려는 대길의 의지는 뒷날 편법과 탈법 정치의 달인으로 불리는 불사조 오이재와 틀어지게 된 결정적인 이유가 되기도 했다.

언론의 무관심과 왜곡, 축소 보도도 문제였다. 언론은, 국민이 알고 싶어 하거나, 필요로 하는 것을 보도한다고 했다. 다시 말해 국민은 분권이라는 권력 문제 따위엔 관심이 없다는 것이다.

언론은 권력을 많이 쥐고 있는 힘센 정당의 주장에 많은 시간과 지면을 할애했다. 심지어는 그들이 헛소리를 해도 언론은 관련 지식인과 학자들을 찾아가 그 헛소리의 근거를 만들어주고 논리까지 개발해서 선전해줬다.

국가기관원들의 감시도 체계적이고 상시적이어서 어떤 일이건 하기 전에 반드시 따져보고 눈치를 보며 살얼음판을 걷듯 조심해야만 했다. 아우디 반 같은 끄나풀을 이용해 매일같이 지켜보고 있었다. 또 국정원을 비롯한 정권의 하부 기관을 총동원하여 대길의 과거사를 시시콜콜 캐고 다녔다.

이런 상황인데도 멋모르는 지지자들은 당의 인풋과 아웃풋이 비례하지 않는다며 문제를 삼고 나섰다. 당 안팎에서 당이 제자리걸음인 원인이 백 대표의 독단에 있다며 개선해야 한다고 외쳤다. 강력한 리더십이 필요한 위기 상황인데 되레 강력해지려는 리더십을 문제 삼고 나선 것이다.

백 대표가 진퇴양난에 빠져 허우적거리고 있을 때 뜻밖의 손님이 찾아왔다. 4·11 총선을 치르기 두 달 전이었다.

백 대표는 자신의 큰아들과 친구이자, 양자로 삼아 자신의 지역구까지 내줬던 장시걸과 마주했다. 4년 만의 재회였다. 시걸도 4년 전 대길이 고군분투하며 헤맬 때, 변성술처럼 그의 곁을 떠났다.

남의 눈을 피하느라 새벽 4시에 찾아왔다는 시걸은 "아버님, 그동안 무고하셨는지요?" 하며, 넙죽 엎드려 큰절을 올렸다. 그러고는 '엄지척'으로 북쪽을 찌르며 '어르신'의 뜻이니 비공식 만남으로 해달라고 했다.

"어른께서 아버님께 관심이 있으신 것 같습니다."

시걸이 머리 위로 다시 엄지를 번쩍 치켜올리며 말했다.

"……?"

"아버님의 도움을 받고 싶어 하시는 것 같습니다."

"무슨 말인가?"

"어른께서 하문하시길, 아버님께 관심을 가져도 되는지, 도움을 청하면 받을 수 있겠는지…… 알아볼 수 있겠는가, 라고 해서…… 제겐 사사로이 양아버님이 되신다고하니까, 먼저 만나보고 올 수 있겠느냐고 하셨습니다."

"자네 말이 알아듣기가 어렵네."

"죄송합니다, 아버님. 제가 말주변이 없어서요."

살찐 엉덩이를 꿈지럭거려 자세를 고쳐 앉은 시걸이 뒤통수를 다시 긁었다. 비듬이 날렸다.

"입각을 말씀하시는 것 같습니다요, 아버님."

잠시 뜸을 들인 시걸이 목소리를 낮춰 말했다.

"입각이라 함은……?"

"예. 그렇습니다. 일인지하 만인지상…… 바로 그 자리가 아닐까요?"

순간, 대길은 시걸을 얼싸안고 싶었다. 스티븐 시걸 못지않게 몸이 좋은 그를 얼싸안고 몸뚱어리가 부서져라 한바탕 뒹굴고 싶었다. 기분 같아서는 지금 당장 시걸을 업고 청와대까지 달려갈 수도 있을 것 같았다.

그동안 자신을 뒷방 늙은이 취급하며 무시하고 깔본 놈들의 얼굴이 칡넝쿨처럼 뒤엉키며 떠올랐다. 오이재, 이세갑, 나삼추, 스승 주인우, 청담거사 그리고 심지어는 안우용까지…… 특히 오이재와 이세갑의 얼굴이 또렷하게 떠올랐다. 자기들은 메이저 출신인데 대길은 마이너 출신이라고 얼마나 얕잡아보며 무시를 했던가.

그런데 장시걸이 대길의 속내를 떠보고 올라간 뒤로 함흥차사였다. 한 달이 다 지나도록 연락두절이었다.

대길은 총선 당무에 적극적인 태도를 보일 수 없었다. 대길의 이런 뜨뜻미지근한 태도가 오이재와 이세갑 측에 빌미를 주었다. 이때 청와대가 대길과 시걸의 은밀한 만남을 언론에 슬쩍 흘렸다. 대길은 졸지에 뒷구멍으로 호박씨 까는 배신자가 되고 말았다.

이러는 와중에 청와대가 개각을 보름가량 앞두고 총리 후보로 백대길의 이름을 5순위로 끼워 넣어서 언론에 다시 흘렸다. 확인 사살과 다름없는 공작이었다.

오이재가 당장 징계위를 열어야 한다고 주장했다. 그러고는 자기 패를 동원해 백대길 축출 데모를 했다. 장시걸과는 여전히 연락두절이었다.

이세갑의 말이 맞았다. 총선을 앞두고 중부권 정치 세력의 결집을 막으려는 정치 공작에 당한 것이었다. 양아들이 애비를 정치 공작의 제물로 바치는 게 정치판이었다. 대길은 공황장애에 빠졌다.

대길은 또다시 기억의 수렁에서 허우적거리고 있는 자신을 발견하고는 깜짝 놀랐다. 가슴이 벌렁거리고 식은땀이 흐르고 숨이 막혀 왔다.

벽에 붙은 뻐꾸기가 울었다. 그는 발작이 일어나기 전에 서둘러 약을 찾아 먹었다. 생각을 벗어나 절대안정을 취해야 했다.

3

$$(3 \times 3) + \{5 \times (-1)\}$$

문자메시지로 들어온 수식을 들여다보던 선우강규는 삭제를 하려다가 멈칫했다. 발신자를 알 수 없었지만 장난 문자가 아닐 가능성도 있었다. 돌이켜보니 엊그제에도 비슷한 문자가 들어왔었다.

$$(5 \times 5) + \{8 \times (-3)\}$$

강규는 새벽에 문자메시지로 온 수식을 들여다보다가 백 대표의 전화를 받았다. 강규를 호출한 백 대표가 무언가에 쫓기듯 허둥대고 있었다. 예전의 위풍당당하고 거만했던 백대길이 아니었다.

강규가 한달음에 중호재에 도착했을 때 백 대표는 머리를 숙인 채 소파에 앉아 컥컥거리며 거친 숨까지 몰아쉬었다. 호흡 조절이 안 되는 것 같았다. 방 집사가 안절부절못하며 그의 곁을 지키고 있었다.

강규는 백 대표의 증세를 보며 검찰이 드디어 움직인 것이 아닌가 싶어 오금이 저렸다. 백 대표가 탈당한 뒤, 아니 당권을 잃고 대중 지지도가 떨어진 뒤의 상황이 급전직하였다.

어젯밤까지만 해도 이세갑의 회동 제의에 펄쩍 뛰며 거절했던 그가 갑자기 태도를 바꿔 만남을 비밀로 하겠다는 조건이면 만나줄 용의가 있다고 했다. 만남을 비밀로 하고 만나자는 제안은 이세갑이 형주미를 통해 이미 수차례 밝혔다. 그리고 강규도 이 말을 보고한 바 있었다. 백 대표는 자신이 원하는 말만 듣거나, 보고를 받으면서도 딴생각을 하는 횟수가 점점 더 많아지는 것 같았다.

"이세갑 대표는 지금 미국에 가 있습니다."

강규가 어제 한 말을 반복했다.

"그래. 또 개인 용무인가?"

처음 받는 보고인 양 물었다. 배배 꼬인 질문이었다.

백 대표가 돌돌 말린 옥당지를 탁자 위에 폈다.

"조지아에 갔답니다."

강규가 벼루를 당겨 먹을 갈며 답했다.

"커피 마시러 갔겠지."

강규는 '조지아'가 일본 코카콜라의 캔커피 브랜드라는 것을 모르는 것 같았다.

"그건 아닙니다. 거기가 깅그리치 고향입니다."

"고향으로 쳐들어갔다고…… 그래서 이번엔 걔가 만나준대?"

백 대표가 붓끝에 먹을 찍으며 물었다.

"만나면 존경의 뜻으로 엎드려 큰절을 올릴 거랍니다."

이세갑 대표가 깅그리치를 만나 할 말이 있다며 미국에 간 것이 다섯 차례였다. 그는 깅그리치 팬이었다. 1996년 연방정부 셧다운을 배수진 삼아서 클린턴과 싸우다 패해 하원의장 직에서 물러났지만, 이 대표는 그가 미국의 진정한 영웅이자 실세라며 극진히 섬겼다.

"기념사진 정도는 찍어 오지 않을까요."

"스토커가 따로 없군."

백 대표가 겨우겨우 숨을 고른 뒤, 일필휘지했다. '견토지쟁(犬兎之爭)'이었다. 서로 싸워 삼자에게 이득을 주지 말고 잘해보자는 뜻이었는데, 한자 네 자가 제각각 다뤘다.

강규는 메시지가 적힌 신문 반절 크기의 옥당지 귀퉁이를 집어 들고 부채질하듯 살랑살랑 흔들었다.

"놈이 세번째 협박문을 보냈다네."

붓을 놓은 백 대표가 다탁 밑에서 신문지에 싼 무언가를 조심스럽게 꺼내놓으며 말했다. 신문지 속에서 팔뚝만한 뼈다귀가 나왔다.

"이건 두번째 협박문을 보낼 때 핀셔한테 던져준 것일세. 이걸 어떻게 해야 하나?"

백 대표가 뼈다귀를 집어 흔들며 말했다. 분노와 원한에 사무친 목소리였다.

강규는 마땅히 경찰에 제출했어야 할 물증을 보관하고 있는 백 대표의 처신이 이해되지 않았다.

"그냥 버려버릴까 했는데, 그러면 안 될 것 같기도 하고…… 그래서 말인데…… 이걸 말일세……"

백 대표가 말을 씹으며 질질 끌었다.

강규는 먹이 마른 옥당지를 접으며 댓빵의 속내를 집었다. 이슈화시켜보자는 뜻 같았다.

"알겠습니다요."

강규는 먹을 갈 때부터 다소곳이 꿇고 있던 무릎을 펴 주무르며 말했다.

"자네가 알았다니 다행일세. 알아서 잘해주시게."

백 대표가 지휘봉처럼 쥐고 흔들던 뼈다귀를, 마치 군왕의 부월(斧鉞)인 양 넘겨주며 말했다.

꼭두새벽에 불려가 메시지와 뼈다귀와 지시까지 받은 강규는, 6시가 다 되어서야 모텔로 돌아왔다.

선우강규는 덧창문을 열어 환기를 마치고, 두보 시집을 펼쳤다. 시립도서관에서 빌려다놓은 『분류두공부시언해

(分類杜工部詩諺解)』를 뒤적였다. 여러 편의 시를 눈여겨 보았지만, 「춘망(春望)」이라는 시가 눈에 들었다.

강규는 놈이 보낸 시구와 어우러질 만한 시구를 찾으면 서 백 대표의 뼈다귀 관련 발언에 대하여 여러 각도로 생각 해보며 깊이 고심했다. 백 대표의 입맛이 아닌, 경찰과 기 자들에게 맞는, 임팩트와 스토리가 있는 뼈다귀탕을 고아 야 할 것 같았다.

白頭搔更短(백두소갱단)
渾欲不勝簪(혼욕불승잠)

노트북을 켜고 시구를 쳤다. '흰 머리를 긁으니 자꾸 짧아 져 이제는 아무리 애써도 비녀도 못 꽂겠네'라는 뜻이었다.

4

"하이! 알은척 좀 먼저 해봐요. 뻣뻣하기는……"

허동우를 향해 곧장 걸어온 여자가 웃음을 흘리며 말했다.

여자의 꽁무니를 뒤따라온 대여섯 명의 시선이 동우에게 꽂혔다. 부러움과 시샘이 담긴 의뭉스러운 눈빛들이었다. 월요일인데도 재즈바 안은 빈자리가 없었다.

린넨 블라우스에 레깅스를 입은 여자는 재즈 라운지의 불그레한 조명과 어우러져 돋보였다. 동우는 175센티미터

키에 균형 잡힌 몸매와 다듬어진 걸음걸이에서 얼핏 카르멘 델로피체의 필을 느꼈다. 누가 이 여자를 예순 살로 보겠는가.

"너무 아름다워지셔서서 못 알아뵀습니다. 앉으세요."

벌떡 일어선 동우가 맞은편 의자를 빼 권했다.

"엠 티징 그래니(할머닐 놀리다니)."

그녀는 동우가 내민 손을 잡고 의자에 앉으며 눈을 흘겼다. 향수 냄새가 동우의 몸을 자극했다.

여자가 카스텔로 반피 와인을 주문하고는 시가를 빼물었다. 레드 시가 우먼 오드뚜왈렛이었다. 주문을 받고 돌아서 가려던 웨이터가 굳이 그녀의 라이터를 정중히 빼앗아 불을 당겨주었다. 웨이터의 과장된 동작을 좇던 동우의 눈이 라이터로 향했다. 라이터가 낯익었다. 글자가 음각된 듀퐁 라이터였다.

순간, 적잖이 놀란 동우의 표정이 굳어졌다. 아버지의 라이터를 성매리가 가지고 있다니……

"와이?"

여자가 카드를 뒤집듯이 라이터를 얼른 뒤집어놓으며 물었다.

"그 라이터……?"

동우는 질문을 눌러 참으며 얼버무렸다.

"라잇. 프레지던트 해즈 기븐 미(맞아요. 회장님이 주신 거예요)."

답이 거침없었다.

듀퐁 라이터는 어머니가 결혼 30주년 기념으로 아버지에게 준 선물이었다. 어머니가 자신의 성과 아버지 성의 머리글자를 따서 'H-M 30th'라고 새겨준 마지막 선물. 두 분은 이 해에 협의이혼 했다.

아버지의 라이터를 실수로 보여준 것인지, 고의로 보여준 것인지 의문이 들었다. 변태 같은 할망구라는 생각에 여자를 뚫어지게 바라봤다. 여자가 라이터를 집어서 에르메스 버킨백 안에 집어넣으며 윙크를 보냈다.

동우는 상체를 젖히며 의자를 끌어 한 뼘가량 뒤로 빼는 것으로 못마땅한 표현을 대신했다.

성매리는 까다로운 여자였다. 떠받들면 가식적이라며 거리를 뒀고, 스스럼없이 대하면 깔본다면서 토라졌다. 타고난 애정결핍증 때문이라는 사람들이 많았다. 감정 조절 기능에도 장애가 있다는 말도 돌았다.

2년 전부터 관계를 튼 성매리가 한 달 전 뜻밖의 제안을 했다. 결정적인 정보를 줄 테니 나삼추를 파멸시킬 생각이 없느냐는 것이었다.

"무슨 말씀이신지?"

"상추 씨가 빼돌린 허 회장님 돈을 찾으신다면서요?"

여자가 삼추를 상추로 불렀다.

"……"

"그렇다면 제 도움이 필요할 텐데……"

마다할 이유가 없었다. 제안의 진정성은 믿어도 좋을 것 같았다. 동우로서는 굴러들어온 복이었다. 이렇게 해서 성매리와 동지이자 '동업자'가 됐다. 라이터 때문에 다퉈 일을 망칠 수는 없었다.

지난주에 전화 통화를 할 때만 해도 알아낸 모든 것을 다 말해줄 것인 양 호들갑을 떨었다. 하지만 그 호들갑에 한두 번 당한 것이 아니었다. 일단 그녀가 원하는 것을 모두 충족시켜줘야만 동우가 원하는 것을 얻을 수 있었다.

동우는 그려놓은 빅 픽처가 있었고 그에 맞춰서 짜둔 타임 스케줄이 있었다. 그는 아내와 딸 그리고 자신을 위해 모든 것을 이 스케줄대로 밀고 나가야 했다.

"쏘리 투 겟 미 드렁크 애트머슈어(분위기가 날 취하게 하네)."

여자가 베니 굿맨의 클라리넷 연주곡과 수컷들의 의뭉스러운 시선을 핑계로 와인 두 병을 순식간에 비웠다.

술기운이 바짝 오른 여자가 주위를 둘러본 뒤, 동우를 힐끔힐끔 바라보다가 슬그머니 일어섰다. 그러고는 비틀거리며 동우의 옆자리로 옮겨 앉았다. 다시 향수 냄새가 몸을 찔렀다. 동우는 두 눈을 질끈 감고 잔을 비웠다.

"미행자가 있어요."

여자가 동우의 귀에 대고 속삭였다. 만날 때마다 하는 귓속말이었다.

그녀의 깊은 가슴골과 쭉 뻗은 허벅지와 장단지가 한눈에 들어왔다. 회색 레깅스로 감싼 허벅지와 장단지가 래핑한 대리석 조각 같았다. 향수 냄새와 술 냄새가 뒤엉켰다.

여자가 연거푸 잔을 비우는 동안 '재즈계의 쇼팽'이라는 빌 에반스 트리오의 탐미적인 음률이 흘렀다. 「왈츠 포 데비(Waltz For Debby)」였다. 곡의 절제된 서정성이 되레 자극적으로 느껴졌다. 여자가 잠꼬대하듯이 입을 열었다.

"구방부 궁수봉부 장교르 만나어요."

시간이 자정을 넘어서고 있었다. 서툰 한국어에 혀까지 꼬부라져 알아듣기 힘들었다. 게다가 동우도 취한 상태였다.

국방부 군수본부 장교를 만났다는 애긴데, 왜 만났다는 건지, 만나서 뭘 어쨌다는 건지, 뒷말이 없었다. 여자가 뜸을 들이는 사이 모던 재즈 라이브로 바뀐 라운지는 한껏 달아오른 분위기로 마구 흥청거렸다. 몸이 풀린 여자가 몇 번의 헛손질 끝에 백을 챙겨 들었다. 그러고는 비틀거리며 화장실로 갔다. 동우는 수면유도제 '아론'을 꺼내 만지작거렸다.

나삼추에 대해 확보한 정보는 이미 충분했다. 양동춘을 시켜 중국과 탈북 해커로부터 얻은 해외 무기 판매와 자금 세탁 관련 정보도 있었고, 국정원 노시우 국장으로부터 받은 국내 입찰 비리와 불량 군용품 납품 관련 정보도 있었다.

다만 아버지의 돈이 어디에 있는지, 또 그 돈을 어떻게 해야 되찾을 수 있는지에 대한 정보가 없었다.

그러나 성매리는 말해주겠다고 한 결정적인 정보가 무엇인지, 아직 입조차 벙긋하지 않았다.

5

서둘러 샤워를 마친 선우강규는 8시 20분쯤 모텔을 나왔다.

강규가 눈을 떴을 때 주인 여자는 여느 때와 달리 등을 돌린 채 누워 있었다. 훌쩍이는 기척이 있었으나 모르는 척했다. 감정 기복이 심한 여자였다.

짐을 모두 챙긴 강규는 객실을 나와 계단을 이용했다. 지난밤 길고 격했던 섹스로 다리가 후들거렸다.

짐을 싣고 차에 오르려 할 때, 인기척을 느꼈다. 여자였다. 여자가 프런트로 통하는 비상문 옆에 석상처럼 서 있었다. 선 채로 물끄러미 바라보는 것이, 이별을 감지한 것 같았다. 부적절한 관계를 질질 끌 수는 없는 노릇이었다.

시동을 켠 강규는 사이드미러로 여자를 보며 잠시 머뭇거리다가 액셀러레이터를 힘껏 밟아 차를 뺐다.

러시아워에 갇힌 차가 더듬이질을 하듯이 움직였다. 그는 농수산물시장으로 가는 내내 『금강만필』 수석기자, 원·투룸 공사 책임자 그리고 아내와 차례로 통화했다.

『금강만필』 5월호 편집 기획과 4월호 발송 작업 준비를 지시하는 데 애를 먹었다. 칠십 노령의 보좌관 출신 수석기자가 말귀 어둡고 가는귀까지 먹은 때문이었다. 공사 책임자에게는 국유지를 통과해야만 하는 오수관 문제로 지연 중인 지하 매설 배관 공사의 진행 상황을 묻고, 아내에게는 예상과 달리 일들이 복잡하게 꼬여 백 대표가 놔주지를 않는다고 투덜거렸다.

"그래서 집에 못 온다는 거잖아?"

아내가 강규의 중언부언을 한 문장으로 요약해 물었다.

통화를 하는 사이에 길은 뚫렸으나, 잠을 제대로 못 잔 탓에 눈이 뻑뻑하고 머리가 묵직했다.

그는 갓길에 차를 세우고 철물점으로 들어가 시너를 한 통 샀다. 그런 다음 곧장 농수산물시장으로 차를 몰았다. 생선 코너에서 생물 고등어 한 손을 샀다.

차로 돌아온 그는 짐 속에서 스포츠신문을 꺼내 겹겹이 깔고 트렁크 정리함에서 반 뼘 길이의 뼈새김칼을 꺼냈다. 고등어의 양쪽 눈알을 파내고 배를 갈랐다. 가른 뱃속에 뼈새김칼을 찔러 넣고, 버블 랩으로 둘둘 말았다. 그것을 프린터지로 감싼 다음, 다시 신문지로 덧싸서 비닐 쇼핑백에 넣었다.

그러고는 신나 통을 들고 주차장 뒤쪽에 있는 쓰레기장으로 갔다. 쓰레기 더미에서 빈 소주병을 찾아냈다. 그는 청소차 컨테이너 박스 뒤에 쪼그리고 앉아서 소주병에 시너를 붓고 폐 옷가지를 찢어 입구를 틀어막았다.

어려운 일을 해결하려면 일을 키워야 한다. 이것이 강규의 지론이었다.

6

감금 나흘째였다.

양동춘은 SYM 노스텔지어 울프를 이용해 무창포 별장과 대전을 오갔다. 주로 40번, 4번, 1번 국도를 탔다. 오갈때, 번호판을 바꿔 달고, 스프레이 래커로 바디 색상을 바꿔가며 도색했다.

이동식 간이침대에 눕힌 여자를 패닉 룸에 넣었다 뺐다 하는 일을 주말 이틀 동안 반복했다. 그러면서 허동우 실장이 일러준 약물 주사와 링거로 여자를 관리했다. 여자를 일주일가량 더 감금해야 할 터인데, 무작정 약으로만 무리하게 재울 수는 없다는 생각이 들었다. 하지만 달리 뾰족한 수가 없었다.

열흘 전, 백대길이 동춘을 개인 운전기사로 고용키로 결정했다. 오늘이 첫 출근 날이었다. 그런데 무슨 꿍꿍이속인지 허 실장의 뜻에 따른 취업이었는데 후속 지시가 없었다. 동춘은 봉 여사가 자신을 알아본 것 같아서 불안했는데 다행이지 싶었다. 외국인 근로자와의 대화 때 백대길과 봉이순 여사를 만났었다. 얼핏 스쳤기에 백대길은 알아보지 못했으나, 봉 여사는 그렇지 않은 것 같았다.

여자를 홀로 놔둘 수도 없는 문제였다. 동춘은 일단 백대길을 직접 찾아가서 고향에 다녀온다는 거짓말을 하고 출근을 2주일 뒤로 미뤄뒀다. 2주일 뒤부터 출근하겠다는데도 백대길이 받아들였다는 건, 아직은 고용을 취소할 생각이 없다는 뜻이었다.

여자가 측은하고 걱정스럽지만, 동춘이 따로 취할 일이 없었다. 실장과의 통화는 쉽지 않았다. 언제든 그의 지시는 수신이 가능했으나, 그에게 송신하기는 쉽지 않았다. 연락 가능한 대포폰 번호를 주었으나, 비상시가 아니면 절대로 연락하지 말라고 했다.

자정이 넘어서도 실장의 문자메시지는 오지 않았다. 그는 동춘의 이튿날 스케줄을 매일 자정 이전에 문자메시지로 전달해왔다.

여자를 침대째 침실에서 빼내 패닉 룸으로 옮겼다. 여자의 몸에서 비릿한 냄새가 났다. 동춘은 여자의 옷에 페브리즈를 뿌렸다.

그는 노스텔지어 울프를 몰고 별장을 나왔다. 바다를 옆에 끼고 607번 지방도를 지나 36번 국도를 달렸다. 평일이라 도로가 한산했다.

남자가 생리대를 구입하는 것도 만만치 않은 일이라는 생각이 들어 보령으로 나왔다. 트렁크 팬티와 검정 저지 바지, 흰 터틀 롱 니트를 사고, 홈플러스에 들러 생리대를 샀다. 신라면과 맥심 봉지커피도 넉넉히 샀다. 조간신문도 몇 장 샀다. 여자의 납치와 관련된 기사는 없었다.

쇼핑에서 돌아온 그는 패닉 룸에서 여자를 빼냈다. 약기운에 빠져 자는 여자를 안아서 방바닥에 눕히고 매트리스 위에 깐 통비닐을 빼내 씻었다. 그러고는 손발을 묶은 손수건을 풀었다. 목욕용 타월을 적셔서 여자의 사타구니와 허벅지에 묻은 생리혈을 닦아내고 가제수건을 여러 장 적셔서 다시 꼼꼼히 닦아냈다.

여자를 침대 위에 올리고 거실로 나와 의식이 들기를 기다렸다.

통유리 밖으로 어선 한 척이 빠르게 포구를 벗어나 먼 수평선을 향해 내달리는 모습이 보였다. 반이 하늘이고 반이 바다였다. 빨랫줄에 걸린 여자의 레이스 블라우스, 더블 코트, 펜슬 스커트가 바람에 날렸다.

여자가 다시 몸을 뒤채는 기척이 들렸다. 동춘은 모자와 복면 마스크를 챙겨 쓰고 침실로 들어갔다. 급히 손발을 침대 네 귀에 다시 묶고 암막 커튼을 쳤다.

"흐으아아……!"

여자가 울부짖으며 몸을 뒤틀었다. 등과 엉덩이를 들썩일 때마다 페브리즈 향과 스파이시의 잔향이 코끝을 찔렀다.

수면유도제와 마취제로 식물인간처럼 되어버린 여자는 자면서 다섯 차례 오줌을 쌌다. 통비닐 위에 시트를 깔았기 때문에 그때마다 시트를 갈고 비닐을 닦아내 뒤처리를 해주었다.

실장은 여자의 일거수일투족을 비디오카메라에 모두 담아야 한다고 했다. 단 1초라도 빠지면 안 된다고 했다. 200분 녹화를 하면, 메모리카드를 빼내 노트북에 저장하라고 했다. 메모리카드를 교체하거나 옮겨 저장할 때 생기는 공백을 없애기 위해 두 대의 비디오카메라를 설치했다. 패닉

룸에도 따로 두 대를 설치했다.

동춘은 여자가 깨어나자, 죽 그릇이 담긴 쟁반을 디밀었다.

죽 그릇을 외면한 여자가 눈물을 뚝뚝 떨구었다. 그러고
는 오른손을 가슴 중앙에 댔다가 두 손 끝을 맞대어 좌우로
비스듬히 세우기도 하면서 입술을 달싹였다. 미친 줄 알고
놀랐으나, 수화 같았다.

동춘은 알아듣지 못한다는 뜻으로 고개를 가로저었다.
그러고는 볼펜과 종이를 가져다주었다.

여자가 '집으로 보내주세요'라고 썼다.

동춘은 난감했다.

"참는 길에 7일만 더 참으라요."

손가락 일곱 개를 세워 흔들어 보인 뒤, 종이에 '7'자를
큼지막하게 썼다.

자정이 넘어 문자메시지를 기다리다가 인터넷을 뒤져보
니, 한국에서 여자를 납치 감금하면 5년 이하의 징역 또는
700만 원 이하의 벌금을 내야 한다고 했다. 중국에서는 10
년 이상 유기징역이나 무기징역 또는 거액의 벌금을 내야
만 했다.

어깨를 들썩이며 목 놓아 울던 여자가 암막 커튼 틈으로
밖을 내다보려 애쓰고 있었다. 동춘은 암막 커튼을 활짝 열
어젖혔다.

"식기 전에 먹으라요."

동춘은 방을 나왔다. 여자가 혼자 있어야 먹을 수 있을
것 같았다.

그는 거실에서 CCTV와 연결된 TV 모니터로 프로야구 녹화 중계와 케이블 TV의 드라마 재방송을 번갈아 보며 여자가 죽을 먹을 때까지 기다렸다.

11시쯤, 복어알 밀수책에게서 연락이 왔다. 그는 리쉬통을 통해 알게 된 따렌의 한 약품 취급 회사 직원을 매수해 테트로도톡신을 밀반입했다.

공업용 공구와 훔친 자동차의 부품을 분해해서 밀수를 할 때 알게 된 현지 조달책이 테트로도톡신 구입처와 다리를 놓아주었다. 마취제와 진통제 용도로 쓰이는 테트로도톡신을 1.5밀리그램 캡슐 1개당 35만 원에 수입해서 4배 가까운 이문을 붙여 130만 원에 팔았다. 신경독으로 복어의 알, 난소, 간 등의 내장에 들어 있는 테트로도톡신은 한국에서 실험 용도 외에는 구입이 불가능했다.

동춘은 테트로도톡신의 각성과 강력한 진통 그리고 피로 회복을 필요로 하는 사람들에게 팔았다. 동춘도 이틀 전, 미량을 음료수에 섞어 마셨다. 어차피 짝퉁 공구를 수입하는 것이나, 테트로도톡신을 수입하는 것이나 불법은 마찬가지였다. 테트로도톡신은 마진이 컸고, 짝퉁 공구처럼 불량품이 없었다.

판매책이 흑사회 조직원이라는 사실은 뒤늦게 알게 되었다. 동춘은 이렇게 해서 뜻하지 않게 옌볜 흑사회와 엮였다. 동춘이 밀수책에게 들은 얘기를 공급책에게 그대로 전달했다.

어쨌든 양동춘으로 불리는 량치신(梁七星)은 허 실장의 은혜로 다시 살 수 있게 되었고, 세상이 바뀐 덕에 번 돈으로 죄를 씻고 신분까지 새로 얻을 수 있었다. 이제는 옌볜 흑사회의 도움을 받는다면 고향 옌칭으로 돌아갈 방법을 찾을 수도 있었다.

그러나 리쉬통은 따롄으로 돌아갈 수 없게 되었다. 외국인 보호소의 쇠창살 안에서 불에 타 죽었기 때문이었다. 동춘은 그때 구사일생으로 살아 나왔다. 하지만 리쉬통과 그곳에서 알게 된 동남아 노동자와 이민자들의 억울한 사연이 잊히지 않았다.

그 뒤부터 동춘은 외국인 노동자 실태에 관한 기사를 모두 찾아 모니터링하고 스크랩했다. 불법체류자는 말할 것도 없고, 합법적으로 한국에 들어온 노동자들도 사람대접을 받지 못했다. 동남아 국가에서 온 이주민들도 벌레만도 못한 취급을 받았다. 베트남에서 온 지 채 한 달이 안 된 여자는 장 냄새가 역겨워 인상을 찡그렸다가 두들겨 맞아서 이 두 대가 부러졌다고 했다. 된장 냄새와 김치찌개 냄새가 타국 사람들에게 역할 수 있다는 것을 한국 놈들은 알지 못했다.

한국은 '모든 이주노동자와 그 가족의 권리 보호에 관한 국제협약'을 채택하지 않았다. 백대길 같은 놈들이 정치를 하기 때문이었다. 백대길은 지난 선거에서 이주노동자협약 비준을 앞장서서 반대했다. 227만 명에 이르는 이주민이 있으나 이를 인정하지 않았다. 오히려 이주노동자를 외래 어종인 베스에 비유하면서 외래 어종이 토종 어종을 잡아먹어 생태계가 망가진 것처럼, 이주노동자협약을 비준하면 한국 노동자가 심각한 불이익을 입게 되어 고용 생태계가 파괴된다고 주장했다.

동춘은 숟가락조차 대지 않은 죽 그릇을 치우고, 여자의 손발을 침대 네 귀에 다시 묶었다. 손발을 묶을 때, 여자가 강하게 저항했다. 그가 손가락질로 비디오카메라를 가리키며 바지 벗는 시늉을 했다. 그러자 여자가 순순히 묶였다. 그는 약물로 여자를 다시 재운 뒤 차고로 갔다.

당장 3,000만 원을 준비해야 했다. 보령 청양 논산 부여 지역을 돌며 현금자동입출금기에서 조금씩 찾아 합칠 생각이었다.

랜드로버에 올라 시동을 걸었다. 그때 바지 주머니 속에서 스마트폰이 부르르 떨었다.

7

허동우는 10시 20분에 호텔 객실을 빠져나와 서울역으로 향했다. 11시 대전행 KTX를 탈 수 있었다. 몸이 까라져 조는 바람에 하마터면 대전역을 지나칠 뻔했다. 비몽사몽간에 아버지가 보였다. 라이터를 본 때문인 것 같았다.

"어딜 가?"

7시가 갓 지난 시간에 샤워실로 가는 동우를 성매리가
불러 세웠다. 동우는 잽싸게 샤워실로 들어가 문을 잠갔
다. 여자가 유리문 밖에서 집게손가락을 세워 보이며 사정
했다. 간밤에 수면유도제를 쓰지 못했다. 옷 벗을 틈조차
없었다. 덕분에 새벽까지 이어진 길고 지난한 섹스에 진이
빠졌다.

성매리는 감정을 하듯이 동우의 몸에 집착했다. 채권추
심원에게 얻어맞은 옆구리가 여전히 결리고 쑤셨다. 동우
가 엄살을 부리자 빈정거리면서 놔주지 않았다.

섹스를 마친 동우가 잠이 들려고 할 때 그제야 나삼추가
경영하는 '앤드(AnD) 컴퍼니'에 대해 입을 열었다. 고문
이 따로 없었다.

여자가 담배를 빼 물고는 스마트폰에서 음성 파일을 찾
아 켰다. '구방부 궁수봉부 장교'의 육성 같았다.

나삼추는 부실한 방탄 헬멧에 대한 조사 보고서를 국방
위 소속 육양순 의원에게 주고 문제 제기를 부탁했다. 구
형 헬멧의 방호 능력은 274.3mps(초당 탄환 속도)인데, 북
한군 58식 보총(步銃)의 관통 능력이 600mps, 68식 보총
은 650mps이었다. 방탄 헬멧 10개 중 8개가 1975년에 보
급된 구형이었다. 그러니까 우리 군의 방탄 헬멧이 북한군
소총에 무방비 상태라는 뜻이었다.

삼추는 육 의원의 입을 빌려 이 문제를 제기하고 사업
권을 따냈다. 하지만 나삼추가 방호 능력은 개선하지 않
은 채 조작된 엉터리 데이터만 건네고 헬멧을 납품했다는

폭로가 음성 파일에 들어 있었다. 군수본부가 뇌물을 받고 북한군 총알에 뻥뻥 뚫리는 헬멧을 납품받았다는 것이 '궁수봉부 장교'의 증언이었다.

뜻밖의 정보이자 증거 확보였다. 어떻게 해서 그 장교가 자신도 연루됐을 것으로 추정되는 비위를 술술 자백했는지에 대해서는 말해주지 않았다. 성매리의 노하우일 것으로 짐작했다. 여자가 음성 파일을 동우의 스마트폰으로 전송했다.

나삼추는 무기중개상을 하면서 싱가포르, 홍콩, 케이만 군도에 차명으로 여러 개의 비밀 계좌를 개설했다. 2007년 미국 서브프라임 모기지 사태와 어산지의 폭로로 스위스가 비자금 관리에서 심각한 안전성 손상을 당한 이후, 새로운 조세 피난처로 각광받고 있는 곳들이라고 했다. 성매리가 그 비밀 계좌와 나삼추의 해외 비자금 흐름을 거의 다 팠으니 기대해도 좋다고 했다.

동우는 국방위 소속인 육양순 의원이 나삼추의 뒷배라는 사실을 알게 되었다. 늦었지만, 육 의원과 나삼추와의 커넥션을 알게 된 것은 귀한 소득이었다. 나삼추를 덫까지 몰고 갈 '발꾼'으로 육 의원을 이용할 생각이었던 것이다. 그랬다면 자칫 낭패를 당할 뻔했다.

하는 일 없이 세비만 받아 동료들로부터 무능한 의원으로 찍힌 육 의원에게 나삼추 관련 비위 정보를 주고 한껏 떠들게 할 생각이었다. 그런데 둘이 한통속이라는 것이다. 동우는 '궁수봉부 장교'의 말을 정리하여 감사원 홈페이지

'민원마당'에 올리기로 했다.

헤어질 때, 성매리가 에르메스 버킨백을 뒤져 무언가를 건넸다. A4 용지를 4등분으로 잘라서 접은 쪽지였다. 펼쳐 보니 알파벳과 특수문자와 숫자들이 뒤섞여 있었다. 나삼추가 각각의 문서 파일에 걸어둔 비밀번호 목록이라고 했다.

여자가 조만간에 쪽지와 짝이 되는 문서 파일 목록과 문서가 들어 있는 나삼추의 노트북을 통째로 카피해서 가져다줄 테니 기대하라고 했다.

허동우는 대전역에 도착해 간단한 점심을 먹고 곧장 집으로 갔다.

지난 5년 동안 보험사들로부터 수탁 처리한 사고 조사 및 처리 관련 자료를 뒤적였다. 작업량이 만만치 않았다.

해동화재와 삼오화재가 차체 계약 및 사고 등 데이터와 보험개발원의 사고 이력 데이터를 활용해 보험 청구 건의 범죄 위험 정도를 지수화하여 직원들에게 제공하고, 보험금 지급 완료 건을 모니터링하는 보험사고 위험 예측 시스템(IFDS)을 구축할 계획이라고 했다. 보험금 누수를 줄이기 위한 방편이라는 것이다.

또한 운전자 및 피해자별 위장 사고 발생 가능 스코어를 산정할 수 있는 보험사고 데이터를 구축하는데, SIU가 적극 협조할 부분이 있다고 했다. 보험범죄 관련법을 강화해 제도화하는 것이 급선무이나, 그것은 국회의 몫이기 때문에 자체적으로 할 수 있는 IFDS를 구축하여 먼저 범죄 발생 빈도를 줄여볼 생각이라는 것이다.

보험사가 제시한 양식과 기준에 따라 유형별로 분류, 분석, 정리하려면 몇 달은 걸릴 것 같았다. 제출할 보고서까지 완성하려면 최소한 석 달 일거리였다.

동우는 손 안 대고 코를 풀려는 보험사 놈들의 갑질에 화가 났다. 그는 오후 내내 졸다 깨다 하면서 엑셀 파일과 씨름했다.

모니터 하단 구석을 보니, '오후 5:25'이었다. 졸음은 달아났지만 몸은 여전히 무거웠다.

동우는 서랍에서 USB를 꺼냈다. 단란주점에서 판촉용으로 만든, 여자 나체 모양의 USB였다. 양동춘에게 받은 RCS(Remote Control System) 프로그램을 USB에 복사한 뒤, 주머니에 넣었다. 저녁을 먹고, 렌터카를 바꿔 유성까지 가려면 서둘러야 했다. 컴퓨터를 끄고, 아이패드와 노트북이 들어 있는 보스톤백을 챙겼다. 아버지의 메모장 '05-11 유다의 증'에서 따로 추려내 작성한 뇌물 수수자 명단은 금고에 넣고 잠갔다.

그는 방범 시스템을 작동시키고, 늘 하던 대로 현관문과 문틀 틈에 성냥개비를 꽂았다. 주차장에서 덧대놓은 승용차들을 밀어내고 미니쿠페를 빼냈다. 통화 도청으로 얻은 정보에 따르면, 오늘 저녁에 선우강규가 표설오의 아내인 양애주를 만난다는 것이다.

토호의 자식인 표설오는 막대한 유산 상속자였다. 양애

주가 허랑방탕하게 사는 철부지 남편을 도의원으로 만들었다. 차기 목표는 국회의원이라고 했다. 그런데 머리보다 주먹이 앞서는 남편이 돈 몇 푼을 아끼겠다고, 아니 눈먼 돈 좀 먹어보겠다고 덤벼들다가 인신사고를 쳤다.

언론 보도에 의하면, 표설오는 도의회 예결위가 작년 11월 예산안 심사 과정에서 모 농산물 도매시장 채소동 건물 도색 작업비와 폐쇄회로 설치비 등 5,000만 원을 전액 삭감 처리한 것에 앙심을 품고 있다가 회식 자리에서 술을 마신 뒤, 예결위 간사를 맥주병으로 폭행했다는 것이다. 표설오는 농산물 도매시장의 실질적인 소유주였다.

유성의 관광호텔 커피숍에서 만난 선우강규와 양애주는 곧바로 일식당 '오타루' 별실로 옮겨 저녁식사를 했다. 모둠 스시정식을 일인분 시켜서 서로 먹여주는 모습이 보였다. 남편 표설오가 학교 식재료 공급업체의 협찬을 받아서 해외시찰용 관광을 간 사이에 양애주는 꿀 같은 시간을 보내고 있었다.

모자를 눌러쓴 동우는 오타루를 등진 채 길거리 족욕 체험장에 발을 담그고 비보이들의 댄스 경연대회를 지켜보았다.

40분쯤 지났을까, 일식당을 나온 강규가 이팝나무 밑에 불법주차해둔 마티즈에 올랐다. 시간차를 두고 나온 여자가 문짝 폭만큼 뚱뚱한 몸을 운전석에 밀어 넣었다. 마치 탱탱하게 부푼 애드벌룬을 억지로 욱여넣는 모습 같았다.

차체가 내려앉은 마티즈가 후진하면서 치어리딩 대회를

위해 설치한 플라스틱 방호벽을 들이받고는 시내 쪽으로 쏜살같이 이동했다.

동우는 당황했다. 평소 여자가 이용하는 차는 링컨컨티넨탈 흰색 SUV였다. 그 SUV에 추적용 전자태그를 붙여놨다. 그런데 뜬금없는 마티즈가 등장한 것이다. 미니쿠페가 이면도로를 빠져나가 100미터쯤 달렸을 때, 다행히 마티즈의 꽁무니가 보였다.

서대전역을 지나 갑자기 유턴을 한 마티즈가 오류반짝시장 쪽으로 빠졌다. 그러고는 초저녁부터 불빛을 번쩍이는 모텔촌을 천천히 끼고 돌며 어슬렁거렸다. 모텔로 들어가기 전에 주위를 경계하는 것 같았다.

동우는 자신의 예상이 맞아떨어지고 있다는 생각에 가벼운 흥분을 느꼈다. 강규가 자주 애용하는 모텔을 조사해두었는데, 그가 지금 그 모텔 주변을 오르락내리락하고 있었다.

그의 단골 모텔은 다섯 곳이었다. 유성에 한 곳, 서부터미널 근처에 한 곳, 대흥동 모텔촌에 한 곳, 그리고 서대전역 근처에 두 곳이었다. 놈은 이 다섯 곳의 모텔을 돌아가며 애용했다.

새빨간 마티즈가 이면도로의 빈 공간을 찾아 주차했다. 차에서 내린 두 사람이 거리를 둔 채 '주객전도'로 들어갔다. 생맥주 가게였다.

동우는 모텔 '휴머니스트'로 달려갔다. 그는 프런트를 지키는 주인 여자에게 50만 원을 주고 선우강규와 양애주의 인상착의와 옷차림새를 일러줬다. 그러고는 자신이 여자의 남편인데 그 둘이 오면 대실을 해주지 말라고 부탁했다. 돈을 받아 쥔 여자가 빈방이 없다고 할 테니 걱정 말라고 했다.

그러고 나서 모텔 '판타지아7080'에 전화를 걸었다. 알바생이 받았다. 동우는 전화를 끊고 판타지아7080으로 들어갔다. 동우를 알아본 알바생이 곧장 객실로 안내했다. 객실 천장의 화재경보기 자리에 감시 카메라를 설치했다. 굳이 여러 대를 설치할 이유가 없었다. 그는 알바생에게 5만 원을 쥐여주며 모텔 입구에 설치한 감시 카메라의 녹화 파일을 복사해달라고 부탁했다.

동우는 이틀 전 시급 4,300원을 받는다는 모텔 알바생을 20만 원에 매수해뒀다. 처음에는 모텔 주인 여자를 만나 사정을 하며 부탁했다. 50만 원을 건넸으나, 5,000만 원을 준다 해도 어림없다며 거절했다. 만고풍상을 다 겪은 노회한 여자였다. 경찰에 신고하지 않는 것을 고맙게 생각하라며 동우를 쫓아냈다.

동우는 알바생이 지키는 시간을 알아내 다시 찾아갔다. 알바생은 주인 여자에게 엄중 주의를 받은 바 있다. 그러나 20만 원을 선불로 준다면 쿨하게 협조할 수 있다고 했다.

10시 30분쯤에 강규와 양애주가 생맥주 가게에서 나왔다. 따로따로 나온 그들은 휴머니스트를 지나 판타지아 7080으로 들어갔다.

"아저씨 사모님이 방금 현찰로 계산을 했고요, 309호 키를 내줬습니다."

알바생이 전화로 동우에게 보고했다. 흐린 밤하늘에서 갑자기 빗방울이 떨어졌다. 동우는 비를 피해 모텔 건너편의 자그마한 바로 들어갔다. 블랙 톤으로 인테리어를 한 바는 퀴퀴하고 비좁았다. 준버그를 주문하고 화장실로 갔다.

소변기 앞에서 허리띠를 풀던 동우가 퍽 하는 소리와 함께 바닥에 뻗었다. 갈비뼈가 부러지는 듯한 통증이 몰려왔다. 숨조차 가누기 힘들었다. 언제 따라붙었는지, 넙데데한 얼굴의 상고머리가 눈알을 부라려 바닥에 쓰러진 동우를 뚫어지게 내려다보고 있었다. 빨강 파마머리가 동우의 머리채를 잡아 일으켜 세우자 상고머리가 아랫배에 니킥을 꽂았다.

파마머리가 뻗어 누운 동우의 뺨을 토닥인 뒤, 주머니에서 꺼낸 쪽지를 던져놓고는 떠났다. 예금주, 은행명, 계좌번호가 적힌 메모지였다. 메모지 하단에 '떼인 돈, 못 받는 돈 있나요? 불가능이 없는 보람공조가 지옥까지 쫓아가 확실히 받아줍니다'라는 꽤 긴 슬로건과 연락처가 인쇄되어 있었다.

동우는 겨우 몸을 추스른 뒤 화장실을 나와 준버그를 마셨다. 맛이 달콤해서 아내도 즐겨한 칵테일이었다. 준버그를 한 잔 더 주문하고 통유리를 때리는 빗줄기를 바라봤다. 주인이 옆구리를 싸쥔 채 고통스런 표정을 짓고 있는 동우를 의아한 시선으로 바라봤다. 순찰차가 청적색 장방형 경광등 불빛을 번쩍이며 지나갔다.

자정이 지났을 때 알바생으로부터 전화가 왔다. 동우는 두 잔째 시킨 준버그를 놔둔 채 바를 나왔다. 비 비린내가 입 안의 피비린내와 섞였다.

옆구리 통증 때문에 알바생의 도움을 받아 천정에 설치한 USB 캠코더를 회수했다. 침대와 욕실 바닥에서 길고 짧은 머리카락을, 휴지통에서는 정액이 담긴 콘돔을 챙겼다. 피우다 버린 담배꽁초와 타액이 담긴 재떨이는 통째로 채증물 비닐봉투에 담았다.

동우는 모텔을 나오면서 알바생에게 팁으로 10만 원을 줬다.

집으로 돌아온 허동우는 상비약통에서 우황청심환을 찾아 먹었다. 맞아서 멍든 자리에 한방 파스를 붙이고 나서 녹화된 파일을 열었다.

양애주는 말이 많았다. 서울 S대 심리학과를 나온, 업계에서 알아주는 심리상담사라고 했다.

"이거면 되지?"

여자가 손가락 다섯 개를 펴 보이며 물었다.

"글쎄, 그건 좀……"

"뭐야? 서비스로 해줄 수도 있잖아?"

여자가 브래지어를 벗다 말고 정색을 하며 말했다.

"대표님께 서비스로 해달라고 전할까?"

팔베개를 하고 침대에 누운 강규의 얼굴이 벌겋게 달아 올라 있었다.

"나만 서비스를 하라는 법도 없잖아?"

여자가 뱃살을 출렁이며 욕실로 들어가자 강규가 급히 따라 들어갔다. 남녀가 화면에서 사라지자 아읏, 하는 신음과 "다섯 장으로 합의한 거야"라는 여자의 콧소리가 들렸다. 그러고는 난잡한 신음과 교성이 이어졌다.

10분쯤 있다가 욕실에서 나와 침대로 되돌아간 둘은 오뉴월 엿가락처럼 들러붙어서 뒹굴었다. 남편을 위해서라는 여자의 서비스가 돋보였다.

동우는 남녀의 땀 찬 얼굴이 번갈아가며 담긴 후반부를 중심으로 화면을 편집했다. mp4 방식으로 10초와 30초짜리로 나눠 편집했다. 그러고는 편집한 두 종의 파일을 스마트폰에 저장했다.

1

허동우는 지난해 아버지의 장례를 치른 뒤, 아버지를 죽인 놈들과 죽도록 거든 놈들의 비위 사실을 조사, 아니 조사라기보다 여기저기 싸질러놓은 증거물들을 보이는 대로 수집하여 검찰에 제출했다. 정식 고소·고발이 아닌 제보와 진정 형식이었다.

그러나 검찰은 반응조차 하지 않았다. 석 달쯤 지나 직접 찾아가서 묻고 따졌다. 그러자 이 정도 수준의 제보와 진정은 비일비재해서 일일이 대응할 수가 없다고 했다. 그러면서 대한민국은 뭐든 법으로 해결하려고 덤벼드는 것이 문제라고 했다. 나무라는 말투였다. 불만이 있으면 정식으로 고소·고발을 한 뒤 순서를 기다리라고 했다. 지금으로서는 조사할 뜻이 없다는 얘기였다.

동우는 제출한 증거물들을 되돌려달라고 했다. 그러자

한 번 접수한 일체의 문건은 규정상 반환이 불가하다고 했다. 어처구니가 없었다. 법을 믿었던 그는 아버지의 누명을 벗기고 죗값을 덜 수도 있는 증거물들만 검찰에게 빼앗긴 꼴이 되고 말았다.

동우는 정식 소를 제기했다. 보도자료도 만들어 검찰의 미온적 태도와 아버지의 타살에 얽힌 의문을 언론에 알렸다. 동우가 나대자 검찰이 곧 내사에 나설 것이라고 반응했다. 물적 증거를 이미 손에 쥐여줬는데 내사를 왜 하겠다는 것인지 알 수 없었다. 그러고는 받은 증거물들의 진위 여부를 살펴야 한다면서 6개월이 지나도록 아무런 조처도 하지 않았다.

조깅을 마친 동우는 쥐가 난 장딴지를 주물러 풀고 스트레칭을 했다. 여전히 옆구리가 결렸으나 둔치에 설치한 간이운동시설에서 윗몸일으키기와 인클라인 푸시업을 했다. 손바닥과 팔꿈치가 땅에 닿는 플랭크 업스는 잔디 위로 가서 했다. 한 달 가까이 지속한 이 세 가지 상체 운동으로 사라졌던 식스팩의 윤곽이 되살아났다. 아내를 만날 때쯤이면 멋진 식스팩을 보여줄 수 있을 것 같았다.

동우는 천변도로로 올라와 동춘에게 전화를 걸었다. 별다른 일이 없었는가 묻고는, 당분간은 움직일 일이 없으니 여자 감시만 철저히 하라고 덧붙였다.

"여자가 벙어립니다. 말을 못해요."

동춘이 달뜬 목소리로 물었다.

"그래서요?"

"아…… 그, 그기 아니라요……"

"뭐가 문젭니까?"

동우가 쏘아붙였다.

"저, 제가…… 아, 아입니다."

무슨 말인가를 하려던 동춘이 입을 닫았다. 얼핏 자동차 엔진음이 들리는 것 같았다.

집에 돌아온 허동우는 샤워를 하고 책상 앞에 앉았다. 두보 시집을 펼쳐놓고 밑줄을 그어놓은 시구를 노트에 옮겨 적었다. 노란색 스티커에 '인(仁)'이라고 써 붙인 노트였다.

동우는 금고를 열고 '05-11 유다의 증'을 꺼냈다. 121명의 관리 내역이 '05-11 유다의 증'에 빼곡히 기록되어 있었다. 대다수가 정치인과 공무원 들이었다. 세무와 경찰 공무원이 많았고, 제1금융권과 제2금융권의 임직원들도 섞여 있었다.

정치인과의 거래 내역은 메모가 체계적이고 구체적이었다. 육하원칙을 지켰고, 돈을 많이 먹였거나 신분이 높은 인물의 경우에는 뇌물 공여 당시의 정황 묘사까지 꼼꼼히 부기되어 있었다. 예를 들면,

김이종 송무1과장: 2010년 9월 8일(수), 대흥동 일식집 아키(Akii) 매실, pm 7시 30분~8시 10분, 서빙녀 민도미.

8시 7분 5만원권으로 5,000만원 전달, 장남 캐나다 빅토리아대 어학연수비에 보태라고 줌. 4대강 공사 뇌물 요구 사례를 화제로 의견을 나눔. 입술이 부르터 있었음. 구 기사를 시켜 사모님께 선물한 엠포리오 아르마니 AR1771 화이트를 갤러리아백화점 매장에서 AR1763 실버 모델로 교환하여 전달함. 야구광(한화와 기아의 군산 경기 6회말 3:7 상황. 기아 김다원 솔로 홈런).

　　S-87, P-129.

S는 sound, P는 picture의 약자 표기였고, 뒤에 붙은 숫자는 일련 고유번호였다. 따로 분류한 녹음테이프와 사진은 번호순으로 정리되어 금고 안에 들어 있었다. 검찰에 제보할 때 제출하고 남은 증거 자료가 디프로매트 110EH 금고에 가득했다.

동우는 오디오를 켰다. 구스타프 말러의 심포니 2번이 흘렀다.

그는 메모장에 기록된 121명 가운데 아버지로부터, 아니 마실저축은행으로부터 1,000만 원 이상 5,000만 원 이하의 뇌물을 받은 사람들을 따로 추렸다. 83명이었다.

나이스(NICE) 과장, 조사4국 과장, 금융감독원 국장과 선임검사역, 국회의원, 청와대 행정관, 부장검사, 국세청 송무1과장, 국정원 차장, 경찰 등 골고루 섞여 있었다. 정치인과 고위 공직자가 67명이었다. 뇌물액은 현금만을 기준으로 했다. 주식, 귀금속, 고가의 그림, 도자기 등의 현물은 제외했다.

67명 가운데 10명을 뽑아 메모장에서 관련 페이지를 펼쳤다. 각각의 페이지를 아이폰으로 찍었다. 메모장에서 뽑아낸 5명에게 복지재단 후원금 출연을 요청하는 안내 메일을 썼다. 발신 메일은 이캡처를 돌려 수집해놓은 아이피 주소를 이용했다.

메모장을 찍은 사진과 전국의 복지재단 후원 계좌번호를 첨부파일로 붙였다. 음성 파일과 사진 파일이 따로 있는 경우는 찾아서 첨부했다. 뇌물로 받은 현금 총액을, 첨부한 복지재단 수로 나눠서 입금하는데, 반드시 90일 이내에 처리하고, 처리 결과를 개인 블로그에 올려 맘껏 자랑하라고 했다.

블로그가 없는 사람은 블로그를 개설해서 올리라고 했다. 나머지 5명에게는 양동춘이 관리하고 있는 대포통장 계좌번호를 일러줬다. 이들에게는 5일 이내로 입금을 완료하라고 했다.

수신자들이 수신한 메일 내용의 진위가 의심되거나 동의할 수 없다면, 5일 이내에 이의신청을 하라고 했다. 이의신청을 받는 즉시 포털사이트에 해당 자료들을 올려서 네티즌들의 판단과 의견을 묻겠다고 했다.

메일 발송을 마치고 그는 지난번 메일을 보낸 사람들의 개인 블로그를 찾아 살폈다. 90일이 지났으나, 후원금 출연도 안 하고 이의 제기도 하지 않은 채 버티고 있는 4명의 명단을 따로 적었다. 나이스 직원이 세 명이었다.

마실저축은행은 영업정지 전까지 신용등급이 A⁰였다. '상거래를 위한 신용 능력이 양호하며, 환경 변화에 대한 대처 능력이 제한적인 기업'이라고 서술 평가했다. 나이스 측이 축적한 데이터베이스를 이용해 산출한 마실저축은행의 신용위험지수는 0.9점이었다. 평균 위험 수준에도 못 미치는 현격히 낮은 수치였다.

나이스신용평가정보가 뇌물을 받고 만든 이런 엉터리 신용분석보고서를 건당 11,000원씩 받고 팔았다. 이런 엉터리 보고서가 문제 되자, '신용분석보고서를 만들 때 경영상의 문제는 들어가지 않고 재무제표, 채무불이행, 소송정보만 고려되기 때문에 퇴출 원인이 된 투자, 기업 운영 및 경영상 문제 등은 파악 대상이 아니었다'라며 발뺌했다. 어처구니없는 해명이자 말도 안 되는 변명이었다.

동우는 일단 거부한 4명에게 사유를 묻는 이메일을 보냈다. 그런 다음 감사원 홈페이지를 열고 민원마당에 들어가 성매리로부터 얻은 나삼추의 비위를 올렸다.

거실로 나온 동우는 벽면에 걸린 코르크보드를 바라봤다. 벽면을 채운 코르크보드에는 마실저축은행 부도 사태를 다룬 각종 기사들이 가득 차 있었다. 모든 죄를 아버지에게만 덮씌우는 기사들이었다.

　—평생 모은 1억 절반 날린 85세 최씨, 폐지 수집으로 하루 3000원 벌어
　—마이다스·비전·마실, 편법 증자로 퇴출 모면 시도

차명 상호 투자 등으로 자기자본 비율 부풀려

─대주주들, 명의 도용해 부동산 투기…… 생활비·
공과금도 고객 돈으로

─이자 많이 준다 해서 집 팔아 맡긴 돈 5억 못 받자
80세 노인 투신자살

기사는 돈을 받지 못해 곤경에 처한 예금주들의 절절한
사연으로 채워져 있었다. 요행수를 바라고 비싼 이자에 속
은 죄가 있다고 해도 나무랄 수 없는 사람들의 사연이었
다. 대다수가 고령에 무학자였다.

─부실 저축은행 신용평가도 '부실'
NICE '4곳 모두 적정'이라며 A⁰등급 평가

─마실 회장·검사·조사4국장 부적절한 관계 드러나

─전 부인 운영 '녹우생활아트센터' 자금 세탁소 의심

─정권 실세들의 무덤, 서민들의 피눈물샘
오너들 횡령한 돈으로 청탁 뇌물

─마실, 오리무중

─마실 회장 허남두 행적 의문투성이
36번 국도 대치터널 부근서 의문의 추락사

동우는 방으로 들어가 금고에서 양동춘이 만들어준 대
포통장 다섯 개를 챙겨 검정색 보스톤백에 넣었다. 그러고
는 검은색 스티커에 '智(지)'라고 써 붙인 데스노트를 펼치

고 이메일을 열었다. 강형중 교수에게 보낼 시구와 메시지를 적고 첨부파일을 찾아 달았다.

시구는 '翻手作雲覆手雨 紛紛輕薄何須數(번수작운복수우 분분경박하수수)'였다. 두보의 「빈교행(貧交行)」에서 따왔다.

2

학과 구조조정 관련 회의를 마치고 나와 메일을 뒤적이던 강형중은 깜짝 놀랐다. 신몽구가 보낸 메일이었는데, 제목이 '뻐꾸기 둥지 위로 날아간 새'였다.

몽구는 초기 TF팀 모임에서 초현령(招賢令)과 계명구도(鷄鳴狗盜)의 필요성에 대한 발언을 했다가 나삼추에게 '치키 멍키'라는 욕을 얻어먹고 백 대표에게도 밉보여 쫓겨난 제자였다. 가슴에 담아둬야 할 사적 소신을 입 밖으로 쏟아내는 철부지였다.

메시지는 간결했는데, 단호하고 분명했다. 이메일을 보낸 상대가 원하는 것이 무엇인지를 명확히 알 수 있었다. 신몽구라는 발신자명은 도용이 틀림없었다.

강 교수는 주류인 미국 유학파가 좌지우지하는 학계와 정치판이지만, 독일 유학파로서 당당히 성공하고 싶었다. 그러려면 상대적으로 기회가 많고 영향력이 큰 정계를 먼저 뚫어놔야 길이 보일 것 같았다. 백대길 밑으로 들어간 이유였다.

하지만 여의치 않았다. 백 대표의 수족으로 불리는 선우 강규가 사사건건 깝죽대며 끼어들어 일마다 토를 달거나 발목을 잡았고, 미국 유학파 출신 나삼추는 경영 논리에 정치학을 교접하여 정체불명의 정책과 달성 목표를 수립 하고 황당한 평가 지표까지 만들어내서는 공천 헤게모니 를 장악하려 했다.

이 과정에서 강규의 '복심론'과 삼추의 '합리론'이 격돌 했다. 복심론이란 백대길 속마음의 향방을 뜻하는 것이었 다. 삼추도 만만치 않았다. 그러나 그는, 한번 붙자고 덤벼 드는 강규에게는 뒷걸음질 치며 잽만 던지고, 강 교수에게 는 달라붙어 강편치를 날려댔다. 강 교수가 강규의 논리와 상황 판단력을 당해내지 못했다.

나삼추는 6시그마의 DMAIC(Define—Measure—Analysis— Improve—Control)와 DFSS(Define—Measure—Explore— Develop—Implement)에 따라 각 단계별로 주요 당무 실행 계획을 짰다. 발전을 위해서는 측정이 필수라며, 과제 성 과 지표 항목(CTQ)인 구체성—측정 가능성—달성 가 능성—관련성—적시성과 SMART(Specific—Measurable— Accountable—Result-based—Time bound) 원칙에 따라 당무 와 당원 활동을 평가한다고 발표했다. SMART는 매니페 스토 운동과도 직결된다고 주장했다.

그러나 삼추는 장기판에서 바둑을 두다가 장기 알을 챙 겨서 다른 장기판으로 떠난 양아치였다. 엘리트 지상주의를 신봉하고 신상필벌이 불분명한 백 대표는 스탠퍼드대 출신인 나삼추의 손아귀에서 놀아나다가 일방적으로 차였다.

백 대표의 아바타인 안우용도 강 교수를 견제하는 데 한몫했다. 그는 강 교수의 주장이 원로들의 입맛에 맞지 않으면 이치, 순리, 관행, 연륜 등을 앞세워 딴죽을 걸기 일쑤였다.

강형중은 이대로 주저앉을 수 없다는 생각에 절치부심했으나 당내에서도 비주류로 몰려 쫓기는 상황이 되고 말았다. 이런 상황에서 놈의 협박을 받은 것이다.

지난해 그가 소속한 정치외교학과가 구조조정 대상 학과로 지정됐다. 즉 폐과 대상 학과가 된 것이다. 소속 교수들에게는 대학 내 존치하는 타 학과 관련 전공 중 각자가 원하는 전공을 선택해서 학위를 받아 오라고 했다. 학비 지원과 학위 취득 후 관련 학과 교수로 전보 발령한다는 것이 조건이었다. 그런데 이런 상황에서 그의 비위와 비리가 까발려진다면 학교로서는 징계위를 열 것이 분명했다.

놈이 인사청문회 수준으로 한국연구업적통합정보(KRI)에 입력한 내용까지 뒤져 조사를 했으니, 이 사실이 폭로되는 순간 버텨낼 묘수는 없었다. 놈은, 참여 구분은 '공동(참여)'인데, 참여율이 강형중 100퍼센트, 신몽구 0퍼센트로 등재된 기록을 캡처로 떠서 파일로 첨부했다.

메일 발신자 신몽구의 요구 사항은 간결하고 명확했다. 언론·학계·정계에서 4·11 총선 관련 대담이나 논평을 할 때, 백대길의 과오와 한계를 사실대로 명확하게 짚어 낱낱이 밝히라는 것과 선진민복당의 패인을 백대길의 교만과 아집 그리고 무능으로 규정하여 발언·전파하라는 것이었다. 백대길의 사로(死路)가 강형중의 생로(生路)라고 덧붙였다.

또 5월 7일까지 백대길이 지역의 민심을 팔아 지역의 위상과 자존심을 어떻게 얼마만큼 망쳤는지 분석·비판하는 글을 3대 지방지에 한 편씩 써서 기고하라고 했다. 확고한 논거와 논리를 찾아 제시하고, 객관적 시각을 유지하여 정당한 비판이 음해로 오해받아 역효과가 생기는 일이 없도록 조심하라고 했다. 그러고는 미션을 수행할 때 붙임파일로 보낸 두보의 시를 적절히 인용하라는 지시를 달았다.

방송 출연은 이미 패널로 잡혀 있어 문제 될 것이 없을 것이고, 신문은 지명도와 대중성을 갖춘 강형중의 기고를 거부할 이유가 없을 것이라고 했다.

그는 붙임파일로 보낸 JPG 그림 파일을 열었다. '부탁'을 거절하면 공개하겠다는 석 장의 사진을 띄웠다. 순간 그는 정신이 아뜩해졌다. 5년 전, 제자와의 성 스캔들로 쫓겨나 시장통에서 생맥주집을 하고 있는 동료 교수가 떠올랐다. 남의 일이 아니었다.

담배를 피우며 생각을 정리한 형중은 송수화기를 집어 들었다. 조교에게 2학기 연구년 신청이 가능한지 알아보라고 지시했다. 백 대표를 돕느라 2년째 연구년을 연기했기 때문에 신청만 하면 영순위로 갈 수 있었다. 그러나 학과가 폐과 대상이 됐으니 확인해봐야 했다.

3

이종걸 의원과 조왕구 사장의 감독하에 다섯 대의 최신식 CCTV가 중호재에 추가 설치됐다. 경찰은 코빼기도 비치지 않았다.

이 의원은, 동작 감지 기능이 있는 초고가 감시 카메라이기 때문에 기존 폐쇄형 감시 카메라 50대를 설치한 것과 맞먹는다며 너스레를 떨었다. 공치사하는 이 의원을 도베르만핀셔가 흐리멍덩한 눈으로 올려다봤다. 에틸렌글라이콜 기운에서 완전히 깨어나지 못한 것 같았다.

"개미새끼 한 마리 얼씬 못할 거우다. 맞지, 조 두목?"

"아무렴요. 한 대에 백만 원이 넘는 최신, 최고급 지능형 감시 카메라 아닙니까요."

"이건희 회장 한남동 자택, 거 뭐이야…… 승지원에 달았다는 것과 똑같은 거이 맞지?"

"더 최신이니까 그것보다는 한 단계 위다, 라고 보시면 틀림없습니다요."

곰탱이 둘이 문간을 틀어막고 서서 만담하듯 지껄여대고 있었다. 서로 죽이 잘 맞았다.

백대길은 딱 봐도 불량기가 넘치는 사내 둘이서 집 안팎을 어슬렁거리는 것이 못마땅했다. 둘 다 인상이 무섭고,

아니 더럽고, 덩치는 보통 사람의 두 배나 됐다. 젊어서 한 때 서북청년단원이었다는 이 의원은 팔십 노인이지만, 곰보인데다가 눈 밑에 동전 반만 한 다크서클과 볼에는 집게손가락 길이의 칼자국까지 있어 보기만 해도 경기가 들 인상이었다.

아무튼 그의 외모는 현역 조폭 오야붕인 조왕구보다 살벌했다. '큰개'로 불리는 왕구는 일단 잠시 뜯어봐야 살벌하다는 느낌을 받을 수 있었지만, 한때 반민특위를 개잡듯이 때려잡았다고 자랑하는 이종걸은 얼핏 봐도 살기가 느껴졌다. 그러니 불필요한 오해를 방지하고 이미지를 관리하기 위해서라도 빨리 돌려보내야 했다.

"필요하면 부를 테니까 다들 돌아가 있으시게."

"테러리스트 새끼들이 대표님이 우릴 부를 때까지, 아니 우리가 달려올 때까지 잘도 기다려주겠소? 고저 형님도 순진하시기는…… 쯧쯧."

이 의원이 혀를 차며 슬며시 웃었다. 비웃음이었다.

"부르고, 달려오고 지, 지…… 하는 사이에 상황 끝입니다요, 대표님."

왕구가 '지랄'이라는 단어를 삼키느라 더듬으며 이 의원을 거들었다.

"그럼 어디 안 보이는 곳에 가 있든가!"

대길이 이종걸이 타고 온 BMW 차문을 열어주면서 히스테리컬하게 소리쳤다. 이종걸과 조왕구가 서로를 쳐다보다가 어쩔 수 없다는 표정을 지으며 돌아섰다.

대길은 서재로 들어가 캐비닛을 열었다. 강형중 교수가 준 페이퍼워크와 연설 및 강의 관련 파일을 정리해둔 상자를 꺼냈다. 서해도립대학교의 수요명사특강이 내일로 잡혀 있었다.

2008년 강 교수가 '강연 정치'를 권유하며 작성해준 파일이 보였다. 택시기사들을 상대로 여론 헌팅 겸 버즈 마케팅을 하면서 수집한 민생 탐방 결과 보고서를 바탕으로 하여 그가 만들었다는 강연 원고였다.

대길은 강 교수의 도움으로 두 유형의 강의 노트도 만들어서 가지고 있었다. 하나의 사실에 대하여 서로 다른 두 가지 의견을 달았다. 네거티브와 포지티브 양수겸장 전략을 위해서였다.

한 입으로 하나의 사실에 대하여 두 말을 하는 것이 쉽지 않았다. 말이 꼬이고 엇나가 곤욕을 치르는 경우가 많았다. 대길은 이런 문제를 해결하기 위해 강 교수에게 두 가지 유형의 강의와 연설 원고를 주문했다.

대길은 강의나 연설을 이해와 설득의 소통 수단으로 보지 않았다. 단지 청중의 비위를 맞춰 마음을 훔쳐내는 방편에 불과했다.

그는 정치란 선과 악의 부정합적이며 부조리한 교호 작용이라는 확신을 가지고 있었다. 때문에 좌파적 사고라 할지라도 얼마든지 좌파인 양 주장할 필요가 있다고 생각했다.

4

　선우강규가 쇼핑백에서 신문지로 싼 물건을 느적느적 꺼냈다. 그러고는 폭발물을 다루는 양 조심스레 백 대표 앞에 펼쳐놓았다.

　"이게 뭔가?"

　"들어오다가 대문간에 있기에 주워 왔습니다요."

　강규가 천연덕스럽게 답했다.

　공황장애 약을 한 움큼 쥐고 있던 백 대표가 강규의 눈을 뚫어지게 바라봤다. 강규의 의중을 헤아리려는 눈빛이었다. 물컵을 받들고 선 방 집사도 강규를 바라봤다.

　백 대표가 손에 쥔 약을 삼키고 축축이 젖은 신문지를 벗겼다. A4 용지에 싼 생물 고등어 한 손이 나왔다. 비릿한 냄새가 코를 찔렀다. 젖은 A4 용지에 시구 두 줄이 있었다.

　백 대표는 약이 목에 걸렸는지 머리를 숙인 채 캑캑거렸다. 방 집사가 빈 컵에 생수를 따라 다시 건넸다.

　白頭搔更短(백두소갱단)
　渾欲不勝簪(혼욕불승잠)

　물컹한 생물 고등어에 들러붙은 A4 용지를 벗겨내자, 고등어의 뱃속에서 흉기가 나왔다. 뼈새김칼이었다.

　"괜찮겠나?"

　방 집사를 내보낸 백 대표가 다시 캑캑거리며 물었다.

그가 숨을 가눌 때 뻐꾸기시계가 한차례 울었다.

"민숭민숭하면 거들떠도 안 봅니다. 재료를 주면 기자들이 알아서 요리를 할 겁니다요."

백 대표는 어떤 요리냐고 묻지 않았다. 정치를 하다 보니 몰라야 할 것을 알 경우에 독이 되는 수가 있었다. 그는 강규의 창의력을 믿기로 했다.

"입원을 하셔서 잠깐이라도 쉬시는 것이 좋을 것 같습니다."

"……"

이심전심인지, 백 대표가 침묵으로 답했다. 그러고는 고개를 돌려 통유리 너머로 멀리서 지고 있는 흐리멍덩한 해를 바라봤다.

강규는 입원이 닥쳐올 검찰 수사의 예봉을 피하고, 동정심을 유발하기 위한 '선제적 대응' 차원이라는 말은 하지 않았다.

백 대표가 긴 침묵 끝에 A4 용지의 시구를 다시 들여다보더니 입을 열었다.

"중호재에는 열여섯 대의 CCTV가 돌아가고 있다네."

일에 빈틈이 있는지 확인해보라는 지시였다. 즉 재가를 해준다는 뜻이었다.

"제가 CCTV 녹화 화면을 확인해보겠습니다."

신이 난 강규는 소파에서 벌떡 일어났다. 그는 인터폰으로 방 집사를 불렀다. 방 집사가 모니터가 있는 문간방으로 강규를 안내했다.

11시 36분. 유모차를 끌고 가던 한 노파가 대문간에 신문지 뭉치를 던져놓고 사라졌다. 폐지를 수집하는 노인이었다. 강규가 매수한 맹인 안마사였다. 그는 이 장면을 USB에 복사했다.

백 대표와 입을 맞추고 중호재를 나온 강규는 햄버거로 점심을 때우고 중동부경찰서로 달려갔다. 오후 1시 20분이었다.

그는 로비 검색대 앞에서 용무를 묻는 전경을 거칠게 밀쳐내고 곧장 2층 지능범죄수사팀으로 뛰어 올라갔다.

이쑤시개를 문 채 부하 직원과 잡담을 나누던 아우디 반이 놀란 표정을 지으며, 씩씩거리고 서 있는 강규를 맞았다.

응접 소파에서 일어선 아우디 반이 나가서 얘기하자는 눈짓을 보냈다. 그러나 아우디 반의 의사를 뭉갠 강규가 맞은편 소파에 거칠게 주저앉았다. 아우디 반이 물고 있던 이쑤시개를 바닥에 내던졌다.

강규를 제지하느라 쫓아온 굼뜬 전경은 문 밖에 서서 난감한 표정을 짓다가 돌아갔다.

강규가 쇼핑백을 탁자 위에 올려놓고 의미심장한 표정을 지으며 아우디 반 쪽으로 슬며시 밀었다. 라디오에서는 '싱글벙글쇼'를 진행 중이었다.

"이, 이게 뭐여?"

껌을 까 입에 넣던 아우디 반이 물었다.

"확인해보세요."

강규가 다리를 꼬며 답했다.

아우디 반이 집게손가락 끝으로 쇼핑백 입구를 벌리고 힐끔힐끔 들여다보다가 코를 벌름거렸다.

"왜 자꾸 일을 키우려고 지랄일까……"

무엇을 눈치 챘는지 아우디 반이 고개를 외로 틀며 중얼거렸다.

─그래 너 헤이 바로 너 헤이 지금부터 갈 때까지 가볼까……

진행자의 재담이 끝나자 싸이의 「강남스타일」이 흘러나왔다.

칫솔을 입에 문 채 노래를 따라 부르던 아우디 반의 부하가 쇼핑백에서 신문지 뭉치를 꺼내 펼쳤다. 궁금한 것을 못 참는 성격 같았다.

"아니, 이건 고등어잖앗!"

부하가 어처구니없다는 듯이 소리쳤다.

"쇼를 해요, 쇼를! 아예 뻐꾸기 배를 째 보내지 않고……?"

아우디 반이 강규를 째려보며 비아냥거렸다.

"칼도 들어 있네."

고등어 뱃속을 들여다본 부하가 당연히 그럴 줄 알았다는 듯이 말했다.

"그래서? 뭘 어쩌라고……?"

아우디 반이 시비를 걸 듯 물었다.

강규가 질문 의도를 모르겠다는 표정을 지어 보였다.

"영화 「대부」 보셨지유? 거기서 왜 솔로쪼가 돈 꼴레오네 부하인 루카 부라시를 죽이고, 그놈 방탄조끼에 죽은 생선

을 넣어 부고를 전하잖아유. 마피아의 본거지인 시칠리아
풍속이라는디, 그걸 흉내 낸 거 같은디유. 그러니께 이건
강력팀 소관인디……"

사건의 단서라도 잡은 양 호기롭게 말을 마친 부하가 쇼
핑백을 즉시 강력팀으로 넘겨야 한다고 했다. 아우디 반이
황당하다는 표정을 지으며 자리를 박차고 벌떡 일어서서
또다시 고함을 내질렀다.

"야잇, 씨바! 지금 장난해?"

그의 입에서 씹던 껌이 튀어나왔다. 부하가 잽싸게 껌을
주워 휴지통에 버렸다.

"누가 장난을 해? 내가?"

강규가 손바닥으로 자신의 가슴을 때리며 물었다.

"그래, 씨발. 너!"

아우디 반이 삿대질을 하며 다시 소리쳤다.

"내가 왜 너하고 장난을 해, 씨……"

강규도 반말로 맞받았으나 욕설은 삼켰다.

―점잖아 보이지만 놀 땐 노는 스타일 때가 되면 완전
미쳐버리는 사나이……

아우디 반은 강규보다 열네 살 위였다.

"장난질이 아니면 암살 협박용으로 이런 걸 보냈다는 거
야? 네가 경찰이라면 이런 걸 믿겠어?"

"그걸 왜 나한테 묻지? 경찰이 해야 할 일이 아닌가?"

강규의 말이 끝나자마자 아우디 반이 고등어를 발로 걷
어찼다. 발길질에 날아간 고등어가 벽에 부딪히면서 칼이

빠져나와 바닥에 나뒹굴었다.

"어, 어…… 제보 받은 증거물을 경찰이 이렇게 훼손 오염시키고도 무사할 수 있으려나?"

강규가 스마트폰을 꺼내 바닥에 나뒹군 고등어와 칼을 찍었다. 그러고는 주머니에서 CCTV 녹화 영상 복사본이 담긴 USB를 꺼내 다탁 위에 던졌다. 담배를 꼬나문 아우디 반이 어이없다는 표정으로 강규를 쏘아봤다.

"백 대표님 지시대로 사건 접수를 했으니께 나는 갑니다."

강규가 지능범죄수사팀을 나왔다. 현관문을 나와 계단을 내려올 때 허겁지겁 뒤쫓아 온 아우디 반이 강규의 뒷목을 낚아챘다. 휘청하며 발을 헛디딘 강규가 하마터면 엉덩방아를 찧을 뻔했다.

"뭐 하자는 수작이얏?"

아우디 반이 강규를 잡아 일으켜 세우며 소리쳤다. 강규가 그 손을 뿌리치고 주차해둔 자동차로 가서 운전석에 올라탔다.

"기자 브리핑 여시고, 정식으로 수사를 시작해주세요."

"카악, 퉷! 니가 해라, 그 수사."

차 문고리를 잡고 선 아우디 반이 가래침을 뱉으며 말했다.

"어려울 때는 씨바, 서로 도와가며 삽시다. 싫으면 같이 죽든가."

강규가 액셀러레이터를 힘껏 밟았다.

잠자리에 막 누우려고 할 때 휴대전화 벨이 울렸다. 발신자를 확인한 백대길이 전화를 받았다. 시침이 11시를 가리키고 있었다.

"대표님께서 저한테 같이 죽자고 하셨습니까?"

아우디 반이 다그치듯이 물었다.

늦은 시간이지만 좋은 소식일는지도 모른다 싶어 전화를 받은 대길은 몹시 황당했다.

"그게 무슨 말인가?"

"고등어와 칼은 왜 보내셨습니까?"

대길은 정신이 아뜩해지면서 속이 매스꺼웠다.

"자네가 날 협박하자는 건가?"

겨우 정신을 추스른 대길이 따지듯 물었다.

"그렇다면 다행입니다요. 같이 죽자는 말은 제가 잘못 들은 것으로 하겠습니다요."

"……"

건방진 대거리에 말문이 막혔다.

"고등어와 칼은 날이 밝는 대로 반송해드리겠습니다. 편히 주무세요, 대표님."

통화를 마친 대길은 입을 틀어막은 채 화장실로 달려갔다.

5

선우강규는 선진민복당에 들러 '견토지쟁(犬兔之爭)' 메시지가 담긴 봉투를 형주미 대변인에게 전달하고, 내포를 다녀왔다. 사무실로 가야만 처리할 수 있는 일거리가 있었고, 잠깐이지만 아내 얼굴도 봐야 심사가 편할 것 같아서였다.

내포 신도시를 나온 그는 자정이 가까워서야 새로 정한 숙소에 도착했다. 삼십대 초반의 시의원이 소유한 별 세 개짜리 호텔이었다. 현관 앞에 부동자세로 선 시의원이 강규를 맞이했다. 시의원이 운전석 문을 열어주며 90도 각도로 절을 했다. 곁에 있던 지배인이 강규의 짐을 챙겼다.

"돌아가신 선친께서 가끔 이용하셨던 방입니다, 형님. 지하층에 온천탕도 있습니다. 지금은…… 12시가 넘었으니 안 할 겁니다요."

강규를 형님이라 호칭한 시의원이 시계 보는 시늉을 하더니 뒷말을 이었다. 아마도 심야 마중을 공치사하려는 제스처 같았다. 강규가 이런 대접을 받는 것은 백 대표의 위세가 그나마 살아 있다는 증거였다.

안내 받은 객실은 집무실과 서재가 딸린 50평 규모의 특실이었다. 창밖으로 번쩍이는 유성의 밤풍경이 보였다.

강규는 시의원의 환대가 고마웠다. 학교 비리가 발각되어 전교조 소속 교사들로부터 무차별 공격을 받을 때, 강규가 도와준 것에 따른 보답인 것 같았다. 그는 자율형 사립 고등학교 이사장이었다.

강규는 시의원이 나간 뒤 텔레비전을 켰다. 저녁 6시부터 90분 동안 지역 케이블 방송인 CMC에서 생방송으로 진행했던 토론 프로그램을 자정부터 재방송한다고 했다.

패널로 출연한 강형중 교수가 보였다.

강규는 지배인이 옮겨준 짐 꾸러미에서 노트북을 찾아 컸다. 그러고는 언론사에 보낼 보도자료 초안을 만들었다. 정치 공작에 휘말려 강제 출당당한 백 전 대표가 테러 협박이 담긴 세 차례의 괴우편물과 흉기를 받고 심한 충격을 받아 입원 치료를 받을 예정이라는 내용이었다. 작성한 초안은 백 대표 이메일로 보냈다. 검토를 받아야 했다.

강규는 지난 이틀 동안 시 소재 도서관의 두보 관련 도서 대출 기록을 조사하려고 백방으로 노력했으나 실패했다. 작년 1월부터 지난달까지의 두보 관련 도서의 대출 기록만 없었다.

누군가 도서관 서버에 침입해 그 대출 관련 기록만을 찾아내 삭제한 흔적이 있다고 했다. 특정 데이터만을 선별해 삭제한 것으로 볼 때 의도적이며 계획적이라고 할 수 있는데, 전문가가 아니면 불가한 일이라고 했다. 삭제된 데이터를 복구하려면 비용과 긴 시간을 요하는데, 도서관마다 굳이 그럴 이유가 없다고 덧붙였다.

놈이 굳이 두보 시를 선별하여 보낸 것은, 백 대표에게 야유와 모멸감을 주려는 의도만이 아니라 또 다른 저의가 있지 않을까 의심스러웠다.

그러나 다른 한편으로는 단순히 혼선과 혼란을 주려고, 그러니까 골탕을 먹이려고 놈이 두보 시만을 끌어들였는지 모른다는 가능성도 배제할 수 없었다. 어쨌든 단순한 장난질이 아닐 수 있었다. 발송지와 발송 방식을 바꿔가면서 괴우편물을 한 번도 아닌 세 번씩이나 보냈는데 어떻게 장난질로 볼 수 있단 말인가. 알 수는 없지만, 분명한 불길함이 느껴졌다.

강규는 가방을 뒤져 복사한 괴우편물을 꺼냈다. 시구가 적힌 석 장의 A4 용지. 그중 한 장에는 뻐꾸기 사진이 있었다.

微軀此外更何求(미구차외경하구)

一片花飞减却春(일편화비감각춘)
风飘万点正愁人(풍표만점정수인)
且看欲尽花经眼(차간욕진화경안)
莫厌伤多酒入唇(막염상다주입순)
江上小堂巢翡翠(강상소당소비취)
苑边高冢卧麒麟(원변고총와기린)
细推物理须行乐(세추물리수행낙)
何用浮荣绊此身(하용부명반차신)

姦臣競菹醢(간신경저해)
同惡隨蕩析(동악수탕석)

괴우편물의 한자 시구를 들여다봤다. 주역의 난괘를 대하는 것 같았다. 『두보평전』을 펼쳐놓고 뒤적거렸다.

강규는 두보와 그의 시를 공부한다고 해서—그것도 초

보 수준으로—답을 찾을 것 같지는 않았으나, 안 하는 것보다는 나을 것이라는 생각에, 소 뒷걸음질로 쥐 잡는 요행수를 바라며 틈틈이 관련 서적들을 들척거렸다.

생담배를 문 채 시구를 들여다보고 있던 강규는 '두보'와 '미구차외경하구'라는 말이 들려 고개를 들고 텔레비전 화면을 바라봤다.

"두보의 말년 시에 이런 구절이 있습니다. 미구차외경하구, 보잘것없는 몸이 이 밖에 또 무엇을 구하리. 백 전 대표는 큰 이름을 걸고 큰일을 맡아 하려 했는데, 이제 더 이상 구할 힘이 없는 보잘것없는 몸이 된 것이지요."

어찌된 영문인지 강형중 교수가 지상파 방송에 나와 백 대표를 비아냥거리고 있었다. 강규는 스마트폰에서 강 교수의 번호를 찾아 눌렀다.

"내가 군에 있을 때 이런 경험이 있었소. 병들 간에 구타가 너무 심한 거야. 자대 배치 받은 지 한 달도 안 된 이등병이 고문관이었는데 모진 구타에 시달렸소. 급기야 구타 금지령을 내렸지만 소용이 없었소. 그런데 말이오……"

전화를 받은 강 교수가 동문서답을 늘어놓았다. 술을 마시고 있는 것 같았다. 그러다가 잠시 말이 끊어지고, 라이터를 켜는 소리가 들렸다. 담배를 피우는 기척이 느껴졌다.

강규도 입에 문 생담배에 불을 붙였다.

"이유도 모른 채 무지막지하게 맞았던 놈이 고참이 되니까, 졸병들을 엄청나게 팹디다. 그래서 내가 그놈도 똑같이 패주려고 했는데…… 못 때리겠는 거야. 사람 패는 게 쉽지가 않아요. 주먹이 헛나가고, 몽둥이가 겉돕디다. 물론 힘도 안 들어가고. 그런데 놈은, 주먹으로건 몽둥이로건 패는 솜씨가 일품입니다. 마치 개나 소를 잡는 백정처럼. 그때 깨달았다오. 사람의 폭력성은 타고나는 것이로구나, 하고."

강 교수가 도무지 알아들을 수 없는 말을 계속 지껄여댔다. 취기를 빌려 개기려는 수작 같았다.

전화를 끊은 강규는 호텔을 나와 갑천변을 향해 걸었다. 그때 휴대전화 진동음이 들렸다. 백 대표였다.

"자네 어쩌려고 반 팀장을 협박했나?"

"……"

강규는 걸음을 멈추고 밤하늘을 올려다봤다. 먹물 같은 하늘이었다. 그는 지남력장애에 빠진 양 멍하니 서 있었다.

6

양동춘은 다섯 개의 대포통장에서 인출한 3,000만 원을 들고 잠실올림픽 주경기장으로 향했다.

그는 3주 전, 연락책의 지시로 한국노총이 주관하는 근로자의 날 기념 마라톤대회 참가 신청을 했다. 10킬로미터 코스를 신청 접수하고 연락책에게 배번호(背番號)를 불러줬다.

8시쯤 도착한 동춘은, 사전 택배 수취를 거부하고 당일 현장에서 받기로 한 러닝복 상의와 옷핀형 배번호를 찾았다. 그는 번호표를 붙인 상의를 입고 중앙 계단 '33' 푯말 아래에 서서 얼쩡거렸다.

약속한 8시 30분이 지나 40분이 되었으나 아무도 나타나지 않았다. 얼땅지야(二當家: 부두목)가 번호표를 보고 직접 찾아올 것이라고 했다. 동춘은 혹여 참가 번호를 잘못 찍어 보낸 것이 아닐까 싶어 피처폰을 꺼내 발신한 메시지를 재확인했다.

'10135'

틀림없는 숫자였다. 그는 다시 주 출입구 쪽으로 나갔다. 그 순간, 우왕좌왕하며 왁자지껄하던 참가자들이 출발 신호음과 함께 벌떼처럼 윙윙거리며 스타트 라인을 벗어나 경기장을 빠져나갔다.

한참을 머뭇거리던 동춘은 뒤늦게 주자들 속으로 뛰어들었다. 앞선 주자들이 내지르는 함성과 괴성과 발소리가 뒤섞여 귀가 먹먹했다. 주자들 속으로 순식간에 휩쓸려 들어간 그는 길가 쪽으로 슬금슬금 몸을 빼 게걸음질을 쳤다. 가슴팍과 등짝의 번호표가 드러날 수 있도록 전후좌우로 거리와 속도를 조절했다.

스타트 직후 주자들에게 떠밀려 넘어지지 않으려고 안간힘을 쓴 때문인지, 다리가 풀려 꼬이고 숨이 차올라 금방이라도 주저앉을 것만 같았다. 그러나 3킬로미터쯤 달리자 페이스를 찾으면서 장단지에 힘이 붙고 호흡도 가지런 해졌다.

반환점을 돌아 1킬로미터를 달릴 때까지도 아무런 조짐이 보이지 않았다. 동춘은 불안하고 초조해졌다. 자신이 무언가 실수를 했거나 착각을 한 것이 아닌가 싶었다.

동춘은 레이스를 멈추고 쥐가 난 양 장단지를 주무르며 전후좌우를 다시 살폈다. 2, 3분가량 지체한 그는 패닉 상태가 되어 느적느적 걸었다. 그렇게 한참을 걷다가 속보 수준으로 뛰기를 반복했다.

그때 등 뒤에서 중저음의 낯선 구령 소리가 들렸다.

"이, 얼, 이 얼……"

동춘은 곁눈질을 했다. 오성홍기의 홍색 숏 팬츠를 입은 상고머리 젊은이였다. 동춘은 설마 이 키 작고 볼품없는 동안의 상고머리가 잔인무도한 옌벤 흑사회 '인홍런(引組人)'의 부두목일 리는 없다 싶어 일단 무시하고 내처 달렸다.

창조주 여와(女媧)가 사람을 만들 때, 귀하고 어진 놈은 황토로 빚고(黃土人), 천하고 가난한 놈은 새끼줄을 휘둘러 만들었는데(引組人), 두목은 조직명을 지을 때 인홍런을 택했다고 했다.

"니하오. 량치신?"

놀란 동춘은 하마터면 제자리에 멈춰 서서 큰소리로 복명복창을 할 뻔했다.

"하우 더. 워 시 량치신."

동춘이 고개를 끄덕이며 답하자, 상고머리가 어깨를 디

밀어 길가로 밀어냈다.

"웨일러(늦으셨습니다)."

동춘이 중국어로 혼잣말인 양 건넸다. 9시 35분이었다.

"바글거리는 경찰이 무서워서……"

상고머리가 한국어로 대꾸했다. 사방에 깔린 한국 경찰이 무서워 조심하느라 늦었다고 덧붙였다. 유머 감각이 있는 부두목이었다.

앞서 걷던 상고머리가 주로를 벗어나 둔덕 너머 주택가로 빠졌다. 둔덕 높이 때문에 주로가 보이지 않았다. 원룸단지 뒤쪽으로 간 상고머리가 이면도로에 세워둔 허름한 검정색 소나타를 가리켰다.

"라 니 데 후부(아랫배 좀 보자)."

조수석에 타려는 동춘을 운전석에 앉힌 상고머리가 명령했다. 동춘이 지체 없이 상의를 걷어 올렸다.

"우(5), 싼(3), 빠(8). 하우러(좋아)."

배꼽 위에 새겨진 숫자를 확인한 상고머리가 차 키를 건넸다. 동춘은 시동을 켜고 액셀러레이터를 밟았다. 이면도로를 빠져나올 때 상고머리가 준법 운전을 하라고 지시했다.

상고머리의 지시에 따라 이면도로를 벗어나 8차선 도로를 10분 남짓 달렸다. 그가 차선을 바꿔가며 달리라고 한 뒤 전후좌우를 주시했다. 차가 정체된 사거리에 이르렀을 때 유턴을 지시했다. 동춘은 3개 차로를 끼어들어 가까스로 유턴을 했다. 그러고 나서 5분쯤 달리자 지금부터는 알아서 가도 좋다고 했다.

동춘은 주경기장을 끼고 한 바퀴 돈 뒤, 랜드로버 디스커버리 옆에 검정색 소나타를 붙였다. 그러고는 현금 3,000만 원이 든 쇼핑백을 상고머리에게 전달했다.

"시야오 방쯔 더 화 스슈 가오스 위(내 도움이 필요하면 언제든 말해)."

소나타에서 내린 상고머리가 악수를 하고 뺨을 맞댄 뒤에 빈 택시를 잡았다. 동춘은 출발하는 택시 꽁무니에 대고 90도로 인사를 하고는 연락책에게 문자메시지를 보냈다.

'完成送(배달완료)'

돌아올 때, 천수만교를 앞두고 도로가 막혔다. 서해안고속도로를 탔는데, 잠시 흩뿌린 가랑비가 미끄럼 사고를 부른 것 같았다. 그 바람에 40여 분이 지체됐다.

남포방조제로를 지나 10여 분쯤 더 달려 별장 진입로로 들어섰다. 그때 맞은편에서 차량 한 대가 총알처럼 튀어나왔다. 우체국 택배 차량이었다.

동춘이 급브레이크를 밟는 틈에 상대 차량이 가까스로 빠져나갔다. 그러나 급하게 방향을 튼 동춘의 차량은 기우뚱대며 길가 도랑에 처박혔다. 시계를 보니, 12시 33분이었다.

도랑에 처박힌 차를 빼내 별장으로 돌아온 동춘은 깜짝 놀랐다. 베란다 문이 열려 있었다. 침실을 들여다봤다. 여자가 보이지 않았다. 시트와 방바닥에 듬성듬성 핏자국이 보였다.

동춘은 눈앞이 아뜩해지며 머릿속이 텅 비었다.

그가 집을 나올 때 여자는 죽은 듯이 잠들어 있었다. 그래도 안심할 수 없어 비벤조다이아제핀을 추가로 주사했다.

여자를 패닉룸에 가두지 않고 침실에 두고 간 것이 후회막급이었다. 패닉룸은 안팎으로 비밀 잠금장치가 되어서 장치를 해제하지 않고는 안으로 들어올 수도 밖으로 나갈 수도 없었다. 그러나 이 외지고 은밀한 곳에 여자를 노린 외부 침입자가 들어오리라고는 미처 생각하지 못했다.

동춘은 보트 계류장으로 내달렸다. 낚시용 야마하 FC26 보트는 얌전히 묶여 있었다. 계류장에서 허둥허둥 돌아온 그는 마사토를 다져 길을 내고 보폭을 가늠해 박석을 박은 진출입로를 살펴봤다. 잠깐 흩뿌렸던 가랑비 자국이 곰보빵처럼 선명했다.

그는 가랑비 자국을 점점이 뭉갠 발자국을 발견했다. 대문간에서 현관까지 놓인 박석 밖으로 삐져나온 발자국이었다. 크기로 볼 때 남자의 운동화 자국이었다. 발자국은 대문 밖의 차바퀴 자국까지 이어져 있었다. 그는 스마트폰을 꺼내 발자국과 차바퀴 자국을 찍었다.

여자를 데려온 날, 허 실장은 별장 외벽 네 귀퉁이와 출입구 세 곳에 설치된 일곱 대의 CCTV를 모두 껐다. 동춘은 외출할 때 CCTV를 작동시키지 않은 것이 후회됐다. 어쩔 줄 몰라 한참 동안 자신의 이마만 쥐어박던 그는 쏜살같이 침실로 달려갔다. 캠코더가 떠올랐기 때문이었다.

방 안 구석에 설치한 캠코더가 그대로였다. 침입자가 서

두르느라 미처 보지 못한 것 같았다.

녹화를 중단하고 녹화된 화면을 재생했다. 모자도 쓰지 않은 침입자의 맨얼굴이 보였다. 아무런 거리낌이 없는 표정이었다. 놈이 여자의 손등에 꽂은 링거 주삿바늘을 뽑고 포박된 여자를 들쳐 업고 나가는 데는 채 10초도 걸리지 않았다.

그는 캠코더에 찍힌 얼굴을 자세히 들여다보다 말고 침실을 뛰쳐나와 대문간에 있는 우편함으로 달려갔다. 우체국 택배 차량은 왔다 갔는데 배달된 우편물이 없었다. 택배 차량과 마주친 길은 독립가옥인 이 왜식(倭式) 별장과 통하는 외길이었다. 외길에 다른 주택이나 건물은 없었다.

동춘은 어처구니가 없었다. 납치범과 마주치고도 놈을 놓친 것이다. 실장과 닷새 동안 계획을 짜고, 다섯 시간 동안 예행연습을 하고, 네 시간에 걸쳐 납치와 이송을 하고, 나흘 동안이나 아무 문제없이 가둬두었던 여자를 순식간에 빼앗겨버린 것이다.

동춘은 실장의 전화번호를 찍었다. 비상용 번호였다. 1분 가까이 신호음이 울렸으나 전화를 받지 않았다. 음성메시지를 남겼다. 12시 43분이었다.

13시에 스마트폰이 울렸다. 약속한 대로 녹음 메시지를 30분 단위로 확인하는 것 같았다.

"뭐욧? 대체 어쩌다가⋯⋯?"

놀란 실장이 비명 같은 소리를 내지르고는 침묵했다. 긴 침묵이었다.

"고저 절 죽여주시라요, 실장님."

동춘은 입안에서 단내가 났다. 눈앞에 있는 하늘과 바다조차 분간할 수 없었다.

침묵이 끝나자 실장이 캐묻기 시작했다. 이런 위기 상황에서도 아무 동요 없이 사건 전말을 꼬치꼬치 캐묻는 실장의 침착성이 무섭고 두려웠다.

동춘은 울먹이며 별장을 비운 사실까지 고백했다. 비우고 무엇을 했는가는 말할 수 없었다. 실장도 묻지 않았다.

말을 마치자, 실장은 경찰은 아닌 것 같으니 안심하라고 했다. 뜻밖의 위로에 울음이 터졌다.

"죽을쬐 지었습네다요, 흑흑…… 실장님."

동춘은 흐느끼며 거듭 사죄했다.

실장이 한 시간 안에 별장으로 갈 테니, 죽도 입구로 마중 나와 있으라고 했다. 죽도와 별장 간의 거리는 2킬로미터였다.

동춘이 캠코더에 녹화된 침입자의 영상과 발자국과 차바퀴 자국 사진을 실장의 스마트폰에 전송했다.

실장이 여자와 관련된 모든 것들을 찾아 속히 없애라고 지시했다.

7

길가에 차를 세운 허동우는 수신 영상을 확인했다. 그러

266

고는 휴대전화에서 위치정보조회업자의 연락처를 찾았다. 일 때문에 밀거래하고 있는 업자였다. 물론 불법 영업자였다. 진실과 정의를 찾는 데는 불법의 도움이 필요했다. SIU 일도 마찬가지였다.

'구만복…… 그가 대체 왜……?'

영상 속에서 여자를 들쳐 업고 나오는 사내는 구만복이었다. 그러나 지금은 구만복이 여자를 낚아채 간 이유를 생각하기보다 그의 위치를 추적하는 일이 급선무였다.

업자에게 구만복의 휴대전화번호를 불러주고 실시간 위치 추적을 부탁했다. 그러고는 폰뱅킹으로 20만 원을 입금했다. 5분쯤 지나자, 구만복의 위치가 동우의 아이패드에 떴다. 구만복의 이동 경로가 실시간으로 잡혔다. 빨간 점의 만복이 액정 화면 속에서 613번 지방도를 타고 상천리에서 홍산면 방향으로 내달리고 있었다. 동북 방향이었다.

동우는 논산 방향으로 뻗은 1번 국도에 올라 서북 방향으로 내달렸다.

'구만복이 왜? 그가 어떻게 알고…… 안인애를 데려갔단 말인가.'

아버지의 운전기사였던 그는 무창포 별장을 여러 차례 드나들어 알고 있었다. 하지만 별장에 안인애가 있다는 것은 그가 어떻게 알았을까…… 그리고 안인애를 왜 데려간 것일까……

미처 차선 변경을 못해 길을 잘못 든 동우가 불법 유턴을 했다. 코앞에 서 있던 교통경찰이 호각을 불고 삿대질

을 하며 미친 듯이 쫓아왔으나 동우는 개의치 않고 액셀러
레이터를 힘껏 밟았다. 그러고는 대포폰을 꺼내 구만복의
전화번호를 찍었다.

8

휴대전화가 울렸다.

액정 화면을 본 구만복은 놀라 당황했다. '발신자 표시
없음'이 떴다. 차가 휘청했다. 받아야 할지 말아야 할지 망
설이다가 섬뜩한 생각이 들었다.

그는 급커브를 돌면서 들고 있던 휴대전화를 차창 밖으
로 내던졌다. 휴대전화를 던질 때 또다시 차가 휘청하는
바람에 다리 난간을 들이받을 뻔했다. 중심을 잡고 핸들을
힘껏 틀어쥔 두 손이 부들부들 떨렸다.

만복은 안인애의 소재를 찾아주고, 안우용이 약속한 돈
만 받아낼 생각이었다. 그러나 함상억이 그렇게 끝내면 등
신새끼라며 몰아쳤다. 이참에 당에서 못 받은 퇴직금은 물
론이요, 제2의 인생 출발을 위해 한밑천 단단히 잡아야 한
다고 일러줬다.

일단 물건—놈이 여자를 그렇게 불렀다—을 빼내면 자
기에게로 가져오라고 했다. 자신이 그 물건을 사나흘 동안
보관하고 있을 것이라고 했다. 그러면 물건 값이 뛴다고
했다. 인신구속은 명백한 범죄였다. 만복은 동의할 수 없

었다.

39번 국도를 달리던 그는 정산삼거리에서 차를 세우고, 공중전화부스로 달려갔다.

"받기로 한 돈만 받고, 끝낼래. 왠지 불안해…… 무섭다고."

만복이 양손으로 송화기를 꽉 움켜쥔 채 떨리는 목소리로 말했다.

"그러니까 항상 이용만 당하고 버림받는 거야, 인마!"

수화기에서 함 사장의 욕설이 터져 나왔다.

"대신 1,000만 원은 너 줄게."

차량을 빌릴 때 엄상억의 몫으로 약속한 돈이었다. 안우용이 인애의 행방을 알려만 주면 1,000만 원이고, 찾아서 데려다주면 2,000만 원을 준다고 했다.

"내가 그지야, 이새꺄?"

"어쨌든 난 불안해서 싫다고. 당장 붙잡힐 것만 같다고. 휴대전화도 버렸어."

"왜? 아, 여자를 납치했으께? 그럴 수 있겠다."

잠시 뜸을 들인 함 사장이 느물거리며 말했다.

"뭐라고? 납치?"

"맞잖아, 납치. 아녀? 그럼 구출한 거여?"

"뭐라고……?"

"아, 아직은 아니구나. 내가 112에 신고 전화를 걸어야 그 순간에 납치범이 되는 거구나. 납치범이 안 된다고 해도 네 인생은 좆 되는 거지. 호호호……"

"이 나쁜 자식……"

"그러니까 당초에 합의한 대로 해라, 새꺄!"

"합의?"

"그래 인마. 내가 짜준 각본대로 한다고 합의 봤잖아?"

"내가 아무 대답도 안 했는데, 그게 어떻게 합의냐?"

"그럼 묵시적 동의라고 해야 허나. 흐흐."

"나쁜 놈!"

만복은 전화를 끊고 차에 올랐다.

함상억은 가출한 급우들이 배달 알바로 번 돈을 삥 뜯던 고등학생 때와 달라진 것이 없었다. 만복은 눈앞이 캄캄했다. 도로의 중앙선과 이정표가 제대로 눈에 들어오지 않았다.

안우용 이사는 인삼랜드휴게소로 돌아가는 가는 봉고 안에서 구만복이 해야 할 일을 순서대로 일러주었다. 만복은, 안짱다리 배달부의 오토바이 행적만 추적하면 안인애의 행방에 대한 단서를 잡을 수 있을 것이라고 생각했다. 안 이사의 생각도 같았다.

안 이사는 자신의 생각과 추리를 적은 메모지도 건넸다. 내용은 시시콜콜했지만, 뜬구름 같아서 손에 잡히는 것이 없었다.

안 이사가 메모 쪽지를 숨겨뒀다는 가오도서관 화장실 양변기 뒤에는 아무것도 없었다. 그가 거짓을 말한 것이 아니라면 누군가 먼저 와서 빼내갔거나 청소하면서 치운 것 같았다.

안 이사가 미리 손을 써놨다고 호언한 중동구청, 동부교육청, 중동부경찰서를 차례로 찾아갔다. 그러나 아무런 도움도 받지 못했다. 그중에 꺽다리 반 팀장의 말본새와 태도는 가관이었다.

"허참. 그 노친네. 경찰 업무를 너무 모르네. 나야 당연히 도와주고 싶지. 그렇지만 감시 카메라 녹화 장면을 보는 건, 재방송 드라마를 보는 것과는 달라요, 이 양반아. 내가 명색이 법을 집행하는 경찰관인데, 개인정보보호법을 어길 순 없는 거 아뇨? 그걸 보려면 누가 됐건 결재 라인을 딱딱 밟아야 해요. 이런 절찰 무시하고 몰래 봤다, 이건 걸리는 즉시 모가지 감이오. 볼 때마다 본 기록이 자동으로 딱딱 남아요. 실무 담당자, 과장, 팀장, 서장까지 계통을 밟는 결재 절차가 필요한데, 이런 공문서를 어떻게 조작할 수 있겠어…… 안 그래? 게다가 감시 카메라는 내 담당도 아니고……"

꺽다리가 안 이사를 '그 노친네'라고 칭하며 만복을 나무라듯이 말했다. 만복은 말을 섞을 이유가 없었다.

"그 노친네에게 그대로 전할게요."

만복이 돌아서며 말했다.

"이봐요? 그런데 뭔 일이오?"

그가 만복의 등에 대고 물었다.

"저도 뭔 일인지 몰라서 뭔 일인지 알아보려고 온 겁니다."

만복이 꺽다리를 돌아보며 빈정대듯 말했다.

중동부경찰서를 나온 그는 길 건너 편의점에서 캔맥주를 단숨에 마셨다. 안 이사의 제안을 포기할 처지가 아니었다. 2,000만 원, 아니 1,000만 원만 있어도 어머니 수술이 가능했다.

그는 허남두 회장을 5년, 백대길 대표를 3년 동안 모시면서 라면상자 세 개와 쇼핑백 다섯 개를 배달했다. 두 사람 모두가 배달을 시킬 때마다 사실 증명을 원했다. 만복은 보고를 위해 찍은 사진을 송신한 뒤, 원본을 따로 보관했다. 훗날 필요할 것 같아서였다.

그는 스마트폰에서 사진 앨범 폴더를 열었다. 두 장의 사진을 골라 체크한 뒤, '2011. 7. 17, 22:17, 백조빌라 지하주차장, 5,000만 원'이라는 문자메시지와 함께 전송했다.

그러고는 맥주 한 캔을 더 마시고 담배를 빼 물었을 때 스마트폰이 진저리를 치듯이 부르르 떨었다.

"……너, 누구냐? 내가 누, 누군 줄 알고…… 죽고 싶어 환장한 놈이로구나."

예상대로 상대의 반응이 즉각적이고 격했다. 환장한 상대가 말을 더듬거리며 갈팡질팡했다.

스마트폰을 꽉 움켜쥔 만복의 두 손이 바들바들 떨렸다.

"죽으려고 환장한 것이 아니라, 살려고 환장한 것입니다요."

"뭐얏?"

"보내드린 사진을 대검 감찰본부로 보낼 수도 있는

데…… 그렇게 할까요?"

구만복이 겁먹은 사실을 들키지 않으려고 책을 읽듯이
말했다.

감찰본부는 고발당한 조승건 부장검사의 비위 관련 물
증을 찾는다며 언론에 대고 석 달째 호들갑을 떨고 있었
다. 그러나 이렇게 호들갑만 떨어대다가 시간이 좀 더 지
나면 흐지부지할 터였다. 어쩌면 이미 물증을 찾았는데,
물증을 찾는다며 쇼를 하는 것일 수도 있었다.

"이, 이놈이……"

"언론사에 보낼 수도 있습니다, 영감님."

"끄응……"

"무리한 부탁은 아니니까, 도와주십시오, 영감님."

잠시 침묵이 흘렀다.

"끙…… 마실저축은행 떡값 토해내라고 이메일 보낸 놈
이…… 아, 아니다."

부장검사가 실수로 뱉은 말을 추스르느라 허둥댔다.

"예?"

만복이 알아들었어야 할 말을 못 알아들은 양 능청스레
물었다.

"원하는 게 뭔지 물었다."

부장검사가 말을 돌렸다.

조 부장검사에게 요구 사항을 말하고 통화를 마친 만복
은 남은 맥주를 마저 마시고 서둘러 택시를 잡았다. 왠지
같은 장소에 오래 머무르면 안 될 것 같았다.

1시간 20분 뒤에 낯선 번호로부터 전화가 왔다. 함상억을 만나서 도움을 청하고 이런저런 코치를 받고 있을 때였다.

발신자가 말하길, 자신은 중앙경찰서의 서동오 팀장인데, 조건승 부장검사님의 지시로 연락을 했다고 했다. 그러면서 부탁한 것이 준비됐으니 언제든 중앙경찰서로 방문해달라고 했다.

서동오 팀장이 경찰서 정문에서 기다리고 있었다. 그가 만복을 길 건너편 커피숍으로 안내했다.

서 팀장이 CCTV 분석을 통해 얻은 안짱다리의 오토바이 이동 경로를 설명했다. 36번 국도와 610번 지방도를 타고 청양-보령으로 이어진 이동 경로였다. 그리고 보령에서 무창포로 이어졌다. 마지막으로 방범용 CCTV에 잡힌 지점이 남포방조제로였다.

그리고 오토바이가 꺾어 들어간 외길은 눈을 감고도 찾아갈 수 있을 만큼 익숙한 길이었다.

"더 필요하신 것은 없습니까?"

"없습니다."

만복은 더 필요한 것이 없었다.

"부장검사님께 만족스러운 도움을 받았다고 꼭 전해주세요."

만복이 자리에서 일어서자 서 팀장이 웃음을 흘리며 말했다.

구만복은 함 사장이 내준 우체국 택배 차량을 몰고 무창포로 달려갔다. 그러고는 죽은 허남두 회장의 별장 입구에서 밤을 지새웠다. 이튿날, 6시 30분쯤 안짱다리가 랜드로버를 몰고 별장에서 나왔다.

 만복은 자신의 승용차로 보령읍까지 쫓아온 함 사장과 실랑이를 하느라 오전을 다 보냈다. 별장에서 만복이 여자를 빼낸 것은 12시 30분쯤이었다.

1

구만복이 죽었다. 허동우는 동명이인이 아님을 알고 난
뒤에 기사를 다시 들여다봤다. 믿기지 않는 일이었다.

대전 유성구에 사는 구모 씨(32)는 직업이 '사장님 운
전기사'였다. 고교를 졸업하고 밥벌이로 운전을 선택했
다. 과묵한 성격에 준수한 용모를 가진 구 씨는 사장 운
전기사로서 제격이었다.

1997년 IMF 경제위기 때, 한 디자인업체 사장의 차를
몰며 첫 운전대를 잡았다. 1년 남짓 그의 차를 몰다가
지역의 M저축은행 회장 차를 5년간 운전하고, 2006년
부터 3년간 한 지역 정당 대표의 운전기사로 일했다. 그
러나 정당이 해체되고 재구성되는 과정에서 그가 모셨
던 대표가 물러남에 따라 그도 다시 기사 직을 잃었다.

2012년 1월에는 국내 유수의 재벌기업인 D그룹에 입사할 기회를 얻었었다. 그러나 과거의 접촉사고 전력이 드러나 무산되고, 학생들을 학교와 학원으로 실어 나르는 봉고차 운행과 심야 대리운전을 하며 생계를 꾸려갔다. 그는 암 투병 중인 71세 노모를 봉양하고 있었다.

구 씨는 지역 정당의 대표 차량을 운전할 당시 임시계약직 신분이었지만, 꿈에 부풀어 있었다. 한 고위 당직자가 2년이 지나면 성과에 따라 정규직으로 전환시켜주겠다고 약속한 때문이었다. 매달 230만 원의 빠듯한 월급을 받았지만, 2년 동안 1년 365일을 하루도 빠짐없이 근무했다. 노총각인 그는 노모의 수술비와 결혼을 위한 안정된 직장이 필요했기에 분골쇄신했다. (……) 그는 친구들 사이에서 심성이 착하고 여리기로 소문나 있었다. 별명이 '순두부'였다. 그러나 구 씨는 정규직이라는 높은 장벽을 넘지 못하고 매번 좌절했다.

그가 생사를 가르는 죽음의 문턱을 넘는 데는 별다른 어려움이 없었다. 가슴 높이의 난간을 넘어 죽음의 땅에 이르기까지는 불과 몇 초 걸리지 않았을 것이다. 구 씨는 지난 2일 새벽, 30층짜리 고층 아파트 옥상에 올라가서 투신하기 직전 스마트폰을 꺼내들었다. 그러고는 평소에 거리낌 없이 지낸 대여섯 명의 오랜 친구들에게 "사랑해^^", "그동안 고마웠다^^", "행복해라~" 등등의 마지막 작별 인사 문자를 보냈다.

그가 30층 옥상 정원 바닥에 남긴 스마트폰에는 "난

남자보다 여자를 더 사랑해 인마!" "웬 흰소리?" "너나 잘살아라~ 새꺄!" 등, 친구들로 추정되는 몇 개의 장난스러운 답글이 도착해 있었다. 그들은 친구의 자살을 몰랐을 것이다.

구만복이 죽다니…… 아니, 자살을 했다니…… 미스터리한 일이었다.

그저께인 1일 오후 1시부터 어제 자정 무렵까지 뒤를 쫓았음에도 불구하고 끝내 찾지 못한 구만복이 자살을 했다는 것이다.

기사를 읽은 동우는 정신이 띵했다. 안인애는 어찌됐단 말인가.

4킬로그램짜리 아령을 든 채 동우를 기다리던 퍼스널트레이너가 짜증스러운 표정을 지었다. 퍼스널트레이너가 근력 운동과 유산소 운동을 교대로 실시하면 단시간에 식스팩 복원이 가능할 것이라고 했다. 지방을 가수분해하는 효소인 리파아제를 활성화시킬 수 있기 때문에 1년 동안 찐 살도 단시간에 빠진다고 장담했다. 아버지가 돌아가시고 나서 지난 1년 동안 8킬로그램의 살이 붙었다. 이 중 절반이 배에 붙었다.

퍼스널트레이너가 제시한 운동법이 전체적인 칼로리 소비와 지방의 소비를 높일 수 있다는 조언을 받아들여 한 달 전부터 서킷 트레이닝을 시작했다. 그러나 지금은 서킷 트레이닝으로 살을 빼고 있을 때가 아니었다.

스마트폰 관련 내용을 비롯해 석연찮은 구석이 많은 기사였다. 지방지도 아닌 중앙지의 사회면 톱기사인 점도 의심쩍었다.

그러나 구만복의 죽음은 사실 같았다. 제목이 '고졸 비정규직의 고단했던 삶과 애달픈 죽음'이었다.

그저께 만복의 뒤를 쫓은 동우는 목면 송암리 모덕사 입구까지 갔다. 그는 위치추적신호가 고정된 모덕사 근처를 30여 분 동안 뒤진 끝에 모덕교 다리 초입에서 저수지 방향 경사면에 버려진 만복의 스마트폰을 주웠다. 스마트폰을 군이 확보할 이유가 없어 확인만 하고 그 자리에 두었다. 사찰 주변에 CCTV가 여러 개인 것도 신경이 쓰였다.

이후 더 이상의 추적을 할 수 없었다. 다만 그날 저녁, 서동오 팀장의 도움으로 4번 국도 옥산면 근방에 설치된 방범용 CCTV를 통해 그가 우체국 택배 차량을 이용해 인애를 납치했을는지도 모른다는 추정을 사실로 확인할 수 있었다.

퍼스널트레이너에게 양해를 구하고 옷을 갈아입은 동우는 피트니스 클럽을 나왔다. 양동춘에게 전화를 걸어 당장 모덕사로 가라고 지시했다.

동우는 그저께 만복의 스마트폰을 주웠다가 다시 버린 위치를 동춘이 눈을 감고도 찾아갈 수 있을 만큼 세세히 일러주었다.

그러고 나서 서동오 팀장에게 전화를 걸어 만복이 이용한 택배차량의 배송기사 연락처를 수배해달라고 했다. 잠시 후 배송기사는 우체국이나 회사 소속 기사가 아니라, 우체국 택배 간선차량 차주기사라는 답이 왔다. 지입차 영업을 한다는 말이었다.

서 팀장이 일러준 차주기사와 통화했다. 그는 운행 중에 핸들이 떨리는 것 같아 3일 전 저녁나절에 수리를 맡겼다, 차를 찾기로 약속한 어제 아침에 카센터로 갔는데, 자신들이 고칠 수 없어 차를 큰 정비공장으로 보냈다면서 내일 오전 8시쯤에 다시 와서 찾아가라고 했다는 것이다.

차주기사는 'S1 카센터' 사장이 차를 다른 정비소로 보냈다는 것이 말이 되느냐며 화를 냈다. 수상한 냄새가 났다.

"평소에 그 카센터와 거래가 있었나요?"

"없었습니다만…… 무슨 문젠가 물어보려고 갔는데, 간단히 고칠 수 있는 문제라고 하더군요. 그런데…… 제 차가 무슨 문제라도 일으킨 겁니까?"

차주기사가 볼멘소리로 물었다.

"글쎄요…… 조사가 더 필요하긴 한데…… 누군가 보험금을 노린 범죄에 차주님의 차를 이용한 것 같습니다."

"예? 그, 그런데, 혀, 형사신가요?"

차주기사가 뒤늦게 동우의 신분을 물었다.

"에스아이유입니다."

"예?"

"경찰과 공조수사를 합니다."

상대는 SIU를 신설된 수사기관 내지는 CSI쯤으로 알아들은 것 같았다.

허동우는 만복의 자살을 받아들일 수 없었다. 자살 이유도 알 수 없었지만 자살 장소도 이해가 되지 않았다. 중동구에 있는 한 '30층 고층 아파트 옥상'에서 투신자살을 했다는 것인데, 만복이 사는 아파트가 아니었다. 그는 3층짜리 시영아파트에 살았다.

만복이 투신을 위해 30층짜리 고층 아파트로 찾아갔단 말인가. 그렇다고 하더라도 왜 하필 코스모폴리탄 아파트냐는 것도 의문이었다.

기사 내용을 바탕으로 정리를 하면, 1일 오후에 여자를 빼돌린 만복이 그로부터 15시간이 지난 이튿날 비 내리는 새벽에 느닷없이 자살을 했다는 것이다. 앞뒤가 맞지 않았다. 곧 자살을 할 사람이 조승건 부장검사를 협박—서 팀장이 조 부장검사도 우체국 택배 차량에 관심을 두는 것 같은데 대체 무슨 일이냐고 물었다. 어떤 관심이냐고 묻자 뒤늦게 실언을 깨달은 그가 입을 닫았다—해서 얻은 정보로 무창포 별장까지 가서 안인애를 납치할 이유가 뭐란 말인가.

S1 카센터 안에서 튀어나온 「말 달리자」가 귀청을 때렸다. 복개도로 가에 있는 댓 평 남짓한 카센터인데, 세차장이 달려 있었다. 방공복을 입은 수리공 세 명이 「말 달리자」를 목청껏 따라 부르면서 공구로 장단을 맞춰가며 몸을 비틀어대고 있었다.

허동우는 인도 위에 개구리 주차를 해 둔 우체국 택배

차량으로 다가갔다. 그러고는 동춘이 보낸 차바퀴 자국 사진을 열어 택배 차량의 바퀴와 대조했다. 동일한 바퀴였다. 카메라를 꺼내 확인 촬영을 하고 짐칸으로 올라갔다.

그때, 등 뒤에서 문짝을 때리는 쇳소리가 들렸다.

"남의 사업장에서 뭐 하는 짓이오?"

퍼터를 쥔 사내가 짝다리를 짚고 서서 소리쳤다. 털북숭이에 애드벌룬처럼 부푼 만삭의 배를 내밀고 있었다. 교활하고 호전적인 눈매를 가진 거구의 사내였다. 자세히 보니 윗입술에 면도날 자국이 보였다. 귀밑까지 이어진 실지렁이 같은 자국이었다.

"잠깐 살펴보기만 하면 됩니다."

동우가 대수롭지 않은 양 대꾸를 하고는 손전등을 비춰 짐칸 구석구석을 마저 살폈다. 짐칸은 깨끗했다.

"당신이 누군데, 뭘 조사하는 거요?"

"차주의 허락을 받았습니다."

동우가 거구에게 명함을 건네주고, 자신이 몰고 온 BMW의 뒷좌석으로 가서 아이스박스와 보스턴백을 꺼냈다.

"에스, 아이, 유? 에스아이유가 뭐야……?"

거구가 스마트폰을 꺼내 SIU를 검색하면서 중얼거렸다.

일회용 감식 복장을 입고 다시 짐칸으로 들어간 동우는 감식 복장을 잡도리하며 도어를 닫았다. 그러고는 컴컴한 어둠 속에서 루미놀 용액을 뿌린 뒤, 형광빛이 나타나 주기를 기다렸다.

쪼그리고 앉은 채 5분쯤 기다렸으나, 아무런 반응이 없었다. 혹시나 깊이 파인 바닥 홈 어딘가에서 거품 반응이라도 나타나지 않을까 싶어 10여 분을 더 기다려봤으나 허사였다.

"이 차 어디가 고장이라고 했죠?"

동우가 거구에게 물었다.

"차량의 방향 제어 역할을 하는 타이 로드의 끝부분이 금이 간 채 부러져 있었수다. 왜 그러슈?"

그의 말투에서 째진 눈매와 같은 불량기가 느껴졌다.

"타이 로드?"

거구가 허리를 숙여 차 밑바닥을 손가락질하며 타이 로드는 바퀴에 기어의 조향력을 전달하는 막대 형태의 부품이라고 설명했다.

동우는 타이 로드가 뭔지 몰라서 물은 게 아니었다. 강철 재질로 된 타이 로드가 외부의 고의적인 충격 없이 부러질 가능성은 희박했다.

동우가 부러졌다는 타이 로드를 보여달라고 했다.

"부러진 건 아니고 금이 간 건데, 어차피 못 쓰게 된 것이라 고철상에게 넘겼수다. 크아악, 퉷!"

거구가 바닥에 침을 뱉고 눈알까지 부라렸다.

동우는 거구가 대책 없이 배짱과 넉살만 좋은, 무모한 놈이라는 생각이 들어 헛웃음이 나왔다.

"이 차를 구만복 씨에게 빌려줬죠?"

동우가 거구의 표정을 주시하며 물었다.

"보험사 조사원이 뭣 땜시 그런 걸 나한테 물으요?"

당황한 표정이었으나 잡아떼지는 않았다. 그는 허공에 대고 "허, 씨발" 하며 불만을 드러냈다.

"당신이 무단으로 빌려준 이 탑차로 사람이 납치됐소."

동우가 감식 복장을 벗어 보스톤백에 넣으며 말했다.

"만복이가 누굴 납칠 했다는 거요, 보험사길 쳤다는 거요?"

거구가 어쭙잖은 말장난으로 딴청을 부리려 했다.

"납치요."

"납치는 경찰 소관이 아닌가?"

거구가 능청스레 말했다.

"보험과 관련 있는 납치는 경찰과 공조수사를 합니다."

거구가 만복의 죽음을 모르고 있는 것인지 넉살 좋게 딴청을 부리며 대거리를 했다.

2

S1 카센터를 나와 복개도로를 벗어난 허동우는 공중전화부스 곁에 차를 붙였다. 중앙경찰서 강력범죄수사팀으로 전화를 걸었다.

서동오 팀장을 바꿔달라고 하자, 전화를 받은 상대가 사건 현장에 있으니 휴대전화를 해보라고 했다. 서 팀장은 5년째 보험 관련 사건사고 정보를 공유하고, 수사 공조를 해온 '동업자'였다. 동우의 본업을 그가 알바로 도왔고, 동우는 그때그때 알바비를 계산해서 그의 대포통장으로 입금했다.

"왜 또?"

마뜩잖은 목소리였다. 아마도 받지 않으려다가 마지못해 받은 것 같았다.

동우가, 허남두 회장의 운전기사이자 백대길 대표의 운전기사였던 구만복의 자살을 아느냐고 물었다.

"누구? 구, 뭐라고……?"

서 팀장이 딴청을 부렸다. 슬롯머신의 레버를 당겼다가 놓는 소리와 뒤따라 숨차게 돌아가는 릴 소리가 수화기를 타고 들렸다. 그는 사건 현장이 아니라 사설 도박장에 있었다.

"구, 만, 복."

"글쎄…… 구, 마안, 보옥이 걔가 누군데?"

서 팀장이 짐짓 짜증스레 되물었다.

구만복과 4월 30일 두 차례나 통화를 한 서동오가 구만복이 누구냐며 되묻고 있었다.

"그만하셔."

"네가 무슨 상관이야."

도박을 그만하라는 것으로 알아들은 것 같았다.

"거짓말 그만하시라고."

만복과 통화한 사실을 들이대려다가 말았다. 들이대면 어떻게 알게 됐는지 되물을 것 같아 신경은 쓰였으나, 그보다 아직은 모르는 척하는 것이 우선일 듯싶었다.

"허, 씨발! 애기보살 빤스를 입었나. 미안해서 어쩌지. 사과를 해야 하나…… 씨발."

"어쩌긴 뭘 어째? 구만복이가 투신했다는 현장 위치나 알려줘."

"그걸 왜 나한테 알려달라고 지랄이야?"

뒤이어 슬롯머신을 발로 차는 듯한 소리가 들렸다. 그러고는 잠시 동안 욕설을 섞어 구시렁거리던 서 팀장이 짜증스러운 목소리로 문화1동에 있는 코스모폴리탄 아파트라고 일러줬다.

동우는 서 팀장이 지나치게 과장된 언행을 하고 있다는 의심이 들었다.

"301동 30층 1호 라인 쪽 옥상이다."

서 팀장이 덧붙였다.

코스모폴리탄은 다섯 개 동의 타워형과 아홉 개 동의 판상형으로 지었는데, 길 쪽의 타워형은 주상복합아파트였다. 이 아파트 301동 2201호에 안우용이 살고 있었다.

서 팀장이 상황실로부터 긴급 호출이 왔으니 전화를 끊자고 했다. 동우는 못 들은 척하고 만복의 사망 시각을 물었다.

"2일 새벽 1시에서 3시 사이로 나왔다."

"1시에서 3시 사이라니?"

"직장 온도를 재본 결과다. 이제 끊자."

사망 시각을 직장 온도로 추정했다는 것이 이해되지 않았다. 도심 한복판에 있는 아파트 30층에서 투신 사고가 났다. 모두 잠에 빠진 시각이라고는 하지만, 충격 시 마찰음이 컸을 터인데 경비는 물론이요, 입주민 가운데 아무도 듣지 못했다는 것이 가능한가 싶었다.

동우가 이 점을 물었다. 코스모폴리탄은 주상복합이라 1, 2, 3, 4, 5층이 상가이고, 또 그 시각은 천둥 번개가 친 깜깜한 밤이었다. 게다가 화단의 나뭇가지 위로 떨어졌기 때문에 추락 마찰음이 줄어들었을 것이라고 답했다.

"그렇다면 추락 충격도 줄었겠네?"

동우가 묻자, "씨발!" 하는 서 팀장의 욕설이 돌아왔다.

자살하겠다는 사람이 조경수 위로 투신을 했다는 말인데 선뜻 이해가 되지 않았다. 투신 충격으로 죽었다고 단정 짓는 것이 무리일 수도 있었다.

동우는 직접 현장 조사를 해야 할 것 같았다.

서 팀장 말에 따르면, 순찰 중이던 경비원이 사체를 발견한 시각이 6시 30분쯤이라고 했다. 부러진 나뭇가지가 화단 밖으로 널브러진 것을 보고, 주변을 살펴보던 중에 발견했다는 것이다.

"자살로 종결된 사건인데, 왜 끼어들어 분탕질이냐?"

"구만복 씨가 보험 가입자요. 나도 위에서 시키니까 이러는 겁니다."

눈 가리고 아옹 하는 수작이지만, 별수 없었다.

"오우, 그러셔. 수사 공조다?"

"……"

"거짓말도 좀 그럴듯하게 해라. 사고사를 조사하는 경우는 봤어도 자살을 조사하는 보험사는 금시초문이네."

가증스럽다는 말투였다. 그러고는 덧붙였다.

"증거 많아. 친구들에게 사랑한다, 잘들 살아라, 라는 문자메시지까지 돌렸고…… 또…… 그러고 말이지…… 아무튼 많아. 어쨌든 타살은 아니야. 수사 종결됐고, 검시까지 마쳤다니까…… 끝났어. 땡!"

동우는 그가 말하는 문자메시지의 실체가 궁금했다. 그는 모덕사 근처에서 만복의 스마트폰을 주웠을 때 통화 기록과 문자메시지를 뒤져 확인했다.

그때 서 팀장이 말하는 내용의 문자메시지는 없었다. 아니 있을 수가 없었다. 어떻게 투신 전에 버린 스마트폰으로 문자를 주고받을 수 있단 말인가.

"부검은 언제 합니까?"

"이 사람이 왜 이래? 자살 증거도 많이 확보했고, 똥구멍까지 쑤셔서 자살 시각까지 추정했다고 했잖아. 국과수도 존나 바빠."

동우가 말끝마다 많다고 하는 증거들을 대보라고 했다.

"좀 전에도 죄 말해줬잖아. 자살 동기는 신문이 이미 자세하게 보도했고…… 문자메시지, 사망자 코피, 사흘간 무단가출…… 등등."

"코피?"

동우가 물었다.

"그, 그래 코피…… 커피로 알아들었어? 어쨌든 멍도……"

서 팀장이 버벅거리다가 얼토당토않은 말을 했다.

"멍? 코피도 났고 멍도 들었고⋯⋯?"

"그래 멍. 떨어질 때 나뭇가지에 걸렸다고 했잖아."

서 팀장이 횡설수설했다. 슬롯머신에 신경을 쓰다가 말이 헛 나왔거나, 지난밤에 퍼마신 술이 덜 깬 때문일 수도 있었다. 그게 아니라면 거짓말을 하고 있는 것이었다.

투신자살한 사람에게서 코피가 나왔다니⋯⋯ 좀처럼 드문 현상이었다. 직장 온도에 의한 사망 추정 시간 역시 석연치 않았다.

동우는 서 팀장에게 한 시간쯤 뒤에 투신 현장에서 만나자고 했다. 올 때, 만복의 스마트폰을 가지고 오라고 했다.

서 팀장이 증거보전 절차에 있는 유품을 빼내는 것은 완전 불법인지라 들키면 파면감이라며 게거품을 물었다. 또 이미 증거보관실에 들어간 증거물은 빼낼 수 없다고 덧붙였다. 지나치게 과장된 반응이었다.

"20만 원."

"돈이 문제가 아니라니까 그러네⋯⋯ 나를 뭘로 보고."

슬롯머신 레버를 당겼다 놓는 소리가 들렸다.

"50!"

"⋯⋯"

다시 슬롯머신 레버를 당겼다 놓았다.

"싫어?"

동우가 최후통첩인 양 물었다.

"아, 알았어. 돈이 문제가 아니라니까⋯⋯ 방법을 찾아

볼게."

서 팀장이 구시렁거리며 슬롯머신 레버를 작동했다.

동우는 70만 원을 입금하면서 S1 카센터 함상억 사장의 전과 조회도 부탁했다.

서 팀장이 강화된 개인정보보호법 때문에 불가하다고 버텼다. 돈을 더 받으려는 빤한 수작이었다.

동우도 금융실명제를 들먹이며 그 돈에 못하겠으면 다 관두라고 했다.

3

"형님, 잭팟을 축하드립니다요. 오늘도 부디 걸음걸음 즐거운 하루 되시고, 발끝부터 머리끝까지 행복하세요. 그리고 또 오십시오."

지배인이 문 앞까지 따라 나와 깍듯이 배웅했다. 그는 서동오 팀장이 올 때마다 슬롯머신을 조작해 '보험료'를 상납했다.

서 팀장은 삭은 함석지붕을 인 폐창고를 질러 좁다란 비밀 통로를 빠져나왔다. 그사이에 문자가 도착했다.

'M-7'

70만 원을 입금 완료했다는 암호 문자였다.

서 팀장은 길 건너 24시간편의점 옆에 붙은 ATM기로 뛰어가며 담배를 빼 물었다. 운전자가 무단횡단하는 그에게 쌍욕을 퍼부었다.

서 팀장은 조승건 부장검사와 전화 통화를 하면서 부아가 치밀었다. 곧 끈이 떨어질 수도 있는 놈이 정중히 부탁을 하는 것도 아니고, 반말 짓거리로 명령을 했다. 순간, 비위가 상해 적당한 핑계를 대고 거절할까 생각했다.

그러나 설령 끈이 떨어진다 해도 20년 관록의 전직 부장검사를 무시할 수는 없었다. 일개 경감 따위가 무시할 상대가 아니었다. 그와 다시는 볼 일이 없다고 해도, 그의 동기와 선후배들까지 안 볼 수는 없었다.

서 팀장은 어려움에 빠진 사람에게 선행을 베푼다는 마음으로, 또 보험료를 납부한다는 마음으로 그의 명령을 따랐다. 그런데 선행을 베푼 대가인지, 뜻밖의 사실을 알게 되었다.

안짱다리 오토바이의 행적을 쫓다가 죽은 허남두 회장의 무창포 별장이 나오고, 그 별장에서 안인애까지 딸려 나온 것이다. 어디 그뿐인가. 안인애를 별장에서 데리고 나온 구만복이 어찌된 영문인지 안우용의 아파트 옥상에서 떨어지고, 갑자기 선우강규가 나타나 구만복의 투신에 대한 뒤처리를 부탁했다. 이게 모두 사흘 동안에 생긴 드라마 같은 일이었다.

서 팀장은 구만복의 이동경로를 뒤쫓다가 모덕사 근처에서 그의 스마트폰을 확보했다. 하지만 아쉽게도 아내와 전화 통화 중에 말다툼을 하느라 택배 차량을 놓치고 말았다.

그는 일단 허동우의 특이 동향을 서종대 의원에게 직보했다.

서 팀장은 ATM 기기에서 허동우가 보낸 돈을 찾고는 선우강규의 휴대전화번호를 찍었다.

"허동우가 낌새를 챈 것 같다."

"아, 안 돼요, 형! 막아줘, 제발!"

선우강규가 애원하듯 말했다.

아쉽고 급할 때만 형이라고 부르며 엄살을 떠는, 능글맞고 비위짱 좋은 놈이었다.

서 팀장은 시도 때도 없이 국제전화를 해서 욕설까지 내뱉으며 돈타령하는 아내를 원망하며 슬롯머신으로 딴 300만 원과 ATM 기기에서 인출한 70만 원을 들고 해외 송금을 위해 은행으로 향했다.

그는 송금을 하면서 술값으로 20만원을 뺐다.

4

안우용은 쑤셔대는 뼈마디를 추스르며 거실 다탁으로 가서 휴대전화를 집어 들었다. 허동우의 전화번호를 찾았다. 앞자리수가 '011'로 저장된 번호가 떴다. 오랫동안 연락을 주고받지 않은 것 같았다.

통화 버튼을 누르려던 우용은 흠칫 놀랐다. 집 안에 누군가가 얼씬거리고 있다는 느낌 때문이었다. 급히 주위를 둘러보았으나 아무도 없었다.

그는 사흘 전, 고속도로 휴게소에서 자신의 짐작이 맞았다는 사실에 눈앞이 깜깜했다. 그러나 다른 한편으로는 무언가 사태 해결의 실마리를 찾은 것 같아 다행이라는 생각이 들기도 했다.

그가 고속도로 휴게소로 가서 직접 확인한 CCTV 기록 화면에 허동우가 있었다. 야구 모자를 눌러쓰고 관광버스 앞에 서서 싸움 구경을 하는 놈이 틀림없는 허동우였다. 놈의 차가 BMW가 아닌 검정색 푸조였다. 미행을 위해 렌트를 했을 것이다.

그가 특정 고속도로 휴게소에서 하릴없이 기웃거리며 3시간 40분이나 머무른 것을 우연으로 볼 수는 없었다.

그는 검사 사위의 도움을 받아 허동우가 검찰에 접수했다는 63쪽짜리 제보 문건을 보고 가오도서관에서 본 복사본을 떠올려 비교한 결과 서로 같은 문서라는 사실을 확인했다. 복사본이 크기만 작을 뿐이었다.

때문에 안우용은 인애를 구출해서 보호하고 있다는 구만복의 말을 선뜻 믿을 수 없었다. 인애가 무창포 별장에 감금되어 있었다면 허동우의 간여를 의심해볼 수밖에 없는데, 그가 만복이 같은 얼뜨기에게 꼬리를 밟힐 만큼 어설프거나 허술한 놈이 아니었다.

만복이 인애의 모습을 찍어 보냈으나, 그조차 믿기지 않았다. 더욱이 구출해서 데리고 있다는 인애는 내놓지 않고, 사진만 몇 장 찍어 보내며 먼저 돈을 더 내놓으라고 을

러대는 야바위꾼 같은 놈을 어떻게 믿을 수 있단 말인가.

휴대전화를 쥔 채 착잡한 심정에 빠져있던 우용은 한참을 망설이다가 통화 버튼을 눌렀다. 전화번호가 바뀌었고 바뀐 번호로 연결하겠다는 안내 음성이 나왔다. 심장이 벌렁대는 중에 신호음이 꽤 길게 울렸다.

"누구십니까?"

자신이 누구라고는 밝히지 않고 상대가 누구인지 물었다. 잔뜩 굳어 갈라지고 뻣뻣한 목소리였다. 발신자를 확인하고 묻는 것 같았다. 허남두 장례식 이후 처음 듣는 목소리였다.

"날세. 안 부지사야……"

우용은 휴대전화기를 양손으로 감싸 쥔 채 무릎을 꿇었다.

"……"

"무측은지심 비인야라 했는데…… 내가 도리를 못했구면. 그동안 연락 한 번 못해서 미안하이. 무탈했는가?"

우용은 '무측은지심 비인야'를 힘주어 말했다. 무측은지심 비인야는 납치범이 인애의 납치 사실을 처음 통고할 때 변조한 음성으로 건넨 말이었다.

"……"

상대의 대꾸가 없었다.

"한번 봤으면 하는데…… 오늘 점심 어떤가?"

"저를 볼 일이 뭐가 있으시다고……?"

"이러지 마시게…… 우리가 언제 일이 있어서 봤는가? 지난밤 꿈에 망극하게도 자네 부친을 뵀다네. 내가 생전에 많은 신세를 졌는데…… 그래서 말인데…… <u>으ㅎㅎㅎ</u>.”

꿈까지 조작해가며 만날 구실을 지어낸 우용은 웃음인지 흐느낌인지 모를 괴음을 흘렸다.

“……”

“죽을 날이 가까운 뒷방 늙은이가 아닌가. 측은히 생각해서 부탁 한번 들어주시게나.”

“……”

계속 아무런 대꾸가 없었다.

우용은 만날 시간과 장소를 말한 뒤, 잽싸게 전화를 끊었다.

통화를 마친 그는 안방 금고를 열었다. 안짱다리가 전달해준 각대봉투에서 인애의 사진을 빼고 현금 다발을 채워 검정 크로스백에 넣었다.

5

안우용이 정한 약속 장소가 ‘하루키’였다. 다짜고짜 ‘무측은지심 비인야’를 내질러 상대를 떠보고 압박을 줄 만큼 무모하고 뻔뻔스럽고 교활한 늙은이였다. ‘은여우’라는 별명에 걸맞은 짓이었다.

허동우는 은여우가 무엇을 어디까지 어느 만큼이나 알아냈는지, 아니면 무엇을 얼마만큼이나 알아낼 속셈으로 만나자는 것인지 궁금했다. 어쨌든 동우로서는 굳이 만나지 않을 이유가 없었다.

"막상 요단강 앞에 이르렀다고 생각하니, 돌아볼 것들이 많으이."

눈두덩과 이마에 각각 일회용밴드를 붙인 늙은이가 굳은 표정으로 너스레를 떨었다. 눈두덩에 붙인 밴드에는 피가 배나와 있었다. 생전에 아버지는 안우용의 이런 얍삽하고 노회한 가식을 진정성이라고 믿었다.

"지팡이 없이 다니시는 걸 보니 아직 요단강은 먼 것 같습니다, 부지사님."

우용이 악수를 하자며 내민 손을 동우가 피하며 말했다.

"자네…… 얼굴이 어쩌다 그 모양인가? 아직도 맞으며 사는가?"

우용이 동우의 부어올라 멍든 볼을 가리키며 물었다. 걱정인지 비아냥인지 알 수 없는 말투였다.

"예. 여러 어르신들 덕분에 죽기 전까지 쭉 맞으면서 살아야 할 것 같습니다. 그러시는 어르신은 부부 싸움이라도 하셨는지요?"

사돈 남 말 하는 우용에게 되물었다.

"잠자리 같이할 기운도 없는데 부부 싸움질이라니 당치 않네."

여전히 넉살 좋은 늙은이였다.

사장이 안우용표 점심 특선을 직접 들고 들어왔다. 동춘을 시켜서 도서관으로 배달해준 것과 똑같은 메뉴였다.

음식이 상 위에 오를 때 우용이 동우의 표정을 살폈다.

그러고는 돌아서 나가는 사장을 불러 세웠다.

"신 사쪼. 여기 이 친구와 인사 좀 나누지. 허동우 실장이라고, 돌아가신 마실의 허 회장님 외아드님일세. 그리고 여기 신 사장님은 그 유명한 스시 명장인 오노 지로에게 사사한 분이시라네."

갑작스러운 소개에 고개를 든 동우가 사장과 눈인사를 나눴다. 사장에게 동우의 얼굴을 확인케 하려는 수작 같았다.

"허 회장님께서도 귀한 손님 모시고 가끔 들러주셨지요. 제가 신세를 많이 졌습니다."

사장이 일본식 린넨 롱 앞치마에서 꺼낸 명함을 두 손으로 건네며 일본식으로 굽실거렸다. 그러면서 동우를 찬찬히 뜯어봤다.

"따님은 잘 계시는지요?"

사장이 나간 뒤, 동우가 우용과 눈을 맞춘 채 물었다.

"누, 누구……? 인애 말인가?"

음식을 권하려 내밀던 손을 거둔 늙은이가 낯빛이 변하며 버벅거렸다.

"제가 모르는 딸도 있으세요?"

동우가 물수건으로 손을 닦으며 물었다.

"아, 아닐세. 그런 거 없네. 어서 드시게. 내가 여기 올 때면 늘 시키는 메뉴라네. 묻지 않고, 내가 좋아하는 걸 맘대로 시켜서 미안허이. 자, 어서 들게."

우용이 플라스틱 통에 담긴 사케를 들어 입술을 축이며

말했다. 사케를 잔에 담지 않고 굳이 배달용 플라스틱 통에 담아 내온 것을 보고 동우는 쓴웃음이 나왔으나 애써 감췄다.

"별말씀을요. 맛있어 보입니다."

동우가 넉살 좋게 히죽 웃으며 자기 앞의 플라스틱 통을 집어 들었다.

"당세가 급전직하하는 바람에 선친이 어려울 때 힘이 되어주지 못한 게 두고두고 한일세."

늙은이가 계속 변죽을 울리며 간을 봤다.

동우는 참치 초밥 한 점을 입에 넣었다.

"선친께서 따로 이승에 남기고 가신 짐이 있으신가?"

우용이 표정을 바꾼 뒤, 들고 있던 젓가락을 슬며시 상위에 내려놓으며 말했다.

"무슨 말씀이신지……?"

회 쪼가리가 목구멍에 걸린 탓에 목소리가 갈라졌다.

"여한 같은 거 말일세."

"비명횡사를 당하셨는데 여한이 어찌 없으시겠습니까, 부지사님."

"이보시게. 성경 말씀에 이르길, 미련한 자는 당장 분노를 나타내거니와 슬기로운 자는 수욕을 참느니라, 했다네. 세상사가 인력으로만 되는 것이 아닐세."

충고 겸 경고 같았다.

"이미 돌아가신 분에게 분노와 수욕이 있다 한들 무슨 소용입니까."

"맞는 말일세. 그러니 돌아가신 분의 여한은 돌아가신 것으로 끝나야 하지 않겠는가?"

"아버님의 자업자득이시지요. 부지사님께서 신경 써주실 만한 분노나 수욕 따위는 제게 없습니다."

동우가 답했다.

"자네도 아니라면, 망자의 짐을 지고 동분서주하는 자가 누구란 말인가?"

눈길을 허공에 박은 우용이 넋두리인 양 말했다. 집요한 늙은이였다.

"무슨 말씀이신지……? 그리고 부지사님께서 왜 신경을 쓰시는 것인지……?"

동우가 따지듯이 물었다.

"비밀 기록을 봤다는 사람이 있어서 이러는 것이네."

동우를 향해 상 위로 고개를 뺀 늙은이가 나지막이 말했다.

"비밀 기록이라니요?"

"아니, 제보까지 한…… 그래…… 자, 자넨 모를 수도 있을 거야……"

하던 말을 급히 멈춘 그가 손사래를 쳐가며 덧붙였다.

"그 비밀 장부를 보시면 제게도 꼭 알려주세요."

동우는 터져 나오려는 웃음을 참으며 말했다.

"나도 떠도는 말을 주워들었을 뿐일세."

우용은 허둥대다가 젓가락으로 가까스로 집은 회 쪼가리를 미소된장국 속에 떨어뜨렸다.

"장례식장엔 다녀오셨습니까?"

미소된장국을 그릇째 들고 벌컥벌컥 들이마신 동우가 화제를 바꿨다.

"장례식장이라니……?"

"구만복 씨가 부지사님이 사시는 코스모폴리탄 301동 옥상에서 떨어져 죽었다는데, 모르셨나요?"

"누, 누가 떨어져……? 어디서……? 주, 죽어……? 왜?"

사색이 된 늙은이가 마치 헛것이라도 본 양 허우적댔다.

동우가 미소된장국을 벌컥벌컥 마시고 말했다.

"저는 아직 문상 전입니다."

동우가 다 마신 된장국 그릇을 탕, 하고 상 위에 때려 붙였다. 그 소리에 움칠한 우용이 말을 더듬었다.

"사, 사람이 주, 죽었다는데…… 가, 가봐야겠지. 그런데 어쩌다가……?"

"그러시다면 제 차로 같이 가시지요."

"그, 글쎄…… 그럴까……"

사기 숟가락 쥔 우용의 손이 바들바들 떨렸다. 국그릇 안에서 숟가락과 조개껍질이 부딪히는 소리가 났다.

숟가락을 내려놓은 우용은 사색이 된 얼굴로 자리에서 일어났다. 그러고는 갑자기 주술을 외우듯이 주절주절 말했다.

"자, 장부…… 그 비밀 장부 말일세. 그건 반드시 찾아야만 하네. 그게 어떤 재앙을 부를지 몰라. 많은 사람이 크게 다칠 수도 있어. 내, 내가 도울 수 있을 걸세."

우용은 다시 주저앉아 상 밑으로 팔을 뻗어 두툼한 각대 봉투를 챙겼다.

허동우가 시동을 걸자, 클래식 음악이 흘러나왔다. 시동을 끌 때 오디오를 끄지 않은 때문이었다. 아내가 녹음해 보내준 연습곡 「더 우든 프린스」였다.

"보스턴 심포니에 있다는 아내 연주곡인가?"

조수석에 탄 안우용이 물었다. 눈치 빠른 늙은이였다.

"아내가 아니라 전처지요."

동우는 퉁명스레 말하고 음악을 껐다.

일식집에서 장례식장까지는 6차선 큰길을 따라 이어져 있어 5분 거리였다.

"날 좀 부축해주게."

장례식장에 도착하자 우용이 조수석에서 차 문을 붙든 채 도움을 청했다.

"지팡이는 파셨습니까?"

검정색 넥타이를 매던 동우가 퉁을 났다.

"자네가 내 지팡이를 어찌 아는가?"

순간 동우는 당황했다. 우용을 끝으로 만난 것은 1년쯤 전이었고, 그가 지팡이를 짚고 다닌 것은 6개월 전부터였다.

"따님께서 선물한 명품 지팡이라고 자랑하며 다니셨다는 소문이 파다한데, 그걸 모르는 사람이 있을까요?"

동우가 우용의 말을 어림짐작으로 받아넘겼다.

"그, 그런가. 어쨌든 그 지팡이는 잃어버렸다네."

영안실은 지하 1층 특실이었다. 동우의 팔에 매달린 우용이 엘리베이터에서 내려 영안실로 들어갔다. 그는 고개를 숙인 채 하체를 바들바들 떨며 끌려가듯이 걸었다.

부의록에 서명을 하고 빈소로 들어간 우용은 영정을 외면한 채 절을 했다. 그러고는 코를 훌쩍이며 일어서다 말고 고꾸라졌다. 만복의 여동생과 동우가 혼절한 우용을 바로 눕히고 팔다리를 주물렀다.

잠시 후, 가까스로 정신이 돌아온 우용이 헛손질을 해대며 대성통곡했다. 문상객들이 과한 호곡에 의아한 표정으로 우용을 바라보며 쑥덕거렸다.

뒤늦게 분향과 절을 한 동우는 벽에 기대앉은 망자의 어머니에게 다가가 애도의 뜻을 전했다. 혈액암 의심 판명을 받았다고 했는데, 까만 살색에 뼈만 발라놓은 것처럼 앙상했다.

"아이고오…… 아이구! 우리 도련님! 우리 도련님이 오셨네!"

그녀가 바람 새는 듯한 곡을 하며 동우를 맞았다. 아버지 집에서 상주하며 식모살이를 했던 그녀는 엉금엉금 기어 나와 동우가 내미는 손을 맞잡았다. 그녀의 손이 타다 남은 삭정이 같았다.

"회, 회장님이…… 살아 계셨다면…… 아이고오…… 만복이가, 우리 만복이가…… 이렇게 죽지는, 않았을 것인디……"

그녀가 억울함을 호소했다. 동우는 아버지가 살아 있었다 해도 만복의 죽음을 막을 수는 없었을 것이라는 생각을 하며 그녀의 어깨를 토닥였다.

그사이 또다시 곡을 마친 안우용이 고개를 세우고 주변을 두리번거리다가 그녀와 눈이 마주쳤다. 순간, 놀라 피하듯 눈을 돌린 그가 상기된 표정으로 비척거리며 일어섰다.

방금 전까지 만복의 죽음 앞에서 실신까지 해가며 애도한 우용이 정작 참척을 당한 그녀를 모르는 척했다. 만복의 여동생이 벽을 짚으며 일어서는 우용을 부축했다.

우용이 나간 뒤, 그녀가 장탄식을 했다. 그러고는 아들은 절대 자살할 이유가 없다고 했다. 돈이 마련되어서 엄마의 병을 고쳐줄 수 있다고 했다는 것이다. 그런 아들이 왜 갑자기 자살을 하겠느냐며 따져 물었다.

동우를 붙잡고 하소연을 하던 그녀는 성경을 챙겨 든 문상객들이 우르르 몰려오자 그를 놔주었다.

동우는 접수대 부의록을 뒤져 S1카센터 사장 이름을 찾았다. 함상억이라는 이름은 없었다. 함상억의 조문 여부를 확인하기 위해 부의록을 뒤적이던 동우는 안우용이 두 번 서명되어 있는 사실을 발견했다. 동명이인인가 싶었으나 필체가 같았다.

동우는 빈소를 나와 1층에 있는 사무실로 가서 도움을 청해 CCTV 녹화 화면을 확인했다. 함상억은 없었고 안우용이 두 차례 보였다.

밖으로 나온 동우는 찬송가를 등진 채 장례식장 주변을

둘러봤다.

그는 주차장 입구에 몰려 선 채 가래침을 뱉어가며 담배를 피우고 있는 사내들 곁으로 다가갔다.

동우는 말을 붙이기 위해 담배를 꺼내 물고 사내들을 둘러보며 불을 빌리자고 했다. 검정색 카니발에 등을 기대고 있던 곱슬머리 사내가 라이터를 내밀었다. 불을 건네는 사내의 손목에 문신이 있었다. 전서체로 쓴 '度(도)'였다. 조왕구의 똘마니들이었다. 만복의 장례식장에 조왕구의 똘마니들이 설치고 다니는 것이 궁금했으나 대놓고 물어볼 수도 없었다.

동우는 두어 모금 빼는 시늉을 하던 담배를 버리고 차로 향했다. 시동을 걸고 오디오를 켜자 듣던 곡이 흘러나왔다.

안전벨트를 매던 동우는 조수석에 놓여 있는 각대봉투를 발견했다. 우용이 두고 내린 각대봉투 같았다. 각대봉투를 집어든 동우는 깜짝 놀랐다. 양동춘 편에 인애의 사진을 넣어 전달했던 각대봉투였다. 우용이 고의로 두고 내린 것 같았다. 각대봉투를 집어 들고 내용물을 확인하려고 할 때, 누군가 차 유리문을 거칠게 두드렸다.

동우가 창을 내리자 선우강규가 고개를 내밀며 알은체를 했다. 보고 싶지 않은 놈이었다.

"여전히 대단한 애처가십니다. 이 곡이 아마…… 발라, 아니 벨라 바르톡의 「허수아비 왕자」지요?"

동우는 대꾸하고 싶지 않았다. 그는 얼른 눈인사를 보낸 뒤, 액셀러레이터를 힘껏 밟았다. 각대봉투를 확인하고,

우용을 찾아서 전해주려 했다. 그러나 그보다는 자신과 각대봉투를 본 강규를 피하는 일이 우선이었다.

장례식장을 빠져나온 동우는 빠른 속도로 서너 블록을 이동한 뒤 갓길에 차를 세우고 각대봉투를 열어보았다. 안에서 쪽지와 현금 다발이 나왔다.

無惻隱之心 非人也(무측은지심 비인야)

날 용서하게. 자네는 모르겠지만 아버님 생전에 내가 빌려 쓴 돈이라네. 이자 없이 원금만 돌려주니 서운케 생각 말고 받아주시게.

동우는 이면도로에 차를 주차한 뒤 각대봉투와 보스턴 백을 챙겨 커피숍으로 들어갔다.

커피를 주문하고 자리에 앉은 그는 노트북을 꺼내 켜고, '智(지)'라고 쓴 띠지를 붙인 검은색 표지의 데스노트를 펼쳐 뒤적였다.

잠시 후, 토르(Tor) 브라우저를 이용해 강형중 교수에게 이메일을 보냈다.

6

허동우는 강형중 교수에게 이메일을 보낸 뒤, 검정색 표지의 데스노트를 봉투에 넣고 봉했다. 그러고는 식어버린 커피를 마시고 있을 때, 서동오 팀장으로부터 전화가 왔다.

사건 현장에서 만나자더니 왜 나타나지 않느냐며 성질을 부렸다. 시계를 보니 약속 시간에서 20분이 지나 있었다. 계획에 따라 진행 중인 상황들을 되짚어 점검하다가 안우용의 언행이 뭔가 수상쩍다는 생각에 빠져 약속 시간을 깜박한 때문이었다.

동우는 바쁜 사람을 30분씩이나 기다리게 했다고 비속어를 섞어가며 짜증을 부려대는 서 팀장의 뒤에 달라붙어 엘리베이터에 올랐다.

옥상 출입구에는 수십 가닥의 샛노란 폴리스라인이 덕지덕지 쳐져 있었다. 출입문의 디지털 시건장치는 뜯겨져 있었다. 수사가 완전히 종결됐다는 서 팀장의 말은 거짓이었다.

동우는 먼저 아이폰 동영상으로 옥상 구석구석을 찍었다. 철제 난간으로 둘러싼 옥상에서 고개만 돌리면 시가지 삼면이 파노라마처럼 한눈에 들어왔다. 남서쪽 방향만 보문산에 가려 보이지 않았다.

투신 지점이라며 가리킨 곳과 주변은 물청소를 한 양 깔끔했다. 나흘 전과 그제 새벽과 어제 오후에 억수 같은 장대비가 단속적으로 계속해서 내렸으니, 단서가 될 만한 흔적이 남아 있을 리 없었다.

"여기에 구두가 요렇게, 요렇게 가지런히 놓여 있었고…… 요기, 바로 요기에는 다 마신 소주병이 요래 얌전하게 세워져 있었다."

서 팀장이 당시의 현장을 디테일하고 진지하게 설명했다.

동우가 화단에서 봤던 자국은 구두가 아니었다. 뒤축에 찍힌 자국이었는데 문양이 운동화로 추정됐다. 그런데 서 팀장은 만복이 구두를 벗어놓고 투신했다고 말했다. 구두를 벗고 투신했는데, 투신 지점에 운동화 자국이 있는 것이다. 스마트폰 메시지에 이은 두번째 미스터리였다.

"운동화와 소주병은 감식했나?"

동우가 구두를 운동화로 슬쩍 바꿔 말했다.

"뭘 감식?"

서 팀장이 눈알을 부라리며 되물었다.

"구두야, 운동화야?"

동우가 서 팀장을 째려보며 물었다.

"뭐……? 구, 구두다. 구두라고 했잖아. 왜?"

그가 더듬거릴 때마다 술 냄새가 묻어나왔다.

"구만복 씨가 무엇 때문에 안우용 씨가 사는 아파트 옥상에서 자살을 했을까? 이상하지 않아?"

동우가 딴지를 걸 듯 말했다.

"투신자살이 맞아요. 자살을 우긴다고 타살이 되나? 나 지금 좆나게 바쁘고 스트레스 이빠이야. 피곤하다고."

동우는 만복의 스마트폰을 보여달라고 했다. 그가 주머니에서 스마트폰을 꺼내서 보여줬다. 투명 비닐봉지에 담긴 스마트폰은 케이스가 있는 검은색 갤럭시 넥서스였다. 동우가 주워서 확인했던 것과 같은 모델이었다. 그러나 확인 당시 스마트폰에는 케이스가 없었다.

동우는 자세히 보고 싶으니 스마트폰을 달라고 했다. 그러자 서 팀장이 몸을 뒤로 빼며 수사 관련 증거물은 오염시켜서 안 되고, 또 보여줬으니까 약속은 지킨 것이라고 했다. 어처구니가 없었다.

동우는 서 팀장의 태도와 여러 정황으로 볼 때, 구만복의 투신자살이 의심스럽다는 결론을 내렸다. 그는 서 팀장과 헤어질 때 만복의 주민등록번호를 물었다.

차로 돌아온 동우는 노트북을 열었다. 보험협회 사이트에 접속해 구만복의 주민번호로 보험 정보를 조회했다.

동우는 다시 대명대 부속병원 영안실로 차를 몰았다.

만복의 어머니를 다시 만난 동우는 아들의 타살이 의심된다고 말했다.

"그렇지유? 자살이 아니지유?"

마치 물에 빠져 허우적거리다가 지푸라기라도 잡은 사람 같았다.

"오빠 자살할 이유가 없어요."

만복의 여동생도 거들고 나섰다. 모녀는 만복의 갑작스런 죽음보다 그의 자살했다는 사실을 더 충격적으로 받아들이는 것 같았다.

"아직 단정하긴 힘듭니다만……"

그러나 망자의 억울함을 밝히고 유족의 명예를 생각한다면 반드시 부검이 필요하다고 덧붙였다. 여동생이 고개를 끄덕였다. 그러나 어머니는 고개를 내저었다.

"안 돼. 죽은 애를 또 쥑이는 건…… 절대 아, 안 돼유, 도련님."

결연한 말투였다.

"몸은 이미 죽었다지만, 아드님과 가족에게 오명을 남길 수는 없는 것 아닌가요?"

동우가 설득에 나섰다.

"아무튼 죽은 건 죽은 거유. 하나님이 데려갔어요. 다 끝난 거지유."

"자살한 사람은 하나님이 데려가지 않아요."

동우가 어머니의 신앙심을 자극했다.

"……"

여자가 동우를 물끄러미 쳐다봤다. 원망이 담긴 표정이었다.

"잘 아시잖아요? 자살이 아니라는 걸…… 아드님의 억울한 죽음을 밝히는 건 살아 있는 유족의 몫이에요."

그가 그녀의 목에 매달린 십자가 펜던트를 바라보며 말했다.

"두 번 죽이는 거 난 못혀유, 도련님."

언제 왔는지, 복도를 서성대던 선우강규가 여자의 도리질을 바라보고 있었다.

동우의 마음이 급해졌다. 그는 만복의 여동생에게 오빠의 신발을 볼 수 있냐고 물었다. 잠시 후 여동생이 검정 비닐봉지를 건넸다. 흙물이 밴 리복 운동화가 들어 있었다.

별장에서 찍은 발자국 사진과 밑창이 동일한 운동화였다.

그는 운동화를 돌려줬다. 그러고는 죽은 구만복이 든 보험과 보험금 수령액에 대해 간략히 설명했다. 자살인 경우, 보험금 5,000만원은 수령이 불가하다고 말했다. 동우를 등지고 있던 만복 어머니가 돌아앉았다. 그녀의 눈빛이 번뜩였다.

"천국에서 내 아들 만나야지."

여자가 부검을 허락했다. 여자의 답을 얻은 동우가 선우 강규를 돌아다봤다.

7

봉이순 여사는 시내버스를 타고 중앙시장으로 갔다. 어머니가 장사를 할 때 드나들었던 중앙시장이 아니었다. 이제는 점포와 찾는 손님이 줄어 휑하고 썰렁한 파장 기운마저 감돌았다. 이 빠진 것처럼 한두 채 헐린 곳은 점포의 잔해가 뜯어진 가림막 뒤에 흉물로 방치되어 있었고, 한꺼번에 예닐곱 채쯤 헐어낸 곳은 임시 주차장으로 쓰이고 있었다.

그녀는 포목점 뒤에 붙은 이불 가게로 들어갔다. 진열창에 서툰 손 글씨로 '대량 주문 60% 파격 세일'이라고 써 붙여놓았다.

솜이불이 한 채당 12,000원이었다. 중국산이고, 비수기라 30퍼센트 깎은 가격이라고 했다. 가격 대비 제품의 질이 좋다는 말 같았다. 쪽방촌 241가구 가운데 216가구의 노인들이 이불을 사달라고 청했다. 쪽방촌 독거노인들이 덮을 이불이라고 하자, 주인 남자가 값을 더 깎아주었다. 한 채당 10,000원씩 216채를 샀다. 수입 원가라고 했다.

다이아 반지를 팔아 받은 돈 가운데 노 마술사의 수술비를 내주고 남은 돈이 있었다. 그 돈 중의 일부로 이불 값을 지불했다. 봉 여사는 중동구청 노인복지과로 이불 배달을 부탁했다.

이불 가게를 나온 봉 여사는 버스를 타고 사전동으로 향했다.

재개발지구로 지정된 사전동 3구역은 전쟁터였다. 불에 타 그슬린 집들도 보이고, 반파된 집도 보였다. 그리고 골목마다 쓰레기와 폐기물들이 함부로 버려져 있어 정상적인 통행이 힘들 지경이었다.

개발회사·홍보회사·철거회사·선정된 시공회사는 조합원 편에, 시민단체는 비조합원 편에 각각 붙어서 2년 넘게 서로 죽을 둥 살 둥 싸워왔다. 지금은 양측이 맞소송을 걸고 서로의 주장을 펼침막에 적어 붙이고는 비방전을 벌이고 있었다.

전경들이 버스에서 숙식하며 상주했는데, 재개발구역을 포위하듯이 둘러싼 채 구역 밖을 순찰하고 다녔다. 그러나 정작 구역 내의 방범이나 치안은 관여하지 않았다. 협박과 공갈에 시달리는 비조합원들이 이에 대해 항의를 했으나 재개발구역은 함부로 들어가지 말라는 상부의 지시를 받았다고 했다. 조합원과 비조합원 간의 다툼으로부터 엄정 중립을 지키라는 엄중 지시라고 했다.

미래는 조합원 모두가 만들어가는 것입니다
재개발추진위원회

조합설립무효확인소송→관리처분계획취소소송→총회결의무효확인(시공사)소송이 고등법원(2심) 재판 진행중입니다. 주민 여러분 끝이 보입니다. 조금만 더 기다려주십시오. 정의가 승리합니다.

사전 3구역 세입자 주거이전비 지급 안내
신청 대상: 2010년 3월 9일 이전에 전입신고 이후 2012년 5월 15일까지 거주 세입자
지급 안내: 대상자 중 2012년 4월 1일 이전 이주한 세입자는 현장 이주 확인 후 동년 4월 15일부터 통장으로, 지급 4월 1일 이후 세입자는 이주 확인 후 주거이주비 지급
문의 전화: 295－0098 팩스 319－1220
사전뉴타운 사전 3구역 주택개발정비사업조합 조합장 엄석중

사전동은 쌀과 곡식을 파는 싸전(廛)이 있어 사전동이

되었다는 주장과 절에서 부쳐 먹던 큰 밭이 있어 사전동이 되었다는 두 가지 탄생 유래가 섞여 있는 유서 깊은 마을이었다. 사전 3구역은 허물어진 삼국시대 석성을 등지고 계단식으로 조성되었던 농지에 들어선 마을이었다. 백제 것이었는지 신라 것이었는지 알 수 없는 석성 위에 오르면 대청호가 내려다 보였다.

마을은 재개발지역으로 지정되면서 집값이 다섯 배로 뛰었다. 이 마을에 육양순 의원의 집이 있었다.

봉 여사는 골목 어귀까지 마중 나온 부위원장 아주머니의 뒤를 따라 철거반대주민대책위 사무실로 들어갔다. 남편 백대길이 선거에서 떨어진 뒤부터는 위원장이 아닌 부위원장이 마중을 나왔다.

사무실은 아래층을 헐어 창고로 쓰는 슬라브 집 2층에 있었다. 창고에는 구호들이 적힌 각양각색의 피켓들이 들어차 있었고 슬래브 집 옥상에는 5미터 높이의 감시용 망대가 설치되어 있었다. 지대 자체가 높아 망대에 올라서면 사전동 전체를 살필 수 있었다.

사무실로 쓰는 방 한쪽에 링거를 꽂은 노인이 돌아누워 있었다. 봉 여사가 들어오자 노인이 앓는 소리를 냈다. 머리에 붕대를 감고 어깨 깁스를 하고 있었다.

"사흘 전 점심나절에 아버님이 현수막을 달려고 사다리에 올라가셨는데 용역 깡패들이 사다리를 흔들며 장난질을 치다가 그중 한 놈이 아버님의 허리춤을 낚아채 땅바닥에 내동댕이쳤시유."

며느리라고 인사를 한 덩치 좋은 여자가 노인이 누워 있는 이유를 들려줬다. 봉 여사는 포클레인과 불도저의 굉음 때문에 여자가 하는 말을 겨우 알아들을 수 있었다.

"깡패 놈들이 쓰러진 아버님을 밟고 팼시유. 옷도 죄 찢고…… 후레자식들."

맞을 때 전경이 구경만 했고, 신고를 했지만 경찰이 오지 않아 알아서 도망쳐야 했다고 했다. 억울하고 분해서 고소장을 냈더니, 용역 깡패도 맞고소를 했다는 것이다. 내동댕이쳐지고 맞아서 어깨와 허리를 다친 시아버님은 전치 3주가 나왔는데, 때린 놈은 4주 진단서가 나왔다. 신고를 접수한 경찰은 3주도 이해가 안 되고, 4주도 이해가 안 된다며 쌍방 합의를 하라고 윽박질렀다는 것이다.

봉 여사는 어처구니가 없어 물었다.

"허리를 다쳐 움직이지를 못하는데 어떻게 3주가 나와요?"

"그걸 왜 지한테 묻는대유?"

여자가 되물었다. 악에 받쳐 사리분별이 안 되는 것 같았다.

4주는 형사 입건 대상이라고 했다. 칠십대 노인네가 삼십대 깡패에게 밟히고 맞았는데, 맞은 시아버님에게는 구속영장이 떨어졌다니 악에 받칠 만도 했다.

"경찰은 뭐 했대요?"

봉 여사의 질문을 받은 여자가 세상 물정 모르는 철부지를 바라보듯 잠시 쳐다보다가 답했다.

"우리가 신고를 하면 경찰이 아예 안 와요. 심하게 항의를 하거나 지구대로 직접 찾아가서 경찰을 억지로 끌고 오면 깡패들 앞에서 팔짱을 낀 채 눈만 껌벅거리고 있다가 출동 확인만 하고 갑니다요."

"경찰이 용역과 편먹었대요?"

"되레 깡패들이 칼자국과 담뱃불에 지진 상처 자국을 내보이며 자기들이 피해자라고 해요."

"오지 말라고 했는데 왜 왔냐며 호통을 치면서 경찰에게 침을 뱉고 귀싸대기를 올려붙이는 놈도 있어요."

경찰이 용역에게 맞기까지 한다는 얘기였다.

"빠루를 들고 다녀서 우린 빠루라고 부르는 놈인데, 아주 악질이에요. 아이들 등하교 시간에 맞춰 아침저녁으로 빤스만 입은 채 빠루를 휘둘러대며 마을을 휘젓고 돌아다녀요. 경찰에 신고를 했더니, 화재 예방을 위한 자율방범을 하는 건데, 문제될 것이 뭐냐는 거예요."

"누가요?"

"경찰이요."

"육양순 의원 말도 안 들어요?"

"누가요?"

"경찰이요."

"경찰과 깡패가 한패예요."

"육 의원도 한패야."

"빤스를 입고 빠루를 휘둘러야 자율방범인가요?"

노인의 며느리가 봉 여사를 보며 물었다. 어떻게든 해달라는 뜻인데, 힘없는 봉 여사는 난감했다.

"지들이 빈집마다 불을 지르고 다니는 걸 빤히 아는데, 방범은 무슨……"

봉 여사는 타임 머신을 타고 반세기 전으로 되돌아간 것 같았다. 아니, 군부독재 시절로 순간 이동을 한 것 같았다.

자초지종을 밝히고 푸념이 끝나자, 방 안에 앉은 대책위 주민들이 일제히 봉 여사를 바라봤다. 경찰도 어쩌지 못하는 용역 깡패들을 처리해달라고 했다. 봉 여사가 할 수 있는 일이 아니었다. 그녀는 난감해하며 끙끙거리다가 국토해양위원회 소속 양요환 의원을 만나서 대책을 상의해보겠다고 했다. 가능성 없는 궁색한 답변이었다. 하지만 주민들은 고개를 끄덕였다.

이때 문밖에서 인기척이 들렸다.

"손님이 계신 것 같은데, 내가 좀 들어가도 되겠소?"

걸걸한 목소리였다.

방문이 열리자, 건장한 사내에게 몸을 의지한 양복 차림의 노인이 머리를 숙인 채 디딤돌 위에서 신을 벗고 있었다. 자라 모가지처럼 어깨에 목이 폭 파묻힌 곱슬 백발노인이었다. 벗어놓은 페라가모 구두를 건장한 사내가 한쪽으로 가지런히 챙겼다.

노인이 들어서자, 덩치 좋은 여자가 벌떡 일어나 백발노인을 밀치며 고함을 질렀다.

"나가욧! 당장 나갓!"

방문턱을 넘어서던 노인이 여자의 고함과 덩치에 떠밀

려 뒷걸음질을 쳤다. 구두를 챙긴 젊은 사내가 문밖으로 떠밀린 노인을 잽싸게 부축했다.

잠시 디딤돌 위에 맨발로 선 채 머뭇거리던 노인이 양복 저고리를 뒤져 봉투를 꺼냈다.

"어이, 민수!"

노인이 방 안에 대고 소리쳐 불렀다. 목소리가 우렁차고 위협적이었다. 돌아누웠던 노인이 흠칫 놀라며 몸을 돌렸다.

"나 석중이야, 엄석중. 다녀가네. 병문안 왔는데, 자네 며느리에게 쫓겨 가네. 얼른 쾌차하게. 그러고 말일세. 우리가 살아봐서 잘 알잖아. 세상사는 다 생각하기 나름이야. 너무 안 좋은 쪽으로만 생각하지 말게. 내가 좀 더 신경 쓰세."

백발노인이 허리를 굽혀 문지방 밑에 봉투를 놓고 돌아섰다. 사내의 부축을 받아 발끝으로 주섬주섬 구두를 꿴 노인이 절뚝거리며 대문을 향해 걸었다. 그가 뒤뚱뒤뚱 걷다 말고 잠시 머리 위의 하늘을 올려다보더니 좋은 일 하자는데 주먹질과 고소를 남발하는 세상인심을 싸잡아 원망했다.

"목숨이 제가끔이라 귀한 건데, 용산참사를 보고도 배운 게 없어요."

노인이 방문 밖으로 떠밀려 나서 뭉그적거리고 있는 동안 봉이순은 얼어붙은 듯이 꼼짝을 할 수 없었다.

석중…… 엄석중. 펼침막 앞을 지나면서도 여러 차례 본 이름이었으나 그때마다 별다른 생각 없이 지나쳤다. 그런데 지금 당사자를 직접 보니, 그는 '삼륜차 곰보' 엄석중이었다.

1미터 50센티미터가량의 단신, 여전히 야무져 보이는 통통한 몸피, 두창을 앓아 얽은 얼굴과 굵고 짧아 어깨에 파묻힌 듯 보이지 않는 목, 곱슬머리…… 그리고 절름발이. 틀림없는 엄석중이었다.

반세기가 흘러 허리가 굽고, 얽은 얼굴에 깊은 주름이 덮였지만, 그를 알아보기 위해 굳이 기억을 더듬어야 할 필요가 없었다. 음흉스럽고 날카로운 눈매는 여전했다.

그는 봉이순의 트라우마였다. 정신이 아뜩해진 그녀는 자신도 모르게 등을 벽에 기댔다.

삼륜차, 평상(平床), 도넛, 손장난, 그리고 유독 구렸던 입 냄새…… 엄석중 하면 덩달아 떠오르는 사물과 단어와 이미지들이었다. 아무리 세월이 흐르고 세상이 바뀌어도 악은 변하지 않는 것인가. 그녀는 아뜩해진 정신을 가누지 못했다.

봉 여사는 어둠이 갈릴 즈음 사전 3구역을 빠져나왔다. 부위원장은 대문 밖까지만 배웅했다. 그녀는 가로등 빛 하나 없는, 어두운 골목을 뜀박질하듯 빠져나왔다.

쇠파이프를 들고 어슬렁거리던 깡패들이 뛰어가는 봉 여사의 등 뒤에 대고 휘파람을 불며 희롱을 했다. 너무 무서웠다. 욕설과 무언가를 때려 부수는 금속성 꽹음도 들렸다. 해 지면 깡패들이 난동을 부리며 쏘다닌다고 했는데 전해 들은 말과 다르지 않았다.

곰보에 절뚝발이 엄석중은 '충북녘'에서 삼륜차로 행상

을 하던 장사치였다. 고향은 황해도 사리원이었고, 서북청년단 황해회 청년부 출신이라고 자랑을 하며 다녔다. 생활용품과 옷가지를 떼다가 삼륜차에 싣고 오일장과 산간 오지를 돌며 판다고 했다. 주로 플라스틱 제품, 몸뻬 그리고 색색의 월남치마를 싣고 다니며 팔았다.

그는 외모와 달리 언변이 좋고 붙임성 있어 충북녘에서도 인기가 좋았다. 이웃끼리 다툴 때는 대한민국 헌법 조문을 들이대며 싸움을 말렸다. 그래서 마을 아녀자들은 그가 여느 남정네들과는 격이 다른 '유식쟁이'라고 했다.

엄석중은 삼륜차에 장사를 나갔다가 이삼 일에 한 번꼴로 귀가했는데, 그때마다 찹쌀도넛을 사들고 이순이 혼자 있는 집에 들렀다. 그는 도넛을 주고 혼자 집을 지키는 이순이 기특하다며 엉덩이를 몇 차례 두드려주고 갔다. 처음에는 홀로 사는 어머니에게 수작을 걸려고 이순에게 접근하는 줄로 알았다. 그런데 어머니가 아니라 자신에게 수작을 부리는 것이라는 사실을 알게 되었다.

그는 한 달에 두 번 장사를 쉬는 날 아침부터 이순네로 와서 낮잠을 잤다. 자기 집은 기찻길과 가까워 시끄럽다고 했다. 이순의 집이 기찻길과 더 가까웠다.

작은오빠는 학교가 파하면 어머니를 돕기 위해 가게로 가고 큰오빠는 복싱구락부에 나가 집에는 이순뿐이었다. 아랫목에 누운 그가 윗목에서 공부 중인 이순을 불렀다. 근육이 뭉쳐 잠이 안 온다며 어깨를 주물러달라고 했다. 이순은 싫었지만, 그의 말에 따랐다. 그런데 그의 어깨를 네댓 번 주물렀을 때 갑자기 이순을 끌어당겨 눕히더니 입을 맞췄다.

이순은 비명을 지르고 싶었으나 그럴 수 없었다. 갑작스럽기도 했지만 어찌해야 할지 판단이 서지 않았다. 매너 좋고 점잖기로 소문난 엄석중이 발뺌을 하면 비명을 지른 이순만 바보가 될 수 있다는 생각이 든 때문이었다.

이순은 자신이 당한 추행을 발설할 수 없었다. 누가 그녀의 말을 믿어줄 것인가. 아니 믿어준다고 해도 그 책임을 이순에게 돌릴 것이 빤했다.

평소 마을 아주머니들이 "저 나이도 어린년이 젖통과 궁둥짝 큰 것 좀 봐. 누굴 후리려고 흐드러지게 폈대"라고 수군거리는 소리를 들은 바 있었다. 그때는 어린 나이에 몸이 조숙한 것이 죄가 됐다. 이후 이순은 큰오빠가 자원입대하여 월남으로 파병되기 전까지 그의 노리개가 되었다.

큰오빠의 자원입대 사유를 뒤늦게 알게 된 어머니가 충북녘 생활을 정리하고 대전으로 이사를 했다. 갑작스레 늦은 밤까지 이삿짐을 꾸리고 함께 잠자리에 든 어머니가 등을 돌리고 누운 채 말했다.

"니 팔자다 생각해서리 무덤까지 개져가라."

입대 전 큰오빠에게 맞아 앞니 다섯 대가 나간 엄석중은 대형 교회 장로가 되었다. 하나님께 신실하고 약자에게 온정적이며 양심 있는 부자라는 것이 장로 된 이유였다. 이순이 무신론자로 사는 이유였다.

어머니는 이사할 때, 살던 집을 엄석중에게 비싼 값으로 팔았다. 흥정의 달인이라는 그가 깎거나 그 가격에 못 사겠다는 말을 하지 못했다. 그러나 엄석중은 1972년 무허가 난민촌이었던 충북녘이 철거될 때, 이주보상비로 배 이상의 이득을 챙겼다.

이순은 엄석중으로 인한 트라우마 때문에 아직도 성 관련 피해자를 만나지 못했다. 허둥지둥 큰길로 뛰어나온 이순은 택시에 오르면서 장 본 찬거리와 대출 수첩을 두고 나왔다는 사실을 뒤늦게 알았다.

8

라디오 방송을 듣던 백대길은 처진 양 볼에 경련이 일었다. 팔다리도 부들부들 떨렸다. 그는 두 가지 사실에 놀랐는데, 하나는 토론이 진행될수록 강형중 교수가 폭로와 발언 수위를 점점 높여가며 대길을 조롱하며 비하하고 있다는 점이었고, 다른 하나는 강 교수의 상대 토론자로 나온 정호 교수가 처음과 달리 마치 대변인 인 양 자신의 편을 들어주고 있다는 점이었다.

진행자는 이런 점 때문에 당혹스러워하는 것 같았다. 패널 섭외 시 강형중은 백대길에게 우호적이고 정호는 비우호적일 것이라는 판단을 고려했을 터인데, 둘의 발언 내용이 뒤바뀐 것은 물론이요 정호가 강형중의 혐오스러운 발언에 맞서 백대길을 적극 두둔하고 있는 상황이 계속됐다.

백대길은 정호와 일면식도 없었다. 그런 사람이 대변인이라도 되는 양, 아니 거의 변호사 수준으로 강 교수와 맞서고 있었다.

중간 광고가 끝나고 토론이 이어졌다.

"백 대표는 처음부터 새로운 정치적 패러다임 같은 것에는 관심조차 없었어요. 그 양반은 자기가 생각한 대로 밑의 놈들이 움직여야 당을 장악할 수 있다고 생각한 것입니다. 그러니까 자신의 기득권을 바탕으로 한 돈, 권력, 지식의 이데올로기에 철저히 길들여진 사람이었던 겁니다. 우리가 다 속은 거예요. 청담거사에게 상한 사적 자존심을 회복하자고 우리 모두를 희생양으로 삼은 것입니다. 참담하지만, 이게 팩틉니다, 팩트!"

"일은 같이하셨는데, 실패에 대한 책임은 전적으로 백 대표에게 있다, 이런 주장이시네요?"

"그럼 버스가 낭떠러지로 구른 책임을 승객이 져야 한단 말이오? 도로 책임인가?"

백대길이 마시려 들고 있던 머그잔을 거실 바닥에 패대기쳤다. 머그잔이 깨지고 라디오가 커피를 뒤집어썼다.

'저놈이 두보 시를 보낸 놈 아닐까……?'

뻐꾸기가 튀어나와 울고 들어갔다. 몇 번을 울었는지 알 수 없었다.

"그렇다면 강 교수님도 승객이셨나요?"

"운전대가 둘인 차도 있소?"

"동승한 조수가 아니었는가 해서……"

322

커피를 뒤집어쓴 라디오에서 계속 강형중의 비아냥과 독설이 쏟아져 나왔다. 머그잔 깨지는 소리를 듣고 달려온 방 집사가 급히 걸레를 가져다가 커피를 닦았다.

"오생문 의원 영입을 계획했을 때, 당의 정체성을 잃은 겁니다. 그때 이미 자멸의 길로 접어든 겁니다. 오 의원 영입을 다 반대했어요. 특히 백 대표의 오른팔이었던 나삼추 위원장이 결사반대를 했어요. 그런데도 이거 누가 추진한 겁니까?"

"백 대표가 했다?"

정보가 부족한 정 교수가 밀리는 것 같았다. 강형중이 말하면 그 말에서 흠을 찾아내거나 아니면 앞뒤 말에서 맥락상 모순을 찾아내 급히 받아치곤 하는 식이었는데, 그것이 한계에 달한 것 같았다.

"오생문 영입을 위해 으능정이에서 길거리 집회를 할 때, 정치 9단이라는 한 원로께서 그럽디다. 그 친구는 장차 제 그림자와 싸울 놈이다."

정치 9단은 청담거사였다.

"강 교수님. 재차 부탁드립니다만, 방송에 부적절한 용어는 순화시켜주십시오."

진행자가 끼어들었다.

"들은 대로 전달하는 겁니다. 방송에서 들은 말을 왜곡하는 건 진실을 왜곡하는 거 아니오?"

강 교수다운 동문서답이었다.

"어쨌든 방송에서…… 그런데 그 말은 무슨 뜻인가요?"

따지려던 진행자가 PD의 만류를 받았는지 급히 말을 바꿨다.

"두보의 시에 이런 구절이 있소이다. 세추물리수행낙 하용부명반차신(細推物理須行樂 何用浮名絆此身). 사물의 이치를 잘 살펴서 즐겨야 마땅하다, 헛된 명성으로 이 몸을 속박할 필요가 있겠느냐? 라는 뜻이오."

강 교수가 청담거사의 화법을 흉내 내어 괴우편물에 적혀 있는 시구를 말하고 있었다.

대길은 황당했다. 그가 어떻게 괴우편물에 적힌 시구를 알고 있단 말인가. 우연의 일치로 생각하기에는 무리가 많았다. 그의 배신과 두보 시구가 아마도 어떤 연관성을 띠고 있는 것이 아닐까 하는 생각이 들었다.

'중호재'로 돌아온 봉이순 여사는 집안 분위기에 깜짝 놀랐다. 라디오 앞에서 욕설을 내뱉으며 길길이 뛰는 남편을 지켜봤다. 놀라 벌렁거리는 가슴을 추스르려고 서둘러 귀가한 것인데, 그럴 여건이 못 됐다. 흥분과 분노에 찬 남편은 이순이 거실에 선 채 자신을 지켜보고 있다는 것조차 알지 못했다.

9

허동우는 날이 어두워지자, 다시 '코스모폴리탄 아파트'

로 갔다. 루미놀 상자를 열어 지문과 혈흔 채취용 도구 등을 갖춘 감식 장비, 그리고 채증용 비닐 봉투를 확인했다.

너덜너덜해진 출입 통제 띠가 붙어 있었으나 옥상 출입문은 헤벌쭉 열려 있었다. 출입을 통제하는 디지털 도어록이 뜯겨져나간 상태였다. 누군가 사건 현장을 고의로 훼손한 것 같았다. 옥상 감식 전에 아이폰 동영상으로 사건 현장을 구석구석 다시 찍었다.

동우는 옥상 출입문 앞뒤 면을 한참 동안 들여다보고는 브러시에 알미늄 분말을 묻혔다. 문고리와 그 주변에 분말을 바르고 전사지를 접착했다. 모두 여섯 점의 지문이 나왔다. 융선이 쌍기문, 반기문, 호형문으로 제각각이었다.

특수 알루미늄 청동 봉과 코르텐 강판으로 만든 난간에서도 엄지손가락과 새끼손가락으로 추정되는 잠재 지문 두 점을 채취했다. 청동 난간대 밑부분에 찍혀 있어 세찬 빗줄기 속에서도 보존된 지문이었다. 호형문으로 특징점이 같은 지문이었다.

지문 채취를 마치고 손전등과 돋보기를 들고 방부목과 리놀륨으로 된 옥상 바닥을 살폈다. 가로세로 한 뼘 면적 단위를 가늠하여 꼼꼼히 훑었다.

육안으로 30여 분 넘게 살피다가 눈에 띄는 특이점을 찾아냈다. 무언가에 찍히고 긁힌 자국이 보였다. 뾰족하고 날카로운 금속성 물체에 의한 자국 같았다. 문득 지팡이 자국일 수도 있다는 생각이 들었다. 자국을 접사촬영했다.

동우는 보호 안경을 착용하고 루미놀을 꺼내 바닥에 뿌

렸다. 감지되는 반응이 없었다. 그는 쪼그려 앉아 루미놀 뿌린 바닥을 15분 넘게 바라보다가 흩어놓은 장비들을 주섬주섬 주워 가방과 박스에 각각 쑤셔 넣었다. 훼손된 현장이지만, 그래도 무언가 건질 만한 것이 있을 거라는 기대를 가지고 최선을 다했으나, 헛일이 되고 말았다.

동우가 보스턴백과 아이스박스를 들고 일어섰다. 그때였다. 바닥에서 꼬물꼬물 포말이 일었다. 물방울이 솟아오르는 것 같았다.

동우는 착시인가 싶어 잠시 머뭇거리다가 가까이 다가갔다. 잔거품이었다. 실금이 간 바닥에서 기포가 뽀글뽀글 일고 있었다.

청록색으로 양성 반응이었다. 시약이 바닥의 실금 속으로 스며든 혈액과 뒤늦게 만나 반응한 것 같았다. 잔거품이 뽀글뽀글 솟은 것은 시약에 포함된 과산화수소 성분 때문이었다. 확인을 위해 혈흔일 경우에 청록색으로 변하는 LMG 시험을 병행했다. 시약과 반응한 미량의 혈흔이 못 미더운 때문이었다.

그는 드라이버와 망치로 금이 간 지점의 우레탄 조각과 콘크리트 바닥을 뜯어냈다.

증거물 채취와 포장을 끝낸 그는 주머니에서 비닐 봉투를 꺼냈다. '판타지아7080'에서 챙긴 머리카락과 담배꽁초가 들어 있는 비닐 봉투였다. 그는 비닐 봉투를 까뒤집어 머리카락 두 가닥을 떨어뜨렸다.

옥상에서 볼일을 마친 동우는 1층으로 내려와 추락 지

점 화단과 화단 옆 보도를 다시 살폈다. 옥상 바닥을 살필 때처럼 이 잡듯이 훑었다. 담배꽁초, 껌 종이, 노란 고무 밴드, 소주병 뚜껑, 부러진 나무젓가락 한 개, 머리카락 두 올을 주워 채집 봉투에 따로따로 담았다. 그러고는 주머니에서 비닐 봉투를 꺼내 담배꽁초 한 개비를 떨어뜨렸다. 판타지아7080에서 챙긴 꽁초였다.

물증 채집과 '작업'을 마친 동우는 관리사무소의 협조를 얻어 가로등을 끄고 루미놀을 뿌렸다. 화단에서 두 개의 정원형(正圓形) 위성 혈흔이 발견됐다.

"조사가 모두 끝난 것으로 알았는데……"

월 마크 유니폼을 입은 아파트 경비원이 거수경례를 붙이며 말을 걸었다. 주민 신고를 받고 달려왔다고 했다.

"아, 예…… 추가 조사가 좀 필요해서요."

동우가 잔돌 위에 흩어진 혈흔을 검출하며 답했다.

"에스아이유가 시에스아이, 뭐 그런 겁니까요?"

늙은 경비원이 턱을 고이고 앉아 물었다. 유니폼 등판에 표기한 영문 약자를 본 것 같았다.

"뭐 그런 거 비슷합니다."

쪼그리고 앉아 있다 일어난 동우가 경비원에게 담배를 권했다. 그러면서 이 짓 하며 먹고사는 게 몹시 힘들다는, 엄살 섞인 표정을 지어 보였다.

"한 사건 수사를 뭐 땜시 두 군데 기관에서 한대유? 쯧 쯧."

동우 편이 된 늙은 경비가 담배를 받아 물며 혀를 찼다.

"모든 걸 경쟁시키는 시대잖아유."

동우가 담뱃불을 건네며 허튼소리로 답했다. 그러고는 "사고 당일 CCTV 녹화 화면은 경비실에 있겠지유?"라고 물었다. 그냥 해본 질문이었다.

"그것도 필요하시우?"

예상 밖의 반응이었다. 오지랖이 넓은 경비원 같았다.

"원본은 땅딸막하고 이마에 상처 있는 형사 분이 가져갔수다. 그런디…… 회사에서 찾을지도 모르고…… 또 혹시나 필요한 일이 있을까 싶어서 제가……"

경비원이 눈을 찡긋하며 우쭐대는 투로 말했다. 그가 말한 형사는 서동오가 틀림없었다.

동우는 경비원의 눈짓과 말투에서 은근한 대가 요구를 읽었다. 복사본이 있다는데 대가가 문제인가. 지갑을 꺼내 현찰을 헤아렸다.

"그런데…… 같은 경찰이 아니시우?"

경찰이 이미 증거물로 가져간 CCTV 녹화 화면인데, 그것이 왜 또 필요하냐는 질문 같았다.

능청스럽기는…… 동우는 헛기침인 양 부질없는 그의 말을 무시하려다가 헤아린 돈을 움켜쥔 채 답했다.

"아, 예. 실은 의문스러운…… 제가 먼저 확보했어야 할 결정적인 물증을 국과수에 뺏긴 겁니다, 어르신. 에스아이유에서 확보한 물증은 국과수에서 볼 수 있지만, 국과수가 확보한 물증은 개네가 우리에게 절대 안 보여주거든요."

동우는 돈을 건네고 늙은 경비원으로부터 녹화 CD 복

사본을 얻어냈다.

"그런데 말이우……"

늙은 경비가 양미간을 찡그리며 말을 붙였다. 무언가 해줄 말이 더 있는 것 같았다.

동우는 긴장했다.

"그날 새벽에 순찰 돌던 내 동료 양씨가 허둥지둥 도망치는 사람을 봤다고 합디다. 그 친구가 동작은 굼벵인디 눈은 수월찮이 밝아유. 그땐 시신이 발견되기 전이라 양씨가 대수롭지 않게 생각하고 지나갔는데, 나중에 시신이 발견된 뒤 이상하다는 생각이 들었다고 합디다. 양씨가 땅딸보 형사님께 하는 말을 내가 곁에서 들었다우. 도움이 될까 해서 하는 말이우."

동우가 처음 듣는 말이었다. 그는 늙은 경비의 말에 머릿속이 혼란스러워졌다.

"그 장면이 여기에 담겼나요?"

동우가 녹화 CD를 흔들어 보이며 물었다.

"나도 궁금해서 들여다봤는데…… 잘 모르겠수."

경비원이 고개를 좌우로 흔들며 말했다.

"혹시 인상착의는……?"

"그것까지는 모르고, 도망친 사람은 행동이 번개같이 빠른 양복쟁이였다고 합디다."

동우는 구만복의 죽음 이전과 이후에 제삼자인 누군가가 현장에 있으면서 개입했을 가능성이 크다는 생각이 들었다.

집으로 돌아온 동우는 녹화 CD를 재생했다. 구만복이 구두가 아닌 운동화를 신었다는 사실이 명확히 확인됐다. 그러나 추락한 구만복과 접촉한 놈은 둘이었다. 양복 차림 말고 판초우의 비슷한 우비를 입은 놈이 보였다. 재생 화면으로는 둘 다 신원 확인이 불가했다.

녹화 CD를 두세 번 반복 확인한 동우는 지문을 뜨기 위해 스프레이 통에 닌히드린 분말과 아세톤을 넣고 섞었다. 핀셋으로 전사지를 집고 아세톤에 녹은 닌히드린을 분사했다. 용액이 마른 뒤, 헤어드라이기 대신 스팀다리미를 사용했다. 이 가운데 유류지문(遺留指紋)이 있을 것이다.

지문을 뜬 동우가 접사 사진을 들여다보며 서동오 팀장에게 전화를 걸었다.

"구만복이 자살 사건은 현장 조사도 날림으로 했더구면."

"야이, 씨발…… 네가 형사 해라. 자살인데 뭔 조살 자꾸 하라고 지랄이냐, 지랄이."

서 팀장의 욕설에서 설핏 취기가 묻어났다. 땡땡이를 치면서 화상경마장이나 어느 노름판에 끼어서 낮술을 들이켠 것 같았다.

"타살일 수도 있잖아?"

"아이 씨발! 내가 가만히 있으라고 했지, 넌 빠지라고 했잖아."

"자꾸 너라고 하지 마세요."

"좆까! 너, 지금 사건 현장이지? 내가 너를 사건 현장 훼손, 공무집행방해로 잡아 처넣을 거다."

"그러세요. 나는 너를 음주 근무, 근무지 이탈, 근무 태만, 상습 도박, 공갈 갈취 그리고 사건 은폐 조작 등등 혐의로 감찰반에 꼬지를 거다, 이 씨발놈아!"

"뭐? 이 새끼가……"

"뇌물 받아서 술 처먹고 파친코 하고 씹질까지 하고 다니면, 누가 봐도 그게 씨발놈이지, 짜바리냐? 딸내미 유학 마칠 때까지 계속 짭새질 해처먹고 싶으면, 내일 조식 미팅 전까지 현장 감식 다시 하시고 좋은 낯으로 만납시다. 그게 싫으시면, 관계 끝인 것으로 알고 청산 절차를 밟겠습니다요."

"뭐 청산? 이 개아들놈이 미쳤나…… 어따 대고 공갈이야, 공갈이……"

풍선에 바람 빠지는 듯한 욕설이었다.

동우는 서 팀장이 끙끙대는 신음소리를 들으며 선우강규를 떠올렸다. 그러고는 빙그레 웃었다.

10

선우강규는 문자메시지로 들어온 그림파일을 10분째 들여다봤다.

1	14	14	4
11	7	6	9
8			5
13	2	3	15

출처를 찾아보니 사그라다 파밀리아 성당에 새겨진 4차
마방진이었다. 예수가 십자가형을 받은 33세를 의미하기
위해 만든 것으로 추정되는데 엄밀히 말하자면 유사 마방
진이었다.

강규는 지난번 수학 공식을 보낸 놈의 장난질일 것이라
는 확신이 들었다.

11

뒤늦게 부검 소식을 전해 들은 안우용은 장례식장을 다
시 찾았다. 그러나 꼼수가 많은 선우강규조차 부검을 막을
수 있는 방도가 없다고 했다. 선우강규는 허동우가 만복의
어머니를 불가역적으로 들쑤시고 간 것이 틀림없다고 말
했다.

만복의 어머니에게 아들의 사망 보험금보다 많은 돈을
줄 테니 부검을 하지 말아달라고 부탁할 수는 없는 노릇이

아닌가. 있는 돈과 가진 권력이 무용지물이다 보니 그저 앞이 캄캄할 뿐이었다. 부장검사 사위는 아예 연락 두절이었다.

강규와 이야기를 마치고 장례식장 출입구에서 서성대던 우용은 지하 1층 영안실로 내려가기 위해 계단을 디뎠다. 그 순간 발이 허방을 디뎌 난간을 붙잡고 있지 않았더라면 계단에서 구를 뻔했다.

"앗, 으……."

비명을 내지르며 잃었던 중심을 되잡았다. 가까스로 몸을 가누었을 때 인기척이 느껴져 고개를 돌려보니 구만복이 출입구 쪽에서 굽어보고 있었다. 그가 떠밀었을는지도 모른다는 생각에 소름이 돋고 경련이 일었다.

우용은 영정 앞에 무릎을 꿇고 향을 뽑았다. 손끝이 덜덜 떨려 불을 붙일 수 없었다. 손에 힘을 주자, 쥐고 있던 향이 부러졌다. 만복의 어머니가 의아한 눈으로 우용을 바라봤다.

우용은 두 동강이 난 향을 주워서 향합에 넣었다. 그러고는 잠시 두리번거리며 주춤거리다가 일어서서 두 손을 모았다. 절을 하려고 영정과 마주치는 순간 구만복이 달려들었다.

"엇, 허잇!"

우용은 뒤로 벌러덩 넘어지며 비명을 내질렀다. 놀란 만복의 어머니와 조문객들이 갑자기 뒤로 자빠져 허우적대는 우용을 바라봤다.

"우리 만복이도 부지사님을 많이 존경했답니다."

만복의 어머니가 세 번씩이나 찾아와 문상을 하는 우용에게 답례의 말을 건넸다.

"어쩌다가 이런 몹쓸 변을 당하셨는지…… 아이고오……"

우용이 횡설수설하면서 몸을 일으켰다. 만복의 여동생이 비치적거리는 우용을 부축했다. 우용이 우물쭈물하며 뒷걸음질로 호상소를 빠져나왔다.

"어르신!"

누군가 등 뒤에서 불렀다. 우용이 돌아보니 만복이었다.

"따님은 찾으셨어요?"

"차, 찾아야지. 어, 어디 있나? 어디 있는지만 알려주게."

갑자기 허공에 대고 혼잣말을 하고 있는 우용을 상주와 문상객들이 멍한 표정으로 바라봤다. 걱정스러운 눈으로 우용을 지켜보고 있던 선우강규가 휴대전화를 꺼내 누군가와 통화했다.

그때 휠체어를 탄 백대길이 엘리베이터에서 내렸다. 강규가 급히 전화를 끊고 달려가 방 집사가 미는 휠체어를 낚아챘다. 헛소리를 하며 걷던 우용은 백대길이 내린 엘리베이터에 올랐다. 백대길은 자신을 못 본 척하고 지나친 우용을 어처구니없다는 표정으로 바라봤다.

강규의 눈짓을 받은 똘마니가 우용을 따라붙었다. 엘리베이터를 내려 장례식장 밖으로 나온 우용은 갑작스런 요기에 부르르 진저리를 쳤다.

"영감님. 오줌 싸시게요?"

똘마니가 물었다.

"자네들 누구여? 날 어쩌려고 이러는 거얏?"

우용이 갑자기 온몸을 떨며 소리쳤다. 그러는 사이 고의춤이 젖고 바짓가랑이 밑으로 오줌이 흘렀다. 당황한 똘마니들이 우용을 택시에 태웠다. 택시 승강장에 줄을 서 있던 사람이 순서에 따라 택시에 올랐으나, 끄집어 내리고 우용을 태웠다.

택시 기사가 행선지를 물었으나, 우용은 답을 하지 않았다.

차창 밖의 플라타너스 가로수와 드문드문 오가는 행인들 그리고 도로 가의 건물들이 갑자기 둥둥 떠올라 유영하듯 흐르다가 흐무러졌다. 옆 좌석에 앉은 만복이 차를 돌려 장례식장으로 되돌아가자고 했다. 우용이 기사에게 만복의 뜻을 전했다.

갓길에 멈춰 서서 잠시 머뭇거리던 택시 기사가 황당해하며 차를 돌렸다.

12

조문을 마친 나삼추가 흡연 장소를 찾느라 두리번거리다가 안우용을 발견했다. 우용은 주차장 출입구 옆에 있는 벤치에 쭈그리고 앉아서 허공을 쏘아보며 웅얼웅얼하고 있었다. 얼굴색이 창백했고 몸을 바들바들 떨었다.

"안 고문님이 아니십니까? 오랜만에 뵙습니다."

삼추는 안우용에게 다가가며 인사를 건넸다.

우용이 나삼추를 힐끔 쳐다보는 듯했으나, 계속 무언가를 웅얼거릴 뿐 알은체를 하지 않았다. 삼추는 뭔가 이상하다는 느낌이 들면서도 몹시 불쾌했다. 오랜만에 안 고문을 만난 김에 함께 일했던 주요 당직자들의 근황과 만복의 죽음에 대해서도 묻고 싶은 것이 있었는데, 아쉬웠다.

삼추는 당초에 한낱 운전기사에 불과한 구만복의 죽음을 직접 조문까지 할 뜻이 없었다. 그래서 운전기사 편에 부의금만 전할 생각이었다. 그런데 선우강규와의 두번째 통화에서 허동우가 들쑤시는 바람에 유족이 뒤늦게 부검을 요구한다는 얘길 듣고는 궁금증이 생겨 온 것이었다. 게다가 마침 지역구에 내려와 있는 육양순 의원을 만날 일이 있었다.

구만복의 자살과 자신이 며칠 전에 받은 의문의 노트가 어쩌면 연관이 있을 수도 있다는 생각이 들었다. 빨간색 표 딱지에 '禮(예)'라고 씌어 있는 가제본 노트였다. 속지는 복사물로 채워져 있었다.

삼추는 경호 비서에게 의문의 노트를 추적하도록 지시했으나, 무언가 옛 우리행복당과 얽혀 있을 것 같은 예감이 들었다. 조왕구와 아우디 반과 선우강규로부터 제가끔 들은 바를 합쳐보면, 만복의 자살에 석연치 않은 구석이 많았다. 특히 강규의 말과 태도가 미심쩍었다. 아는 사실을 전하는 것 같지 않고, 자기의 생각을 덧보태 말하는 것 같았다. 거짓말이라면 이미 도인의 경지에 오른 삼추인지라 감이 왔다.

구만복은 마실의 허남두 회장과 우행당의 백대길 대표 차량을 운전한 사람이었다. 마실저축은행 부실 관련 수사 때는 주변인들의 예측을 깨고 소환 조사 대상에서 제외되기도 했다. 두 사람의 행적뿐만 아니라 메신저였던 그를 찾지도 않은 것이다. 무언가 뒷거래가 있었다는 추측이 가능했다.

삼추는 대명대 부속병원에 입원 중인 백대길 대표를 만나볼까 했으나 그만두기로 했다. 달랑 숟가락 하나 들고 남들이 차려놓은 밥상만 기웃거리다가 물 먹은 그를 굳이 만날 이유가 없었고, 육양순 의원과 약속한 시간을 고려할 때 여유가 없었다.

아우디 반의 말에 의하면 아프다고 대학병원에 입원 중이면서 앰뷸런스를 타고 서산까지 특강을 하러 갔다는 것이다. 여전히 가식적으로 산다는 얘기였다.

나삼추의 대전 방문은 5개월 만이었다. 그는 2008년, 껍데기만 남은 우리행복당을 초반에 탈당했다. 그러고는 당적을 집권 여당으로 옮겨 국회의원 선거에 출마했으나 낙선했다. 그 뒤로는 백대길을 보지 않았다.

백대길과의 악연으로 '부화뇌동'한 2008년 이전은 깡그리 망각해야만 할 수치스러운 과거였다. 그래서 삼추는 그와의 과거를 통틀어, 길을 걷다가 재수 없어서 똥을 밟은 것쯤으로 여긴다고 했다.

권력과 돈이 몰리는 정치판을 수년간 어슬렁거리며 뒹굴다가 정치를 포기하고 나자, 돈을 벌 수 있는 모든 가능성이 열렸다. 관계와 친분이 인프라였다. 여·야를 구분해서 다툴 일이 없으니, 모두가 유익한 친구였다.

삼추는 그들이 자신들의 잇속을 챙기고 남은 잉여 권력에 빌붙어 매번 대박을 터뜨릴 수 있었다. 수년 동안 비빌 언덕이 없어 간만 보면서 미뤄왔던 사업을 본격적으로 시작하자, 마누라와 얽히고 꼬인 지긋지긋한 관계 정리도 한결 수월해졌다.

인생사 새옹지마, 전화위복이라고 했던가. 낙선도 행운이었는데, 시류까지 그의 선택을 도왔다. 자본주의 종주국 미국이 서브프라임 모기지 론 사태로 망했다. 수학자와 경제학자와 정치가가 합심하여 머리로 만든 미국 경제공학이 통째 무너진 것이다.

2007년 4월 모기지 대출회사인 뉴센추리 파이낸셜이 파산 신청을 하고, 8월 아메리칸 홈 모기지 인베스트먼트(AHMI)사가 파산보호를 신청했다. 미국 주택 시장에 뛰어들었던 세계 3위 은행인 HSBC는 107억 달러를 회수하지 못할 위기에 놓였다. 2008년 서브프라임 투자로 망한 AIG와 리먼 브라더스에 공적자금이 투입됐다. 신자유주의의 엔진이 망가진 것이다.

삼추는 그동안 그럭저럭 꾸려오던 건설과 부동산 컨설팅 사업을 잽싸게 접었다. 공장을 짓는다며 대규모 부지를 헐값에 사들여 코딱지만 한 공장 몇 동 짓고 세월이 흘러가기를 기다렸다가 부동산 가격이 오르면 슬그머니 되팔아 떼돈을 챙기던 시대가 저문 것이다.

막차를 타는 바람에 큰돈을 벌진 못했지만, 다음 사업을 도모할 종잣돈은 마련했다. 하마터면 2006년과 2008년 두 차례의 선거를 치르면서 이 돈을 헛되이 날려버릴 뻔했다. 하지만 얼굴에 철판 깔고 돈 없어 죽는 시늉을 하며 배 째라는 식으로 악착같이 지켰다. 백대길이 자기 돈을 한 푼도 내놓지 않은 것에 대한 반감도 이유였다.

백 대표는 창당 자금으로 달랑 2,000만 원을 내놨다. "당사(黨舍) 보증금에 쓰시오." 처음에는 이분이 장난을 치시나 싶었으나, 장난이 아니었다. 그리고 국고에서 정당 보조금이 나오자 2,000만 원을 제일 먼저 회수해 갔다. 이로 인해 백 대표는 뻐꾸기에 이어 간장종지라는 별명을 하나 더 얻었다. 그릇이 종지만 하다는 뜻이었다. 결국 돈은 마실저축은행 허남두 회장이 덤터기를 썼다.

큰길로 나온 BMW가 옛 우리행복당 당사 앞을 지났다. 지금은 지역 중견 건설사가 그 건물을 인수해 세를 주고 있다고 했다.

삼추는 짙게 선팅 된 차창을 열고 옛 당사를 바라봤다. 백대길의 물주 노릇을 했던 충성스러운 허남두 회장이 떠올랐다. 안우용이 창당 직전에 TFT를 가동할 때 개인 사무실 용도로 보증금 1,000만 원에 월세 200만 원을 내고 2, 3층을 빌려서 제공한 당사였다. 공식 창당을 하자, 허 회장이 건물을 통째로 사서 우리행복당에 임대해주었다. 임대료 정산은 문서로만 했다.

하지만 나삼추는 두 차례의 힘겨운 선거를 치렀으면서도 본전 장사는 했다. 2008년 취임한 대통령이 나삼추의 변신과 새 출발을 도왔다. 대통령이 국내의 정적들을 다스리기 위해 북쪽의 적을 이용했다.

법치국가라지만, 법보다 대통령의 지시와 명령이 강력했고, 남북이 맺은 과거 협약 따위는 대통령의 생각에 따라 해석과 이행 여부가 좌지우지됐다. 국정을 구멍가게 주인이 주전부리 팔듯이 했다.

있었던 사실을 없었던 것으로, 없었던 사실을 있었던 것으로 만들기도 했다. 사실 자체를 중요시하지 않고, 사실이라고 생각하는지 아니라고 생각하는지만 따졌다. 그래서 사실 자체보다 사실을 보는 관점과 입장을 중요시하게 되었다.

북한을 양아치 취급하고, 미국은 큰형님처럼 받들어 모셨다. 북한과 중국이 갑작스러운 변화를 못마땅해했다. 그러다가 2009년 11월, 대청도 해역에서 남북한 해군들이 맞붙었다. 북한 함선은 반파되었으나, 남한 함선은 외부 격벽만 파손 당했다.

나삼추는 이 소식을 듣는 순간, 사업 아이템이 번쩍 떠올랐다. 무기 사업이었다.

정부가 판을 깔아준 무기 시장은 삼추에게 기회의 땅이자 노다지였다. 제조 공정이 대외비이다 보니 생산가, 판매가, 구매가 모두 매기기 나름이었다. 무기과학자, 군수산업자, 군인이 한통속이 되어 정권을 충동질했다. 서로가 많이들 해먹었다.

　오죽하면 나사 하나가 100달러를 넘는다는 폭로 기사가 나왔겠는가. 군수산업은 속성상 높은 이윤과 낮은 능률을 동시에 가지고 있었다. 정말 오죽했으면 아이젠하워 대통령이 퇴임 연설을 통해 "군산복합체로부터 부당한 영향을 받지 않아야 하며, 오직 정신을 바짝 차린 총명한 국민만이 안전과 자유가 함께 성장할 수 있도록 거대한 군수산업과 군인 조직을 강제할 수 있다"며 부르짖었겠는가.

　어쨌든 미국은 한국 대통령의 정치적 성향과 한반도의 위기 상황을 잘 이용해 무기 장사를 하려 들었다. 당초 50원이었던 것이 흥정할 때 90원이 되었고, 이를 살 때는 100원이 되었다. 싫으면 말고, 였다.

　탈레반 저지용이라며 파키스탄에 F-16 전투기 등 각종 무기를 팔아먹은 미국이 군사 균형 이론을 들먹이며 인도에 F-18 전투기와 F-16 전투기 등을 사라고 회유한 것—이 모순된 무기 장사를 하려고 미국 대통령이 직접 인도를 방문했다—처럼 남북한의 대치 국면을 활용한 마케팅이 대단했다. 싫다고 해서 안 살 수 있는 형편도 아니었다.

　미국 군수 시장의 메커니즘을 알고 있는 나삼추는 구매 조건을 잘 맞출 수가 있었다. 미국에서 공부할 때 사귄 친구들의 힘도 빌렸다. 물론 공짜는 아니었다. 무엇보다 한미 양국이 혈맹지정(血盟之情)을 더욱 공고히 다지자고 나대는 판이어서 새로 벌인 사업이 안 되려고 해야 안 될 수

가 없었다. 삼추는 대다수 국민이 미국산 쇠고기 수입 문제
에 정신이 팔려 촛불 들고 쥐떼처럼 거리를 헤매는 사이에
정신없이 무기를 사들여 팔았다.

북한도 삼추의 사업을 도왔다. 대청도 해전 이후, 두 차
례 더 대남 도발을 일으켰다. 2010년 3월에는 PCC-772
천안함선을 침몰시키고, 11월에는 연평도에 170여 발의 포
탄을 쏘아댔다. 대문만 지키다가 개구멍이 뚫려 집안을 털
린 꼴이었다. 천안함 침몰의 원인 규명을 두고 국민이 둘로
나뉘어 갑론을박했다.

어쨌거나 정권이 긴장을 부추기고 틈틈이 도발을 해주는
북한이 고마울 따름이었다. 대통령이 공군 점퍼 차림으로
두더지인 양 청와대 지하 벙커에 들어가 회의를 열고, 용산
전쟁기념관을 찾아가 북괴를 압박하는 대국민담화를 발표
했는데, 그럴 때마다 삼추의 사업은 대박을 쳤다.

'머슴'이라는 닉네임을 쓰는 육양순 의원의 집은 재개발
단지인 사전 3구역 산비탈 위쪽에 있었다. 그래서 차가 그
의 집 앞까지 갈 수 없었다. 차는 큰길가 '국민주유소'에 세
워두면 된다고 했다.

약도를 보니 10미터쯤 걷다가 '호호수퍼'에서 좌회전하
여 다시 지그재그로 20미터쯤 걸어서 올라오라고 되어 있
었다. 지그재그 골목이 30도에서 45도 경사였고, 남은 10미
터는 50도 가까운 경사라고 했다. 리어카가 겨우 지나갈 수
있는 좁은 골목이었는데 중간중간 가파른 계단도 있었다.

삼추가 직접 가방을 챙겨 들었다. 운전기사가 가방을 달

라며 손을 내밀었으나 무시했다.

"됐어. 여기서 기다려."

삼추는 주유소를 벗어나 '호호수퍼'를 가늠해 바삐 걸었다. 비탈을 오르다가 두 차례 쉬며 숨을 가누고 땀을 닦았다.

육양순은 간특한 놈이었다. 사람들은 그가 말만 많을 뿐, 어리숙하고 무모하다고 했으나, 이는 겉만 본 사람들이 속을 모르고 떠드는 소리에 불과했다. 뱀과 같은 간교함과 미친개와 같은 악독함이 있었다. 때문에 당내 최고의 저격수로 꼽혔다.

똥은 더러워서, 미친개는 물리지 않으려면 피해 가야 했다. 그를 자극하면 그의 먹잇감이 됐다. 원색적이고 추잡스러운 인신공격이 그의 주무기였다.

삼추도 한때 그의 저질스런 인신공격의 타깃이 되어 초토화된 바 있었다. 우리행복당 시절 광역단체장 후보로 출마했을 때, 상대 당 대변인이었던 놈이 아내 성매리의 외도 사실을 지역구민들에게 까발린 것이다.

하지만 선거가 끝난 뒤에 호형호제하는 관계가 되었다. 게임이 끝났는데 선수끼리 링 밖에서 싸워 득이 될 것도 없었고 무엇보다 삼추는 그가 필요했다. 삼추는 그와의 관계 속에서 많은 득을 봤다. 놈은 돈을 먹이면, 먹이는 족족 잘 받아먹었다. 그러고는 먹은 태를 내지 않고 먹은 만큼 했다.

이번에도 삼추가 만나고 싶다고 하자, 대뜸 사전동 집으로 오라고 했다. 그는 밖에서 뇌물을 받지 않았다. 누가 봐도 절대 뇌물이 오갈 것으로 보이지 않는 써금써금한 사전동 자기 집 안방에서 받았다.

그는 국회의원에 당선되자마자 자기 집을 기준으로 인근 100미터 안에 있는 방범용 CCTV를 모두 걷어냈다. 달동네 사람들의 인권을 보호하고 사생활 침해를 좌시할 수 없다는 이유를 댔다.

"삼추 아우, 어서 오시오. 우리 애한테 전화 받았소. 항상 고맙소."

육 의원이 양말 신은 발로 뛰어나오며 반갑게 삼추를 맞이했다.

필리핀에서 고등학교 과정을 마친 육 의원의 외아들을 삼추가 호주의 명문 사학인 메쿼리 대학에 입학시켰다. 그러고는 유학 생활에 드는 비용 일체를 제공해주고 있었다.

육 의원은 돈도 돈이지만, 애비가 포기한 개망나니를 사람으로 만들어준 것이 고마웠다. 2006년 기초단체장 선거 때 육 의원은 사생활 폭로로 나삼추의 가정을 깼다. 그러나 나삼추는 육 의원의 가정을 살뜰히 지켜주고 있었다.

개량한복 차림의 육 의원 아내가 다소곳한 자세로 물수건과 수정과를 건넸다. 삼추가 벌떡 일어나 양손으로 쟁반을 받으며 굽실거렸다.

"언제 봬도 참 고아하십니다. 미인이세요."

뒷말은 듣기 좋으라고 덧붙인 허튼소리였다.

"미인은 무슨……? 나 회장 부인이 미인이시지. 팔등신 몸매가 여신상 아닌가, 여신상!"

육 의원이 끼어들었다. 삼추는 비위가 상했으나 못 들은 척했다. 그의 아내가 눈을 흘기며 머쓱해진 표정을 짓다가 삼추가 가져온 가방을 날름 챙겨들고 방을 나갔다.

삼추는 물수건으로 얼굴과 목을 닦았다. 육 의원의 말에 달아오른 열이 좀 식는 것 같았다.

수정과로 목을 축인 삼추가 찾아온 용건을 꺼냈다. 먼저 네덜란드 무기상들로부터 수집한 대북 관련 정보를 들려줬다. 정권이 북한과 담을 쌓아 대북 관련 정보가 궁했다. 신호정보와 기술정보는 많았으나 인적정보가 귀했다. 현 정권이 들어서면서 인적정보의 양과 질이 현저히 떨어졌다. 김정일의 사망 사실도 김정은의 결혼 여부도 제때 파악하지 못했다.

그럼에도 불구하고 대통령은 "노을을 보고 해가 지는 것을 알 수 있듯이 여러 상황을 통해 통일이 멀지 않음을 알 수 있다"고 말했다. 노을을 보고 점을 치는 신통방통한 대통령이었다. 그러면서 일본과의 군사동맹을 통해 신호정보와 기술정보를 늘려야 한다고 주장했다.

인적정보가 귀하다는 사실을 아는 놈들이 이런 허점을 이용해 돈벌이를 했다. 거짓 정보를 만들어서 돌렸다. 이 거짓 정보가 몇 나라를 거치면 발원지와 발설자가 불분명해졌다. 이른바 비밀스레 세탁이 되는 것이다. 그런데 이 세탁한 정보가 미국·영국·프랑스 등의 의원들 귀에 들어갔다가 그들의 입을 통해 나오게 되면 공신력을 얻게 된다. 이렇게 해서 신뢰가 생긴 거짓 정보를 항간과 외교가에 흘리거나 언론으로 흘러들게 하면 사실로 둔갑하는 것이다.

삼추는 미국·중국·일본이 모종의 의도를 가지고 심어 놓은 '모이 정보' 또는 '미끼 정보'도 스토리텔링을 하여 유통시켰다. 물론 정보의 실체를 알고 하는 짓이었다. 또, 한국의 기밀 정보를 미국의 첩보요원들로부터 얻었다. 그들은 국방위 소속 의원도 모르는 정보를 제3국을 통해 얻는다고 했는데 더 이상은 알려주지 않았다.

사실을 중요시하지 않고 사실을 보는 시각과 필요로 하는 사실만이 중요하다는 정권의 모토 때문에 가능한 일이었다. 보편 진리보다 개별 신념이 중요시되는 요상한 세상이었다.

북이 원한다면 굳이 전쟁을 마다할 이유가 없다는 취지의 말을 대통령이 내질렀을 때, 삼추는 쌍수를 들어 환영하며 완전 대박을 예감했다. 북이 쏜 170여 발 중 두 발을 맞은 우리가 80여 발의 대응사격을 했다. 그러고 나서 대통령이 한 말이었다.

삼추는 육 의원에게 남한 내의 종북 척결도 중요하지만, 국방과 안보를 위한 전쟁 억지력 증진이 화급하다는 점을 의회에서 적극 주장해달라고 당부했다. 종북 척결은 국가정보원의 일이었다. 국가정보원은 전투 무기를 필요로 하지 않는다. 이념 논쟁은 말싸움이기 때문에 무기가 필요 없었다.

그는 보따리상과 모 일류 기업 해외지사로부터 수집한 유명 연예인의 따끈따끈한 스캔들을 덤으로 제공하고 자리에서 일어섰다.

"뭐요? 그게 사실이오?"

육 의원은 인기 절정의 모 연예인이 모 재벌 회장의 여자가 맞는다고 하자, 깊은 관심을 표명했다. 북한 관련 정보보다 열렬한 반응을 보였다. 삼추는 뒤늦게 이 루머를 육 의원이 모 재벌 회장 협박용으로 써먹거나 국정원에 제공해서 국면 전환용으로도 써먹을 수 있을 것이라는 생각이 들었다.

"여보게, 이거 가져가시게. 거마비야."

대문 밖까지 따라 나온 육 의원이 봉투를 건넸다. '국민주유소'에서 산 주유권이 들어 있으니 기름이나 '만땅' 채워 가라고 했다. 자기를 찾아오는 손님들이 국민주유소를 주차장으로 이용하는 바람에 보답의 뜻으로 주유권을 사서 방문객들에게 제공한다며 너스레를 떨었다. 설마 국민주유소가 육 의원 소유라는 것을 모르는 사람이 있으리라고 생각해서 이러는 것인가 싶었다.

13

구만복이 돈을 더 내놓으라고 하며 인애의 출생 비밀까지 들먹였다. 뿐만 아니라 자신이 가지고 있는 내밀한 정보를 검찰과 언론에 까발릴 수도 있다고 했다. 알고 보니 불한당 같은 놈이었다.

"네놈이 마귀로구나!"

분노한 안우용은 자우어 지팡이로 바닥을 찍었다. 놈을 달래야 할지, 혼구멍을 내줘야 할지 선뜻 판단이 서질 않았다. 빗줄기가 와이어로프처럼 점점 굵어지고 있었다.

우산이 비바람에 뒤집어질 듯이 요동쳤다. 우산을 움켜쥔 손에 힘이 잔뜩 들어갔다. 화가 치솟았다. 더 달라는 돈이 문제가 아니었다. 인애보다 돈을 우선하는, 아니 인애를 돈으로 흥정하려는 놈이 사람으로 보이지 않았다. 게다가 천박한 놈이 감히 어따 대고 가당치도 않은 협박이란 말인가.

채찍질을 하듯 어둠을 가른 번개가 만복의 젖은 몸을 비췄다. 악마의 모습이었다. 난간에 바싹 붙어선 만복이 고개를 돌려 아래쪽을 힐끔힐끔 내려다봤다. 같이 온 누군가를 찾는 것 같았다.

"구 군. 이러지 말고 먼저 인애를 데려오게. 아니, 어디 있는지만 알려주게. 돈은 달라고 하는 만큼 주겠네."

인애를 생각해 마음을 바꾼 우용은 지팡이와 우산을 쥔 양 손아귀에 잔뜩 힘을 주며 말했다.

"그 말을 어떻게 믿습니까? 먼저 돈을 가져오세요. 저를 사기꾼이라고 하신 부지사님을 어떻게 믿습니까요?"

만복이 전화로 한 말을 문제 삼았다.

"여보게 그, 그건……"

우용이 만복을 달래려 할 때 느닷없이 불어닥친 강한 바람에 우산이 날아갔다. 그는 우산을 놓치지 않으려고 안간힘을 쓰다가 바닥에 쓰러졌다. 상체를 일으킨 우용이 무릎걸음으로 만복에게 다가갔다.

"인애는 살아 있는 거지? 이보게, 죄 없는 우리 인애를 데려다주게. 가엾은 아일세."

"제가 왜 사기꾼입니까? 당신네들이 사기꾼이지, 제가 왜 사기꾼이냐고요?"

난간에 등을 기댄 만복이 아래쪽을 힐끔거리며 소리쳤다.

"이보게."

"내가 왜 사기꾼이냐고욧?"

다시 천둥이 울고 번개가 쳤다. 번갯빛에 드러난 놈의 울부짖는 모습이 마귀였다. 순간, 우용은 놈을 죽여야 한다는 생각이 들었다.

"아니, 사기꾼 아니야. 넌 마귀야. 이 마귀 새끼!"

"내가 마귀라고? 흐흐흐흐흐…… 그럼 당신은?"

우용을 향해 괴기스러운 웃음을 짓던 놈이 난간 밖으로 상체를 굽혀 다시 아래쪽을 두리번거렸다.

우용은 넘어진 자세로 바닥에 떨어진 지팡이를 움켜잡고 놈의 가슴팍을 향해 힘껏 내질렀다. 놈이 상체를 젖히며 지팡이를 낚아채려는 순간 손을 뻗어 발목을 후렸다. 놈의 움직임보다 우용이 빨랐다.

"아아악!"

놈이 내지른 비명을 비바람이 거둬 갔다.

우용은 철제 난간을 짚고 상체를 숙여 만복이 떨어진 아래쪽을 내려다봤다. 까마득해서 현기증이 일었다. 누군가

만복에게 다가가서 잠깐 상황을 살핀 뒤 급히 사라지는 모습이 보였다. 뒤뚱거리며 제대로 뛰지도 못할 만큼 덩치가 큰 사내였다.

우용은 가슴을 움켜쥐었다. 벌렁거리던 심장이 금방이라도 터질 것만 같았다. 우산과 지팡이를 챙긴 우용은 비상계단을 통해 집으로 들어갔다. 그러고는 송수화기를 들었다. 그렇게 된 일이었다.

3부

뻐꾸기

1

육양순을 만난 이튿날, 나삼추는 아침 일찍 오류동 집으로 갔다.

암스테르담을 떠나기 직전에 성매리의 문자를 받았다. 받아놓은 우편물이 있으니 가져가라는 내용이었다. 만나자는 요청을 거듭해서 거절하자 우편물을 빌미로 자신을 만나려는 수작일지 모른다고 판단한 삼추는, 가지러 갈 시간이 없으니 서울 사무실로 우송하든지 먼저 개봉하여 전화로 내용물을 알려달라고 했다. 만나봐야 타협점을 찾을 수 없는 이혼 합의금 문제로 다투거나 시달릴 뿐이었다.

그러자 아내가 우물쭈물하다가 말했다.

"별건 아닌 것 같은데 픽처도 있고…… 메시지도 있어요. 메, 메시지가 차이니즈예요."

아내의 한자 독해는 까막눈 수준이었다. 별거 아니라는

말이 더욱 호기심을 자극했다.

삼추는 기사의 뒤통수에 대고 대전역과 도청을 직선으로 잇는 코스로 가자고 했다. 으능정이를 비껴 지날 때 삭발하고 가두 투쟁을 했던 기억이 떠올랐다. 여당의 공작 정치를 규탄한다며 삭발까지 하고 앞장서서 한 가두시위였는데, 지금 돌이켜 보면 삼류 코미디였다.

아파트 단지에 도착한 삼추는 기사를 올려 보내려던 생각을 바꿨다. 시간 여유도 있었고, 갑자기 그녀가 어떻게 하고 사는지 궁금했다.

햇수로 4년째 별거 중이었고, 협의이혼을 제안한 지도 1년이 지났다. 육양순, 그 거지 같은 자식이 기초단체장 선거 때 아내 성매리가 님포마니아로 의심된다고 떠들어 대면서 불륜 행각을 폭로한 것이 2006년이었다.

총선에서 낙선한 뒤, 이혼 구실을 찾던 삼추는 이 폭로를 루머로 치부하지 않았다. 그러나 다음 총선 출마 문제가 남아 있어서 당장 신체적·공간적 별거를 할 수 없었다. 그래서 한 지붕 밑에서 각방을 썼다.

정치를 포기할 수 없었기 때문에 이혼을 질질 끌 수밖에 없었다. 또 이혼을 해도 적절한 때에 협의이혼을 해야 이미지와 경력과 돈을 크게 잃지 않을 수 있었다.

그러나 아내가 무리한 조건을 내걸었다. 고법의 판결 결과를 무시하고 자기 동생에게 회사의 지분을 내주라는 것이었다. 회사의 반을 쪼개 나눠주라는 것과 같았다. 날강도 같은 요구였다.

삼추는 기획 부동산업을 등에 업은 상태에서 2002년부터 국내 유명 방산업체의 군수품 제조 하청을 땄다. 물품 납품 실적 증명서를 위조해서 모자, 휘장, 피복류 등 물품 구매 계약을 체결했다.

계약일에 의류시험연구원에 군용 일반 모자류 제작에 사용되는 시험성적서 발급을 의뢰했는데, 부적합 의견서를 받았다. 폴리에스터와 면의 혼용률이 납품 조건에 맞지 않는다는 이유였다. 삼추는 혼용률을 맞추는 데 쓸 돈을 아예 세 등분으로 쪼개 의류시험연구원과 국방기술품질원 그리고 방사청에 찔러 넣었다.

이런 창의적 위기 대응력 때문에 통신장비를 납품할 수 있는 새로운 기회를 덤으로 얻었다. 통신장비는 맨땅에 헤딩하듯이 눈 가리고 아웅할 수가 없었다. 자금이 필요했는데 돈을 융통하기가 만만치 않았다.

돈을 빌려주겠다는 놈들이 동업을 조건으로 내걸었다. 노다지 사업이라는 것을 안 것이다. 그는 죽 쒀서 개 좋은 일은 하고 싶지 않았다. 하지만 엎친 데 덮친 격으로 IMF 구제금융을 받던 시기인지라 자금 조달이 절망적이었다.

그런데 아내로부터 무슨 말을 들었는지 처남이 돈을 꿔주겠다고 했다. 삼추는 처남이 돈을 좀 벌었다는 것은 알고 있었으나, 40대 중반의 나이에 얼마나 많은 돈을 벌었는지는 알지 못했다.

제약회사 영업사원으로 5년쯤 다니다가 특수화공약품을 중소 공장에 납품하는 사업을 시작했고, 그래서 번 돈을 부동산과 주식과 경매를 통해서 불렸다고 했다. 지금은 중국 선전에 공장을 짓고 휴대전화 배터리를 만들어 대기업에 납품한다고 들었다.

아무튼 일찍이 자수성가한 처남이 제천 인터체인지 부근에 사둔 만 평 상당의 부동산과 현찰 5억을 빌려줬다. 당시 시가 20억에 상당했던 부동산이었다. 나중에 되갚을 때 시세대로 쳐서 갚아주기로 약속했다.

삼추는 모든 내용을 한 장에 담아 차용증을 써줬다. 그러고 2년쯤 지났을까, 처남이 갑자기 빌려준 부동산과 동산 일체를 투자금으로 전환하고 싶다고 했다. 삼추는 불감청이언정 고소원이었다. 그렇게 하자고 했다. 그리고 처남에게 기왕이면 경영에도 참여해줄 것을 요청했다. 맨주먹으로 시작해 10년 만에 30억 대의 자산을 모았다면 특별한 경영 노하우가 있을 것이라는 생각 때문이었다. 아무리 운이 좋았다고 해도 타고난 감이나 능력 없이는 불가능한 일이었다.

삼추는 그 능력까지 가져다가 쓰고 싶었다. 그러나 처남은 사양했다. 남의 밑에 매여서 살 수 없다는 것이 이유였다.

회사가 그 뒤로 5년 만에 열다섯 배로 초고속 성장을 했다. 물론 가장 비약적인 성장 요인은 적기에 충분한 투자를 해준 덕이었다. 그러나 코스닥 상장을 결정한 삼추는 생각이 바뀌었다. 그래서 처남을 따로 처리해야 했다. 땅과 돈만 달랑 내놓고 산천유람이나 다닌 놈과 회사에서 직원들과 함께 먹고 자며 밤낮없이 노심초사한 자신의 몫이 같을 수는 없었다. 처남은 자신이 내놓은 땅과 돈 때문에 파이가 커졌다고 주장했지만, 그는 자신의 타고난 경영 능력 때문에 파이가 커졌다고 반박했다.

삼추는 애당초부터 회사 이윤을 처남과 공정하게 나눌 생각이 없었다. 그래서 시세대로 친 땅값과 투자금의 복리 이자를 계산해서 성매리 편에 돌려줬다. 그러자 처남이 대뜸 소송을 걸었다. 돈만 좀 벌었다 뿐 세상물정 어두운 처남은, 재판도 돈의 힘이라는 사실을 알지 못했다.

삼추는 정무부시장을 하던 시절부터 비밀 판공비로 검찰 간부 몇 명을 가까이하며 특별 관리를 해왔다. 당시 검찰이 비위 혐의가 있는 시장을 꼬나보고 있다는 첩보를 주워들은 때문이었다.

삼추는 이 검찰들에게 찾아가 읍소한 뒤 박카스 상자를 전했다. 검찰은 구면이 있고 정체가 분명한 삼추의 돈을 마다할 이유가 없었다. 돈을 먹은 검찰이 판사를 소개시켜 줬다.

성매리가 펀치 더블 코로나 시가를 문 채 커피를 내왔다. 딱히 달라진 것은 없는 것 같았다. 몸매도 딴딴하게 다듬은 대리석 모양 예전 그대로였고, 집 안 가재도구도 그대로였다. 눈에 띄는 것이 있다면 피규어가 늘었다는 것이다. 아이언맨과 배트맨이 수문장인 양 삼추를 꼬나보는 것 같았다.

거실 벽에 못 보던 그림 한 점이 걸려 있었다. 레메디오스 바로라는 여성 화가가 그린 「별 사냥꾼」 모작이라고 했다. 삼추는 육양순 덕에 그 여성 화가가 유명한 님포마니아라는 것을 알고 있었다.

재떨이에 피우다만 시가 장초가 여러 개 담겨 있었다. 작지만 강한 맛이 특징인 몬테크리스토 페티트 에드문도와 중간 맛과 강한 맛을 뭉뚱그려 만든 코이바 시글로 VI 꽁초도 보였다. 모두 둘이 함께한 런던 여행 때 다비도프에 들러서 산 시가였다.

굳이 달라진 것을 찾는다면, 거실 책장에 순정만화책이 부쩍 늘었다는 점이었다. 『마녀는 두 번 신음한다』, 『병아리 사랑』, 『궁』, 『예쁜 남자 신드롬』, 『한 살 연하 유혹하기』…… 삼추는 소파에 등을 기댄 채 만화책의 등을 보며 중얼중얼 제목을 읽어나가다가 커피를 한 모금 마셨다. 커피 잔이 놓인 다탁 위에는 『하이힐 신은 소녀』 열네 권이 반듯하게 쌓여 있었다.

안방 문 앞에 영화 「반지의 제왕」과 관련된 미니어처가 보였다. 새로운 모형의 초원피스 스타일링과 토이스토리와 미키마우스 대형 피규어도 보였다.

"혼자 사는 게 무서워서 사설 경호원을 좀 뒀어."

피규어를 유심히 훑어보는 삼추를 향해 말했다. 그는 아내의 말을 외롭다는 뜻으로 들었다.

성매리는 예순의 나이지만, 30대의 꿀피부를 가진 여자였다. 몸매 또한 미스 남가주로 뽑힐 때와 달라진 것이 없었다. 오히려 나잇살이 없어 깔끔한 맛이 느껴졌다. 사회성 지수가 순정만화 주인공 수준인지라 물불을 가리지 않고 덤벼들 때는 무섭지만, 성적 매력은 놀라운 여자였다.

삼추가 가능한 한 아내를 만나지 않으려는 이유 중 하나이기도 했다. 20년을 살 부비며 살아온 아내이지만 보기만 해도 마음이 동했다.

'USC', 남가주대학교 영문 약자가 찍힌 면티에 핫팬츠 차림의 아내가 언더락 잔에 담긴 칵테일을 홀짝이며 거실을 이 잡듯 둘러보고 있는 삼추를 지그시 바라봤다. 벌겋게 달아오른 아내의 눈길을 의식하는 순간, 삼추는 잘 달래고 있던 욕정이 움찔움찔하는 것을 느꼈다.

삼추가, 마시고 있는 칵테일이 무엇이냐며 수작을 붙였다. 오렌지주스에 보드카를 넣은 스크류드라이버라고 했다. 삼추가 들고 있던 커피 잔을 내려놓으며 같은 것으로 달라고 했다.

우편물보다 커피를 먼저 내온 것이나, 허벅지와 가슴골을 드러낸 옷차림새가 예사롭지 않았다. 면티에 핫팬츠 차림은 삼추가 유별나게 좋아해서 금슬 좋던 시절에는 아내에게 즐겨 권했던 무드 조성용 차림새였다. 이 복장이 삼추의 흥분제였다.

"그 몸매가 살아 있을 때 하루라도 빨리 새 출발하는 것이 좋잖아?"

삼추가 새삼스레 아내의 몸을 아래위로 훑어보며 말했다.

"그런 말을 들으니 흥분돼서 좋네."

생각이 단순한 여자일수록 남자의 속을 꿰뚫는 재주가 있는가 보았다.

"봐줄 몸매라도 있을 때 서둘러 짝을 찾아보는 게 어때?"

어서 이혼을 해달라는 뜻이었다.

"우리 영수 등 뒤에 꽂은 칼만 빼준다면 뭐든 못해주겠어. 육양순도 상대해줄 수 있는데……"

성영수는 그녀의 남동생이었다. 삼추와의 소송에서 패한 뒤, 폐인이 되어 정신병원에 들어가 있었다.

삼추는 대꾸 없이 아내가 마시다 내려놓은 언더락 잔을 집어 들어 벌컥벌컥 들이켰다. 그러고는 새로 들고 오는 스크류드라이버 잔까지 받아 단숨에 비웠다.

아내는 요즘 하루아침에 도산하고 자살까지 한 아버지를 둔, 그러니까 패가망신한 집안의 외동아들에 강제 이혼까지 당한 놈과 원정 섹스를 하고 다녔다. 뒤를 캐 알아낸 정보였다.

"내 동생과 한 약속을 지켜줘. 그러면 몸매 망가지기 전에 딴 놈 찾아 시집갈 테니까."

약속이라 함은 회사 지분을 말하는 것이었다. 아내가 식탁 위의 우편물을 가져와 다탁 위에 올리며 말했다.

"뭐?"

"내 동생을 예전처럼 되돌려놓으라고, 이 나쁜 놈아!"

다탁 위의 만화책을 던지며 소리쳤다. 빗나간 만화책이 삼추의 어깨를 치고 카펫 위로 떨어졌다.

"머리가 돈 놈은 의사한테 고쳐달라고 해야지. 난 의사가 아니라고. 아, 치료비는 좀 보태줄 수도 있겠다."

"이게 마지막 경고니까 잘 들어 이 새끼야! 안 그러면 평생을 후회하며 살게 해줄 테니까."

"후회?"

"그래. 내가 널 못 죽이면 감방에 집어넣을 거야."

"겁나는데. 소름 돋았어. 힘센 검사 영감이라도 꼬셨나? 검사 가지고 날 어쩌지는 못할 텐데, 어쩌지?"

삼추가 봉투를 집어 들고 소파에서 일어섰다.

"이 나쁜 자식!"

매리가 달려들어 뺨을 갈겼다. 그러고는 넥타이를 낚아채 끌어당겼다. 잠시 캑캑거리던 삼추가 봉투를 내던졌다. 매리의 팔을 꺾어 돌려세우며 안방으로 거칠게 밀어 넣고는 발뒤축을 걸어 상체를 힘껏 밀쳤다. 매리가 침대 위로 자빠질 때, 뒤통수가 헤드보드에 부딪혀 쿵 하는 소리가 울렸다.

"내가 맞으면 흥분한다는 거 잊었어?"

매리의 배 위에 걸터앉은 삼추가 양손으로 핫팬츠의 괴춤을 힘껏 벌렸다. 단추가 떨어져 나가고 지퍼가 뜯어졌다. 순식간에 핫팬츠를 벗겨낸 삼추가 자신의 양 무릎을 이용해 매리의 다리를 벌렸다. 몸을 비틀어 저항했는데, 그 바람에 오히려 다리가 더 벌어지고 말았다.

매리는 뜨겁게 반응했다. 삼추도 거의 4년 만인지라 새로운 느낌이었다.

성매리가 발정난 개처럼 껄떡대는 삼추를 진정시켜가며 살살 달구어주었다. 침대에서는 매리가 압도적인 우위였다. 매리는 자신의 의도대로 삼추를 이끌었다.

그녀는 시간을 질질 끌며 진을 빼내려고 협탁 위에 준비해 둔 대마초를 꺼내 물렸다. 섹스가 끝나면 진이 빠져 적어도 한 시간쯤은 잠들게 할 요량이었다.

그러나 꽤 거칠고 긴 섹스를 마친 삼추는 여느 때처럼 잠들지 않았다. 매리는 어쩔 수 없이 삼추가 샤워할 때 방바닥에 벗어던진 양복저고리를 집어 들어 안주머니에서 지갑을 꺼내 뒤졌다. 5만 원권과 100달러짜리 지폐가 잔뜩 들어 있었다. 마음은 급한데 동작이 더뎠다.

지갑을 샅샅이 뒤졌으나 그녀가 찾는 것이 없었다. 이번 엔 다른 주머니를 뒤졌다. 명함 지갑이 나왔다. 명함들을 뽑아 살피다가 그녀가 원하던 것을 찾아냈다. ID와 패스워드가 적힌, 두 장의 명함 크기 카드였다. 그녀는 코팅된 카드를 빼들고 거실로 나왔다. 스마트폰으로 두 장의 카드를 찍었다.

사이트명과 파일명이 적힌 나머지 한 장의 카드도 마저 찾아야 했다. 그러나 남은 카드를 찾을 수 없었다. 무언가 미심쩍은 낌새를 챘는지 놈이 샤워를 한다면서 10분도 안 돼 물만 묻히고 나온 때문이었다. 안타깝지만 나머지 한 장의 카드는 허동우에게 맡겨야 할 것 같았다.

"강간은 형사처벌이야. 신고할 수도 있어."

매리가 방바닥에서 삼추의 넥타이를 집어주며 말했다.

"화대 달라는 거야?"

삼추가 느물거리며 받았다.

2

강형중 교수는 자신이 어느 놈이 놓은, 어떤 덫에 걸려든 것인지 짐작조차 할 수 없어 답답했다. 언제까지 어디까지 협박범의 수작에 끌려다니며 꼭두각시 노릇을 해야 할는지도 알 수 없는 노릇이었다.

강 교수는 분노 속을 허우적거리다가 화분을 걷어찼다. 엎어진 화분이 깨지면서 난이 뿌리째 쏟아져 나왔다. 백대길 대표가 보내준 정교수 승진 축하 난이었다.

놈은 이틀 전 두 장의 사진 파일을 이메일로 보냈다. 표절이라고 주장하는 논문의 첫 페이지와 마지막 페이지를 캡처한 사진, 대학원 박사과정 중인 여 제자―지금은 강교수 추천으로 학과 조교를 하고 있다―를 껴안고 격려해주는 사진이었다.

강 교수가 이 세상을 사는 동안 남들이 알면 안 될 사연이 담긴 두 장의 사진이었다. 지난번 1차 이메일 경고에 이어 보충 경고라고 했는데, 놈이 계획을 세워 조여 오는 것같았다.

강 교수는 해킹보안학과 교수의 도움으로 해킹 귀재라

는 학생을 불렀다. 그 학생을 통해 IP를 추적한 결과, 신몽구가 이메일 발신자로 밝혀졌다. 그는 마침 일본에서 일시 귀국했다는 신몽구를 급히 불러들였다. 출신 학과에 미련이 있어 강 교수를 무시할 수 없는 신몽구가 득달같이 달려왔다.

우리행복당 창당 전 TFT에서 일하다가 나삼추와 크게 다툰 탓에 백대길 대표에게 잘린 제자였다. 느닷없이 불려와 추궁당한 신몽구가 자신은 양아치가 아니라면서 결백을 주장했다. 강 교수가 생각해보니 그는 자신 앞에서 거짓말을 할 처지가 못 됐다.

7년 전, 백 대표는 창당과 함께 OPLC(Open Political Leaders Center)를 세우겠다며 강형중을 끌어들였다. OPLC는 강형중이 주장해온 정치 지도자 양성을 위한 참여민주학교였다.

"한국의 삼류 정치를 벗어나려면 일본의 정경서숙(政經書塾) 같은 게 필요하지."

백 대표가 모 재벌회장의 발언을 빌려 말했다.

"신입 당원들을 우리 식으로 정신을 개조시켜야 당이 산다구."

배석한 안우용이 맞장구를 쳤다.

"굿 아이디어야. 공천 전에 정신교육을 단단히 시켜놔야 위계질서도 세울 수 있고 버르장머리를 똑바로 들일 수가 있어요."

"맞아. 그래야 질서도 잡히고, 말발도 먹히지."

자칭 원로라고 칭하며 행세를 하고 다니는 퇴물들이 떼거리로 나서서 분위기를 잡았다. 강형중은 이들이 당의 원로임을 '사칭'하고 다니면서 어떤 권한 남발과 무책임한 약속들을 하고 다니는지 알 수 없었다.

겉으로는 "우리 같은 늙은이들은 빛 잃은 별똥별이야, 당달봉사나 다름없지. 이제는 멀찌감치 빠져 있어야 해. 젊은 피가 필요하다고"라고 떠들어대면서 뒤로는 '행복정치발전연구모임'이라는 정체불명의, 백대길도 모르는 백대길 후원 단체를 만들어 가동했다. 또 공식 외곽 조직이라면서 중앙당사에 버금가는 사무실까지 따로 차려놓고 세를 과시했다.

강형중은 놈이 요구한 첫번째 칼럼의 초를 잡았다.

OPLC는 나삼추의 사적 경영관에 입각한 독단으로 인해 정치 신인 양성 사관학교라는 본래의 개설 취지를 잃은데다, 원로들이 OPLC에 신입 원생들을 공급하면서 뒷돈과 이권을 받아 챙겼다. 원로들은 OPLC에 입교하여 교육을 받아야만 공천의 기본 조건을 갖출 수 있다며, 입교를 미끼로 삼아 뒷돈을 받아 챙긴 것이다. 전략적 공천이나 특별한 경우가 아니고서는 OPLC에 입교하여 소정의 교육 과정을 마쳐야만 공천을 받을 수 있는 것은 사실이었다. 하지만 원로들은 '입교=공천'이라는, 즉 입교하면 100퍼센트 공천된다는 식으로 떠들고 다녔다. 이런 부정한 행위를 백대길 대표가 과연 몰랐을까.

강형중은 탈고하면서 칼럼 제목을 '우행당 OPLC와 적폐 토호 세력과의 담합'이라고 잡고, 담합의 근원적 책임이 백대길의 사주 내지는 암묵적 동의에 있었다고 몰아붙였다.

3

서동오 팀장은 스크린경마장에서 순식간에 50만 원을 날렸다. 사무실로 돌아왔으나 일이 손에 잡히지 않았다. 선우강규를 어떻게 처리해야 할는지 걱정이었다.

그는 하숙집으로 가서 컴퓨터를 켜고 새로운 '놀이터'로 들어갔다.

저희 놀이터는 해외 서버업체로
고객님의 신변보호 및 안전을 최우선으로
생각하는 놀이터가 될 것을 굳게 약속드립니다.

불법 스포츠 도박 사이트에서 신규 가입을 마치자 곧이어 문자메시지가 날아들었다.

서동오는 농구 경기에서 두 팀 점수의 합이 홀수일까 짝수일까를 묻는 게임에 돈을 걸었다. 그러고는 배팅 결과를 지켜보면서 이리저리 뒤섞인 생각들을 꿰맞춰나갔다.

허동우의 수를 읽어야 했으나, 그 수를 알 수가 없었다. 이러다가 뒤통수 맞을 가능성이 컸다.

대전과학수사연구소의 부검 결과, 구만복의 사인이 목눌림에 의한 액사(扼死)로 판명됐다. 얼굴의 심한 울혈, 결막에 나타난 점상출혈, 내부 장기의 울혈 등으로 보아 추락사가 아닌, 액사가 분명하다고 했다. 누군가 목을 졸라 죽였다는 뜻이었다.

그런데 동우의 강요로 현장 재감식을 통해 수집한 증거물에서 엉뚱한 결과가 나왔다. 옥상과 화단에서 수거한 머리카락 다섯 가닥과 빗물에 불어터진 담배꽁초 한 대를 DNA 검사한 결과, 선우강규의 것으로 판명된 것이다.

예상치 못한 결과였다. 강규는 사건 추정 시간대의 알리바이를 입증하지 못했다. 그 시간대에 사건 현장에 있었을 터이니 알리바이를 입증하고 싶어도 입증할 수 없었을 것이다.

동우가 놓은 덫이 분명한데 외통수였다. 강규가 빠져나갈 길이 없었다. 동우의 덫에 빈틈이 없었다. 재감식 결과에 따르면 30층 옥상에서 목을 졸라 죽인 뒤 추락사로 위장을 했거나, 옥상에서 다투다 밀어 추락시키고 1층으로 내려와 확인한 뒤에 목을 졸라 죽였을 것이라는 추정이 가능했다. 동우는 그게 안우용일 수도 있고, 강규일 수도 있고, 제삼자일 수도 있다고 했다.

강규에게 불리한 증거가 또 있었다. 사망 추정 시간대에 그가 사고 지점 화단을 얼쩡거린 모습이 CCTV에 찍힌 것이다. 서 팀장으로서는 선우강규의 범죄 사실을 입증할 만한 또 다른 용의점과 물증을 보강하고 살해 동기를 밝혀내야만 했다. 동우의 요구 사항이었다. 들어주지 않으면 자신이 살인자가 될 수 있었다.

그러나 문제가 간단하지 않았다. 동우가 옥상에서 채취했다며 DNA 검사를 부탁한 혈흔이 문제였다. 안우용의 혈흔이었다. 화단에서 얼쩡거린 CCTV 장면만으로는 확정범으로 만들 수 없었다. 그래서 동우가 장난질을 친 것 같았다.

서 팀장은 동우가 어떤 이유로 무슨 짓을 꾸몄으며, 또 이 사건에 관해 어디까지 알고 있는 것인지 두려웠다. 그러니까 강규가 아닌 동우를 수사해야 하는데 그럴 수 없다는 것이 문제였다.

서 팀장이 강규에게 베풀 수 있는 최상의 호의는 수사와 체포를 미루며 시간을 끌어주는 것이었다. 그사이에 강규가 살아날 방도를 찾거나, 아니면 아주 멀리 달아나주기를 바랄 뿐이었다.

그는 강규 문제로 고민하는 바람에 또 돈을 잃었다.

4

허동우는 서동오 팀장을 다시 불러내 우체국 택배 차량 번호를 일러주고 이동 경로를 조사해달라고 했다.

서 팀장은 경비작전계에 부탁하여 간신히 알아냈다고 엄살을 부리면서 교통용 CCTV 조사 결과를 일러줬다. 선우강규에게는 절대 비밀로 해달라고 했다.

우체국 택배 차량이 유턴을 해서 되돌아가지 않았다면, '이백삼거리'에서 '회남로'를 통하지 않고도 대전으로 진입할 수 있는 길은 두 곳뿐이었다. '환산로'를 통해 경부고속도로 밑의 굴을 통과해 '비야대정로'를 이용하는 길과 '증약교'를 건너 경부선 철로를 넘고 자드락길을 빙 돌아서 다시 경부고속도로 밑을 통과해 비야대정로로 진입하는 길이었다. 어찌 됐건 외길인 비야대정로를 통해야 했다.

비야대정로는 폐 경부고속도로를 재생해 만든 '신상로'와 이어졌다. 대전터널이 끝나는 지점에 CCTV가 설치되어 있었다. 그런데 이 CCTV에 찍힌 우체국 택배 차량 번호가 없다고 했다.

그렇다면 구만복은 당일 우체국 택배 차량을 가지고 대전 시내로 들어오지 않았거나, 들어왔다고 해도 다른 차량을 이용했거나, 또 다른 운송편을 이용했다고 봐야 했다.

허동우에게 안인애는 안우용을 흔들어 백대길을 잡는 미끼였을 뿐, 해꼬지 대상이 아니었다. 때문에 그녀의 안위가 걱정되지 않을 수 없었다. 지금 상황은 결코 동우가 원한, 아니 예상조차 못한 상황이었다.

동우는 차를 몰고 비야대정로와 신상로를 대여섯 차례 왕복하며 샅샅이 살폈다. 그러면서 길가에 있는 마을 두 곳을 들러 탐문수사를 하듯이 우체국 택배 차량의 행방을 묻고 다녔다. 하지만 허사였다.

당초 계획이 틀어져 불안해진 동우는 아파트 방범장치를 추가했다. 금고의 비밀번호를 바꾸고, 서랍에 든 문건과 서류들도 빼내어 임시 장소로 옮겼다.

계획이 꼬이고 있어서 일정을 앞당길 필요가 있었다. 동우는 준비해둔 USB를 챙겼다. 룸살롱 '왕과 비'의 판촉용 USB 드라이브였다. 자기(磁器) 재료로 여체 모양을 본떠 만든 USB였는데 해킹 프로그램인 '히든뷰'를 심어놨다.

동우는 대한은행 서북부지점으로 갔다. 그는 일일 안내 어깨띠를 두른 직원에게 SIU 명함을 건네고 지점장과의 면담을 요청했다.

'서북부지점장 백일춘'이라고 새긴 크리스털 명패 뒤에 지점장이 앉아 있었다. 대리가 건네준 명함의 앞뒤를 번갈아가며 살펴본 지점장이 얼핏 긴장한 표정을 지으며 동우에게 다가왔다.

동우는 천연덕스러운 말투로 보험사기 조사와 관련해서 급히 알아봐야 할 대출 정보가 있어서 무작정 왔는데, 혹 협조를 해줄 수 있는지 물었다. 물론 말도 안 되는 소리였다.

동우의 어처구니없는 요청을 듣는 순간, 긴장이 풀린 지점장이 헛웃음을 지었다. 그는 공손한 접대용 말투로, 잘 아시다시피 개인 금융거래 실적은 함부로 유출할 수가 없으니, 공식적인 절차를 밟으라고 일러줬다.

그러고는 잠시 소파에 엉덩이를 붙였던 지점장이 자신의 책상으로 돌아갔다. 동우는 지점장이 돌아섰을 때, 손에 쥐고 있던 USB를 소파 위에 떨어뜨리고 나왔다.

지점장이 아니면, 누군가가 소파에 떨어져 있는 USB를 발견할 것이다. 지점장은 외설스러운 모양새의 USB에 관심을 가지면서도 주인을 찾아주려 할 것이다. 그러나 주인이 나타날 리가 없으니 USB의 저장 내용이 궁금할 것이다. 그는 주인을 찾을 수 있는 정보가 들어 있을 수도 있다는 생각 또는 핑계로 USB를 컴퓨터에 꽂을 것이다.

그러고는 곧바로, 저장된 내용이 아무것도 없다는 것을 확인할 것이다. 그러나 그사이 USB의 백도어 프로그램이 그의 컴퓨터에 설치될 것이다. www.hackerslab.com과 www.hackers.co.cn을 통해 프로그램을 구입해 소스를 부분 수정하여 만든 '히든뷰'가 설치되는 것이다. 히든뷰는 공개된 프로그램이 아니기 때문에 바이러스 백신 프로그램에도 잡히지 않을뿐더러 찾아내거나 치료할 백신이 없었다.

양동춘 편에 히든뷰를 준 중국 해커가 대한은행의 백신 프로그램을 손금 보듯 알고 있다고 했다. 설령 의구심을 품는다고 할지라도 지점장은 은행에서 보안용으로 제공하는 최신 바이러스 백신을 신뢰할 것이라고 했다.

어차피 이게 뚫린다 할지라도 책임은 지점장 자신이 아닌 보안 담당자에게 있는 것이다. 그런데 이런 사실을 먼저 보고한다면 그가 책임을 져야 했다.

동우는 백일춘 지점장의 컴퓨터를 통째 공유할 수 있다는 사실에 새삼 기분이 들떴다.

5

　나삼추는 성매리에게 받은 갈색 각대봉투를 열었다. 발
신지는 중국 지린성이었다. 사진 한 장이 프린트되어 있는
A4 용지가 나왔다. 여우 사진이었다.

　사진 하단에 '여우 굴도 문은 둘이다'라는 속담이 적혀
있었고, 그 밑에는 한자 두 줄이 타이핑되어 있었다. 타자
기로 친 두 행짜리 한시였다.

　　朝行靑泥上(조행청니상)
　　暮在靑泥中(모재청니중)

　스마트폰을 꺼내 한자를 찍고 인터넷 검색창에 '조행청
니상'을 쳤다. 두보의 「이공산(泥功山)」이라는 시가 떴다.
'아침에 진창길을 출발했는데 저녁에도 진창길에 있네'라
는 해석이 붙어 있었다.

　그놈 같았다. 한 달 전 협박성 이메일을 보낸 놈.

　삼추는 그날 이후 모든 패스워드를 바꿨다. 일일이 외울
수가 없어 사이트명과 파일명과 암호를 석 장의 메모지에
따로따로 적은 뒤, 코팅을 해서 명함 지갑과 차량 뒷좌석
콘솔박스 속에 나눠 넣고 다녔다.

　한시 해석을 본 삼추는 발끈했다. 놈이 조롱하려는 의도

로 보낸 시 구절 같았다. 아무래도 빨리 잡아내서 본때를
보여줘야 할 놈이었다.

'여우 굴도 문은 둘이다.'

드나드는 문과 도망치는 문이 따로 있다. 검색을 해보니
꾀가 많은 여우도 예비적인 대책을 가지고 있다는 뜻이었다.

삼추는 자신과 스무고개를 하자며 덤벼드는 이 무모한
놈이 도대체 어떤 놈인지 알 수 없었다. 여우 사진은 놈이
보낸 두번째 우편물이었다.

2주일 전, 네덜란드 출장에서 돌아왔을 때, 비서가 갈색
봉투를 전해주었다. 겉봉이 깨끗했다. 발신자나 수신자 정보
가 한 자도 없었다. 아침에 퀵서비스를 통해 받았다고 했다.

"발신자가 회장님께 직접 전해드리라고 했답니다."

비서가 배달원의 말을 전했다. 배달원이 작은 키에 안짱
다리라고 했다.

갈색 봉투를 뜯자 빨간색 표지의 노트가 나왔다. 손때에
전 노트였다. 겉장에 매직펜으로 쓴 '禮' 자가 주먹만 한 크
기로 들어 있었다. 네 귀퉁이가 닳은 노트에 깨알 크기의
수기가 촘촘히 적혀 있었다.

노트에 적힌 내용은 삼추의 불법과 탈법 그리고 비리와
비위 사실이었다. 물론 놈의 주장이었으나 검찰청이나 감
사원으로 제보할 수 있을 만한 내용이었다. 누군가 공갈 협
박을 치고 있는 것이 분명했다.

노트를 보낸 놈으로부터는 아직껏 아무 연락도 오지 않
았다. 삼추는 자신이 해결할 수 있는 문제가 아니라는 판단

이 섰다. 놈을 잡으려면 도움이 필요했다.

"양요환 의원님 말씀으로는 도움을 받을 수 있을 만한 사안이라고 하던데……"

삼추는 변성술 의원에게 전화를 걸어 자신의 이메일 해킹을 국가 안보 차원에서 조사해달라고 떼를 썼다.

"육 의원에게 부탁하시죠. 대북통이신……"

변 의원이 육양순 의원에게 미뤘다. 돈을 받아먹을 때는 받아야 할 돈인지 아닌지 따지지 않았으나 부탁을 하면 이런저런 핑계를 만들어 빠져나가기에 급급했다.

전화를 받은 육 의원이 불편한 심기를 드러냈다. 사적인 메일 해킹에 대한 조사를 왜 국정원에 부탁해야 하느냐며 볼멘소리를 했다.

"사적인 게 아니죠. 국방 비밀 무기를 취급하는 사람의 메일이 해킹을 당한 겁니다요. 당연히 조사를 해봐야 하는 게 아닌가요? '이스원'이라는 이름의 컴퓨터가 접속을 한 것 같아요."

삼추는 육 의원을 압박하기 위해 거짓말까지 해가며 억지를 부렸다. 이스원(IsOne)은 북한 체신성 산하 조선체신회사 소속의 컴퓨터였다.

"뭐, 뭐요…… 어디라고?"

어처구니없다는 반응을 보이면서도 말투에 긴장이 묻어났다.

"저는 분명히 신고 의무를 이행했습니다."

삼추가 오금을 지르듯 말했다.

"거참. 이 사람이…… 왜 나한테……"

육 의원이 멈칫거렸다.

"알시에스 12.2 성능 검사 한번 하시지요."

이탈리아에서 극비리에 들여온 RCS는 원격 해킹 프로그램을 운용하는 시험용 장비였다.

"어허! 이 사람 보게. 장사꾼이 그렇게 함부로 입을 놀리면 안 돼."

육 의원이 오금을 박았다.

삼추는 전화를 끊었다. 책임지는 일을 꺼리는 육 의원이 삼추의 '신고'를 뭉개지는 않을 터인데 굳이 그의 훈계를 들을 이유가 뭐란 말인가.

통화를 마친 삼추는 스마트폰 문자메시지를 열어 찍어둔 한자 사진을 선우강규에게 보냈다.

6

만취 상태인 동료가 밥상 위에 얼굴을 처박은 채 꼬인 혀로 횡설수설하고 있을 때, 112지령실로부터 긴급 무전 연락이 들어왔다.

군북면 증약리에 있는 무진사의 보법 스님이라는 분으로부터 비야대정로와 신상로가 만나는 지점의 폐 고속도로에 있는 컨테이너박스가 수상하다는 신고가 들어왔으니 즉각 출동하라고 했다. 순찰차 내비게이션에 출동 지점의 전신주 고유 번호를 전송했으니 찾아가면 된다고 했다. 그러고는 상황에 상응하는 조처를 한 뒤 보고해달라고 했다.

"거긴 우리 관할이 아니잖아?"

식당 앞에 주차한 순찰차로 달려가 내비게이션에 찍힌 출동 지점을 확인한 신도길 경위가 상황실 의경에게 따지듯이 물었다.

전신주 고유 번호가 '2358F 861 군북선 155'였다. 군북면은 충북 옥천이었다.

"유괴 감금 사건으로 의심됩니다. 관할 따지고 있을 상황이 아닙니다요."

의경의 대거리가 만만치 않았다.

"어따 대고 훈계야……"

신 경위가 발끈했다.

"경위님께서 일단 출동을 하시고요…… 별도 지시가 있을 때까지 신병을 확보해서 데리고 있으셔야 할 것 같습니다요."

의경이 누군가의 지시를 받아 전하는 것처럼 말했다.

양 경장은 상 위에 엎어져 온갖 욕설을 퍼부어대고 있었다. 5년째 승진에서 누락된 데 대한 불만이었다. 신 경위는 양 경장을 들쳐 업어 순찰차에 태웠다. 출동이 급선무였지만, 그렇다고 해서 근무 중에 만취해 뻗은 동료를 술집에 팽개쳐놓고 갈 수도 없는 노릇이었다. 민원이라도 들어오면 큰일 아닌가.

그는 급한 대로 양 경장을 떠메어 일단 지구대 당직실에 내려놓고 신고 장소로 향했다. 긴급 출동인데 15분가량이 지체되었다. 신 경위는 결혼 준비로 바쁘다는 신참을 조퇴시킨 것을 아쉬워했다. 그는 지구대 문을 잠그고 다시 순찰차에 올랐다.

고속도로 직선화 공사로 인해 버려졌다가 상행선 차로만 되살려 쓰는 도로로 차를 몰았다. 대청호를 끼고 10여 분쯤 달리자 상하행선 옛 도로가 다시 합쳐지는 지점에서 플래시 불빛들의 어수선한 움직임이 보였다.

순찰차를 향해 플래시 빛을 상하좌우로 마구 흔들어대던 사람이 길 복판으로 뛰어나왔다. 웅성거리며 서 있던 열댓 명의 사람들이 순찰차 쪽으로 몰려들었다. 스님도 보였다.

"저쪽입니다."

추리닝 차림의 더벅머리 중년 사내가 신 경위에게 컨테이너박스 쪽을 가리키며 말했다. 폐 터널 입구 쪽으로 삐뚤빼뚤하게 놓인 대여섯 개의 대형 컨테이너박스가 보였다.

신 경위는 태양광 발전판 공사 중인 옛 하행선 폐도를 따라 중년 사내가 손가락질을 한 터널 쪽으로 걸었다. 이상한 소리가 난다는 곳은 폐 터널 입구 쪽에 바짝 붙어 있는 컨테이너박스였다.

"1년 전쯤 커피숍을 만든다면서 가져다 놓고는 방치한 컨테이너들입니다."

플래시 빛으로 길을 안내하며 뒤따라오던 중년 사내가 묻지도 않은 말을 했다.

"왜 이리 늦게 왔수? 30분이 넘게 기다렸잖아요."

몸뻬 차림의 늙수그레한 여자가 손목시계를 들여다보며 불평했다.

"곧장 출동한 거요. 급히 오느라 방범 순찰 나간 동료도 못 데려왔소."

신 경위가 여자의 위아래를 훑어보며 거짓말로 대꾸했다.

"안에 여자가 갇혀 있는 것 같수."

여자가 신 경위에게 길을 내주느라 컨테이너박스에서 두어 발짝 물러서며 말했다.

컨테이너박스의 출입문이 굵은 철사로 묶여 있었다. 풀어보려 했으나 손힘만으로는 어림도 없었다. 신 경위는 나뭇가지를 꺾어 철사 매듭에 끼우고 힘껏 비틀었다.

갇힌 여자는 포장용 노끈으로 두 발과 두 손이 뒤로 묶여 있었고, 입은 청테이프로 둘둘 말려 있었다. 여자가 얼마나 격하게 발버둥을 쳤는지 청테이프가 말린 채 늘어나 헐렁해진 곳도 있었다. 엉치 밑으로 걸친 검정 저지 바지와 흰 터틀 롱 니트만 걸친 여자가 물 먹은 빨래처럼 골판지 상자가 깔린 컨테이너박스 바닥에 너부러져 있었다.

인기척을 느꼈는지, 여자가 신음과 함께 몸을 뒤척였다. 핏물이 든 여자의 팬티가 신 경위의 눈에 들어왔다.

"이봐요, 아가씨! 정신 좀 차려봐요. 왜 여기에 감금된 거예요?"

신 경위가 여자의 뺨을 때리며 물었다.

"……"

"누가 이렇게 했습니까?"

"……"

"이봐요! 아가씨? 말을 해봐요."

"……"

신 경장이 소릴 질러도 여자는 묵묵부답이었다. 구급차를 불러 여자를 병원으로 데려가야 했으나 그는 112지령실에 먼저 상황을 보고했다.

출동 지점에서 이삼십대로 보이는 여자를 구했다, 유괴 또는 납치되어 컨테이너박스에 감금된 것으로 추정된다, 여자가 심신 미약 상태로 말을 못한다, 자세한 사항은 피해자가 쇼크에서 깨어난 뒤, 추가 보고를 하겠다고 덧붙였다. 여자의 신병 처리에 관한 지시는 따로 없었다.

신 경위는 여자를 순찰차에 태우고 병원이 아닌 지구대로 돌아왔다. 만취하면 폭력성을 드러내는 양 경장 때문이었다.

아니나 다를까, 댓 평짜리 지구대가 난장판이었다. 양 경장의 난동으로 파손된 집기류가 여기저기 나자빠져 있었다. 신 경위는 양 경장을 진정시켜 재우고 깨진 거울 조각들과 집기류 잔해들을 치웠다.

보고를 받은 서에서는 다행히 별다른 지시가 없었다. 여자도 정신은 든 것 같았으나 말을 안 해 조사가 불가능했다. 약을 한 것인지, 정신지체이거나 정신이상자인지, 아니면 고의인지를 분간할 수 없었다.

자기 이름도 밝히지 않았다. 여자의 신원을 확인할 수

있는 단초를 찾을 수 없었다. 공지된 실종자 리스트에도 유사한 인상착의가 없었다.

신 경장의 질문에 아무런 반응을 보이지 않던 여자가 소파 위에서 잠이 들었다. 당직실에서 가져온 모포를 여자에게 덮어주려던 신 경장이 깜짝 놀랐다. 뒤늦게 여자의 팔목에서 주삿바늘과 멍 자국을 발견한 것이다. 그는 여자의 몸 여기저기를 살폈다. 발목에도 멍 자국이 있었다.

무언가 위험한 여자가 분명했다. 긴장한 신 경위는 여자의 손목에 수갑을 채웠다.

7

"버즈 마케팅을 하는 겁니다. 보험설계사, 자동차 외판원, 택시 기사, 화장품 외판원, 야쿠르트아줌마, 아동도서 외판원을 활용하면 딱, 입니다요."

양손을 모아쥔 채 머리를 조아리고 앉은 강형중 교수가 허황된 소리를 지껄였다. 생각하는 것은 뭐든 다 될 수 있다고 생각하는 놈이었다. 7년 전 나삼추가 그랬다.

백대길을 이용해먹다가 배신하고 자신에게 빌붙으려는 것도 나삼추를 빼닮았다. 세상을 등진 채 글공부만 한 놈들의 특징이었다. 언제 어디서나 필설로써 모래성을 쌓고, 그 성을 필설로써 지킬 수 있다고 주장했다.

어쨌든 이제 강형중은 써먹을 데가 없었다. 의리 없는

지식인은 광견과 다를 바 없었다. 정호 교수와의 토론을 지켜보며 느낀 점이었다.

"우리나라 사람들은 재벌이나 부자나 보수 언론들이 지껄이는 말이라면 무조건 믿으려고 하는 습성이 있다네. 그 말에서 자신들의 고통이 시작되는데도 그걸 모른다네. 개인의 이득보다 국가의 이득이 중요하다고 교육을 받아온 때문이지."

서종대 의원이 검버섯 핀 양 볼을 부비며 말했다. 서 의원은 자신의 지역구 사무실을 놔두고 호텔 VIP룸을 빌려 접견실로 이용하고 있었다.

"그야 당연하지요. 사익보다 공익이 우선이니까요, 어르신."

"자네도 그런가?"

"그, 그러믄입죠."

"강 교수가 사람을 다룰 줄 아는구먼."

"예?"

서종대가 소파에서 일어서자 문을 등지고 서 있던 보좌관이 강형중에게 눈짓을 보냈다. 면담이 끝났다는 신호였다. 강형중이 아쉬워하며 일어섰다.

다시 소파에 앉은 서종대는 흰소리를 지껄이다가 보좌관을 따라 나가는 강형중의 뒷모습을 바라보며 휴대전화를 꺼내들었다.

"학술진흥재단은 표절자에게도 연구기금을 주나?"

서 의원이 배웅을 마치고 돌아온 수석 보좌관에게 물었다.

"예?"

"강 교수 논문마다 표절이 있다고 한 사람이 자네 아니었나?"

"예."

그랬다. 하지만 그 당시 서 의원은 표절 없는 논문이 세상천지 어디 있느냐며 무시했었다.

"정 교수도 논문 쓰지?"

"예."

당연한 질문이었다. 강형중의 연구기금을 끊고, 정호는 연구기금을 받을 수 있도록 조처하라는 뜻이었다.

백대길이 주제 넘는 호기를 부려 만신창이가 됐다고는 하지만, 가오마담으로서의 가치가 남아 있기 때문에 보호해줄 필요가 있었다. 그를 대체할 만한 중량급 선수가 없었다. VIP도 생각이 같았다. 광견이 된 강형중으로부터 백대길을 지켜줘야 하는 이유였다.

핫바지가 된 백대길을 말뚝 삼아 중부권을 묶어두면 당분간은 통제하는 데 별다른 무리가 없을 것이라는 판단이었다. 백대길은 음흉하지만, 내성적이고 조용하고 얌전하고 온건했다. 그러니까 전형적인 행정가의 유전자를 가진 놈이었다.

그래서 VIP도 각별히 좋아했다. 그가 욱해서 징징거릴 때 자존심을 건드리지 않고 살살 달래주면 문제될 일이 없었다. 그래서 VIP가 '내가 볼 때 당신은 총리감이야. 그리고 난 당신을 잊지 않고 있으며, 언제든지 부를 수 있어'라는 메시지를 전달했던 것이다.

또 서 의원은 백대길이 무너지면 자신이 곤고해질 수 있다는 점을 잘 알고 있었다. 순망치한. 백대길은 입술이었다.

8

선우강규는 '5012' 부장검사에게 전화를 걸어 안우용이 노망든 사람인 양 장례식장을 온종일 헤매고 다닌다고 보고했다. 사모님과는 통화가 되지 않았다. 알았다고 한 부장검사는 아무런 조처가 없었다.

사위가 장인과의 관계를 정리한 것 같았다. 장인에게 덮칠 위기의 실체와 크기를 눈치챈 때문이 아닌가 싶었다. 강규는 섬짓한 한기를 느꼈다.

"안 이사님과 거리를 좀 두는 게 좋아."

서동오 팀장이 갑자기 던진 '충고'도 신경 쓰였다. 안우용 이사가 희생양이 될 것이라는 말로 들렸다. 게다가 오늘은 전화를 걸어와 상황이 여의치 않다고 하면서 밑도 끝도 없이 "정치인보다는 선원이 백배 낫지 않아?"라고 물었다.

뜬금없이 선원 얘기는 왜 하느냐며 대거리를 했더니, 원한다면 당장이라도 알아봐줄 수 있다고 했다. 강규는 원한다면 당신이나 하라고 내지르고 전화를 끊었는데, 뭔가 뒤끝이 찜찜했다. 서 팀장과는 농담을 주고받을 사이가 아니었고, 또 용건 없이 연락을 주고받을 사이도 아니었다.

물론 안 이사의 뒷일을 부탁했지만, 서동오는 불편한 짭새였다. 아우디 반보다 청탁 해결 능력은 빼어났으나, 기밀 유지가 안 되는 것 같았다. 아우디 반은 떠버리 기질이 있었으나 자기 과시용에 지나지 않았다.

그런데 서 팀장을 통하는 일들은 뒤가 깔끔하지 않았다. 강규는 그가 서종대 의원의 끄나풀이 아닌가 하는 의구심이 들 때가 한두 번이 아니었다. 물론 둘은 친인척 관계가 아니었다.

강규가 이런 서 팀장에게 안 이사의 뒷일을 부탁한 것은 계산된 행위였다. 서 의원에게도 계산할 수 있는 기회를 주고 싶었다. 서 의원과 안 이사는 불알친구이자 외종 숙질간이었다.

강규는 장례식장에서 차를 몰고 급히 달아나듯이 가버린 허동우의 돌발 행동도 거슬렸다. 서로 사이는 좋지 않았으나 그래도 수인사 정도는 나누는 사이였다.

그는 주머니 속에서 엽서를 꺼냈다. 손때에 절고 꼬깃꼬깃해진 우편엽서였다.

'기도할 수 있는데 무엇을 걱정하십니까?'

엽서 하단의 추신 내용이었다. 강규가 일이 꼬이거나 틀어질 때마다 자조 차원에서 주술인 양 쓰던 농담이었다.

강규는 엽서에 그려진 숫자표를 뚫어지게 들여다봤다. 얼핏 스도쿠 숫자판처럼 보였는데, 모두 77개의 모눈 칸에 7개의 빈칸이 있었다. 'Jesus (s) you'의 괄호 속 답은

'love'일 것이고, 따라서 모눈의 빈칸 중 네 칸은 'love'에 해당하는 숫자가 아닐까 하는 생각이 들었다.

남은 빈칸의 답을 찾을 수 있는 키워드로 알파벳 K와 숫자 8을 제시했다. 8＝s일 가능성이 컸다. 그런데 칸칸이 적혀 있는 70개의 숫자는 어디서 온, 무슨 뜻일까…… 궁금했으나 짐작조차 할 수 없었다. 분명히 근거나 의미 없이 써 넣은 숫자는 아닐 것이다.

강규는 난수표 같은 숫자표를 곤혹스러운 표정으로 멍하니 들여다봤다. 무언가 석연치 않은 불안감이 온몸에 덕지덕지 들러붙는 것 같았다.

9

4대강 공사가 진행 중이었으나 부동산 경기 침체로 겪는 불황은 길어졌다. 때문에 건설업체들에게 재개발사업은 목숨 줄이었다. 수주만 성사되면 그 뒤부터는 땅 짚고 헤엄치기였다.

사전 3구역 재개발 예정 지역은 황금삼각지대였다. 좌로는 2천 세대가 입주한 대단위 신설 아파트 단지와 우로는 3만 명의 학생들이 우글대는 대학촌을 끼고 있었으며, 전방에는 도시지하철 1, 2호선 환승역이 예정되어 있었다. 게다가 인근에 생태형 하천과 근린공원까지 조성되어 있었다.

그래서 엄석중은 사전 3구역을 '골든트라이앵글'이라고 불리는, 라오스·태국·미얀마 3국의 접경 지역인 짜잉똥 같은 지역이라고 떠벌렸다. 짜잉똥에 마약왕 쿤사가 있다면, B-3, 4지구에는 그가 떠받드는 '그분'이 있었다.

아래위로 흰색 양복을 차려입은 엄석중은 고개를 한껏 뽑아 올린 채 작달막한 다리를 절룩이면서 창밖을 바라보며 어슬렁거렸다. 맞은편 건물 벽에 걸린 대형 펼침막이 보였다. 봉이순이 주민대책위원회를 드나들더니, 며칠 전에 내건 펼침막이었다.

조합설립무효확인소송→관리처분계획취소소송→총회결의무효확인(시공사)소송이 고등법원(2심) 재판 진행 중입니다.

주민 여러분 조금만 더 기다려주십시오. 정의가 꼭 승리합니다!

석중은 마무리 짓는 단계에서 새로운 난적이 생겨 상심이 컸다. 하지만 대세가 정해진 상황인지라 장애물 하나가 추가됐다고 해서 달라질 것은 없었다. 송진처럼 들러붙어 악을 쓰던 정비업체도 한 방에 떼어내버리지 않았는가.

재개발사업 고시 직후에 정비업체가 생겼다. 조합설립추진위원회보다 먼저 생겼다는 이유로 힘과 돈으로 무장한 정비업체가 조합 설립을 좌지우지하려 덤벼들었다. 노회한 엄석중은 이런 정비업체의 횡포와 공작을 물리치고 조합장에 선출되었다. 물론 '그분'의 도움이 있었다.

뒷배가 든든한 석중은 조합원의 뜻을 임의로 사칭해서 시공사 선정권과 용역비를 틀어쥐고 정비업체와 홍보업체를 주무르며 이득을 챙겼다. 정비업체가 홍보업체를 겸하지 않았기 때문에 그의 장난질이 가능했다.

정비업체는 영세했다. 고작 3억을 내놓고는 20억을 먹으려고 덤벼들었다. 그는 정비업체 사장에게 사업을 중단시킬 수도 있다는 뜻을 내비쳤다. 함부로 나대지 말라는 경고였다. 그러면서도 그는 정비업체 사장을 구슬려 힘을 실어주기도 했다.

이제 마지막으로 남은 숙제는 끈질기게 버티고 있는 상가 임차인들을 어떻게 처리하느냐는 것이었다. 법에 따르면, 소유주가 세입자들을 내쫓아주면 그만이었다. 그러나 세입자들은 대체 임대상가와 권리금을 내놓지 않으면 꼼짝도 하지 않겠다면서 주저앉아 버렸다.

가관인 것은 세입자들이 조합원과 대등한 우선분양권을 달라며 덤벼들었다. 칼만 안 들었다 뿐이지 날강도들이었다. 또 이전 시 발생할 영업 손실을 핑계로 5개월 치의 휴업 보상비도 요구했다. 휴업 보상비는 줄 수 없고, 조합원 다음 순으로 우선분양권을 주겠다고 했다. 그러나 그렇게 되면 자칫 분양가만 높고 상품성이 떨어지는 미분양 상가를 받을 위험성이 있기 때문에 거부한다고 했다.

욕심 많고 무식한 것들이 셈을 해보지도 않고 오직 돈만 밝혔다. 영업 손실 보상액 산정 기준도 얼토당토않았다.

투명하고 '앗싸리'하게 소득신고 기준으로 하는 것이 아니라, 자기들이 자체적으로 산출한 평균 영업이익을 인정해달라고 요구했다. 어떤 놈은 아예 폐업 보상 수준인 2년치 영업이익을 보상해달라고도 했다. 완전 무데뽀인 놈들이었다.

권리금도 문제 삼고 나왔다. 석중은 대한민국은 법치국가이니 법을 따르겠다고 했다. 법은 권리금을 인정해주지 않았다.

하지만 대화도 법도 해결 수단이 되지 못한 채 시간만 흐르고 있었다. 이러한 상황에서 조왕구가 손을 내민 것이다.

10

봉 여사로서는 도와줄 수 있는 힘이 없었다. 남편은 선거 때 뱉은 공약과 달리 육양순의 선거 지역구에서 생긴 문제에 함부로 끼어들 수 없다는 말만 반복했다. 일종의 상도덕 차원에서 이해해달라고 했다.

철거를 거부하고 버티는 세입자들은, 시도 때도 없이 떼거리로 몰려다니면서 행패를 부리는 용역 깡패들에게 시달려야 했다. 영업 중인 식당 출입구에 오물과 쓰레기를 잔뜩 쌓아놓거나, 끼니때마다 찾아와 약속 대련을 하듯이 자기들끼리 다투는 시늉을 하며 쌍욕을 주고받고, 심지어는 식사 중인 손님들에게 찍자를 붙여 내쫓기도 했다. 통행을 방해해서 길 가던 사람이 쳐다보기라도 하면 허락도 안 받고 쳐다본다는 이유로 쫓아가 때리기도 했다. 행인이 줄 수밖에 없었고 행인이 줄어드니 손님이 적어졌다.

그뿐이 아니었다. 빈집에다 불을 지르고, 색색의 래커 스프레이를 들고 다니면서 세입자들이 거주하는 집의 벽과 담벼락에는 외설·저주·욕설로 가득 찬 그림과 낙서로 칠갑을 해놓았다. 야하고 상스럽고 혐오스러워 눈뜨고 볼 수 없을 지경이었다. 며칠 전부터는 용역 깡패들이 마을 방범을 구실로 팬티와 러닝셔츠만 걸친 채 활보한다고 했다.

참다못한 세입자와 주민 들이 구청 앞에서 일인 시위를 시작했다. 봉 여사도 시위에 동참키로 했다. 그녀는 제비뽑기를 통해 순번을 받았다.

그녀는 일인 시위 하루 전, 얼마나 많은 세입자와 주민들이 재개발 문제로 무법천지가 된 치안 사각지대에서 어떤 반인륜적 고통을 받고 있는지 그 사례들을 페이스북에 등재했다. 하루 만에 2만여 명의 팔로워가 봉 여사의 게시글에 달려들어 분노와 걱정 그리고 위로와 응원의 뜻을 전했다. 페북의 답글과 댓글이 들불처럼 번지기 시작했다.

일인 시위는 오전 8시부터 오후 6시까지 3교대로 이루어졌다. 그녀는 오후 3시에 구호를 붙인 전지 크기의 합판을 넘겨받았다.

'사전 3구역의 원수 엄석중! 우리는 새집 싫고 헌집 좋다!'

구호에 적힌 '엄성중'을 본 봉 여사는 오금이 저렸다. 눈앞이 아뜩했다. 하지만 내친걸음이었다.

그녀는 합판에 달아 붙인 고무 고리를 목에 걸었다. 상체가 앞으로 쏠려 자세가 구부정했다. 그녀를 알아본 몇몇 구청 직원들이 민망한 표정을 지으며 고개를 숙인 채 게걸음질로 멀찍이 비껴갔다. 아예 발길을 되돌려 옆문과 후문 쪽으로 가는 직원들도 있었다. 간부급들은 눈이라도 마주칠까 싶어 왼고개를 한 채 도망치듯 사라졌다.

이순은 자신이 할 수 있는 일이 고작 패널을 목에 걸고 일인 시위를 하는 것이라는 사실이 참담했다. 그러나 작금의 시류가 상식과 법을 떠나 있는지라 소수나 약자의 권리 따위는 거들떠보지 않았다. 엄석중은 10년 만에 다시 찾아온 이런 세상에 들러붙어서 번창했다.

찌푸린 하늘에서 실바늘 같은 빗방울이 떨어졌다. 시장통 입구에 우뚝 솟은 시계탑이 4시를 가리키고 있었다.

길 건너편에 있는 헌책방 주인이 무단 점거한 보도 한쪽에 두엄 더미처럼 쌓아둔 헌책 더미에 비닐을 씌우느라 분주했다. 분주했지만, 키가 작고 몹시 늙어서 달려가 도와주고 싶을 만큼 동작이 굼떴다.

빗줄기가 모질어지자, 구청 수위가 달려 나와 이순에게 비닐 우의를 건넸다. 등판에 중동구청 로고와 청결 구호가 찍힌 우의를 건네주는 그의 태도가 무척 조심스럽고 공손했다.

봉 여사가 받은 우의를 입으려고 경비실 추녀 밑으로 다가갈 때, 갑자기 화기가 느껴지며 사방이 환해졌다. 고개를 돌려보니 길 건너 책 더미에서 불길이 솟아오르고 있었다. 방금 전까지 헌책 더미에 비닐을 씌우느라 안간힘을 쓰던 주인은 차도에 나자빠진 채 비명을 질러대고 있었다.

책 더미에 시너를 끼얹고 불을 댕긴 사내들이 앞서거니 뒤서거니 하며 잽싸게 차도를 건너 이순에게 달려왔다. 앞서 달려온, 멧돼지 크기만 한 덩치의 사내가 우의를 입기 위해 패널 고리를 벗으려고 고개를 숙인 이순과 돕고 있던 수위를 발길로 걷어찼다. 함께 온 세 명의 사내들이 사주 경계를 섰다.

배를 걷어차인 수위가 고통스러운 표정을 지으며 주저앉았다. 옆구리를 맞고 나자빠진 이순은 정문 쇠창살에 머리와 등을 부딪쳤다. 벗지 못한 패널이 그녀의 배를 덮었다. 덩치가 구둣발로 패널을 밟았다. 이순은 숨을 가누느라 캑캑하며 몸을 뒤챘다.

"씨발년!"

"악!"

덩치가 들고 있던 시너 깡통으로 이순의 머리를 내리쳤다.

가까스로 숨을 추스르려고 안간힘을 쓰던 이순이 까무룩 쓰러졌다. 시너 깡통 위에 엉덩이를 걸치고 앉은 덩치가 쓰러진 이순을 째려보며 침을 뱉었다. 비가 그악스레 내렸다.

불이 났다는 고함에 놀라 몰려온 상인들은 책 더미에 붙은 불을 끄느라 야단법석이었다. 비가 불을 어쩌지 못했다.

시너 두 통을 뒤집어쓴 채 순식간이 타오른 불길을 잡느라 상인들이 허둥대고 있었다. 불붙은 책 더미와 헌책방의 거리가 두 걸음이었다. 책방으로 불이 번지면 시장 상가가 화마로 덮일 수 있었다.

그 때문에 맞은편 구청 정문 앞에서 폭행당하고 있는 이순은 관심 밖이 되었다.

"아니고오. 여사님! 이를 어쩌나……"

배를 움켜쥔 수위가 봉 여사를 향해 기어 오며 외쳤다. 그때 사주경계를 하던 사내 중 하나가 다가와 수위의 옆구리를 걷어찼다.

"날궂이 하냐, 날궂이 해? 이 씨발년아…… 빨갱이 같은 년아!"

시너 통에 앉은 덩치가 정신이 드는지 움찔거리는 이순의 뺨을 갈겼다. 핏물이 든 그녀의 얼굴이 빗물 고인 오수 뚜껑에 처박혔다.

"전봇대를 뽑아서 가랑이를 쑤셔버리기 전에 빨랑 집구석으로 돌아가 밥이나 해라, 응."

배꼽 위로 고의춤을 추스르며 천천히 일어선 덩치가 이순의 머리를 발끝으로 툭툭 차며 말했다. 화광에 번뜩이는 덩치의 표정이 악귀였다.

이순은 젖은 길바닥에 누운 채 분노와 공포로 온몸을 바들바들 떨었다.

행패를 본 또 다른 수위가 민원실로 달려가 청원경찰을 꽁무니에 달고 나왔으나, 어쩌지를 못했다.

"가!"

덩치가 중앙선에 박힌 차선 규제봉을 뽑아들고 고함을 질렀다. 빗발이 들쭉날쭉하다가 가늘어졌다.

가까스로 정신을 추스른 봉 여사가 몸을 움직여 왼손으로 땅바닥을 짚자 통증이 몰려왔다. 어깨가 골절된 듯싶었다.

"못 가."

그녀는 이를 악물고 기어서 막 돌아서가려는 덩치의 바짓가랑이를 움켜잡았다. 그사이 불길을 잡은 상인들이 하나둘 무리를 지어 이순 쪽으로 몰려오고 있었다. 앞장선 헌책방 주인이 덩치를 손가락질하며 방화범이니 잡으라고 고함을 질러댔다.

상황이 만만치 않다고 판단한 덩치가 서둘러 이순에게 잡힌 바짓가랑이를 빼내려고 할 때, 검정색 승용차가 빗물을 튀기며 쏜살같이 다가왔다. 차가 멈추기 전에 뒷좌석 문이 열리고 한 사내가 튀어나왔다. 통통한 체격의 중키에 가르마가 반듯한 감색 양복 차림의 사내였다.

이순에게 잡힌 바짓가랑이를 빼내려던 덩치가 차에서 내린 양복 차림을 보자마자 코가 사타구니에 닿을 듯 머리를 숙여 인사했다. 덩치와 함께 있던 사내들도 순식간에 열을 맞춰 머리를 숙였다.

중키가 운전석과 조수석에서 뒤따라 내린 사내들에게 눈짓을 보내자, 병풍인 양 빙 둘러서 모여 있는 구청 직원과 상인들을 뒤로 물렸다.

구청 직원과 상인들이 주춤주춤 뒤로 물러서는 사이 중키가 덩치의 규제봉을 빼앗았다. 그러고는 그 규제봉과 주먹으로 덩치를 두들겨 팼다. 때리는 모습이 절구질 같기도 했고 도리깨질 같기도 했고 해머질 같기도 했다. 장살(杖

殺)을 시키려는 것 같았다. 패다가 숨이 거칠어진 중키가 눈짓을 하자, 부동자세로 서 있던 사내 하나가 트렁크에서 쇠파이프를 꺼내왔다. 손잡이에 고무 밴드를 감은 죽도 길이의 쇠파이프였다.

곤죽이 되도록 얻어맞은 덩치가 길바닥에 뻗었을 때, 순찰차와 앰뷸런스와 소방차가 서로 뒤엉킨 채 경적을 울리고 경광등을 번쩍이며 호들갑스레 나타났다. 소방차에 진로가 막혀 어기적거리던 순찰차에서 경찰이 내리자, 중키가 탄 볼보가 슬그머니 현장을 떠났다.

경찰이 곤죽이 되어 쓰러져 있는 덩치에게 다가가 아무런 말없이 수갑을 채웠다.

순찰차와 앰뷸런스가 떠난 뒤, 모자와 마스크를 쓴 중년의 여자가 상가 옥상으로 올라가 비디오카메라를 수거했다. 철거주민대책위가 일인 시위를 시작할 때부터 만약의 사태에 대비해 설치해둔 비디오카메라였다.

11

언론은 봉이순이 중동구청 앞에서 폭력배에게 폭행당한 사실 자체만 기사화하고, 폭행이 발생하게 된 배경이나 원인 등에 대해서 함구했다. 소셜미디어에는 폭행의 전 과정이 편집 없이 나돌아 난리였으나, 정작 레거시 언론들은 잠잠했다. 이번 폭행 사건을 사전 3구역 재개발사업 문제와 연계하는 것을 차단하기 위해 누군가 선제적 조처를 단단히 취한 것 같았다.

언론 동향을 지켜본 엄석중은 '그분'의 힘이 작용했다고 추정했다.

조왕구를 찾아간 엄석중은 자신과 봉이순의 깊고 오래된 인연을 간략히 들려줬다. 뒤늦게 괜한 말을 했다 싶었지만 이미 뱉은 말이라 어쩔 수 없었다.

"대단한 용기야. 난 그 애가 다시는 내 앞에 못 나타날 것이라고 생각했거든."

석중이 말한 '그 애'란 봉이순을 가리키는 말이었다.

왕구는 대통령과 찍은 시상 사진을 액자에 담아 벽에 걸고 있었다. 지난번 '신지식인'에 선정되어 청와대에서 대통령과 어깨를 나란히 하고 찍은 사진이었다.

"벌건 대낮에 봉 여사님을 개 패듯이 패버린 우리 애기의 용기가 대단하다는 말씀이십니까?"

액자를 걸고 의자에서 내려온 왕구가 주머니에서 손수건을 꺼내 먼지를 털며 딴청을 부렸다.

"어, 그…… 그게 아니라……"

석중이 말을 얼버무렸다. 틀린 말은 아니었으나 네놈 부하가, 네놈의 지시로 봉 여사를 폭행했을 터인데, 그 용기가 대단하다고 할 수는 없었다.

"각하, 만수무강하십시오."

액자의 유리와 틀을 정성껏 닦은 왕구가 고개를 숙여 절을 올렸다.

왕구는 폭행 사건에 대해 가타부타 아무런 말이 없었다. 자초지종에 대한 호기심 때문에 위로를 구실로 왕구의 사무실까지 굳이 찾아온 석중은 멋쩍어 양 손바닥만 부비며 서 있었다. 어느 틈에 빼꼼히 문을 열고 머리를 디밀고 있던 '잇뽕'이 어쩔 줄 몰라 하는 석중에게 손짓을 보냈다. 어서 나오라는 뜻 같았다.

엄석중 영감쟁이를 쫓아낸 왕구는 생각이 몹시 복잡했다. 스텝이 심하게 꼬였는데, 잘못 풀다가는 매듭이 될 수도 있었다. 이종걸 백사모 회장이 맺어준 백대길 대표와의 호연이 악연으로 바뀔 수 있는 절체절명의 상황이었다.

어떻게 해서 이룬 사업인데……

그는 지금 엎어지면 끝이라는 사실을 잘 알고 있었다.

8년 전 왕구는 가출한 미성년자들의 값싼 노동력을 활용해 자금을 축적했다. 그 당시 목포 '풍선파(風船派)'가 설립한 '유달건설'에서 왕구를 눈여겨보고 지사를 만들어 책임자로 앉히겠다고 했으나 거절했다. 회사 이름은 유달건설이지만, 건설은 가윗일이고 합성대마, 엑스터시, YAMA, 크라톰 등을 사들여 밀매하는 일이 주업이었다. 외국에서는 마약류로 지정되지 않은 것들이었다.

풍선파의 제안을 거절한 그는 사업을 확장하기 위해 인력소개소를 차리고 미성년자 유흥 도우미와 배달 서비스 종사원 들을 조달했다. 미성년자이기 때문에 마땅한 일자

리가 없는 가출 청소년들이 왕구의 인력소개소에 찾아와
줄을 섰다.

낮에는 할 일이 없어 PC방에 틀어박혀 빈둥거리는 Z세
대 아이들을 시켜 재래시장과 중동구 일대를 다니며 음식
·식료품·의류 관련 상점들의 정보를 모은 뒤, '전통장보
따리'라는 시장 안내 지도를 제작했다. 그러고는 중동구청
의 지원을 받아 '유등시장 정보마당'이라는 인터넷 사이트
를 개설했다.

배달망 구축 사업을 하면서 사이버 시스템에 관심을 갖
게 되었는데, 결국 사이버 도박과 해킹 사업에 뛰어드는
계기가 되었다. 이른바 재래시장 살리기 캠페인으로 조왕
구는 관공서와 매스컴의 주목을 받게 되었다.

이즈음에 유흥업소협회장 이종걸이 고향 친구이자 초등
학교 동창인 선우강규를 통해 백대길 대표의 경호를 부탁
했다. 6년 전이었다.

왕구는 재래시장 살리기 캠페인 덕에 '우리행복당'의 청
년부장이 되었고, 청년부장을 하면서 방미조를 알게 되었
다. 안우용과 먼 친척뻘이 된다—정작 안 이사는 확인이
불가하다고 했다—고 주장하는 여성조직부장보(補)였다.

그녀는 마산에 있는 한 정신요양원에서 간호주임으로
근무하며 원장과 짜고 장애인들의 예금과 적금 통장을 관
리해주면서 돈을 빼돌렸다. 이 일이 들통 나자 그녀는 원
장에게 독박을 씌우고 빠져나와 재벌가 2세의 사생아 행세
를 하며 사기를 치고 다녔다. 주로 최고급 호텔에 장기 숙

박하면서 위조한 부동산 매매 계약서와 세무조사 결과 통지서 등을 가지고 허황된 꿈에 빠진 허술한 사람들을 찾아내 꼬드겼다. 경매 물건을 사는 데 돈이 부족하다거나, 공동 구매를 하자는 식으로 꾀었다.

이렇게 해서 20억 원쯤 해먹고 5년 징역형을 살고 나온 여자가 준수한 외모와 말재주로 안우용에게 접근했다. 그러고는 우용의 친분을 등에 업고 당에 들어와 왕구에게 들러붙은 것이다. 물론 그녀의 이력을 알게 된 것은 서로 떼려야 뗄 수 없는, 배와 배꼽의 관계가 된 이후였다.

방미조는 약간의 밑천과 인맥을 댈 테니 용역경비업을 하자고 했다. 경비업에는 시설경비·호송경비·신변보호·기계경비·특수경비 등등이 있는데, 다른 것은 다 돈이 안 되고 시설경비가 전망도 좋고 돈이 된다고 했다. 왕구는 경비업이 연예·방송 쪽으로 확장·전문화되어가고 있는데, 웬 시설경비냐며 따져 물었다.

그녀가 "그렇게 세상물정에 깜깜하니까 이빨 빠진 지방 호족의 밑이나 닦고 있지"라며 야코를 죽인 뒤, "연예·방송 쪽은 주로 행사 위주이거나 단건(單件)이 많아요. 빛 좋은 개살구지 돈이 안 돼. 폼이나 잡자고 사업하는 건 아니잖아? 노조와 엮이는 일은 이게 달라. 노다지야"라고 말했다. '이게'라고 할 때 그녀는 엄지와 검지로 돈 모양을 만들어 왕구의 턱 밑에 디밀었다.

"노조가 무슨 돈이 있다고 경비를 고용해?"

왼고개를 친 왕구가 콧방귀를 뀌며 물었다.

"이런 벼, 벼엉……"

'병신'이라는 말을 급히 삼킨 미조가 왕구 곁으로 바싹 다가앉았다. 그러고는 "노조가 아니라, 회사야. 노조를 가지고 있는 대기업. 만도, 한진, 현대, 대우, 한화, LG……"라며 왕구의 무릎을 두드리며 말했다.

방미조가 눈을 동그랗게 뜨고 바라보는 왕구에게 시설 경비업의 실태와 운영 메커니즘에 대해 브리핑하듯이 세세히 설명을 해줬다.

왕구는, '용깡'은 재개발 철거 현장에만 투입되는 줄 알았는데, 노사 분규 현장에도 구사대 자격으로 투입될 수 있다는 새로운 사실을 알게 됐다. 예전에는 노사 분규 때, 사무·관리 직원들로 구성된 자체 구사대가 노조와 맞서 티격태격 싸웠지만, 요즘은 노조의 규모와 조직력이 막강해 회사 측 구사대와 외부 용깡이 연대하여 노조와 싸우는 구조가 되었다고 했다.

왕구는 미조의 제안을 받아들여 즉각 경비업체를 차렸다. 상신나이트클럽 웨이터 열두 명의 이름으로 직원 등록을 하고, 미조와 1억 원을 공동출자해 'G1(Good Guard One)' 설립을 경찰청에 등록했다. 'WALL MARK'도 이때 차린 회사였다.

G1은 상시 업무가 없고 의뢰가 들어올 때마다 움직이기 때문에 굳이 상근 직원을 둘 필요가 없었다. 일이 생기면 하도급을 주거나 프리랜서 팀을 고용했다. 이렇게 해서 인력 해결이 안 되면 홈피 게시판에 '프리 홍보', '프리 소개'

같은 글을 띄워 고삐리들을 모으거나 등록금과 용돈을 필요로 하는 대학생들을 알바로 끌어들였다. 경호학과나 경찰학과 재학생들은 우대했다. 사전 3구역처럼 투입 규모가 큰 현장 체험은 졸업 후 유관 업체에 취직할 때 스펙으로 인정받을 수 있었다.

노사 분규 현장이나 철거 현장에 투입할 때는 경비원 수를 관할 경찰서에 신고하도록 되어 있었다. 그러나 곧이곧대로 하지 않고 가능한 한 줄여서 신고했다. 업계의 관행이었다.

요즘에는 노사 분규가 일어나면 노조는 합법적 파업을 하고, 회사는 합법적 직장폐쇄를 했다. 이렇게 되면 합법적 수단으로 싸워 얻을 수 있는 건더기가 없어진 노조가 최후 수단으로 폐쇄한 직장을 통째 점거하게 되고, 회사는 이 불법 점거자들로부터 회사를 탈환하기 위해 합법적으로 경비업체를 불렀다.

왕구는 알바비와 연장 구입비만으로 두 건의 불법 점거 사건을 해결해주고, 2011년 한 해 동안 110억 원의 매출을 올렸다.

12

전국적으로 고위공직자들의 이상한 기부 행렬이 이어지고 있다. 지난해 6월 이후 지금까지 11개월 동안 전국

의 복지단체 후원 계좌에 고위공직자들이 출연한 기부
금이 총 50억 원에 달하는 것으로 밝혀졌다. 실명으로
후원금을 출연한 후원자들은 대다수가 4급 이상 고위공
직자들로 적게는 500만 원에서 많게는 1억 원에 상당하
는 후원금을 전국에 산재해 있는 각종 후원재단 및 단체
에 기부한 것으로 밝혀졌으며, 동일인이 두세 군데 후원
단체에 고액의 기부금을 쪼개어 출연하기도 했다. 이들
가운데는 청와대 행정관, 부장검사, 금감원 국장급과 선
임검사역, 국세청 과장, 국가정보원 차장 등이 포함되어
있다.

고액을 분산 기부한 기부자들 가운데 연락이 닿은 몇
몇 공직자들은, 뜻있는 공직자들의 '릴레이식 기부'가
이루어지고 있어 '기부 바이러스 확산'을 위해 참여하게
되었다고 말했다. 그러나 주로 고위공직자들만 참여한
릴레이식 기부 붐이 어떤 계기와 이유로 시작되어 전국
적으로 퍼지게 되었는가에 대해서는 밝혀진 바가 없다.

기자가 명단을 확보한 1억 이상의 고액 기부자 7명은
하나같이 인터뷰를 거절했다. 이에 따라 특정 기간에 고
위 공직자들이 고액의 돈을 분산하여 기부한 것과 관련
하여 많은 궁금증이 유발되고 있다.

허동우는 씹던 어니언 베이글을 삼키고 신문을 접었다.
그동안 신분을 위장하거나 감추고 결혼식장, 장례식장, 병
원 입원실, 입학식장 등을 찾아다니며, 아버지를 대신해서

파산한 서민 피해자들에게 이런저런 명목으로 갚은 돈이 꽤 됐다. 축의금, 조의금, 병원비 대납, 입학 축하금, 학원 비 대납 등의 방식으로 마실저축은행 피해자들을 찾아내 서 도왔다. 받은 사람이 누가 줬는가를 알 수 없도록 하기 위해 심부름센터를 이용하기도 했다. 대속 행위였다.

동우가 여체 모양의 USB를 이용해서 백일춘 지점장의 컴퓨터에 '히든뷰'를 심으려 했던 계획은 실패했다.

허동우는 막 출근한 서동오 팀장을 중동부경찰서 건너 편 빵가게로 불러냈다.

동우가 4절 불투명 비닐 각대봉투를 테이블 위에 올렸 다. 30층 옥상과 1층 화단에서 채취해 건조 보관해둔 혈흔 과 머리카락 등이 들어 있는 봉투였다.

"이게 뭐야? 아침을 사주려고 불러낸 게 아니었어?"

서 팀장이 멍이 덜 빠진 동우의 광대뼈 부위를 바라보며 이죽거렸다.

"깡패 새끼들을 잡아야 할 포졸께서 허구한 날 음주 도 박에 빠져 허우적대고 있으니까 선량한 시민이 폭행을 당 하는 거 아냐?"

동우가 손바닥으로 멍든 부위를 어루만지며 말했다.

"선량한 시민이라구…… 네가?"

"당신을 보면 검찰이 왜 수사권을 가지고 있어야 한다고 주장하는지 알 것 같기도 하다."

"말 까지 마라, 허동우!"

서 팀장이 눈알을 부라렸다.

"명색이 짜바리 팀장인데 살면서 누가 착한 애고, 누가 나쁜 앤지는 알아야 하는 거 아닌가?"

"형님을 종처럼 부려먹으면서 말까지 까는 놈이 나쁜 놈이라는 건 안다."

"유전자 분석을 부탁합니다, 형님."

동우는 각대봉투를 서 팀장 쪽으로 밀면서 말했다.

서 팀장이 선우강규를 싸고돌며 꿈쩍도 안 하고 있는 것에 대한 경고이자 압박이었다. 더 이상 시간을 끌도록 놔둘 수 없었다.

동우는 옥상에서 나온 혈흔이 생뚱맞다고 했다. 통상적으로 투신 전에 자해를 할 가능성이 적다고 볼 때 마땅히 따져볼 필요가 있으며, 또 부검 시에 죽은 만복의 손톱 밑에 낀 이물질이 없는지 확인하고 있다면 반드시 채취하여 유전자 검사를 해야 한다고 덧붙였다. 누군가와 드잡이질이 있었다면 상대방의 섬유질이나 체세포를 손톱 밑에서 찾아낼 가능성이 크니까 반드시 잊지 말 것을 부탁한다고 했다.

동우는 섬유 동일성 여부 실험과 체세포 검출을 통한 DNA 분석에 기대를 걸고 있었다. 세포 하나하나에 약 60억 개의 유전자 정보가 들어 있고, 사람 몸은 60조 개의 세포로 이루어져 있다. 그리고 각 세포에는 유전자를 포함하는 핵이 들어 있다. 동우는 선우강규의 60조 개 세포 중 부주의한 한 개가 만복의 사체에서 발견되기를 기대한다고 덧붙였다. 또 증거를 서 팀장만 가지고 있는 것이 아니니까 가지고 있는 증거를 능칠 생각일랑 하지 말라고 일렀다.

"증거 조작이 범죄라는 건 알지?"

"수사관이 범죄를 고의로 은닉하는 건 죄가 아니고?"

"뭐얏?"

"자, 나쁜 애가 착한 애한테 주는 선물이야."

동우가 테이블 위의 봉투를 집어 서 팀장에게 건넸다. 서 팀장이 화를 내며 봉투를 받지 않고 돌아섰다. 그러나 그는 몇 걸음 가다가 되돌아와 봉투를 낚아챘다.

서 팀장은 이미 증거물 조사와 보고서 작성을 끝냈다. 결과는 동우가 말한 그대로였다. 서류가 결재 중이어서 결과를 말해줄 수 없을 뿐이었다. 어찌 된 노릇인지 서장에게 비대면으로 들어간 결재 서류가 닷새째 함흥차사였다.

서 팀장은 이런 사실을 동우에게 알려주고 싶지 않았다. 이제는 더 이상 허동우에게 매달릴 필요가 없었다.

"너는 징글징글하게 나쁜 새끼야."

서 팀장이 돌아서며 말했다.

13

페이스북과 트위터를 통해 아내의 구타 동영상—풀숏으로 찍은 22분 21초짜리 전체 영상과 현장에서 지켜보던 사람들이 부분적으로 찍어 올린 영상 등 총 8종의 영상이 나

돌았다—을 모두 찾아 확인한 백대길은 처참한 심정에 빠져 미쳐버릴 것만 같았다. 굳이 이렇게까지 해가며 자신에게 대드는 아내가 징글맞게 싫었으나, 다른 한편으로는 남편의 정치 생명을 지켜주고자 모든 것을 바쳐 애쓰는 아내에게 부끄럽고 죄스러운 마음이 들었다.

7년 전, 중부권의 맹주로서 전 국민을 위한 선정(善政)을 하겠다며 떨쳐 일어섰으나, 지금은 마누라 하나조차도 깡패 새끼들로부터 지켜주지 못하는 천하의 팔푼이가 되고 만 것이다.

대길은 새삼 대망과 권력에 대한 회의가 들었다. 본격적인 정치를 시작한 지 7년이 되었지만, 온통 눈앞의 자기 이익만 구하려고 날뛰는 놈들에게 둘러싸여 휘둘릴 뿐이었다.

국민은커녕, 당조차도 자기 이익에 도움이 안 되거나 반한다 싶으면 가차 없이 돌아서서 물거나 등을 돌렸다. 그러고는 국민과 당원에게 도움이 안 되는 독단을 한다며 되레 당 지도부를 헐뜯었다.

발언권과 지분을 얻으려는 속셈으로 10원을 투자하면, 1,000원을 빼가려고 호시탐탐 온갖 수작과 추태를 다 부렸다. 뒷전에 물러앉아 살살 눈치를 살피던 원로들도 자기 패거리들의 이익을 챙겨주기 위해 당의 허점을 이용했다.

그동안 이런 놈들에게 둘러싸여 세상물정 모르고 값싼 행동을 한다며 아내를 의심하고 핍박해온 자신이 원망스러웠다. 그는 부러진 갈비뼈가 간을 찔러 대수술을 하고 겨우 의식을 되찾은 아내를 바라보며 눈시울을 붉혔다.

"여보. 내가 기어코 복수해주리다."

맹세의 눈물방울이 봉 여사의 뺨에 떨어졌다.

병실 밖에서 대기 중이었던 방 집사가 들어와 소장이 왔다며, 대길의 휠체어를 문 쪽으로 돌렸다.

"어쩌다가 이런 참람(僭濫)된 일을 겪으셨는지……"

늙수그레한 경찰이 격에 맞지 않는 문자를 쓰며 고개를 숙였다. 소장의 바지 끝단이 복숭아뼈 위로 깡충 올라붙었다. 무궁화 한 개짜리 경위가 전직 도지사이자 당 대표 앞에서 위로를 한답시고 쓴 문자였다. 관할 지구대 소장이라고 했다.

대길은 자신이 상갓집 개 취급을 받고 있다는 생각에 화가 치밀어 주먹을 불끈 쥐었다.

"집사람이 천박한 것들과 어울려 다니니까, 나까지 천하게 보이는가?"

문병 겸 조사를 위해 직접 나왔다는 소장에게 대길이 호통을 쳤다.

"어찌 감히 그런 참람된 말씀을…… 송구합니다."

모자를 벗어 옆구리에 낀 대머리 소장이 고개를 급히 숙이며 사과했다. 대길의 호통이 참람되다는 것인지 자신의 말이 참람되다는 것인지 알 수 없었다.

"대체 무엇이 참람되다는 거요?"

"아니, 저는 지사님께서 천하다고 말씀하시기에……?"

대길을 대하는 소장의 대거리가 만만치 않았다.

"당장 나갓!"

화가 치민 대길이 고함을 지르며 벌떡 일어서려다 앞으로 고꾸라졌다. 그 바람에 휠체어가 뒤로 밀려나면서 링거 받침대를 쓰러뜨렸다.

"악!"

봉 여사의 손목에 꽂힌 링거 주사 바늘이 빠져 바닥에 떨어졌다.

14

전 부지사이자 우리행복당 창당 시 상임고문을 지낸 안우용 씨가 자택에서 숨겨 있는 것을 2일 아침 7시쯤 부인 장모 씨가 발견해 경찰에 신고했다. 부인의 말에 따르면, 철야기도를 마치고 집으로 돌아와 보니 남편이 소파에 앉은 채 숨겨 있었다고 말했다.

장 씨는 발견 당시 소파에서 잠든 줄 알고 가까이 다가가보니 안 씨가 허리띠로 목이 졸린 상태에서 상체를 뒤로 젖힌 자세로 죽어 있었다고 밝혔다. 경찰은 외부 침입 흔적은 없으나, 현재까지 발견된 유서나 유언이 없다는 점과 자살을 할 만한 이유가 없다는 유족들의 말에 따라 교살 가능성에 무게를 두고 수사해나갈 계획이라고 밝혔다.

신문은 1면에 보도 기사를 싣고, 사회면에 해설 기사를

덧붙였다. 해설 기사는 자살과 타살로 양분된 주장에 대한
소개를 다루고 있었다.

한 지방 신문 기자는 허리띠로 자신의 목을 스스로 졸라
죽는다는 것은 가능하지도 않을뿐더러 상식적으로 납득이
되지 않기 때문에 교살이라는 주장을 제기했다. 그러나 법
의학자는 중앙 신문 지면에서 기자의 주장이 잘못된 것일
수도 있다며 사례를 들어 지적했다. 스스로 자신의 목을
허리띠 또는 끈으로 졸라 자살하는 것이 얼마든지 가능하
고 전례도 있다며 반론을 제기했다.

지역 방송에서는 법의학자의 주장을 비중 있게 다뤘다.
물론, 자신의 목을 스스로 졸라 죽는 것이나, 끈으로 자신
의 목을 한차례 두른 후 힘을 가해 죽는 것은 불가능하다
고 했다. 검시의학 용어에 자액사(自扼死)가 없는 이유라
고 했다.

두 경우 모두가 자신의 손으로 스스로 자신의 목을 누르
게 되면 시간이 지날수록 의식이 혼미해지기 때문에 이런
상태에서는 계속해서 손에 힘을 줄 수 없어 자살이 불가능
하다는 것이다. 그러나 허리띠나 끈으로 목을 조인 후, 의
식이 있을 때 매듭을 짓거나 풀리지 않도록 고정시키면 압
력이 가해진 상태가 유지된다. 따라서 이런 상태로 충분한
시간이 흐르게 되면 숨이 끊어질 수 있다고 했다.

탄력성이 뛰어난 끈이라면 따로 묶지 않고 교차만 시킨
상태에서도 묶어 조이는 효과를 가져올 수 있으며, 또 탄
력성이 없는 끈이거나 매듭을 짓지 않는다 할지라도 목을

여러 차례 반복해서 감아뒀을 경우에도 같은 효과를 가져온다고 했다. 피부와 끈 또는 끈과 끈의 마찰력에 의해 끈이 풀리지 않기 때문이라고 덧붙였다.

법의학자는 안우용의 죽음을 자교사(自絞死)라고 결론지었다. 타살일 경우 허리띠로 목을 조를 때 상대를 죽일 수 있는 힘보다 더욱 강한 힘을 가하게 되고, 피해자는 본능적으로 강한 반항을 하게 되기 때문에 허리띠가 조인 자국이 불규칙적이며 불연속적으로 나타날 수밖에 없는데, 안우용의 경우는 자국이 얕고 규칙적이며 연속성을 띠고 있다고 했다.

부검을 할 필요도 없이 자교사가 확실하다, 때문에 피해자의 경우에는 목을 열더라도 설골이나 갑상연골 골절은 물론, 경부 연조직에 출혈이 나타났을 가능성이 없음을 장담한다고 덧붙였다.

백대길은 청천벽력이었다. 자신의 그림자가 사라진 것처럼 황당하고 참담했다. 무엇보다 그동안 저 살자고 나를 따돌렸다고 믿은 것이 오해라는 생각이 들었다. 통화를 할 때 들었던 안우용의 울음소리가 떠올랐다. 때문에 이렇게 허망하게 죽을 줄 알았더라면 굳이 울릴 필요까지는 없었을 것이라는 생각이 들었다.

대길은 우용의 죽음이 자신과 결코 무관하지 않을 것이라는 느낌이 들었다. 한평생 같은 배를 타고 만고풍파를 헤치며 쌍 노를 저어왔다. 때문에 서로가 서로에 대해 모르는 일이 있을 수 없었다. 우용이 자살할 만한 일을 어찌

대길이 모를 수 있단 말인가. 그래서 대길은 불안에 떨었다. 어쩌면 저 혼자 살아보려고 우용이 자신을 따돌린 것은 사실이나, 그러고도 살 방도를 찾지 못해 결국 자살을 선택했다고 볼 수도 있었다.

대길은 이런저런 생각들을 끌어다가 쥐어짜며 충격에서 빠져나오려고 허우적거리는 가운데, 문득 우용의 갑작스러운 죽음에 별다른 말이 없는 유족들이 미심쩍었다. 기도원에 처박혀 있다가 왔다는 미망인 장안나 씨의 함구가 석연치 않았다.

"제수씨는 전혀 모르셨습니까?"

대길이 미망인에게 따로 물었다. 질문이라기보다 감추는 게 있으면 이실직고하라는 재촉이었다. 우용이 대길보다 나이가 위였으나 대길은 우용의 아내를 형수가 아닌 제수로 불렀다. 우용의 뜻이었다.

"자진하신 거 맞아요."

다소곳한 말투였으나 단호한 표현이었다.

"부검을 해봅시다."

"그러고 싶지 않아요. 돌아가신 분에게도 살아 있는 가족에게도 쓸데없는 짓이에요."

"자진할 이유가 없잖소?"

대길이 속삭이듯 물었다.

"근자에 들어서 사시는 걸 몹시 힘들어 하셨어요. 당도 심했고……"

억지스러운 답이었으나 당(糖)을 당(黨)으로 착각한 대길은 순간 흠칫했다. 아무튼 무언가를 감추고 있는 것이 분명했다.

억지스러운 답을 한 미망인이 대길을 쏘아봤다. 마누라인 자신보다 더 많은 시간을 붙어 지내오면서 시도 때도 없이 종처럼 부려먹은 당신이 모르는 것이 뭐가 있다고 자신에게 묻느냐는 표정이었다. 대길은 그렇게 느꼈다. 또 정말로 모른다면 자신에게 묻지 말고 당신이 알아내 자신에게도 알려줘야 하는 것이 아니냐고 되묻는 눈빛이었다.

대길은 알고 싶었다. 발신자를 알 수 없는 괴우편물이 연이어 날아들고, 구만복이 자살을 하고, 안인애가 납치를 당했다 하고, 안우용까지 갑자기 죽었다. 그것도 유언 한마디, 유서 한 자 없이 죽었다는 것이다. 왜……?

대길에게는 전화 통화를 통해 인애가 납치당했다고 일러준 우용의 말이 유언인 셈이었다. 이게 다 우연일 수는 없었다. 무언가 연결고리가 있을 것이라는 생각이 들었다.

대길은 본격적으로 정치를 시작한 뒤로 안우용이 얼마나 충직하며 사랑스럽고 소중한 사람인지를 뼈저리게 깨닫게 되었다. 그는 대길이 주는 것이 무엇이든 가리거나 가늠하지 않고 감사하게 받을 줄 알았고, 주지 않는 것은 설령 필요로 한다고 해도 억지로 달라 하지 않았다. 그러면서 대길이 원하는 것은 무엇이든 내주었다.

그러나 정치판에서 만난 놈들은 달라는 말을 입에 달고 살았다. 안 주면, 뒤통수를 치고 훔쳐가거나 등 뒤에 칼을 꽂고 빼앗아가는 놈들도 있었다. 입술에 꿀을 바르고 등 뒤에 칼을 감춘 놈들 천지였는데, 나삼추가 대표적인 놈이었다.

밑 작업을 마치고 비밀 TFT를 창당주비위원회로 바꿀 즈음에 나삼추를 영입했다. 창당 정신을 체계적으로 정리하고 이를 진행할 비중 있는 인물이 필요했다. 삼추는 학벌과 경력이 좋고 허우대와 말주변까지 받쳐줘 당무뿐만 아니라 당의 얼굴마담으로도 적격이었다.

그러나 지휘권을 받은 나삼추는 TFT에서 마련해온 모든 안(案)들을 깡그리 무시하거나 무로 돌렸다. 그 이유를 따로 말하지도 않았다. 조직을 짜거나 인선을 할 때도 주비위와 의논이나 상의 없이 자신의 뜻대로 했다. 놀라운 독단이었다.

대길은 당연히 계통과 절차를 거쳐 합의된 내용이 올라왔으리라 믿고 그의 탁월한 친화력과 추진력에 감탄하며 올라오는 족족 이의 없이 결재했다. 나삼추가 주비위를 협의를 통해 운영한 것이 아니라 CEO처럼 경영했다는 사실은 나중에 알게 되었다. 그는 자기 밑의 모든 당원들을 피터 드러커의 경영 이론에 의거하여 정량적 기준과 지표를 만들어 평가했다.

백대길에게 정성적인 검증을 받고 입당한 당원들이 나삼추의 정량적 평가 프로그램에 의해 재평가를 받아야 했다. 백대길은 차별화·선진화된 이런 당 운영 시스템이 마음에 들었다. CEO 출신인 현직 대통령이 만들고 싶어 했던 정당이 바로 이런 시스템으로 운영되는 효율적 정당이 아닐까 싶었다.

그러나 나삼추가 구축한 평가 시스템이 반목과 잡음을 불러 당 운영의 저해 요인이 되고 말았다. 뒤늦게 알고 보니, 나삼추가 경영 논리를 도입했던 것은 자신이 잘 알고 잘하는 방식으로 당을 운영하여 헤게모니를 장악하려는 야심에서 비롯된 것이었다.

지방자치단체장 후보 공천에서 나삼추는 당의 실세 이인자가 되기 위해 당원 평가표를 좌지우지하며 자기 지분의 극대화를 위해 무진 애를 썼다. 그러다가 공천 막판에 가서는 자신도 출마 의사가 있었다면서 당선할 자신이 있으니 전략 공천을 해달라며 떼를 썼다. 정말 엑스맨 같은 놈이었다.

"그동안 열심히 찾아봤잖습니까?"

어처구니없어 한숨만 몰아쉬는 대길에게 삼추가 말했다. 자신만 한 후보가 없다는 뜻이었다.

"누가 열심히 찾지 않았다고 했소?"

당황한 대길은 딱히 할 말이 없었다.

"당을 위해 제가 직접 나서야겠습니다."

살신성인, 멸사봉공을 들먹이며 대길을 윽박질렀다. 대길은 경기 중에 감독이 선수로 뛰겠다고 나서는 데 할 말을 잃었다.

오픈 폴리티컬 리더스 센터(Open Political Leaders Center) 센터장을 하며 예비 후보자들의 교육을 책임지고 매니저를 자처하던 나삼추가 느닷없이 출마 선언을 하자,

당이 거친 풍랑을 만난 쪽배가 되어 요동쳤다. 당의 기강과 이미지가 순식간에 풍비박산 났다.

백대길로서는 전혀 예상치 못한 사고였다. 그러나 돌이켜보면, 나삼추는 그때 이미 당의 생명력이 다 됐음을 감지하고, '다음'은 없다는 판단을 한 듯싶었다. 결과적으로 틀린 판단은 아니었다.

그러나 대길은 삼추가 그때 그런 식으로 행패만 부리지 않았어도 당의 연명(延命)과 부활의 길이 얼마든지 있었을 것이라는 생각에는 아직도 변함이 없었다.

대길은 나삼추의 무차별 내부 총질과 '뗑깡'을 견디지 못하고 그를 광역시장 후보로 전략 공천했다.

"……그러므로 악인이 심판을 견디지 못하며 죄인이 의인의 회중에 들지 못하리로다. 대저 의인의 길은 여호와께서 인정하시나 악인의 길은 반드시 망하리로다. 아이고오……"

무릎을 꿇고 앉아 성경을 봉독하던 미망인이 악을 쓰다 울부짖었다. 얼굴을 찡그리던 대길은 고개를 돌려 외면했다. 그녀의 양쪽에 앉은 큰아들과 딸이 대길을 향해 방성대곡하는 어머니를 감싸 안았다.

대길은 얼굴만 보이고 일찍 나갈 수도 없는 입장인지라 불편했다. 이럴 줄 알았으면 휠체어라도 타고 와 환자 행세라도 할 걸 그랬다 싶었다.

미국에 사는 우용의 둘째아들은 태평양을 건너는 중이라고 했는데, 사위인 장 부장검사는 보이지 않았다. 대길은 큰아들을 영안실 밖으로 불러내 계면쩍은 표정을 지으며 장 부장검사와 인애는 어디에 있는지 물었다.

우용이 죽기 직전에 전화를 걸어와 인애의 납치 소식을 알려줬다. 우용으로부터 사건의 전말을 들은 대길은 인애의 납치 사건을 조용히 처리키로 했다. 사건을 접수하고 공개적인 수사가 이루어진다면 자칫 대길에게 치명적인 스캔들이 될 위험이 컸다. 무엇보다 범인을 잡으려고 일을 키웠다가는 되레 파국을 맞을 수도 있었다. 어쩌면 범인의 노림수일 수도 있었다.

당황한 대길은 장고 끝에 서종대 의원을 찾아가 인애와 자신의 관계를 밝히고 도움을 청했다. 서 의원이 사나이끼리 남자답게 해결할 문제라면서 대길의 부탁을 기꺼이 들어주었다. 그의 도움을 받아 치안센터에서 조사·보호 중인 인애를 찾았다. 물론 대길이 직접 인애를 찾으러 갈 수는 없었다.

대길의 질문에 우용의 큰아들이 불편한 내색을 띠며 우물쭈물하고 있을 때 한 무리의 조문객들이 우르르 쏟아져 들어왔다.

"하이고오! 우리 빽 대표님 이게 얼마만입니까?"

오이재였다. 공작새의 깃인 양 떨거지들을 잔뜩 거느린 그가 과장된 몸짓으로 허리를 숙인 채 호들갑스레 달려오면서 양손을 내밀었다. 마치 이산가족이라도 상봉하는 분위기였다.

15

안우용 영감이 죽었다. 타살 가능성도 열어놓고 수사를 한다고 했으나, 선우강규가 아는 한 틀림없는 자살이었다. 물론 강규는 영감의 자살이 믿기지 않았다. 또 영감의 자살로 강규는 닭 쫓던 개 지붕 쳐다보는 꼴이 되고 말았다.

구만복의 죽음과 관련된 문제는 강규가 알 수 없는 삼자의 개입으로 골치 아프게 됐다고는 하지만, 무난히 처리될 것으로 볼 수 있었다. 서동오 팀장이 열심히 수사—물론 수사라기보다는 은폐 공작에 가까웠다—를 하고 있다고 했으나, 그것은 어디까지나 시늉이자 쇼였다.

사고 당일, 안우용 영감이 자신의 아파트로 급히 와달라고 했다. 강규는 시의원이 제공해준 호텔 특실에 처박혀 『금강만필』 2호 최종 교정을 보다가 연락을 받았다. 새벽 1시가 넘어서였다. 강규는 궂은비 탓에 맥주를 세 캔째 홀짝이고 있었다.

"무슨 일이신데……?"

놀란 강규가 물었다. 안 영감이 설레발을 놓았지만 왜 오라고 하는지는 알아야 했다. 예전처럼 오란다고 해서 무조건 똥 마려운 강아지처럼 쪼르르 달려갈 순 없는 노릇이었다. 안 영감은 그가 백 대표 때문에 예산으로 돌아가지 못한 것을 알고 있었다.

"흐흑…… 여보게……"

홀쩍거리며 한참 뜸을 들이던 영감이 다짜고짜 사람이 떨어졌다고 했다. 더듬어대는 말에 거친 빗소리와 울음까지 섞여 들어 제대로 알아들을 수 없었다.

"아, 크게 말하세욧!"

핀잔을 주듯이 소리쳤다.

"구만복이가…… 주, 죽은 것 같아."

"예? 퀙."

삼키려던 맥주가 식도에 걸렸다.

"아니…… 주, 죽었을 거야. 그, 그래…… 죽었다네."

강규는 살포시 오르던 술기운이 확 달아나는 느낌이었다. 그는 카펫에 뿜은 맥주를 닦으려다 말고, 상자를 뒤져 대포폰을 챙겼다. 서두르다가 테이블 모서리에 정강이를 찧었다.

"아악! 아, 씨발! 어르신, 일단 전화 끊으세요."

비명 끝에 욕설을 달아 뱉으며 손바닥으로 정강이를 문질렀다.

"미안하네."

안 영감이 전화를 끊으면서 뜬금없이 사과를 했다.

엘리베이터에서 내린 강규가 로비를 빠져나가면서 우용의 번호를 찍었다. 영감은 빨리 와달라는 말만 반복했다. 빗속으로 달려 나간 강규는 택시를 잡기 위해 큰길로 향했다. 밤하늘에서 번개와 천둥이 드잡이질을 했다. 비바람도 극성맞았다.

강규는 뛰다 말고 멈춰 섰다. 꼬붕이 아닌데 영감이 저지른 사고 현장으로 비까지 맞아가며 허둥지둥 달려갈 이유가 없었다. 그는 호텔로 되돌아가 우산을 챙겼다.

강규는 큰길 쪽을 향해 느긋하게 걸으며 머리를 굴렸다.

"어떻게 해야 날 좀 도와줄 텐가?"

강규의 침묵에 애가 탄 영감이 드디어 전화기 너머에서 밑밥을 던졌다.

"……"

"이 사람아, 흐흑. 나 좀 살려주게."

다급한 영감이 징징대며 애원했다.

"제가 무슨 일인지를 알아야……"

강규는 발치에서 머뭇거리는 빈 택시 몇 대를 그냥 보냈다.

"도와주겠다고 어서 말하게. 무엇이든 다 들어줄 테니…… 제발, 마 말을……"

"알겠어요, 어르신. 기다리세요."

더 이상 애를 먹이면 독이 될 수 있었다. 그는 길 건너에 있는 빈 택시를 손짓으로 불렀다.

사색이 된 안 영감이 비 내리는 30층 옥상에서 강규를 맞았다. 그는 물에 빠진 생쥐 몰골로 손수건으로 코피를 닦아내며 출입구 차양 아래 웅크리고 있었다. 영감이 강규를 보자마자 대뜸 봉투부터 내밀었다.

"이게 뭡니까?"

봉투 안에서 통장과 도장이 나왔다.

"어, 어서 넣어두시게."

초점 잃은 눈으로 사방을 두리번거리며 말했다.

통장에 1억 3,500만 원이 들어 있었다.

"차기 공천 0순위 지원까지 내가 목숨을 걸고 약속함세."

강규가 통장을 확인하고 있을 때 영감이 덧붙였다. 신기루 같은 말이었다.

16

자신의 그림자인 안우용의 죽음으로 패닉 상태에 빠진 백대길 대표가 선우강규에게 안인애 납치 건과 우용이 급작스레 죽은 원인을 찾아내서 보고하라고 지시했다.

안인애 납치 건은 금시초문이었다. 경우 없는 지시이기는 했으나, 강규도 안 영감의 갑작스러운 죽음이 꿈같았기 때문에 나름대로 알아볼 작정이었다.

강규는 어쩌면 두 사건이 괴우편물 또는 숫자표와 관련이 있을 것이라는 확신이 들었다. 안우용이 가오도서관에 갔었다는 28일 동선을 뒤쫓다보면 해결의 단초를 찾을 수 있을 것 같았다.

장례식장에서 미망인 장안나 여사가 백 대표를 대하는 표정과 태도도 예사롭지 않았고, 안우용의 출상 시 휠체어에 실려 나타난 안인애도 이상했다. 그녀는 유족임에도 불구하고 조문객인 양 조왕구 똘마니들의 엄중 경호 속에 잠깐 나타났다가 사라졌다.

장 여사는 나흘 동안, 특수학교 사서로 근무하는 인애

는 엿새 동안 집에 없었다고 했다. 서동오 팀장의 말에 의하면 장 여사는 금식기도를 하느라 산간 오지에 있는 교회 부속 기도원에 틀어박혀 있었다는데, 기도 제목이 뭐였는지를 묻는 경찰의 의례적인 질문에 허둥대며 가정사라고만 했다는 것이다.

인애의 행방에 대해서는 서 팀장이 답을 하지 않았다. 다 큰 아가씨가 엿새씩이나 잠적한 걸 묻는 것은 결례라면서 농으로 받았다. 인애는 다 큰 평범한 아가씨가 아니었다. 어려서 언어장애인이 된 그녀는 지적장애 학생들의 교육기관인 시립 특수학교의 사서로 근무했다.

17

허동우는 언론 보도를 통해서 안인애의 소식을 접했다. 경찰이 그녀의 신병을 언제, 어떻게 확보하여 보호해왔는지 알 수 있었다.

납치 유괴된 딸을 찾던 아버지가 자택에서 의문의 주검으로 발견됐다. 안타까운 것은 딸이 시민의 제보와 경찰에 의해 구출됐다는 사실을 까맣게 모르고 죽었다는 사실이다.

죽은 안모 씨의 부인 장 씨의 경찰 진술을 바탕으로 사건을 추적한 결과, 안 씨의 딸은 지난 4월 27일 귀갓길

에 정체불명의 괴한에게 납치된 것으로 추정된다. 장 씨
는 다니던 교회 소속 기도원에 들어가 밤낮으로 기도했
고, 안 씨는 납치된 딸을 백방으로 찾아다녔다고 한다.

한편 납치되어 폐 고속도로 위의 컨테이너박스에 감금
되었던 딸은 수상한 소음을 들은 인근 사찰의 스님과 주
민들의 신고로 긴급 출동한 경찰에 의해 극적으로 구출
됐다.

구출 당시 딸 안 씨는 의식이 혼미한 상태였으며 온몸
에 소주가 뿌려져 있었다고 했다. 경찰에 따르면 구출 당
시 딸 안 씨는 자신의 이름은 물론, 언제 어쩌다가 누구
에 의해 납치되었고 며칠 동안이나 감금되었는지 아무것
도 기억하지 못하는 상태였다고 한다. 병원 진단 결과 해
리성 정신장애 증상을 보이고 있는 것으로 알려졌다.

한편 경찰은 CCTV에 찍힌 화면과 신고자들의 진술을
토대로 목격자 학보 및 용의자를 추적 중이라고 밝혔다.

아직까지 경찰은 범인을 한 명으로 추정하고 있으며, 죽
은 구만복이 2차 범행자라는 사실은 모르고 있는 것 같았다.

동우는 양동춘에게 전화를 걸었다. 배달에 썼던 포르테
125시시 오토바이를 즉시 처분하라고 지시했다.

안우용의 죽음으로 동우의 계획에 차질이 생겼다. 우용
은 자신이 죽어야 여러 사람이 살 수 있다는 것을 안 것 같
았다. 딸과 백대길과 자신을 살리고자 스스로 죽음을 선택
한 것이다.

동우는 '보험빵' 의심 사고를 조사하는 내내 일이 손에 잡히지 않았다. 혐의자는 무려 13개의 보험에 가입되어 있었다. 무직인데, 150만 원이 한 달 보험료로 나갔다. 그리고 세 번의 사고가 모두 인적과 차량 통행이 드문 외진 도로에서 멀쩡한 전봇대를 들이받아 발생했다. 더욱이 이번 사고는 차량 수리비가 20만 원인데, 입원 기간이 50일이었다. 증거를 잡아 경찰에 넘길 일이었다.

그는 혐의자가 들이받았다는 전봇대를 찾지 못해 같은 길을 다섯 차례나 왕복했다. 새로 닦은 왕복 8차선 산업도로였다. 차량과 충돌한 흔적이 있는 전봇대를 끝내 찾지 못했다.

그사이에 복구를 했거나, 전봇대와 무관한 사고였거나, 아니면 아예 사고 자체가 조작됐을 가능성이 컸다. 동우는 30분 만에 현장 조사를 마쳤다. 사고 현장 주변이 공장의 높고 긴 담벼락들로 맞물려 이어진 외진 장소이기 때문에 목격자를 찾는 것도 어려울 것 같았다. 흔한 CCTV 한 대도 보이지 않았다. 한전보수공사에 연락해 사고 발생 이후 교체한 전봇대가 있는지 물어봐야 할 것 같았다.

그는 아이패드로 사고 지점이라고 적시한 인근의 전봇대들을 한 컷에 담아 각을 바꿔가며 여러 숏으로 나누어 찍고는 차에 올랐다. 이미 확보한 정황증거와 사고 기록 그리고 동승자의 진술 등이 서로 따로 놀아서 보험사기를 입증하는 데 어려움은 없을 것 같았다. 보험금을 지급한 보상팀이 또 타격을 입겠지만, 그렇다고 해서 보험사기가 분명한 것을 눈감아줄 수는 없었다.

동우는 차에 올라 CD를 틀었다. 바흐 곡이 흘렀다. 사 냥 칸타타 중 「양들은 한가로이 풀을 뜯고」였다.

안우용은 백대길을 생매장시키기 위한 수단이었다. 그 런데 안우용의 죽음으로 문제가 생긴 것이다. 계획대로라 면 선우강규의 동영상을 공유하는 자리에서 우용이 백대 길에 관한 양심선언을 하는 것이었다.

동우는 백대길 처리에 관한 계획을 다시 세우고 선우강 규는 예정대로 가기로 했다. 발췌 편집해둔 동영상만 뿌리 면 되는 일이었다. 뒤처리는 서동오 팀장의 몫이었다.

동우의 아버지가 비명횡사한 이튿날, 검찰이 반석동 집 과 중앙동 저축은행 본점을 전격 압수 수사했다. 카니발 한 대와 봉고차 다섯 대에 나눠 탄 20여 명이 기습적으로 들이닥쳤다.

사무실 곳곳을 들쑤시고 다니며 고함과 욕설을 내지르 고, 문건은 물론 벽에 걸린 고가의 명화들까지 모조리 챙 겨 갔다. 상중에 압수 수색까지 해야 할 만큼 급한 일이 무 엇이었을까 궁금했다.

동우는 아버지의 '오른팔'을 불러내서 서울중앙지검 금 융조세조사2부가 직접 대전까지 내려와 압수 수사를 한 법적 근거와 이유를 물었다. 그는 조심스럽지만 짚이는 게 있다며 더듬더듬 입을 열었다.

마실은 2010년 700억 규모의 유상증자를 시도했다. 아버지는 이때 성공 보수 명목으로 스카이그룹 부회장이라는 여자에게 7억 원을 선금 지급했다. 유명 생명보험설계사 출신인 그 여자는 재벌그룹 종합비서실과 민자당 충남 옥산지구당 위원장을 지냈다고 했으나 조사 결과, 사실무근이었다. 숨 쉬는 것 말고는 아무것도 믿을 수 없는 여자였으나, 아버지는 그 여자를 든든한 동아줄인 양 철석같이 믿을 수밖에 없었다. 아마도 믿고 싶어서 믿었을 것이다.

그녀는 인맥을 동원해 금융 당국에 맞춤형 로비를 하고 금융기관에 줄을 대어 투자금을 끌어오겠다고 했다. 그러나 사기였다.

아버지가 제삼자를 시켜 여자를 고소했다. 여자가 7억 원은 투자자 모집 용역비로 받은 것으로 대부분 용역업체에 지급했을 뿐 자신이 챙긴 돈은 한 푼도 없다고 주장했다.

그런데 압수 수사는, 이런 사실 정황을 밝히려는 물증 확보 차원에서 이루어진 것이 아니었다. 다시 말해 찾아서 밝혀내려는 것이 아니라, 찾아서 감추려는 수사였다.

아버지가 갑자기 아무 배경 지식도 경험도 없는 해운업에 뛰어들어 5,600만 달러에 상당하는 18만 톤급 벌크선을 건조하고 '몰빵'을 하듯이 백대길의 황해권 개발 사업에 거액을 투자한 것은 위기를 벗어나보려는 최후의 발버둥이었다. 물론 계획 부동산의 실패가 마실 경영을 더욱 빠르게 악화시킨 주된 요인이었으나, 보다 더 결정적인 요인이 따로 있었다는 것이다.

"허 회장님께서는 경영이 아닌 도박을 선택하실 수밖에

없었습니다."

동우는 아버지 허남두 회장이 경영을 했다고 생각하지 않았다. 편법·불법·탈법·위법·꼼수까지, 돈이 되는 일이라면 아버지는 수단 방법을 가리지 않고 무엇이든 했다.

할머니는 이런 아버지를 걱정하시다가 돌아가셨고, 어머니는 이런 아버지를 감당해보려고 애썼는데 아버지가 파렴치한 외도까지 하는 바람에 끝내 이혼했다.

"어무이는 돈을 다스리며 사실 수 있었지만, 저는 그럴 수가 없습니다. 돈이 저를 다스리고 있어요. 저와는 상관없이 돈이 스스로 움직인다는 말입니다."

돈보다 정직을 섬기며 살라는 할머니의 유언에 대한 아버지의 대답이었다. 경영이 아버지의 통제권을 벗어났다는 주장이었다. 아버지의 의지나 선택에 따라 움직일 수 있는 것이 아무것도 없다고 했다.

그땐 비겁한 변명으로 들렸는데 지금에 와서 보니 틀린 말이 아니었다. 처음에는 몸집이 작아 길을 만들며 스스로 갈 수 있었지만, 덩치가 커지자 스스로 길을 만들 수가 없었고 권력이 나서서 길을 닦아줘야만 갈 수 있었다고 했다.

"그렇다면 멈추거라, 남두야. 스스로 움직이는 돈은 사신이다."

환전상과 수리방(금세공소)으로 자수성가한 할머니는 아버지의 손을 잡고 이 말을 읊조리시다가 돌아가셨다.

마실이 위기에 처하자 아버지는 동우가 기존 고액 예금 유치자(VVIP)와 그 가족들을 특별 관리해주는 프로그램을 짜서 운영해주길 바랐다. 날로 경쟁이 치열해지는 가운데 살아남는 길은 쌈짓돈을 넣었다 뺐다 하는 소액 거래자가 아닌 10억 원 이상의 고액을 거래하는 VVIP 관리에 달렸다고 했다. 제1, 제2금융권으로 나뉘어 있지만, 결국 시장은 하나라고 했다. 때문에 제2금융권끼리의 경쟁만 하는 것이 아니라, 제1금융권과도 경쟁을 해야 살아남을 수 있다고 했다.

동우는 아버지가 백대길을 비롯한 정계 인사들과 연을 끊으면 마실의 일을 돕겠다고 했다. 아버지는 그럴 수 없다고 했다. 아버지는 백대길과 정계 인사들을 회사 회생과 확장의 발판이자 비상구로 생각했으나, 동우는 시한폭탄이라고 생각했다.

새로운 보수 정권이 들어서고 1년쯤 지났을 때, 아버지가 자회사인 행복종합캐피탈을 통해 옐로우손해보험 자회사로부터 200여억 원을 대출했다. 상호저축은행법에 따라 금지된 편법 대출이었다.

당시 금융 당국이 이 불법 교차 대출을 몰랐다고 할 수 없었다. 어쨌든 백대길의 주선으로 대출이 이루어졌다. 그로부터 3년쯤 지난 작년 5월부터 마실저축은행과 옐로우손보가 사정 당국의 타깃이 되었다는 소문이 돌았다.

아버지는 공격적인 경영만이 전화위복을 가져올 수 있다면서 골프장과 카지노 사업을 벌였다. 차명으로 급하게 특수목적법인(SPC)을 세워 골프장 건설 사업을 추진했다. 필리핀 카지노 호텔 건설과 관련해 사업 시행사인 국내 법인에 200억 원을 대출해줬다. 캄보디아에도 600억 원을 투자했다. 생각을 하다가는 늦을 수 있다는 이유로 사업 타당성 검토도 없이 신도시 공항 고속도로 사업에도 투자한다고 했다.

3년 뒤 모두 투자 손실로 처리됐다. 정권의 실세들이 낚시질을 하려고 던진 미끼를 아버지는 죄다 문 것이다. 아버지는 어느 구름에서 비가 내릴는지는 아무도 모르는 법이라고 했다. 아버지의 '공격적 경영'에 백대길도 가세해서 부추겼다. 그는 인허가 과정에서 해외 자원 개발 참여를 제의했다.

아버지에게 골프장 건설 사업은 반드시 필요한 사업이었다. 큰 이득은 물론, 자금을 빼돌리고 세탁하는 데 요긴한 사업이었다. 차명으로 싼 땅을 사서 SPC(유동화전문회사)에 비싼 가격으로 되팔아 돈을 챙길 수 있었고, 인허가로비 명목으로 사용하는 접대비를 빼돌릴 수도 있었다.

그러나 골프장 건설은 도시 계획과 연관되어 있어 기초자치단체의 승인을 받고, 광역자치단체의 심의를 통과해야만 가능한 사업이었다. 백대길이 부추긴 이유였다.

카지노 건설도 부동산 투자 가치는 물론 자금 세탁과 횡령에 꼭 필요한 사업이었다. 게임을 할 때 수표나 현금을 칩으로 바꿔야 한다. 또 게임을 마치면 남은 칩을 현금으로 교환해야 하는데, 이때 별도의 기록을 하지 않아도 된다. 돈의 출처를 추적할 수 없다는 말이다. 마음만 먹으면 얼마든지 돈세탁을 할 수 있었고, 외국인을 이용해서 해외로 돈을 빼돌리는 통로로도 이용할 수 있었다.

"세상은 단순하지도, 간단하지도 않다."

아버지가 타이르듯이 말했다. 그러면서 덧붙였다.

"새로 관계를 맺지 않을 수는 있으나 맺은 관계를 끊을 수는 없다."

"잘못된 관곈 정리하셔야지요."

"세상에는 잘못된 것도, 잘된 것도 없다. 서로 얽혀서 돌아가는 게 세상이다. 잘못된 것과 잘된 것을 가려내 나 누려고 하면, 그때부터 망하는 것이다."

"백대길과 노시더니 말씀이 백대길을 닮아가시네요."

"한국에서 정치와 경영은 한 덩어리다."

"한 덩어리여서 망한 회사가 어디 한둘인가요?"

"너는 겪어보지 않은 세상을 다 아는 것처럼 말하는 것이 문제다. 이제라도 백 대표님을 잘 모셔라."

동우는 백대길이 정의롭고 공의로운 새로운 서민 정치를 내세웠으나, 보수 여당의 2중대에 불과할 수밖에 없다는 것을 잘 알고 있었다. 말로는 전국 정당과 수권 정당을 추구한다고 했으나, 그 말을 실행할 의지도 힘도 없었다. 지역의 영향력을 장악해 자신의 정치적 입지와 권한을 사수하려는 수작일 뿐이었다.

동우는 VVIP 특별 관리 제안을 끝내 거절했다. 해오던 담보물 및 신용조사 일만 맡아 하며, SIU 팀장으로 일했다.

휴대전화가 울었다. 동우는 핸들을 고쳐 잡고 휴대전화를 받았다. 서동오 팀장이었다. 지문과 혈흔 감식 결과가 나왔는데, 만나서 얘기하자고 했다. 지금은 곤란하니까, 전화로 말해달라고 했다. 동우는 양동춘을 만나야 했다.

서 팀장이 투덜거리듯 말했다.

현장 사진을 분석한 결과, 자유 낙하로 생긴 혈흔 모양이다. 정원형의 둥근 형태로 방향성이 없다. 혈흔의 기원점이 옥상일 가능성이 커 보인다. 바람의 방향에서 비껴나 있었기 때문에……

동우가 말을 잘랐다. 서 팀장이 하나마나 한 소리를 지껄이며 간을 보고 있었다. 혈흔 사진 분석 결과가 아니라, 혈흔 분석 결과를 말하라고 했다.

"아, 씨바! 미스터리해."

서 팀장이 딴청을 부리며 말을 돌렸다.

"디엔에이 분석은 끝났지요?"

동우가 단도직입적으로 물었다.

"……"

"범인도 밝혀졌겠네요? 누굽니까?"

동우는 내친김에 내질렀다.

"좀 더 기다려봅시다."

서 팀장이 딴청을 부렸다.

"이러시다가 다 잡은 범인을 놓치면 어쩌시려고……"

안우용의 죽음으로 마음이 급해진 동우가 되레 조바심을 쳤다.

18

선우강규는 숫자표를 펼쳤다. 그러고는 수첩에서 안우용의 메모 쪽지 복사본을 꺼내 'K, 8'이라는 알파벳과 숫자를 뚫어지게 바라봤다.

아우디 반을 통해 알아본 결과, 안우용의 주머니에서 'K-8'이라고 메모된 쪽지가 나왔다면서 복사본을 줬다. 안영감이 하루 종일 머물렀던 가오도서관 3층 열람실 좌석번호가 K-8이라고 했다.

강규는 서동오 팀장의 행동거지가 예전과 달라 믿고 기다릴 수가 없었다. 그래서 가오도서관 사서를 찾아갔다. 29일 도서관에 온 안 영감이 『대길의 대로행』과 『내려오며 본 것들』을 읽었다는 사실을 알아냈다. 자신의 집에도 있는 책을 굳이 멀리 있는 도서관까지 와서 읽을 필요가 뭐란 말인가. 그렇다면 안우용도 아는 놈이 숫자표를 보낸 것이 분명했다.

Jesus (s) you

(s)의 답은 love이다. 놈이 희롱하고자 초보적인 수준의 암호키(encryption key)를 사용했을는지도 모른다는 생각이 들었다.

혹, K=8이라면, A=22이다. 그렇다면 loves의 경우, L=9, O=12, V=18, E=2, S=15다. 빈칸에 이리저리 끼워 맞춰봤으나, 연관된 의미를 찾을 수 있는 숫자가 아니었다. K-8은 일곱 개의 빈칸을 채울 수 있는 암호키가 아니라, 무의미한 문자일 수도 있을 것이라는 생각이 들었다.

강규는 문득 8이 크립토그래피를 응용해 만든 s의 환자(換字)일 가능성을 떠올렸다. 빈 종이에 알파벳을 순서대로 썼다. 펜으로 s에 동그라미를 치고, K에도 동그라미를 쳤다. s는 K에서 일곱번째 알파벳이었다. K를 0으로 놓았을 때, l은 첫번째, o는 네번째, v는 열한번째, e는 스무번째 알파벳이었다. 숫자로 바꾸면, 1, 4, 11, 20이었다. 제대로 찾아낸 숫자라는 생각이 들었다.

그러나 이것이 맞는 답이라고 해도 이 답이 무엇을 뜻하는지 알 수가 없었다. 아니 찾은 숫자가 맞는지조차 확인할 기준이 없었다. 완전히 장님 코끼리 더듬는 식이었다.

찾은 숫자가 맞는지 알려면 나머지 73개의 숫자는 무엇을 뜻하는 것인지, 어디에 또는 무엇에 근거를 두고 적어놓은 것인지 알아야 했다. 또 그걸 알아내서 1, 4, 11, 20이 맞는 답이라고 해도, 이 답이 일러주고자 하는 메시지를 얻으려면 알고리즘을 찾아야 했다.

강규는 놈이 보낸 한시들을 펼쳐 순서대로 정리했다.

泥는 8획이었다. 泥와 8의 관계를 살폈다. 8획이었다. 微軀此外更何求 13, 18, 6, 5, 7, 7, 7.

황당하고 어처구니없었다. 본래 암호가 숨겨진 키를 찾

아 판독을 하고 나면 별것이 없다지만, 그래도 유치하다
는, 아니 농락을 당했다는 생각이 들었다.

강규는 빙그레 웃으며 나머지 획수도 헤아려서 따졌다.
그러고는 모눈에 적힌 숫자를 확인하며 빈칸을 하나하나
채워나갔다.

13	18	6	5	7	7	7
1	5	7	3	11	9	9
4	15	3	9	5	13	2
5	9	11	6	8	8	11
11	6	6	6	10	2	10
6	3	3	11	11	14	14
9	6	10	10	8	19	23
8	11	8	11	9	6	5
7	5	10	10	8	6	7
9	6	20	23	17		
6	12	13	14	8		

빈칸의 숫자가 1, 4, 10, 10, 20, 23, 13, 14로 나왔다.

놈이 8이라고 적어둔 칸에 8이 아닌 14가 나왔고, 아래 두
줄의 숫자들이 아예 맞지가 않았다. 泥가 들어간 글귀를
찾아야 할 것 같았다. 그러나 놈이 보낸 한시를 모조리 뒤
져봐도 泥가 들어간 한시는 없었다.

그때 강규는 나삼추가 문자메시지로 보내준 사진이 떠
올랐다. 그 사진에 한시가 들어 있었다.

朝行靑泥上(조행청니상)

暮在靑泥中(모재청니중)

泥가 두 번이나 나왔다. A4용지의 한자 획수를 따져서
아래 칸을 채웠다.

12	6	8	8	3	0	0
15	6	8	8	4	0	0

1, 4, 10, 10, 8, 8, 8, 8. 맞는 답 같았다. 이제 숫자가 담
고 있는 메시지만 찾으면 된다. 강규는 세 대째 담배를 빼
물고 필터를 씹었다.

1

이세갑은 귀국 즉시 백대길과 '문병 회동'을 하기로 했
으나 이를 전격 취소하고, 이튿날 느닷없이 단독 기자 회
견을 열어 탈당을 선언했다. 그는 처제 형주미를 병원으로
대신 보내 대길이 보낸 '견토지쟁' 메시지를 되돌려주며
쾌유를 빈다고 전했다.

이세갑은 기자들과 만난 자리에서 미국의 선진 정치를
보고 난 뒤에 선진민복당에는 더 이상 비전이 없다는 것을
깨닫게 되었는데, 이것이 전격적인 탈당 사유라고 밝혔다.

오이재가 볼 때 이세갑은 호래자식이었고, 백대길이 볼
때는 불세출의 동지였다.

이세갑은 탈당 기자간담회를 따로 열어 교묘한 언변으
로 당을 헐뜯었다. 당의 퇴화에 대한 책임을 오이재와 백
대길에게 돌렸다.

12월에 대선을 치러야 할 당은 급히 비상대책위를 꾸렸다. 결국 오이재는 철천지원수인 백대길을 다시 불러들이지 않을 수 없게 되었다. 그러나 오이재도 뒤끝을 보였다.

정보통인 공쌍수의 말에 의하면, 오이재가 탈당 의사를 밝힌 이세갑에게 조용히 보내줄 테니 그 조건으로 당무 문건을 탈취하여 은닉한 백대길의 파렴치한 행위를 폭로해 달라고 요구했다는 것이다. 이에 대해 세갑은 중이 절을 떠나면서 함께 머문 도반을 욕하는 것은 양아치나 하는 짓이라고 일갈했다는 것이다.

이세갑이 바보멍청이 혹은 핫바지가 아닌 다음에야 떠나는 마당에 누워서 침 뱉는 짓을, 자칫 자신에게 부메랑으로 돌아올 헛된 짓을 왜 하겠는가.

모략가 공쌍수의 분석에 따르면, 이세갑이 중부권에서 맡아야 할 명확한 역할이 있기에 대선을 앞두고 여당이 그를 서둘러 영입한 것이다. 팔색조 오이재와는 달리 아직까지 중부권 민심의 중심을 차지하고 있는 백대길인데 함부로 할퀴어서 득 될 것이 없기 때문이라고 했다.

브리핑실에서 30분째 대기 중인 기자들의 웅성대는 소리가 점점 커지고 있었다. 간간이 구시렁거리는 야유와 욕설도 들렸다.

당대표실에서 다시 만난 오이재와 백대길은 멀찌감치 떨어져 앉아 한 시간째 서로가 같은 주장을 반복하고 있었다. 어차피 상황에 따라 조변석개할 서로의 신의를 점검하고 다짐하는 무의미한 짓이었다. 서로 바닥까지 내려가본 사이인지라 더 이상 감추거나 속일 수(手)들이 없었다.

"그래도 서로 기대지 않으면 둘 다 끝장입니다."

대길은 둘의 힘을 합치자는 말로 알아듣고 고개를 끄덕였다.

"나도 벼랑 끝이라는 생각이오."

대길이 이재의 말을 받았다.

"그렇다면 됐습니다. 우리가 같이 만나십시다."

"누, 누굴……? 누구를 만난단 말이오?"

이재의 말을 알아듣지 못한 대길이 당황해하며 물었다.

'이놈에게 내가 모르는 수가 있었단 말인가……'

대길은 머릿속이 아렸다.

"……?"

오이재가 대길의 질문이 생뚱맞다는 표정을 지었다. 왜 뒤늦게 딴청을 부리느냐는 눈빛으로 대길을 쏘아봤다.

"아아! 서, 설마……"

오이재의 눈빛을 받은 대길이 소스라치게 놀랐다. 하마터면 욕설을 내지르며 자리를 박차고 일어설 뻔했다.

대길은 뒤늦게 오이재가 지금껏 비유와 은유로 한 말이 여당과의 연대 내지는 합당을 뜻하는 것임을 알았다. 망해가는, 아니 어쩌면 이미 망한 당과 지지 세력을 팔아서 제 이득을 취하겠다는 수작이었다. 그러니까 청산해 매도(賣渡)할 당의 값을 올리려고 대길을 끌어들인 것이다.

대길은 이 교활한 놈에게 또 눈뜨고 당하는구나 싶었다.

정신을 바짝 차려 이 상황을 벗어나야만 했다.

"죽은 허남두 회장에게 발목을 잡히셨다고 들었습니다."

'아니, 이놈이……'

공갈 협박이었다.

"이제 저들에게 결자해지할 기회를 줘야 하지 않겠습니까?"

'저들'이라 함은 집권 여당을 뜻하는 것이었다.

대길은 각설이타령만 했고, 동냥은 여당의 거물급 정치인들이 받아 챙겼으니 집권 여당과 연대 또는 합당을 하면 당사자들이 앞장서서 문제를 해결할 수밖에 없을 것이라고 했다. 그러면서 동냥 그릇을 가지고 있을 필요가 없다고 덧붙였다. 놈이 당을 동냥 그릇에 비유했다.

"백 대표님만 해바라기하고 있는 도의원들도 생각하셔야지요? 세상을 혼자 사는 사람이 어디 있겠습니까?"

대길은 딴생각에 빠졌다가 죽비를 맞은 양 이 말에 정신이 번쩍 들었다. 도의원들은 대길에게 빚이자, 덫이었다. '출구 전략'을 짤 때 반드시 해결해야 할 영순위 과제였다.

중호재에 들어앉아 칩거—대길은 일인 시위로 생각했다—하는 동안 귀에 못이 박이도록 전해 들은 공갈 협박을 오이재가 새삼스레 일깨워주고 있었다.

"백 대표. 정치는 뜻만 가지고 하는 게 아니오. 세와 힘이 없으면 아무것도 못하오. 봉 여사님께서 봉변을 당한 것도 다 힘이……"

바늘 끝으로 부풀어 오른 풍선을 찌르듯 오이재가 대길

의 팽팽한 침묵 속을 파고들었다.

"그, 그만하시오!"

대길은 참았던 화를 터뜨렸다. 그는 의자를 박차고 일어나 출입문을 향해 달음질했다. 그러고는 출입문을 열어젖히자 복도 가득 기자들이 진을 치고 있었다. 기다리다 지친 기자들이 브리핑실을 나와 좀 더 가까운 문 밖으로 이동해서 진을 친 것이다. 빠져나갈 틈이 없었다.

대길은 밖으로 나갈 수가 없었다. 오이재가 짜놓은 덫에 걸려든 느낌이었다. 엉겁결에 대길과 눈이 마주친 기자들도 멈칫했다. 대길의 눈빛과 표정이 잔뜩 굳어 있고 행동거지가 불안해 보인 때문이었다.

"이보시오, 백 대표. 사람은 천기(天機)를 놓치면 아무것도 할 수 없소. 어찌 역풍에 배를 띄우겠소. 내가 다 알아서 하리다."

어느새 쫓아와 등 뒤에 들러붙은 오이재가 귀엣말로 속삭였다. 악마의 유혹이 따로 없었다. 팔색조, 불사조가 공짜로 얻은 닉네임이 아니었다.

오이재가 대길의 어깨에 팔을 두르며 기자들을 향해 미소 지었다. 사색이 된 대길은 등줄기에 식은땀이 흘렀다.

2

"당원들의 권익을 지켜줘야 진정한 대표가 아니오? 세

상은 다 그렇게 돌아가는 거요. 극우, 아니 극단적 우파가
왜 생기는 겁니까? 우파들이 자신들의 기득권을 지켜주고
더 큰 이득을 챙겨줄 강력한 리더십을 필요로 하기 때문이
오. 백대길 전 대표가 자신에게 주어진 당권 행사만 했지
이걸 했냐는 겁니다. 그 사람이 당원과 지지자들을 섬기지
않는데 왜 그들이 그 사람을 섬겨야 한다고 생각한단 말입
니까. 세상이 만만치 않아요. 권력이 탄생하고 성장하고,
권력을 유지하는 밑바닥에는 나눔의 기제라는 게 있는 법
이오. 독식, 독단이 아니란 말이오."

백 대표가 처음 창당한 우리행복당이 표방했던 분권형,
참여형 정치가 다 대외선전용으로 쓰고자 만든 헛된 대의
명분이자 허깨비였다는 주장을 하고 있었다.

"백대길 대표, 그 양반이 창당 시 앞세웠던 국민 중심의
분권형, 참여형 정치는 애당초에 삐끼이자 가케무샤였던
거요. 그러니까 제 말은……"

백 대표의 정치철학과 행태를 비속어로 깎아내렸다. 강
형중 교수가 입에 밴 거친 화법으로 백 대표의 정치적 시
시비비를 가려내며 지껄여대고 있었다.

"강 교수님. 잠깐만요, 강 교수님!"

진행자가 강 교수의 말을 끊고 생방송 중임을 유념해달
라고 경고했다. 세번째 경고였다.

특유의 거친 입으로 백 대표를 지켜줬던 그가 마치 사탄
마귀로부터 사주라도 받은 양 백 대표를 매도하고 있었다.
오이재와의 화해를 통한 당 복귀를 두고도 오이재를 잡기

위해 호랑이 굴로 들어간 것이라는 얼토당토않은 주장을
했다.

"일일이 이름을 밝힐 수 없어 안타깝지만 차명 정치를
한 겁니다. 은퇴한 유명 인사 누가 당헌을 검토해주고 있
다, 백대길의 정치 참여에 대한 DJ의 의중을 누가 물어봐
주고 있는 중이다, 유력 명사 누가 참여하고 싶어 한다,
여당 중진 누가 조만간 대길에게 올 것이다…… 이런 식
이었어요. 거짓말, 아니 사기지, 사기."

"표현이 좀 지나치신 것 같습니다…… 사기가 아니라,
정치 방식이 아닐까요?"

화난 진행자가 다시 끼어들었다.

그러나 강 교수는 막무가내였다. 그러면서 사람을 모으
지 않고, 모은 사람조차 흩트리고, 아니 그러니까 사람을
모으려는 의지조차 없는 사람이 정치를 하겠다고 덤벼든
것을 진행자께서는 어떻게 생각하느냐고 되물었다.

선우강규는 강 교수의 갑작스런 배신을 이해할 수 없
었다. 그의 발언이 테러 수준이었다. 대체 강 교수는 어떤
협박을 받고 있는 것인가.

강규는 무언가 잘못되어가고 있다는 생각이 들었다. 뭔
지 알 수 없는 불안감에 꺼들리고 있을 때 휴대전화가 울
렸다.

선우강규를 불러내 자신의 차에 태운 아우디 반이 말
했다.

구만복이 죽은 아파트 옥상과 1층 화단에서 강규의 머리 카락과 담배꽁초가 나왔다면서 어찌 된 일인지 해명을 요 구했다. 강규는 놀라 입이 벌어진 채 아우디 뒤를 바라봤 다. 강규가 넋 나간 표정을 추스르지 못하자 해명은 필요 없으니 당장 차에서 내리고 다시는 연락하지 말라고 했다.

　차에서 내린 강규는 서동오 팀장에게 당했다는 생각이 들었다.

　아우디 꽁무니를 바라보던 강규가 빈 택시를 잡았을 때, 백 대표에게서 연락이 왔다. 잔뜩 흥분해 욕설과 고함을 내지르던 백 대표가 당장 달려오라고 지시했다. 강규는 달 리는 기사를 재촉했다.

　"그놈이 또 이런 걸 보냈어, 그놈이……"

　게르하르트 리히터의 작품인 「접이식 빨래 건조대」를 등진 백 대표가 이를 갈며 A4 용지 크기의, 복사된 사진을 건넸다.

　강형중 교수의 시사토론 발언 문제로 보자고 한 것이 아 니었다. 안 보거나 못 봤을 리가 없는데 시사토론이나 강 교수에 대해서는 아무런 언급이 없었다.

　복사된 사진에는 7년 전에 백 대표가 우리행복당 임시 당사를 나와 창당대회장인 시민회관까지 도보로 이동하는 모습이 담겨 있었다. '국민에 의한 국민을 위한 국민의 당' 이라 쓴 어깨띠를 두르고 청년 당원들에게 둘러싸여 걷고 있는 백 대표의 모습이 자못 위풍당당했다. 조왕구가 선두에서 에스코트하고 있었다.

강규는 7년이 지난 사진을 들여다보면서 잠시 감회에 젖었다. 7년 전인데, 70년 전 같았다.

顧惟螻蟻輩(고유누의배)
但自求其穴(단자구기혈)
胡爲慕大鯨(호위모대경)
輒擬偃溟渤(첩의언명발)

강규가 가방 속을 뒤적거려 두보 시집을 꺼내 펼쳤다. 그의 가방에는 두 권의 두보 시 관련 책이 들어 있었다. 그는 이 책들을 짬짬이 읽었다.

놈이 보낸 시는 「봉선현을 찾아가며」였다. 이원섭이 역해한 두보 시집에 실려 있었다.

딱하기가 땅강아지와 개미의 무리 같구나
자기 살 구멍이나 구하면 되는 걸
어찌해서 크나큰 고래라도 되는 양
바다에 누우려 덤벼드는가

놈이 시를 이용하여 백 대표를 거듭 조롱하는 것 같았다.

"두보가 대체 누구야?"

해석을 들은 백 대표가 물었다.

"성당시대(盛唐時代)의 시인으로서 중국의 시성(詩聖)

이라 불리는……"

"그걸 몰라서 묻는 게 아니잖나……"

백 대표가 무시당해 불쾌하다는 표정을 지으며 인상을 구겼다.

"이백이 도가에 가깝다면, 두보는 유가에 가깝다고 볼 수 있습니다요, 대표님. 다시 말해 이백이 하늘의 달을 희롱하며 놀았다면, 두보는 땅 위의 백성들과 애환을 나누며 놀았다고 할 수 있습지요. 그래서 시가 이상이 아닌 현실을 담고 있습니다."

"어렵구만."

"본래 시인들이 요사스럽습니다요, 어르신. 그래서 저는 개인적으루다가 이백은 남진, 두보는 나훈아다, 이렇게 이해합니다."

"……?"

"남진은 저 푸른 초원 위에 그림 같은 집을 짓자고 합니다만, 나훈아는 그냥 있는 그대로의 강촌에 살고 싶다고 하지 않습니까."

무언가 대거리를 하려던 백 대표가 입을 닫았다. 그러고는 혼잣말인 양 물었다.

"대체 두보 씨와 내가 뭔 상관인가?"

"두보가 아니라, 시와 상관이 있는 것 같습니다요."

"뭐라는 거야? 시 공부를 시키자고 내게 이런 짓거리를 하고 있단 말이야?"

"……"

강규는 숨을 고르며 대꾸하지 않았다.

두보의 시가 날아들고는 얼마 지나지 않아서 구만복 기사가 자살을 하고, 뒤따라 안 영감이 자살했다. 강형중 교수는 갑자기 배신을 했다. 자신 또한 가위눌리는 듯한 불안감 속에서 떨고 있었다.

"이보게 선우 주필. 무슨 생각을 그렇게 깊이 하는가?"

"송구합니다만, 좀 더 알아봐야 할 것 같습니다."

3

량치신(梁七星)은 무선형 위치추적기 작동 관련 어플을 다운받았다. 스마트폰 액정 화면에 나타난 차 넘버, 운전자 위치, 위·경도, 시동 상태, 속도, 단말기 번호, GPS 상태 등을 차례차례 체크하고 담배를 빼 물었다.

4년 전 3월, 불법체류 노동자들이 한민족의 얼이 서린 금수강산을 함부로 활개치고 다니도록 내버려둘 수 없다는 대통령의 말이 떨어지기가 무섭게 대대적인 합동단속이 이루어졌다. 이 말을 뒷배 삼은 악덕 업주들이 체불임금을 떼먹었다. 하루 10시간 이상 노동하고 월급으로 50만 원을 줬는데, 이 돈마저 석 달씩 미루다가 떼먹은 것이다.

한국은 국가와 인종 차별이 심한 나라였다. 미국, 캐나다, 일본 국적의 불법체류자들은 붙잡아도 강제 추방을 하지 않았다. '출국 권고' 조처를 했다. 아시아계 불법체류자들은 잡히면 범법자 내지는 불량배 취급을 당했다.

량치신은 스크랩북을 꺼내 펼쳤다.

각종 편견과 차별, 행정·사법 처벌을 감수하고 돈을
벌기 위해 국내에 들어오는 중국·동남아 이주노동자들
과 달리 미국 국적의 외국인들은 각종 편법과 특혜 조항
을 이용해 손쉬운 돈벌이를 하고 있다는 한 일간지의 보
도에 대해 우리행복당 백대길 대표는 동의할 수 없다고
했다.

중국 지린(吉林)성에서 온 이태복 씨(43·사망)는 노
부모를 모시고 온 가족이 함께 살 수 있는 조그만 아파
트를 살 돈을 마련하기 위해 한국에 들어왔다. 평생 농
사만 짓던 그는 1996년 브로커에게 800만 원을 주고 왔
다. 올해 말 귀국하면 11년간 베이징으로 창춘(長春)으
로 뿔뿔이 흩어진 가족들을 모아 장사를 하겠다는 희망
에 부풀어 있었다.

강제 추방된 불법체류자를 각각 적발된 숫자에 비교
해보면 △중국인 46.5%(7,817명) △한국계 러시아인
(고려인) 44.1%(56명) △러시아인 40.0%(1,145명) △
한국계 중국인(중국동포) 35.3%(7,342명) 등 주로 국
내 저임금 업종에 취업한 아시아계 출신들이 주를 이
루고 있다. (……) 반면 미국인 불법체류자들은 적

발 3,280명 중 44명(1.3%), 캐나다는 896명 중 88명(9.8%), 일본은 488명 중 4명(0.8%)만이 강제 출국을 당해 대조를 보였다.

우리나라로 시집온 지 8일 된 베트남 신부를 살해한 장모 씨(47·부산 사하구 신평동)에게 징역 12년형이 선고됐다.

불법체류자 단속에 걸린 외국인이 외국인보호소에 구치된 지 하루도 안 돼 숨졌다. 그는 구금 직후부터 이상행동을 보였지만 보호소 측은 특별한 치료 조치 없이 독방에 가뒀던 것으로 나타났다.

주어진 시간은 15분. 파란색 죄수복을 입은 초은 씨(19)가 1번 면회실에 미리 와서 기다리고 있었다. 함께 간 이창언 목사를 보자 얼굴이 환해졌다. "목사님 오랜만이에요. 정말 반가워요." 크메르인 특유의 두툼한 콧방울, 까무잡잡한 피부색. 초은 씨의 고향은 캄보디아 중부의 캄퐁참이다. 한국에 온 지 2년. 20세 연상의 남편은 초호은릉엥이라는 긴 본명 대신 그녀를 초은이라 불렀다. 지금은 '초은' 대신 205번이라는 수감 번호로 불린다.

"고향 같이 가자 했는데…… 어찌 혼자 돌아가나"

스크랩북을 뒤적이던 량치신은 기사의 제목을 한참 동안 뚫어지게 들여다봤다. 2007년 2월 3일자 기사였다.

"함께 고향으로 돌아가자던 약속은 어떡하고……"

호흡기에 상처를 입어 여수 전남병원에 입원 중인 양동춘 씨는 13일 리쉬통(18) 군의 장례식에 참석키 위해 앰뷸런스 탑승 중, 기자의 질문을 받고 말문을 잇지 못했다. 한참을 침묵하던 양씨는 "나만 살아남고 다른 동료들은 다 죽었다. 너무 가슴 아파 숨쉬기조차 힘들다"며 고통스러운 표정을 지었다.

리 군은 지난해 9월 "큰돈을 벌어 돌아가겠다"는 꿈을 품고 한국에 입국했다. 양씨는 인력시장을 통해 강원도의 한 채소 도매업자 밑에서 일을 할 때 리 군을 만나알게 됐다고 했다. 고랭지 채소밭에서 캐낸 배추와 무를 트럭에 실어 가락동 시장까지 운송하여 내리는 일을 1년 가까이 같이 해왔다는 것이다.

량치신은 리쉬통과 금의환향하고 싶었다. 리쉬통은 중국 조직에서 추방당한 깡패였다. 갓 열아홉 살이었다. 명령을 어긴 죄라고 했는데, 어떤 명령을 어겼는지 여러 차례 물어봤으나 대답해주지 않았다.

조직에서 쫓겨나 합법적인 새 삶을 시작하겠다며 한국으로 밀항한 리쉬통은 인력소개소를 통해 원룸 공사판을 전전하다가 일거리 없는 겨울철에 용역 깡패들과 섞여 노사분규 현장에 투입됐다. 공장을 무단 점거한 농성자 추방 작전이었다.

경찰과 전경이 공장 주변을 멀찌감치 포위했고, 쇠파이프와 알루미늄 야구방망이 등으로 무장한 용역 깡패들이 농성장으로 짓쳐들어갔다. 리쉬통은 이 작전 중 점거 농성자인 량치신을 보호하려다가 어깨뼈가 주저앉았다. 량치신의 뒤통수를 겨냥해 내리친 쇠파이프를 리쉬통이 어깨를 디밀어 막은 것이었다. 이때 가시위오목을 다친 리쉬통은 한쪽 팔 사용이 불완전한 불구가 되었다.

량치신이 양동춘이라는 위장 이름으로 옥천에 있는 사출기 공장을 다닐 때, 리쉬통은 공주 인근에 있는 갈보리 농원에서 일했다. 유기농 벼농사와 야채를 기르고, 농원이 직영하는 식품가공공장에서 잡역부로 일했다. 낮에는 볕 아래서 농사일을, 밤에는 전등 아래서 가공공장 일을 한 것이다. 하루에 12시간에서 15시간을 일했다. 월 평균 330시간의 중노동이었다.

리쉬통은 시간당 3,000원을 받았다. 함께 일하는 두 명의 캄보디아인은 말이 안 통한다는 이유로 2,700원씩 받았다.

농장주가 임금만 착취하는 것이 아니었다. 외출과 외박은 일절 허락하지 않았으며, 대나무 회초리를 가지고 다니며 때리고 똥까지 끼얹는 만행을 저질렀다. 2007년 서울고법이 외국인 이주노동자의 노조 설립을 허가하는 판결을 내린 바 있었으나, 갈보리농원은 노조 설립은 불법이라고 우겼다.

견디다 못한 리쉬통은 외국인근로자 지원센터의 도움을 받아 고용노동청과 공주 고용센터에 농장주의 최저임금법 위반 진정서를 기습적으로 제출했다. 진정서를 제출한 지 사흘째 되는 날, 검정색 에쿠스 한 대와 그랜저 한 대가 뽀얀 흙먼지를 달고 농장에 나타났다.

에쿠스 트렁크에서 야구방망이와 쇠파이프를 챙긴 사내들이 잠든 일꾼들을 깨워 비닐하우스로 집합시켰다. 새벽 3시 30분경이었다.

"전부 대가리 박앗!"

검정 양복 차림의 뚱뚱한 사내가 소리쳤다. 그와 동시에 휘발유통을 든 사내들이 야구방망이와 쇠파이프로 말을 알아듣지 못하고 잠이 덜 깨 버벅거리는 속옷 차림의 일꾼들을 장작 쪼개듯이 마구 두들겨 팼다.

소란에 놀라 단잠에서 깬 마을 주민들이 집집마다 불을 밝혔다. 그러나 대문 밖으로 나오는 주민은 없었다.

양복 차림들이 바닥에 머리를 박은 열다섯 명의 외국인 일꾼 가운데 진정서를 제출한 두 명의 캄보디아인을 불러 내 무릎을 꿇렸다.

"너희 같은 쓰레기 새끼들이 신성한 단군 후손의 땅에서 2011년 한 해 동안 1,537건의 범죄를 저질렀다."

검은 뿔테 안경에 왜소한 체격의 사내가 군말로 '잇뽕'이라고 불리는 뚱뚱한 사내를 도왔다.

"폭력, 무면허 음주 운전, 살인, 강도, 강간, 지능범죄도 좆나게 많아요, 씨발!"

야구방망이를 던져 일꾼을 기절시킨 사내도 거들고 나섰다.

"이 씨발것들이 근면 성실한 동방예의지국에 와서 일은 안 하고 지랄을 골고루 떨었어요, 이 개새끼들이!"

검은 뿔테 안경이 욕설을 뱉으며 두 손을 뒤로 결박당한 채 엎어져 있는 일꾼들에게 골고루 휘발유를 끼얹었다. 안경이 휘발유를 뿌리고 빈 통을 집어던지자, 잇뽕이 담배를 꺼내 물고 라이터를 켰다.

"애디션, 더 리오츠 번드 킬 리브앤 렛 리브(또 난동을 부리면 다 불에 태워서 죽여 버린다)."

안경이 스마트폰 액정 화면을 들여다보며 뻣뻣한 혀를 굴리느라 애썼다. 구글 번역 프로그램의 도움을 받아 더듬더듬 지껄인 것이다.

"언더스탠?"

잇뽕이 불 켠 라이터를 던지는 시늉을 한 뒤, 토를 달듯이 물었다. 그러고는 입에 문 담배에 불을 붙였다.

그날 사내들은 여럿을 함께 다뤘고, 리쉬통을 따로 손보지 않았다.

난리를 부린 사내들이 떠나고 다섯 시간쯤 지난 뒤, 봉고 한 대가 농장으로 들이닥쳤다. 오전 9시 10분쯤이었다. 봉고에서 내린 두 명의 단속반원이 곧장 C-1동 비닐하우스로 달려가 일하는 리쉬통을 데리고 나왔다. 리쉬통을 잡아 봉고에 태우기까지 30초도 걸리지 않았다. 농장주가 리쉬통만 비닐하우스에 남겨두고, 나머지 일꾼들을 모두 공장 부속 창고로 빼돌린 때문이었다.

리쉬통이 순진한 캄보디아인을 선동하여 자필 근무일지, 근로 동영상, 사진 등을 확보하도록 사주하고 신고서를 대리 작성해준 데 대한 대가였다. 농장주에 의해 불법 체류자로 몰린 리쉬통은 여수출입국관리소로 이송됐다.

량치신은 스크랩북을 덮었다. 그러고는 큰길 네거리에서 집어온 『교차로』를 펼쳤다. 그는 '지입차주(소유자) 구함'과 '지입차 사실 분'이라는 광고를 하나하나 찾아서 훑어보며 밑줄을 그었다.

왕복 14km(98% 포장도로 운행)이고, 기름 소모 6리터(볼보440 기준).

하루 23~24탕(하루 35~40만 원 수입) 현장입니다(시내 주행 아님).

토사, 사석 운송. 과적 짐 아니고 대기 없음.

결제는 말 마감. 45일 외상 주유, 타이어 등등 가능.

정치적 사유로 공기를 앞당기라는 '지시'를 받은 금강공주보 공사장을 찾아갔으나, 운전수만을 따로 구하지 않는다고 했다. 현장소장은 덤프가 없어서 걱정이지, 운전수는 차고 넘친다고 했다. 공기를 단축해야 하기 때문에 지입차는 언제든지 환영한다고 덧붙였다.

소장이 농 삼아 던진 말이었으나, 치신은 정신이 번쩍 들었다. 그는 25톤 덤프트럭을 빌려보기로 했다.

4

허동우는 계획이 틀어져 어린이날에 만나기로 한 소영과 약속을 지킬 수 없었다. 소영이 아침저녁으로 전화를 걸어 징징거리며 보채고, 수시로 문자메시지를 보내 따지기도 했다.

운동복 차림으로 피트니스 클럽에서 나온 동우는 프런트 클러크에게 객실로 전화를 부탁했다. 7시 30분이었다. 상대를 확인한 클러크가 송수화기를 건네주려 하자 동우는 급히 손사래를 친 뒤 로비에 있는 커피숍으로 갔다. 누군가 전화를 받았다면 성매리가 아직 객실에 있다는 뜻이었다. 동우는 그녀가 돌아가기를 기다리며 커피숍에 앉아 있을 작정이었다.

성매리가 어젯밤에 동우를 급히 불러냈다. 서울에서 내려가는 길인데 줄 선물이 있으니 역으로 마중 나오라고 했다.

매리는 나삼추의 스마트폰 통화 내역을 뒤졌다고 했다. 생각은 단순한데 행동이 거침없는 여자였다. 통화 내역을 어떻게 해서 뒤졌는지는 말해주지 않았다. 동우도 굳이 묻지 않았다.

동우는 지난번 매리가 건네준 ID와 패스워드를 이용해 나삼추의 컴퓨터 파일을 샅샅이 들여다봤다. 삼추의 PC는 예상대로 보안 등급이 높았다. 침투는 했으나 개별 파일마다 개별 암호를 걸어두어 접근이 불가했다. 어설프게 건드렸다가는 흔적만 남겨 되레 상대의 의심을 사고 경계 수위만 더욱 강화시켜줄 것이라는 판단이 섰다. 그래서 이러지도 저러지도 못하고 있을 때, 매리가 파일명과 패스워드를 찍은 사진 파일을 보내줬다.

여전히 미행자가 얼씬거렸다. 어젯밤 매리를 마중 나간 역에서부터 따라붙은 미행자였는데, 새로운 놈이었다. 마실 피해자들이 고용한 채권추심 달건이는 아닌 것 같았다. 놈이 한국인 행세를 하려 했으나 한국인은 아니었다.

동우는 직감적으로 '히트맨'이라는 생각이 들었다. 목에 칼끝이 닿은 기분이었다. 점퍼 차림에 운동화를 신고 형사 티를 물씬 풍기며 두 주 가까이 따라다니던 어리바리한 놈은 더 이상 보이지 않았다.

동우는 신문을 펼쳐 사회면 기사를 살폈다. 그가 며칠 전 해결한 전봇대 거짓 충돌 보험사기 사건이 꽤 비중 있게 실려 있었다. 그는 기사를 읽다 말고 성매리가 한 말이 떠올라 곱씹었다. 그녀가 나삼추는 촉이 빠른 놈이니 조심해야 한다고 했다.

어쩌면 지금 얼씬거리는 놈이 삼추가 보낸 미행자일 수 있었다. 그렇다면 피해 예금주들이 보낸 보람공조의 채권추심원들과는 차원이 다른 문제였다.

그는 읽던 신문을 다탁 위에 펼쳐둔 채 화장실 쪽을 바라본 뒤 자리에서 일어났다. 그러고는 서빙 중인 여종업원을 손짓으로 불러 아메리카노를 주문했다. 놈을 의식한 페인트모션이었다.

동우는 화장실 입구와 마주한 비상구를 통해 주차장으로 달려갔다. 차에 오른 그는 주차장을 빠져나와 유성 톨게이트로 들어가 호남고속도로와 남부순환고속도로를 달려 판암 톨게이트로 나왔다. 그러고는 옥천 방향으로 내달리다가 회남로로 들어가 대청호 드라이브 코스를 한 바퀴 돌았다. 뒤따라오던 흰색 EF 소나타는 판암 톨게이트를 나와 옥천 방향으로 달릴 때부터 보이지 않았다.

서동오 팀장에게 전화를 걸어 미행 차량의 차적 조회를 부탁하고 두 시간 가까이 드라이브를 즐겼다. 대청호 드라이브를 마친 동우는 호텔 프런트에 전화를 걸었다. 성매리가 객실에 있다는 사실을 확인한 그는 다시 고속도로를 타고 공주 방향으로 내달렸다. 조력자에게 나는 볼일이 끝났으니 그만 퇴실해달라고 할 수는 없는 노릇이었다.

저녁 7시까지 딱히 할 일이 없었다. 그 시간까지 객실에서 성매리와 붙어 있을 자신이 없었다.

선우강규는 리모델링했다는 X배너를 내건 '중국대반점 해동관' 앞에서 편집장이 차에 실어온 『금강만필』 수량을 확인했다. 150권을 가지고 오라 했는데, 50권뿐이었다. 파악된 참석 예정자만 92명이었다.

편집장은 집게손가락으로 자신의 귀를 가리키며 사장님이 분명히 50권을 가져오라고 했다면서 화를 냈다. 가는 귀가 먹었는지 종종 말을 정확히 알아듣지 못하는 것 같았다. 주재기자를 퇴직한 현지인인데 나이에 대한 유세와 중앙지 소속이었다는 자부심이 지나치게 강해 강규가 모시는 형편이었다.

강규는 편집장이 차를 주차하는 동안 해동관 2층으로 잡지를 날랐다. '중경향우회' 참석자들에게 『금강만필』을 무료 배포하면 회장이 알아서 정기구독 신청을 받아준다고 했다. 백대길 대표가 회장에게 손을 써놨다고 했다. 이번 호에 그의 특집이 실려 있었다.

저녁 6시 30분쯤에 호텔로 돌아온 동우는 곧장 객실로 향했다.

"어딜 갔다 와?"

속옷 차림의 성매리가 침대에 엎드린 자세로 만화책을 보다 말고 동우를 반갑게 맞았다.

"부군께서 우리 사이를 아시나 봅니다."

창가로 다가가 밖을 살핀 동우가 가벼운 두통을 느끼며 말했다.

"그게 뭔 소리야?"

알몸을 발딱 일으킨 매리가 가슴 밑에 깔고 있던 베개를 끌어안으며 물었다.

"미행을 붙이셨다고요, 그만 가셔야 하는 거 아닙니

까?"

"웨어 투 고우(어딜 가)?"

읽던 만화책을 덮어 사이드테이블 위에 던지고는 깔깔
대며 대꾸했다.

"……"

"이프 유 두 낫 게더 와치(난 구경하면 안 돼)?"

"뭘 구경해요?"

"나 풀(호구) 아니야."

알몸 상체를 꼿꼿이 세운 매리가 살짝 눈을 흘기며 말을
돌렸다.

"예?"

다시 창밖을 바라보던 동우가 계속 딴청을 부리는 여자
를 바라봤다.

"나와 투 나잇 하려고 했던 거 아냐?"

"……?"

"안 그래도 가려고 했어. 기다려도 안 돌아오기에 체크
아웃을 하려는데, 프런트 클러크가 투 나잇 아니냐고 묻던
데. 그래서 아 이 누나와 투 나잇이 하고 싶은 거구나……
해서……"

매리가 너스레를 떨며 교태까지 부렸다.

동우가 2박을 예약한 이유는 다른 데 있었다. 여자도 무
언가 눈치를 챈 것 같았다. 그렇지 않다면 뭘 '와치'하겠다
는 말인가.

동우는 굳이 매리를 돌려보내려고 애쓸 이유가 없었다.

매리가 있다고 해서 문제가 되거나 방해될 것이 없었다. 대포폰을 이용해 선별 편집한 15초짜리 동영상을 전송하고 해킹한 CCTV 화면만 지켜보면 되는 일이었다. 혼자 보기에 아까운 구경이니 둘이 보는 것도 나쁘지 않을 것 같았다.

선우강규와 양애수가 등장하는 동영상을 전송할 예정이었다. 30초짜리와 15초짜리를 준비했는데 집중도와 임팩트가 강한 15초짜리를 선택했다. 러닝타임이 짧아야 인상에도 깊이 남고 감칠나는 맛도 있을 것 같았다.

동우는 성매리가 룸서비스로 시킨 저녁을 먹다가 동영상을 전송했다. 7시 30분이었다.

지각하는 백대길을 기다리느라 15분을 지체한 중경향우회 회장이 마른기침과 함께 인사말을 막 시작했을 때, 갑자기 문을 연 택배 배달원이 고개를 디밀고는 표설오를 호명했다. 마치 선생님이 출석이라도 부르는 양 당당했다.

인사말이 멈추고 엉겁결에 표설오 도의원이 손을 들자, 배달원이 그에게 주먹만 한 크기의 택배 상자를 건네주고는 사라졌다. 표 의원이 회장과 좌중을 향해 미안하다는 제스처를 보이고는 뜬금없이 배달된 택배 상자를 살폈다. 상자에 '1410108888'이라는 숫자가 매직펜으로 쓰여 있었다.

회장의 인사말이 이어질 때 표 의원은 주변의 눈치를 보며 택배 상자를 뜯었다. 포장지를 뜯는 소리에 회장이 인상을 구겼다. 회장의 눈총 속에 종이 상자를 연 표 의원은 아연실색했다.

"이 씨발, 뭣꼬?"

상자 속에 콘돔이 들어 있었다. 씹다 버린 껌 모양의 콘돔에 말라비틀어진 정액이 담겨 있었다.

"어떤 개……"

표 의원이 반사적으로 나오는 욕을 겨우 삼켰다.

회원들이 일제히 표 의원 쪽을 바라본 뒤, 서로 눈을 맞추며 우왕좌왕했다. 회원은 출향자들로서 정·재계와 문화 예술계에서 나름대로 성공한 인사들이었다.

표 의원의 돌출 행동으로 좌중이 잠깐 침묵에 빠진 그때였다. 휴대전화 진동음과 착신음이 동시다발적으로 울렸다. 늙수그레한 회원들이 굼뜬 손동작으로 하나둘 휴대전화를 꺼내 들여다보기 시작했다.

착신음을 켜둔 휴대전화에서는 남녀의 흥분한 음성과 교성과 신음이 뒤엉켜 흘러나오고 샤워기와 변기의 물소리까지 효과음인 양 들렸다.

각자의 휴대전화를 징그러운 벌레라도 보듯이 들여다보던 회원들의 얼굴색이 불그레하게 바뀌는가 싶더니 하나둘 놀란 표정을 지으며 슬쩍슬쩍 좌중을 살폈다. 놀라 중얼거리는 소리가 모여 웅성웅성했다.

콘돔 충격으로 어쩔 줄 몰라 하던 표 의원이 가장 뒤늦게 휴대전화 속의 동영상을 확인했다.

얼굴색이 칠흑빛으로 변한 표 의원이 택배 상자를 집어 들고 벌떡 일어났다. 그러고는 "이런 개애씨발 것덜이……!" 하면서 자리를 박차고 뛰쳐나갔다. 꼬리에 불이 붙어 내닫는 황소 같았다.

선우강규는 회장의 인사말이 끝나는 대로, 분위기가 흐
트러지기 전에 『금강만필』을 나눠주고 정기구독 신청을
받아야겠다는 생각에 비좁은 층계참에 쪼그리고 앉아 입
봉 작업을 하느라 땀을 뻘뻘 흘리고 있었다. 늙은 편집장
은 투덜대며 경품으로 가져온 클래식 금장 볼펜을 개별 포
장하느라 골을 부리고 있었다.

잡지 입봉과 볼펜 포장을 미리 해왔더라면, 아니 허드
렛일을 편집장이 알아서 해주었더라면, 사장 겸 주필 자격
으로 강규도 좌중에 끼어 회장의 인사말을 들을 수 있었을
것이고, 또한 예기치 못한 봉변을 피할 수 있었을 것이다.

쌍욕을 내지르며 순식간에 미닫이문을 열어젖히고 달려
나간 표설오 의원이 선우강규를 찾느라 잽싸게 좌우를 살
폈다. 그러고는 표적을 향해 날아가는 총알처럼 곧바로 층
계참을 향해 몸을 던졌다. 댓 발작 거리였으나 표 의원에
게는 한 호흡, 한 걸음이었다.

가슴팍에 잔뜩 안은 책을 턱으로 누르며 막 계단을 올라
오던 강규가 표 의원의 머리에 받혀 뒤로 나자빠졌다.

표 의원이 자빠진 강규의 얼굴에 콘돔을 던지고 주먹과
니킥을 날렸다. 세 동작도 한 호흡에 끝났다. 표 의원에게
강규는 한주먹거리도 못 되었다.

갑작스러운 폭행에 맥없이 나가떨어진 강규는 뒤늦게
몸을 피해보려다가 가파른 목조 계단으로 굴렀다. 뒤따라

올라오던 편집장이 잡아주지 않고 피하는 바람에 강규는 네댓 계단을 더 굴렀다.

강규가 떨어뜨린 『금강만필』이 계단 칸칸마다 흩어졌다.

카운터 근처에 서서 이런 모습을 지켜보고 있던 서동오 팀장은 어처구니가 없었다. 함께 온 뚱뚱한 형사가 곤혹스러운 표정으로 서 팀장의 눈치를 살폈다.

서 팀장은 부하에게 쓰러진 강규를 턱짓으로 가리킨 뒤에 출입문을 박차고 해동관을 나왔다. 그가 담배를 빼 물고 고개를 들었을 때 길을 건너오던 노신사가 갑자기 몸을 돌려 되돌아 걸어가는 모습이 보였다. 생김새와 걷는 모양새가 백대길이었다.

서 팀장은 지금 벌어지고 있는 일들이 허동우의 뒷장난질이라고 생각하니 새삼 울화통이 터졌다.

입안에서 흘러나오는 피를 양손으로 틀어막은 채 꺼이꺼이 울고 있는 강규를 향해 수갑을 꺼내든 뚱보 형사가 성큼성큼 다가갔다. 서로 잘 아는 사이라고는 하지만 어쨌든 살인 용의자였다.

등려군의 「월량대표아적심」이 감미롭게 흘러나왔다.

얼굴에 붙은 콘돔을 떼어낸 강규는 자기 앞에 던져진 택배 상자를 바라봤다. 구겨진 택배 상자에 뒤틀린 숫자가 보였다. '1410108888' 그리고 불에 달군 껌 딱지인 양 흐물흐물한 콘돔이 계단 슬립키퍼에 들러붙어 있었다.

울음을 멈춘 강규가 피 묻은 손으로 허둥대며 휴대전화를 꺼냈다. 그리고는 손가락을 부들부들 떨며 급히 단축키를 눌렀다. 착신음이 10초 넘게 울린 뒤, 상대가 전화를 받았다. 마지못해 받는 것 같았다.

"서 팀장님. 서부역 앞에서 서부시장 쪽으로 10미터쯤 가다보면 '판타지아7080'이라는 모텔이 있어요. 4월 30일 전후로 내가, 아니 우리가 아는 어떤 놈이 거길 출입했는지 알아봐줘요. 틀림없이 우리가 아는 놈이 거길 다녀갔을 겁니다. 중요한 일입니다요. 서 팀장님한테도 매우 중요한 일입니다."

"이보시오, 선우 주필. 지금 날 협박하는 거요."

몸을 잔뜩 웅크린 채 자신의 팀장과 소곤소곤 통화하는 강규를 뚱보 형사가 물끄러미 내려다봤다.

"그, 그게 아니고……"

"이런 개새끼!"

분을 다 삭이지 못해 씩씩거리고 있던 표 의원이 무릎을 꿇고 살려달라고 애원을 해도 부족할 타이밍에 전화질을 해대고 있는 강규를 보고는 다시 몸을 던져 니킥을 날렸다.

"헉!"

강규가 단말마의 비명을 내지르며 고꾸라졌다.

뚱보 형사가 없었더라면 강규는 그 자리에서 맞아 피거품을 문 채 죽을 판이었다.

"뭐 해? 식사하다 말고."

성매리가 유부초밥을 씹다 말고 소리쳤다.

"이리 와봐요."

동우는 응접탁자 위에 올려둔 노트북에 코를 박은 채 여자를 불렀다. 평생 한 번밖에 볼 수 없을 성매리에게도 보여줘야 했다.

선우강규는 동우를 라이벌이라고 생각했다. 백 대표가 그런 구도를 만들어 서로를 경쟁시키며 부려먹었기 때문이었다.

강규는 짬짬이 동우를 백 대표와 이간질시키고, 물먹이고, 따돌렸다. 정치를 신물 나게 만든 놈이었다. 그러나 결코 용서할 수 없는 것은 백 대표를 등에 업고 아버지를 이용해먹다가 모살에 간여했다는 사실이었다.

동우는 강규의 최후를 CCTV 화면을 해킹한 노트북 모니터를 통해 낱낱이 지켜봤다. 해동관 안팎에 설치한 여섯 대의 CCTV가 모니터에 떴다. 다만 백대길이 보이지 않아 아쉬웠다.

동우는 강규가 형사에게 이끌려 해동관을 나가는 모습을 보고 휴대전화를 들었다.

"당신은 묵비권을 행사할 수 있고……"

봉고에 오르자, 뚱보 형사가 뒤늦게 '미란다원칙'을 타령조로 흥얼거리며 수갑을 꺼냈다. 강규는 휴대전화로 급히 검색할 것이 있으니 잠깐만 기다려달라고 했다. 조수석에 앉아 담배를 빨던 서 팀장이 고개를 끄덕였다.

강규가 네이버를 띄우고 검색어로 '허남두 사망'을 쳤다. 마실저축은행 허남두 회장의 사망 관련 기사가 액정 화면 가득히 떴다. '1410108888'과 관련된 암호가 풀렸다. 1월 4일 10시 10분. 8888은 허남두의 차량 번호였다.

강규는 문자메시지를 열어 뒤졌다.

$$(5 \times 5) + \{8 \times (-3)\}$$
$$(3 \times 3) + \{5 \times (-1)\}$$

1	14	14	4
11	7	6	9
8			5
13	2	3	15

1, 4, 10, 10. 강규는 놈이 영화 「다이하드 3」에서 최대 공약수를 응용한 테러범의 숫자 장난질 같은 것과 사그라다 파밀리아 성당 벽에 있는 유사 마방진을 왜 자신에게 보냈는지 알 것 같았다.

분노에 찬 강규가 서 팀장에게 자신이 누군가의 모함에 말려든 것 같다고 호소하려 할 때, 착신음이 울렸다. 상대방의 번호가 뜨지 않았다.

수갑을 들고 기다리던 형사가 얼굴을 찌푸렸다.

"개새끼……"

낮게 읊조리는 말투였다. 그러고는 아무런 뒷말이 없

었다.

상대는 반응을 기대하는 양 아무런 말없이 통화 상태를 유지하고 있었다. 그때 침묵 틈으로 클래식 음악이 삐져나왔다. 귀에 익은 음악이었다.

"어때? 이거 자기가 좋아하는 음악 맞지?"

성매리가 속삭이듯이 말했다.

동우는 화들짝 놀라 급히 통화 종료를 눌렀다. 성매리가 아이폰으로 들려준 음악은 벨라 바르톡의 「더 우든 프린스」였다.

"와이 낫? 자축 음악을 틀어준 건데."

"……"

사색이 된 동우는 대꾸할 말이 없었다. 그는 서둘러 옷을 챙겨 입고 사이드 테이블 위에 있는 노트북과 아이패드를 챙겨 객실을 나갔다.

성매리가 갑자기 옷을 입고 도망치듯 뛰쳐나가는 동우의 뒷모습을 멍하니 바라보며 소리쳤다.

"와이?"

강규는 방금 전에 들은 클래식 음악을 확인하기 위해 스마트폰으로 검색했다. 「더 우든 프린스」가 맞았다. 구글 검색창을 띄우고 보스턴 심포니 오케스트라를 쳤다. 'Concerts/Events'에 들어가 공연곡과 공연 날짜를 찾았다. 2011년은 나오지 않았다. 해당 연도와 익년 스케줄만 등재하는 것 같았다.

보스턴 심포니 오케스트라는 바이올리니스트인 허동우
의 처, 아니 전처 서이연이 소속되어 있었다.

5

선우강규의 '절규와 호소'를 들은 서동오 팀장은 봉고에
서 내렸다. 봉고를 보내고 큰길로 나왔다.

서 팀장은 둔기로 머리를 맞은 것처럼 정신이 멍하고 숨
통이 눌린 양 가슴이 답답했다. 허동우가 무엇을 어디까지
알고 있으며 어떤 뒷장난질을 저지르고 있는지 모른다는
것이 공포였다.

택시를 새치기한 그는 정보원으로 부리고 있는 빈집 전
문털이 전과자에게 전화를 걸었다. 당장 만능키를 챙겨 오
라고 했다.

금요일 밤이라 그런지 저녁 8시가 지났는데도 길이 막
혔다. 동우는 차가 멈춰 설 때마다 심호흡을 하고 숫자를
셌다.

"한 놈, 두지기, 석삼, 너구리, 오징어, 육박전, 칠면조,
팔다리, 구두짝, 십자가…… 씨발!"

동우는 아침나절처럼 유성 톨게이트로 들어가 판암 톨
게이트로 빠지지 않은 것을 후회했다. 미행 여부를 확인하

느라 이미 주행한 코스라서 무의식중에 피한 것 같았다. 남부순환고속도로를 타면 거리는 멀지만 15분이면 갈 수 있는 코스였다.

7시 55분에 호텔 주차장을 떠난 동우는 8시 47분에 아파트 주차장에 도착했다. 여느 때처럼 주차 공간을 찾아 헤매다가 결국 단지 밖 큰길가에 차를 세우고, 미친 듯이 뛰어 엘리베이터를 탔다. 아파트 현관에 도착하니 9시 3분이었다.

문설주와 문짝 틈새에 끼워둔 성냥개비도 그대로였고, 문고리도 이상이 없었다. 그러나 문을 열고 거실로 들어서자마자 분노가 치밀어 올랐다. 아수라장이었다. 디프로매트 110EH 금고도 속을 드러낸 채 까발려져 있었다. 30분 안쪽에 벌어진 일이었다.

청색 표지의 데스노트가 보이지 않았다. 안우용과 관련된 자료 뭉치와 메모지 묶음이었다. 소각을 하려고 책상 위에 따로 분류해둔 데스노트였다.

동우는 침대 서랍을 빼내어 서랍 뒷면에 테이프로 붙여둔 종이 상자를 떼어냈다. 위조 여권과 입국 서류들은 그대로였다.

동우는 관리사무소로 달려가 도둑을 당했다고 말하고 CCTV의 녹화 장면을 살폈다. 서동오 팀장과 007공구가방을 든 사내가 엘리베이터 홀에 서 있는 모습이 보였다.

메모장 '05-11 유대의 증'을 가오도서관 사물함에 옮겨두길 잘했다는 생각이 들었다.

6

VIP와의 상담을 마친 백일춘 지점장이 케이스에서 꺼낸 USB를 손에 쥐고 요리조리 들여다보며 만지작거렸다. 호기심 때문이었다.

일본 에도 시대의 춘화를 자개로 박아 정교하게 만든, 가죽으로 속 케이스까지 갖춘 64기가짜리 고급 USB였다. 양복저고리 옆 주머니에 들어 있었는데, 누구에게 받았는지 기억이 안 나 찜찜했다.

그는 송수화기를 들었다. '왕과 비' 마담이 일반 판촉용이 아니라, RVIP 사은품으로 일본 공예가에게 케이스를 따로 주문 생산해서 돌리는 USB라고 했다.

출처를 확인한 그는 무심결에—아니 어쩌면 묘한 기대를 가졌을 수도 있다—USB를 컴퓨터에 꽂았다. 확장자가 exe로 된 파일이 떴다. 클릭을 하자, 음란 동영상이 나왔다.

그는 신음소리에 놀라 급히 USB를 잡아 뽑고, 마담과 다시 통화했다. 마담이 RVIP를 위해 특별히 섹스 동영상 파일까지 추가 서비스하지는 않았다고 했다.

백 지점장은 곤혹스러웠다. 지난번 소파에서 주운 USB도 새삼 신경이 쓰였다. USB를 받은 기억이 없다는 것도 문제였다.

몸은 부실하면서도 성욕만 차고 넘치는 나삼추 회장이,

벗긴 아가씨들을 테이블 위에 올려놓고 온갖 진상을 다 부리는 바람에 정신이 없었다고는 하지만, 사은품 받은 것을 기억 못할 정도로 만취하지는 않았다.

백 지점장은 해킹 프로그램이 들어 있는 USB일 가능성이 있고, 어쩌면 나삼추 회장이 지배인과 짜고 한 장난질일 수도 있다는 의구심이 들었다.

그는 회사 매뉴얼에 따라 계통과 절차를 밟아 정식 신고를 해야 했지만, 정보보안학과를 졸업했다는 신입 직원에게 체크받기로 했다.

1

허동우는 데스노트의 내용을 발췌하여 인터넷 사이트에 올렸으나, 사이트 운영자에 의해 하루 만에 모두 삭제됐다. 네이버, 다음, 구글, 네이트 모두 올렸으나, 아무리 뒤져봐도 남아 있는 글이 없었다.

어떻게 이런 일이 가능한가 싶어서 포털사이트를 여기저기 들쑤시던 동우는 멈칫했다.

백대길 선민당 공동대표 교통사고로 중태에 빠져
공주보 공사장 덤프 차량과 정면충돌

'다음' 포털 사이트에서 기사 제목을 본 동우는 숨이 멎을 것 같았다. 눈앞이 흐릿해지면서 정신이 아뜩했다.

서해도립대학교에서 특강을 마치고 자신의 승용차를 운전해 대전으로 돌아오던 중에 45번 국도 덕산면 대치리 대치교차로 부근에서 토사를 싣고 마주 달려오던 25톤 덤프트럭과 충돌한 후 10여 미터 아래 계곡으로 추락했다.

경찰은 현장 조사 결과, 백 공동대표의 과실도 조사할 필요가 있으나, 사고 운전자가 트럭을 몰고 도주한 점을 주목하고 있다고 밝혔다. 또한 경찰은 주변 방범용 CCTV와 목격자의 진술을 바탕으로 사고 시간대에 인근 도로를 지난 덤프트럭의 행방을 쫓고 있다고 했다.

동우는 일반적인 교통사고가 아님을 직감했다. 45번 국도 대치교차로 부근은 2년 전 아버지가 교통사고로, 아니 교통사고로 위장한 모살이 이루어진 장소였다.

당시 아버지의 차량은 40도 경사면 아래의 10여 미터 낭떠러지로 굴러떨어졌다. 백대길 교통사고의 형태와 발생 장소를 우연으로 볼 수 없었다. 대길의 승용차 밑에서 중국산 최신 위치추적기가 발견됐다고 했다.

동우는 순간 석연치 않은 느낌이 들었다. 양동춘이 의심쩍었다. 그는 동우가 부탁한 위조 여권과 신분증을 전해준 뒤부터 연락이 닿지 않았다. 그런 그가 갑자기 전화를 걸어와 탈출 경로와 출발항 사전답사를 하자면서 모항항에서 만나자고 했다. 그러고는 나타나지 않았다.

사고가 발생한 시간은 동우가 동춘의 답사 제안에 따라

사고 지점 근처를 지날 때였다.

동춘의 짓이라면 난감했다. 동우는 자신이 엮일 수도 있다는 생각이 들었다. 아무튼 범인이 잡히지 않으면 동우가 자칫 누명을 쓸 수도 있는 일이었다. 동우는 양동춘이 도주 시간을 버느라 자신을 끌어들인 것일 수 있다는 생각이 들었으나 기분은 좋지 않았다.

동춘과 짠 탈출 계획은 수정과 변경이 불가피할 것 같았다.

2년 전 10월에 한국인 남편이 중국에 있는 아내를 청부 살해한 사건이 있었다. 보험금을 노린 사건이었다. 남편이 칭다오에 있는 여자에게 전화를 걸어 한국에서 친구가 갈 테니 관광 가이드를 해주라고 했다. 그런데 가이드를 하러 나갔던 여자가 칭다오 청양구에 있는 록화림공원 대나무 숲에서 아랫도리가 벗겨진 채 살해됐다.

동우는 조사 초기에 결혼할 때부터 남자가 보험금을 노린 정황을 포착했다. 그는 이 사건 수사를 맡은 국제범죄수사대 수사관과 함께 중국으로 갔다. 중국 공안·현지 경찰주재관·인터폴이 국제범죄수사대와 공조수사를 벌였다.

그때 청양분국 소속 형사인 장지엔위(張建宇)를 만났다. 양동춘이 삼합회의 도움을 얻어 '꽌시(관계)'를 주선한 것이다. 함께 간 수사관이 범죄 증거물 인도 절차 및 시기를 놓고 늑장을 부린다며 장 형사와 신경전이 벌어졌다. 그는 장 형사를 따로 불러서 머리를 조아리며 1만 위안을 찔러줬다.

동우의 조처가 적절했다. 장 형사는 1만 위안보다 예를 갖춰 머리를 조아린 동우의 태도에 감동했다. 보름을 예정했던 출장이 닷새 만에 끝났다. 공안에게 닷새 치 경비를 미리 주고, 열흘 치의 경비를 세이브 한 셈이었다.

게다가 회사가 지급할 보험금 3억 6,000만 원도 지켜줬다. 닷새 치 출장 경비가 3,810위안이었다. 택시비가 기본적으로 10위안 안팎이었다. 저녁에 밥과 술을 접대하려면 3,000위안 안팎이 들었고, 숙박비로는 2,500위안을 써야 했다. 그러니까 1만 위안은 가성비가 뛰어난 뇌물이었다.

동우의 중국 밀입국 계획은 장지엔위와 양동춘의 합작으로 꾸며졌다. 그러나 양동춘이 수배를 받아 쫓기고 있으니 써먹을 수 없는 계획이 되고 말았다.

양동춘이 사고를 친 시간대와 동우의 동선이 겹쳤다. 때문에 코너에 몰린 서동오 팀장이 필요하다면 동우를 기꺼이 용의선상에 올릴 것이 뻔했다. 그가 볼 때 동우가 백대길을 살해할 동기는 차고 넘쳤다.

동우는 모텔을 나와 외진 철로 건널목에 있는 공중전화 부스로 갔다. 전화기에 동전을 물리고 잠시 망설이다가 번호를 찍었다.

"노 국장님. 접니다. 그동안 안녕하셨어요?"

"누, 누구……? 아니, 자네가 웬일로……"

뒤늦게 목소리를 알아들은 노 국장이 말을 잇지 못했다. 긴장을 했는지 침을 삼키는 소리가 들렸다.

"부탁이 있어서 전화 드렸습니다."

"무슨 부탁인지 말하게."

땡땡땡땡땡…… 기차 건널목에서 다급한 쇠 종이 울리고 차단 막대가 내려왔다.

"사적인 부탁입니다…… 지금 말씀드려도……"

"내가 걸겠네."

말귀를 알아챈 노 국장에게 동우가 길가에 있는 문구점 전화번호를 불러줬다. 그러고는 문구점으로 달려갔다. 동우는 문구점 주인의 도움을 받아 걸려온 전화를 받았다.

"공적 부탁이어도 상관없으니 어서 말하게."

그는 나삼추의 끄나풀로 자신의 뒤를 쫓으며 이것저것 캐고 다니는 국정원 직원에 관해 말했다.

"내가 어떻게 해주길 바라나?"

노시우 국장은 어떤 일로 쫓기고 있는지는 묻지 않았다.

"그러니까……"

동우의 말이 기차 소음과 문구를 고르느라 어린 손님들이 조잘대는 소리에 묻혔다.

"뭐라고 했나?"

"그 직원에 관한 자료를 보내드릴 테니 그를 잠시 제 편이 되게 해주세요."

'자료'라는 것은 삼추의 돈을 국정원 직원이 3년 동안 꼬박꼬박 받아먹은 기록이었다.

동우는 부탁을 들어주시면 특별한 선물을 답례로 드리겠다고 했다. 노 국장이 선물은 이미 받은 것만으로 충분해서 더는 필요하지 않고, 받을 수도 없다고 했다. 이 일로 '빚'과 관계를 정리하자는 말이었다.

"고맙습니다. 더 이상 부탁드리는 일은 없을 겁니다."

"그 직원의 이름과 소속을 말하게."

노 국장이 통화를 서둘렀다. 동우는 성매리가 일러준 이름을 댔다. 통화를 마친 동우는 금장 볼펜과 USB를 사고 문구점을 나왔다.

동우는 나삼추를 처리하는 데 나삼추의 끄나풀을 이용할 생각이었다.

노 국장이 삼추의 돈을 먹은 국정원 직원을 따로 불러 허동우를 도우라고 '부탁'한다면 거절이 어려울 것이다. 그 직원을 만나서 구슬리는 것은 성매리가 맡기로 했다.

노시우 국장은 국정원 정보교육원 국내정보연구실장이었다. 1997년 12월 대선 당시의 '북풍 사업' 관련 기밀이 언론에 터져 시끄러웠다.

괴문서들에는 200여 명의 간부급 직원 모두의 이름과 직책이 무차별적으로 실명 거론되면서 신상 명세와 비리 혐의가 열거되어 있었다. 정권 변화에 따른 조직 내부의 주도권 싸움이었는데, 당시 안기부 조직이야 만신창이가 되건 말건 '나만 살아남고 보자'는 아주 살벌한 막장 싸움이었다.

당시 노 국장이 이 싸움에 끼어 고전하고 있을 때, 그의 아내가 희귀병 진단을 받았다. 그러나 돈이 있으면 미국으로 건너가 고쳐 올 수 있는 병이었다.

그가 아버지를 찾아와 무릎을 꿇었다. 아버지가 사람을 돈으로 사기도 한다는 말을 들었다고 했다. 맞는 말이라면 자신을 사달라고 했다.

아버지는 취중에 한 허언이지만 사람 목숨이 달린 일이니 신의를 약속한다면 원하는 돈을 줄 수 있다고 했다. 노 국장은 자신의 아내를 살려주는 대가로 신의를 약속했다.

아버지의 장례식에 찾아온 노 국장은 마실저축은행이 망하고 허 회장님이 희생양이 되어 돌아가신 것을 알지만 아무런 도움도 드리지 못해 죄스러울 뿐이라고 했다.

2

나삼추가 무명 여배우와 홈쇼핑 모델을 '용궁'으로 불렀다. VIP에 대한 로비와 접대를 위해 뒤를 봐주고 있는 20대 초반의 여자들이었다.

"대정부 전복을 담당하는 부서로 발령받았습니다. 정권 재창출과 관계된 업무에 전념하라는 명입니다."

반정부 세력에 대한 감시 및 통제 업무를 맡았다는 뜻이었다.

"이런 무슨 썅! 어따 대고 개수작을……"

삼추는 분노가 치밀어 올랐다. 그동안 처들인 공이 어딘데…… 입에 물고 있던 발렌타인 30년산이 사방으로 튀었다.

"아니, 지금…… 저한테……"

지 과장이 술잔을 내려놓으며 대들었다. 말투에 반항기가 그득했다.

삼추는 귀퉁배기를 날리고 싶었으나 참았다. 놈에게 투자한 것은 건져야 했다.

지달중 과장은 삼추의 '삐끼이자 줄'이었던 조풍술 국장의 심복이었다. 그래서 조 국장을 대신해서 몇 차례 뇌물을 받아간 놈이었다. 삼추가 이놈을 조 국장 모르게 따로 꼬드겨 써먹어온 것이다.

정권의 대북 강경 대응으로 교류가 전면적으로 단절되었기 때문에 정부 관계자들이 북한 관련 첩보를 외국 정보 시장에서 돈 주고 사야 했다. 삼추는 우리 공관원들이 수집한 초기 첩보를 돈으로 가로챘다. 이 첩보가 공식 보고보다 한발 앞서서 삼추의 비즈니스에 이용됐다.

정부 관계자들은 취득 정보의 신뢰도와 그에 따른 책임 문제가 있기 때문에 상부에 보고를 하기 전에 분석하고 검증하는 과정이 필요했다. 잘못된 첩보를 보고했다가는 경을 칠 수 있기 때문이었다. 속도 못지않게 정확도가 중요한 이유였다.

그러니 돈을 받고 상부 보고를 늦춰주는 것은 문제 될 것이 없었다. 삼추는 이 시간차를 이용해 요령껏 재주를 부렸다.

삼추는 미국 검찰에 스파이 혐의로 체포된 리차드 방으로부터도 산지(産地) 첩보를 샀다. 방은 미국 영주권을 가지고 있는 한인이었다.

그는 뉴욕에 '미주조선대동강무역회사'를 차려 '평양소주'를 직수입해 팔면서 100여 차례 북한을 들락날락했다. 방이 비밀요원(Covert Agent)인지는 알 길이 없었으나, 군이 알 필요도 없었다. 정보라는 것이 대부분 해석되고 가공된 것들이어서 당장 진위를 알기가 어려웠다. 방이 사용한 두 대의 휴대전화와 통화 내용이 압수되는 바람에 바짝 긴장을 했으나, 다행히 아직까지 별탈이 없었다.

이렇게 매입한 정보를 2년 가까이 지 과장에게 제공해주었다. 지 과장이 남북 관계 개선보다 오직 정권 안위만을 중요시하는 윗분들에게 이 정보들을 적절한 시기와 상황에 맞춰 상납했고, 그 대가로 삼추는 지 과장으로부터 무기 구매에 관한 군의 정보와 동향 담당관들의 요구 사항 등을 얻어 들을 수 있었다.

아무튼 지 과장은 사례가 없던 인사 발령이라며 불만을 쏟아냈다. 인사에 개입할 수 없는 삼추로서도 대책이 없었다.

표면상으로는 정권 안위를 강화하려는 조처라고 했으나, 대선을 염두에 둔 사이버 공작 강화, 이른바 댓글 작업이 아닌가 싶다고 했다. 공작원치고 입이 가벼운 놈이었다.

삼추는 평소에 어설프고 허접한 풍문 수준의 대북 정보를 미끼 삼아 던져준 적도 많았다. 그런데 이런 것들도 모두 통했다. 심지어는 거짓 또는 조작된 정보도 한국으로 들어가면 정치적 상황에 따라 중요한 사실로 둔갑했다.

어떤 때는 인터넷에 떠도는 뉴스를 추려서 번역해줘도

통했다. 정권은 정보가 궁했고, 진위보다 필요에 의해 이용하는 식이었다.

국민이 단 3일만 참으면 북한과의 전쟁에서 이길 수 있다는 주장으로 전쟁을 부추기는 정치인도 있었다. 개전 24시간 안에 군인 20만 명을 포함해 수도권에 거주하는 150만 명이 죽거나 다칠 것이라는 시뮬레이션 결과가 나왔는데도 소용없었다. 강한 권력에 빌붙은 자가 박박 우기면 그만이었다.

삼추는 이런 정치인들의 안보 장사 덕에 떼돈을 벌 수 있었다.

삼추는 취해 흐느적거리는 두 여자를 횡설수설하는 지과장에게 붙여주고 용궁을 나왔다. 더 이상 마주앉아 술을 마실 이유가 없었다.

용궁을 나온 삼추는 공중전화부스로 갔다.

"헤이, 웬 유 킬 힘, 돈 저스 두 댓 위드 원 스트록 오브 더 소오드 벗 킬 힘 위드 메니 스트록스(어이, 그 새끼 죽일 때, 단칼에 죽이지 말고 여러 번 나눠 죽이게)."

삼추는 손바닥으로 송화구를 감싼 채 같은 말을 반복했다.

3

허동우는 아버지의 밀항에 청와대 부속실장의 개입 정황이 있다는 말을 들었다. 국정원 노시우 국장이 아버지 장례식 때 전해준 정보였다.

아버지가 밀항 전날, 마중 나오기로 했다는 중국 해관 직원의 이름을 동우에게 알려줬다. 뭔가 불길한 낌새를 느낀 것 같았다.

마검포항에서 어선을 빌려 타고 격렬비열도 서쪽 100킬로미터 공해상으로 나간 뒤, 대기 중인 30톤급 중국 어선으로 갈아탄다. 그러고는 랴오둥반도 최남단 다렌으로 40여 시간쯤 항진한다. 다렌항에서 대기하고 있던 순시선이 마중 나온다. 그러면 10킬로미터 떨어진 연해에서 해관 직원 왕츠펑(王志鵬)이 아버지를 연해에서 순시선으로 픽업한다.

아버지가 일러준 밀항 루트와 계획이었다.

계획을 전해 들은 동우는 해관 직원의 직함과 직위를 물었다. 직함과 직위가 빠진 해관 직원이라는 말을 듣는 순간 무언가 미심쩍은 생각이 들었기 때문이었다.

동우는 칭다오에 있는 장지엔위에게 전화를 걸었다. 다렌항 해관에 왕츠펑이라는 직원이 있는가를 알아봐달라고 했다. 답이 만만디였다. 아버지는 회신을 받기 전에 마검포항으로 출발할 수밖에 없었다. 밀항 알선자가 보냈다는 성마른 운전기사의 재촉이 심해 지체할 수가 없었다.

운전기사와 함께 온 건장한 체구의 사내가 아버지의 휴대전화를 빼앗아 동우에게 건네줬다. 동우는 두 사람의 과잉 행동도 미심쩍었다.

동우가 장지엔위의 전화를 기다리다가 뒤늦게 아버지를

태워 간 차를 뒤쫓았다. 대전–당진 고속도로 공주휴게소 근방에서 가까스로 은회색 오피러스를 따라잡았다.

오피러스를 쫓아 서해안고속도로로 갈아타고 20여 분쯤 달린 뒤, 홍성 톨게이트를 막 빠져나갈 때, 회신이 왔다. 그런 이름을 가진 해관 직원은 현재는 물론 과거에도 없었다고 하니 다시 알아보라고 했다. 그는 정확히 알아보기 위해 다롄 해관 부관장을 통하느라 답이 늦었다고 했다.

다급해진 동우는 액셀러레이터를 힘껏 밟았다. 96번 지방도를 앞서 달리던 오피러스도 갑자기 속도를 올렸다. 동우의 미행을 눈치챈 것 같았다.

신호를 무시하고 교차로를 통과하려던 오피러스가 급브레이크를 밟고 멈춰 섰다. 좌회전 중인 차량과 충돌을 피하기 위해서였다. 순식간에 오피러스가 차량들 틈에 뒤엉켰다.

신호가 바뀌어 교차로를 통과한 동우는 갓길에 차를 멈추고 오피러스를 기다렸다. 그러고는 뒤늦게 달려오는 오피러스 앞을 막아섰다.

"뭐야? 씨발…… 박을 뻔했잖앗!"

동우가 오피러스 운전석 쪽으로 다가가 창문을 두드리자 차 문을 연 기사가 선글라스를 벗으며 욕설을 내질렀다.

조수석의 사내는 담배를 문 채 차 밖으로 나와 좌우를 살피며 차량을 통제했다. 찌푸린 하늘에 눈발이 흩날렸다.

"죄송합니다. 아버지가 서두르시느라 당뇨약을 안 챙기셨는데…… 연락할 방법이 없어서……"

동우가 차 문을 잡고 굽실거리며 수작을 부렸다.

상기된 표정으로 뒷좌석에 앉아 있던 아버지가 동우를 바라보며 의아한 표정을 지었다. 아버지는 당뇨가 없었다. 동우가 귀를 만지며 눈짓을 보냈다.

"이리 주시오."

기사가 손을 내밀며 말했다.

"예?"

"약 달라고요."

"사야 됩니다."

"뭐요?"

"내가 너무 긴장을 한 탓에 당약이 떨어진 걸 몰랐소. 미안하오. 저기 약국이 보이는데 잠깐 다녀와도 되겠소?"

기사가 의심스러운 눈으로 동우를 살필 때 아버지가 길가의 약국을 손가락질하며 말했다.

"거참. 시간이 없어 지랄이구만…… 빨리 갔다 오슈."

시계를 보며 투덜거리던 사내가 선심 쓰듯이 말했다.

아버지와 함께 약국으로 들어간 동우는 소화제, 아스피린, 일회용 밴드, 물파스 등 상비약을 되는 대로 주문을 하고, 약사가 약품을 챙기는 사이에 아버지에게 장지엔위와의 통화 내용을 전해줬다. 그러고는 오피러스를 잡고 시간을 끌 터이니, 아버지는 자신이 타고 온 차로 어디로든 달아나야 한다고 말했다.

그날이 1년 전, 1월 4일이었다. 허남두 회장은 동우의 제네시스를 타고 도망치다가 사고, 아니 죽임을 당했다.

처음의 모살 계획이 틀어진 때문인지 놈들이 허둥대다가 뒷수습을 제대로 하지 못했다. 그래서 현장에는 동우의 교통사고 조사 수준으로도 얼마든지 채증 가능한 증거들이 곳곳에 널려 있었다.

과속방지턱을 지난 8미터 지점부터 우측 방향으로 5미터 길이의 비틀린 스키드마크가 있었다. 반대쪽 방향의 스키드마크는 과속방지턱 밑에서부터 중앙선을 넘어 2미터 지점까지 이어져 있었다. 반대 차선에서 넘어온 차량이 S자 모양으로 아스팔트를 할퀸 스키드마크였다.

동우도 허둥대느라 처음에는 스키드마크를 보지 못했다. 사고 직후 갑자기 내린 함박눈이 도로를 순식간에 덮은 때문이었다.

아버지가 모는 제네시스가 출발하고, 동우와 몸싸움을 하느라 3분가량 지체한 오피러스 사내들이 뒤쫓았다. 동우도 택시를 잡아 뒤쫓았다.

휴대전화 위치추적 앱으로 제네시스의 방향을 뒤쫓았다. 그렇게 해서 5킬로미터까지 거리를 좁혔을 때 동우는 깜짝 놀랐다. 덕산면 대치리 대치교차로를 지난 300미터 지점에서 제네시스가 멈춰 선 때문이었다. 쫓기는 차가 5분이 넘도록 국도에 멈춰 서 있을 이유가 없었다.

동우는 더디 가는 택시 기사에게 빨리 가자고 재촉했다. 기사가 눈 오는 것이 안 보이느냐며 핀잔을 줬다. 갑자기 함박눈이 쏟아지고 있었다.

택시가 도착했을 때, 제네시스는 보이지 않았다. 위치를 알려주는 빨간 점이 가리키는 곳에 차가 없었다. 오피러스도 보이지 않았다.

동우는 택시에서 내려 빨간 점을 찾아 국도 근처를 살폈다. 잠시 후, 벼랑 아래에 추락한 제네시스를 발견했다.

119 구급대가 벼랑 아래에서 아버지의 시신을 수습했다. 아버지의 위블로 빅뱅 손목시계가 10시 10분에 멈춰 있었다.

동우는 현장에 남았다. 경찰이 아무런 현장 조사 없이 구급차를 따라간 때문이었다.

눈이 쌓이기 전에 발생한 사고였다. 동우는 차가 벼랑 아래로 추락한 원인을 찾아야 했다. 택시비의 열 배를 받은 기사가 교통 통제를 하며 도와줬다.

동우는 패딩점퍼를 벗어 도로 위에 쌓인 눈을 쓸어냈다. 그러자 눈에 덮여 있던 스키드마크가 나타났다.

동우는 인터넷에서 스키드마크에 의한 사고 당시의 추정 속력 계산 공식을 검색했다. 공식에 적용되는 이론은 에너지 보존의 법칙 및 중력 가속도 이론이었다. 눈 오기 전 사고이니 마른 아스팔트길이고, 산 중턱을 끼고 완만히 굽은 경사도인 점 등을 감안했다. 차량 중량과 마찰계수와 스키드마크 길이와 구배(勾配) 값을 계산했다.

그러고 나서 각각의 값을 추정 속력 계산 공식에 대입하니 아버지의 차는 시속 85킬로미터가 나왔고, 맞은편에서 달려왔을 것으로 추정되는 차는 60킬로미터가 나왔다.

맞은편에서 오던 차가 자차의 무게와 원심력을 이용해

아버지의 차를 벼랑 쪽으로 슬쩍 밀쳤을 것이다. 제네시스를 박아서 벼랑 아래로 밀쳐낸 차량은 오피러스가 아닌 SUV 같았다.

동우는 현장에서 깨져 부서진 전조등 조각과 사이드미러를 주웠다. 검정색 사이드미러를 통해 가해 차종이 검정색 카니발임을 알 수 있었다.

그는 전조등 파편을 보관하고 있다가 6개월쯤 지나서 사건에 대한 관심이 수그러들었을 때, 국립과학수사연구소에 감정을 의뢰했다. 전조등 파편에서 일부 숫자와 글자의 형태를 찾아냈다. 그 형태를 짜 맞추자, 차량의 제조사와 제조 연대가 밝혀졌다.

카니발R 리무진 3.5 가솔린 9인승으로 GLX 최고급형이었다. 전조등 제조사는 '삼우전기'였다. 2009년 2월 20일 670개, 2월 21일 450개, 2월 22일 690개, 3월 17일 890개 등이 소하리 조립공장에 납품되었다. 그러니까 이 제품들이 그해 2월 말부터 3월 중순까지 기아자동차의 카니발 차량 조립에 사용되었다는 것이다.

차종은 SUV로 약 2,000대가 만들어져 팔렸다. 이 가운데 검정색 차에 대한 차적 조회를 했다. 서울 경기 지역 1,200대, 충남 대전 지역 352대였다. 관용 차량은 5대였다.

한 달간 조사한 결과, 조왕구 똘마니 잇뽕의 사촌 명의로 등록된 차량으로 밝혀졌다.

4

선우강규는 허남두 회장이 위장 교통사고로 모살될 때, 세상을 움직이는 강력하고 무자비한 힘을 보았다. 허 회장은 결국 백대길 대표에게 이용당하고 버려졌다.

예견한 대로 허 회장은 불나방이 되어 불의 중심으로 들어갔다. 그도 그러고 싶지는 않았겠지만, 불 밖에는 살 길이 없었기에 불 속으로 날아들었을 것이다.

그러나 그가 불 속에서 자신을 태워서라도 회사를 구해보고자 안간힘 쓰는 것을 백대길과 '그들'은 좌시하지 않았다. 허 회장이 진실의 실체였기 때문이다. '그들'은 진실이 살면, 죽을 수밖에 없는 운명이었다. 그래서 허 회장은 공동의 악이 되었다. 그를 숙주로 삼아 호의호식했던 모두는 그가 '그들'을 위해 살신 공양하기를 원했다.

강규가 알고 있는 것은, 자신의 발안에 따라 '그들'이 움직일 때, 나삼추가 누구보다 앞장서 움직였다는 사실이었다. 허 회장의 해외 도피를 위한 '배달 작업'이 진행될 때, 대부분의 지시가 나삼추를 통해 내려왔다.

강규는 그가 관리하던 허 회장의 해외 비자금을 통째 착복했다는 사실을 나중에야 알게 되었다.

강규는 선의의 발안자—모살이 아닌 장기 해외 도피를 발안했다—에 불과했던 자신에게 이렇듯 가혹한 복수극을 벌이고 있는 허동우가 원망스러웠다. 그는 억울하고 분했다.

"좆도 모르고 당신 뒤치다꺼리하다가 내가 옷 벗게 생겼 어요, 씨발!"

취조실에 들어온 서동오 팀장이 분노에 찬 표정으로 선 빵을 날리듯이 말했다.

"……"

강규는 말문이 막혔다.

서 팀장은 강규의 침묵을 기선 제압으로 받아들였는지, 현장에서 발견된 머리카락과 퉁퉁 불어터진 담배꽁초에서 추출한 DNA, 코스모폴리탄 아파트 CCTV 녹화 화면이 범행을 입증해주고 있다면서, 마치 심문 조서를 읽듯이 지 껄였다.

구만복 주검의 부검 결과, 손으로 목이 졸린 흔적이 발 견됐다고 했다. 목격자까지 확보되어 빼도 박도 못하게 됐 다는 것이다.

강규는 허동우의 '계획'대로 서 팀장이 구만복 살해범으 로 자신을 지목하고 있다는 사실에 경악했다. 그는 허동우 에 관해서는 일절 언급이 없었다.

"내가 부탁한 것은 확인해봤어?"

가까스로 정신을 추스른 강규가 물었다. '판타지아7080' 과 허동우의 아파트를 조사했냐는 질문이었다.

"나는 당신이 고용한 사설탐정이 아니라, 대한민국 경찰 공무원이야."

"뭐라고? 야 이 개새끼야!"

분을 참지 못한 강규가 주먹으로 테이블을 내리치며 펄

쩍 뛰었다. 그러면서 무슨 수사를 이따위로 하느냐고 따졌다.

서 팀장은 7080에 갔으나 강규가 말한 날짜의 CCTV 기록이 없었고, 허동우의 아파트는 집 앞까지 갔는데 압수수색영장을 발부받을 수 없어 되돌아왔다고 했다. CCTV 기록이 없다는 것은 사실이나, 허동우의 아파트에 가지 못했다는 것은 거짓말이었다.

서 팀장이 아파트를 빠져나온 직후 허동우로부터 CCTV 캡처 영상과 문자가 날아왔다.

경찰 공무원께서 압수수색영장도 없이 불법가택침입 및 사유재산을 탈취해 가셨네요

캡처 영상은 엘리베이터 홀에 열쇠 수리공과 나란히 서 있는 모습 두 컷이었다.

"너, 이 새끼…… 허동우와 한패지?"

강규가 이를 갈며 말했다.

서 팀장이 여기는 모든 언행이 녹음 녹화되어 기록으로 남는 곳이니 조심하라고 타일렀다. 그러고는 강규가 준 정보와 보도자료로 거짓 기사를 쓴 신문기자가 경찰서에 출두해 경위서를 쓰고 갔다는 얘길 전해줬다.

"그 기자가 너를 만나면 죽여버릴 거라고 전해달래."

서 팀장이 이죽거리며 말했다.

"좆까!"

"흥분 가라앉으면 다시 올게."

"야, 서 팀장! 너는 내가 혼자 얌전하게 뒈져줄 호구로 보이냐?"

자신의 담뱃갑과 라이터를 빼놓고 돌아서 나가는 서 팀장의 등에 대고 소리쳤다. 걸음을 멈추고 천장을 올려다보던 서 팀장이 돌아서서 강규를 바라봤다. 그러고는 말했다.

"구치소에는 시간이 아주 많다. 정신 똑바로 차리고 대갈빡을 굴려봐라. 너를 살려줄 수 있는 놈이 누군지. 분명히 말하지만, 내가 죽으면, 너도 살길이 없다."

서동오 팀장은 허동우의 아파트에서 훔쳐온 안우용의 기록물을 다시 살펴보면서 새삼 허동우의 치밀함과 집요함에 혀를 내둘렀다.

안필모: 훈도. 해방공간에 좌익 활동을 하다가 고문 끝에 죽음. 1925년 중국 상하이로 밀입국하여 조선공산당에 입당. 귀국하여 대전 야체이카(공산당 조직의 기본 단위인 세포의 러시아어) 책임자로 임명. 3년 뒤 제3차 조선공산당 검거 사건 때 체포되어 징역 1년형을 선고받고 서대문형무소에서 복역. 해방 이후 여운형의 사회노동당에서 활동하다가 남조선노동당으로 옮김.

(미군정이 진정한 조선 독립과 자치권을 주장하는 좌익들 때문에 골머리를 앓음. 일제 치하에서 조선인 통제와 탄압을 효과적으로 수행했던 친일 부역자들을 통제

로 인수받아 그대로 임명했으나, 기대만큼 잘 다스리지 못함. 미군정은 풀어주었던 각종 규제를 다시 묶어 강화함. 말 많은 좌익의 입을 틀어막기 위해 등록제로 바꿨던 언론 및 출판 관련법도 허가제로 되돌림. 이런 상황에서 좌우 대립이 사생결단으로 치달음.)

1947년 미군정 포고령 위반으로 검거되어 고문을 받다 죽음.

안필모는 안우용의 아버지이다. 그 아버지에 대한 동우의 조사 기록이었다.

6·25전쟁 당시 북한군이 전쟁터에서 임시 발행한 지라시 형태의 '전선속보'도 보였다. A3 크기의 복사본이었다. 안우용이 한국전쟁 당시 남진하는 북한군에게 한국군의 매복지를 알려주고 '애국인민상'을 받았다는 기사가 실려 있었다. 조전자라는 이름과 연락처도 적혀 있었다.

화집에서 오려낸 것으로 보이는 그림도 보였다. 독수리에게 잡혀가면서 공포와 두려움 때문에 울면서 오줌을 지리는 미소년을 그린 그림이었다. 렘브란트 판 레인의 「가니메데스의 납치」라고 쓰여 있었다.

그림 뒷면에는 안우용이 아동성애자임을 입증해주는 기록들이 빼꼭히 적혀 있었다. 안우용이 유독 고아원 방문에 집착했던 이유를 알 것 같았다.

5

"저기 가서 손 들고 서 있어라."

조왕구는 쳐들었던 쇠파이프로 구석을 가리켰다. 그러
고는 쇠파이프를 모노륨 바닥에 내던졌다. 바닥을 때리고
튕겨 오른 쇠파이프가 해피트리 화분을 박살냈다. 쇠파이
프는 4년 전, 봉산기업 노조원들의 분규를 쫑 낼 때 썼던
현장 지휘봉이었다.

노무이사에 앉힌 '조커'의 머리통을 단매에 쪼개버리고
싶었지만 참았다. 사세가 커진 만큼 회사 운영을 격에 맞
게 하려 했더니 관리 상태가 엉망이었다. 사원들이 많다보
니 충성 경쟁이 치열해져 허구한 날 사고가 터졌다.

조왕구는 '쓰바라시'가 저지른 봉 여사 폭행 사건을, 부
하 단속 부실에 대한 책임을 물어 '잇뽕' 선에서 매듭짓는
것—잇뽕이 '안식년'을 다녀올 차례였다—으로 하고 겨우
빠져나왔다. 백대길 대표가 불의의 교통사고로 반신불수
가 된 것이 불행 중 다행이었다.

"체모, 충수, 꼬리뼈, 사내새끼의 유두, 사랑니 같은 놈
은 되지 마라."

왕구가 조커에게 엄중 경고했다.

"예……?"

"하는 일 없이, 아무짝에도 쓸모없이 우리 몸에 달라붙
어 있는 것들이다. 우리 조직에도 그런 허랑방탕한 놈들이
많다."

왕구는 정권이 바뀌고부터는 사주와 경찰을 대신해서 부당한 노조 활동과 불법파업을 예방하고 제지하는 합법적인 일로 돈을 벌었다. 용역을 의뢰한 회사에서는 간부급 관리직으로 구사대를 구성하고 법무법인과 노무법인을 통해 노조 해체를 위한 치밀한 전략을 세웠다. 물론 법의 허점을 찾아 파고들었다.

이 전략이 실행되면 노조원들이 반발했고, 이 단계에 구사대로 위장한 용역들을 투입했다. 용역 활동이 전개되면, 경찰이 배후에서 아낌없는 측면 지원을 해주었다. 정권이 국가 안보 차원에서 지지한다고 했다.

봉산기업도 법무법인의 컨설팅을 받아 노조를 정리하기 위한 계획을 짰다. 먼저 회사가 정리해고에 제약이 되는 단체협약을 일방적으로 해지하고, 민주노총 금속노조 가입 노조원들을 중심 대상으로 해고통지서를 발송했다.

그러나 이들만 해고할 경우 부당노동행위에 해당될 것이기 때문에 비조합원 중 근무 태도가 안 좋은 몇몇을 끼워 넣었다. 노조원 40명에 비노조원 3명이었다. 조합원들이 반발했고, 법원이 회사 측에 벌금 1,000만 원을 선고했다. 회사는 껌값에 해당하는 벌금을 물고, 다시 해고 대상자 28명을 재선정해 통지했다. 이에 대해 대법원이 노사 간 인위적인 구조조정을 하지 않겠다는 합의를 깬 부당행위라고 판결했다.

이렇게 되자, 열 받은 사장이 노조위원장과 사무장을 상대로 비위 사실을 캐내 징계위원회를 열었다. 노조원들이 노조 파괴를 위한 치졸한 음모라고 주장하며 파업을 선언했다. 그러자 사장이 즉각 직장폐쇄로 맞섰다. 그러고는 조왕구를 불러들였다. 경비 용역을 요청한 것이다.

회사 측에서 보낸 대표와 노무법인 측 관계자와 조왕구가 한 자리에서 만나 머리를 맞대고 진압 작전을 짰다. 노조의 대응 수위에 따라 3단계 진압 전술을 짜고, 공장 설계도를 놓고 각 단계에 따라 시간대별로 세부 전술을 짰다. 3시간 안에 농성자들을 몰아내고 공장을 완전 접수하는 작전이었다. 상무이사가 별도로 다섯 명의 사진을 건넸다. 인사카드에서 떼어낸 증명사진 같았다.

"사장님의 특별 부탁이십니다."

상무이사가 별도의 봉투를 건네주며 덧붙였다. 협상 과정에서 사장에게 반말과 비아냥으로 모욕을 주고 삿대질에 욕설까지 서슴지 않은 '개썹새끼들'이라고 했다. 그러니 특별히 손을 좀 봐주라는 부탁이었다. 왕구는 증명사진만 잇뽕에게 전하고, 별도로 받은 돈봉투는 되돌려줬다.

장사에 도(道)가 있다면 주먹질에도 도(度)가 있었다. 부탁을 받아 나쁜 놈을 때려줄 수는 있어도 돈을 받고 때리는 짓은 할 수 없었다. 비즈니스와 감정은 구별할 줄 알아야 하는데, 그걸 못하는 봉산기업 사장이 딱했다. 어쨌든 3시간 난장질로 10억을 벌었다.

이처럼 과거 불법이었던 일이 합법으로 탈바꿈되었기 때문에 왕구는 나날이 큰 수익을 올릴 수 있었다.

"배때기가 많이 나오면 좆이 안 보이는 게 문제야."

아우디에서 장차 벤틀리를 타는 게 꿈이라는 반신 정보관이 상납금을 받아가면서 덕담처럼 던진 말이었다.

"도를 닦으시나? 말이 어렵네요."

엘리베이터 홀까지 배웅 나온 왕구가 버튼을 눌러주며 말했다.

"공돈을 받기 미안해서 그냥 한 말인데…… 신경 쓰이나 보지?"

아우디 반이 말을 돌렸다.

왕구는 농담과 진담을 구분 못하는 천둥벌거숭이가 아니었다. 냄새라면 개코 못지않은 그였다.

사전 3구역 경비와 철거 용역을 딸 때는 방미조의 로비가 먹히지 않았다. 주관 시공사로 선정된 건설 재벌 대양물산의 파트너 유달건설이 들어온다고 했다. 유달건설은 돈과 주먹과 정계의 힘이 결합된 중견 회사였다.

뒷방 늙은이가 된—지금은 반신불수까지 되었다—백대길의 힘을 빌릴 수도 없었다. 하지만 타지 놈들을 내 뱃속으로 들어앉힐 수는 없는 노릇이었다.

왕구는 고민 끝에 작년 총매출액의 1할을 챙겨 친분 있는 육양순 의원을 찾아갔다. 육 의원이 돈을 반만 챙기고 반을 내주며 자신은 국방위 소속인지라 '한계'가 있으니 국토해양위 소속 양요환 의원을 찾아가보라고 했다. 그러면서 양 의원에게 왕구의 민원을 전하겠다고 했다.

육 의원의 말만 믿은 왕구가 돈 궤짝을 다시 만들어 양

의원을 만났다. 그는 동업자 육 의원의 면을 봐서 만나준 것이라면서 오동나무 돈 궤짝을 어루만졌다. 그러고 나서 지금은 세상이 많이 바뀌어서 도와줄 수가 없게 되었다며 양해를 구했다. 엉덩이를 들고 궤짝을 열어 돈을 확인한 양 의원이 입맛을 다시며 잠시 주저하다가 되돌려주었다. 양 의원이 유달건설 뒷배라는 소문이 맞는 것 같았다.

궤짝을 챙긴 왕구가 묵례를 올리고 돌아서 나올 때, 양 의원이 불러 세웠다. 그러고는, "하늘은 스스로 돕는 자를 돕는다고 했네. 뜻이 있는 젊은이에게 길을 찾아주는 것이 정치인의 도리가 아니겠나"라고 했다.

왕구는 돈 궤짝을 두고 나왔다.

하지만 양 의원은 그 뒤 시간을 질질 끌며 보좌관을 통해 아귀 안 맞는 변명만 늘어놓았다. 결국 돈 궤짝만 날린 셈이었다.

왕구는 고민 끝에 5킬로그램짜리 금괴 두 개를 비단 보자기에 정성껏 싸서 가방에 넣었다. 그러고는 재개발조합 사무실을 찾아가 조합장 엄석중을 만났다.

"조합장 어르신께서 자그마한 은혜를 베풀어주신다면 이걸 하나를 드리겠습니다요."

똘마니들이 조합 직원들을 모두 내보내자 왕구가 비단 보자기를 풀어 금괴를 내보이며 말했다.

"뉘신데……? 초면에 그런 말씀을……?"

조왕구를 모르는 노인이 경계하며 뻗댔다.

그러자 엄석중을 잠시 바라보던 왕구가 괴춤에서 또 다

른 비단 보자기를 꺼내 금괴 옆에 펼쳤다. 보자기에서 날이 시퍼런 차이다오가 나왔다. 주로 고기를 다질 때 쓰는 네모난 중국 주방용 식칼이었다.

"영감님. 둘 중 하나는 받아주세요."

왕구가 다탁 위에 나란히 놓인 금괴와 차이다오를 턱짓으로 가리키며 말했다.

"그, 그러시다면…… 나는 이, 이걸 받겠소."

뒤늦게 말귀를 알아들은 엄석중이 사색이 된 표정으로 금괴를 가리키며 말했다.

"고맙습니다. 먼저 금괴 하나를 전해주시면 나머지 금괴는 영감님께 드리겠습니다."

차이다오를 비단 보자기에 곱게 싸서 괴춤에 꽂은 왕구가 말했다.

"누구에게 전해주면 되나요?"

엄석중이 불안한 표정으로 물었다.

주관 시공사 대양물산 양종상 이사를 '블루 스카이'로 불러내 비단 보자기에 싼 금괴를 전해주라고 했다. 블루 스카이는 왕구가 러시아 유학생들을 접대부로 고용해 직영하는 고급 유흥주점이었다.

"안 받으면 어쩝니까?"

"가족을 생각하라고 하세요."

"영감탱이가 잘할까?"

그날 밤, 왕구의 배 위에 올라간 방미조가 엉덩이를 비비며 물었다.

왕구가 대답 대신 포부를 말했다. SJM 공장을 초토화시켜 유명해진 컨택터스처럼 항공채증용 무인헬기와 물대포를 장착한 차량을 확보하고, 대체인력까지 투입할 수 있는 시스템을 갖는 것이 꿈이라고 했다.

왕구는 위험성이 큰 불법 사업들을 속히 정리하고 싶었다. 아우디 반이 눈치챈 사이버 관련 사업과 도박 프로그램 제작 판매 사업을 서둘러 정리하는 것이 급선무였다. 깡패가 정치와 깊게 얽히면 끝이 처참하다는 것은 만고의 진리였다.

2년 전, 왕구는 옌벤 조선족 삼합회 조직원의 알선으로 해킹 전문가를 수소문해 고용했다. 사이버 상에서 하는 일이기 때문에 군이 해커를 한국으로 들여올 필요가 없었다.

국가 종합 전자 조달 시스템인 '나라장터'와 연결된 관급공사 발주처 공무원과 입찰에 참가한 건설사 담당 직원들의 컴퓨터를 해킹했다. 처음에는 빼낸 정보를 제공해주거나 낙찰 하한가를 조작해주고 커미션을 받았다.

낙찰 하한가 조작은 간단했다. 나라장터 시스템에 낙찰 하한가 산정 기준이 되는 예비 가격을 조작하는 악성 프로그램을 지자체 재무관 컴퓨터에 침입해 몰래 설치하고, 입찰에 참가하는 건설사들의 컴퓨터를 해킹하여 낙찰 하한가를 미리 파악한 뒤, 이보다 몇 만 원 많은 금액으로 입찰하여 공사를 낙찰 받는 방법이었다. 누워 떡 먹기보다 쉬운 돈벌이였다.

왕구는 이 일을 하다가 한국인 신분으로 위장한 북한 기술정찰국 해커 공작원들이 옌볜에서 공화국 차원의 외화벌이를 한다는 사실을 알게 되었다. 탈북 군인들도 섞여 있었다. 왕구는 이들과 연계된 브로커들을 통해 프로그램을 주문 생산하게 하여 구입했다. 도박 관련 '포커'와 '맞고' 프로그램을 4분의 1 가격으로 샀다.

이 프로그램을 북한 정찰총국 사이버전 담당 부서인 '110호 연구소' 소속 해커 공작원들이 만들었다면서 지난번 아우디 반이 왕구를 불러내 협박한 것이다. 북한 출신 해커와 프로그래머가 만들었을 것이라는 짐작을 했지만, 해커 공작원이 만들었을 것이라고는 꿈에도 생각지 못했다.

왕구는 삼합회에 부탁해서 중국에서의 프로그램 유통과 입수 경로를 역추적했다. 국가정보원이 중국 조선백설무역주식회사 선양(瀋陽) 대표부에 근무하는 기술정찰국 해커와 접촉한 사실을 알아냈다.

왕구는 자신이 확실한 덫에 걸렸음을 깨달았다. 아우디 반의 요구를 거절하기가 어렵게 된 것이다. 댓글 작업은 비밀이 될 수 없는 작업이었다. 결국 언젠가는 밝혀질 것이고, 그렇게 되면 왕구가 희생양이 될 것이 뻔했다.

"작년부터 디도스 공격용 좀비 피시와 사행성 프로그램을 개발하여 국내에 확산, 유포시키는 것이 걔네들 임무야."

아우디 반의 말이었다.

왕구는 몰랐다. 프로그램을 살 때 알지 못했다. 가격이 싸서 산 것뿐이었다.

"도박 프로그램에 북한이 원격으로 디도스 프로그램을 감행할 수 있는 악성 코드가 내장되어 있어. 유포한 도박 프로그램에 연결된 PC의 IP 등은 북한으로 자동 전달되도록 설정되어 있고."

"뭐욧?"

"다 알고 산 거 아니야?"

왕구는 자신이 그토록 경계했던 도(度)를 넘었음을 알았다. 그것도 아주 많이.

사이버 사업은 나룻배였다. 강을 건넜는데, 굳이 나룻배를 끌고 다닐 이유가 없었다. 그는 나룻배를 그냥 버릴 작정이었다. 그러고는 건설업과 증권 투자업에 진출할 요량이었다.

그전에 왕구는 경영 부실로 막장까지 다다른 지방 신문사를 인수할 생각이었다. 권력 중 권리만 있고 책무는 없는, 그래서 으뜸인 권력이 언론 권력 아닌가.

"무슨 생각 해?"

왕구의 가슴을 입술로 더듬던 방미조가 물었다.

"야한 생각."

천장을 뚫어지게 바라보고 있던 왕구가 말했다.

6

나삼추가 알고 있는 차명 관리 계좌는 12개였다. 성매리가 캐낸 바에 따르면 그는 백일춘 지점장에게 12개의 차명 계좌 개설을 지시했다. 그런데 나삼추가 모르는 1개의 계좌가 더 있었다. 허동우가 백 지점장의 PC를 공유해 알아낸 정보였다.

동우는 노시우 국장의 도움으로 삼추와 백 지점장의 통화 내용을 엿듣고 나서 그 이유를 알게 됐다. RCS 12.2 해킹 프로그램의 성능은 환상적이었다. 지점장이 노름판의 개평 뜯듯이 삼추의 돈을 이쪽저쪽에서 표 나지 않을 만큼 채뜨리고 있었다. 그렇게 모은 돈이 12억이었다.

동우가 덤으로 얻은 이 패를 활용할 궁리에 빠져 있을 때 문자메시지가 도착했다. 소영이었다.

아빠 소영이 무지 아퍼
언제 와?

전화를 걸었다. 전화를 받은 어머니가 무슨 짓을 하고 다니기에 연락조차 없냐며 한참 동안 핀잔과 잔소리를 늘어놓은 뒤에야 소영을 바꿔줬다.

소영은 대뜸 온다고 약속한 어린이날에 오지 않고 선물도 보내지 않은 것은 용서할 수 없는 배신행위라며 징징거렸다.

콜록콜록…… 이마에 해열 파스를 붙인 소영은 부러 잔기침까지 해대며 많이 아프다고 했다. 목감기에 걸렸다는데, 기침 소리가 맑고 경쾌했다. 엄살과 투정인 줄 알지만 모르는 척했다.

동우는 양동춘이 준 위조 신분증으로 차를 빌렸다. 어차피 밀항 때 못 써먹게 된 신분증이었다.

국도를 버리고 고속도로 톨게이트로 들어섰을 때 어둠이 짙어졌다. 대전–통영 고속도로를 타고 금산으로 빠져 읍내를 통과한 뒤, 진악산을 넘어갈 생각이었다.

동우가 금삼교사거리에서 신호를 받고 멈춰 섰을 때, 대각선 방향 앞쪽으로 승용차 한 대가 보였다. 낯익은 흰색 EF소나타였다.

동우는 직진하려던 진로를 바꿔 좌회전했다. 읍내를 돌며 EF소나타의 동태를 살펴볼 생각이었다. 그러나 50여 미터를 달릴 동안 EF소나타는 보이지 않았다. 뒤쫓지 않은 것이다.

동우는 자신이 순간적으로 긴장을 한 탓에 잘못 봤을 수도 있다는 생각을 하면서 진악산 산길 쪽으로 방향을 틀었다. 가파르고 굽이진 산길을 넘어 평평한 진악로로 들어선 그는 635번 지방도를 비껴 오른쪽 샛길로 들어섰다.

4차선 도로를 끼고 야산 높이와 나란히 뻗은 '녹우생활 아트센터'가 보였다. 센터는 순하고 야트막한 백암산을 뒤로하고, 높고 거친 진악산을 맞바라보고 있었다.

녹우(綠又)는 아버지의 호였다. 생활아트센터는 복숭아밭으로 조성된 산자락을 파내어 다진 뒤, 박물관과 미술관을 너럭바위 모양의 청회색 건물로 지었다. 건축가가 고인돌에서 외양의 영감을 얻었다고 했다.

동우는 박물관과 미술관 전시동 사이의 지하 통로를 지나 관리동 앞에 차를 세우고 소영의 선물을 챙겼다. 세계전도와 모형 비행기였다.

차에서 내린 동우를 향해 소영이 달려와 안겼다. 양 볼에 뽀뽀를 마친 소영이 8절 도화지를 건넸다. 색연필로 그린 가족 그림이었다. 엄마 아빠를 생각하며 사흘 동안 그린 그림이라고 했다. 구름 위를 나는 비행기가 보였다. 아빠 얼굴은 생각해서 그렸지만 엄마 얼굴은 기억이 나지 않아 사진을 보고 그렸다고 하면서 울먹였다. 소영이 엄마와 헤어진 지 햇수로 2년째였다.

동우는 소영을 안고 거실로 향했다. 불빛 아래 보니 도화지 한쪽 귀퉁이에 손톱만 한 크기로 엎어져 있는 노인이 보였다. 흰머리에 빨간 뿔을 달았는데, 화살표를 긋고 'Bad Grandpa'라고 쓰여 있었다. 외할아버지인 것 같았다.

엄마가 해외 장기 연주 여행을 떠난 것이 아니라, 아빠와 이혼한 사실을 안 것은 아닐까 싶어 어머니를 쳐다봤다. 동우의 눈짓을 본 어머니가 눈을 부릅뜨며 고개를 저었다.

동우는 스마트폰을 켜 이연이 소영 앞으로 보내준 동영상을 보여주었다. 바이올린을 연주하는 모습이었다. 소영만을 위해 연주한 동요 「반달」도 있었다.

세계전도를 펼친 소영이 색연필을 건네며 엄마가 있는 곳을 표시해달라 했다. 동우가 보스턴에 동그라미를 치자, 서울과 보스턴을 선으로 그은 소영이 모형 비행기를 들고는 물었다.

"몇 시간 날아가야 해?"

"하루 종일."

보스턴을 가려면 디트로이트에서 환승을 해야 하기 때문에 하루 종일 걸린다고 했다.

동우의 품에 안겨 엄마의 동요 연주를 반복해서 들으며 따라 부르던 소영이 까무룩 잠이 들었다. 세계전도를 덮고 모형 비행기를 손에 쥐고 있었다.

동우가 잠든 소영을 침대에 눕힐 때 어머니가 유치원에서 체육대회가 있어서 몹시 피곤했을 거라고 했다. 그러면서 제 엄마와 달라 애가 야무지고 활달하다는 말을 덧붙였다.

"아빠 가지 마."

소영이 코를 골며 잠꼬대를 했다.

동우는 코를 골며 잠든 소영을 10분가량 지켜보다가 일어섰다.

"뉴스를 보니 백대길이 교통사고를 크게 당했더구나. 설마 네 짓이니?"

소영의 방에서 나오자 어머니가 물었다.

"……"

동우는 대꾸하지 않고 신발을 찾아 신었다.

"내 사랑하는 자들아 너희가 친히 원수를 갚지 말고 진 로하심에 맡기라. 원수 갚는 것이 내게 있으니 내가 갚으 리라. 하나님 말씀이시다."

하나님 말씀을 전한 어머니가 이미 심판 받고 끝난 아버 지의 삶에 미련을 갖지 말고, 자신의 삶이나 제대로 살아가 라는 말을 덧붙였다. 그러면서 아버지는 정의나 명예보다 돈을 좋아했는데, 녹우생활아트센터가 온전히 아버지의 것으로 남아 있으니 죽어서도 여한이 없을 것이라고 했다. 동우는 어머니의 실존주의적 사고에 대꾸할 말이 없었다.

"내달 30일자 비행기예요."

동우가 현관문을 열며 말했다.

"보스톤 공항에서 소영이만 넘겨주고 나는 바로 돌아올 거다."

어머니는 며느리 서이연을 좋아하지 않았다. 자신의 삶 을 아버지에게 통째로 저당 잡혀 사는 '줏대 없는 년'이라 고 경멸하면서, 그게 애완견이나 인형이 아니고 뭐냐며 따 져 묻고는 했다.

그래서 소영의 양육을 이연에게 넘기는 것도 못마땅해 했다. 네 자식이니 네가 알아 하겠지만, 멀쩡한 소영이를 그 에미가 그 딸로 키울까 봐 걱정된다고 했다. 그런 어머 니인지라 동우는 굳이 그녀와 재결합할 것이라는 말을 꺼 내지 않았다.

어머니는 이연이 소영을 양육하면 동우가 운신할 폭이

넓어질 것이기 때문에 보스턴에 가주는 것이라고 했다. 이 연에게는 소영이 보스턴에 간다는 사실을 알리지 않았다. 보안 때문이었다. 동우가 보스턴에 먼저 도착해 소영을 마중할 계획이었다.

밖으로 나온 동우는 차 트렁크를 열었다. 가오도서관 사물함에서 빼온 쇼핑백을 어머니에게 건넸다. 비자금 일기장 '05-11 유다의 증'이었다.

"이게 뭐냐?"

"수장고에 잘 보관해주세요."

아버지가 남긴 비자금 일기장 원본이니 만약을 위해 잘 보관해야 한다고 다시 한 번 강조했다.

"공평한 저울과 접시저울은 여호와의 것이요 주머니 속의 저울추도 다 그가 지으신 것이니라."

어머니가 악업만 쌓는 헛된 짓을 그만하라며 충고했다. 돈이 있어 아쉬울 게 없는 어머니는 현실을 천국인 양 살았다.

미행을 의식한 동우는 왔던 길이 아닌 반대 방향으로 10여 분가량 서행 운전했다. 뒤를 살폈으나 특이 사항이 없었다.

동우는 635번 지방도와 만나는 치안센터 앞에서 천천히 유턴했다. 다시 진악교를 건너 왕벚나무 가로수가 줄지어 늘어선 산길로 들어섰다.

날망을 넘어 보티소류지 곁을 지날 때, 비상등을 켠 채 중앙선에 걸쳐 서 있는 차가 보였다. 차의 앞뒤가 왕복 차로에 걸쳐 있었다. 흰색 승용차였다.

동우는 속도를 올렸다. 그러고는 상향등을 거칠게 번쩍이며 길을 트라는 신호를 보냈다. 유턴을 할까 했으나 노폭이 좁았고 반대쪽 차선이 낭떠러지와 맞닿아 있었다.

멈칫거리는 사이에 흰색 승용차와 가까워졌다. 경적을 울리려던 동우는 순간 섬찟했다. 금산교사거리에서 본 EF소나타였다. 짙은 선팅과 반사광 때문에 차 안이 보이지 않았다.

동우는 두어 발짝 너비의 갓길 쪽으로 핸들을 급히 꺾고 액셀러레이터를 힘껏 밟았다. 그러나 EF소나타의 움직임이 빨랐다.

쿵, 하는 소리와 함께 EF소나타의 조수석을 들이받은 동우의 SM5가 옹벽 쪽으로 밀려났다. 후진기어를 넣고 액셀러레이터를 힘껏 밟았다. 오른쪽 앞바퀴가 배수로에 빠져 차가 꼼짝달싹할 수 없었다. 끈끈이 테이프에 붙어버린 파리 꼴이 되었다.

동우는 EF소나타의 차량 번호를 외웠다. 사방에 어둠이 깊었고, 오가는 차량이 없었다. 멀리 계곡 넘어 야간 작업을 하는 채석장 불빛이 밤안개 속에 희끄무레하게 보였다.

동우가 차를 빼려고 발버둥치는 사이에 EF소나타에서 중키의 남자가 나왔다. SM5의 운전석 문은 소나타 앞 범퍼에, 조수석 문은 옹벽에 막혀 꼼짝을 할 수 없었다. 뒷좌석으로 넘어가 뒷문으로 나오려 했으나, 사내가 어느새 뒷문을 지키고 서 있었다.

마음이 급해진 동우는 글로브박스를 뒤졌다. 무기가 될 만한 것을 찾았으나 드라이버뿐이었다. 동우는 드라이버를 움켜쥐고 어떻게 해야 할 것인가 생각했다.

차 문을 잠그고 버틸 것인가, 나가서 싸울 것인가. 도망칠 수도 없고 버티는 것도 싸우는 것도 모두 여의치 않았다. 버틴다고 할지라도 놈이 문짝을 부수고 공격할 수 있었고, 나가서 싸운다 할지라도 전문 킬러를 이길 만한 싸움 실력이 못 됐다.

그가 이런 생각을 하며 식은땀을 흘리는 사이 놈이 주먹만 한 돌멩이를 집어 들고 운전석으로 다가왔다. 동우는 사륜구동차를 빌리지 않고 일반 승용차를 빌린 것을 후회했다. 1단 전진기어를 넣고 핸들을 왼쪽으로 최대한 꺾은 뒤에 액셀러레이터를 천천히 밟았다.

차가 전진하면 조수석 쪽의 뒷바퀴가 배수로에 빠지겠지만 조수석 문짝을 열 공간이 생길 수 있었다. 그렇게 되면 두 차량을 사내와 동우 사이의 장애물로 삼아 도망칠 수가 있었다.

동우가 조수석 차문을 열고 간신히 몸을 빼냈을 때, 순식간에 차 지붕 위를 훌쩍 뛰어넘은 사내가 앞을 가로막았다. 동우는 마치 무협 영화의 한 장면을 보는 것 같았다.

오른쪽은 옹벽이, 뒤쪽은 차가 막았고, 트인 앞과 왼쪽은 사내가 막고 있었다. 동우가 드라이버를 들고 기마 자세를 취했다. 그러자 놈의 소맷자락 끝에서 번쩍이는 빛이 보였다. 비수였다.

동우가 드라이버를 뻗으며 앞으로 내달렸다. 순간, 컥 하고 숨이 막히는가 싶더니 정신이 아뜩했다. 동우는 칼 뻗을 거리를 주지 않으려고 사내를 싸안고 배수로 쪽으로 밀었다. 사내가 배수로에 처박혔다.

잠시 후 배수로에서 기어 나온 사내가 발을 절었다. 동우는 다시 기마 자세를 잡았으나, 유지할 수가 없었다. 몸이 허물어져 내리는 것 같았다.

동우는 사내의 칼끝을 바라보며 뒷걸음질 쳤다. 그러나 몇 걸음 만에 균형을 잃은 몸이 뒤로 기울어졌다. 사내가 뒤로 넘어지는 동우를 붙잡으려는 듯 손을 뻗어 덤벼들었다.

그때 가파른 산굽이를 오르느라 둔탁한 엔진음을 내지르는 트럭의 희미한 불빛이 보였다. 불빛이 동우의 의식을 거둬갔다.

허동우가 몽롱한 상태에서 가까스로 눈을 떴을 때, 불빛 너머에서 누군가가 외치는 소리가 들렸다. 여전히 엔진음도 들려오는 것 같았다.

동우는 사방을 둘러봤으나 어두워 분간할 수 없었다.

"여보시오! 어서 이걸 잡아요."

불빛 너머에서 누군가 부르는 소리가 들렸으나 답을 할수도 몸을 움직일 수도 없었다.

7

　나삼추는 공중전화부스에 발길질을 하고 욕설을 내지르다가 송수화기로 전화통을 때렸다. 생각 같아서는 당장 잡아 죽이고 싶었으나 그럴 수 없는 상대인지라 더욱 화가 났다.

　"아이 썰브드 하이어 언아덜 퍼슨(다른 놈을 고용했소)?"

　다른 히트맨을 고용한 것은 자신을 무시한 처사라며 놈이 되레 삼추를 다그쳤다.

　"아일 기브 올 더 레스트 오브 더 머니 유 메이크 스톱(잔금을 줄 테니, 너는 빠져라)."

　삼추는 이런 허접한 놈도 히트맨인가 싶었다. 생각 같아서는 이놈을 죽일 히트맨을 고용하고 싶었다.

　이해와 설득으로 간신히 히트맨을 떼낸 삼추는 일이 꼬였다는 생각에 불안했다. 일단 출국을 서두르는 것이 좋을 듯싶었다. 성매리와의 이혼 문제 해결도 미뤄야 할 것 같았다.

　사업도 삐걱거리고 있었다. 권력이 느슨해지자 날강도 같은 의원 놈들이 뒷돈만 받아 처먹을 줄 알지 돈값을 치르려 하지 않았다. 잘되면 제 덕, 안 되면 서로가 남 탓이었다.

　1,000억을 들여서 2004년부터 개발한 '돌상어'가 실전 배치 후 처음으로 시험 발사를 했는데, 실패했다. 20킬로

미터 밖 수면 60미터 아래에 있는 가상 표적을 타격해야 할 대잠수함 미사일 돌상어가 발사 후 유실된 것이다.

국회 국방위 위원들이 방위사업청장을 불러놓고 난리를 부렸다. 돌상어가 워낙 비싸 시험 발사를 네 발만 했다고 답했다. 시험 평가 기준에 따라 75퍼센트 이상의 명중률이면 전투용 적합 판정을 내리도록 되어 있기 때문에 달랑 네 발만 쏜 결과를 놓고 문제가 있다고 볼 수는 없다고 우겼다. 나머지가 모두 정상일 수 있다는 주장을 폈다.

이승만 독재정권 시절 '사사오입 사건'보다 더한 억지였으나, 여당 의원들에게는 나름대로 통했다. 이에 힘을 받은 청장이 아무 잘못도, 문제 될 것도 없다며 고개를 빳빳이 쳐들고 강력 대응했다.

뻔뻔하게 행동하는 청장에게 일부 소속 위원들이 삿대질을 하고 욕설을 퍼부었다. 그러자 청장이 필드 테스트에 필요한 예산을 짜서 국회에 제출하겠다고 했다. 그러니까 너희들이 돈만 주면 얼마든지 추가 실험을 할 수 있다는 뜻이었다. 책임을 따져 묻던 위원들이 벌린 입을 다물지 못한 채 청장을 노려봤다. 돌상어의 대당 가격이 20억이었다.

물먹은 위원들이 게거품을 물고 청장 사퇴를 주장하며 끝까지 가겠다고 경고했다. 육양순 의원이 어떻게 해서든지 사태를 수습해보려고 갖은 애를 다 썼으나, 눈치 없고 고집만 센 방위사업청장이 끝내 협조를 해주지 않았다.

"나는 하늘을 우러러 한 점 부끄러움이 없는 사람입니다. 내가 여러분 같은 줄 아시오?"

삿대질과 욕설을 모욕으로 받아들인 청장이 급기야 자살골을 넣고 말았다.

이 일을 계기로 감사원이 전방위적으로 유관 업체의 예금계좌 추적 작업에 들어갔다. 무기상과 방위산업체 책임자들을 상대로 방증 확보 작업에 들어간 것이다. 중견 무기상인 '앤드(AnD) 컴퍼니'도 타깃이 되었다.

뇌물의 효력은 상호 신뢰를 기반으로 작동하는 것이다. 간을 보고 흥정을 하느라 말을 트고 정을 쌓을 때는 거간꾼이 필요하지만, 뇌물을 주고받는 단계에서는 현찰로 대면 거래를 해야 탈이 없다. 삼추가 그 무거운 돈 가방을 직접 들고 낑낑대며 달동네 비탈길을 기어올라 육양순 의원 손에 직접 쥐여준 것도 그런 이유 때문이었다. 체면, 품위, 위신, 자존심, 효율성, 합리성 따위를 찾다보면 정작 안전과 보안에 중대한 결함이 생기는 것이 자본주의 사회의 생리가 아닌가.

그러나 이렇게 조심을 해도 문제는 생긴다. 조심은 예측 가능한 것을 전제로 하는 것인데, 문제는 예측 불가능한 데서 사고가 터진다는 것이다.

그래서 삼추도 여러 군데 '보험'을 들었다. 서브프라임 모기지 상품을 판매한 업체들이 리먼 브라더스와 AIG라는 거대 금융사에 보험을 들었듯이, 삼추도 유효 보증 기간이 5년짜리이긴 하지만 청와대라는 최고 보험사에 보험을 들어두었다. 보험사는 약관에 따라 유사시에 해당 보험금만 지급하지만, 주식회사 대한민국을 경영하는 청와대는 거래 정보 제공과 계약 및 납품 관계 편의 제공과 애로 사항 해결 등 다양한 추가 혜택들을 시의적절하게 베풀었다.

8

서종대는 앨범에서 딸의 사진을 뽑아 바라보다가 백대길의 친자라고 한 안인애가 떠올랐다.

남자라면 저지를 수 있는 실수라고는 하지만, 그래도 백대길은 불륜으로 낳은 딸을 버린, 아니 부하에게 탁란(托卵)을 시킨 파렴치한 놈이었다. 아이가 고아원에서 적응을 하지 못해 언어장애에 걸리자, 보다 못한 안우용이 데려다가 자신의 양녀로 길렀다고 했다.

이런 핏줄이 자신의 악업 때문에 납치를 당해 만신창이가 되었음에도 불구하고, 자신이 생부라는 사실을 끝까지 숨기고자, 사건 자체를 덮어달라고 청탁하는 모진 놈이었다. 오직 자신의 자존심과 명예를 위해서라면 핏줄마저도 버리는 패륜아였다. 서 의원은 딸을 가진 입장으로서 백대길의 무도를 도무지 이해할 수 없었다.

무도한 짓은 그뿐이 아니었다. 탈당할 때 당무 관련 서류 일체를 빼내갔다가 복당을 하고 나서야 되돌려놓았다는 사실도 믿기지 않았다. 공당을 자기 소유의 구멍가게로 생각하는 놈이 아닌가.

선우강규를 시켜 제집에 화염병을 투척하고, 테러인 양

경찰에 신고한 짓거리도 어처구니가 없었다. 그럼에도 불구하고 백대길은 사용가치가 남아 있는 소비재였다.

서종대는 40년 넘게 중부권을 장악한 정치 맹주 청담거사가 거품인 양 사라지고 새판을 짤 때, 뒤늦게 백대길을 민 것을 천우신조로 생각했다. 만약에 BH와 당의 권유대로 오이재나 이세갑을 밀어붙였더라면, 중부권은 난공불락의 성이 되었을 것이다.

백대길은 자존심만 하늘을 찌를 뿐 우유부단하고 뒷심 또한 없었다. 본인은 유연하고 합리적 사고를 갖춘 정치 엘리트인 양 행세했으나, 자평이요 자위에 불과했다.

오이재의 철면피한 깡과 피아 구분이 없는 전투력, 이세갑의 잔꾀와 기회를 낚아채는 타고난 통밥과 셈법에 비하면 백대길은 말 그대로 핫바지라고 할 수 있었다. 무엇보다 안에서 주어진 것만 다룰 줄 알 뿐, 밖에 나가 주워 올 줄을 몰랐다.

이세갑은 동쪽을 두드려대면서 서쪽을 기웃거릴 줄 아는, 이신동체(二身同體)인 놈이었다. 그런 놈이기에 귀국 후 소속 정당의 공동대표직을 단물 빠진 껌인 양 뱉어버리고 여당의 지도부에 들러붙은 것이 아닌가.

서종대는 그가 체통과 위신을 유지할 수 있는, 뉴페이스를 견제할 정도의 적당한 자리를 하나 만들어서 반신불수가 된 백대길에게 건네줄 생각이었다. 지난번의 총리직 제의 같은 장난질이 아니라 실질적인 자리를 말이다. 그래서 그는 VIP에게 청을 넣어서 '더 나은 미래를 위한 지역 균형 발전 연구위원회(더미지연)'를 만들어 장관급 예우에 준하는 위원장에 앉히기로 했다. 서종대는 본인이 고사한 다고 해도 꼭 앉힐 필요가 있다고 보고했다.

서종대는 인터폰으로 지난주에 공식 채용한 비서관을 불렀다. 인턴으로 뽑아 석 달가량 지켜본 결과, 젊은 놈치고는 생각이 깊고 신의가 엿보이는데다가 언행이 무거웠다. 간단한 집안일을 시켜볼 만한 놈이었다.

"29일 인천공항으로 입국할 걸세. 가서 픽업해 오게."

서종대는 쥐고 있던 딸의 사진을 건네주며, 입국장에서 곧장 집으로 데려와야 한다고 지시했다.

"미스 서가 동행할 걸세."

보좌관인 조카딸을 붙여주었다.

"옛, 의원님!"

군기가 잔뜩 든 수습 비서관이 부동자세로 답을 하고 나갔다.

"곱다, 참 고와……"

서종대는 한국 춘란의 홍화(紅花)를 들여다보며 중얼거렸다. 그는 홍화를 보면 딸 이연이 떠올랐다.

애비의 도리가 있지, 홀로된 외동딸을 언제까지 과부로 둘 수 없는 노릇이 아닌가. 더구나 허동우 같은 허섭한 놈이 집적거리는 것을 놔둘 수가 없었다.

1

사고 6일 만에 깨어난 허동우는 열흘을 더 병상에 누워 있다가 퇴원했다. 의사는 일주일은 더 있어야 활동이 가능하다고 했으나, 그럴 처지가 아니었다.

채석장의 돌을 야간 반출하던 리어 덤프트럭의 운전수가 사고 장면을 목격하고 112와 119에 신고하는 바람에 가까스로 구조됐다고 했다. 50여 미터 수직 절벽을 8미터쯤 굴러떨어지다가 2미터 폭의 돌출 둔덕에 가까스로 걸렸다. 만약 그대로 굴러떨어졌다면 낙하 충격으로 온몸이 부서졌을 것이고, 용케 완만한 경사면 쪽으로 굴렀다 해도 채석장에서 떠놓은 돌덩어리에 부딪혀 결딴이 났을 것이라고 했다.

"기적이네, 기적이야."

서동오 팀장이 사고 수습 정황을 설명한 뒤 추임새 넣듯이 말했다. 그러고는 EF소나타 차량은 24일 밤에 인천에서 도난당한 것으로 밝혀졌고, 범인을 쫓는 중이라고 덧붙였다.

"나삼추를 조사해봐."

동우가 속삭이듯 말했다.

"뭐라고? 네가 지금 수사 지휘하는 거야?"

서 팀장은 선우강규가 허동우를 조사해보라고 했던 말이 떠올라 기분이 언짢았다. 내가 동네북인가 싶었다.

"신고하는 거잖아. 피해 당사자가 가해자를 잡아달라고……"

"나삼추도 선우강규처럼 잡겠다?"

서 팀장이 껌을 뽑아 씹으며 이죽댔다.

"코스모폴리탄 아파트 CCTV 녹화 영상도 서 팀장을 잡자고 내가 놓은 덫이라고 생각하겠구나."

동우가 혼잣말인 양 중얼거렸다.

"보, 복사본이 이, 있어?"

정신이 아뜩해진 서 팀장이 사색이 되어 말을 더듬었다.

동우가 CCTV 녹화 영상에 대해 어떻게 알고 있다는 말인가. 서 팀장은 수사 개시 때 가장 먼저 그 녹화 영상의 원본을 확보하여 압수했다.

영상에는 함상억과 선우강규와 서 팀장 자신이 차례대로 구만복의 변사체와 접촉한 모습이 담겨 있었다. 구만복의 교살 의혹 흔적을 입증할 수 있는 증거가 담긴 영상이었다. 이 때문에 서 팀장은 녹화 영상이 증거로 쓰이지 못하도록 일부를 훼손했다. 영상이 훼손되고 서 팀장이 함구하는 한 영원히 밝혀질 수 없는 사실이었다. 그런데 동우가 그 영상을 들먹인 것이다. 동우가 복사본을 가지고 있다면…… 서 팀장은 외통수에 걸린 것이다.

동우가 굳이 자신을 왜 불렀는지 알 것 같았다.

"감 잡았으면 빨리 가서 나삼추를 잡아야지?"

서 팀장은 자신이야말로 동우의 덫에 걸렸음을 직감했다.

"흉기가 곧장 심장 아래쪽을 향해 파고들다가 멈췄소."

사색이 된 서 팀장이 나가자, 병실 밖에서 기다리고 있던 담당 의사가 들어와 책을 읽듯이 말했다. 그러면서 1센티미터만 위로 올라갔거나 좀 더 들어갔다면 즉사였는데, 천행이라고 했다. 마치 천행을 불만으로 여기는 듯한 말투였다.

복부 쪽은 흉기가 깊이 박혀 하대정맥을 손상했다. 그러나 치명상이 될 수 있는 하대동맥은 피했다. 하대정맥에서 나온 피가 뱃속에서 응고되어 손상 부위를 지혈해준 것이 아닌가, 판단된다고 했다.

동우는 자신이 사경을 헤매고 있을 때, 이종걸 '백사모' 회장이 안인애의 생부를 폭로하고 백사모 해체를 선언했다는 사실을 뒤늦게 알게 됐다.

성매리는 허동우의 도움—정확히 말하면 노시우 국장의 도움이다—으로 조풍술 국장을 만났다. 그녀는 남편 나삼추와의 이혼을 위한 위자료 청구와 남편이 강탈해간 동생의 돈을 찾기 위해 남편이 숨겨둔 재산 규모를 파악해야 하니 도와달라고 통사정했다. 그러면서 자신의 애원을 거절하면 부득이 남편과의 관계를 제보할 수밖에 없다고 했다.

그 결과, 나삼추가 케이만 군도에 만든 해외 페이퍼컴퍼니와 거래 은행 명단을 입수했다.

동우는 성매리가 조풍술 국장으로부터 얻어낸 정보에다 양동춘이 중국 흑사회를 통해 얻어준 정보와 RCS(Remote Control System) 삐에로를 통해 얻은 정보까지 모두 합쳐서 분석·분류하고 대조·검토하는 과정을 거친 뒤에 필요한 정보만 따로 뽑아 취합했다. 그러고는 현찰을 챙겨둔 보스턴백을 챙겨들고 택시를 잡았다.

"대한은행 서북부지점으로 갑시다."

백일춘 지점장은 변장한 허동우를 한눈에 알아봤다.

"당신은…… 에스, 아이, 유……?"

지점장이 손가락질까지 하며 알은체를 했다.

"맞습니다. 지난번 찾아뵙고 도움을 청했던 에스아이유 허 실장입니다."

동우는 친숙한 사이라도 되는 양 너스레를 떨었다. 그러자 백 지점장이 악수를 청했다. 얼결에 악수를 한 동우는 요점만 말할 테니, 잘 듣고 충분히 생각한 뒤에 답을 달라고 했다.

"백 지점장님께서 저희 나삼추 회장님의 여러 계좌를 관리하시는 걸로 알고 있습니다. 맞나요?"

"……"

동우를 바라보던 지점장의 낯빛이 하얗게 변했다. 동우는 뜸을 들이지 않고 뒷말을 이었다.

"비밀 계좌가 13개인데, 나 회장님께서는 12개만 개설하셨다고 하시더군요."

"그, 그건……"

겁에 질려 말을 더듬는 백 지점장이 재빨리 문으로 달려가 등지고 섰다. 혹시라도 누가 엿듣거나 들어오는 것을 막으려는 행동이었다.

"은닉 계좌를 당신이 먹고 떨어지게 할 수도 있고, 나 회장에게 꼬지를 수도 있소. 후자의 경우, 아마도 회장님이 당신을 죽일 거요. 이제 지점장님께서 둘 중 하나를 선택하셔야 합니다."

은닉 계좌에는 빼돌린 12억 원이 들어 있었다. 적은 돈이 아니었다. 빼돌린 것을 그때그때 현금화하지 않고, 빼돌려서 굳이 또 다른 계좌에 묶어둔 이유를 묻고 싶었으나 그만뒀다. 혹시라도 들통이 나면 적당한 구실을 찾아 되돌려주려고 쌓아놓은 것일 수도 있을 터인데, 그것까지 물어볼 필요가 없었다.

"그, 그건 나 회장님의 특별 비밀 자금입니다. 일종의 비상금이라고 할까……"

변명이 옹색했다. 갑작스러운 상황이라 당황한 것 같았다.

"나 회장님께 여쭤봐도 되겠습니까?"

동우가 휴대전화를 꺼내 들며 말했다.

"아, 아니, 그러실 필요까지는……"

"지점장님께서 관리하시는 모든 계좌가 다 비밀 자금 아닌가요?"

"그, 그게 무슨 마, 말씀이신지……"

지점장이 생각할 시간을 벌기 위해 더듬거렸다.

"저는 시간이 많은 사람입니다."

소파에 앉은 동우가 등받이에 상체를 눕히며 말했다. 지점장은 여전히 문을 등지고 서 있었다. 반투명 유리문 밖에서 결재판을 든 여행원이 똥 마려운 강아지처럼 종종대고 있었다.

"제가 어떻게 해드리면 되는 겁니까?"

지점장이 유리문 밖을 힐끔거리다가 말했다. 뻗대는 것을 포기한 것 같았다.

나 회장에게 급한 사정이 생겨 12개 비밀 계좌에 분산 예치한 130억 상당의 예금을 몽땅 인출하려는데, 지점장의 적극적인 도움이 필요하다고 했다. 요구 사항을 들은 지점장이 컴퓨터 앞으로 자리를 옮겼다. 나 회장 소유의 차명계좌를 확인하려는 것 같았다.

"예? 나 회장님께 무슨 일이라도 생겼습니까?"

자판을 두드리며 모니터를 들여다보던 그가 휴대전화를 만지작거리면서 생뚱맞은 질문을 했다. 대화를 녹음하려는 것 같았다.

"예. 급히 해외로 몸을 피하신 상탭니다. 당분간 돌아오시기 힘들게 됐어요."

동우는 그가 유용하게 쓸 수도 있을 최적의 답과 정보를 주었다.

소파로 옮겨 앉은 지점장이 나 회장의 돈을 모두 합쳐봐야 100억 원 남짓밖에 되지 않고, 또 이 100억 안팎의 돈을 하루 만에 몽땅, 그것도 한 지점에서 현금으로 인출하는 것은 불가능하다고 했다. 간교한 놈이 12억으로는 성이 차지 않는지 30억이나 더 빼 처먹을 궁리를 하느라 헛소리를 지껄이고 있었다.

동우가 주머니에서 12장의 프린트물을 꺼내 건넸다. 12개 비밀 계좌의 예치금 잔고를 프린트한 A4 용지였다. 모두 합하면 130억 2,000만 원이었다. 지점장은 멋쩍은 표정을 지으며 더 이상 100억을 주장하지 않았다.

"어, 어쨌든 이 돈을 일시에 전부 인출한다는 건……"

"물론, 어렵겠지요."

말을 낚아챈 동우가 덧붙였다.

5,000만 원 이상인 경우, 고액현금거래보고(CRT)를 해야 하고, 또 불법적인 거래로 의심받을 경우, 의심스러운 거래보고(SRT)를 각각 금융정보분석원(FIU)에 해야만 한다.

서북부지점의 자산 규모는 3,000억 원이다. 수신과 여신이 각각 1,500억인데, 당연한 얘기지만 현금 1,500억을 지점 금고에 쌓아두고 있는 것은 아니다. 시재보유인허액에 따라 통상적으로 3억에서 8억 정도를 확보하고 있을 것이다. 그러니까 현금으로 130억을 인출하기는 어려운 일이었다.

3억 이상의 돈이 한곳에서 한꺼번에 현금으로 인출되면 본점의 전산실에 알림 경보가 뜬다. 또 상시 감사제로 인해 문제가 발생할 수도 있었다.

나삼추의 경우, 한 계좌당 5억에서 20억까지 예치되어 있었다. 3억 이하의 돈을 계좌별로 인출한다 하더라도 단기간에 130억이, 그것도 특정 지점의 창구에서 일시에 또는 몇 차례로 나뉘어 현금으로 인출되고 있다면, 당연히 의심을 사게 될 것이다. 아마도 130억 전액은커녕 그 절반의 절반만 빼내도 즉각 계좌 동결 조처가 내려질 것이다. 그렇다고 해서 장기간에 걸쳐 찔끔찔끔 빼내는 것은 도난 경보음을 울리며 도둑질을 하는 것과 다를 바 없었다.

"현금 인출은 2,000만 원만 할 거요."

동우는 비상금으로 2,000만 원을 현금으로 가지고 있을 생각이었다. 나머지는 자금 이체와 양도성예금증서로 처리할 계획이었다. 백일춘 지점장에게 그가 확보하고 있을 비밀 계좌들과 나 회장의 개인 정보, OTP(One-Time Password) 카드를 이용하여 계좌이체를 하고, 양도성예금 증서(CD)를 발행하라고 했다. 계좌이체 50억, 나머지는 CD로 하라고 했다.

"시디는 문제없습니다만, 계좌이체는 무립니다. 액수가 너무 커요."

동우는 지점장의 투정 내지는 흥정을 받아줄 여유가 없었다. 그는 RCS 삐에로를 건네주며 말했다.

"이 프로그램으로 처리하시오. 약간의 시차만 주고 이체

하면 아이피 추적은 불가능할 거요. 오티피로 1회에 1억, 1일 5억까지 가능하잖소. 힘들면 내가 옆에서 돕겠소."

"아, 아닙니다."

지점장이 멍한 표정으로 동우를 바라보다가 손사래를 쳤다.

동우는 돌발 변수에 대비해야 했다. 본점 전산실에 감지될 경우를 대비해서 그 이상 징후를 통제해줄, 내지는 잠깐 동안 눈감아주거나 지연시켜줄 '깜짝 동업자'와 FIU의 관리가 필요했다.

"10억을 주겠소. 이체를 마친 뒤, 24시간만 눈감아주면 되는 거요. 늑장 보고에 대한 책임만 지면 되는 거요. 그 대가로 10억을 주겠다는 거요."

동우는 현찰 10억을 강조했다.

"아무리 그래도…… 누가 이렇게 큰일에……?"

지점장이 난색을 표했다.

"24시간 눈감고 10억을 버는 일인데, 할 사람이 없겠소? 당신은 12억을 빼돌리는 데 5년이나 걸렸잖소."

"……"

지점장이 복잡한 표정으로 동우를 바라봤다.

"그 10억은 현찰로 지금 주겠소."

동우가 다탁 아래에 놓아둔 검정 보스턴백을 발끝으로 슬그머니 밀었다. 5만 원권으로 10억이 든 가방이었다.

"명심하시오. 우리가 한 몸이오. 행여 12억을 돌려주고 자비를 구할 생각일랑 마시오. 나도 자비가 박한 사람이오."

동우가 A4 용지 열두 장을 흔들어 보이며 쐐기를 박았다. 지점장이 나삼추보다 동우를 더 무서워하는 것 같았다.

은행 지점을 나와 두어 블록쯤 걸은 동우는 공중전화부스로 들어갔다. 잠시 좌우를 살피고 공중전화기에 동전을 물렸다.

리비아 반군과 가림페이루와의 무기 밀매 사실을 유엔인권위원회(UNCHR)에 제보키로 한 일이 어떻게 어디까지 진행 중인지 물었다. 성매리는 유엔인권위에 근무하고 있는 남가주 대학 동창을 통해서 나삼추의 와이프 신분으로 실명 제보를 했으며, 그 동창이 직접 나서서 국제 불법 무기 거래를 감시하고 있는 스톡홀름국제평화연구소에도 일러바칠 것이라고 했다. 자신이 유엔에 직접 출석하여 증언하는 절차도 동창이 알아보고 있는 중이라고 덧붙였다. 그러고는 동우가 진행 중인 일에 대해 물었다.

"노우 프로브럼. 비 해피."

동우가 성매리의 화법으로 답했다.

2

500석 규모인 '상신 유앤아이 나이트클럽' 홀이 꽉 들어찼다. 조왕구가 거느리고 있는 전체 직원들의 상반기 정기 회식 모임이었다. 불법과 합법 분야의 종사자, 비정규직과

정규직 직원들이 한데 뒤섞여 시끌벅적했다. 대다수 불법 종사자들은 죽거나 배신을 하지 않는 한 영구 종신직이었고, 대다수 합법 종사자들은 신분 유지가 불안정한 비정규직이었다.

연거푸 석 잔의 공식 건배가 이어졌다. 조왕구 회장의 건강과 행운, 회사의 대박, 상신 가족들의 건승을 차례로 기원하는 의전용 건배였다. 건배주는 막걸리와 맥주를 6:4로 섞은 혼합주였다.

건배 함성을 외칠 때마다 홀이 움찔거렸다. 건배사가 끝나자, 조왕구를 연호했다.

왕구는 취흥이 오르고 테이블마다 끼리끼리 주고받는 환담과 무협소설 같은 무용담으로 시끌벅적해지자 슬그머니 자리에서 일어나 홀을 빠져나왔다. 같은 테이블에 있던 '조커'와 '기레빠시'가 자석처럼 따라 붙었다.

왕구가 엉거주춤 걷는 조커—쇠파이프로 맞은 자리가 터져 덧났다고 했다—를 손짓으로 주저앉히고, 여직원들 틈에서 설레발을 치고 있는 '우나기'를 불러냈다.

나이트클럽 건너편 도로가에 경광등을 켠 경찰 순찰차가 시동을 끈 채 붙박여 있었다. 단체 회식을 감시하는 것 같았다.

미리 대기시켜둔 볼보에 오른 조왕구는 기레빠시와 우나기를 뒤차로 따라오라고 이른 뒤, 사전 3지구로 가자고 했다.

낮에 느닷없이 양요환 의원이 전화를 걸어왔다. 언제까

지 빨갱이새끼들 같은 잔류 철거민들의 꼬장질에 질질 끌려다닐 셈이냐며 핀잔을 주며 호통을 쳤다. 양 의원의 언어 구사력이 깡패들 수준이었다.

세월아 네월아 하다가 유달건설이 선수를 치면, 자신에게 준 돈 궤짝도 무용지물이 된다고 했다. 뇌물 수수자가 뇌물 값은 유기한 채 뇌물 공여자를 겁박하고 있었다. 뇌물을 다반사로 받아먹다 보니 돈의 지엄함을 잊은 것 같았다. 왕구가 평소처럼 직원들과 회식을 즐기지 못하고 사전 3지구로 가는 이유였다. 어떤 해결 방법이 있을지 현장에 가봐야 수를 찾을 수 있을 것 같았다.

"사업이 지연되면 대양물산이 자넬 선택하겠나?"

교활한 양 의원이 저 살려고 건설사인 대양물산을 끌어댔다.

어쨌든 유달건설의 사전 3지구 입질은 도(度)를 넘는 침략·침탈 행위의 전조이자, 상도덕을 무너뜨릴 참사의 조짐이었다.

사전 3지구로 들어서자 비탈진 골목 양쪽으로 빈집과 반파된 집들이 드문드문 보였다. 구린내 속에서 발전기 소리가 들렸다. 전기를 끊어버리자 발전기를 사들인 것이다. 양 의원의 말에 의하면 잔류한 주민들은 찰거머리처럼 빨판을 꽂고 보상금을 더 뜯어내려고 버티고 있는 악질들이었다.

왕구는 손가락으로 코를 막은 채 듬성듬성 불빛이 새어나오는 집들을 지나면서 알 박기를 떠올렸다. 그러자 '배

후'가 있을 것이라는 의심이 들었다. 그때였다.

"어이, 큰개!"

등 뒤에서 누군가가 자신을 부르는 소리가 들렸다. 감히 자신의 별명을 목청껏 외쳐 부르는 놈이 누구란 말인가. 왕구는 걸음을 멈췄다. 뒤따르던 차가 도착하기 전이었다.

"어디 가나?"

"웬 놈이냐?"

좁은 비탈을 오르던 왕구가 몸을 돌렸다. 그러고는 괴춤에서 칼을 뽑았다. 버들잎 닮은 야나기바(회칼)가 가로등 빛에 번뜩였다.

가파른 돌계단 끄트머리에서 다섯 명의 사내가 튀어나왔다. 자객치고는 많은 숫자였다. 각자가 챙긴 연장이 달랐다. 팀이 구색을 맞춰 준비한 것 같았다. 왕구는 연장의 조화로운 구성에 압도당했다.

그때 기레빠시와 우나기가 숨을 헐떡이며 달려왔다.

"저 새끼들 뭐얏?"

겁을 잔뜩 먹은 듯한 우나기의 목소리가 애처롭게 들렸다.

다섯 중 넷이 연장을 치켜들었다. 양날도끼, 쇠절구공이, 니뽄도, 오토바이 체인이었다. 각자의 연장을 앞세운 놈들이 몸을 돌려 기레빠시와 우나기를 향해 치달았다. 비정규직 기사는 어디로 갔는지 보이지 않았다.

"큰개가 이빨이면 됐지, 웬 사시미 칼을 들고 지랄……"

넷이 기레빠시와 우나기를 향해 치달릴 때, 남은 하나가 이죽거리며 다가왔다.

왕구는 상대의 말이 끝나기 전에 몸을 날렸다.

픅!

댓 발작을 뛰어 공중으로 날아올랐던 왕구가 고꾸라졌다. 야나기바를 놓친 왕구는 두 손으로 가슴을 감싸 쥐었다. 그러고는 가빠진 숨을 겨우 가누며 고개를 쳐들었다. 가슴팍에서 솟구친 피가 길바닥으로 흘렀다.

"왕구 씨는 아직도 아날로그 연장을 쓰시는구나……"

상대가 총구에서 소음기를 뽑으며 다가왔다. 그 뒤로, 뒤엉킨 여섯이 어둠 속에서 고함과 비명을 주고받고 있었다.

"마무리는 칼이 좋겠지? 일본 시카이 시에서 만든 명품 회칼이라 뒷맛이 깔끔할 거야."

총을 넣고 괴춤에서 회칼을 꺼낸 상대가 이죽거렸다.

"누, 누가 보냈느냐?"

왕구가 잦아지는 숨을 가누며 물었다.

"씨부리지 마. 씨부리니까 피가 요래 더 나잖여."

상대가 손바닥에 피를 묻혀 보이며 말했다.

"이 개새끼가……"

왕구가 욕설을 뱉었다. 욕을 따라 나온 피가 턱으로 흘렀다.

"개는 너 아녀?"

"죽을 놈 소원 하나 들어주는 셈 치고…… 누, 누가……보……"

"피 난당께 자꾸 씨부려쌓네. 글씨…… 고거이 뭐시냐, 너가 죽어주시기를 바라는 분들이 너무 많아서……"

"다 말해봐, 모두 다. 다 듣고 나면 내가 알아서 죽을 테니까."

"고래 궁금하당께, 한 가지는 알려줘야 쓰것네."

"아니, 전부 다, 다 알려줘."

"한 가지만 알려주는 대신 한 방으로 끝내줄게. 으며?"

"좃까, 개애새끼야……"

"봉 여사 테러한 쓰바라시는 네 새끼가 아니여. 몰랐지?"

"……?"

"어떤 점잖게 생긴 양반이 쓰바라시를 사서 우리 풍선파에게 기부를 하셨어요. 너한테 갚아줘야 할 빚이 있으시대. 너도 알 거라던데."

"누, 누가……?"

왕구가 마지막 남은 힘을 쥐어짜내 겨우 물었다.

"허, 동, 우!"

왕구의 귀를 잡아당긴 사내가 속삭이듯 말했다. 그러고는 덧붙였다.

"자, 이거나 받아."

상대가 이미 뚫린 탄착점에 회칼을 넣고 맷돌질하듯이 휘저었다.

2012년 5월 29일, 화요일

1

　노란 상고머리와 빨강 파마머리가 여객터미널 대합실까
지 쫓아 들어왔다. 허동우를 쫓아온 채권추심원들이었다.
파마머리는 가오도서관 맞은편 커피숍에서 동우를 폭행했
던 '보람공조 협력실장 마상종'이었다. 놈들은 열 발짝 안
팎의 거리를 유지하며 동우를 해코지할 짬을 노리고 있는
것 같았다.
　그러나 두 명씩 조를 짠 해양경찰청 소속 대테러 특공대
원들이 대합실 안팎을 순찰하고 있어 눈치만 살피고 있었
다. 놈들은 주먹을 흔들어 보이며 동우를 노려보기만 했다.
　시계를 들여다본 동우는 햄버거 가게로 들어갔다. 시간
여유가 없어 늦은 점심을 간단히 때워야 할 것 같았다. 주
문한 햄버거와 콜라를 받아들었을 때 동우가 기다리던 뉴
스가 흘러나왔다. 동우는 대합실 중앙에 위치한 대형 텔레

비전 쪽으로 향했다.

한국 무기상 앤드컴퍼니 나삼추 회장이 방산 비리와 시리아 반군 불법 무기 지원 등의 혐의로 검찰의 수사와 유엔의 조사를 동시에 받게 되었습니다.

방위산업비리 정부합동수사단은 현재 잠적 중인 나 회장이 국내에 있을 것으로 보고 신병을 확보하는 데 수사력을 모으고 있으며, 유엔인권위원회 특별조사단이 우리 정부를 통해 조사 협조를 요구하면 적극 협조할 방침이라고 공식 입장을 밝혔습니다.

나삼추 회장은 다양한 편법과 불법을 동원하여 최근 문제가 되고 있는 각종 방위산업 납품 비리에 연루되었으며, 국가정보원 간부와 국방부 군수본부 장교 등에게 뇌물을 제공하고 이를 빌미로 협박까지 한 것으로 알려졌습니다.

또한, 유엔인권위원회에 반인륜적 행위를 신고한 제보자가 다른 사람도 아닌 나 회장의 부인 성 씨인 것으로 밝혀져 더욱 큰 충격을 주고 있습니다. 성 씨는 뿐만 아니라 나 회장이 사업체를 확장하면서 성 씨의 남동생인 성영수 씨의 돈을 부당하게 편취했다고 주장한 것으로 알려졌습니다.

검찰은 국내 모 은행에 예치되어 있던 100억 원 상당의 은닉 비자금이 지난 금요일과 월요일에 모두 계좌이체 방식으로 인출된 것으로 보아 나 회장이 해외 도피를 시도하고 있거나 이미 도피했을 가능성에도 무게를 두고 수사를 벌이고 있다고 밝혔습니다.

인터폴에도 수배 요청을 했으며, 나 회장의 것으로 밝혀진 해외 거래 계좌는 최근에 대다수가 사라졌으며, 남아 있는 계좌는 모두 동결 조치되었습니다.

한편, 죽은 전 마실저축은행 허남두 회장의 비자금 관리인으로도 알려졌던 나 회장은……

동우는 인천 국제여객 제1터미널 대합실에 앉아 햄버거를 씹으며 그토록 기다려왔던 나삼추 관련 뉴스를 시청했다. 나삼추의 각종 비위 사실을 비중 있게 심층적으로 다루고 있었다.

다롄으로 가는 대인훼리 '대인호'가 예정된 17:00 정상 출항할 것이라는 안내 방송이 한국어와 중국어로 번갈아 반복됐다. 곧 탑승 수속을 시작할 예정이니 승선 준비를 하라는 말도 덧붙였다. 동우는 햄버거 포장지와 비닐 컵을 버리고 중국인들 틈에 섞여 탑승 안내 데스크 쪽으로 걸음을 옮겼다.

그때 매표창구 앞 장의자에 등을 보이고 앉아 있는 중년 사내가 눈에 띄었다. 노시우 국장이었다. 그는 동우와 눈이 마주치는 순간 슬그머니 고개를 돌렸다. 알은척을 하려다가 상황을 판단한 동우는 그를 지나쳤다.

그가 동우의 출국을 지켜보기 위해 직접 나온 것 같았다. 사채시장에서 CD를 현금으로 바꿀 때도 그가 도움을 줬다. 사모님께 드리라며 사례로 5억을 건네자, 굳이 거절하지 않았다. 돈을 받은 노시우 국장이 아내는 미국에서 수술 직후 죽었으니 5억은 자신이 쓰겠다고 했다.

나삼추 관련 뉴스가 패널들이 참석한 분석 보도로 이어졌다.

중국인 관광객들에게 휩쓸려 외국인 출국 심사대까지 간 동우는 승선권과 여권을 제시했다.

"간코쿠데노료코와 타노시이마시타카(한국 여행은 즐거우셨나요)?"

직원이 여권에 출국 스탬프를 찍어 돌려주며 인사를 건넸다. 일본인 사업가 여권으로 만든 위명 여권이었다.

양동춘이 사고 후 행방불명되는 바람에 미리 준비해둔 밀항 루트는 이용이 불가했다. 그를 수배 중이라는 언론 보도만 접했다. 그래서 양동춘이 옌볜 흑사회를 통해 만들어준 위조 여권은 소각하고, 노 국장의 도움을 받았다.

"베리 굿!"

동우가 엄지손가락을 세워 보이며 나지막하게 답했다.

출국심사를 마친 동우는 고개를 돌려 노 국장을 찾았다. 부동자세로 선 특공대원이 그에게 무언가 지시를 받는 것 같았다. 아마도 노 국장이 동우의 안전한 출국을 위해 특공대원을 동원한 것 같았다.

동우는 벙찐 표정으로 자신을 바라보는 노랑 빨강 채권 추심원들에게 가볍게 손을 흔들어주고는 출국심사대를 빠져나갔다.

부두에 정박한 대인호까지 셔틀버스로 이동했다. 선령이 오래된 때문인지 군데군데 녹물로 얼룩진 배가 써금써금했다. 삐거덕거리는 에스컬레이터를 타고 올라 'ROYAL 102' 표찰이 붙은 귀빈실을 찾아 들어갔다.

문을 잠그고, 옷장을 열었다. 다림질된 중국 공안 복장 한 벌이 옷걸이에 걸려 있었다. 상완부의 부대 마크가 '公安(공안)'이 아닌 '警方(경찰)'이라고 쓰여 있었다. 2000년에 바뀐 복장 규정을 따른 신형 경찰복이었다.

16시간 뒤, 배가 다롄항 인근 해역으로 들어설 때, 연안 순시선이 마중 나와 동우를 픽업하기로 되어 있었다. 입국 수속을 거치지 않으려고 만든 5억짜리 픽업이었다.

근자에는 중국인의 한국 밀항이 줄어든 대신, 한국인 범법자들의 중국 밀입국이 다반사여서 양국 간에 어떤 긴급 조처들이 새롭게 작동하고 있는지 알 수 없었다. 그래서 동우는 노 국장의 도움을 얻어 해상에서 인터셉트 방식의 밀입국을 선택한 것이다.

5억 중 3억을 선금으로 받은 장지엔위가 서로의 안전을 위해 자신이 아닌 다른 동료를 내보낼 것이라고 했다. 옷장에 걸린 경찰 복장으로 갈아입고 카페테리아에 앉아 있으면 그 동료가 찾아갈 것이라고 했다. 접촉 시 암호는 따로 없고, 동료가 동우의 탈출 성공을 기원하는 뜻에서 몽골인의 허미 창법으로 노래 한 소절을 불러줄 것이라고 했다.

동우는 침대 위에 잠시 누웠다. 긴장 때문인지 몸이 무겁고 신경이 날카로웠다. 복부에 식스팩은 만들지 못했지만, 테러를 당해 수술을 하고 입원해 있는 동안 뱃살과 군살이 많이 빠졌다. 어찌 됐건 이연에게 살을 빼겠다고 한 약속은 지킨 셈이었다.

다롄에 한 달쯤 잠적해 있다가 보스턴으로 갈 예정이었다. 동우는 입원하고 있을 때 어머니와 소영의 보스턴행도 한 달 뒤로 연기해두었다. 한 달 뒤에는 보스턴 공항에서 소영을 픽업해 서이연이 사는 숙소로 찾아갈 생각이었다. 그러고는 함께 제3국으로 떠날 계획이었다.

동우는 나삼추와 조왕구의 데스노트를 들고 갑판으로 나왔다. 바닷바람이 잔잔했다. 그는 이어폰을 꽂고, 벨라 바르톡의 「더 우든 프린스」를 찾아 틀었다.

어둠 속에서 한참을 비비적대고 뭉그적거리던 대인호가 뒷걸음질을 멈추고 부두를 벗어났다.

항로로 들어선 배가 서진을 시작했다. 선미 난간으로 다가간 동우는 자신의 실명으로 등록된 휴대전화와 두 권의 데스노트를 바다에 던졌다.

2

"할머니 아빠가 전화를 안 받아요."

송수화기를 양손으로 감싸 쥔 소영이 문용자 여사를 바라보며 칭얼댔다.

"그래? 아빠가 많이 바쁜가 보다."

"어젯밤에도 하고, 오늘 아침에도 하고, 점심때도 하고, 좀 전에도 하고, 자꾸자꾸 하는데 안 받아요."

얼굴을 찡그린 소영은 울먹이며 말했다.

"우리 소영이가 아빠 왜 찾아?"

문 여사가 소영을 끌어안으며 달래듯이 물었다.

"오늘 저녁 음악회에 아빠 초대하려고요."

지난번 아빠가 왔을 때 깜박 잠이 드는 바람에 초대를 하지 못해 속이 상한다며 울음을 터뜨렸다.

"그러고 보니 이 할미도 깜박했구나. 울지 마라. 눈이 부으면 무대 위에서 안 예뻐 보인단다."

문 여사는 소영을 달래면서도 애가 탔다. 혹여 마음이 상해 연주를 망치지 않을까 걱정스러웠다. 그렇게 되면 엄마와 떨어진 뒤에 생긴 소아우울증이 재발할 수도 있었다.

수하물 수취대에서 짐을 찾은 서이연은 곧바로 입국장을 나오지 않았다. 화장실에서 옷을 갈아입고 화장을 고친 뒤, 기내에서 가져온 신문을 뒤적이며 같은 비행기로 온 승객들이 다 빠져나갈 때까지 지체했다.

아버지가 비서관을 보낼 테니 그를 따라 곧장 집으로 오라고 했다. 이연은 답을 하지 않았다. 무슨 일인지 연락이 되지 않는 남편은 볼 수 없더라도 딸 소영은 꼭 봐야 했다. 보고 싶었다. 그녀는 딸을 볼 수 있다는 기대에 항우울증약 없이 닷새를 버텼다.

무릎에 올려놓은 숄더백 속에서 휴대전화가 부르르 떨

있다. 아버지였다. 이연은 들숨과 날숨이 거칠어졌다.

"어디냐?"

대뜸 다그치듯이 물었다.

"비서관이 너를 못 만났다고 하더구나. 행여 말썽부릴 생각 말고 곱게 집으로 와라."

이연은 아버지의 말이 협박처럼 느껴졌다.

"아빠. 소영이만 잠깐 만나보고 갈게요."

이연은 양손으로 휴대전화를 꼭 감싸 쥐며 애원하듯 말했다.

"안 된다. 아빠가 지금 너 오기만을 애타게 기다리고 있으니 곧장 아빠한테로 와라."

단호한 거절이었다. 평소 쓰던 '애비'라는 호칭 대신 줄곧 '아빠'라는 표현을 썼다.

"아버지가 저를 보고 싶어 하듯이, 저도 제 딸이 죽도록 보고 싶다구요!"

이연은 발악을 하듯이 소리쳤다. 최근 들어 화와 신경질을 주체하기 힘들었는데, 주치의의 말에 따르면 항우울증약인 아빌리파이의 장기 복용에 따른 부작용일 수 있다고 했다.

"그새 미국 사람이 다 된 거냐? 애비 말에 토를 다는 것도 모자라 고함까지 지르다니⋯⋯"

"죄송해요, 전화 끊어요⋯⋯ 내일 봬요."

이연은 전화를 끊고 숄더백에서 모자와 마스크를 꺼내 썼다. 흥분된 마음을 진정시키느라 10여 분을 더 지체한 뒤 입국장을 나갔다.

이연이 입국장을 나오자마자 기다리고 있던 젊은 남자가 뒤를 쫓아왔다. 비서관인 것 같았다. 야구 모자에 마스크, 선글라스까지 끼고 야구 점퍼에 핫팬츠 차림으로 변장을 했으나 소용없었다. 정장 차림의 남자가 직선거리를 좁혀가며 필사적으로 쫓아왔다.

이연은 렌터카 기사로부터 차를 인수받기로 한 14번 출입구를 향해 달음박질쳤다.

아빠와 통화를 못한 소영은 문 여사의 손에 이끌려 발표회장인 뮤직 카페로 들어갔다.

"할미 선물이다. 연주회 끝나면 줄게."

소영에게 바이올린 케이스를 건네준 문 여사가 쇼핑백안에서 사탕 꽃다발을 꺼내 보여주며 격려했다. 충치 치료로 한 달 넘게 금지시킨 사탕이었다.

검정색 제네시스가 10여 미터 안팎의 거리에서 줄곧 이연의 벤츠를 뒤쫓았다. 14번 출입구에서 이연이 탄 벤츠가출발하자 곧바로 따라붙은 제네시스였다. 비서관과 함께온 사람이 차에서 대기하고 있었던 것 같았다. 공항을 벗어나기 전에 따돌리려 했으나 두세 차례 신호등에 걸리는바람에 따라잡히고 말았다.

화장실을 가기 위해 안성휴게소에 들렀을 때, 바지정장차림에 하이힐을 신은 낯익은 여자가 화장실까지 따라붙었다. 아버지 보좌관으로 일하는 사촌동생이었다.

휴게소를 빠져나온 이연은 차의 속도를 150킬로미터까지 높였다. 대전 지역으로 들어서기 전에 제네시스를 따돌리고 싶었다.

음대생이라는 피아노 반주자가 꼬마 바이올리니스트의 서툰 연주를 따라잡느라 진땀을 뺐다. 소영의 독주곡은 「낮에 나온 반달」이었다. 엄마 서이연이 연주해 보내준 동영상을 보며 수없이 연습한 곡이었다.

"낮에 나온 반달은 하얀 반달은 해님이 쓰다 버린 쪽박인가요……"

문 여사는 손녀의 연주에 맞춰 노랫말을 읊조렸다.

소영이 음과 박자를 벗어나자 반주를 하는 음대생이 눈치를 보냈다. 반주를 따라오라는 사인이었으나, 소영은 반주를 끌고 오려는 듯 신경전을 벌였다.

문 여사는 잠시 당혹스러웠으나 주관이 뚜렷하고 고집스러운 소영이가 좋았다. 제 아버지에게 꺼들리며 사는 엄마와 달리 자기중심이 있는 아이였다. 기어코 반주를 끌어들인 손녀가 귀엽고 믿음직스럽고 대견스럽고 자랑스러워서 문 여사는 손바닥으로 얼굴을 가린 채 웃음을 지었다.

옥천휴게소를 지나 5킬로미터가량 더 달렸으나 제네시스를 따돌리지 못했다. 천안 근방을 지날 때 대형 유개 화물차를 엄폐물 삼아 목천 톨게이트로 달아나보려 했지만 실패했다. 되레 화물차 기사의 성질을 건드려 화근을 만든 꼴이 되었다. 방해 운전으로 오해한 화물차 기사가 경적을 울리고 차선을 넘나들며 쫓아왔다.

비상등을 켜 사과했으나 소용없었다. 이연이 속도를 올리자, 화물차도 무서운 기세로 쫓아왔다. 그러나 화물차가 벤츠의 속도를 따라잡을 수는 없었다. 화물차는 완전히 따돌렸으나, 순간적인 긴장 탓인지 생리혈이 터져 휴게소에 들르지 않을 수 없었다. 예정일보다 닷새가 빨랐다.

이연은 서둘러 편의점에 들렀다가 화장실로 달려갔다. 정장 차림 남녀의 감시 아래 휴게소에서 15분가량 지체한 뒤 다시 출발했다.

이연의 벤츠가 대전 톨게이트를 지나치자마자, 줄곧 뒤를 쫓던 제네시스가 갑자기 속도를 올려 벤츠 가까이 따라붙었다. 놀란 이연이 차선을 바꾸려 사이드미러를 보니 어느 틈에 유개 화물차가 따라붙어 있었다. 제네시스 뒷좌석에 탄 비서관이 차창 밖으로 손을 내두르며 갓길 쪽을 가리켰다. 차를 세우라는 손짓이었다.

이연은 비서관의 손짓을 무시하고, 램프웨이를 돌아 대전-통영고속도로 쪽으로 방향을 틀었다. 판암 톨게이트를 비껴 지난 차가 산자락을 따라 활처럼 휜 길을 달릴 때, 휴대전화기가 숄더백 속에서 부르르 떨었다. 아버지의 전화 같았다.

이연의 눈가에 눈물이 맺혔다. 마스카라와 섞인 눈물이 시야를 막았다. 그녀는 전화를 받으려 조수석의 숄더백 쪽으로 손을 뻗었다.

그때였다. 비상등을 켠 제네시스가 이연의 차를 앞지르며 끼어들었다. 이연은 브레이크를 밟을 틈이 없어 핸들을 꺾었다. 그 순간 벤츠의 앞머리가 제네시스의 우측 꽁무니에 부딪혔다.

중앙분리대를 들이받은 벤츠가 허공에 떠오르며 공중제비를 돌았다. 뒤쫓아 온 유개 화물차가 노면에 떨어진 벤츠를 덮쳤다. 이연은 쾅 하는 두 차례의 굉음과 함께 의식을 잃었다.

"엄마처럼 멋지게 연주하려고 했는데……"

연주를 마친 소영은 문 여사의 품에 안겨 참았던 울음을 터뜨렸다.

"괜찮다. 할미가 볼 땐 엄마보다 훨씬 잘했는데……"

한바탕 울고 난 소영에게 문 여사가 사탕 꽃다발을 건넸다.

소영은 고개를 내저으며 꽃다발을 받지 않고 문 여사가 손에 쥔 휴대전화를 빼앗았다. 녹화한 것을 눈치챈 것 같았다. 손녀의 마지막 연주 장면을 영상에 담아 간직하려던 계획이 들통 나고 만 것이다.

문 여사는 그러는 손녀가 사랑스러워 덥석 부둥켜안고는 양 볼을 비벼가며 입을 맞췄다. 눈물로 젖은 소영의 양 볼이 립스틱 자국으로 얼룩졌다.

"이연아, 아가! 무슨 일이냐?"

휴대전화에서 서종대의 다급한 목소리가 흘러나왔다. 수화기를 통해 굉음을 들은 것 같았다.

'어, 엄마…… 엄마, 왜 그래요……?'

아득한 소리였는데, 또렷하게 들렸다.

'소영아, 이리 와. 엄마한테……'

팔을 벌리려 애써도 벌어지지 않았다.

이연은 버둥거리며 눈을 떴다. 간신히 고개를 돌리자, 갓길에 처박힌 육중한 유개 화물차 틈으로 끝이 뭉그러진 길이 보였다. 소영은 보이지 않았다. 도로 위에 흩어져 나뒹군 종이 상자들이 시선을 가로막았다.

"버려야 할 인연이 있다. 소영인 네 자식이 될 수 없는 아이야."

휴대전화에서 아버지의 훈계가 이어졌다.

―여보, 이제 길이 보여요. 길이 있었어요…… 길이…… 이렇게 있었는데……

이연이 허공을 보며 중얼거렸다.

"왜 대꾸가 없니? 무슨 사고라도 난 게냐?"

―여보, 허동우 씨…… 당신…… 지금 어디야? 길이 보이는데…… 너무 멀어서……

"소영이를 정리해야 네가 살 수 있다고 그렇게 말했는데 아직도 못 알아들은 것이냐, 이 한심한 놈아! 이 미련한 놈아!"

차량 파편과 뒤섞인 휴대전화에서 서종대의 악다구니가

이어졌다.

　계속 대꾸가 없자 통화가 끊겼다. 그러고는 얼마 지나지 않아 잠깐 화면이 밝아지며 문자메시지가 떴다가 썼은 듯 사라졌다.

　　─너만큼은 애비 말을 들어야 산다

　서종대가 보낸 메시지였다.

2012년 6월 11일, 월요일

량치신은 중국에서 공안에게 심문받던 기억이 되살아났다. 그때는 발가벗겨진 채 손목에는 수갑이, 발목에는 족쇄가 채워져 있었다. 책상 위에는 쇠공이와 두루마리 휴지가 놓여 있었다. 욕조와 침대는 없었다.

팬티 차림의 치신은 책상 위에 덩그러니 올려놓은 신분증을 바라봤다. 양종남이라는 또 다른 가명으로 만든 위조 신분증이었다.

"잘 아는 사람이지?"

수도꼭지를 튼 양복 차림의 사내가 위조 신분증 옆에 화투 패를 깔 듯 또 다른 신분증을 나란히 붙여놓으며 물었다.

"아니, 어, 어떻게……"

신분증을 확인한 치신은 숨이 멎을 것 같았다.

가까스로 정신을 차렸을 때 수돗물 쏟아지는 소리가 폭포 소리인 양 들렸다. 어느 방에서인가 단말마의 비명 소리가 터져 나왔다.

> 양소기(梁小棋)
> 인문대학
> 학사과정
> 국어국문학과

서울대 유학 중인 둘째아들 량사오치의 학생증, S-카드였다.

"이건 위조가 아니지?"

윗저고리를 벗고 넥타이를 푼 사내가 학생증을 손가락질하며 물었다.

"불법체류, 납치, 감금, 공문서 위조, 사기, 요인 암살 기도, 범죄자 은닉·해외 도피 방조……"

사내가 죄목을 하나하나 읊을 때, 심문실 문이 열리며 두 사람이 들어왔다. 의자에서 벌떡 일어선 사내가 문을 열고 더디게 들어서는 중절모를 향해 부동자세를 취한 뒤 허리를 90도로 꺾었다.

양복 차림의 사내 곁에서 손가락 관절을 꺾고 있던 또 다른 배불뚝이 사내도 덩달아 허리를 숙였는데, 자세가 어정쩡한 것으로 보아 그는 중절모가 누구인지 모르고 얼떨결에 양복 차림을 따라 하는 것 같았다.

중절모 노인이 몸을 의지하고 있던 지팡이를 건네며 눈짓을 보내자 사내들이 심문실을 나갔다. 의자를 끌어당겨 앉은 노인이 코르덴 중절모를 벗자 병색이 짙은 얼굴이 드러났다. 그는 중절모를 책상 위에 올렸다. 모자 하단에 'S. J. D.'라는 영문 이니셜이 박음질되어 있었다.

치신 쪽으로 의자를 붙이고 앉은 노인이 몇 번의 헛손질 끝에 학생증을 집어 들었다.

"영감님, 너무 가까이 계시는 건 위험합니다요."

천장에 붙은 스피커에서 흘러나온 말이었으나, 노인은 괘념치 않았다.

"얘가 둘째인가?"

눈이 짓무른 노인이 학생증을 들여다보며 바람이 새는 듯한 소리로 물었다.

"……"

"애비와 달리 똑똑하게 생겼군."

노인이 두려움에 떠는 동춘은 쳐다보지 않고 학생증만 바라보며 말했다.

"……"

치신은 오금이 저렸다. 욕조를 채우는 물소리가 이명처럼 들렸다.

"자네, 이 사람을 알지?"

윗저고리 속주머니를 더듬던 노인이 사진을 꺼내 학생증 옆에 올렸다.

허동우였다.

"……예, 압니다."

잠시 머뭇거리던 치신은 체념한 듯 답했다.

책상 위에 노인의 벙거지와 량치신의 위조 신분증과 아들 양소기의 학생증과 허동우의 사진이 나란히 놓였다.

"여기서 내보내줄 테니 저 친구를 처리해주게."

잠시 욕조를 바라보던 노인이 허동우의 사진을 가리키며 지시하듯이 말했다.

"저, 저는 이 사람이 어디에 있는지도 모릅니다. 그런데 어, 어떻게 제가⋯⋯"

치신의 말이 새장에 갇힌 멧새처럼 애처로웠다.

"하이즈 푸모어 짜오 쓰, 쯔어 찌아오 참척. 우어 휘 진리 방주 닌, 시앙 닌 부 휘 짜우쇼 이 우어 시앙통 디 통코(자식이 부모보다 앞서 죽는 걸 참척이라고 한다네. 자네가 나와 같은 아픔을 겪지 않기를 바라는 마음으로 뭐든 최선을 다해 도울 걸세)."

양소기의 학생증을 천천히 집어 윗저고리 속주머니에 넣은 노인이 량치신을 바라보며 서툰 중국어로 말했다. 그러고는 시커먼 유리벽을 향해 손짓을 하자, 지팡이를 받아 들었던 사내가 들어와 노인을 부축했다.

"한 달일세. 7월 10일까지 자네가 일을 잘 마치고 돌아와야 둘째를 만날 수 있네."

중절모를 쓰고 지팡이에 몸을 기댄 노인이 주머니에 넣었던 학생증을 꺼내 흔들어 보이며 말했다.

욕조를 채운 물이 넘쳐 량치신의 발을 적시고 있었다.

발문

먹이사슬, 우리 시대의 벽화

고원정(소설가)

고광률은 최근 눈에 띄게 활발한 모습이다. 2년 남짓한 동안, 창작집 『복만이의 화물차』, 장편소설 『시일야방성대학』에 이어 또 한 편의 문제작을 내놓았다.

『뻐꾸기, 날다』.

살기가 힘들다고들 한다. 쓰기는 더 힘들고, 책으로 내기는 더욱더 힘들고, 독자들을 찾아가기는 더구나 언감생심인 세상이다. 하지만 고광률은 누에가 뽕잎을 먹고 실을 토해내듯이 꾸역꾸역 신작을 선보이고 있다. 작가가 할 일이 이것밖에 더 있느냐는 듯이⋯⋯ 사실 당연하다면 당연한 그 자세가 얼마나 어려운 경지인가는 동업자들만이 안다.

그의 소설을 펼치는 일이 마냥 즐겁지는 않다. 그는 늘 독자들을 긴장하게 만든다. 일상으로 접하면서도 주마간산, 수박 겉핥기로 지나쳤던 현실의 숨은 속내를 집요하도록, 아니 끔찍하도록 파헤쳐서 드러내놓기 때문이다. 그래서 '독한 리얼리스트'라고 부른다. 이번 작품도 그의 그런 면모를 모자람 없이 보여준다.

우선 뻐꾸기를 생각해보자. 남의 둥지에 제 알을 낳아 키우게 하는 새. "뜸북뜸북 뜸북새 논에서 울고 뻐꾹뻐꾹 뻐꾹새 숲에서 울 제……" 하는 동요 때문인지 처연한 이미지로 남는 새. 그 뻐꾸기 같은 인간들이 고광률의 이번 타겟이다.

이 소설은 '보험사기전담 특별수사팀(SIU) 실장'이라는 직함을 가진 인물 허동우의 치밀한 복수극이라는 형태로 진행된다. 그의 아버지 허남두는 한 저축은행의 대표로, 지역 정치인들과 손을 잡았다가 배신당하고 끝내 죽음을 맞았다.

그 음모의 주역들이 정체 모를 협박범에게 시달리게 된다.

도지사를 지냈고 지방 정계의 거물인 백대길.

부지사 시절부터 백대길을 전심전력으로 보좌해온 안우용.

이 두 사람이 위기에서 벗어나기 위해 발버둥치는 과정을 통해서, 얽히고설킨 비리와 비밀들이 하나씩 모습을 드러낸다. 그 실상은 말 그대로 지옥도를 방불케 한다. 느낌 그대로 표현하자면, 이건 뭐 안 걸리는 놈이 없다.

정치인.

대학교수.

언론인.

경찰.

검찰.

조직폭력배.

국정원.

재개발조합장.

은행 지점장.

섹스중독자인 로비스트.

조선족 불법체류자.

아파트 경비원.

거물들의 운전기사.

　정치적 헤게모니 때문에, 몇 백억의 이권과 비자금 때문에, 몇 십만 원의 푼돈 때문에, 숨겨왔던 과거사 때문에, 남녀 관계 때문에…… 이 모든 군상들이 저마다 살기 위해 발버둥친다. 진실이 무엇이냐는 이들에게 중요하지 않다. 정의란 게 무슨 개뼉다귀인가. 거물들은 거물들이라서 치열하게 암투를 벌이고 잔챙이들은 잔챙이들이라서 처절하게 진흙탕에서 나뒹군다. 거대하고 정교하게 짜여 있던 이 시대, 이 사회의 먹이사슬이 적나라하게 드러나는 것이다. 그 추한 진상을 고광률은 냉혹하게 그려낸다. 그는 현실을 망원경으로 보지도 않고 육안으로만 살피지도 않는다. 현미경으로 들여다본다. 그래서인지 등장인물들의 온 갖 악행이 오히려 애처롭게 보이기도 한다. 가령, 중국에 있는 아들을 위해 납치에 가담하는 조선족 양동춘을 손가락질하기는 쉽지 않다. 비리 경찰 서동오도 부당하게 챙긴 돈을 모아서 미국에 있는 가족에게 보낸다. 친딸도 아닌 인애 때문에 안우용은 무너져간다. 자살이라면 보험금 5천만 원을 받을 수 없다는 말에 아들 시신의 부검에 동의하는 구만복 어머니에게 누가 돌을 던지겠는가. 그 구만복은 바로 그 어머니의 수술비를 마련하려고 범죄에 발을 담갔다. 모두가 한 먹이사슬 안에 있고 모두가 공범들이다. 재개발사업으로 한탕을 노리고 있는 엄석중은 이렇게 변명한다.

"(……) 우리가 살아봐서 잘 알잖아. 세상사는 다 생각하기 나름이야. 너무 안 좋은 쪽으로만 생각하지 말게."

그 먹이사슬의 정점에 있는 정치인의 본심은 또 어떤가.

하지만 선거가 끝난 뒤에 호형호제하는 관계가 되었다. 게임이 끝났는데 선수끼리 링 밖에서 싸워 득이 될 것도 없었고 무엇보다 삼촌는 그가 필요했다. 삼촌는 그와의 관계 속에서 많은 득을 봤다. 놈은 돈을 먹이면, 먹이는 족족 잘 받아먹었다. 그러고는 먹은 태를 내지 않고 먹은 만큼 했다. (345쪽)

그들을 향한 허동우의 복수는 성공한다. 허나, 고광률이 누구인가. 소설은 후련하고 편안하게 끝나지 않는다. 중국을 거쳐 미국으로 가기 위해 허동우는 인천에서 배를 탄다. 휴대전화와 데스노트를 바다에 던져버린다. 그의 무기들을.

하지만 그의 거사는 절반의 성공이었을 뿐이고, 그를 쫓는 또 다른 복수극이 시작된다. 이번에는 허동우가 질 것만 같다. 주모자(그는 허동우의 장인이다)의 불의한 의지가 워낙 확고하다. 그에게는 충분한 돈과 권력과 수완이 있다. 그 하수인은 다시 양동춘이다. 역시 아들의 안위 때문에 더 절박해진 양동춘이 칼을 거꾸로 잡을 것이다. 먹이사슬은 여전하다. 중국으로, 미국으로 간다고 벗어날 수 없다.

이 소설은 2012년을 배경으로 하고 있다. 그 후로 많은 것이 변했다. 하지만 보고서 같은 이 소설을 읽다 보면 자연스럽게 의문이 생겨난다. 과연 지금은 다를까? 고개 끄덕이기 쉽지 않다. 그 정점에 있는 이들의 얼굴이 달라지고, 언설이 달라졌을 뿐 먹이사슬은 여전하다는 생각을 하지 않을 수 없다. 그래서 『뻐꾸기, 날다』는 바로 '오늘'의 소설이고 '오늘'의 보고서다. 남의 둥지에서 남의 힘으로 제 새끼를 키우는 뻐꾸기들, 제 손에 피 한방울 묻히지 않고서도 평범한 시민들의 생명과 재산을 좌지우지 하는 뻐꾸기들이 텔레비전 뉴스만 켜면, 폰만 열면 울어댄다. 뻐꾹 뻐꾹…… 동요에서처럼 처연한 울음소리가 아니다. 뻐꾹 뻐꾹.

이 작품을 비롯해서 고광률의 소설들이 오래 남기를 바란다. 우리 시대의 풍속도, 아니 해부도라고 여겨지기 때문이다. 하나하나 이어붙이면 언젠가는 거대한 벽화가 되기도 하리라.

　훗날 우리가 모두 잊어도 그 벽화 속 인물들은 증언할 것이다. '지금' 이 시대가 어떤 시대였는가를, 그 속에서 우리가 어떻게 살았는가를.

뻐꾸기들의 날갯짓을 보라

환경 미화 작업을 마친 교실 게시판에는 큼지막한 전지에 그려진 개발독재 시대의 청사진이 붙어 있었다. 내가 초등학교 다닐 때 일이다.

한 유명 만화가가 박정희의 부국 관련 꿈을 간추려서 그린 것인데, 100억 달러 수출과 1인당 국민소득 1,000달러 달성을 독려하는 선전 포스터였다. 이렇게만 되면 누구나 장차 잔디 깔린 자기 집과 자가용을 굴릴 수 있는 양 과대 포장하여 새벽종이 울릴 때마다 발딱 일어나 국가가 시키는 대로만 '하면 된다'고 했다.

존엄한 국가(독재정권)의 말에, 무지몽매했던 국민은 복종하는 것이 의무이자 미덕이던—지금과 달리, 복종하지 않으면 경을 치기도 했다—시대였으므로 내 아버지도 그 강박적 욕망이 만든 조작된 계몽에 동참코자 뼛골 빠지게 일했다. 이렇게 해서 부자들과 0.1퍼센트의 재벌이 탄생했는데, 뼛골이 빠진 아버지는 여전히 가난했다.

　그래서 나는 가난의 정체가 몹시 궁금했다. 정직과 성실은 돈이 될 수 없으며, 돈이 돈을 버는 이치를 알게 된 것은, 내가 돈을 벌어야 할 때가 되어 돈을 벌면서부터였다. 초, 중, 고, 대학을 거쳐 심지어 대학원까지 모두 다녔으나, 학교는 민주주의와 법치주의와 자유시장경제 따위를 가르칠 때 이런 사실을 함구했다. 그러니까 예나 지금이나 제대로 가르치지 않았다는 얘기다.

　알고 그랬는지, 몰라서 그랬는지는 알 수 없으나 어찌됐건 또 앎이 삶과 무관하다는 건 확실해 보였다. 그래서 공부는 부자들과 0.1퍼센트 재벌들이 갖고 있는, 더 갖게 될 부를 이해하고 수용하는 데 바쳐졌다.

　어느 나라건 정치가 국가와 국민을 수단으로 삼은 지 오래다. 그래서 "경제는 정치의 핵심에 있고 정치는 그 자체로 위임되지 아니하니, 민주주의는 더 말할 나위도 없다(토마 피케티, 『자본과 이데올로기』, 안준범 옮김, 문학동네)"라고 말하나 보다.

　나는 이런 정치를 가까이에서 엿볼 기회가 있었는데, 나의 앎과 '그들의' 삶이 왜 다르고 어떻게 다른가를 짧은 시간이었지만 깊이 엿볼 수 있었다. 이 소설은 그 일부의 기록이다.

　밥이 똥인데, 똥이 더럽다고 해서 밥을 안 먹고 살 수는 없다. 대다수 정치인은 밥을 똥과 섞어서 더럽히고는 그

속을 뒤져 밥알을 찾아 먹는다. 우리가 똥 묻은 정치인을 더럽다고 함부로 대하거나 무시하면 안 되는 이유이다.

이 소설은 권력과 부를 틀어쥔 자들이 자기들끼리의 이해를 위해 어떻게 면종복배하며 이합집산하고, 또 보복하는지를 얘기한다. 그들은 사적 복수마저도 공공의 자산과 없는 자들의 피로써 한다. 물론 없는 자에게는 어떤 대가도 의미도 주어지지 않는다.

그러나 가진 자들의 일희일비를, 없는 자들이 공유·공감하거나, 공유·공감해줘야만 살 수 있는 세상이다. 물론 자발적으로 복종하는 자들도 있다. 나는 탁란으로 종을 번식하고 보존하는 뻐꾸기 같은 자들의 파렴치한 이야기를 들려주고 싶어 이 소설을 썼다.

이 소설도 여러 도움을 받으며 썼다. 자료를 찾아주고 특정 부분을 검토해주신 분들과 꼼꼼히 읽고 이런저런 지적을 해주신 선배님들께도 감사드린다.

빡빡한 스케줄에도 불구하고, 작업 일정을 선뜻 잡아준 강출판사 정홍수 대표님, 그리고 편집을 맡아준 임고운 님께 깊이 감사를 드린다. 물론 이 글을 읽으실 독자 여러분께도……

2021년 1월

갈현성 아래에서

고광률

참고 자료

　국립과학수사연구소 법의관들과 강신몽, 『타살의 흔
적』, 시공사, 2012.
　박기원, 『과학이 밝히는 범죄의 재구성 1·2·3·4』, 살림
출판사, 2008.
　김수행, 『새로운 사회를 위한 경제 이야기』, 한울, 2008.
　한성무, 김의정 역, 『두보평전』, 호미, 2007.
　『이솝우화』, 이덕형 옮김, 문예출판사, 2012.

　「경향신문」의 여러 기사들.
　『시사IN』 2008. 8. 2, 2009. 2. 14, 2010. 5. 1.

뻐꾸기, 날다

© 고광률

1판 1쇄 발행 | 2021년 1월 15일

지은이 | 고광률
펴낸이 | 정홍수
편집 | 김현숙 임고운
펴낸곳 | (주)도서출판 강
출판등록 | 2000년 8월 9일(제2000-185호)

주소 | 서울시 마포구 동교로 17안길 21(우 04002)
전화 | 02-325-9566
팩시밀리 | 02-325-8486
전자우편 | gangpub@hanmail.net

값 16,800원
ISBN 978-89-8218-271-6   03810